北京市高等教育精品教材立项项目

中国民间文学概要（第五版）

段宝林 著

北京大学出版社
PEKING UNIVERSITY PRESS

图书在版编目(CIP)数据

中国民间文学概要/段宝林著.—5版.—北京：北京大学出版社，2018.3
（博雅大学堂·文学）
ISBN 978-7-301-29189-4

Ⅰ.①中… Ⅱ.①段… Ⅲ.①民间文学—文学研究—中国 Ⅳ.①I207.7

中国版本图书馆 CIP 数据核字(2018)第 020301 号

书　　　名	中国民间文学概要（第五版）
	ZHONGGUO MINJIAN WENXUE GAIYAO
著作责任者	段宝林　著
责 任 编 辑	艾　英
标 准 书 号	ISBN 978-7-301-29189-4
出 版 发 行	北京大学出版社
地　　　址	北京市海淀区成府路 205 号　100871
网　　　址	http://www.pup.cn　新浪微博：@北京大学出版社
电 子 邮 箱	编辑部 wsz@pup.cn　总编室 zpup@pup.cn
电　　　话	邮购部 62752015　发行部 62750672　编辑部 62756467
印 刷 者	北京中科印刷有限公司
经 销 者	新华书店
	965 毫米 × 1300 毫米　16 开本　23.5 印张　370 千字
	2002 年 7 月第 3 版　2009 年 4 月第 4 版
	2018 年 3 月第 5 版　2025 年 7 月第 6 次印刷
定　　　价	69.00 元

未经许可，不得以任何方式复制或抄袭本书之部分或全部内容。
版权所有，侵权必究
举报电话：010-62752024　电子邮箱：fd@pup.cn
图书如有印装质量问题，请与出版部联系，电话：010-62756370

目录

前　言/1

第一章　民间文学的范围和特性/1

第一节　民间文学的概念与分类/1

第二节　民间文学在内容方面的特性/3

第三节　民间文学在创作和流传方式上的特点/8
　　口头性——流传变异性——传统性——集体性

第四节　民间文学的立体性特点/16

第二章　民间文学的三大价值/21

第一节　民间文学的实用价值与生活文化/21

第二节　民间文学的科学价值与"第三资料库"/30

第三节　民间文学的艺术价值与雅俗结合律/38

结　语/43

第三章　民间故事/44

第一节　神　话/45
　　中国各民族神话简介——神话的本质——神话的艺术特征——神话的影响

第二节　民间传说/56
　　传说的主要内容——传说的艺术典型化过程——传说的艺术特点——传说的艺术价值

第三节　传统生活故事/73
　　传统生活故事的主要内容——民间故事的类型问题

第四节　民间笑话/82
　　嘲讽笑话——幽默笑话——诙谐笑话——阿凡提笑话的流传——民间笑话的艺术和喜剧美学的创新

第五节　民间寓言/92
　　中国寓言的历史发展——寓言的哲理性与阶级性——寓言的创作过程与艺术特点

第六节　传统民间童话/96
　　传统民间童话的内容与分类——童话的艺术特色——传统民间童话的艺术价值

第七节　社会主义新故事/102
　　新故事的产生和发展——新故事的内容——新故事的创作方式——新故事的艺术特点——新故事的社会作用

第八节　故事家与故事村/111

第四章　民间歌谣/115

第一节　民间歌谣的形式和体制/115
　　民歌与民谣——山歌——爬山歌——信天游——花儿——民间小调——少数民族民歌

第二节　民间歌谣的思想内容/125
　　古代歌谣——现代传统歌谣——红色歌谣——新民歌

第三节　民间歌谣的艺术特点/164

第五章　民间谚语、谜语、歇后语、对联与诗钟/171

第一节　民间谚语/171
　　谚语的概念——谚语的思想内容——谚语的艺术特点

第二节　民间谜语/182
　　谜语的历史——谜语的内容和分类——民间谜语的艺术特征

第三节　歇后语/192

第四节　对联与诗钟/193
　　对联的双句结构及其基本要求——对联的分类——对联的历史发展——对联的游戏——诗钟与酒令——对联的集体性与知识产权——国外的中国对联

第六章　民间长诗/238

第一节　民间抒情长诗/238

第二节　民间叙事长诗/245
　　史诗——婚姻爱情长诗——爱情政治长诗

第三节　民间长诗的艺术特色/258
　　　第四节　汉族民间长诗新发现/261
第七章　民间曲艺/268
　　　第一节　我国曲艺概况/268
　　　第二节　我国主要曲种简介/272
　　　　　　　评书——相声——快书、快板——鼓曲唱词——弹词
第八章　民间小戏/291
　　　第一节　我国民间小戏概况/291
　　　第二节　民间小戏的内容和艺术/293
　　　第三节　木偶戏与皮影戏/295
　　　　　　　木偶戏——皮影戏
第九章　民间文学的搜集、整理和编选、研究/299
　　　第一节　历史概况/299
　　　第二节　搜集整理民间文学作品的目的与任务/309
　　　第三节　民间文学搜集整理的基本原则/310
　　　　　　　全面搜集——忠实记录——慎重整理——立体描写
　　　第四节　调查搜集的具体办法与文化自觉/320
　　　　　　　准备工作——注意事项——资料的集中、分类保存
　　　第五节　民间文学作品的编选/324
　　　　　　　科学版本——文学读物——编排与加工
　　　第六节　民间文学的研究工作/326
　　　　　　　多角度研究——描写研究——历史研究——比较研究——民间文艺学理论体系的建设

拓展书目/336
第三版后记/351
第四版后记/353
第五版后记/355

前　言

民间文学是广大人民自己的语言艺术,它是最古老的文学,有悠久的历史和优秀的传统;又是最有群众性的文学,始终受到亿万人民的热爱。从世界上最长的长诗到最短的谚语,民间文学有众多的体裁,它的优秀之作可以同第一流大作家的作品媲美。鲁迅先生曾经盛赞民间文学,他说:"乡民的本领并不亚于大文豪。"①这是符合事实的。我们看到:许多神话和史诗具有永恒的艺术魅力,《诗经·国风》与乐府民歌确为我国古典文学的典范之作,无数优秀的民间文学作品集中了群众的智慧,是如此深刻而精美,令人不能不惊叹劳动人民创造力之伟大。

民间文学在文学史上有崇高的地位。我国历史上的重要文学形式,不管是四言诗、五言诗和七言诗,还是词、曲和小说,几乎都无例外地起源于民间文学;历代的文学高潮,不管是《诗经》《楚辞》、建安文学、唐代诗歌,还是宋词、元曲、明清小说,都同民间文学有深刻的渊源关系;古今中外几乎所有卓有成就的伟大作家都受过民间文学的哺育……这些事实告诉我们:民间文学是多么重要啊!对民间文学有深刻研究的革命文豪高尔基说得好:"人民不仅是创造一切物质价值的力量,人民也是精神价值的惟一永不涸竭的源泉,无论就时间、就美还是就创作天才来说,人民总是第一个哲学家和诗人;他们创作了一切伟大的诗歌、大地上一切悲剧和悲剧中最宏伟的悲剧——世界文化的历史。"②然而,由于几千年来劳动人民处在被压迫的悲

---

① 《偶成》,《鲁迅全集》第5卷,第164页,人民文学出版社,1957年。以下引用《鲁迅全集》,皆出自此版本,不另注。

② 〔苏〕高尔基:《个人的毁灭》,《论文学》(续集),第54页,人民文学出版社,1979年。

惨境地,他们的文艺创造常常受到压制和迫害,他们在口头创作的民间文学作品不能得到及时的记录和公正的估价,以致在不少人心目中,民间文学是低级的、没有多大价值的。由于这种传统偏见的长期影响,民间文学的巨大艺术价值常常不为人们所知。这种情况对我们文艺事业的发展是非常不利的。试问:离开了民间文学,如何能总结出文学发展的客观规律?离开了民间文学,如何能实现文艺的民族化、大众化,创造出广大人民喜闻乐见的作品?我国第一个伟大的诗人屈原不就是在当时楚国民歌的基础上创作他的骚体诗的吗?"诗仙"李白如果不是对古乐府民歌和当时的唐代民歌进行过全面刻苦的学习,能写出那么广受欢迎的华美诗章来吗?杜甫最有代表性的名作"三吏""三别"不正是运用乐府歌行的形式和笔法来创作的吗?《窦娥冤》《西厢记》《三国演义》《水浒传》《西游记》《聊斋志异》等等最著名的戏曲、小说,哪一部不是在民间文学的基础上写出来的?《红楼梦》吸取民间文学成果的地方也比比皆是。

伟大作家需要民间文学的哺育,这是一个重要的艺术规律——雅俗结合律。中国如此,外国亦然。古希腊最早的作家——悲剧诗人和喜剧诗人,在创作中都离不开希腊神话、史诗、民间歌舞等民间文艺的"土壤"。经典作品《神曲》《十日谈》以及莎士比亚、莫里哀的名著都同学习和运用民间文学成果有密切关系。歌德的《浮士德》、席勒的《威廉·退尔》以及拜伦、雪莱的一些长诗、诗剧,雨果的《巴黎圣母院》等等著名作品,也都取材于民间传说。匈牙利伟大的革命诗人裴多菲、法国最负盛名的民众诗人贝郎瑞,都是运用民歌形式写作的。俄国民族诗歌的开山大师普希金,从小就受到民间文学的熏陶,终生都热爱并学习民间文学。在欧洲小说家中,不用说自幼热爱民间文学的司各特和果戈理了,就是巴尔扎克,不也把他最伟大的《人间喜剧》称为"西方的《一千零一夜》"嘛!列夫·托尔斯泰早在创作初期就盛赞民间文学说:"人民自己的文学——这是优美绝伦的。"①他在晚年所写、总结他一生文学创作经验的重要著作《艺术论》一书中,又把情真意切的民歌作为"真正的艺术"的"优秀范例",认为它们真挚感人、动人心弦,是"最高级的艺术作品"。② 无产阶级文学的奠基人高尔基从小就是一个民间

---

① 1851 年日记,见《古典文艺理论译丛》第一册,第 191 页。
② 〔俄〕托尔斯泰:《艺术论》,丰陈宝译,第 143 页,人民文学出版社,1958 年。

歌手和故事家,他非常熟悉民间文学并对民间文学有全面而深入的研究,始终强调青年作家要学习民间文学丰富的艺术想象力和高超的语言技巧。他说:"你们在这里可以看见惊人的丰富的形象、比拟的恰切、有迷人的力量的朴素和描写的动人的美。深入到民间创作中去——这是很好的。它好像是山涧的清水、地下的甘泉。接近民间语言吧!寻求朴素、简洁、健康的力量,这力量用两三个字就造成一个形象。"①民间文学体裁很多,各类作品在民间广传,浩如烟海,五光十色,各有特点。难道这样丰富的民间文学还不够开一门课吗?

然而,遗憾的是在1958年以后,全国绝大多数大学都把民间文学课取消了。当时在口头上很重视民间文学,怎么会取消这门课呢?这段曲折的历史值得总结。教育部其实并未下令取消此课,但在教学计划中却把"民间文学"由基础课改为高年级的专题课或选修课了。既然不是基础课了,于是民间文学教师就被调去教现代文学、文艺理论、写作等基础课了。这样,在绝大多数院校中都不开民间文学课了,教师也都改教别的课,连北师大也不例外。北大中文系的民间文学课虽然没有停开,但我们的压力也不小。曾有一位副系主任说:"师大都不开民间文学课了,我们为什么还要开?"于是要我改教现代文学,由王瑶先生指导。但王先生说:"民间文学很重要,我的导师朱自清先生就开过'歌谣研究'的课,你还是以讲民间文学为主,看《鲁迅全集》理解鲁迅是怎样重视民间文学的。"林庚先生还提出此课不要空讲理论,要以多讲作品为主,使此课广受学生欢迎。正是这些可敬的师长和同学们的热情支持,使我们的民间文学课得以坚持下来。当时中文系总支书记程贤策同志、系主任杨晦以及张仲纯、向景洁等同志和副校长魏建功教授,还有游国恩、林庚、吴组缃、王瑶、冯钟芸、彭兰等教授都是民间文学课的有力支持者。中国民间文艺研究会的许多同志也曾给予很大支持和帮助,像贾芝同志亲自给我具体的指导,他和李星华等同志的许多热情鼓励与教诲,坚定了我讲好民间文学课的决心。在教学与教材编写过程中,我也曾向科学院文学研究所何其芳同志、曲艺家协会陶钝同志、北师大钟敬文教授和我系游国恩、魏建功、吴组缃、林庚教授等前辈专家请教,得到他们很大的帮助。王瑶教授曾经指导我进修与教学,当时审阅过我的全部讲稿,

---

① 高尔基致亚尔采娃(1902年)。

1964年还建议我给出版社看看,说明他认为可以出版了。不过,在当时的形势下是不可能实现的。冯钟芸、彭兰等文学史教研室的许多老师,都对讲稿提出过宝贵的改进意见。在教学过程中,同学们的支持也曾给我巨大的力量。在1959年,文学专门化1956级瞿秋白文学会部分同学和我合作编写《民间文学概论》教材,他们丰硕的科研成果,成为我教学的重要参考。1962年,在社会上"民间文学"课纷纷下马之际,五年级同学上了此课之后纷纷反映:"民间文学课程在我们眼前展现了一个异常广阔的新天地,使我们不禁吃惊地感到民间文学宝库简直是一个无边无际的海洋,丰富多彩、变化万千,它是劳动人民的心声,是历代劳动人民集体智慧的结晶。"一些曾经看不起民间文学的同学也认识到"过去的盲目轻视主要是因为无知","马恩列斯毛主席和许多大作家都很重视民间文学,我们有什么理由轻视呢?不了解民间文学,就不能很好地了解人民"。所有以上这些有力的支持和帮助,鼓舞我克服困难,在孤军奋战的形势下,把民间文学课坚持下来。钟敬文教授说我有"张志新精神",其实这主要是传统的北大精神。

  这本书就是在"民间文学"课程讲义的基础上加工而成的。在北京大学,民间文学课是文学专业的专业基础课,它的目的、任务是:"系统讲授民间文学的基本知识、基本理论和代表作品,培养同学对民间文学的兴趣和搜集整理、调查研究的基本技能,端正对劳动人民创作的态度,为今后进一步学习与研究民间文学打好初步基础。"这样,它的内容还是引论性的。我们不是光讲理论,也不是只讲民间文学史,而是将史、论和作品三者熔为一炉,结合起来进行讲授。在体系上以论为纲,但在具体论述中则尽量作些历史分析与介绍,用夹叙夹议的方式,以大量具体事例和作品来说明理论问题,把理论和实际结合起来,并力图避免同文学史、文艺理论等课程的重复。由于学时和篇幅的限制,只能对精选过的材料作简明扼要的分析和论述,以系统介绍我国民间文学的全面情况和重要论点为主,对较抽象的理论问题,一般不作过多的发挥。因此,本书在内容和体例上都不同于《民间文学概论》,故名之曰《中国民间文学概要》。

  下面对"民间文学与非物质文化保护"问题作一简要的说明。

  联合国教科文组织在世界范围内推广各国(其中包括中国)在民间文化抢救工作中的经验,2001年展开了"非物质文化遗产代表作"的评选,2003年又通过了《保护非物质文化遗产公约》,其中提出一些新概念和新理论。

按照联合国文件的规定,"非物质文化"的保护对象主要指濒危的民间文化,但人们在理解和实践中,往往掌握不准。最明显的就是2001年中国申报的项目为"昆曲艺术",2003年申报的是"古琴艺术",虽然都属非物质文化遗产,也需要保护,但其迫切性和濒危的民间文化比较,则远远不如。因为这些文人文化早已有了许多书面剧本、记录文本,而民间口传和行为传承的活态文化则尚未有书面记录,面临"人亡歌歇"即将失传的危险。如鲁迅先生非常欣赏的社戏等民间文艺作品,没有书面剧本,全保存在民间艺人、歌手、故事家口中,如不及时抢救记录,将会永远消失。因此,对这些口传作品的及时抢救记录才是最迫切的。为了进一步明确"非物质文化遗产"保护的对象与方法,更好地执行《保护非物质文化遗产公约》,文化部在2005年召开了"苏州论坛"大型研讨会,全国九十多位专家和各省市文化部门的许多领导干部参加了研讨。我在会上发表了《明确非物质文化遗产的主要内涵》一文,提出了上述观点,受到大家的认同,在后来出版的两卷本论文集中,被置于第一篇。① 大家一致认同,非物质文化遗产主要指民间文化遗产,当然也包括文人文化遗产,但那是次要的,其濒危性、丰富性远不如民间文化。这一点也是联合国文件所规定的,是世界各国专家的一致意见。

《保护非物质文化遗产公约》第一条为保护的"宗旨",第二条即为详细的"定义":

> "非物质文化遗产"指被各群体、团体,有时为个人视为其文化遗产的各种实践、表演、表现形式、知识和技能及其有关的工具、实物、工艺品和文化场所。

它们是"代代相传"又"不断更新"的,并且是符合各国人民"互相尊重的需要并顺应可持续发展的非物质文化遗产"。②

此条定义中还罗列了"非物质文化遗产"的五条具体内容,第一条即是"口头传说和表述,包括作为非物质文化遗产媒介的语言",第二条为表演艺术,第三条为"社会风俗、礼仪、节庆",第四条为"有关自然界和宇宙的知识和实践",第五条为"传统的手工艺技能"。这五条主要还是民间文化。

---

① 参见文化部民族民间文艺发展中心编:《中国非物质文化遗产保护研究》上册,第1—8页,北京师范大学出版社,2007年。

② 参见向云驹:《世界非物质文化遗产》,第230页,宁夏人民出版社,2007年。

第一条口头遗产主要就是民间文学。由此可见民间文学在"非物质文化遗产"中的重要乃至首要的地位。

社会上一般人大多未受过民间文化知识的教育，不理解民间文化的重要，甚至认为不识字的广大民众"没有文化"，只有读书识字的人才有文化，不知道"在不识字的文盲群里一向是有作家的"（鲁迅《不识字的作家》），不知道民间文化——民俗文化也是文化，而且是内容更加丰富的文化，它不仅包括精神文化，而且包括制度文化（组织文化）和物质文化，也就是联合国定义中所指的"社会风俗"的知识和实践等等。下面再对民俗学、人类学知识略加说明。

民俗文化是整个中国文化、人类文化的根基，其重要性与丰富性怎么估价也不会过分。人民群众的创造力是无穷的，他们的活态文化，不仅关系到亿万人民的生活质量，而且关系到文人创作的健康发展。

民俗学是19世纪在人类学研究的启示下发展起来的。西方殖民主义者在东方亚非拉各国为了更好地维持他们的统治，建立了人类学，作了许多土著民族民间文化的调查采录和研究，如英国泰勒的《原始文化》即是一个代表。

看到东方"原始人"的习俗文化之后，西方学者发现其中不少习俗在他们自己国家的下层民众（主要是不识字的农民、市民等）中也存在，由此建立了"民俗学"，主要调查本国的下层文化。而人类学者则以研究东方"原始文化"为主。这就是人类学与民俗学分工的不同。但是随着社会的发展，人类学家的研究范围扩大到了现代社会人类生活，产生了"都市人类学"，这样，人类学与民俗学的研究内容就发生了交叉互渗，二者的界限也就模糊不清了，只是人类学又分为体质人类学与社会人类学，还固守着体质研究与社会研究，而在文化研究上都以民间文化、民俗文化为对象则是一致的。所以人类学家也研究民间文学，民间文学也被纳入了人类学的研究范围。最明显的例子就是我的民间文学著作《中国民间文学概要》和民间歌谣研究的成果，竟然获得了意大利巴勒莫国际人类学研究中心颁发的大奖"彼得奖"。彼得是意大利人类学的奠基者，我去意大利领奖时曾去"彼得民俗博物馆"参观，其中展示的几层楼的文物展品几乎都是民间用品、民俗文化。于此可见一斑。

民俗是人民创造的一种生活方式。民俗的本质是什么？西方学者一般自觉不自觉地认为民俗就是"历史残留物",是原始社会遗留到今天的"活化石",所以有些学者甚至把民俗与原始文化混为一谈。我认为,这种观点已经陈旧过时了,显然不够全面、不够科学。因为民俗作为人民的生活方式,必然是与时俱进的,凡是人民生活所需要的传统文化,就会传承下来,其中包括不少原始社会的"历史残留物",这是对的,然而许多不适合人民生活需要的陈旧民俗也会被淘汰,并且还有许多新的民俗被不断地创造出来,传承与创新,推陈出新,是不断进行的。所以民俗中不仅有"历史残留物"的成分,而且还有更多历代人民的新创造。

民俗是怎样创造出来的呢?民俗的发展规律是什么呢?民俗的本质是什么呢?这些问题西方学者很少重视,但从马列主义观点、立体思维方法论看来,却必须把它们弄明白,不然研究就不够深入。立体思维是六维的,长宽高多角度的观察是三维的立体思维,是静止的,加上时间一维为第四维,研究动态的立体——事物发生、发展、终结、转化、未来……这还不够,还要研究第五维——内部空间一维,考察事物的本质(发展规律),这就是由表及里、由浅入深的多层次立体思维;这第五维非常重要,它关系到研究的根本目的——找出事物的发展规律、内部本质,这也是一切科学研究的根本目的。第六维则是事物的外部空间——环境一维,生态环境、自然与社会环境、背景等等,也是事物生死存亡、兴衰命运的重要原因之一。

我以为如此六维的立体思维才是最科学的、最全面的。我们用此科学方法,发现了民间文学的立体性特征,在1981年提出后,经不断研究、推广已被学界一致公认,也在1985年第二版中写入第一章。

我们还要用这六维的立体思维研究整个民俗,找出民俗的本质来。民俗的本质是什么呢?

这就要研究民俗创造发展的客观规律。民俗是怎样创造和发展的呢?1987年11月我在《岭南民俗》第8期发表了《论民俗的趋美性》一文,指出了民俗趋美的发展规律;1994年在《民间文学论坛》第3期上发表了《庙会的民俗本质》一文,论证了民俗的本质就是生活美。一般民俗著作都说"民俗是一种生活方式",究竟是什么生活方式呢,却并未深究,而这却是最重要的特色所在。所谓"民俗的本质是生活美"就是回答"民俗是一种什么样的生活方式"的问题的。我从事实出发,通过立体思维发现,民俗是人民大众按当时当地人们的审美理想创造出来的,是人们认为最美好的一种生活方式。因为美的就是可爱的,就是理想的,是最好看、最好吃、最好听、最好玩的,总之是最美好的一种生活内容和表现形式。如果当时当地人认为它不美,就会把它改造成最美,不然就不会流传而被淘汰。

当然,按照辩证法的原理,美有相对性和绝对性。生活美的相对性表现在地区性、民族性和时代性等等方面,此地认为美的,外地不一定也认为美,这就形成了民俗的地区性、民族性和时代性,从而也构成了民俗文化的多样性。人们往往认为自己的民俗是最美的(各美其美),但也应该看到外地、外族、古代的民俗在当时当地也是最美的(美人之美),这是一种宽容的、科学的态度。如果把全世界古今中外一切民俗的美的精华都集中起来,就会形成民俗文化的百花园,对创造人民美好的新生活非常有益,甚至非常必要,因此费孝通老师提了"各美其美,美人之美,美美与共,世界大同"的理论,这是非常之好的。

相对美的总和就是绝对的美,它是一个理想,一个奋斗目标,但永远只能接近却不能达到,因为理想与现实都是不断发展、不断前进的。就民俗的生活美来分析,我们可以说绝对美的因素就是真善美的统一。真,就是民俗符合科学的程度,符合社会发展规律、文化进步需要的程度。更科学的民俗较之落后的迷信的民俗应该是更美的。善就是用处、功用、好处,在古希腊,善就是美,社会的美就是善,美的内容也是善。而美则重在美的形式,但也不能离开美的内容。所以真、善、美的统一,就是绝对的美、完全的美。我们的理想是尽善尽美,然而现实中的美却都是相对的,不过其中存在着绝对美的分子、成分。现实与理想的统一就是美,美也就是现实中符合审美理想的东西。马克思说:人是按照美的规律创造的。民俗也是这样,是按照当时当地人的审美理想创造的,是符合当时当地人们理想的事物,是现实的又是理想的,所以民俗的本质就是一种生活美,是在一定的现实条件下符合人们理想的事物。民俗的发展规律也是向着绝对美的分子增加的方向前进的,也就是"趋美的"。关于这一理论,我在《中华民俗大典》总序(1996年)和《民俗的本质是生活美》(1997年11月20日《今晚报》;天津人民出版社1998年2月版《博导晚谈录》)等文中作了论证,可参阅。

还需指出,民俗(folklore)一词是1846年由英国学者汤姆生首先使用的,受到德文的影响,已成国际通用术语,但它在各国的含义却有不少差别。按英文原意,是指民间知识、民间智慧的意思。但在美国却主要指民间口传文学,后来又扩大为部分习俗、民间信仰等等,在欧洲也大致如此,而在苏联,俄文 Фольклор(即英文 folklore 音译)却指民间文学,它与民间文学——人民口头创作是等同的。要之,在国际学界,民俗的内容主要指的就是民间文学。由此可见:民间文学与民俗学关系非常密切,民间文学实际上是民俗的一个组成部分。所以在许多国家对民间文学的调研是归属于民俗学之中的。

西方学者往往以民俗学的观点来研究民间文学,把民间文学作为某种民俗的材料进行实证研究,而在苏联,由于高尔基等学者的影响,却把民间文学作为文学的一部分在文学史中进行研究,其切入角度是文学的。中国"五四"时期即引入西方民俗学,1922 年,北大《歌谣》周刊的序言说,搜集歌谣的目的有二,一是进行民俗学的研究,二是为建设新诗而搜集,即是为了文学目的。后来 1927 年中山大学《民俗》周刊的内容虽以民间文学为主,却主要是从民俗角度进行研究的。1942 年毛泽东《在延安文艺座谈会上的讲话》发表以后,人们主要为发展新文艺创作、文学大众化而搜集民歌。新中国建立以后,认为民俗学、人类学和社会学等是"资产阶级伪科学",是为帝国主义侵略服务的,所以只从文艺角度研究民间文学。改革开放以后,批判了过去过"左"的做法,为民俗学、人类学、社会学平反,引进了许多国外民俗学研究成果,大家一致同意对民间文学进行多角度研究,但认为仍应以文学角度为主,这是几千年来一贯的中国特色。我们现在的"民间文学"课程和教材,也仍以文学研究为主,兼及其他学科,这在第九章"民间文学的研究工作"一节中已有所论述。

通过几千年的文献记载以及近百年来对民间文学的记录和研究,我们发现中国 56 个民族的民间文学是极其丰富的,一些神话、歌谣、谚语竟流传了两三千年之久。然而 50 个左右的民族没有文字,他们的文学、历史等文化成果多保存在民间文学之中,研究的任务是非常艰巨而繁重的。由于对民间文学不够了解,社会上许多人包括一些专家、干部对民间文学往往轻视甚至忽视,这也应该是我们这门课要解决的问题之一。

说来惭愧,本书的写作,前后拖了二十余年。虽在教学过程中不断有所修改,但问题仍然不少。为了广泛征求意见以提高质量,也为了普及民间文学知识以利于"抢救"民间文学遗产,并以实际行动贯彻"百花齐放,百家争鸣"的方针,在许多师友的热情鼓励与督促之下,我将这本讲义整理出来出版,聊作引玉之砖,恳切地希望同志们多多批评指正。北京大学是中国现代民间文学研究的发祥地,从"五四"时代的北大歌谣研究会和《歌谣》周刊起,一直有着光荣的历史传统。我们应该继承和发扬这个传统,为社会主义的民间文学事业多作贡献。

在本书出版过程中,1980年得到北京大学中文系当代文学教研室张钟同志的大力支持和帮助。钟敬文教授为本书题签,是对我的很大鼓励,在此谨致谢意。1985年出第二版,2002年出第三版,2009年出第四版,至今已八九年了,形势发展很快,又有许多新的研究成果需要增补,故而修订出第五版势在必行。

此次修订根据非物质文化遗产保护的形势要求,增补了提高"文化自觉",热心从事非物质文化遗产的学习、调查、保护和研究的崇高事业所需要的一些基本知识,同时也增补了八九年来在神话故事、史诗、歌谣、谚语、谜语、灯谜、对联、诗钟、曲艺、小戏及民间文学总论等方面的新的调研成果,修订的幅度是相当大的。我在修订中尽可能多地吸取了许多新的著作中的论点和资料,在此向它们的作者表示感谢。我还要特别感谢对此书提出各种意见的读者和专家,这些意见促使我深入思考,对提高此书质量很有帮助。有些意见我未能接受,也写过文章进行答辩(如1992年发表在《北京社会科学》上的《关于民间文学若干理论问题的答辩》等文)。我仍然一如既往欢迎各种意见,以便更好地探寻真理,提高民间文学教学和研究工作的水平和质量。这是人民的需要、时代的需要。希望此书不只作为大学专科、本科、研究生的教材或参考书,而且能为作家、艺术家和广大读者所认可。我曾在北大开设全校性选修课"民俗学",许多理科生也来听课,包括很多未选此课的学生,他们说:"您讲的是每个中国人都应该知道的,可是我们不知道,所以要了解。"为此换了几次教室,最后换到了最大的二教203教室,还是坐不下。可见学生们对了解民间智慧的热情确实是很高的,希望本书能部分满足这种要求。过去人们从小就接受民间文化的熏陶,可以说是唱着儿歌、听着故事长大的,民间文学已成为日常生活的一个重要组成部分,但是,要全面了解、深刻认识,还需要深入学习。

民间文学敏锐而全面地反映了社会生活,它的内容关系到许多社会重大问题与人生问题,我在阐述时尽可能用科学观点给予新的解释和回答。

用事实说话,从事实而不是从概念出发,用马克思主义的立体思维去分析这些问题,并用明白清楚的语言加以说明,尽量做到深入浅出、举重若轻。提出深刻的新见解是不容易的,但马克思主义的本质就是创新,要实事求是地解决新问题,必然要不断创新。这是我所努力追求的。做得如何,还要请广大读者指正。

段宝林
1980 年 2 月 4 日夜
2017 年 8 月 8 日改定

第一章
民间文学的范围和特性

第一节 民间文学的概念与分类

"民间文学是什么？"这是本章所要解决的中心问题。这个问题看来简单，其实相当复杂。

民间文学是文学的一部分，是和作家文学并行的一种文学，即人民大众的集体口头创作。民间文学是文学的源头，在原始公社的时代是唯一的文学，那时还没有专业的作家，也没有阶级分野，无所谓"民间"不"民间"。在阶级产生以后，发生了体力劳动和脑力劳动的社会分工，出现了专业的作家，产生了"作家文学"，民间文学就和作家文人的书面创作分道扬镳了。

有人也许会问，劳动人民不识字，不会写文章，难道还能进行文学创作吗？不错，在原始社会还没有文字，到了奴隶社会以后，劳动人民被剥夺了享受文化成果的权利，不能参与书面文学的创作，但是他们从来都是少不了文学的，他们的思想感情一定要表现出来，他们在口头用活的有声语言创作了各种文学作品，其中优秀之作甚至可与伟大作家的创作媲美。中国伟大的文学家、思想家鲁迅曾经非常精辟地论述过这个问题，他在《不识字的作家》一文中说："不识字的文盲群里"，是有作家的，原始时代就有"杭育杭育派"。

就是《诗经》的《国风》里的东西，许多也是不识字的无名氏作品，因为比较的优秀，大家口口相传的。王官们检出它可作行政上参考的记录了下来，此外消灭的正不知有多少。希腊人荷马——我们姑且当作有这样一个人——的两大史诗,也原是口吟,现存的是别人的记录。东晋到齐陈的《子夜歌》和《读曲歌》之类,唐朝的《竹枝词》和《柳枝词》之类,原都是无名氏的创作,经文人的采录和润色之后,留传下来的。这一润色,留传固然留传了,但可惜的是一定失去了许多本来面目。到现在,到处还有民谣,山歌,渔歌等,这就是不识字的诗人的作品;也传述着童话和故事,这就是不识字的小说家的作品;他们,就都是不识字的作家。

又接着说:

> 但是,因为没有记录作品的东西,又很容易消灭,流布的范围也不能很广大,知道的人们也就很少了。偶有一点为文人所见,往往倒吃惊,吸入自己的作品中,作为新的养料。旧文学衰颓时,因为摄取民间文学或外国文学而起一个新的转变,这例子是常见于文学史上的。不识字的作家虽然不及文人的细腻,但他却刚健,清新。①

这是对民间文学非常精辟而全面的论述。

几千年来,民间文学和作家文学在平行发展之中,有着不可分割的血缘关系,二者互相影响,互相渗透,但又并驾齐驱各有自己的艺术传统,无论在内容和形式方面都有着各自一整套的特点。

民间文学作品按体裁粗分起来可以归结为三大类:

1. 民间故事——包括神话、传说、生活故事、寓言、童话(幻想故事)、笑话等散文作品。

2. 民间诗歌——包括民歌、民谣(顺口溜)、谚语、民间长诗(史诗、故事诗、抒情长诗)、绕口令、谜语、对联、酒令、打油诗等韵文作品。

3. 民间曲艺和民间戏曲——这是带有职业性的民间文艺,包括反映人民生活的民间小戏和曲艺。曲艺又包括评书、鼓词、弹词、快板、快书、相声等多种说唱文学形式。

以上三大类体裁,都是民间文学的传统形式。

用这些民间形式创作的作品是否都属民间文学范畴呢?回答是否定的。用民间形式创作的作品并不全是民间文学,不少文人运用民间形式创

---

① 鲁迅:《门外文谈》之七,《鲁迅全集》第6卷,第76页。

作了许多作品;在封建社会中,统治阶级为了对广大人民进行精神统治,也利用民间形式伪造了不少民间文学作品。因此,要想对民间文学进行科学的研究,必须根据它的特点,严格地给它划一个范围。

根据什么标准来划分民间文学的范围呢?民间文学主要有些什么特点呢?下面我们就来作一具体分析。

第二节 民间文学在内容方面的特性

民间文学是人民自己的文学创作,这是民间文学的阶级性。人类社会是分层的,分为上层统治阶级与下层被统治阶级,有奴隶主与奴隶、地主与农民、资本家与工人,这就是上层统治者和下层劳动者,他们的经济地位不同,思想意识也不同。民间文学就是下层人民的文学。民间文学的创作者主要是广大的农民和手工业劳动者(在古代是奴隶、农奴)、现代产业工人。在划分民间文学的范围界限时,这是一条阶级界限,用以区别真假民间文学,鉴别统治阶级的伪造品。过去有些学者常常把形式特征作为划分民间文学范围的唯一标准,认为"纯口头文化中的一切都是民间创作",或提出"白话文学"的口号来代替民间文学的概念,这就模糊了民间文学的阶级性。

在马克思主义产生以前,革命民主主义者虽然也强调民间创作的人民性,但当时多偏重于"民族性"方面,而且他们心目中的"人民"的概念也是不科学的,只有马克思主义产生以后,才能用科学的观点研究民间文学。

中国新文化运动的"伟大旗手"鲁迅在后期可以说是一位优秀的马克思主义者。他在《论旧形式的采用》一文中明确指出,有"消费者的文艺"就必然有"生产者的文艺"。这就是民间文艺。鲁迅所说的"生产者",正是指的劳动人民。在《门外文谈》中,鲁迅还分析了"莫打锣,莫打鼓,听我唱个太平歌"这样的俗歌,认为它的语言虽然通俗却并不是民间文学,而是官方文学,是"钦颁的教育大众的俗歌"。在《人话》中,我们同样看到了运用阶级观点鉴别民间文学真伪的生动范例。鲁迅在文章里引述了一个在浙西流传的笑话:"是大热天的正午,一个农妇做事做得正苦,忽而叹道:皇后娘娘真不知道多么快活。这时还不是在床上睡午觉,醒过来的时候,就叫道:太监,拿个柿饼来。"①鲁迅说这个笑话是讥笑乡下女人无知的,看来像是"下等华人话",其实还是"高等华人话",是"高等华人意中的'下等华人话'……在下等华人自己,那时也许未必这么说,即使这么说,也并不以为笑话的"。②鲁迅在这两个例子里运用阶级观点,一针见血地揭穿了民间文学的伪造品,坚定地捍卫了文学阶级性的原则。他对于民间流传的作品,绝不只从语言是否通俗、是否口头流传等形式方面看问题,而从阶级本质上来进行分析。

坚持这条阶级界限对我们研究民间文学有非常重大的意义,否则无法认识民间文学的本质,无法进行真正科学的研究。

"五四"以来,我国有些学者在"民主"和"科学"的旗帜下,反对封建文化,积极搜集和研究民间文学,做出了非常大的成绩。但是由于缺乏马克思主义的指导,他们无法科学地划分民间文学的范围。

在 1980 年代,也有人提出民间文学是"全民文学"的说法,他们认为"胡风说民间文学是封建文学,是基本正确的,不无道理的"③。其实,胡风后来说过,他对民间文学缺少研究,已收回了说民间文学是封建文学的观点。

我们认为,民间文学是劳动人民自己的集体创作,它虽然也有些思想上不健康的东西,有些迷信、落后的成分,但它的主流和本质是健康的,与反动的封建文学有根本区别。

列宁在《关于民族问题的批评意见》一文中说过:"**每个民族文化里面,都有一些哪怕是还不大发达的民主主义和社会主义的文化成分,因为每个民族里面都有劳动群众和被剥削群众,他们的生活条件必然会产生民主主义的和社会主义的思想体系。**"④劳动人民的阶级地位决定了他们的意识形态。他们是历史的创造者,是历史发展的动力,是不断和反动统治阶级进行着各种各样的斗争的,他们的民主思想和进步要求通过自己的文学创作表现出来,表现得比作家更直接、更丰富也更强烈,这就形成了民间文学的直接的人民性。下面我们就举一些具体的事实来说明。

---

① 《鲁迅全集》第 5 卷,第 60 页。
② 同上。
③ 山民:《到底什么是民间文学》,《民间文学论坛》1989 年第 2 期,第 56 页。
④ 《列宁全集》第 20 卷,第 8 页,人民出版社,1958 年。以下引用《列宁全集》,皆出自此版本,不另注。

其实阶级斗争理论并非马克思的发明,而是18世纪资产阶级历史学家提出来的。法国1789年的大革命就是一次激烈的阶级斗争。阶级斗争是事实,无法否定。

毛主席说:"地主阶级对于农民的残酷的经济剥削和政治压迫,迫使农民多次地举行起义,以反抗地主阶级的统治。"①武装起义是阶级斗争的最高形式,许多古代民歌用鲜明的艺术形象,深刻地表现了这种阶级斗争的社会现实,如元代至正年间浙东红巾起义军中流传的《树旗谣》,是树旗造反号召人民起义的:

  天高皇帝远,民少相公多,
  一日三遍打,不反待如何。②

至于大革命失败后上海工人中流传的革命民歌《敢把皇帝拉下马》,革命性和反抗性就更强烈、更彻底了。这些作品只有亲身参加革命斗争的人民大众才能创作出来,一般文人是写不出来的。当然,阶级斗争与阶级调和这对矛盾,要互相结合才好,在一定条件下,可以劳资两利,建立统一战线,而在许多情况下,工农大众在旧社会只能默默忍受剥削与压迫,或进行一些有限的交涉和斗争。

尽管民间文学的思想在各个历史时期有着不同的内容,人民的概念也是随着历史的发展而不断变化的,但劳动人民始终站在历史的前列,是推动社会发展的力量,他们的创作直接表现了人民群众自觉不自觉反抗剥削、压迫,实现平等、幸福、自由、解放的进步思想。正如民歌所唱:

  什么树开什么花,
  什么藤结什么瓜,
  什么人唱什么歌,
  什么阶级说什么话。

民间文学直接表现人民的思想感情,主要是这种思想上的进步性。

民间文学的题材主要是直接表现劳动人民的生活,记述人民自己的历

---

① 《毛泽东选集》第2卷,第619页,人民出版社,1952年。以下引用《毛泽东选集》,皆出自此版本,不另注。
② 《元诗纪事》卷四五。

史活动。我们知道,劳动人民的创作是他们在生活实践的过程中进行,直接反映自己的生产劳动、社会斗争和生活情况的。他们最熟悉自己的生活,才能反映得那样真切感人。如谈迁《枣林杂俎》所录的明代末年浙江民歌《富春谣》,就是古代阶级斗争的血泪记录:

富春江之鱼,富春江之茶,
鱼肥卖我子,茶香破我家。
采茶妇,捕鱼夫,
官府拷掠无完肤。
……①

"鱼肥卖我子,茶香破我家",这种描写反映当时苛捐杂税之暴虐,是多么深刻、多么动人。

民间文学作品中的主要人物是劳动人民。民间文学歌颂了劳动人民的斗争生活,反映了他们的痛苦和欢乐。这些都是脱离劳动和脱离人民的作家所无法体会也无法反映的,但在民间文学中却反映得那样深刻动人、富有情致。正是在这方面民间文学较之旧时代的作家文学有着巨大的优越性。它是属于劳动人民自己的文学,具有直接的人民性。尽管民间文学曾遭受到反动统治阶级的查禁迫害和篡改,如实留存下来的古代民间文学作品已经不多,然而我们从中还是可以鲜明地看到它们在思想内容上的这些特点,至于现代流传的民间文学作品就更富革命性、战斗性和劳动人民的生活气息了。

当然,在今天看来,社会主义新民间文学作品往往反映了当代的先进思想,是群众进行社会主义自我教育的重要形式。旧时代遗留下来的民间文学遗产(即"传统民间文学")也反映了广大人民淳朴的劳动生活和思想感情,揭露了不合理的社会制度,发出了反抗剥削压迫、要求自由民主的呼喊,歌颂了人民英雄和杰出的历史人物,鞭挞了民族败类和一切违背社会道德的行为,肯定了忠贞的爱情,表现了人民对美好生活的向往,是人民生活的教科书,也是人民的娱乐工具和社会斗争武器。然而,由于"统治阶级的思想是统治的思想",民间文学不可避免地受到影响,以至在思想内容上有时也会保存着一些古代文化的历史遗存。有些人类学家把民间文化笼统地看

---

① 谈迁:《枣林杂俎》智集。

成"历史遗留物",有人甚至把民间文学和"原始文学"混为一谈,这也是一种以偏概全的错误。民间文学确实存在着时代的和阶级的局限。我们必须以历史唯物主义六维立体思维的科学观点,站在今天的历史高度对它进行批判的继承,在整理、编选的普及工作中,取其有生命力的精华,去其过时的有害的糟粕,使民间文学更好地为社会主义服务。

传统民间文学中的精华主要是它的直接的人民性和进步性,这已在上面作了说明。其糟粕则主要是某些保守、落后的成分(如"各人自扫门前雪,莫管他人瓦上霜""人家骑马我骑驴,比上不足比下有余"等等);某些庸俗色情、低级趣味的描述(这在一些情歌和旧曲艺中较多);此外,还有关于愚忠愚孝、悲观宿命的封建说教等等。这种情况的产生是有它的社会历史原因的。传统民间文学主要是农民和手工业者的创作,他们都是小生产者、私有者,有革命性,也有自私、保守等缺点。他们缺少文化科学知识,在政治上、思想上受到封建统治者沉重的压迫,受到封建思想的影响,常常受了欺骗而不自觉。"天高皇帝远"就表现了农民对皇帝的迷信。水浒英雄所唱民歌:"打鱼一世蓼儿洼,不种麦苗不种麻。酷吏赃官都杀尽,忠心报答赵官家。"(《水浒传》第十九回)也对赵宋王朝抱有幻想。马克思、恩格斯在《德意志意识形态》中说:"统治阶级的思想就是统治的思想。"民间文学受到统治者的影响,作品中或多或少地带有一些不健康的成分,这是可以理解的。我们对民间文学也要进行具体的分析。对于落后的乃至反动的成分,要进行批判,并在整理工作中加以剔除。然而,绝不能因此而把民间文学和封建文学混同起来,从而全盘否定民间文学。尽管民间文学中也有糟粕,但这不是本质和主流,而是非本质的、次要的成分。

总之,民间文学在内容方面的特点是它直接地、鲜明地表现了广大人民的阶级性和进步性,也就是直接的人民性。当然,它也存在着历史的和阶级的局限性。我们认为:只有人民自己创作的、主要表现下层劳动人民思想感情和生活内容的作品才是民间文学;如果主要是宣扬封建思想,虽然运用的是民间形式,也是伪造品,是"高等华人话",而不是民间文学。

俗文学与民间文学也不是一个概念。俗文学的范围比民间文学要大,包括民间文学以及文人学习和运用民间形式而创作的拟民间文学作品。这些个人的俗文学创作,未在群众中流传而成为人民集体创作,显然还不是民间文学。只有已经在广大人民中流传了的,才是民间文学。

第三节　民间文学在创作和流传方式上的特点

　　民间文学是用传统的民间形式创作和流传的文学作品,它具有口头性、流传变异性、传统性和集体性,这是划分民间文学范围时应注意的外部标记,也是民间文学在创作和流传方式上的特征。

　　在存在阶级压迫的社会中,劳动人民被剥夺了受教育的权利,是不识字的"睁眼瞎",他们的语言艺术只能保存在口头,"叫我唱歌我就唱,叫我写字不在行"。民间文学是口头创作、口头流传的,几千年来,这种创作和流传的方式形成了民间文学的一系列特点,现分述如下:

　　口头性　这是传统民间文学最显著的外部特性。在存在阶级压迫的社会中,劳动人民不识字,不能进行书面创作,民间文学只能在口头创作、在口头流传。因此如果不及时记录,许多作品就会像风一样消失,所以需要立即"采风"。

　　但口头性也有很多优点:它使民间文学和社会生活结合较紧,在劳动、斗争中能发挥很大的作用,形成了民间文学的多功能性。例如,人民可以随时利用民间文学进行生产斗争和社会斗争。在劳动中,各种劳动号子、田歌、秧歌都需要在口头演唱;在社会斗争中,民间文学的口头性可以使它像风一样一阵阵刮起来,来无影去无踪,神出鬼没,不易被敌人扑灭,能发挥很大的战斗作用。在不少少数民族中,谈情说爱也离不开民歌,不会唱歌是找不到爱人的。苗族的"理老"则用民歌来排解纠纷,甚至双方打官司时也唱着调子来申诉案情。民间文学的口头性还可以使一切不识字的劳动人民都能参加文学创作和欣赏活动,发挥他们的文艺天才。从歌剧《刘三姐》的"对歌"一场戏中,我们约略可以看到民间文学口头艺术的这种优越性:

　　　　罗秀才:你莫恶来你莫恶,你歌哪有我歌多,
　　　　　　　不信你到船上看,船头船尾都是歌。
　　　　刘三姐:不懂唱歌你莫来,看你也是无肚才,
　　　　　　　唱歌从来心中出,哪有船装水运来。

在刘三姐和秀才对歌的斗争中,人民的语言艺术发挥了巨大的威力,在民间歌手的艺术天才面前,那些显耀书本知识的酸秀才的窘相显得多么可笑。

民间文学的口头性是和表演性的特点结合在一起的,语言艺术和音乐、舞蹈、表情、动作等等艺术手段结合起来,便产生了更大的艺术表现力量。这就逐渐形成了民间文学语言艺术本身的一系列艺术特点。可以说,民间文学的传统艺术形式及传统艺术特色主要是由它的口头性所决定的。如民间文学作品的风格刚健清新;结构单纯而灵活;自由的口头创作更便于直接抒情、叙事和描写,使民间文学作品形象鲜明,感情强烈,想象丰富,深入浅出;多用比兴、夸张、对比、重叠、复沓、谐音双关等艺术手法;语言明白晓畅、朴素生动而富有音乐性等等。它们大多短小精悍,易懂易记、朗朗上口,便于口头流传,为最广大的人民群众所喜闻乐见。关于这一艺术特点,我们在具体论述各种体裁的民间作品时将要详细谈到。值得指出的是,在一些报刊上,常常将缺乏口头性特点的诗歌、故事(或小说)都标以"民间文学"之名,这就忽视了民间文学的固有特点,更混淆了民间文学的界限。

民间文学的口头性是非常重要的,但是它毕竟是外部特征,而不是本质的内容特征,有人夸大了它的作用,认为口头性是民间文学的"基本特征"[①]。这是形式主义的看法。也有人把口头性绝对化,主张《诗经》、乐府中的民歌都不能算民间文学,因为已见诸文字,不再流传于口头了,认为:"我们现在所谓民间文学应该专指现在流传在民间的文学。"[②]这就大大缩小了民间文学的范围,割断了历史,把许多真正属于劳动人民的创作排斥在民间文学之外,也是不科学的。

在社会主义时代,人民的范围扩大了,脑力劳动者知识分子也是人民,也有口头创作。劳动人民掌握了文化,能够在书面进行创作了。这些新的情况说明,民间文学的口头性发生了一定的变化,但它并未消失,而且仍然起重要的作用。一方面,口头创作还大量存在,唱民歌、讲故事等口头文学形式将永远不会消灭;另一方面,有些作品尽管开始在书面创作出来,也还是为了在口头演唱、流传,并且要在流传中进行修改、经受考验,才能真正成为优秀的民间文学作品。因此,社会主义民间文学的口头性仍然是它的重要特征。书面创作的作品也必须保持口头艺术的特点,并能在群众中流传、为群众所接受,才能成为民间文学。缺乏口头艺术特点的作品,尽管出自劳

---

① 详见《苏联民间文学论文集》,第222页,作家出版社,1958年。
② 杨荫深:《谈谈民间文学的范围》,《民间文学》1957年6月号。

动群众之手,也不能列入民间文学的范围。例如天安门诗歌中许多用旧诗词形式和书面文言词汇创作的作品,缺乏口头性,朗读起来不易听懂,并未在口头流传,就不能算民间文学。其中有的歌谣体作品,在口头广泛流传,当然就另当别论了。

在现代条件下,由于广大劳动群众已掌握了文字,民间文学报刊和书本在民间广为流传,故事小报、刊物已有多种,有的故事刊物发行量达数百万份,在偏远地区也能看到。不少地方把书面和口头流传结合起来,看了故事就去讲说,或先口头说,然后记录下来向刊物投稿,这是一种新的趋势。这说明某些书面的民间创作,只要是具有口头性的、可能在口头流传的,都可归入民间文学。如今民间口头作品还有电子化流传的特点,在广播、电视、录音、录像乃至网站、微博、微信中,得到了更大范围的流传,这是口头性的新发展。不管是哪种形式,民间文学的口头艺术特点都必须保持和发扬,这样民间文学才能受到欢迎,才能广泛流传。如果用朗诵法去念故事,用书面文言去写故事,那就不是民间文学而成了个人书面创作。

流传变异性 主要指民间文学在时间中和空间中流传,在流传过程中发生变异。由于社会条件的不同,民间文学的内容和形式常常因时而异、因地而异,这就形成了它的地方性、民族性、时代性以及某些作品的国际性和历史的复杂性(如年代不易断定等)。流传性也是民间文学的外部标记,因为口耳相传,作者不可能署名,这就形成了民间文学的"无名性"(又称"匿名性")。在流传过程中,作品不归一人所专有,人人可以改动,所以作品常常是不固定的,它的内容和形式不断处于变化之中,于是就产生了同一"母题"的不同"异文",这就是民间文学的变异性(又称"变动性")。

现在我们就来看看民间文学变异的具体情形。例如"梁山伯与祝英台"的故事结尾有种种不同的说法,在江浙流传的是二人化成了一对美丽的蝴蝶,而在四川是化成了比翼双飞的鸟儿,在广东则是变为蓝天上的彩虹。这是因地域不同而产生的变异。这类例子很多,在民歌中也屡见不鲜,如交城山民歌《放哨歌》写妇女儿童抗战时期在路口站岗放哨盘查行人,有这样一段:

妇女开言问:"同志你哪部分?
哪里来到哪里去,干些甚事情?"

>"叫声女同志,我是八路军,
>从后方到前方,去打日本鬼。"

同是这一首民歌,在邻近的文水县云周西村(刘胡兰的家乡)我们又听到了不同的异文:

>……小奴把他问:"你是什么人?
>从哪来到哪去,干些甚事情呀?"

>"叫声女同志呀,我是八路军呀,
>从文水到交城,前去杀敌人。"

因地理条件的变化造成方言、气候、风俗、景物等情况的变化而产生民间文学的变异是最常见的,特别是农谚,南北方往往有很大的差异。

因时代的不同,民间文学作品在流传中也不断变化,以适应新的情况。推陈出新,这是民间文学发展的重要规律。如《月儿弯弯照九州》这首民歌在南宋小说《冯玉梅团圆》中已有记载,一直流传到现代,因时代的不同内容发生很大变化,有许许多多异文。主要内容是南宋时定下的:

>月子弯弯照几州,几家欢乐几家愁,
>几家夫妇同罗帐,几家飘散在他州。

后来第一句就由"月子弯弯照几州"变为"月儿弯弯照九州",这是语言描写的时代变化。此外还有许多异文,谭达先《民间文学散论》中曾有专文研究①。这些异文有反映战乱中人民流离失所的痛苦的,也有表现阶级不平的,20世纪50年代在金门、马祖蒋军兵营里,士兵甚至用它表现自己背井离乡的苦闷和不满:"月儿弯弯照九州,当兵的苦闷何时休。白天黑夜修工事,却把青春水里丢。"②

民间文学的变异性具有很大的改造力量,旧社会的一些情歌,经过群众的改造之后,也能成为红色歌谣和新民歌。如有一首情歌:"骑虎不怕虎上山,骑龙不怕龙下滩,有心爱花不怕死,死在花下也心甘。"后来发生了质变,成为红色歌谣,表达革命的决心。前两句不变,后两句变为"决心革命

---

① 谭达先:《民间文学散论》,广东人民出版社,1959年。
② 《春节在蒋军兵营中》,《人民日报》1958年2月25日。

不怕死,死为革命也心甘"。又如"莫学灯笼千只眼,要学蜡烛一条心"的情歌,原是"劝郎爱妹莫变心"的,在1949年以后变成"劝郎爱社莫变心","妹"变为"社",声调一样,但意义不同了。正因这种推陈出新的变异,才使民歌能在传统的基础上发展,适应时代的要求,跟随历史一道前进。

在流传中有可能出现遗忘,使作品不够完整,有时也会出现生搬硬套的情况。如宁夏有人把陕西民谣"铁镢头,二斤半"改为"三斤半",把"一挖挖到水晶殿"改为"一挖挖到山神殿",用以表现开矿的成绩,却忽视了开矿的特点,缺乏生活的真实性。还有一些歌谣在流传过程中被随意加进了一些主观臆造的东西,如"大跃进"民歌中原有一首说"定要亩产一千五,不许土地来还价",这本来还是比较实际地表现增产决心的,有的地方则改为"定要亩产一万五",就表现出了浮夸风。由此可知,在流传变异中也有可能降低作品的思想和艺术质量。但更多的情况下则是愈变愈好,使作品集中了集体的智慧,逐渐提高其思想和艺术水平。

流传性和变异性常常是结合在一起的。民间文学作品在口头流传,必然会发生变异,但韵文的变异性相对较小,比较稳定,而散文故事在讲述中往往每次都不完全一样,在语言上甚至情节、结构上,都不断在变异。

传统性 民间文学的变异是有规律的,"万变不离其宗",只能在传统艺术特色的基础上发生渐变。它在内容上可能发生巨大的变化,但在艺术形式上则不会有突然的巨变。因为广大人民千百年来养成的艺术传统和欣赏习惯,不可能一下子全部改变。民间文学的艺术传统有很大的稳固性。如果脱离了传统,就不可能被群众接受,当然也就不成其为民间文学了。因此,我们认为传统性也是鉴别民间文学范围界限的一个重要标志。

民间文学的传统性是指它在创作原则和体裁、语言艺术特色等艺术形式方面具有很大的稳固性。这是由于各民族生活条件和语言方面的特点,是在长期的历史发展中逐渐形成的。这些传统特点有其深远的历史根源和广大的群众基础。如民间文学的现实主义和积极浪漫主义以及二者相结合的传统,敏锐地反映现实的战斗传统,是古今一贯的。在歌谣、谚语、故事等各种民间文学的体裁上,在语言风格和艺术手法上,各民族的民间文学都有独特的传统。这是由口头性所决定的,同作家的书面文学有很大差别。如汉族南方的四句头"山歌"、北方的"信天游"和"花儿"等形式,藏族的"谐""拉夜"等民歌体裁,都是比较稳固的。民间文学深入浅出的艺术风格,它的语言节奏和韵律,比兴、白描、谐音双关等艺术手法的运用,以及单纯而灵活的结构方式,都是为了便于广大人民群众记忆和流传而逐渐传承下来的。这种艺术传统积累了历代劳动人民艺术创造的丰富经验,往往要经过长期耳濡目染和不断努力学习才能熟练地掌握,它是民间文学作品具有一定思想和艺术质量的重要保证,也是民间文学不断向前发展的良好基础。

毫无疑问,艺术传统是稳固的,有一定保守性,所以杰出的歌手、艺人会在传统的基础上不断创新,使作品充满活力。传统特点中也有过时的成分,需要批判地继承,不能抱残守缺,否则也会使传统作品受到冷落而失去艺术生命。但这种推陈出新绝不是对传统的全盘否定,虚无主义地割断传统必然脱离群众。忽视民间文学的传统性,实际上也就取消了民间文学。我们在民间文学搜集整理和研究工作中,要十分重视民间文学的传统艺术特点,很好地学习和研究民间文学的优秀艺术传统,并发扬而光大之,俾使民间文学充满活力,与时俱进。

集体性 这是民间文学在创作方式上的本质特征。这就是说,民间文学集体创作、集体流传、为集体服务并为广大人民所共有。这是与作家创作作为个人创作根本不同的一个特点。民间文学集体性的根源在于它的群众性,只有真正体现了广大人民的思想感情和美学趣味的作品,才能流传并被集体所接受。

民间称故事为"瞎话",说"瞎话瞎话,没根没把,一个传俩,两个传仨,我嘴生叶,他嘴生花,传到末尾,忘了老家"。这就说明:民间文学是集体的创作,但并不都是你一句我一句凑起来的。在一般情况下,常常是先由个人创作出来,然后逐渐在流传中由大家进行加工。它的流传过程就是创作过程,传播者自觉不自觉地参加到创作中来,这就使民间文学在流传中,不断地集中了群众的天才创造,成为集体智慧的结晶。

在历史上,还有这样的情况:某些作家的作品,在民间流传开来,发生变异而成为民间文学。普希金、海涅、裴多菲的一些诗在民间流传,成了民歌。据专家统计,海涅有一两千首诗被民间传唱。我国西藏著名的古典诗人仓央嘉措(1683—1707)的诗,如今很多已成为民歌,三百年来流传不衰;其中有一首民歌是家喻户晓,藏民几乎人人会唱的:

> 洁白的天鹅啊,请借我凌空双翅,
> 别处我都不去,只到理塘就回。

"内地有苏杭,藏区有理塘。"理塘是藏区风景最优美的地方。仓央嘉措以此幻想的诗句表示对理塘的向往,而后来在传唱中有各种不同的异文,如最后一句变为"只去看看情人"。1949年后有的异文更发生了根本的变化,变为:

> 洁白的天鹅啊,请借我凌空双翅,
> 别处我都不去,只到北京绕一个圈子。

为了研究的方便,可以把人民自己创作的民歌称为"第一性的民歌",把作家创作而流传民间的民歌称为"第二性的民歌"。这"第二性的民歌"也在口头流传并发生变化,群众对它进行了改造,就成了人民集体的创作。所以流传性也是集体性的重要标志。只有已在群众中流传的作品,才是人民集体创作的文学。

民间文学的集体性是其深刻的思想性和高度艺术性的根本保证。由于在流传变异的过程中经过长期的琢磨和淘汰,集中了千百万劳动人民的爱憎情感,融会了他们的理想和愿望,同时还运用了人民长期积累起来的传统艺术经验和高度熟练的技巧,民间文学的思想性和艺术性得到不断的提高,才达到高度精美的境地。马克思说:"我们知道个人是微弱的,但是我们也知道整体就是力量。"①集体的伟大力量是任何个人所不可比拟的。高尔基说:"只有集体的绝大力量才能使神话和史诗具有至今仍不可超越的、思想与形式完全调和的美。而这种调和也是因集体思维的完整性而产生的……这些广大的概括和天才的象征,譬如:普罗米修斯、撒旦、赫拉克勒斯、斯瓦托戈尔、伊利亚、米库剌以及数百个这类的概括人民生活经验的名字,只有在全体人民的全面思维的条件下才能创造出来。数十世纪以来,个人的创作就没有产生过足以与《伊利亚特》或《卡列瓦拉》媲美的史诗,个人的天才就没有提供过一种不是早已生根在民间创作里的概括,或者一个不是早已见于民间故事和传说中的世界性的典型——这点极其鲜明地证实了集体创作的力量。"②

当然,集体和个人是辩证统一着的两个方面,集体是由个人组成的,

---

① 《马克思恩格斯全集》第1卷,第80页,人民出版社,1956年。
② 〔苏〕高尔基:《个性的毁灭》,见《苏联民间文学论文集》,第75页,作家出版社,1958年。

"个体是群的**部分**物质力量及其一切知识和一切精神能力的化身"①,创作者是集体而演出者却常常是个人,许多即兴的歌谣和故事常常是由个人触景生情创作出来的,至于那些体现了集体创作成果的艺人、歌手的个人创造性就更大了。在演唱中个人起重要作用,在集体成就的基础上,人民喜爱的艺人、歌手总要进行个人天才的艺术创造,有自己独特的艺术风格。

由此可见,口头性、流传变异性、传统性和集体性是鉴别民间文学作品的重要标记。在一般情况下,凡是不合乎这些标准或主要不合乎这些标准的,就不能算民间文学。

1949年以后,由于劳动人民逐渐掌握了文化,不少新民歌、新故事是先由工农群众个人用笔写出来的,不少工农作者还创作小说、剧本、旧诗词和自由体新诗。在这种情况下,有的人就认为民间文学的特性已经不重要了,把所有群众创作都算作民间文学,无边无际地扩展了民间文学的范围,这对发扬民间文学的艺术传统显然是不利的。群众创作不完全是民间文学,它是一个更大的概念。也有人看到有些民间创作不是先从口头而是先从书面写出来的,就得出结论说"社会主义民间文学已经消失了",或者说"民间文学和作家文学已经合流了"。这也是不符合实际情况的。我们应该看到民间文学的特性在社会主义社会中的发展变化,这是对的;但从本质上看,民间文学和作家文学的分化是阶级社会体力劳动和脑力劳动分工的产物,它们的合流也必然要在体力劳动和脑力劳动的差别消灭之后,这是需要经过长期发展才能办到的事。民间口头文学与作家书本文学的差别目前还是很明显的。民间文学的种种特性并没有消灭,只是发生了新的变化而已。民间文学的流传方式主要还在口头,唱山歌、说故事、表演曲艺和小戏节目,都主要在口头创作或流传。有些书写作品,如报刊、网站上的民歌、故事,微博、微信中的段子等作品先从书面写出来,也都要符合口头艺术的传统特点,有可能在口头流传,并且要经过口头流传进行集体加工和修改才是民间文学。这仍是民间文学的固有特性。民间文学仍旧是广大人民所掌握的最熟悉的语言艺术,依旧保持其传统的基本特点。虽然在传统形式的基础上还会产生出新的形式来,但这恰恰显示了民间文学的生命力,说明民间文学

---

① 〔苏〕高尔基:《个性的毁灭》,见《苏联民间文学论文集》,第76页,作家出版社,1958年。

永远也不会消失。因此对于民间文学的范围界限和基本特征,仍需要有正确的认识。

现在,我们可以给民间文学下一个完整的定义了。根据以上的分析,我们认为:民间文学是指广大人民用自己最熟悉的传统民间形式创作和流传的文学作品,具有直接的人民性和口头性、流传变异性、传统性、集体性、立体性等特征。这个定义概括了传统民间创作和社会主义时代民间文学的基本特性,是我们目前划分民间文学与文人文学、俗文学、大众文学、群众文艺等等范围界限的主要依据。因此,民间文学只是俗文学、大众文学、群众文艺中的一部分,它的主要标志有二,缺一不可:

第一,民间文学必须是广大人民自己的文学创作,具有直接的人民性。这是划分民间文学范围的一个阶级标准,是思想内容方面的标准。

第二,民间文学还必须是用人民自己最熟悉的传统民间形式创作和流传的文学作品,一般说,它是在民间流传的一种活的**立体艺术、实用艺术**,具有**口头性、流传变异性、传统性**和**集体性**。这是民间文学在形式上和创作流传方式上的标准,是外部标志,但同样是不可缺少的。当然,在社会主义时代,民间文学的特性发生了变化,如有些作品首先由个人在书面创作出来。我们在具体工作中主要应看它们是否**可能**在口头流传,是否是用广大人民最熟悉的**传统**民间形式(或其新发展的变体)创作出来的,以此来判断它们是否属于民间文学的范围。对此需要有一定的灵活性,主要是因为它们往往是新生的,还处在创作流传的过程之中,尚未定型,因此我们在标准的掌握上也要适当放宽。但不管如何放宽,根本上仍要坚持这两方面的标准。一个作品是否能真正成为民间文学,主要还是要看它能否被群众所接受,能否在群众中流传,即最终仍由广大人民群众自己来决定。

第四节　民间文学的立体性特点

关于民间文学特性与范围界说,学术界一般的看法已如上述。改革开放以来,我在民间文学的教学与研究中,发现民间文学的描写研究①是重要的基础,但人们往往不大理解,不大重视。追寻其原因,可能与对民间文学

---

① 关于"描写研究",参见本书第九章和《南风》1982年第2期上我的专文。

特性的认识有关,所以我在1981年所写的《加强民族民间文学的描写研究》一文中提出了"立体性"的概念范畴。由于当时条件所限,未能具体详说,只简单介绍了一点①,在这里较全面地作一些阐述。

我以为民间文学的立体性是民间文学区别于作家文学的非常重要的特点,它主要表现在以下五个方面:

第一,民间文学作品在民间口头流传时,必然会产生种种不同的说法,这即是民间文学作品的"异文"。每一种异文只能代表作品的一个侧面,所有异文的总和,才是作品的全貌。所以民间文学作品作为一种特殊的文学是立体的,是由所有不同的"异文"所代表的各个侧面组成的一种立体。而作家文学一般只有一种定稿在流传,初稿是不传的,所以是单一的平面,同民间文学的多侧面、立体性不一样。过去记录民间文学,只记一种异文,以偏概全,就是由于不了解民间文学的立体性特征之故。如此套用作家文学的做法,显然不妥。

第二,民间文学作为一种口传的文学,是与表演性相联系的。民歌的文学成分——歌词,与它的音乐成分——曲调密不可分,有的还结合着舞蹈动作、歌舞表情。民间故事与曲艺的演出当然也有表演或表情的成分在内,是带有综合性的活的立体艺术。这与单纯作为语言艺术的纯文学作家创作大不相同。如果忽视这种立体性特点,只孤立地看民歌的歌词,往往不能对作品有全面的了解,这对欣赏与研究都不利。因此,对民间文学作品的表演性进行描写研究,保存它的立体性特点的原貌,就显得非常重要。过去一些民间文学的搜集者,对民间文学作品只取其文学一端,只记本文而不顾其表演性,将其与作家文学等同看待,其错误主要在于忽视了民间文学的这种立体性特点。

第三,民间文学与人民生活有密切的联系,它往往是在一定的文化空间中触景生情的即兴创作。这种即兴创作的特点,在民间歌谣创作中尤为明显。不少歌手可以看到什么就编什么、唱什么,在对歌比赛时更能随机应变,听对方唱了一首立即迅速编出新词来应对。故事讲述时即兴创作也有所表现,一些故事家善于有针对性地讲故事,根据场合的不同和听众的不同

---

① 后来我又写了一篇文章《民间文学的立体性特征》,发表在《民间文学论坛》1985年第5期上,受到专家和读者的认可,经投票获评"银河奖",可参阅。

而增减某些内容,挑选某些合适的题材,有所强调,有所删除,以适应环境与听众的需要。这就是说,民间文学是在一定的社会场合环境中产生与发展的,即兴创作离不开它的具体场合环境。从民间文学与场合环境的多方面联系中,也可以看出它的立体性特点。如果我们对民间文学的创作场合环境与针对性不加重视,对这种文化空间不作描写记述,往往就不能理解它为何如此创作与表演,对其思想内容与艺术特色也会莫名其妙。

第四,民间文学有多功能性、实用性。它是人民在劳动中不可缺少的实用工具。如劳动号子离不开劳动动作,它们的内容与形式都是由劳动动作的特点所决定的,各种不同的劳动动作产生不同的劳动号子,以便统一大家的劳动节奏、减轻疲劳、鼓舞情绪、提高劳动效率。民间文学也是人民群众在社会斗争中实际运用的斗争"武器",与具体的斗争情景密不可分。民间文学是实用艺术,它在人民生活中也有许许多多实际功能。这就是民间文学的多功能性(关于民间文学的实用价值,将在第二章中详述)。这种多方面的社会功能,同样表现了民间文学的立体性。民间文学的这种实用性与多功能性,同一般作家的"纯文学"创作是不一样的。因此,在记录民间文学作品时应同时对它所起的实际作用作具体的描写记述,否则,就不能真正看到它的庐山真面目,等几百年后,人们看这文本就像我们看《诗经》中的民歌那样往往莫名其妙了。

第五,民间文学有多种科学价值,必须进行多角度的研究,从社会科学乃至某些自然科学的各个方面对它进行考察(关于民间文学的科学价值,亦详见第二章)。之所以要进行多角度的研究,就是由于民间文学本身的内容和形式是立体的,具有多侧面、立体性。民间文学往往是不自觉的艺术创作,它与社会生活的各个方面紧密联系着,深刻地表现了人民群众在各种社会条件下的思想感情,真实地反映了社会生活的各个方面,与不同的民族、地区、时代等多方面的特点紧密相连。这种立体性,不只是"三维空间"的立体,除长、宽、高之外还要加上时间,所以是"四维"的立体。同时,它还有深刻的内涵,具有多层次的本质特点,这种内部空间是立体的,为第五维。还有第六维——环境,这环境场合也是立体的,相当大地关系到它的生息兴亡与发展变化。

总之,民间文学是在六维立体的社会场合环境中产生的,具有表演性、实用性和即兴创作特点的立体文学,是不断变化的活的文学。就像活鱼在水里游动而离不开水一样,民间文学也离不开它的创作流传环境、背景和实用功能、变异流动生态,它密切联系着时代与社会,成为历史的见证、社会的反映。因此,我们不能与作家书面文学等同看待而忽视了民间文学的立体性特点,否则,就会在搜集整理时把"活鱼"变成了"鱼干儿"或"鱼画"而使它失去了艺术的活性。

认清民间文学的立体性特点,有着巨大的理论意义和实践意义。这种立体性与民间文学的口头性、变异性、表演性、多功能性等特点有关,却又是一种带有综合性的更大的特点,这是对民间文学特征的一种新的更全面、更深刻的理论概括。过去由于对立体性缺少认识,大大影响了民间文学搜集整理与研究、出版工作的效益,造成了许多不可弥补的损失。如今是重视民间文学立体性的时候了。我相信,充分注意民间文学的立体性特点,并在实际工作中认真对待这种特点,将会大大增强民间文学研究的基础——描写研究,提高民间文学搜集整理工作的科学性与文学性(作为一种特殊的文学的特有的文学性),这样研究工作与出版工作也必然会打开一个崭新的局面吧。①

近十多年来对傩戏、目连戏的调查研究,开辟了中国戏曲研究的新境界。我以为这主要是由于对民间戏剧立体性特点全面认识的进步。过去的戏曲研究是纯文艺的,所以对傩戏、目连戏等和民间宗教仪式结合在一起的民间戏剧很不重视。自从80年代中后期注重"仪式研究"的社会文化意义,从它们的"民间性"特点出发,进行立体调查,就有了巨大的突破。研究中国戏剧史的刘祯博士说:"概括地看,以目连戏、傩戏为代表的这种民间戏剧的表演主要有三大特征,即仪式性、民俗性和质朴性。从形式上看,仪式性游离于戏剧之外,这也是文人创作或改编删除的原因,但是站在民间的立场,这种仪式不仅是必要的,而且是必不可少的,仪式是演出的目的所在……与他们的生存、生活息息相关,在演出的仪式中,在必不可少的'开台''扫台'中,寄寓了人们的理想和愿望,寄寓了人们纳福禳灾、招祥祛凶宗教式的心理情结……"过去忽略了这一"最易将民间与文人士夫艺术戏

---

① 最近一位留美的博士生回国时对我说,她在美国宾夕法尼亚大学介绍了中国的"立体性"理论,引起美国学者的很大关注。她认为这个理论会使民间文学工作进入一个新的境界,这是毫无疑问的。

剧区分的标志","对民间戏剧是一种弃置与割裂",所以如今这种"对目连戏、傩戏的调查与研究,开拓了人们对民间戏剧崭新的视野空间"。① 这种对立体性特征的开拓,抓住了民间文艺与文人士夫文艺最大的不同点进行调查研究,确实是具有划时代意义的。当然,除对表演仪式进行研究外,还需对立体性的其他方面,如异文比较、演出形式、实用功能体现的民间思想、即兴发挥、观众反映与参与等许多方面,进行更深入的调研。这样就可以"重写戏剧史"并建立一些戏剧文化学的新学科,如"戏剧文物学、戏剧人类学、戏剧社会学、戏剧管理学、戏剧观众学、戏剧心理学、戏剧民俗学、戏剧宗教学、戏剧文献学等等"②。我以为这就是抓住了立体性特征而进行立体研究所出现的新开拓、新气象。如果更自觉地去进行这种"立体研究",民间文学的各个方面(包括故事、民歌、民谣、谚语、谜语、长诗、曲艺等)都会取得许多新的发现和成果。立体性正是民间文学区别于文人作家文学的最显著也是最重要的特征之一。苗族学者潘定智教授的《民间文艺生态学》就是对立体性理论的新的发展。其他还有不少成果,这里不一一介绍。

---

① 廖明君、刘祯:《民间戏剧、戏剧文化的研究及意义》(刘祯博士访谈录),《民族艺术》季刊2001年第3期,第38页。
② 同上书,第42页。

第二章
民间文学的三大价值

民间文学同作家文学不同之处,除表现在创作和流传方式、艺术形式、体裁和风格等方面之外,还表现在社会作用方面:民间文学有多功能性,是实用文学,不是"纯文学"。从民间文学和作家文学的对比上看,民间文学有三大社会价值,即实用价值、科学价值和艺术价值。下面就对民间文学的三大价值分别加以论证。

第一节 民间文学的实用价值与生活文化

民间文学是实用文学,和作家的纯文学有很大的不同。

自古以来,民间文学就与劳动人民的生活、劳动和斗争紧密结合,除了具有文艺价值之外,还有着很大的实用价值。它是劳动人民进行生产劳动和社会斗争的工具和武器,是人民生活、道德和历史的教科书,也是驱散疲劳和忧愁、充满情趣的娱乐工具。这是广大人民在千百年的生活经验中所创造和享用的生活文化。

(甲)在生产劳动中,民间文学的实用价值和功能、作用包括如下几点:

第一,协调劳动动作,统一劳动节奏。这个作用自原始社会以来,直到如今始终存在。鲁迅所说的文学上的"杭育杭育派",就是民间文学的萌芽。这在我国古籍中早有记载,《淮南子·道应训》:"今夫举大木者,前呼'邪许',后亦应之,此举重劝力之歌也。"这种"举重劝力"的作用在各种劳动号子、夯歌、拉纤歌中保留至今。藏族有一种"打阿尕"的调子,是很多人一起捶打泥土时所唱的歌曲,如节奏不统一,打出的地板和屋顶就不平了。所以每到春天,在拉萨等地集体打阿尕修屋顶、场地的人们总要唱这类歌曲,离不开它。人们排成队手拿木棍小夯(即阿尕),边唱边打边跳边前行,十分热闹。

在劳动中,劳动号子虽然还只是最简单的民歌,但已起到了集体劳动组织者的作用,发挥了它一定的威力。原来抬不动的重物,因为有了号子,大家能一齐用力,竟可以抬起来了,对于原始人来说,这真是创造了奇迹。因此,他们就把这种语言的奇妙作用神圣化,认为最会唱歌的人是神派下来的。在希腊神话中,传说太阳神(兼文艺之神)阿波罗弹起琴来,能使石头跟着他跳舞,他把石头引向特洛伊,对特洛伊城的建造起了巨大的作用,就是一例。

第二,坚定劳动信心,表达人民战胜大自然的愿望和信念。神话、咒语和某些歌谣、曲艺等不少作品都是企图用语言艺术的力量来征服自然的。例如,在旱灾猖獗时,古代劳动人民创造了羿射九日的神话,说干旱是由于十个太阳同时出来而产生的,这位巨人般的神射手射掉了九个太阳,才使人们得以生存。远古的《蜡辞》,歌唱"土返其宅,水归其壑,昆虫毋作,草木归其泽",就是在岁末年初腊祭时祈求来年风调雨顺农业丰收的,已成了劳动生活不可缺少的组成部分。腊祭后来发展为春节年俗,绵延了数千年。在陕北,春天播种之前,农民们常常请说书艺人来家唱一段"黄牛书""丰收乐",保佑人畜平安、风调雨顺。① 在不少少数民族中,各种传统节日都有歌舞活动,他们所唱的很多咒语、仪式歌,都是和劳动密不可分的。蒙古有种民歌叫"安代"(又译为"安达"),是为战胜疾病而演唱的。所有这些都可以说是对语言艺术的神奇作用的迷信,是与落后的生产力和文化水平相联系的,但它和宗教迷信又有着本质的差别,对命运不是屈服而是想尽一切办法进行斗争。正如高尔基所说:"应当首先指出,这种创作是以劳动为基础的,是改善劳动,把劳动奉为神圣的,是幻想着完全控制物质和自然力,认为可以改变这种物质,为了人民的利益而控制这些自然力的。"②正是这种对自然力的积极态度,鼓舞了人民的斗争意志和信心,从而在劳动斗争中不断取得新的胜利。

---

① 这是 1978 年 8 月我们在陕北调查时,著名说书艺人韩起祥告诉我们的。
② 〔苏〕高尔基:《论古代史诗中宗教和神话的因素》(1935),见《苏联民间文学论文集》,第 99 页,作家出版社,1958 年。

第三，鼓舞劳动热情，提高劳动兴致。在劳动时唱歌，不仅可以统一劳动节奏，而且还能鼓舞干劲，提高劳动效率。正如一首青浦田歌所唱：

> 山歌一唱，眼清目亮，
> 唱得精神，干得起劲。

新民歌对社会主义劳动有很大的鼓舞作用，在集体干活时"听到口号鼓动，肩上担子轻松"，"山歌记得牢，干活有目标"，这就是人民群众对民歌的评价。

关于民间文学的这种作用，也有许多美妙的传说，例如传说刘三姐是山歌的创造者，同时又是一个最好的劳动能手，她曾经和外地插秧能手比赛，由于山歌唱得好，结果取得了胜利。据说她只要在秧田四周插上一圈秧苗，再唱唱山歌，霎时间一块块田里就长满秧苗了。这个传说的浪漫主义夸张是很明显的，但是它反映了一个现实情况，即干活时唱起歌来就可以忘了疲劳，不觉时间的长久，很快完成任务。走路时唱歌、讲故事也可以不觉路长，提高速度。传说管仲有一次因急事赶路，为了使脚夫加快速度，就一起唱起歌来，果然很快到达了目的地。在云贵山区，脚夫们背着沉重的货物，全靠唱山歌解乏。西南联大师生《西南采风录》的记录者们发现了一个奇怪的现象，劳动时所唱的歌不只是劳动歌，而且也有情歌和游戏歌等。不管怎样，民歌、号子都可以提高劳动效率这是肯定的。正如一首江苏民歌所唱：

> 天要下雨北风狂，鸡要啼来扑翅膀，
> 船要快来双枝橹，人要出力开口唱。

第四，总结生产劳动经验，传授劳动知识和技能。这是民间文学实用价值的重要方面。谚语，特别是农谚是农业生产所不可缺少的口头技术课本，至于从神话到故事和寓言中所总结的劳动经验，更是古往今来流传不绝的，虽然它们采取了曲折的形式。

农谚的内容几乎包括了农业生产的各个主要方面，有关于农时节令的、关于气象的。在农业生产的全部过程中，从选种、播种到耕地施肥、锄草、灌溉、收割等技术经验都有无数谚语来反映，这是几千年来和自然作斗争的经验的结晶，如关于选种的"籽大儿肥"，关于田间管理的"锄头自带三分水，多锄抗旱苗发肥"，关于农业收获的"见蔓不见瓜，必定拿车拉；见瓜不见蔓，只能挑几担"（陕西）、"九成熟十分收，十成熟九成收"等。这些谚语，都透过表面现象反映了事物的本质特征。

在对答性的山歌——"盘歌"和"对花"中,也有很多是关于生产知识和经验的歌词。如《刘三姐》歌剧中曾经引用过的一首对唱民歌即包含着不少农业知识,兹录问辞如下:

> 什么结籽高又高哎?
> 什么结籽半中腰哎?
> 什么结籽成双对呀?
> 什么结籽棒棒敲哎?……

此外,在和秀才对唱时,三姐问秀才:"问你几时种麦子?问你几时种花生?"没有生产经验的秀才胡言乱语,惹得哄堂大笑,他唱道:

> 你发昏来你发昏,这点小事问我们。
> 阳春三月种麦子,八月十五种花生。

这从反面说明民歌中生产知识的重要。

神话寓言中有不少作品是劳动知识的艺术概括。神的形象多是按照劳动能手的形象创造的,如后羿就是善射的打猎能手。所以高尔基说过,由于人类征服了野马,于是就产生了人头马身的神。① 此外,如"拔苗助长""守株待兔"等寓言,最初都是从劳动经验中总结出来,并逐渐提高到哲理高度的。值得注意的是,这些民间文学作品对生产经验的概括,是通过艺术形象来进行,并且总是和劳动创造的喜悦结合在一起的。它是艺术,也是"科学",是具有实用价值的文学。

(乙)在社会斗争中,民间文学的实用价值也是很大的。它是劳动人民进行斗争的有力武器之一。

第一,表现劳动者对社会压迫的不满和控诉。在旧社会残酷的阶级压迫下,劳动群众过着牛马不如的痛苦生活,无数长工歌、诉苦歌及其他形式的作品从各个方面充分反映了他们的悲惨遭遇,其中还有不少揭露了剥削者的残酷,追寻了压迫和剥削的社会根源。《诗经》中《七月》《交交黄鸟》以及《伐檀》《硕鼠》所表现的对剥削阶级的不满情绪是相当强烈的。

---

① 参见〔苏〕高尔基:《论人民创作的劳动基础》,见《苏联民间文学论文集》,第92页,作家出版社,1958年。

在各地流传的"长工歌"将这种压迫表现得更加具体,下面这首山东歌谣在北方流传很广:

要吃地主饭,拿那命去换。
半夜去打水,鸡叫就吃饭。
走路像小跑,掌柜的还嫌慢。
一天两顿汤,半颗米粒也不见。
三天一犒劳,俩人伙吃一瓣蒜。

这样的生活待遇剥夺了长工的休息权和生存权,"拿那命去换",是多么痛苦、无奈。民歌的生动描写揭示了旧社会的基本矛盾。

第二,作为合法斗争的武器,进行日常的经济斗争,争取改善劳动、生活条件。

反映阶级压迫的歌谣在传统民歌中是数量很多的,艺术上也达到很高水平。当然,不少作品还停在诉苦阶段,有的只是埋怨命苦,没有真正认清阶级压迫的社会根源,还没有积极反抗的表示。在"长工与地主"的故事中则有所不同。这些故事中的长工都是机智幽默又勇于反抗的人物,而地主却是阴险毒辣而又愚蠢可笑的。在进行斗智时,克扣的地主总是失败,不得不如数发还长工的工资,满足长工的要求。这类故事在汉族各地都有,如《湖南民间故事》中的"敲鸡牙""财神",河北的"三问三答""本领和福分""别闲着和别叫唤""难上难"(康濯记),山西的"剥皮老爷"(闻捷记)、"金马驹和火龙衣"(马烽记)等等。例如剥皮老爷给长工出些古里八怪的难题,要长工去做,做不到就扣工资,第一年长工就这样白白给他干了一年。第二年这长工的弟弟来了,剥皮老爷又来这一套,要新长工去把大坛子放在小坛里,弟弟一锤子敲破了大坛子,当然就可以放进小坛里去了。他又要弟弟把地板搬到屋外去晒,弟弟就他把屋瓦掀了,这不就晒到太阳了吗?他还要问:"我的头有多重?"弟弟可不像哥哥那么过分忠厚了,他拿起刀来说:"三斤六两,不信砍下来称称。"地主不得不乖乖地认输了。

这类善于进行机智斗争的故事人物,各族都有,像藏族的登巴叔叔、蒙古族的巴拉根昌、维吾尔族的阿凡提、哈萨克族的古加纳斯尔、苗族的反江山、纳西族的阿一旦、彝族的罗牧阿智等等都是家喻户晓的善于反抗的英雄人物。通过描述这些人物的故事,不但表现了人民的智慧,揭露了社会的丑恶,而且还表现了人民初步的反抗斗争。这是运用巧计进行的合法斗争,带有一定的艺术夸张,但也向人们传授了一些斗争技巧,如高玉宝的《半夜鸡叫》就是运用这种技巧进行斗争并取得胜利的实例。

第三,民间文学在正面的社会斗争甚至在人民武装起义中,也发挥了很大的作用。起义人民通过它来进行宣传、鼓动,组织广大人民参加斗争。

据戈壁舟《山歌传》后记说:"从前在四川西充地区有一种揭露封建统治的山歌,叫'鸣山歌',有一次一群百姓正在唱,正好县令来听了要禁止。结果山歌声更壮,下令鞭打,四面八方山头上尽是人。"可见山歌的战斗性是很强的。秦末陈胜吴广起义时,利用歌谣提出"大楚兴,陈胜王"的口号,起了很大的宣传和号召作用。① 在历代利用宗教形式进行农民起义的时候,歌谣、揭帖和神奇传说常常被作为宣传组织的手段。例如黄巾起义时将口号式的童谣"苍天已死,黄天当立,岁在甲子,天下大吉"用白土书写在京城寺门及州郡官府,起了很大作用(据《后汉书·皇甫嵩传》)。又如义和团"铺团"之前,总要讲述山东"老团"进行英勇斗争的传说故事。清代"天地会""洪门会"等农民反抗团体的会场叫"忠义堂",太平天国的旗帜上也写的是"顺天行道",可见水浒英雄的传说故事对鼓舞后代人民斗争确实起了很大作用。甚至在邓洪的回忆录《潘虎》中还记述了一个自发起义的江西农民潘虎,在1920年代国民党反动压迫下如何按照民间传说中的"孔明、刘伯温的法子"进行斗争。

在历次革命斗争中,红色歌谣总是宣传党的政策的有力武器。例如1929年5月党的鄂西特委在给中央的工作报告中写道:"在工农群众中,最容易发生效力的,是歌谣及一切有韵的文字,因为最适合他们的心理,并且容易记忆,所以关于文字方面的宣传,多有仿用《十二月》《十杯酒》《闹五更》《孟姜女》等调,或用十字、六字句等有韵文。在许多环境比较好的地方,都可以听见农民把这些歌调,提起喉咙高唱。"(见红二方面军历史档案)1929年12月毛泽东在古田会议决议中也提出:"各政治部宣传科负责征集并编制表现各种群众情绪的革命歌谣,军政治部编制委员会负督促及调查之责。"当时,《工农革命歌》《三大纪律八项注意》《送郎当红军》《十劝妹》等等红色歌谣对于红军的阶级性质、斗争目的、革命纪律乃至对国民党

---

① 见《史记·陈涉世家》。

反动派的腐败都有生动的反映。1934年在江西中央革命根据地出版的一本油印的歌谣选集《革命歌谣选》,记载了"青年实话通讯员"的一则报道,说明山歌的巨大宣传作用:"1933年的广州暴动纪念节,代英县芦丰、太拔两区的少年先锋队,举行以区为单位的总检阅,并举行游艺晚会。在晚会上,太拔的妇女山歌队,突击了太拔全体出席检阅的队员加入红军。芦丰的妇女突击队,亦突击了七个队员加入红军。因为她们是指着名字来唱,所以格外动人,能够收到(这)样(大)的成绩。"(据《民间文学》1959年3月号第3页所载,括弧里的字是根据文义补上的,原文因年久而模糊不清。)据长征期间毛主席的警卫员吴洁清回忆,在过草地时,雨雪纷纷,红军战士们饥寒交迫,在这样极端困难的条件下,"每人都讲出自己所知道的各种各样的笑话,以驱赶饥渴和疲劳的缠磨"①。毛主席当时也常常讲故事、说笑话。这不仅表现了艰苦情况下的革命乐观主义精神,而且也大大活跃了行军的气氛,提高了士气,从而增强了红军的战斗力。

在抗日战争中歌谣、故事也发挥了很大作用,只是根据零星的记载,已可以看出其实用宣传价值了。在抗日根据地建立的过程中,在反扫荡最艰苦的日子里,长征故事、革命传说和歌谣总是鼓舞斗志的有力武器。在对敌斗争中,也有意识地运用歌谣做宣传、瓦解的工具。如1943年1月15日的晋绥军区《战斗报》上就发表了两支抗日儿歌,编者按语说:"好好把这两个歌谣记下来,队伍到敌占区活动的时候,就把它教给敌占区的小孩子。"我们知道古代童谣曾作为具有预言性的"祥瑞"而记载在《五行志》中,人们编了反抗的童谣教儿童让他们到处传唱,可以收到很大的宣传震撼的效果,这个传统在革命斗争中也得到了发扬。1949年以后历次革命运动中,各地都运用了民间文学的形式进行宣传,湖北某些地区在发动群众进行土改斗争时提出"山歌加政策"的口号。不少歌手所编宣传政策的歌谣由于运用了传统民间技巧,同时注入了自己的激情,具有很大的感染力,得到了广泛的流传。如广东梅县女歌手李桂昌所唱:"船大才能载多人,树多才能成森林;我们要想斗恶霸,就要串联穷苦人。"又如广西鹿寨大汾村歌手谢文治所唱:"骑牛不怕牛身大,骑马不怕马头高,斗霸不怕霸耍巧,人民法庭给撑腰。"这些都是很好的例子。至于"宣传的尖兵"曲艺艺人配合生产斗争和

---

① 吴洁清:《在毛主席身边的日子里》,江西人民出版社,1978年。

政治工作所编演的说唱节目,更起到了"轻骑队"的作用。

在同林彪、"四人帮"的斗争中,歌谣、笑话等口头创作更是发挥了很大的战斗作用。周恩来在党的"十大"政治报告中,引用了一首民间歌谣:

语录不离手,万岁不离口,当面说好话,背后下毒手。

深刻地揭示了林彪反党集团的反革命两面派阴险凶残的本质。1976年清明节前后出现的"天安门歌谣"以雷霆万钧之势,冲破"四人帮"的法西斯文网,鼓舞全国人民起而向"四人帮"进行最后的斗争,这是锐利的匕首、林中的响箭,直刺"四人帮"心窝,使他们胆战心惊。

(丙)在人民日常生活中,民间文学作品是不可缺少的良师益友,有着教育和娱乐的社会功能和作用。

民间文学的巨大教育作用是令人惊叹、无与伦比的。旧社会的教育有两大系统,一种是书本教育,是占社会少数的知识分子所接受的学校教育;另一种则是民间的教育,是占社会大多数的劳动人民所接受的口头教育、民俗行为传承教育。不识字的广大劳动人民,为什么对中国历史、习俗与道德伦理耳熟能详,靠的就是这种"社会大学"的传统教育。民间文学就是民俗教育的口头课本。它是人民生活和道德教科书的活教材,也是广大人民最喜爱的娱乐工具。

第一,人民运用民间文学进行传统的道德教育,它对于我国民族精神的传承和民族性格的形成发挥了良好的影响。最广大的人民大众在旧社会几乎都是文盲,他们的精神生活全靠民间文学。正是民间文学的陶冶,使人民大众几千年来把极为可贵的优秀道德品质一代一代传承下来。从小时候起,在民间儿歌、童话中即有着热爱劳动、勇敢、谦虚、团结友爱等道德教育,像《张打铁,李打铁》《狼外婆》《龟兔赛跑》《一把筷子折不断》等等作品,给儿童以很形象的感染。可以说,人们生来最先接受的一段教育就是民间文学的教育。曲艺、戏曲的巨大教育作用同样如此。我们记得鲁迅常常带着美好的激情回忆起他童年时代在家乡看草台"社戏"的情景。这对他性格的发展无疑是有很大影响的。在"目连救母"中曾放走鬼魂的无常鬼受罚后表示再不随便放走人了,唱道:"哪怕你皇亲国戚,哪怕你铜墙铁壁……"鲁迅说这种形象"何等有人情,又何等知过,何等知法,又何等果决,我们的文学家做得出来么?"鲁迅都如此受到深刻影响而感动,更不用说不识字的农民、工人了。

呆女婿的故事、巧女的故事和许多民间笑话、寓言、谚语,都是从正面或反面来进行思想方法的教育的,对启发人们的智慧有良好的作用。一千多年前的魏代邯郸淳《笑林》所记鲁人竹竿入城的笑话,一直流传至今,情节也有些添加。此外如《拔苗助长》《掩耳盗铃》《刻舟求剑》等寓言,以生动的形象教育人们要克服主观主义、形而上学的思想方法。又如《内科的事》讽刺本位主义不负责任的作风,《只有一张嘴》讽刺说大话者,都一针见血,令人警惕。许多谚语如"狗嘴里吐不出象牙来""种瓜得瓜,种豆得豆""偷吃不肥,做贼不富""与人方便,自己方便""心要热,头要冷""一口吃不成个胖子,一锹挖不出一口井"等等,都是历史悠久、流传很广的,充分体现了人民的道德情操和生活经验。这些对民族精神的形成和发展,潜移默化,产生了极其深远的影响。据说有个中国工人在美国为一个企业家看大门。企业家破产了,员工们都离开了他另谋生路。唯独这位华工坚决不走,要与主人同患难,说"在人家困难时离开是不义气的"。这位美国企业家很感动,问他这是在哪一所学校里学到的,他说他不识字,这些道德教养是从小在中国看戏听书中获得的。如此崇高的品德使这位美国人佩服得五体投地。

第二,民间文学是进行历史教育的重要工具。在文字产生之前,历史是靠口头文学来记载的。如今在很多少数民族中,还流传着远古时代传下来的史诗、传说和歌谣,他们没有文字,民间歌手就是老师,民间文学是传授历史知识的唯一媒介。如苗族古歌共有十多首、五千多行,从开天辟地唱到人类起源,又讲到"跋山涉水"的民族迁徙,内容十分丰富。白族的"打歌"、彝族的一支阿细人的"阿细的先基"、彝族的史诗"梅葛"等等都是远古流传至今的"口头历史课本"。汉族的很多"盘歌",通过问答来学习历史事件和人物。无数历史传说及其发展成的历史小说如《东周列国志》《两汉演义》《三国演义》《隋唐演义》《杨家将》《水浒传》等等中的著名人物和故事之所以能够家喻户晓、妇孺皆知,正是因为它们是通过民间文学的形式,在历史传说、歌谣、史诗和曲艺、地方戏等演出中广泛传扬的。对于广大的不识字的工农大众来说,民间文艺正是最生动的历史知识的活教材。否则,他们是不可能具有那么丰富的历史人物与事件的知识的。

第三,民间文学是人民最熟悉最喜爱的文艺形式,是最普及最方便的审美娱乐工具,它能使劳动人民在繁重的工作之后得到健康的娱乐和休息。

人们是一天也离不开民歌的,痛苦时要唱歌,快乐时更要唱歌。当然,旧社会是痛苦的,人们多唱苦歌来消愁解闷。正如这首安徽民歌所唱:

  山歌本是古人留,留在世上解忧愁。
  三天不把山歌唱,三岁孩儿白了头。

1960年在西藏,我们亲眼看到劳动了一天的农民,回来后吃了饭又去歌舞,有时一直唱到深夜,得到了愉快,恢复了体力。问他们怎么不累,他们说:"歌能养人呀!"

  恩格斯在谈到民间故事的社会价值时说过:

    民间故事书的使命是在一个农人晚间从辛苦的劳动中疲乏地回来的时候,使他得到安慰,感到快乐,使他恢复精神,忘掉繁重的劳动,使他的石砾的田地变成馥郁的花园。民间故事书的使命是使一个手工业者的作坊和一个疲惫的学徒的可怜的屋顶变成诗的世界和黄金的宫殿,而把他的健壮的情人形容成美丽的公主。但是民间故事书还有这样的使命:同圣经一样地阐明他的精神品质,使他认清自己的力量、自己的权利、自己的自由,激起他的勇气,唤起他对祖国的热爱。①

在中国也同样如此,民间文学的社会作用是多方面的,所起的作用也是极其巨大的。

  各种节日是生活美的高潮,在节日中,人民最喜爱的往往就是各种形式的民间文艺。民歌舞蹈、曲艺说唱、民间社火秧歌小戏等等,都给人们以最大的节日欢娱和美好的记忆。

  此外,民间情歌在沟通男女爱情上的功用是大家所熟知的,这里就不多说了。总之,民间文学是活的文学,在人民生活、斗争中除了一般的艺术价值之外,还有更重要的实际功用。正是由于这种实用价值,使它和人民的生活联系得更紧密,比一般书面文学更为广大人民所热爱。

第二节 民间文学的科学价值与"第三资料库"

  人文社会学科的科研有**三个资料库**。它们的发现有一个历史过程。首

---

① 〔德〕恩格斯:《德国的民间故事书》,《民间文学》1961年第1期,第89页。

先引起学者重视的是"第一资料库"——书面文献资料,运用古书文献进行研究,汉学、宋学、朴学大致如此。直到晚清王国维等"新派学者",开始利用"第二资料库"——考古文物资料,用地下发掘出的文物来与文献对照研究,使历史有了实证,是一大进步。但文物是死的,它们是如何使用的呢?还需要打开"第三资料库"才能研究清楚,这"第三资料库"就是活在民间的民俗、民间文学等等无穷无尽的文化宝藏。

民间文化——"第三资料库"是 19 世纪人类学、民俗学家们首先开发出来的。他们发现:美洲、非洲的原始人没有文字,他们的历史、文化都保存在民间文学与生活习俗之中。

由于民间文学最真实、最全面地反映了人民的生活状况,最直接、最深切地表现了人民的思想感情,它记载着人民自己的历史,总结了劳动斗争、社会斗争和日常生活的丰富经验,是人民自己的"百科全书",因此它为社会科学乃至某些自然科学的研究都提供了珍贵的资料。和它有关的学科计有:哲学、历史学、文艺学、语言学、民族学、民俗学、人类学、心理学、法学、美学乃至农业、气象、水文、地理、医学等等。

马克思、恩格斯在自己的论著中都曾经不止一次地引用民歌、传说和史诗中的材料,作为有力的论据。例如马克思在《评"普鲁士人"的"普鲁士国王和社会改革"》一文中写道:"如果'普鲁士人'站到正确的观点上,那他就会看出,法国和英国的工人起义没有**一次**像西里西亚织工起义那样具有如**此的理论性和自觉性**。""首先请回忆一下**织工的那支歌**吧!这是一个勇敢的战斗的**呼声**。在这支歌中根本没有提到家庭、工厂、地区,相反地,无产阶级在这支歌中一下子就毫不含糊地、尖锐地、直截了当地、威风凛凛地厉声宣布,它反对私有制社会。西里西亚起义一**开始**就恰好做到了法国和英国工人在起义**结束**时才做到的事,那就是意识到无产阶级的本质。"①马克思所说"织工的那支歌"即是西里西亚织工所作的《血腥的审判》(译文已收入《马克思恩格斯收集的民歌》一书,1959 年人民文学出版社"文学小丛书"版),这首民歌把资本家称作"刽子手",把工厂叫"受苦刑的牢房",同时还揭露了法官和说客的伪善面目。他们没有幻想只有反抗:"哀求也罢,乞怜也罢,千言万语都是枉然;要是不满意,就去你的——反正前面就是鬼门

---

① 《马克思恩格斯全集》第 1 卷,第 483 页。

关。"对于在资本主义初期残酷压榨工人的那些吃人不吐骨的"野兽"们,工人说道:"就像奶油在烈日下,马上融化得不见痕迹,你们的金钱和府第,终有一天会完全消失。"马克思正是把这首民歌作为历史的铁证来说明德国工人的阶级觉悟,有力地反驳了《普鲁士人》所坚持的"德国工业不发达,工人运动也不如英法"的陈词滥调。

恩格斯在著名的历史唯物主义的经典著作《家庭、私有制和国家的起源》一书中,引用了《荷马史诗》的很多材料来论证希腊国家产生的过程、"一夫一妻制"的产生及其特点,乃至当时手工业的发展水平等等。在同一书中,还引用了日耳曼古代史诗《尼伯龙根之歌》中的材料来说明中世纪妇女的从属地位,引用了古斯堪的纳维亚民间歌曲、《喜尔得布兰歌》等等来阐述氏族制度的情形。至于对摩尔根等人类学调查记录的神话故事、民歌等,则更为重视。

列宁曾经对民间文学的巨大科学价值惊叹不已。他在看了关于俄罗斯手抄本民歌、传说的材料之后说:"这是令人惊讶的事情,我们的学者,所有讲师和教授们,就只会研究那些哲学小册子,研究那些突然想过哲学瘾的冒牌知识分子写的毫无意义的文章,其实这才是真正的人民的创作,可是他们忽视它,没有人知道它,谁对它也不发生兴趣,也不写文章评述它……难道在马克思主义的哲学家之中竟找不到一个愿意研究这一切和对这一切写出有系统的论文的人吗?这件事必须要做。因为许多世纪以来,人民的创作反映了各个时代他们的世界观。"①由于旧时代的历史文献很少能正确反映人民的世界观,所以民间文学特别可贵。这是研究哲学和政治学的重要资料。

毛主席在阐述哲学的深奥问题和重大政治问题时,引用了不少民间传说、寓言、笑话、谚语乃至神话的材料。如《矛盾论》中分析"矛盾的幻想同一性"时就以神话为例写道:"例如《山海经》中所说的'夸父追日',《淮南子》中所说的'羿射九日',《西游记》中所说的孙悟空七十二变和《聊斋志异》中的许多鬼狐变人的故事等等,这种神话中所说的矛盾的互相变化,乃是无数复杂的现实矛盾的互相变化对于人们所引起的一种幼稚的、想象的、

---

① 《苏联民间文学论文集》,第5—6页,作家出版社,1958年。

主观幻想的变化,并不是具体的矛盾所表现出来的具体的变化。"①这从哲学的角度科学地阐明了神话思维的特点,同时也深刻而清晰地说明了哲学上的"矛盾同一性"问题。这是研究人类童年时期的世界观的一个重要方面。

从以上的举例里,我们已经可以看到伟大的革命导师们如何重视民间文学的科学价值,他们都从民间文学的内容出发,从政治、哲学等角度来利用民间文学资料,进行科学研究。

民间文学的历史价值是历来的学者们非常重视的。因为劳动人民的各时代的生活在民间文学中有最真实、最全面的反映,而这些,却正是统治阶级的历史家们所不愿意记载或不可能了解的。"五四"时期,北大校长蔡元培和许多进步教授在中国首先打开了"第三资料库",有许多民间文化的调查研究成果发表在《歌谣》周刊、《北京大学研究所国学门周刊》《国学季刊》等刊物上,引起学界极大重视。郭沫若在中国民间文艺研究会成立大会上说:"民间文艺给历史家提供了最正确的社会史料。过去的读书人只读一部二十四史,只读一些官家或准官家的史料。但我们知道民间文艺才是研究历史的最真实、最可贵的第一把手的材料。因此,要站在研究社会发展史、研究历史的立场来加以好好利用。"②

我们知道,研究史前社会的历史,几乎全部依靠口头文学的材料,通过神话传说的"折光"来了解古代社会的真实情况。例如从洪水传说可知古代各国曾发生洪水的事实,从神话中伏羲兄妹结婚的故事可推想远古婚姻制度中的某些特点。《诗经·国风》中的民歌对周代社会各方面的真实反映早已为我国历史学家广泛利用,成为权威性的史料,无须多说。在目前我国各民族的社会历史研究中,缺少文字记载的民族的古代历史,主要依靠口传的民间文学作品来编写。这是民间文学不可替代的独特科学价值。

顾颉刚根据他对孟姜女故事等民间神话、传说的深入研究,发现中国远古的历史多为神话、传说,而且愈是后来的记载往往所记的历史愈古老,于是提出了中国古史是"层累地形成"的理论,并由此形成了一个著名的学派"古史辨学派",他主编的多册《古史辨》在国内外有很大影响,其中有许多

---

① 《毛泽东选集》第1卷,第319页。
② 郭沫若:《我们研究民间文学的目的》,《民间文艺集刊》第一册,第9页,新华书店,1950年。

对中国古代神话、传统、民间歌谣等民间文学的研究,于此亦可见民间文学对古史研究的极端重要性。

关于民间文学的历史真实性及其重要性,可以举义和团传说为例来说明。我们知道,1900年前后爆发的义和团起义,曾经给企图瓜分中国的帝国主义列强以沉重的打击,使侵略者认识到中国和印度不同,是灭亡不了的,他们不得不承认:"中国有无限蓬勃生气……无论欧美日本各国皆无此脑力与兵力可以统治此天下生灵四分之一……故瓜分一事实为下策。"(这是八国联军和德国侵略军总司令瓦德西在侵占北京后给德国威廉皇帝的报告中的话。)①义和团英雄们的斗争情况究竟如何呢?在书面的历史记载中很难找到正面的记述,大部分史料的记述者都站在帝国主义、汉奸和封建统治者的立场上污蔑义和团起义是"拳匪之乱",说义和团反帝斗争的结果是"惹火烧身",引起八国联军的入侵,散布可耻的奴才哲学。他们记述的多是"平乱"的经过,有的甚至无中生有地编造义和团杀人放火的"暴行"。总之,历史完全被歪曲了,是非完全弄颠倒了,只有少数有正义感的文人对义和团起义有一些同情和支持,但对于义和团斗争的真实情况也并不很了解。然而在民间却广泛流传着义和团英勇杀敌的斗争故事,真实地、全面地记载着人民群众反帝斗争的历史过程。河北廊坊、安次县的农村小学教师张士杰等人曾作过调查,我也同中国民间文艺研究会的张帆、张文、陶建基等人参加过一些调查,后编成一本《义和团故事》由作家出版社在1960年出版。著名历史学家吴晗在评论《义和团故事》一书时,曾以《历史的真实性》为题发表文章说:"《义和团故事》一书是对那些封建统治阶级所写的歪书的最好的反驳,从人民的立场,严肃地记录了义和团运动这一段英勇斗争的历史。"又说:"这本书搜集了四十三个故事,都是人民当中的口头传说,其中有些讲述者还是当年曾经参加过这一伟大斗争的老战士。他们根据自己的目见耳闻提供了生动鲜明的史料,这是第一手的史料,没有经过歪曲窜改的真实的史料,是来自人民中间的最可靠的史料。当然,其中有些神话,并不是现实生活中可能的现象,但是,从这些神话中,也透露出当时人民的爱和恨,所赞成的和反对的,和善良的真诚的愿望,因此,也就恰当地反映了历史

---

① 《中国近代史资料专刊·义和团》第三卷,上海书店,2000年。

的真实性。"①义和团故事的例子很有代表性,它充分说明在历史上反动统治阶级所记述的历史常常是是非颠倒的。要想把被颠倒的历史重新颠倒过来,民间文学资料是有巨大的科学价值的。当然,民间文学毕竟是文学,它的细节常常经过夸张或艺术想象的改造而与事实发生距离,但它在本质上则是忠于历史的。正如高尔基所说:"如果不知道劳动人民的口头创作,那就不可能知道劳动人民的真正历史。"②这是不断被证实的一个科学结论。

除了历史价值之外,民间文学对研究人民群众的心理特点、风俗习惯,对考证民族源流都有一定参考价值。例如"神话比较学派"从各民族神话的相似考证古代民族的迁徙分化和文化交流,民俗学家对民间文学更是视如至宝,千方百计地设法搜集。西方民俗学和人类学这两门学科是以民间文化为主要研究对象的。在民间文化中,民间文学口头传承又是其中的主要组成部分。我们只要看看 20 世纪 90 年代翻译出版的两本"民俗学"教材就可以一目了然。曾经担任过美国民俗学会主席的邓迪斯是加州大学伯克利分校的著名教授,他编的教材《民俗学研究》由陈建宪、陈海斌译为中文,改名《世界民俗学》,1990 年由上海文艺出版社出版。此书主要是以民间文学为研究对象的。在"什么是民俗"一篇中作者写道:

> 《民俗、神话与传说标准辞典》中,有 21 条关于民俗的简单定义,反映了上述(即不同国家民俗学家不同的民俗概念)意见分歧。在诸家定义中最为大家公认的,也许是关于民俗的传承方式。特别是,民俗被认为是或者应该是"口头传承"的。③

这"口头传承"实际上就是民间文学或主要是民间文学。再看此书具体分析的章节,确实是以民间文学为主要研究对象的。如第一篇:1846 年最早提出 Folklore(民俗)一词的英国学者威廉·汤姆斯的一篇《民俗》短文中具体提出的研究内容主要是"正在消失的传说、地方传统或片断的歌谣",举例时则举了"布谷鸟在民间神话中的作用",并引用了一首关于布谷鸟和樱桃树的占卜民歌。而邓迪斯在编者按语中指出的民俗经典则是 1813 年出版的格林的《家庭故事集》(实即 1812 年格林兄弟的《儿童与家庭故事集》,

---

① 《民间文学》1960 年第 11 期,第 27、24—25 页。
② 〔苏〕高尔基:《苏联的文学》,《论文学》,第 112 页,人民文学出版社,1978 年。
③ 〔美〕邓迪斯编,陈建宪、陈海斌译:《世界民俗学》,第 1 页,上海文艺出版社,1990 年。

今通称《格林童话》）。这些都是民间文学。

原载于1953年《美国民俗学杂志》第66卷的《民俗学与人类学》一文为W.巴斯科姆所写，他认为"民俗学是人类学的一个分支，即文化人类学"，并说"一切民俗都是口头流传下来的，但一切口头流传下来的并不都是民俗"。为什么？他认为，对人类学家来说，"民谣和其他谣曲的歌词内容可以算作民俗，而民谣和其他歌曲的音乐就不算民俗了"。邓迪斯在编者按语中说："许多民俗学者都认为这个定义太狭窄。"（他实际上是认为只有民间文学是民俗而民间音乐就不是民俗了，是狭窄的民俗论。）但他还是把此文收入书中。①

原载于1961年《美国民俗学杂志》第74卷上的弗朗西斯·李·厄特利的《民间文学：一个实用的定义》一文引述了许多民俗定义，认为民俗定义的"关键词"是"口头性""传播""传统""残留物"和"集体性"，而"'口头性'一词在民俗学中处于一种中心地位，故我们可以把它看做是'传统'的同义词"。而"传统的宗教和习惯，是从民间文学中分离出来的"。②

《世界民俗学》一书接下来的"起源研究"一章中，七篇文章都是研究神话、传说、故事等风俗内容的；"民俗的形式"一章中的七篇，除故事、神话外又有民间音乐与谜语，仍是以民间文学为主；"民俗的传播"一章共五篇，其中四篇是关于民间故事的，一篇是讲南斯拉夫民间叙事诗的；"民俗的功能"一章共五篇，其中三篇是讲民间文学、谚语、民歌的，只两篇是讲民间信仰和游戏的，也与民间文学有一定关系；最后一部分"民俗研究文选"共五篇文章，仍以民歌、故事、笑话为主要研究对象。

曾任美国民俗学会主席的印第安纳大学、南伊利诺伊大学教授丁·布鲁范德写的通用教材《美国民俗学》，由李扬译为中文，1993年由汕头大学出版社出版，共265页，民间文学占158页左右，"习惯"和"物质传统"只占不到100页，其中还包含一些民间文学的内容。所以这本书仍是以民间文学为主的。

人类学、民俗学、民族学的关系是互相交叉的，有一个历史发展过程。19世纪在欧美兴起的人类学，主要研究亚非澳美等洲殖民地的原始文化，

---

① 〔美〕邓迪斯编，陈建宪、陈海斌译：《世界民俗学》，第37页，上海文艺出版社，1990年。
② 同上书，第11—16页。

而民俗学则研究他们国内"不文的民众"(主要是农民)的口传文化风俗信仰等。人类学在欧洲大陆称为"民族学"。20世纪后期，随着科学的进步，人类学、民俗学、民族学的研究范围都不断扩大，而民间文学(口头文化传承)始终是它们研究的重要对象。但是，在西方，学者们一般并不从文艺角度研究民间文学，只是把民间文学作为他们研究人类学、民俗学的研究资料。所以在图书分类中，民间文学书刊分在科学类而不在文学类，从文学类中是查不着民间文学书刊的，于此可见民间文学的科学价值之大了。

近年国内又有了"文学人类学""文艺民俗学""民俗文艺学"的分学科。民俗文艺学即民间文艺学，显然是研究民间文学、艺术的。文艺民俗学则研究民俗中的文艺，以及文艺作品中的民俗，也是研究民间文学的。只是一个从文艺学角度、一个从民俗学角度进行研究而已。这种研究对探讨文艺的各种艺术规律非常重要，如雅俗结合律即是一个根本的艺术规律(参见《光明日报》1987年12月15日三版头条：段宝林《文艺上的雅俗结合律》)。离开了民间文学，文艺学(文学史、文艺理论史)的研究是寸步难行的。

农业气象学者从农谚和气象谚语中得到了不少宝贵的启示，对于学习劳动人民几千年来积累起的生产经验有着巨大的作用。在进行水文历史调查时，科学工作者根据"光绪三十三，黄河涨上天"的谚语结合现场考察，寻找黄河水位的涨落规律。地质工作者还根据火焰山的传说发现了矿藏的线索。这些事实今天都不会被人当成海外奇谈了。李约瑟的《中国古代科学技术史》引用了许多民间文学作品。

"山中方七日，世上已千年"的民间故事和谚语，表述了"时间的相对性"，与爱因斯坦的相对论原理有相似之处。核物理研究似乎与阿凡提故事无关，但有一次核物理学家的会议论文集却以阿凡提的形象作封面，并引用了几个阿凡提故事。中国古典谚语"大鱼吃小鱼，小鱼吃虾米，虾米吃烂泥(实为微生物)"启发美国生物学家林德曼提出了"生物链"理论，由此启发了"生态学"新学科的建立。**一首谚语引发了一门新学科的建立**，这是奇闻，却也是事实。

群众的智慧是无穷无尽的，民间文化中有无数宝藏值得我们去开发、利用。

民歌民谣等韵文作品对于音韵学、方言学研究的重要性早已为我国语言学家所注意。罗常培曾根据北京的鼓词来研究北京话的韵辙,写成《北京俗曲百种摘韵》(1941)。赵元任、李方桂、袁家骅等人所作的各种方言调查报告,也广泛记载各地民歌、故事资料,作为方言语音、语法和词汇特点的重要证据。沈兼士、魏建功、林语堂等人早在1920年代的北京大学《歌谣》周刊上就发表了一系列关于歌谣语言研究的论文。至于民间文学作品在修辞学上的作用,就更加突出了。民间口头文学是语言艺术的源头,许多修辞格是在民间文学中首先运用起来的,而民间文学的许多修辞手法(如复沓、谐音、双关、叠音、叠韵以及固定的形容词、套语、起兴、比喻和夸张等等)是作家书面文学中不常用的。修辞学研究是绝不能离开民间文学的。

当然,民间文学的科学价值绝不止以上所说的这些,各门科学与民间文学的关系也是相当复杂的,我们不应该夸大民间文学的作用,但也不能缩小乃至抹杀它的科学价值。科学工作者特别是社会科学工作者应当学习革命导师和学术大师们的榜样,重视民间文学,研究它,走进这个伟大的宝库中去,只要进去了是绝不会空手归来的。

第三节 民间文学的艺术价值与雅俗结合律

民间文学是祖国文学宝库的重要组成部分,它的品种、花色是无限丰富的。在这个文艺的领域里,虽然有很多处于萌芽状态的作品,艺术上还不成熟,但是最有代表性的经典作品却是经过长期流传、集中了群众智慧的优秀之作,这些作品中深刻的思想性和高度的艺术性和谐统一,思想和感情水乳交融,具有永久的艺术魅力,成为不朽的古典文学经典,有着很高的艺术欣赏价值,在文学史、艺术史上占有崇高的地位,为伟大文艺家所学习、借鉴。高尔基在苏联作家第一次代表大会的报告中曾怀着对民间文学极其尊敬的感情说过:

> 同志们,我要再请你们注意这一事实:最深刻、最鲜明、在艺术上十分完美的英雄典型是民间创作、劳动人民的口头创作所创造的。像赫拉克勒斯、普罗米修斯、米库拉·塞梁尼诺维奇、斯维雅托戈尔,其次如浮士德博士,大智大慧的瓦西里沙,讽刺的幸运者傻子伊凡,最后如战胜了医生、牧师、警察、魔鬼甚至死神的彼德鲁什卡。这样一些形象之所以完美,是因为这一切都是理性和直觉、思想和感情和谐地结合在一

起而创造出来的形象。这样的结合只有在创作者直接参加创造现实的工作,参加革新生活的斗争才有可能。①

我国文学史的事实,也同样证实了高尔基的这个科学论断。人民集体创作的《诗经·国风》、乐府民歌和现代民间歌谣;首先产生在民间传说和说书话本小说古代英雄传奇中的无数艺术典型,如《三国演义》中的诸葛亮、关羽、张飞、赵云,《水浒》中的李逵、武松、鲁智深,《西游记》中的孙悟空等人物;戏剧中的梁山伯与祝英台,白素贞与小青;民间曲艺、戏曲中的杨家将、岳飞以及少数民族长诗中的格萨尔、玛纳斯、阿诗玛、召树屯;故事传说中的孟姜女、鲁班、刘三姐、阿凡提等人物形象;这些都是文学宝库中光彩夺目的珍宝。在民间文学中,劳动人民的生活和思想、他们的劳动和斗争得到美妙的艺术概括。德国赫尔德说民歌就像"阿波罗的箭"系上了心灵和回忆,洞穿了人们的心,具有极大的艺术魅力。民间文学的内容充满了劳动的美和斗争的美,它的风格是刚健清新的,形式是广大人民最喜闻乐见的,在民间文学中集中了人民语言艺术的全部智慧和创造,因而它长期得到广大人民的热爱和欣赏。民间文学的优秀代表作品是完全可以同优秀作家的作品媲美的,其艺术质量之高,往往使伟大作家惊叹而自愧弗如,成为伟大作家学习的经典,在中外文学史上占有崇高的地位。如《荷马史诗》《一千零一夜》《格林童话》与中国古代的《国风》、乐府等等经典,不胜枚举。这是民间文学的文艺欣赏价值。

高尔基说:"不懂得民间文学的作家是坏的作家。"②民间文学不但有巨大的文艺欣赏价值,而且还有很大的借鉴价值。伟大的作家常常是在民间文学的哺育之下成长起来的。在我国文学史上,可以非常清楚地看到这二者之间的血缘关系,不但伟大的作家如屈原、司马迁、李白、杜甫、白居易、关汉卿、施耐庵、吴承恩、蒲松龄、鲁迅等等,在成长过程中都受到民间文学的深刻影响,而且整个文学史的发展(如文学的起源,各种文学体裁、艺术手法的创造)都离不开民间文学,我们有充分的事实根据可以说我国文学中的各种重要体裁都是首先在民间文学中创造出来的③,我国历史上的文艺

---

① 〔苏〕高尔基:《苏联的文学》,《论文学》,第104页,人民文学出版社,1978年。
② 见《苏联民间文艺学四十年》,第40页,科学出版社,1959年。
③ 参见褚斌杰:《中国古代文体概论》,北京大学出版社,1990年。

高潮都是和民间文学分不开的。正如郭沫若、周扬在《红旗歌谣》"编者的话"中所说：

> 中国文艺发展史告诉我们，历次文学创作的高潮都和民间文学有深刻的渊源关系。楚辞同国风，建安文学同两汉乐府，唐代诗歌同六朝歌谣，元代杂剧同五代以来的词曲，明清小说同两宋以来的说唱，相互之间都存在这种关系。

既然民间文学在文学史上占有如此重要的地位，文学史家、文艺学家在进行研究时，都不能离开民间文学，否则无论如何也不能掌握文学发展的真正规律。

民间文艺不仅对作家、诗人的创作有极其重要的借鉴价值，而且对音乐、美术、舞蹈等艺术门类的创作有极其重要的借鉴价值。这是人类文艺史上雅俗结合律的具体体现，雅俗结合律是中外文艺史上最重要的艺术规律之一。杨荫浏等音乐史研究专家们都认为，民间音乐构成了中国音乐史的主体。伟大的音乐家贝多芬、肖邦等人的创作多得益于民间歌曲。冼星海、聂耳的创作也不例外，据茅盾回忆，冼星海的《黄河大合唱》和《中华民族交响曲》都是他在竭力广泛搜集民间歌曲基础上刻苦创作而成的。延安鲁艺音乐系主任吕骥继承冼星海学习民歌的传统，在陕北发动民歌收集调查运动，1960年代又发动"民间歌曲集成"的普查，到1970年代末，发展为《中国民间歌曲集成》《中国曲艺音乐集成》《中国戏曲音乐集成》《中国舞蹈音乐集成》《中国器乐曲集成》五套音乐集成，更带头进行民间文艺十套集成的普查搜集。在美术史上，艺术巨匠的创作往往师法民间艺人，一些伟大的艺术家本身即可算是民间艺人，他们的巨作往往画在墙壁上，如"百代画圣"吴道子、文艺复兴艺术大师米开朗基罗等等。而中国舞蹈史则是由民间艺人包办的，只是近几十年才引进了洋舞。但中国舞蹈在国际上发生影响的主要还是学习民间舞蹈而进行创新的民族舞蹈，洋舞在借鉴、吸收民间舞的成分后，才更受群众欢迎，更具民族特色。这些都是"雅俗结合律"的具体体现。这是古今中外文艺史上普遍存在的客观艺术规律。①

对于民间文学的艺术价值，并不是轻易就能认识到的。民间文艺是文

---

① 参见段宝林：《论文艺上的雅俗结合律》，《光明日报》1987年12月15日。

艺的根基,根基是极端重要的,但它却身居地面以下,往往使人们看不到它极端重要的作用,以致产生轻视民间文艺的偏见。这种传统的世俗偏见在文艺界曾经广泛存在,只是在延安文艺座谈会之后,才发生了根本的转变。郭沫若就是一个例子。在中国民间文艺研究会成立大会上,他说:

> 说实话,我过去是看不起民间文艺的,认为民间文艺是低级的、庸俗的。直到1943年读了毛主席在延安文艺座谈会的讲话,这才启了蒙,了解到对群众文学、群众艺术采取轻视的态度是错误的。在这以后渐渐重视和宝贵民间文艺。……如果回想一下中国文学的历史,就可以发现中国文学遗产中最基本、最生动、最丰富的就是民间文艺或是经过加工的民间文艺的作品。①

正是由于贯彻了毛泽东的文艺思想,解放区文艺工作者深入群众,虚心学习民间文艺,才创作出《兄妹开荒》《白毛女》(歌剧)、《王贵与李香香》《漳河水》《死不着》(长诗)、《李有才板话》《小二黑结婚》《吕梁英雄传》《洋铁桶的故事》(小说)等等优秀作品。李季为了创作长诗《王贵与李香香》,曾经在陕北下苦功收集民歌,他当时"一条川一条川地走访,一架山一架山地翻越,一字一句地记,记下的民歌素材有十多本,而且是写在粗糙的马兰纸上;为了省纸,一个字只有米粒那么大,密密麻麻"②。正是吸取了民歌的丰富营养,当时只二十多岁的诗人才能写出那样优美动人的诗篇来,否则是不可想象的。闻捷写《天山牧歌》,之所以能有那样浓郁的新疆情调,同他深入生活注意学习新疆民歌有很大关系,据他自己说,他是在记录了二三千首民歌的基础上进行创作的③。艾青也深有体会地谈过自己学习民间文艺的情况,他说:

> 以我自己来说,我过去是看不起民间文艺的。……感谢毛主席,他纠正了我们的错误,他给我们指出了新的方向:文艺要和革命的实际相结合,文艺要和革命的群众相结合,文艺要面向工、农、兵,文艺要做到使劳动人民都能喜闻乐见,文艺要有中国作风、中国气派。

---

① 《民间文艺集刊》第一册,第7页,新华书店,1950年。
② 张光:《忆李季同志二三事》,见《李季研究资料汇编》,山东师范学院中国语文系,1960年。
③ 这是当时《天山牧歌》一书的责任编辑陶建基对我说的。当时中国民间文艺研究会附属于人民文学出版社。

  1943年,我在延安看见了鲁迅文艺学院的同学们在广场中演出《兄妹开荒》和《花鼓》,成千成万的观众狂热地欢迎它们,我是深深地感动了,我改变了过去对民间文艺所抱的那种错误的态度,我开始接触民间文艺,看了一些民间文艺的作品,搜集了一些民歌和剪纸,在创作的时候,努力使自己的作品接近民间的风格。①

  要学好民间文学必须首先热爱和尊重民间文学。诗人艾青对民间文学有很高的评价。他在具体分析了陕北信天游、内蒙古民歌和定县秧歌等民间文学作品之后说:

    这些作品,纯真、朴素,充满了生命力,而所有这些正是一切伟大的文学作品所应该具备的品质。这正是我们民族的文学遗产中最可珍贵的一个部分。②

他主张努力学习民间文艺,以改造"脱离群众的审美观念"和文艺风格,"使我们的文艺真正成为广大人民群众的文艺……这里就必须'吸收'它们的'精华','抛弃'它们的'糟粕',才是有批判的学习,才是有益的学习"。③艾青的这些意见是比较中肯的,是自己丰富的创作经验的很好总结。文艺是交流感情的工具,要使文艺作品受到广大人民的喜爱,文学家、艺术家一定要学习民间文艺,才能起到感染交流的功能,通过交流才能使自己的作品得到更加广泛的传播,从而发挥更大的作用。

  文艺经典《白毛女》之所以能够走向世界,引起轰动并被长久喜爱,就是因为它是全面学习民间文艺的典型。近年出版的《〈白毛女〉七十年》一书,很好地总结了这一历史经验。④

  总之,无论是从古代文学还是从当代文学的历史考察,无论是从正面还是从反面看,民间文学的巨大艺术价值都是无可怀疑的。当然,我们重视民间文学的艺术价值,是将它摆在适当的地位,不夸大也不缩小。有人把民间文学和作家文学完全对立起来,从而贬低了我国历史上杰出的进步作家的艺术创造,这是用一个片面性来反对另一个片面性,和轻视民间文学的观点

---

① 艾青:《谈大众化和旧形式》,《诗论》,第42—44页,人民文学出版社,1956年。
② 同上书,第46页。
③ 同上书,第47—48页。
④ 段宝林等:《〈白毛女〉七十年》,上海人民出版社,2015年。

一样,都是错误的,将对我们正确地继承文化遗产以创造新的伟大作品产生不利的影响。

结　语

以上我们用大量无可辩驳的事实,论证了民间文学的"三大价值"。

民间文学既然有着如此巨大的社会价值,我们不但要充分热爱它、重视它,还要动手去搜集它、研究它。如前所引,列宁在看了俄罗斯民歌和故事的集子之后曾说:

> 这才是真正人民的创作……难道在马克思主义哲学家之中,竟找不到一个愿意研究这一切和对这一切写出有系统的论文的人吗?这件事必须要做。因为许多世纪以来,人民的创作反映了各个时代他们的世界观。

他又说:

> 非常想根据这极端有趣的真正的人民创作写一篇文章……可是没有时间。让别人来写吧![1]

是的,让我们来写吧!让我们顺着伟大导师所指引的道路奋勇前进吧。人民艺术的海洋欢迎辛勤的渔人!

---

[1] 〔俄〕邦奇·布鲁耶维奇:《列宁论民间口头文学》,见《苏联民间文学论文集》,第5—6、8页,作家出版社,1958年。

第三章
民间故事

民间故事在中国古代有不同的叫法。在先秦时代就叫"说",如《韩非子》中有"说林""内储说""外储说"共八卷,就是储备了许许多多故事来进行游说的。汉代刘向《说苑》一书也是故事的汇集。到唐代,故事又称为"话",有"一枝花话",是说"一枝花(李娃)"故事的,又叫《李娃传》,是文人记录的传奇故事。"神话",就是神的故事了。

民间故事是人民口头创作中叙事散文作品的总称,按历史发展的题材内容及流传情况的不同可分为神话、传说、生活故事、笑话、寓言、童话、新故事七类。西方学者把民间文学的叙事作品总称为"民间叙事",其中包括散文故事和叙事诗,而散文故事又分为"严肃故事"和"游戏故事"。

严肃故事是不自觉的艺术创作,包括神话和传说;在西方,神话、传说是不属于民间故事范畴的。游戏故事则是狭义故事,是自觉地进行艺术虚构的故事,包括幻想故事(民间童话)、生活故事、民间寓言、笑话等等。我们认为神话、传说也是民间故事,把它们和民间故事并列起来是不合逻辑的,故此使用了广义的故事概念。此故事概念已被《中国民间故事集成》巨型丛书所采用,成为中国民间文学界的共识。

民间故事的共同特点是:以散文形式叙事,有人物、情节,有一定的传奇或幻想成分;篇幅一般不长;故事生动,很吸引人;情节完整,有头有尾。所以很受人欢迎。夏天乘凉时、农民冬闲时都喜爱讲故事,特别是儿童,更爱听故事,现代有了许多故事书、故事报和故事刊物,在互联网和手机上也流传各种故事,电视和广播节目中更有许多故事演出,五六十年代中央人民广播电台少年儿童节目中有一名牌"孙敬修老爷爷讲故事",特别受欢迎,几代人都是听他的故事长大的。台湾《故事电子报》发行13万份以上。东京

158个公共图书馆,82.3%办了故事会(1985),这是从美国学来的。有人曾以为文盲消灭后,连故事也会消亡,事实说明并非如此,民间故事将同人类活的语言永生共存,它的生命力是旺盛的、万古长青的。现将各种体裁民间故事的思想内容和艺术特点以及主要代表作品分别介绍如下。

第一节 神 话

中国各民族神话简介 神话是关于神的民间故事,是一种原始的幻想性很强的、不自觉的艺术创作。我国各民族都有丰富的神话。各民族间有些神话情节还有类似之处,标志着各民族文化分支和交流的悠久历史。但是由于文字记载较晚和其他原因,汉族的神话只剩下些零星、片段的影子,这是很可惜的。某些学者如胡适等人,却因此而断言中国民族"不善幻想",故神话很少。这种观点是站不住脚的。从《山海经》《楚辞》《淮南子》等书的片段记载中,从1949年以后搜集记录的各少数民族神话作品中,可以清楚地看到,我国古代神话不仅是非常丰富的,而且是相当优美的。《楚辞·天问》中提到的神和神话有几十个。《楚辞·离骚》中的雷神丰隆、风神飞廉、月御望舒等等形象栩栩如生,极富诗意。《楚辞·九歌》中东君的形象更是壮美异常。这英俊的太阳神,每天驾着龙车从东到西在天际飞驰,龙车上云旗飘扬,脚下惊雷震荡,好不雄伟壮丽。他穿着青云长袍和白霓衣裳,挽起弯弓长箭,远射天狼,高举起北斗,痛饮醇美的酒浆。这是多么光辉的艺术形象!少数民族史诗和神话中所记述的神和神话也同样生动丰富,并且保存得比较完整,更加值得重视。

按照神话的历史进程,最初的神并不是人而是动物,把某种动物崇拜为神、崇拜为祖先,这就是图腾。所以图腾神话是最早的。

龙、凤、虎、牛、蛇、熊、狼、犬等动物,枫树、鲜花等植物,都可以成为图腾。中华的华,与花通,即是花图腾的标志;伏羲的母亲华胥,即属于花图腾。伏羲与女娲则又发展为龙图腾了。

龙图腾与一般的动物图腾不同,它不是单一的、实有的,而是复合的、幻想的。闻一多的《伏羲考》具体考证了龙图腾的复合过程,他以古代文献、考古文物和人类学民俗学调查等三个资料库的大量材料,论证了龙开始可能是大蛇,因蛇图腾氏族比较强大,兼并了牛图腾氏族,于是蛇加上两只角就成了龙,甲骨文中的龙正是这样写的,后来,在兼并的过程中又加上了虎的腿、马的头和鬣鬃毛、鱼的鳞、鹰的爪、花的尾、鹿的角、鱼的须……就成了如今这种形状的龙。① 龙之产生集中体现了中国的民族精神——和合性、包容性,在兼并中不是以大吃小,使小图腾消失了,而是吸收了小图腾的一部分,成为复合图腾。我在《论龙的精神》一文中论证了龙的和合性、超越性与神圣性等民族精神,这是八千年来一以贯之的。② 凤—鸟图腾是东夷等部的图腾,而彝族则是虎图腾,瑶、畲等族是犬图腾,鄂伦春等族为熊图腾,都有图腾神话。

由图腾神话发展到始祖神话,女娲、伏羲为人祖,都是龙,后来的始祖黄帝、尧、舜、夏禹也是龙,盘古也是龙。

创世神话的出现是比较晚的,当原始人的文化意识发展到比较高时,就会提出"这世界万物是怎么来的"这样带有科学探索性的问题。为了解释,产生了创世神话,进而表现了改造自然的意识,人的自觉性就更强了。

为了具体说明中国古代神话的特点,下面着重介绍一下各民族的"创世神话"。

创世神话是关于开天辟地、关于人类和万物起源的神话。在汉族古代文献记载中,主要有盘古、女娲、伏羲等故事。盘古开天辟地的神话,最早见于三国时东吴人徐整的两部著作之中。在《三五历纪》中,记载了盘古开天辟地及自身成长的情况:

> 天地混沌如鸡子,盘古生其中。万八千岁,天地开辟,阳清为天,阴浊为地,盘古在其中,一日九变,神于天,圣于地。天日高一丈,地日厚一丈,盘古日长一丈。如此万八千岁,天数极高,地数极深,盘古极长。后乃有三皇。数起于一,立于三,成于五,盛于七,处于九,故天去地九万里。③

在《五运历年记》中,记述了天地万物的来源:

> 首生盘古,垂死化身:气成风云,声为雷霆,左眼为日,右眼为月,四

---

① 闻一多:《神话与诗》,上海古籍出版社,1956 年。
② 段宝林:《论龙的精神》,见段宝林、梁力生主编《中国龙文化与龙舞艺术论文集》,重庆出版社,2000 年。
③ 原书已佚,此据唐欧阳询等所编《艺文类聚》卷一。

肢五体为四极五岳,血液为江河,筋脉为地理,肌肉为田土,发髭为星辰,皮毛为草木,齿骨为金石,精髓为珠玉,汗流为雨泽……①

关于这类记载,在梁任昉《述异记》中也有,并说这是"秦汉间俗说",又说:

> 古说:盘古氏夫妻,阴阳之始也。今南海有盘古氏墓,亘三百里,俗云后人追葬盘古之魂也。桂林有盘古祠,今人祝祀。南海中有盘古国,今人皆以盘古为姓。

此记载已有一千五百年之久。近几年,广西的民族学家们在广西盘古国故地调查发现盘古庙44座,以古桂林郡所属(今来宾市)为最多(34座);在盘古村中,壮族居民多姓盘。这一事实说明口头神话与原始宗教结合而代代相传,可以穿越千万年之久。盘古神话虽记录较晚,但其产生却可能很古。壮族属古越人之后,此神话当与古越人有关。② 但中原地区也有,所以也是中原神话。由此可见,神话研究需充分利用三个资料库的资料才行,除古代文献外,还需与考古文物、与民族调查的活的资料结合起来研究,如此才可见神话之活的生命。后来民间始终在不断流传,据说盘古是用斧凿等工具开天辟地的。明代周游在《开辟衍绎》一书中描写盘古醒来以后"将身一伸,天即渐高,地便坠下。而天地更有相连者,左手执凿,右手持斧,或用斧辟,或以凿开,自是神力,久而天地乃分"(第一回)。

盘古神话至今仍在中原地区民间流传③,据1980年代桐柏县、济源县文化馆和河南大学张振犁、程健君等人调查发现,古代郦道元《水经注》中所记的"盘古山""盘古川",在今桐柏山区和太行山区,当地始终流传着盘古从混沌的鸡蛋中出世,在大蛋中孕育了一万八千年,醒来用脚把蛋蹬破,然后又用斧头开天辟地,创造万物。又说老天爷(有的传为玉皇大帝)三女儿下凡与他结为兄妹,滚磨盘成亲,成为人类始祖。至今在盘古山顶上还有盘古庙,每年三月三的盘古庙会人山人海,祭祀盘古爷和盘古奶。太行山区的盘谷(韩愈《送李愿归盘谷序》所说的盘谷),即为盘古山所在地,当地的太行山又叫"盘古山",这里的盘古庙比桐柏山顶的要大得多,三月三的庙

---

① 原书已佚,据清马骕《绎史》卷一所引。
② 覃乃昌等:《盘古国与盘古神话》,第4页,民族出版社,2007年。
③ 参见张振犁:《中原古典神话流变论考》,上海文艺出版社,1991年;程健君:《民间神话》,海燕出版社,1997年。

会也更加盛大。当地特产盘砚,据说即是盘古蹬破的蛋壳变成的砚石层做成的。张教授认为盘古南来说不妥,是北方土生的。其实南方苗族等原来也是北方人,二者并不矛盾。

盘古是一个伟大的劳动巨人,随着天地的开辟,他自己的身体也不断高大,身高九万里,顶天立地,这实际上是劳动人民集体力量的化身。劳动创造了世界也创造了人类自身。盘古的身体变为万物的幻想,虽然幼稚,却表现了朴素辩证法思想的萌芽,和宗教所宣扬的上帝无中生有创造世界的唯心主义说教是根本不同的。盘古神话热烈地歌颂劳动之伟力,通过幻想和夸张的情节,自发地、鲜明地表现了劳动创造世界的朴素观念。

盘古神话在今苗、瑶、畲、黎等南方民族中仍广泛流传,盘古被尊为"盘王",成为最有权威的大神,掌管生死富贵,有"盘王书"记载其事。其实,苗、瑶、畲、黎等民族中的盘王指的是盘瓠。盘瓠神话是一个图腾神话(始祖神话)。原始人分不清人与动物的区别,以为一些动物是自己的祖先神,这就是图腾。盘瓠就是一个古代图腾,在西晋干宝《搜神论》中记有此神话故事,说古帝王高辛氏畜有一犬,毛色五彩,名曰盘瓠,又称龙犬。因犬戎来犯,不敌,乃悬赏:若有得犬戎吴将军(房王)头者,即把公主嫁给他。盘瓠历尽艰辛衔回敌首,高辛王见盘瓠是犬而后悔,但公主欣然嫁之,后盘瓠蒸六昼夜,变为人形,入南山,生六男六女,即为其民族先祖。至现代仍于节日祭之。

女娲造人的神话最先见于《楚辞·天问》。在《天问》中,我国第一个伟大诗人屈原问道:"女娲有体,孰制匠之?"这是说:既然人类是女娲创造的,那么女娲自己又是谁创造的呢？这是问得很好的。但是由于《天问》文体的限制,诗人未详细记叙女娲造人的情节,只是提供了一个简单的线索。较具体的记述在《风俗通》中:"俗说天地开辟,未有人民,女娲抟黄土作人。剧务,力不暇供,乃引绳絚于泥中,举以为人。故富贵者,黄土人也;贫贱凡庸者,絚人也。"[①]这里说女娲用两种方法创造了贵贱两等人,显然已渗入了后世阶级社会的等级思想。《荆楚岁时记》又记载女娲从正月初一开始创造万物。初一创造了鸡,初二造狗,初三造猪,初四造羊,初五造牛,初六造马,初七才创造了人,初八创造了禾谷……这个记载反映了原始社会后期畜

---

① 《太平御览》卷七八引。

牧业、农业的发展情形。

女娲造人的神话反映了原始社会以女性为中心，人类"知母不知有父"的历史事实。此外又传说女娲是伏羲的妹妹，她和伏羲兄妹结婚成为人类祖先，这就真实地反映了原始时代兄妹婚的某些遗迹。《风俗通》曰："女娲，伏羲之妹。"①李冗《独异志》说："昔宇宙初辟之时，只有女娲兄妹二人，在昆仑山中。而天下未有人民，议以为夫妻，又自羞耻，乃结草为扇，以障其面。今娶妇执扇，象其事也。"清代陆次云《峒谿纤志》记载苗民将女娲和伏羲同祭。唐代卢同《与马异结交诗》云："女娲本是伏羲妇。"也说明了他们的这种关系。另有一种说法是"女娲本是伏羲妹"，也说明他们的关系"既是兄妹，又是夫妻"，兄妹婚配，是一种原始的血缘婚。

在汉代砖画和石刻中，发现了一些人首蛇身的男女，蛇身相交。东汉五梁祠石室画像中，画有人头蛇身相交之男女二人，男的手捧太阳金乌，女的手捧月亮蟾蜍，另外还有人头蛇身的小天使展翅飞翔。闻一多推测，这就是女娲与伏羲兄妹。汉代王逸在《楚辞》的注解中曾记曰："女娲，人头蛇身。"郭璞注《山海经·大荒西经》时亦云："女娲，古神女而帝者，人面蛇身，一日中七十变。"《列子·黄帝篇》说夏后氏（鲧禹）是"蛇身人面"，《礼稽命征》："禹建寅，宗伏羲。"②伏羲是夏后氏的祖先，当然也是"蛇身人面"，是属于龙图腾的龙族。《淮南子》将伏羲与女娲并列。高注曰："女娲，阴帝，佐伏羲。"这些记载说明，汉画上人首蛇身相交之男女，很大可能就是女娲与伏羲。这种图腾形象是由远古流传下来的。

女娲不仅是人类的创造者，而且还是炼石补天的巨人。据《淮南子》记载：

> 往古之时，四极废，九州裂，天不兼覆，地不周载，火爁炎而不灭，水浩洋而不息，猛兽食颛民，鸷鸟攫老弱。于是女娲炼五色石以补苍天，断鳌足以立四极，杀黑龙以济冀州，积芦灰以止淫水。苍天补，四极正，淫水涸，冀州平，狡虫死，颛民生。（《览冥训》）

这个神话可与盘古神话互为补充，说明原始社会的生活条件极为恶劣，洪水猛兽遍地横行，但是人民并不屈服，终于取得了斗争的胜利。女娲炼五色

---

① 《路史》后记卷二引。
② 《开元占经·龙鱼虫蛇占》引。

石、断鳌足、杀黑龙乃至积灰治水,是对渔猎乃至矿冶、制陶等生产经验的艺术概括,同时也是对劳动威力的热情赞颂。

少数民族创世神话和汉族多有相通之处,这是在长期的交往中文化交流的自然成果。少数民族神话多保存在口头韵文神话史诗中,内容经过系统化,代代相传,比汉族文献神话的零星记载更加丰富。

贵州黔东南苗族古歌有创世神话多篇,如"开天辟地""铸撑天柱""锻造日月""洪水滔天""兄妹开亲"等等,每篇都是一首长篇叙事诗。其主要内容如下:传说天地原为一团雾气,四脚八手的巨人府方用斧头开辟了天地,又有各种巨人创造山河万物。派四个老人去东海运金运银,用以锻造日月星辰,铸造十二根撑天柱。太阳是用金子按照水波圈纹的样子造的,一共造了十二个;月亮是用银子造的,也造了十二个;由巨人榜样布友送上天去。这是一个多么雄伟壮丽的场面啊,你看他头顶红太阳,肩挑银月亮,双手抱着一怀星星,虎虎奔上天去:

　　一步离山谷,两步到山腰,
　　三步到山顶,四步就冲到天上……

十二个太阳同时出来,太热了。好汉扬亚爬上玉树,一箭一个射掉了十一个太阳和月亮,人们才可以生活下去。但不久又发了大水,把人类全部湮灭,只剩下姜央兄妹二人,因躲在葫芦里避难,得以不死。后二人结婚,成为人类祖先。

壮族传说中也说到十二个太阳为害,但射去十一个太阳的不是扬亚而是特康。① 壮族史诗《布伯》记述的洪水神话与苗族类似。纳西族史诗《创世纪》更描写人类祖先生下三兄弟:老大是藏族,住在山上边;老三是白族,住在山下边;老二是纳西族,住在山半腰……他们共同劳动,繁荣昌盛,表现了朴素的民族团结的思想。

白族《打歌》中,有《开天辟地》一篇,通过对答的形式叙述盘古和盘生两兄弟,一个变天,一个变地,后二人又化为巨人木石伟。木石伟死后,左眼变日,右眼变月;眼睁为白天,闭眼为黑夜;头发变树木,眉毛变竹子,鼻子变山,肠子变河,肌肉变泥土,筋脉变道路,心变成启明星,牙齿变星星。当时

---

① 见《民间文学》1960 年第 11 期。

树木、石头都会走路,鸡、狗都会讲话。天不满,用云补;地不平,用水补。天小地大,把地皱成山脉,才与天合上。长诗说盘古、盘生二兄弟是打柴的,后去钓鱼,钓到龙王的红鱼,引起龙王发大水,毁了世界,这些情节中掺杂了一些后加的成分。

彝族史诗《梅葛》中也有创世一章,记述天地是由格滋天神派自己的儿女创造的。他五个儿子按照伞的样子造天;四个女儿用轿子做模子造地。女儿勤快,儿子偷懒。结果地造得特别大,天造得太小了。于是派人把天拉长,又派蛇把地盘小,所以至今天凹而地皱,出现了山河。后来天被雷打坏,就用云彩补起。捉大鱼背住大地,打虎用虎脊骨做撑天柱,虎的身体变为世界万物:右眼为月,左眼为日,虎须为阳光,虎牙做星星,虎血成海水,毛发为草木,肠子变江河。(按:《天问》中有"斡维焉系,天极焉加"[郭沫若译为"这天盖的伞把子,到底插在什么地方"],又有"鳌戴山抃,何以安之"[郭译为"何以要使巨鳌在海底匍匐,鼎着五山使它们安稳?何以又让龙伯把巨鳌钓去,使得五山在海上飘零"]。这些情节都可参照来看。)

云南彝族一支阿细人的神话《阿细的先基》中,也有创世神话,说蓝天是阿颠神把树吹上天造成的,大地是阿志神把树压在底下造成的,山是蚂蚁造的,人是托罗神和沙罗神用黄土造的,晒了七天人才会动。这和女娲七日造人相似。

除了创世神话之外,还有洪水神话、治水神话、射日神话、填海神话等等,不一一列举。

古代神话以神奇的艺术魅力,表现了劳动美,歌颂了劳动和劳动人民。盘古、女娲、府方、扬亚以及夸父逐日、羿射九日、精卫填海、刑天舞干戚(盾牌和大斧)等等神话,都表扬了古代劳动人民为人民造福除害,勇敢斗争,不惜自己的生命和精力的集体主义精神和坚强不屈的斗争意志。夸父与太阳赛跑,口渴而死,但死后他的手杖变为千里邓林山,虽死犹生;鲧盗息壤治水被帝所害,与盗火之普罗米修斯同样伟大。大禹治水神话讲禹跋涉九州治水,"身执耒臿,以为民先,股无胈,胫不生毛,虽臣虏之劳,不苦于此矣"(《韩非子·五蠹》),他到处奔波,打开长江三峡、黄河龙门、三门峡,"兴利除害,决河疏江"(《白虎通·圣人》),劳苦之中,腿也累跛了,"世传禹病偏枯,足不相过,至今巫称禹步是也"(《广博物志》卷二十五)。他公而忘私,"三过家门而不入"。"禹尽力沟洫,导川夷岳,黄龙曳尾于前,玄龟负青泥于后。"神龙神龟为大禹导引路线,助他治水。他的仁德感动上天,所以"夏禹时天雨金三日",又传说天上下稻子(《述异记》卷下)。这些光辉的艺术形象,至今"还继续给我们以艺术的享受",表现了令人鼓舞的"人类童年的天真",具有"永久的艺术魅力"。

神话的本质　神话是原始社会的民间故事。由于生产力很低下,缺少科学知识,原始人不理解各种自然现象和社会现象的真正原因,认为天地万物都是有生命的,甚至把某种动物当成自己的祖先和保护神。后来,他们为了解释自然和社会的现象,同时也表达征服自然的愿望,就根据人类社会的情形,在想象中按照劳动英雄的形象创造了各种各样的神,不自觉地编造了许许多多关于"神"的故事,这就是神话。所以神话是社会的现实矛盾在人民幻想中的反映。马克思说:

> 希腊艺术的前提是希腊神话,也就是已经通过人民的幻想用一种不自觉的艺术方式加工过的自然和社会形式本身。①

神话是在劳动中产生的,与劳动密切相关。但是有人却说神话是宗教的产物,是脱离劳动的幻想的产物。这是本末倒置的说法。神话和宗教的关系是复杂的,但不可想象,没有神话就会出现任何宗教。神话和原始宗教常常结合在一起,密不可分,但考其最初的源头,原始宗教显然是由神话的迷信成分产生的。而进入阶级社会以后,原始的多神教变为一神教,这样的宗教同原始社会中自发的神话有着本质的不同。马克思说:

> 任何神话都是在想象里并借助想象以征服自然力,把自然力加以人格化,因此,随着这些自然力之实际上被支配,神话就消灭了。

神话是原始人要求征服自然的理想的产物,原始巫术也是企图征服自然的,而阶级社会中的一神教则利用了神话和原始宗教中的迷信因素并加以发展,它不仅利用人们对自然力的无知,而且也利用被压迫阶级对社会科学知识的无知,宣扬宿命论,让人们服服帖帖地任人奴役。这种宗教迷信和神话最本质的区别在于对待命运的态度。周扬对此有深刻的分析,他在第一届全国戏曲会演大会上的讲话中说:

---

① 《政治经济学批判·导言》,《马克思恩格斯全集》第12卷,第761页,人民出版社,1962年。

> 许多神话对于世界往往采取积极的态度,往往富于人民性,而迷信则总是消极的,往往反映统治阶级的利益。这种区别最突出地表现在对待命运的态度上面,神话往往表现人们不肯屈服于命运,并在幻想形式中征服命运。相反地,迷信则恰恰是宣传宿命论,宣传因果报应,让人们相信一切都由命定,只好在命运面前低头。由于对命运的看法不同,因而对于作为命运主宰者的神就采取了不同的态度。神话往往是敢于反抗神的权威的……迷信则是宣传对于神的无力,必须做神的奴隶和牺牲品。①

这里的"迷信"指的就是阶级社会中一神教的宗教迷信。

在阶级社会的宗教迷信中,命运是不可改变的。宗教中的上帝是绝对的权威,是世界的创造者,是万能的神,它反映了人间至高无上的帝王权威。这是为巩固统治服务的。而神话中的神则根本不同,他们同命运进行斗争,不屈不挠。原始神话中的神没有一个不是征服自然的劳动能手。他们是技术高超的猎手、骑手、牧人、铁匠、农人、航海者、音乐家等等。原始人尊劳动英雄为神,把他们想象为某种自然力的化身,正是表现了对劳动的高度崇敬,对劳动英雄的光辉赞誉。在中国神话中,天地可开,洪水可治,大海可填,太阳可射,而共工、刑天则公然反抗"帝"的统治。虽然神话有不少迷信的因素,但在本质上则是与宗教迷信宿命论水火不相容的。

神话的艺术特征 神话是在神圣的场合严肃地讲述的"严肃故事",有神圣性和严肃性,人们在讲述时相信它完全是真实的,所以它是不自觉的艺术创作,是原始人认识世界、解释世界的"科学",同时也是他们通过自发的艺术幻想表达思想感情的艺术创作。神话体现了人类童年时期艺术和科学之间某种幼稚的主观的自然结合。从艺术方法上看,神话体现了原始的、朴素的积极浪漫主义和某些朴素的现实主义因素之间的初步结合。一方面,它表现了人类征服自然的伟大理想,在神话中浪漫主义美好幻想占有压倒性的优势。高尔基说:

> 浪漫主义是神话的基础,而且是极其有益的,因为它有助于唤起人们用革命的态度对待现实,即以实际行动改造世界。②

---

① 《文艺报》1952年第24期,第5页。
② [苏]高尔基:《苏联的文学》,《论文学》,第113页,人民文学出版社,1978年。

另一方面,因为劳动实践是神话的基础,神话是劳动经验的艺术概括,虽然它是把幻想当成现实来进行描绘的,但却具有朴素的辩证唯物思想的初步萌芽,在一定程度上曲折地反映了社会现实的某些本质方面,例如劳动创造一切的思想、泛神论所反映的朴素唯物论思想等等。神话有着坚实的现实基础。

神的形象是怎样创造出来的呢?列宁在《哲学笔记》中记下了古希腊哲学家色诺芬尼的话:

> 假如牛和狮子都有一双手,能像人一样创作艺术品,那么它们也同样会描绘出神,并把它们自己的体形给予这些神。

列宁强调"神＝完美的人的形象",并联系费尔巴哈的观点:"人的神不过是神化了的人的本质而已。"他还引用伊壁鸠鲁的话说明了神的创造过程,在我们看来同文学上的典型的创造有相似之处。伊壁鸠鲁说:

> 部分的说来,他们(神)是完美的人的形象,它的产生是由于各形象的相似,由于类似的形象不断地溶合为同一个形象。①

这种融合,常常是现实事物各个部分的某种结合。如羿射九日的神话,就是由弓箭的发明和烈日照射引发干旱这两个事实结合而成,羿的形象融合了许许多多优秀射手的特点。这些都是现实的真实描写。但从整个神话看来,它显然是幻想的产物,烈日与射手是矛盾的双方,只有在艺术想象中才能统一起来,在现实中人是绝不可能用弓箭射落太阳的。毛泽东在《矛盾论》中深刻地分析了神话的这种思维特点,他说:

> 神话并不是根据具体的矛盾之一定的条件而构成的,所以它们并不是现实之科学的反映。这就是说,神话或童话中矛盾构成的诸方面,并不是具体的同一性,只是幻想的同一性。②

虽然神话中融合了许多现实的因素,就矛盾的各个侧面分别来看,神话甚至有现实主义的精确描写,在幻想中有某些真理的萌芽,但这只是局部的因素而已,就整体看来,矛盾的两个侧面的同一则是主观幻想的产物而不是现实

---

① 〔苏〕列宁:《哲学笔记》,第305页,人民出版社,1957年。
② 《毛泽东选集》第1卷,第319页,人民出版社,1952年。

具体矛盾的真实反映。从创作手法来看,神话中浪漫主义是占主导地位的,对自然力的人格化和劳动英雄的神格化是神话中应用最广的艺术手法。现实主义的细节描绘和巨大的幻想、夸张比较起来只是次要的因素。

1983年以来,著名神话学家袁珂先生提出了"广义神话"的概念,认为神话不只原始社会有,在后来的封建社会中仍然流传并可产生一些新的神话。① 也有人机械地理解马克思的话,反对这个意见,认为随着科学的进步,神话早已消失。大量的事实早已证明,现代在民间(特别在偏远山区)仍流传着不少神话,其中有的虽已受到道教、佛教的影响,但即使是仙话、佛话等宗教故事也仍然具有神话特征。所以广义神话的研究成果是应该受到肯定的。俄国科学院通讯院士李福清在他的神话学论著中早已把"道教神话""中国佛教神话"和"后世民间神话"列入整个"中国神话"之内。②

神话的影响　神话对后代文学发展有着巨大的影响,它是我国文学史上积极浪漫主义文学的源头。神话的英雄主义鼓舞了人们积极变革现实、改造世界的信心和勇气。它新奇的幻想、热情的夸张极大地启发了人们的想象力,它的情节、题材往往成为后代文学创作的"土壤"。屈原的《九歌》《离骚》,吴承恩的《西游记》,西方的荷马史诗、但丁《神曲》、弥尔顿《失乐园》,以及鲁迅的《故事新编》,郭沫若的《女神之再生》《凤凰涅槃》等作品,明显地受了神话的影响。民间文学中的童话、寓言、传说,许多戏曲剧目乃至某些民歌(特别是盘古歌)、谚语等等,也都和神话有密切的历史联系。几千年来民间故事中浪漫主义创作方法始终占有重要地位,正是神话传统的直接继承和发展。此外,神话对宗教的形成和发展起了启示性的作用,可以说没有神话就不会有宗教。神话成为宗教经典的核心内容,在基督教《旧约》和伊斯兰教《古兰经》以及佛教《大藏经》中,神话都是最原初的经典,在许多民间宗教中更是如此。神话的影响是巨大的,因此专门以神话为研究对象的"神话学"已形成了一门独立的学科。神话的历史价值和民俗学学术价值也很高,历来受到人类学家、民族学家、民俗学家和历史学家的重视。

---

① 参见《民间文学论坛》1984年第2期。
② 参见《世界各民族的神话》(百科词典)上册,苏联百科全书出版社,1980年。其中译文参见〔俄〕李福清著,马昌仪编译:《中国神话故事论集》,中国民间文艺出版社,1988年。

第二节 民间传说

传说是历史性较强的一种民间故事。它也是一种"严肃故事",人们讲述时也是信以为真的,但又和神话不同。它的主人公是人,不是神。和神话比较,它虽然也有幻想成分,但现实性相对增强了。传说一般有客观的历史事件、历史人物或地方风物作为根据,产生较快,数量很多。它是流传在人民口头的历史文学,也是人民口传的报告文学。传说的题材同人民生活和社会斗争有着密切的联系,社会意义较强。

传说的主要内容 我国历史悠久,地大物博,人民勤劳勇敢,富于革命传统,善于艺术想象,民间传说是极其丰富的。根据传说的内容,大致可分为以下六类:

第一,人物传说。主要是关于历史上著名人物的故事。劳动人民对各种人物都有自己的评价,在传说中对革命领袖和劳动英雄、民族英雄进行歌颂,记载了他们的丰功伟绩,对暴君、国贼则进行鞭笞和咒骂。

对于为人民做了好事的人,人民是铭记不忘的,在口头传说和民歌中都有许许多多此类生动的作品。这些传说实际上构成了中国革命伟大史诗的砖石。关于毛泽东、周恩来、刘少奇等革命领袖的传说故事,表现了人民群众对党的衷心拥护和热情赞颂。毛泽东是中国人民的久经考验的伟大领袖,他到过的地方,几乎都流传着关于他的传说。例如井冈山有个传说描述毛泽东当年在茅坪乡宣传革命思想的动人情景。农民们把茅坪特产——一条二十多斤重的狗鱼送去慰劳红军,并说这种有手有脚、肥脑袋、大嘴巴的东西专门吃小鱼,就叫"狗鱼"。毛泽东听了笑着说:这是鱼里头的恶霸,应该多打、多吃。后来开会时,毛泽东就常常用狗鱼打比方,给大家讲革命的道理。这是带有回忆录性质的写实的传说,而有些传说则带有较多的幻想与虚构的成分。如《毛主席懂得老百姓的苦处》生动地描述了毛泽东和群众的密切联系,毛泽东深入调查,真正代表人民利益,从群众中来又到群众中去,领导群众进行斗争。他了解到年青人、老汉、小孩的切身要求以后,在会上集中提出来,得到群众热烈的拥护。《毛主席改造二流子》是抗战时期大生产运动时在晋西北群众中流传的。这个故事根据毛泽东参加大生产这一历史事实,通过令人信服的艺术虚构,表现了人民领袖的伟大革命风格。

传说岚县二流子华景是个鸦片烟鬼,嘴很会说,谁也改造不了他。一天,毛泽东来了,要人把华景送到延安。毛泽东也不和他多说,只和他一起到山里去开荒。先是毛泽东一个人种地。到了秋天,二流子看到到处都长的是高粱、白菜、南瓜、番茄,荒山成了良田,不禁从心里暗服:"毛主席的本领真正大呵!"他就要学这套本领,毛泽东笑笑,依旧锄草浇地,华景看了也照着做起来,后来终于成为村里的生产积极分子。这个故事不仅表现了毛泽东以身作则、热爱劳动的伟大品格,还深刻地表现了"身教重于言教"这一真理。真人真事的回忆——《背米》《毛主席也来了》等也表现了这一思想。

周恩来是人民崇敬的伟大的马列主义者。他数十年如一日夜以继日地为人民操劳,创建了不朽的功勋。他的许多动人事迹化为传说在民间传扬。如周恩来坐飞机在紧急情况下给小女孩让降落伞的故事,表现了他临危不惧、先人后己的共产主义崇高品质。关于周恩来同国内外敌人进行巧妙斗争的传说,周恩来在工作上、生活上艰苦奋斗的传说,都很有教育意义。

刘少奇是中国革命的杰出领袖之一,他在安源领导工人大罢工的传说,在白区工作中奋勇机智、在中华人民共和国建立初期发展天津私营工业生产和在"大跃进"中调查研究、在日常生活中艰苦奋斗的传说,异常动人。传说有一次他在湖南农村调查时,发现了一张"粮食不够吃,就怪刘少奇"的"小字报"。有的干部说这是"反动标语",要"抓坏人"。刘少奇经过调查,了解到这是一个小孩写的,不是坏人,于是主动征求意见,化解了矛盾。这是正确处理敌我与人民内部两类矛盾的典范,富有教育意义。

关于朱德的传说故事,如《朱德的扁担》《伙夫头》表现了领导与士兵同甘共苦的革命风格。正是由于朱德艰苦朴素,敌人见了以为是伙夫,才得以胜利突围。传说通过这一情节生动地说明了革命军队的特点:官兵平等,艰苦奋斗。这是战胜强大敌人的传家宝。朱德的榜样,教育了千千万万革命者。

我国著名的农民运动领导者彭湃善于巧妙地宣传革命思想,也有不少传奇故事。例如一次他和几个农民妇女一齐赶路,一路上有说有笑,谈到海陆丰人民生活的改善,也谈到群众中还有迷信思想,这时彭湃说:"啊呀,有敌人,有敌人。"大家不知怎么回事,以为真来了敌人,到处找也没有找到。彭湃说:"敌人不在别处,就在我们脑子里。过去穷人受了财主的骗,相信神灵天命,这种封建迷信思想不就是我们的敌人吗?"引得大家哈哈大笑,得到很大启发。

这些关于革命领袖的传说,都表现了他们勇敢机智地进行革命斗争的生动事迹和艰苦朴素、密切联系群众的作风,富有教育意义。工人运动中的英雄人物节振国、王孝和等人的传说,一直在开滦、上海等地流传。许多革命传说作为口头教材,将不断流传下去,成为人民宝贵的精神财富,流芳千古,久而弥香。

人物传说是非常丰富的,这是民间文学中很有特色的一部分。除了现代革命传说外,古代还有许多关于农民起义英雄的传说。陈胜、吴广的传说已成为《史记》的素材。关于王薄、黄巢、宋江、方腊、李闯王等起义的传说至今仍在民间流传。如《鸡叫岩》(见《中国民间故事选》第二册)描写黄巢深入群众进行侦察,和劳动人民建立了亲密的友谊。他打听到坏人要跑,就和老乡约好;在鸡叫前把坏人杀光。湖南新化至今有鸡叫岩,即纪念此事。这是劳动人民对"黄巢造反,在劫者难逃"的解释,它和"黄巢杀人八百万"等反动派的污蔑是完全针锋相对的。在劳动人民心目中,黄巢根本不是见人就杀的"魔王",而是解救自己的英雄,人民是敬爱他、歌颂他的。李闯王过黄河的故事表现了人民对起义军的热情支援;而李闯王吃饺子的故事则又蕴蓄着广大人民对李闯王遭致失败原因的朴素解释,是发人深思的。据说他本该坐江山十八年,但他天天吃饺子,过年才吃饺子呀,十八天就等于十八年,所以十八天就被赶出北京了。

在劳动人民中有不少能工巧匠、劳动英雄,他们的劳动业绩和发明创造至今使人念念不忘,主要靠传说的艺术力量。其中以鲁班(鲁般、公输般)的故事最为著名。古代关于能工巧匠的传说往往集中于鲁班一身,鲁班成了能工巧匠的化身。这些传说故事通过神奇的艺术夸张,对于英雄人物的劳动业绩作了最热情的赞扬和歌颂。

鲁班是光彩夺目的高大的劳动英雄的典型。人民把历史上的很多发明创造归功于他,把他作为木匠的祖师———一个伟大的发明家,许多劳动工具和重大工程的创造者。相传锯子、墨斗、木楔子乃至门户等等,都是他的发明。早在公元前几世纪的春秋时代,关于鲁班的传说就已带有浓厚的传奇色彩了。《墨子》记载"公输削竹木以为鹊,成而飞,三日不下"[①],这是带有

---

① 见《增补事类统编》。

很大幻想与夸张成分的。关于赵州桥的传说是鲁班故事中的代表作之一。相传隋代李春设计的赵州桥也是鲁班所修,说他赶来一群羊,羊群变成了石块,只用了一夜功夫,就修成了大石桥。修成之后他有点自满,于是传说里又安排了仙人过桥的情节给他实际的教训。张果老的毛驴里装了太阳、月亮,柴王老爷的小车中推了四大名山,鲁班没看出来,以为桥承受得住,直到压得桥身摇晃时才下去撑住。因为他"有眼不识仙人",所以至今木匠师傅干活时常闭起一只眼来瞄线,即是"惩罚"。《赵州桥》故事在民歌中也有反映,如河北《小放牛》盘歌:

> 赵州石桥鲁班来修,
> 玉石栏杆圣人留,
> 张果老骑驴桥上走,
> 柴王爷推车压了一道沟。

传说至今驴蹄印和车辙还在桥上留着哩!此事对鲁班教育颇大,以后他就谦虚谨慎了,所以才能不断进行新的发明创造。

这个故事完全是虚构的。鲁班是春秋鲁国人,姓公输名班(又作"般"),而赵州桥则是隋代劳动人民的集体创造,为工匠李春所设计。但由于赵州桥这样大跨度的双曲拱桥世界第一,在封建时代确实是一个奇迹,人们为了表示赞叹,很自然地把它和历史上最著名的能工巧匠联系起来了。这样人们把各种土木建筑的杰出创造都说成是鲁班所为,鲁班就成了"箭垛式的人物"(胡适)。于是鲁班的传说日益丰富,各地著名建筑都和他发生了关系。这类事情早在唐代段成式《酉阳杂俎》中即已有了记载。

鲁班的形象之伟大,不仅在于他的创造智慧,还在于他质朴、谦逊的品德。在传说中鲁班总是以普通的穷老头子的身份出现,从不盛气凌人地指手画脚,而是在人困难时出其不意地暗中指点和帮助。他隐姓埋名默默地工作,人们不知道他是谁,等到事成之后,意识到"这老头可能是鲁班"时,他早已无影无踪不知去向了。这并不是传说故弄玄虚安排得这样神秘,而是为了更有力地表现鲁班的淳朴本质。他就是人民集体智慧的化身,就在人民之中。这些故事,深刻反映了"卑贱者最聪明"的历史真理。

民间歌手刘三姐的传说在南方各族人民中长期流传,反映了劳动人民的艺术创造才能及其威力。关于著名作家的传说也比较有趣。大概因为李白的诗中经常描写月亮,相传李白酷爱月亮以致因捞月落水而死。在民间传说中,关于李白天才的来源也有朴素而深刻的解释。传说李白年幼时,看到老妪在水边用铁棒磨针,从而领悟到"只要功夫深,铁杵磨成针"的真理,从此用功学习,正是在刻苦劳动的基础上才成为我国伟大的诗歌艺术家。此外关于画家的传说《画龙点睛》等也很有特色。

　　对于统治阶级上层人物,在帝王将相的民间传说中有各种不同的反映。对于民族英雄,如岳飞、杨家将、林则徐等,传说是歌颂的;对于卖国贼,如石敬瑭、秦桧、李鸿章、袁世凯等,传说是嘲讽与咒骂的。对于暴君,如桀纣等,传说则是抨击的;对于所谓"圣君贤臣",只要在客观上对人民做了好事,传说也有好的反映。如关于秦始皇"赶山鞭"的传说是讲他修长城的功绩的,关于唐太宗和魏徵的传说是讲理想的君臣关系的,关于清官的故事则反映了人民对权贵、贪官的不满和要求清明政治的愿望。民间传说中的包公铁面无私,为民请命,执法如山,不徇私情,不畏权贵。许多包公传说故事长久流传,至今不衰。包公的形象已超越了历史人物的局限而成为理想化的艺术典型,具有不朽的艺术魅力。

　　包公名包拯(999—1062),为宋代最有名的清官。《宋史》中有传,在本传中记载他"立朝刚毅,贵戚宦官为之敛手,闻者皆惮之。人以'包拯笑比黄河清',童稚妇女亦知其名,呼曰'包待制'。京师之语曰:'关节不到,有阎罗包老。'"当时人们的口碑已把他和阎王老爷相提并论,实际已把他神化了。元代包公戏甚为流行,成为元杂剧的主要剧目之一。在一百出戏的《元曲选》中,包公戏即有 11 种之多,其中关汉卿的 2 种(《包待制三勘蝴蝶梦》《包待制智斩鲁斋郎》)、无名氏的则有 8 种,如"盆儿鬼""陈州粜米""勘双丁"等。说书话本《包公案》也在民间广为流传,明代已有上百卷的话本小说《包公案》,清代更发展为《龙图公案》《三侠五义》《七侠五义》等长篇小说,至今各地的地方戏和评话说书中的包公戏、包公案仍是不少的。民间流传的包公故事是艺人、作家创作的主要题材来源,至今在民间还流传着许多包公传说,已出版的即有松朋整理的《包公的故事》(通俗读物出版社,1956 年),群众出版社编印的《包公的故事》(1962 年),黎邦农、张桂安编的《包公故事新编》(安徽人民出版社,1981 年),马光复编著的《包公的故事》以及香港陈湘记书局编印的《铁面包公》等等。在包公故乡安徽和他主要活动的地区开封等地,包公的传说最多,但其他各省也有不少,在《民间故事集成》各省市卷中均可找到。1984年的西藏民间文学小报《邦锦梅朵》上登载了流传在后藏的包公故事《斩天王老子》,共有几种异文。可见包公故事流传之久远。

　　据赵景深研究,包公故事中真正属于包公自己的只有"割牛舌案"是包公本传中所记载的,但就是这唯一的包公本人的故事也有人认为是别人的事(如宋代类书《类说》卷四十五引《圣宋掇遗》即说破割牛舌案是张咏所为)。此外绝大多数包公故事都是别人的事,其中有汉代以来的清官钱和、黄霸、周新、刘奕、滕大尹、向敏中、李若水、许进等人的事,如著名的《灰阑记》巧断二妇争子案故事,其事之原出处是东汉应劭《风俗通义》中所记西汉郡守黄霸的事。在流传的过程中,别人的故事都归入了包公名下。所以故事中的包公形象早已不是原来的包拯,而成了一个"箭垛式的人物"(胡适《三侠五义》序),成了人民艺术想象加工而成的理想化的清官典型形象。

　　早在元代,包公已成为"日断阳夜断阴"的清官,元杂剧无名氏《叮叮当当盆儿鬼》即有张敝古的戏词:"人人说你白日断阳间,到得晚时又把阴司理。"包公成了阎王爷式的神。在戏曲脸谱中包公的通用脸谱是额上画弯月、太极图,亦是这种神圣的标志。列宁《哲学笔记》说:"神是完美的人的形象。"正是这样,包公的神性正说明他已成为人民理想中完美的清官形象。所以在河南、澳门等地出现了包公庙,把包公作为主神来崇拜。有人说,包公故事是宣扬"人治",其实,这种表面的看法是不对的,包公执法如山、铁面无私、不畏权贵、廉明公正等作为,所张扬的正是法制精神。这种清官在旧社会极少,而在传说、故事、小说、戏曲等作品中,则是人民理想的化身,是法治的代表,只有真正实行法治的时代才能成为现实,这是人民呼唤法治所追求的目标和理想。①

　　第二,历史传说。主要指关于重大历史事件的传说。例如关于太平天国起义的传说,捻军、小刀会、义和团起义的传说,以及其他古代农民起义的传说,都属于历史传说范畴。不少人物传说联系起来可以作为历史传说看。例如义和团传说就是由许多人物传说组成的。其中关于战斗英雄的故事最多,如《洪大海》《托塔李天王》《铁金刚》《宗老路》等故事的主人公都是各地义和团起义中英勇善战的英雄人物。他们的斗争故事,组成了一幅幅义

---

① 参见段宝林:《包公崇拜的人类学思考》,《民族艺术》2001年第2期。

和团的战斗画面,从中可以看到当时劳动人民反帝斗争的生动历史。在传说中,我们看到帝国主义侵入中国后阶级矛盾与民族矛盾的尖锐化。帝国主义者(故事中叫"洋毛子")"杀人、放火、抢东西",帝国主义的教堂看到哪块地好就强占哪块地,哪儿有宝贝就去抢(如《渔童》);而那些汉奸(群众称为"二毛子")"又是财主又是教徒,官面、洋面、私面——哪方面都吃得开",他们口口声声"沾天主的光",真是"要多恶有多恶","天下有四方,他就得霸八方"(见《老大造反》《沾天主的光》)。① 在民族存亡的紧要关头,中国劳动人民挺身而出,高举大刀扎枪、镰锄棍棒,给侵略者以迎头痛击。《红缨大刀》中的刘老爹就是人民集体力量的体现,他面对着蜂拥而来的"洋毛子",一手叉腰,一手高举红缨大刀,向敌人大喝一声:"慢动,中国人在此!"把鬼子杀得落花流水。他指着放枪的鬼子说:"……我杀了你们啦,我宰了你们啦,我替中国人出气啦!你们听着:你们有洋枪洋炮,中国人有红缨大刀,皇上怕你们,中国人不怕,有我在此,你们就休想霸占龙河。"说着哈哈大笑,这笑声把大桥震塌,老爹也吐血而死,鬼子终于不能越过龙河。老爹死后,他的儿子接过红缨刀去找"神兵",继续战斗。这些传说中有一定幻想成分,细节上有夸张,但却是更高意义上的真实,突出了中国人民英勇不屈的反帝精神,突出地表现了人民群众手中的大刀长矛最终能胜过帝国主义的洋枪洋炮的真理。

  义和团故事对于义和团反帝斗争的历史有全面的反映,即完整地反映了帝国主义入侵和中国人民反抗的历史过程,具体而生动,既是很好的文学作品,也是一幅幅真实的历史图画。义和团的群众性,它是怎样组织和发展起来的,它是怎样进行战斗的,它的优点和弱点,在许多传说中都有真实的反映。打开河北省民间文艺研究会所编的《义和团故事》专集,义和团英雄们可歌可泣的斗争故事就一个个展现在我们面前。关于义和团的斗争,正史中是不记的,《义和团》资料集共四大本,没有一篇写农民的抗争。这说明民间传说的历史价值是多么大、多么重要。

  这些义和团英雄多是贫苦的农民。他们是"卖短儿的""扛长活的""打鱼的""操船的"以及木匠、铁匠等等正经庄稼人、手艺人。他们有男有女有老有少,真是全民皆兵,战斗时铺天盖地、浩浩荡荡,威力无穷。"义和团,

---

① 参见河北省民间文艺研究会编:《义和团故事》,作家出版社,1960年。

红灯照,烧了教堂扒铁道","罩红包头裹红腿,小米干饭白开水,上铁道,打洋鬼","义和团,喝白水,依仗人多不怕鬼",这些歌谣所描述的情景在传说中有更细致的表现。

有人说义和团是盲目排外、迷信落后的,他们"引火烧身"造成八国联军入侵而丧权辱国,应该予以否定。这些传说用事实反驳了这种错误的言论:义和团固然有盲目排外的局限性,但他们反对的还是为非作歹的洋人,代表了中华民族的浩然正气。这种正义性是绝对不能否定的。从历史作用上说,正是因为义和团英雄们的浴血奋战,严重打击了侵略强盗们的猖狂气焰,才使他们认识到中国和印度不同,绝不能灭亡中国,"瓜分一事,实为下策"(这是八国联军总司令瓦德西给德皇威廉二世报告中的话),从而打消了原来计划中的瓜分中国的企图。这个事实是谁也否定不了的。

义和团传说除了反映人民的反帝斗争外,还反映了人民"打官兵""杀赃官""除恶霸"的斗争,《洪大海》《托塔李天王》《砍安财主》等篇对于阶级矛盾作了深刻的揭露,揭发了清朝政府与帝国主义狼狈为奸的卖国行径。《梁三霸团》更深刻地描述了敌人办假义和团,从内部破坏义和团反帝斗争的阴谋。这些传说在细节上有艺术加工,但在历史本质上是真实的。

现代革命斗争的历史传说流传得更多。如关于各地工人运动的传说,关于中国工农红军—八路军、新四军—解放军战斗历史的传说,关于农民运动的传说,关于民兵斗争的传说等等,各地都有很多很多。有的开始时为新闻传说,人民群众作为"每日新闻"在口头流传,农村没有报纸,新闻传说就是口传的"报纸"。这些新闻传说故事中的一些精彩内容经过流传才变为革命历史传说,如今还作为革命传统教育的好教材在民间广泛流传。有的还写进工厂史、公社史、部队史,被记录下来传之后代。革命传说生动地记述了中国人民在中国共产党领导下可歌可泣的革命斗争。虽然常常只说一件事,但却很典型、很生动、很有意义,反映了历史的某些本质特点。如《红军的布告》《红军坟》的传说故事,通过现实和幻想情节的巧妙结合,强烈反映了人民军队与劳动人民血肉相连的阶级感情。《红军的布告》描写苏区人民如何热爱红军的布告,而红军布告又多么坚不可摧,深刻地说明了"人民革命是不可战胜的"这一革命真理。革命的布告深入人心,任何白色恐怖也不能动摇人民革命的坚强意志。这些传说具有深厚的现实基础,虽有一定的幻想色彩,但仍然令人信服。李星华等人编的《第一支军号》《小八路夺枪》等故事具体记述了中国人民在各个历史时期的战斗情景,异常惊险生动,带有传奇色彩。这类作品各地都有,为数极多,如海南岛有关红色娘子军的传说、晋察冀等地大量的抗日故事等等。在各地编写地方史、军史、战史的过程中,记录发表了许多革命回忆录,这些回忆录中就有不少历史传说,为历史学家所重视。但是因为对传说的艺术价值认识不足,以致从文艺角度对传说进行调查搜集还远远不够,许多生动的革命传说还未能记录下来、整理发表以实现更大规模的传布,发挥更大的艺术欣赏和教育作用。

历史传说用生动的艺术语言深刻地反映了历史的本质,全面地反映了劳动人民社会斗争和生产斗争的历史面貌,总结了他们的斗争经验,这是人民口头的历史教科书。"如果不知道人民的口头创作,那就不可能知道劳动人民的真正历史"(高尔基),对于历史传说来讲,尤为贴切。当然,传说作为一种人民口头的历史文学,在许多细节上是有艺术虚构和幻想夸张的。它的历史真实性不一定在历史细节的真实,而主要在反映历史事件的本质的真实,反映人民群众历史观的真实。它是广大不识字的人民的历史教材。

第三,地方传说。对于各地山水名胜及各种地名的由来,人民用不少优美的传说加以解释。如关于黑龙江的传说就非常多,其中"秃尾巴老李"的故事最著名。传说他是山东青年,力大无穷,赶走了江中白龙,于是就把白龙江变成了黑龙江。在同白龙的生死搏斗中他得到了群众巨大的帮助:江上翻白浪时,群众就往江里扔石块,翻黑浪时就扔窝窝头,打得凶恶的白龙无法招架。纳西族传说《玉龙山和金沙江》①则富于诗情画意:传说玉龙山是个老翁,金沙江是个小姑娘,他们相约一起前往东海,老翁先走,坐下等姑娘,小睡片刻,谁知这一睡要几十万年才能醒,金沙江姑娘赶来叫他不醒,搔他脚心还是不醒,只好绕过他先走了,曲曲折折地东下四川,然后直奔东海,一路走,还一路叫唤:"玉龙山老翁!快醒来吧!到东海来玩吧!"这种传说,将山水人格化了,是对自然现象的一种艺术性的解释。

流传很广的重庆丰都鬼城的传说已有千百年历史:县城峭壁临江,常常云雾迷漫,时有沙石下落,使人疑神疑鬼。后汉设平都县,唐代在平都山上建仙都观,有麻姑洞、森罗殿,被人们附会为阎君洞——阴曹地府。后汉王

---

① 见《中国民间故事选》第二册,人民文学出版社,1960年。

方平、阴长生均在仙都山得道,阴长生后被说成是幽冥之主——阴君。宋代范成大在《湖船录》中已有记载。传说此地鬼魂出没,有许多鬼的故事。

在地方传说中人民有时也通过浪漫主义幻想,反映一定的阶级内容。《望娘滩》[①]传说故事是一个突出的代表。割草的穷孩子聂郎劳动时拾到宝珠,珠子放在米囤里,米涨;放在钱上,钱涨。财主讹诈说宝珠是聂郎偷他家的,要抢,聂郎吞了珠子,口渴变为赤龙,游到河里喝水,但是他又不忍离开母亲,一步一回头,回头望了二十四次,于是出现了二十四个河滩,就叫作"望娘滩"。地方传说的数量极多,已出版的有《西湖民间故事》《桂林山水传说》等数十种。有的地方传说有丰富的社会内容,有的则没有什么深意,但却以美好的幻想吸引着人们的注意。

如今山水、名胜等地方传说,已作为文化旅游的重要资源受到人们的很大重视。巨型丛书《中国山水文化大观》(段宝林、江溶主编,北京大学出版社,1995年)搜罗了许多山水传说,受到广泛的欢迎。在许多旅游书中,也都注意收进一些地方传说,讲解员在介绍时,这些传说增加了讲解的文化历史内涵和生动性。

第四,物产传说。各地物产丰富多彩,都是劳动人民的创造,对于这些劳动产品人民用许多优美的传说加以歌颂。如《青稞种籽的来历》(藏族)、《马头琴》(蒙古族)、《白菜王》(河北徐水)、人参传说(东北长白山地区)、瓷器传说(江西景德镇)、云锦传说(江苏南京)、年画传说(天津杨柳青、江苏无锡)等等。物产传说反映了这些劳动成果的生产情况和它们的神奇作用,同时也反映了剥削阶级抢劫劳动果实的残酷掠夺行为。《长白山人参传说》(辽宁人民出版社,1962年)一书中所搜集的"人参传说"是很丰富动人的。人参姑娘穿着绿衣,头戴红花,美丽可爱,她们和"放山的"穷汉恋爱,却常常被财主害死,变为小鸟在山中呼唤着对方的名字。据传说,徐水"白菜王"原来有几层楼高,每年秋天在上面搭台演戏,人们就坐在大白菜上看,自从"皇上"封之为御菜园,白菜王再也不见了。[②] 蒙古马头琴是人民最喜爱的乐器之一,它柔和深沉的琴声令人听了禁不住感动得流泪。它的神奇魅力从何而来呢?人民的传说作了这样的解释:牧童苏和有匹小白马,

---

[①] 见《中国民间故事选》第一册,人民文学出版社,1958年。
[②] 见康灈记《新传说录》一书。

是他亲手抚养大的,曾经救了他的命,赛马时却被王爷抢去了,自己也被打得昏迷不醒。当王爷向人们夸耀他的好马时,刚骑上去就被摔下,小白马脱缰而跑,王爷叫人射它,它连中数箭,终于带伤回到苏和身边,不久就死了。死后苏和用它的骨头、筋和尾毛做成了马头琴,这样小白马就永远在苏和身边,为他歌唱。苏和拉起琴来,就会想到小白马的恩情,回忆起他乘马飞奔的心情以及对王爷的刻骨仇恨。这些传说是对人民劳动和斗争的颂歌,在旧社会是广为流传的。

在商品经济发展的过程中,各地特产的传说也受到人们的重视,成了各地推销产品的"活广告",既生动又好记,受到商品推销人员和广告商的欢迎。为了发展地方经济,各地也注意出版此类特产传说,向国内外推介各种特产的历史和特色,把特产和名人事迹联系起来,提高它们的"身价"。《中国特产报》常常登载这类传说。

第五,风俗传说。关于民间的风俗习惯、节日活动等等的形成,各地都有不少传说。如端午节(阴历五月初五)包粽子、赛龙舟的传说就与屈原有关。相传屈原爱国忧民,但因昏君奸臣专权,他的理想无法实现。在端午这天他听说楚国都城陷落敌手,就愤而投汨罗江自杀了。人民为了救他,争先恐后划船前往打捞。于是后来为纪念屈原形成年年赛龙舟的风俗。人民为悼念屈原,又以竹筒装米投入江中敬他,据说到汉朝时,有一年屈原显灵托梦给人说:"你们送我的食品老给江里蛟龙抢去,如用楝树叶塞住竹筒口,外面再用彩带扎住,就不怕蛟龙了。"以后又慢慢发展到现在的粽子模样。这个传说对屈原本人的故事说得不多,着重解释风俗来源。此外,如七月七日乞巧的故事,与牛郎织女的爱情故事有关。据说七月七织女和牛郎团圆,心情好,可以乘机向她乞巧。妇女们在月下穿针,谁穿得最快,乞到的巧就最多,绣起花来手最巧。八月十五中秋节的传说大多和月亮有关。"月到中秋分外明",人们把月亮想象成一个宏伟的宫殿,有嫦娥奔月的传说(鲁迅据此写《奔月》,见《故事新编》),有吴刚伐桂的传说,还有唐明皇游月宫的传说,后者可能系御用文人所作,但是也在民间流传,反映了人们对宇宙空间的向往。

少数民族风俗传说最著名者如西南不少民族都有的"火把节"的故事,说法大多不一样。其中白族传说,玉皇大帝看到人间美好,生了坏心,乃派大将下凡放火把它烧光。大将下凡后,深深爱上了人间美景,就把天机泄露了。人们商议好在六月二十五这天到处点起火把,玉皇大帝见了,以为人间已经烧光,非常高兴。以后每年农历六月二十五这天人们总要点起火把,一方面庆祝胜利,同时也表示对这位大将的纪念。在这里,玉皇大帝与人民为敌的凶恶面目充分暴露出来了。

从这些传说中可以看到人民群众鲜明的爱憎感情,他们对美好理想的追求,以及丰富优美的想象力。这些风俗传说也带有一定历史性,可能有一点历史事实根据,但其细节甚至某些主要情节往往是凭想当然进行虚构的,因为很巧妙,有可信性,也就当成真事传开了。风俗传说代代相传,使各种风俗的传承增加了文化内涵和美感而得以强化,富有诗意。

第六,新闻传说。"新闻传说"的名词早在宋代已经出现,《京本通俗小说》中的《冯玉梅团圆》(第十六卷)一开始就说北宋南迁,战乱中"不知拆散了多少骨肉,往往父子夫妻,终生不复相见,其中又有几个散而复合的,民间称作'新闻传说'"。这就是说,当时发生的一些不平常的事件,民间当新闻传说来讲,其中有"双镜重圆"的,讲离乱后重婚又相逢的两对夫妻,形成一个悲剧新闻故事。在明代小说选本《今古奇观》中又有《刘元普双生贵子》篇,其中也有关于奇梦的"新闻传说"。鲁迅《中国小说的历史变迁》说:"但须知六朝人之志怪,却大抵一如今日之记新闻,在当时并非有意做小说。"志怪小说开始也是作为新闻传说记录的。于此可见,新闻传说就是那些具有传奇色彩的新人新事的传说。这是人民口头的报告文学。"口头新闻"的传播是很快的,这些新人新事的传说就是一种带有故事性的新闻,从古到今,所在多有。有的新闻故事比较简单,但也有不少已有完整的情节。诗人田间在长诗《赶车传》第一卷的后记中曾记载了一个关于"五不了碑"的传说:

> 大约是在1947年,晋察冀边区某村,周围数十里以内,流传了一个"五不了碑"的神话。说是有一天的傍晚,在临近敌区的地方,突然出现一座美丽的村庄,村里起了万丈的红光。人们争向这座村庄走去,那红光和美丽的村庄,又忽然不见了,只看到一块石碑,上面刻着五行字迹:
>
> 一 中央军长不了,
> 二 八路军走不了,
> 三 大户富不了,

四　穷人穷不了，
　　五　好人死不了。

　　1947年正是敌我斗争最尖锐的日子,当时我在雁北地方党委会工作,和产生这个传说的地方,相隔不远,听到这个神话,自然引起我的深思。这个神话,它道出了人民的勇气、理想和信心,富有革命浪漫主义的气息。它鼓舞了人们,在那些血与火的日子,在新旧势力进行决斗的日子,人们不但没有低下头来,反而斗志昂扬,把革命进行到底。他们时刻盼望着,在自己的身边,有一座人间乐园。①

　　这个传说富于幻想的神话色彩,然而却紧密结合当时尖锐的阶级斗争,有着巨大的现实意义。更多的新闻传说不是用幻想而是用写实手法如实地反映现实的,开始可能完全是真人真事,以后才逐渐有了艺术加工。关于刘胡兰、董存瑞的故事,即是如此。

　　中华人民共和国成立以来,新英雄人物的传说是流传不断的。关于黄继光、邱少云的传说,以及关于雷锋、王杰、欧阳海、焦裕禄、王进喜、张志新、陈景润、张海迪、王军霞、孔繁森等英雄人物的传说,都在全国广泛流传,发挥了巨大的教育作用。例如伟大的共产主义战士雷锋参军报名时连夜行路赶早到的情节,他劳动治肚子疼的故事以及助人为乐、支援公社的故事等等都感人至深。各地都有关于劳动英雄、革新能手、科学家、教师、医生等满怀热情为人民服务,在工作中创造了奇迹的故事传说,如北京百货大楼营业员张秉贵的特技"一抓准""一口清"和"一团火精神",凤凰县农民、干部搞包产到户,傻子瓜子发家等,改革中的失败和成功的故事,腐败分子堕落被抓的故事,抓坏人见义勇为的故事等等,都成为人们日常谈论的"新闻"。

　　当然,新闻有时间性,它的内容不断更新,口头的报告文学是层出不穷的。其中优秀者将长远流传,发展成为历史传说或人物传说,如果和地方风物联系起来,也可以成为其他类型的新传说。这可以说是一个故事发生的通常渠道。江苏镇江康新民、赵慈风谈他们长期搜集民间故事的体会时说:"新的故事的发现都离不开这个规律,追根溯源,我们才知道:近代民间传说、抗英故事的产生,当时都是以发生了的一种事实而作为新闻被传说开来

---

①　田间:《赶车传》第一卷,第383—384页,作家出版社,1959年。

的,在流传过程中,被人民群众根据他们的想象、愿望和他自己的生活经验、认识,加以丰富创造和发展,尽管到后来传说的故事已和原来的事实完全不相同,或实际生活中根本不可能产生那么回事,但当时它仍然被人们当着新闻普遍而深入地在人民群众中广泛流传着。"一些老年人听了他们讲的抗英故事后说:"这也算故事?当时我们叫作'说新闻'哩!"于是又讲了一些,并再三申明:"这是真事,一点不假!"[①]

传说的艺术典型化过程 作为"严肃故事"的传说,与作为"游戏故事"的狭义故事不同,它往往有真人真事的"原型",由新闻传说发展而来,而不是一开始就是虚构的。传说一般是以真实的历史人物或事件做"原型"基础,经过长期集中、丰富的典型化过程而逐渐定型的。一般是先为新闻传说,以真人真事为主,后来常常把历史上与该人物相似的事件都附会在主人公身上,不仅故事情节日益丰富曲折,人物性格也更加鲜明突出,使美者益美、勇者益勇,成为"箭垛式的人物"。这样,幻想成分和传奇色彩逐渐增加。鲁班就是一个突出的例子。李闯王传说也在流传时加上很多幻想成分。如传说李闯王渡黄河时因河未结冰而非常着急,一夜之间头发全白了。河上船夫闻讯赶来连夜搭成大浮桥,把义军全部渡过黄河,他头发又转白为黑。这搭桥的情节可能是真事,但变发的事就有很大的艺术夸张了。

传说是作为真人真事流传的,它的艺术典型化往往是不自觉的,是在流传中发生变异以适应社会需要的。在流传过程中不但有量变,有时还会发生质变,例如孟姜女的故事,原来是表彰杞梁妻笃守礼法的,后来成为反抗暴君的人民传说了。现将其发展过程加以简述以见一斑。

孟姜女故事和杞梁妻的事迹有一定联系,原来也是个新闻传说。据《左传》襄公二十三年记载:齐庄公伐莒时大将杞梁战死。齐侯归来时路遇杞梁妻,使吊之,她竟拒绝,说这不合礼法:"犹有先人之敝庐在,下妾不得与郊吊。"此事距今已两千五百多年,与今孟姜女传说毫无相同之处。后《礼记·檀弓》与《孟子·告子》都记载杞梁妻善哭。到汉代刘向《列女传》则说她枕夫尸哀哭,"十日而城为之崩"。东汉蔡邕《琴操》中记有《杞梁妻叹》之曲,据说就是她的哭调,其词曰:"乐莫乐兮新相知,悲莫悲兮生别离,哀感皇天兮城为堕。"这里可以看出汉代统治阶级哲学家董仲舒宣扬"天人

[①] 《镇江民间传说、歌谣和研究》,第108页,镇江市群众艺术馆,1986年。

感应说"所产生的影响。到了隋唐时代,哭城故事才与长城挂上了钩。可见,在此以前是准备阶段,只有关于哭城的情节与孟姜女传说有联系;到隋唐前后孟姜女故事才与秦始皇联系起来,杞梁妻正式改名孟姜女,于是基本形成,逐步定型。唐初《雕玉集》卷十二《感应篇》(日本《古逸丛书》)中引了《同贤记》的一篇记述,故事中杞梁不是大将,而是一个平民,为逃避秦始皇长城之役而躲入孟超家中。孟女仲姿正在池中沐浴,见之乃结为夫妇。后杞梁被官吏拉走,在长城劳役中被吏打死。仲姿往哭,城崩,滴血骨上认出了丈夫尸体……故事情节和主题思想与今已很相似,这是隋代修运河征辽东等繁重劳役之苦在文学上的反映。它的产生不是偶然的。钟敬文认为北齐曾大修长城,此传说定型可能还要更早些。①

在敦煌曲子词中有《捣练子》词,其中人物名字已不是孟仲姿而是孟姜女了:"孟姜女,杞梁妻,一去燕山更不归,造得寒衣无人送,不免自家送征衣。"孟姜本是古代女子的通称,周国在黄河下游的一些封国姓姜(同羌),女子多称"姜"或"孟姜",《诗经》的《桑中》《有女同车》等篇就称女子为"彼美孟姜"。唐敦煌曲子词抄本沿用此称并有了孟姜女送寒衣的记载。后来故事中的细节不断增加,故事不断发展,像滚雪球一样又加上了她送寒衣时一路上乌鸦带路,巧计除奸,终于翻山越岭到了长城。哭倒长城后又加上了秦始皇逼婚,孟姜女迫使暴君当孝子,王公大臣为万喜良披麻戴孝,最后她自己跳进东海而死(清代唱本)。这一故事到现代仍在各地广泛流传,在流传中又增加了许多情节故事,如随海水沉浮的姜女坟,以及秦始皇以铁丝尖钉板刮孟姜女的遗体,形成了白色小银鱼……除故事外,还有唱词、民歌和戏曲等种种形式。从人物名称的变化可以看出此传说在流传时有书面与口头两种方式:杞梁→杞良→氾良→范喜良,"梁"变为"良"是语音相同,"杞"变为"氾""范"则是字形相似,而"杞"变为"喜"则是语音相似了。

孟姜女这一人物虽然是艺术幻想的产物,但它反映的社会矛盾却是非常现实的。这一传说通过修长城之苦役概括了剥削阶级强加给人民的繁重负担,万喜良的命运就是阶级压迫下千百万劳苦大众的共同命运。孟姜女的不幸遭遇和英勇反抗,代表了旧时代广大劳动人民的共同命运和要求。多少年来,人民对封建统治者的愤怒通过孟姜女这一勇敢的人物形象表现

---

① 参见钟敬文:《为孟姜女冤案平反》,《民间文学》1979年第7期。

出来。她万里迢迢克服重重困难到达长城，一哭而天昏地暗、天愁地惨，再哭而"天崩地塌似的一声响，万里长城倒了八百里"，并且在暴君面前毫不畏缩，将计就计，使暴君成为"孝子"，替广大人民出了气。这些情节都是幻想，但不如此则不足以表达千百万人民的强烈仇恨。从孟姜女故事的发展变化，可以清楚地看到人民创造力的伟大。在流传过程中故事人物性格得到了巨大的发展，把一个宣扬封建礼法的新闻传说，完全改造成一个反抗暴政的英雄故事了。这个传说是随着社会生活的发展而发展的。生活是文艺的唯一源泉，劳动人民常常对已有的故事加以改造，使之更好地反映现实矛盾，表现他们的阶级感情。

在传说中，人物和地方、风物常常发生某种固定的联系，如孟姜女与长城、鲁班与赵州桥、大禹与龙门、屈原与端午、李白与月亮等等，这是人们幻想活动的结果。人们见物思人或忆人思物，其关系是复杂的，大致是：物因人而著名，人因物而不朽。传说中包含着人民群众对英雄人物的怀念和对乡土风物的热爱，反映了人民群众深厚的爱国主义思想和情感。

以上是一条典型化道路，是真人真事逐渐艺术化的发展道路。

传说的产生还有另一条路：从神话发展而来。如大禹治水的传说。传说中的大禹是一个现实的劳动英雄，他吃苦在前享乐在后，和人民共同劳动，甚至小腿上都不生毛了。这在战国时的记载中即已定型。如《孟子·滕文公》："禹八年于外，三过其门而不入。"《韩非子·五蠹》："禹身执耒，以为民先，股无胈，胫不生毛，虽臣虏之劳，不苦于此矣。"这里的大禹显然不是神而是现实中的人。但在更古老的记述中，大禹则是一个奇形怪状的神。《山海经·海内经》："鲧腹生禹。"《尸子》："禹颈长，鸟喙。"《国语·鲁语》："昔禹致群神于会稽。"后王嘉《拾遗记》更记载禹治水时得到伏羲授予的玉简丈量大地，"黄龙曳尾于前，玄龟负青泥于后"。《淮南子》也记载禹死后变为黄熊（一说黄龙）："禹治洪水，通轘辕山，化为黄熊。"这里的禹还是群神之一，与传说中的大禹不同。后来在流传中神话部分逐渐消失，现实主义成分逐渐加强，神话中的神就渐渐变为传说中的人了。

这就是传说艺术典型化的第二条道路，是神话逐渐现实化的发展道路。

从这两条道路的发展可以看出传说发展的一种历史趋势：现实主义和浪漫主义逐渐结合。这种历史趋势反映了一个艺术规律：艺术来自现实而又高于现实，高于现实而又不脱离现实，要求"酌奇而不失其真，玩华而不堕其实"。这种演变是如何发生的呢？它是由社会生活的发展变化和艺术本身的发展规律来决定的，因为艺术是现实生活的反映，在各个不同的历史时期，传说必然要受到社会矛盾、社会思潮的影响而发生变化。

传说的艺术特点 第一，传奇性，传说的情节是稀奇的，不如此不能广传。王充《论衡》云："俗人好奇。不奇，言不用也。故誉人不增其美，则听者不快其意；毁人不益其恶，则听者不惬于心。"李渔《笠翁文集·香草亭传奇》序曰："情事不奇不传。"明清戏剧名"传奇"，正是吸取了传说之传奇性以形成其戏剧性。第二，可信性，传说是"严肃故事"，尽管有幻想成分，但仍然是被人们作为真事讲说的。传说的人物多为历史上的著名人物或英雄，所以这是口头的历史文学，既是文学，又是历史，日本柳田国男《传说论》认为"传说是架通历史与文学的桥梁"①。这种可信性更由它的"附着物"（中心点）的真实地点、人物、特产等而增加，使人认为这是真实的史事。所以传说又具有历史性和地方性。"奇而不失其真，夸而不堕其实"，这就是传说的高超艺术辩证法。

传说的幻想性和真实性统一于传奇性，在民间流传的一些传奇故事情节是幻想的产物，但有的却可能是真实的事件，如1930年代上海的武术家"神力千斤王"王子平，在打擂台时，只往前来挑战的外国大力士所牵良骏的后臀部轻轻一拍，它马上倒地而亡。经尸体解剖发现：内脏均震裂出血。这种中国武术之神奇技巧，施之于牛、马、虎、豹皆灵，故武松打虎亦完全可以是真实的事件。欧洲著名传说中的"花衣吹笛人"在1284年德国河边的哈默尔小镇大闹鼠害时，用笛声把老鼠群引到河里淹死……这种神奇的技巧，已经现代科学研究证实：利用高频尖啸声会使老鼠发疯，确实存在把大批老鼠引入陷阱的可能。该镇博物馆对此有详细解说。

有的优秀传说可以跨越空间、时间传播，如曹冲称象的故事在印度《杂宝藏经》中也有，而包公《秋阑记》故事竟可在远古中东的所罗门传说中找到。传说的情节常常张冠李戴，变为新的传说而开始它新的艺术生命，这是一种艺术的附会转移。

传说的艺术价值 民间传说数量众多，与人民生活关系极其密切，不少文人记载或利用过传说材料，在我国文学史上，传说起过突出的作用。《史

---

① 〔日〕柳田国男著，连湘译，子臣校：《传说论》，第31页，中国民间文艺出版社，1985年。

记》虽是一部伟大的历史著作,但它的文学性很强,不少生动的描述是得力于民间传说的。司马迁很注意到群众中去进行调查访问。他遍游南北,先后到过江淮齐鲁、梁楚沅湘以及巴蜀云南等地,访问各地故老,得到不少传说故事的生动口述,这对于人物传记的写作帮助很大。[①] 如关于项羽、陈胜等的生动描写,关于韩信胯下受辱、张良桥上受书的情节,都不是只靠书面材料所能得到的。又如对于赵氏孤儿的记述,《史记·赵世家》和过去的《春秋》《左传》中有很多不同,不但在情节上有不少的出入,而且还多了公孙杵臼、程婴这两个人物。这些人物有较大的传奇色彩,郭嵩焘《史记札记》说这是"杂采当时轶闻"的结果。

更重要的是,我国最著名的古典长篇小说《三国演义》《水浒传》《西游记》等等的胚胎和雏形都渊源于民间传说,历代艺人吸取传说的素材,加工创作了不少话本、戏曲,为作家的小说写作奠定了牢固的基础。民间长诗《孔雀东南飞》《木兰辞》以及民间戏曲《西厢记》《白蛇传》《天仙配》《梁山伯与祝英台》《牛郎织女》等最著名的作品,也都与民间传说有密切联系,可以说是民间传说的变体。

世界各民族的伟大史诗如《伊里亚特》《奥德赛》《格萨尔》和《玛纳斯》等都是在传说的土壤里生长起来的。马克思说:希腊神话是古希腊艺术创作的土壤。那么,在神话以后,当然也可以说民间传说是艺术创作的土壤,我看事实就是如此,应该看到这是一个重要的艺术规律,中外文学史上的无数事实都反复作了有力的证明。

第三节 传统生活故事

传统生活故事是狭义的"民间故事"。它主要是以日常生活为题材、以现实中的人物为主角的民间故事。和传说不同,它的故事和人物不一定与历史事实有联系,情节多属虚构,人物大多无名,常常是"有个人""有俩兄弟""有个财主,家里有个长工"等等,有时就叫"哥哥、弟弟""王小、张大"等等。它的时间也不确定,常常说"古时候""从前";但旧社会讲故事的人有时为强调其现实性,把过去的事情说成是"现在"发生的事。传统生活故

---

① 参见司马迁《史记·太史公自序》和《报任安书》等文。

事和传说也有密切的关系,传说的典型化程度愈高,愈容易转化为生活故事,不少传说人物失去姓名就成了故事人物。有些故事和传说不易分辨,如牛郎织女的故事,也可以作为关于星星的神话传说,但它的主要内容却是表现牛郎和织女的爱情。梁山伯与祝英台的故事,是有真人真事做根据的,但其情节不少是虚构的,而且各地都在流传,其名字已有了普遍意义。这种爱情传说的历史性并不强,故将它与类似的少数民族爱情故事皆列为生活故事。生活故事与传说、笑话的分界线,本来是不可能划得太死的。它们是互相交叉、渗透的。

传统生活故事的主要内容 第一,长工与地主的故事。在旧社会,长工是农村无产阶级。毛泽东说:"所谓农村无产阶级,是指长工、月工、零工等雇农而言。此等雇农不仅无土地,无农具,又无丝毫资金,只得营工度日。其劳动时间之长,工资之少,待遇之薄,职业之不安定,超过其他工人。"①长工受着残酷的封建剥削和政治压迫,过着牛马不如的生活,"出的牛马力,吃的猪狗饭",他们通过无数长工苦歌控诉了地主富农的罪恶,记载了他们的血泪历史:

   长工做一年,赚不着一双鞋子钱;
   长工做一世,寻不着一块棺材地。 (吴县)

在长工与地主的故事中,则从诉苦进一步而展开了斗争。故事描述地主对长工的残酷剥削,地主总是凶恶、蛮横、狡猾、阴险而又狂妄的,他们的外号充分表现了他们的性格特点,如"剥皮老爷""财迷精""辣椒皮""活阎王""铁算盘""铁公鸡"等等。他们的恶毒手腕常常是令人难以想象的。例如《那是一定哩》②(河南)中的"辣椒皮",见长工赵大病重,就狠心把他一脚踢出大门。《敲鸡牙》中的"周剥皮"(又叫"周发财")表面上出的工价不少,但他订了许许多多稀奇古怪的罚款条件,长工一年苦下来,常常落得两手空空。这些情节虽然有时有些夸张,但却更深刻地反映了现实的尖锐矛盾。

  地主虽然狡猾、毒辣,千方百计进行剥削,但在故事中,却总是失算,斗不过长工,偷鸡不成蚀把米。长工与地主的故事,着重刻画了长工勇敢机智

---

① 《中国社会各阶级的分析》,《毛泽东选集》第1卷,第8页。
② 见《中国民间故事选》第一册,人民文学出版社,1958年。

的斗争过程,他们常常是非常机智乐观而又善于斗争的幽默人物,在任何困难条件下,都能巧妙地进行斗争,以地主之道,还治地主之身,充分利用地主爱财如命、狂妄自大、欺软怕硬等等特点,进行合法反抗。长工常常是敢于斗争、聪明能干的,口齿敏捷,常说得理亏心虚的地主哑口无言。例如地主天不亮就叫长工起床干活,并说:"太阳这么高了,还不起来!"长工躺在床上不动,却说:"我在补衣服呢。"财主发火了,说:"天还没亮,你怎么补衣服?"长工有词了:"什么?天还不亮?你不是说太阳老高了吗?"这就使财主自打耳光,狼狈不堪了。又如长工王喜的故事(流传在平谷刘家店公社万庄子一带,据说王喜"刚死几年")说,财主给长工做菜不放油,王喜和送饭小孩商议好,一天当王喜正在芝麻地里干活,小孩送饭来时,他就把菜打翻并用扁担抽打芝麻,边打边骂:"小鬼头,我叫你不给我油吃,我今天一定要揍死你。"小孩就跟着嚷,说:"是东家做的菜,不是我,不是我……"财主一看,芝麻打坏好多,只好求王喜停手,答应以后做菜多搁油。在河北通县流传的一则谚语:"做菜不搁油,芝麻地里去报仇。"说的也是这件事。这个故事直到现在还在流传。

故事中的长工是爱憎分明的,对于穷苦人总是热心帮助,肝胆相照,团结对敌;对于狠毒财主,则毫不留情。虽然财主是狡猾的、奸诈的,长工和他们斗智时却比他们更有能耐,常常主动设下巧计,让财主步步上钩,大倒其霉。例如《金马驹和火龙衣》①(山西,马烽记)中的长工是大家选出来的头儿,特别善于舌战,他利用地主的贪婪本性,对财迷心窍、利令智昏的财主进行无情的嘲笑,最后甚至把他整死,这是大快人心的。

长工与地主的故事概括了封建社会中两大阶级的尖锐矛盾,反映了农民的反抗情绪和初步觉醒,现实性和概括性都很强,在农村中流传极广。长工与地主的名称和故事的情节、内容常因地而异、因时而异,但人物性格特征和故事结构则是比较固定的,具有一定类型性。它的现实根据和教育意义可以《高玉宝》一书中所记述的一件长工斗争事件来说明:在《半夜鸡叫》一章中真实地记载了地主半夜学鸡叫赶长工上工,而长工们又设计狠狠地整了地主的经过,简直就是一个完整的长工故事。这是事实,又是故事,是受长工故事影响而产生的一件真事。于此可见故事的教育作用,真

---

① 马烽记,见《中国民间故事选》第一册,人民文学出版社,1958年。

是立竿见影。

长工与地主的故事虽然人物不多,一般只是长工与地主二人,但却情节曲折,妙趣横生。长工的机智风趣和地主的尖刻愚蠢形成鲜明对照,现实主义的描述和某些浪漫主义的巨大夸张和谐统一,使人物性格更加鲜明突出,富有艺术魅力。

当然,应该指出,长工与地主的故事,虽然表现了农民(特别是雇农)的某些反抗和觉醒,在当时是非常可贵的,但毕竟是初步的,他们的斗争还处在自发的阶段,斗争的内容主要是经济的,形式是合法的。这是其历史局限。

第二,官与民的故事。官与民的故事在思想内容和艺术结构上与长工故事相似。它们通常是表现封建统治者的凶残和人民巧妙的合法斗争。在故事中,"高贵"的官僚耀武扬威欺压百姓,而聪明的百姓总是能非常机智巧妙地进行反抗,使他们丑态毕露。苗族《聪明的媳妇》的故事是有代表性的,这类故事汉族和其他民族都有。国王要抢聪明的媳妇,派差人去无理取闹,要她去找一块红布,遮住天空,不然就要娶她。她说:"红布是有的,只是要你们国王先把天量量有多宽多长,我才能拿出来。"国王又要她找一只身体像山那样大的肥猪,要她找一只公鸡下的蛋……都被一一顺利解决了,国王只能当众出丑。这个故事和巧女故事结合起来,还有另外的特别意义。妇女是最"卑贱"的,她们身受君权、神权、族权、夫权等多重压迫,但却斗败了国王,这就大大地为妇女、为人民出了气,解了恨。

安徽《一粒梨种》的故事虽不长,却尖锐地揭露了整个反动统治的官僚体系。故事说一个穷人被抓进了监狱,硬被说偷了一块烧饼。他一贫如洗,身上只有一颗梨种子,万般无奈,想了一个法子。他把看牢的叫来,说:"我这儿有颗宝贝种子,要亲自献给皇上。"皇上想得宝,就接见了他。他要皇上亲自种,说:"没做过坏事的人种了,就可以马上长大,并且长出金梨来。"皇上一想,自己干的坏事不少,怕长不出梨来,不敢种,说:"堂堂至尊,哪能种梨?"要宰相种,宰相贪污作弊不敢种;要大臣种,大臣做的坏事更多,也不敢;要将军种,将军克扣军饷,坏事干了无数;叫县官种,县官当然更不敢种;只好赏给了牢头,牢头比较老实,不会借故推托,他说:"如果我刚剥了你一件破棉袄还不算坏事,我就种。"县官骂他贪赃枉法,他又回骂县官。正在官官相骂不可开交时,穷人说话了:"你们先别吵!看看,你们谁没有干过坏事啊,你们硬说我偷了一个烧饼,要治我的罪,这怎么行呢?"没法,只好把他放了。官与民的故事比长工故事的政治性更强了。"百姓怕官,官怕洋鬼,洋鬼怕百姓",本来百姓是很怕官的,但是在故事中却往往战胜了官,这是具有很大的幻想与夸张成分的。但其情节仍属生活范畴,是闪耀浪漫主义色彩的现实故事。

第三,劳动故事。劳动是人民生活的主要内容,关于劳动的故事是不少的。民间劳动故事歌颂了劳动能手和创造性劳动所创造的奇迹。如安徽徽州所传"唐打虎的故事"①。唐打虎辈辈打虎闻名四方,有一地方闹虎,请他去,等了很久,只等来了一个白胡子老头和一个小孩,人们很失望。唐打虎来了就要上山打虎,要他吃了饭再去,他说,打死老虎再吃不迟。于是拿了一柄小斧携小孩进山,人们很担心,而他却无畏前行,迎着老虎而去。到深山,在小孩身上涂了羊油引虎,老虎闻味迎面扑来,小孩忙躲到唐打虎身后,老虎即扑向唐打虎身上,只见他把斧子一举,老虎就扑倒在地,一命呜呼。人们围上一看,原来虎肚皮已全被剖开,当然活不成了。原来他是利用老虎自身反扑的力量,稳举利斧而剖了虎腹。据说他祖先打猎,曾被老虎咬得重伤,死前对子孙说:"不打死老虎,不是我家后代。"于是祖祖辈辈不断积累打虎经验,才得到这个巧妙方法。要学到手很不易,要练眼力十年、臂力十年、腿力十年,一共三十年方可成……这个故事,是对劳动者神奇威力的现实描写,是劳动经验的艺术概括,至今仍在广泛流传。吴组缃教授说他的家乡安徽泾县也有此故事,曾写了一篇《打虎的故事》在《人民日报》(1962年)发表。此外还有不少渔猎故事(如东北猎熊打"黑瞎子"的故事等)常常是惊险的、巧妙的。古代寓言中的庖丁解牛(《庄子》)、纪昌学射(《列子》)、匠石运斤(《庄子》)、公冶长通鸟语等等传奇故事,亦可作劳动故事看。

劳动故事中还有一类治懒汉的故事。如《十坛黄金》有一定代表性:父亲临死时,为了培养儿子的劳动能力和劳动观点,就说田里埋有十坛黄金。两个懒汉儿子为抢到黄金,争相掘地,没有挖到金子,却深翻了土地,获得了丰收。他们收获黄金色的谷子正好十坛,于是知道了劳动之可贵,再不偷懒了。董均伦等人记录的故事《背山歌》《一车稻穗》《一船谷种》等等都是父

---

① 纪晓岚:《阅微草堂笔记》卷一一。

辈出巧计教育懒汉的,充分表现了人民群众的智慧。这种启发式的教育方法,不仅充分阐明了劳动的伟大意义,而且对于青少年教育工作也有一定的参考价值。

第四,家庭故事。在中国长期的封建社会中,一家一户就是一个生产生活单位,家庭是非常重要的社会组织细胞。民间家庭故事即是以家庭内部的人伦关系为题材的。表现父子关系的如《一袋石子》(清代古典作家蒲松龄曾据以写成戏曲《墙头记》)的故事说:一家几个兄弟,都不愿意供养父亲。于是父亲以一袋石子装成金银的样子藏来藏去,使儿子和媳妇态度大变,都想讨好老人独得遗产。老人临死前拿出石子感慨地说:"三个儿子,还不如一袋石子。"这个故事充分表现了封建社会中人与人之间冷酷无情的关系,非常深刻,具有哲理性。表现婆媳关系的,如沂蒙山区的《找姑鸟》说:一个恶婆婆虐待媳妇,逼得她和好心的小姑都不敢回家,深夜还要在深山找桑叶。最后小姑被山大王抢去,媳妇找她,在深山冻死变为小鸟。这是血泪凝成的故事,悲剧性很强。而众多的巧女型故事则是以喜剧结束的。如苗族《聪明的媳妇》,虽然恶婆婆每天出许多难题,她都能迎刃而解:要她买"没肥没瘦也没有骨头的肉",她就买了猪肚子回来煮;要她量"三斗三,四斗四,一斗一来又一斗二"糯米打粑粑,她就不声不响量了一石……最后反把恶婆婆气死了。反映姐妹关系的如《蛇郎》等三姊妹故事,大姐开始不嫁蛇郎,后见三妹嫁去生活很好,即害死三妹;三妹虽死,但变成小鸟骂她,变成枣树刺她;后来三妹复活,赶跑了姐姐……反映兄弟关系的如《石榴》、《鹅卵石》(白族)等等,和三姊妹故事类似,带有童话性,表现了劳动人民的道德观念,好人总得好报,恶人总受惩罚。两兄弟分家时常是哥哥只给弟弟很少东西,如给一小狗,但狗会耕田,被哥哥借去打死,变宝树,弟弟得宝,哥哥如法炮制,却总是得祸等等。宝树结了石榴,石榴裂开给弟弟的是好房子,给哥哥的却是一群牛虻。这些童话的幻想因素标志着这些故事的悠久历史,有的至今已有一千多年。唐段成式的《酉阳杂俎》续集卷一中就记载了一个完整的两兄弟型故事《金卮》。

因为在封建制度下家庭就是一个独立的生产单位,家长往往执行着封建统治的职能,可以压迫晚辈。小媳妇是被压在最底层的,有的受苦甚至比长工还深(特别是童养媳)。家庭内部矛盾有着重要的社会意义。通过民间家庭故事,可以看到封建家长制统治下,人与人之间关系的冷酷和封建道德的虚伪,父子、兄弟、姊妹等等"骨肉至亲"都被利害关系所淹没。有钱就是骨肉,无钱不如路人。为了自己私利,甚至可以坑害兄弟,杀死亲妹。劳动人民通过这些故事猛烈地抨击了这种自私自利的"人性",实际上也是对于私有制社会的控诉。今天看来,传统家庭故事对于了解旧社会的黑暗,进行忆苦思甜教育也是有帮助的。家庭故事中也有一些宣扬忠孝思想的,如"二十四孝"的故事中有些违背人性——《郭巨埋儿》之类,可能是封建统治者的伪造,但有些也反映了中国人民尊老爱幼的美德。

第五,爱情故事。在封建专制统治下,婚姻由父母包办,是不能自主的,造成了许多爱情、婚姻悲剧。爱情题材,成了民间生活故事的一个重要方面,有一定的反封建意义。爱情故事并不抽象地表现爱情,总是和揭露社会矛盾结合起来。故事中的青年男女,常因贫富悬殊而不能结合,造成悲剧,这不只是爱情悲剧,同时也是社会悲剧。《韩凭夫妇》(《搜神记》)、《梁山伯与祝英台》、《一双彩虹》(彝族)、《茶和盐》(藏族)等等,情节类似,现就梁祝故事的历史发展作一介绍。

梁祝故事原是古代浙江的一个传说。相传梁山伯与祝英台是东晋时人。梁祝故事最初在唐初《十道四蕃志》(梁载言)中有简单记载:"义妇祝英台与梁山伯同冢。"到晚唐张读《宣室记》中才有较完整的情节,与今大致相似:

> 英台,上虞祝氏女,伪为男装游学,与会稽梁山伯者同肄业。山伯,字处仁。祝先归,二年,山伯访之,方知其为女子,怅然如有所失。告其父母求聘,而祝已字马氏子矣。山伯后为鄞令,病死,葬鄮城西。祝适马氏,舟过墓所,波涛不能进。问知有山伯墓,祝登号恸,地忽自裂,陷祝氏,遂葬焉。晋丞相谢安奏表其墓曰义妇冢。

此事记于唐代传奇盛行之际,传奇色彩颇浓,但还是粗线条的,梁祝的不少故事情节也不清楚。宋代封建礼教盛行之后,梁祝故事得到了巨大的发展,流传更广,并增加了许多细节(如化蝶一事在南宋的诗中即有记述)。明代《古今小说》(冯梦龙编)卷二八《李秀卿义结黄贞女》的入话中亦记此事,形象更加丰富。此故事在民间曲艺、戏曲中更广泛传唱,至今已家喻户晓妇孺皆知,许多地方有梁祝墓、梁山伯庙,人们奉之为爱神,香火甚旺,如宁波有民歌曰:"若要夫妻同到老,梁山伯庙到一到。"

民间爱情故事中还有幻想性较强的一类,表现了人民反封建的美好理想。现实中的悲剧通过幻想的活动在故事中变成了喜剧,如《白水素女》(田螺姑娘)、《玉仙园》、《毛衣女》(七仙女或九仙女)等等。劳动人民娶不起妻,就有天上仙女或地上精灵变成美女前来结亲。这类故事的爱情描写常和劳动生活紧密相联,是对劳动的美化和赞颂。

爱情故事中现实和理想是交织在一起的。现实悲剧常有幻想性结尾(如死后化蝶双飞、变双星、彩虹、茶盐、云海等,二人永远不再分离);而幻想性故事则有的仍然得不到圆满结局,如七仙女与董永、牛郎织女等皆是。

牛郎织女的故事非常古老,原为星星神话,在《诗经·小雅·大东》一诗中即有记载:"维天有汉,鉴亦有光。跂彼织女,终日七襄。虽则七襄,不成报章。睆彼牵牛,不以服箱。"(余冠英译为:"天上有条银河,照人有光无影。织女分开两脚,一天七次行进。虽说七次行进,织布不能成纹。牵牛星儿闪亮,拉车可是不成。")为什么织布、拉车不成?是因为受爱情相思的影响。到汉代《古诗十九首》中有《迢迢牵牛星》一首着重表现牛郎织女二人的相思之情,很富诗情画意:

    迢迢牵牛星,皎皎河汉女。纤纤擢素手,札札弄机杼。
    终日不成章,泣涕零如雨。河汉清且浅,相去复几许。
    盈盈一水间,脉脉不得语。

后来织女之事与七夕联上,可能与《诗经》中的"七襄"之七有关。汉末应劭《风俗通》记曰:"织女七夕当渡河,使鹊为桥,相传七日鹊首无故皆髡,因为梁以渡织女故也。"历代许多文人都有咏七夕牛郎织女之诗,同情其不幸。而《荆楚岁时记》说王母娘娘因织女怠工而将她和牛郎分开,这与民间乞巧之举正相矛盾,在人民心目中,织女是心灵手巧的勤快人,怠工云云可能只是封建统治者的看法而已。王母娘娘象征着封建统治的权威,故事中的悲剧正是现实中爱情悲剧的真实反映。

爱情故事虽然反映了青年男女的不幸遭遇和某种反抗行动,但往往由于黑暗势力的强大,他们的反抗又比较软弱,所以仍然难以团圆;然而在暴露封建社会的吃人本质上意义不小,可以帮助我们了解过去的中国历史。

民间故事的类型问题 经过长期在民间的流传、集体的加工提炼,民间故事的人物和情节达到了高度的艺术典型化,故事中的偶然因素与社会本质高度统一,次要成分大多被剔除,许多故事的各种异文大同小异,于是形成了故事的"类型"。这和戏曲的"程式"有某些相似之处。在我国民间故事中,就有"长工地主型""巧女型""蛇郎型""两兄弟型""傻女婿型""毛衣女型"等等许多类型。有的故事在不同民族甚至不同国度中都有同一类型。这是什么原因呢?一般有两种解释:一是"同境说",认为因各地社会生活的相似而形成类似的故事;一是"同源说",认为同一类型的各个故事有一个共同的来源,是因民族分化和人民交往而将一个故事传到各地的。我们认为,这两种学说都有一定道理,但不能一概而论,应对各种故事进行具体的分析和比较研究,找出它们的情节的异同,从中可以发现故事的民族特色和地方色彩,也可以考证故事流传发展的线索,研究故事与社会生活的联系。在进行情节的比较时,不能忽视故事的艺术内容和形式特点,否则是不能得出正确的结论的。我们要通过对故事类型的研究,探讨民间故事将个性与共性紧密结合的典型化经验,探讨它在结构上、人物刻画和语言艺术上的经验,为发展各民族的文化交往,为社会主义新文学的创造作出应有的贡献。

芬兰学派(历史地理学派)的故事研究在世界上有很大影响。为了进行比较研究,芬兰教授阿尔奈(Aarne)、美国故事学家汤普逊(S. Thompson)所编的《民间故事的类型》用情节类型分类方法把故事分为"动物故事""本格故事或曰基本故事"和"笑话"三大类(加少数"连环故事"和"难以分类的故事"共为五大类),每个故事类型有一个编号,总共2500个编号(其中不少空号码,是留待补充以后新发现的故事类型的。一般有三个异文即可构成一个类型)。这一 A. T.(Aarne & Thompson)类型索引工具书对于比较研究非常有用,尽管他们只重在研究流传路线,对故事内容和艺术的研究甚少。此类索引对于了解故事的全面情况是很有好处的。按 A. T. 分类法编的《中国民间故事类型索引》已经在中国出版[①],可以参阅。

---

① 《中国民间故事类型索引》,美国丁乃通教授编,英文本1978年在芬兰科学院出版。中译本由郑建威、段宝林(白丁)等编译,1986年在中国民间文艺出版社出版,2008年4月在华中师范大学出版社再版。

第四节　民间笑话

民间笑话是引人发笑的民间故事,篇幅短小,是口头的讽刺幽默小品。有些地方把所有民间故事通称为"笑话",是广义的说法。这里所说的民间笑话是狭义的,和传说、生活故事、童话等作品不同,它是具有强烈的喜剧性的民间故事。笑话一定要引人发笑,强烈的喜剧性是笑话的特色;但笑并不是它的目的,而只是它的手段,目的是为了更有力地表达思想感情。刘勰《文心雕龙》有《谐隐》篇,指出笑话"会义适时,颇益讽诫;空戏滑稽,德音大坏"。清代《笑得好》的编者石天基说"笑话醒人",是一剂"猛药",能治人们的"沉疴痼疾"。按笑话的内容和社会作用的不同,大致可分为三类:嘲讽笑话、幽默笑话、诙谐笑话。

嘲讽笑话　嘲讽笑话是人民对反动阶级进行斗争的匕首,深刻地、一针见血地揭露他们的剥削压迫,勾画出反动官僚、地主、军阀、高利贷者、投机商人甚至暴君等等的丑恶嘴脸,揭破他们的虚伪道德和欺骗宣传,讽刺的锋芒达于旧社会的各个方面。在封建社会中,以暴露贪官污吏与伪道学家、守财奴等故事流传最广。例如《烂盘盒》①:"昔有一官,上任之初,向神发誓曰:'左手要钱,就烂左手;右手要钱,就烂右手。'未久,有以金行贿者,欲受之,恐犯前誓。官自解之曰:'我老爷取一盘盒来,待此人将银子摆在内,叫人捧入。在当日发誓是钱,今日是银;我老爷又不曾动手,就便烂也只烂盘盒,与老爷无干。'"这个故事深刻揭露了封建官僚丑恶的灵魂和伪善面目。因为旧时代的县官是直接鱼肉人民的统治者,所以讽刺县官贪污的笑话最多,如《笑林广记》卷一所载《属牛》一篇,也尖锐地揭露了县令贪得无厌的心理:他过生日时属下合送一金老鼠,因为他属鼠之故。他又寻机对人说:"明年是我贱内整寿,她是属牛的。"言外之意是要人送一头金牛。鲁迅说:如果有属象的,怕他的姨太太要属象了。②

"自古衙门朝南开,有理无钱莫进来",封建官府衙门黑暗腐败,迫害人民,暗无天日,阴森可怕,笑话中对此有尖锐的讽刺。在明代冯梦龙纂辑的

---

① 见《笑得好》初集。
② 鲁迅:《这个与那个》,《鲁迅全集》第3卷,第104—106页。

《广笑府》卷三中,有一篇《有天无日》:官值暑月,欲寻避暑之地,同僚纷议,或曰某山幽雅,或曰某寺清凉。一皂隶曰:"细思之,总不如此公厅上可乘凉。"官问何故,答曰:"此地有天无日。"这是对于黑暗统治的概括说明,有普遍典型意义。

关于吝啬财主的笑话也不少,三国时代中国第一部笑话书《笑林》①中即有一篇《汉世老人》,描写吝啬财主,十分可笑:

> 汉世有人年老无子,家富,性俭啬,恶衣蔬食,侵晨而起,侵夜而息;营理产业,聚敛无厌,而不敢自用。或人从之求丐(乞)者,不得已而入内取钱十,自堂而出,随步辄减,比至于外,才余半在,闭目以授乞者,寻复嘱云:"我倾家赡君,慎勿他说,复相效而来!"老人俄死,田宅没官,货财充于内帑矣。

《笑林》为邯郸淳著,他是曹氏父子的好友,曹植曾给他讲"俳优小说三千言",《笑林》中可能有曹植讲的笑话。这个笑话把一个守财奴的形象刻画得入木三分。又如《死后不赊》②:"一乡人极吝致富,病剧牵延不绝气,哀告妻子曰:'我一生苦心贪吝,断绝六亲,今得富足,死后可剥皮卖与皮匠,割肉卖与屠,刮骨卖与漆店。'必欲妻子听从,然后断气。既死半日,复苏,嘱妻子曰:'当今世情浅薄,切不可赊与他。'"在旧社会,"穷千家,富一户。不杀穷人,不富财主"。这个笑话中财主连自己的骨头都刮了卖钱,对于穷人当然更要剥皮抽筋了。死后复醒的情节虽属幻想,但却更深一层地揭露了财主的尖刻,出人意料地造成喜剧效果。

讽刺迷信、伪道学的,表现了人民群众对封建道德和某些宗教迷信的不满。如明代江盈科《雪涛谐史》中的一个笑话,说一人遇虎,用箭射,虎不怕,仍不退,忽来一和尚,用化缘簿掷虎,虎骇而退。问何故,虎曰:"弓箭可躲,僧来化缘,我将什么打发他?"此笑话反映了人民对僧侣的态度。又如现代笑话《不能动土》描写风水先生迷信皇历的丑态:他要出门,先看皇历,但皇历说"不能出门",于是就从墙上爬出去,墙倒,被压。人欲刨之,他又急止之曰"看看皇历再动",一看"不能动土",只好等明天再说。这种讽刺,多么生动而尖锐!

---

① 邯郸淳:《笑林》。已佚,参见鲁迅《古小说钩沉》中所辑其中笑话共29则。
② 冯梦龙纂辑:《广笑府》卷七。

中华人民共和国成立前,在反动统治下,政治腐败,官场黑暗远远超出过去。人民创造了许多笑话进行讽刺。如《大刮地皮》(任彦芳记)说蒋介石大搞"民国万税",重重苛捐杂税,搜刮民财,使民不聊生。有一天,他正在花天酒地之中想着刮地皮的新法子,忽然跑进来一个满身带血的人,向他磕头致谢,蒋大惊,问何故,答曰:我乃十八层地狱最底层的恶鬼,千年未得翻身,今逢阁下大刮地皮,把十八层地狱刮通了,才使我重见天日。此外还有讽刺盲目崇美的《美国月亮圆》,讽刺胡乱罚款的《不许小便》等等。在单口相声中,不少材料是从民间笑话摄取而来的。少数民族笑话也很丰富,维吾尔族的阿凡提故事、蒙古族的巴拉根昌故事、藏族的阿古登巴故事等等都很著名。

阿凡提趣事,是维吾尔族家喻户晓的优秀笑话。许许多多的阿凡提笑话讽刺了一些国王、大臣和巴依(财主)、昏庸的法官等等人民的压迫者和剥削者。不仅如此,阿凡提笑话已远不限于讽刺,还创造出了一个善于反抗的幽默人物。阿凡提是勇敢、机智的,他爱憎分明,不畏权贵,即使是最狡猾的人,在他面前也总是遭到失败,受到他辛辣的嘲笑。阿凡提的很多嘲笑是针对国王的,如在《地狱的宝座》中,国王问阿凡提:"我死后,我的灵魂应该在天堂里还是在地狱里呢?"阿凡提说:"没有罪的人才能进天堂;你,按理呢,是应该在天堂里。不过你杀的没有罪的人已经把天堂塞满了,所以没法再容下你。请你不要发愁,在地狱里也要找个地方给你修个宝座的。"在这里,阿凡提虽然话说得很委婉,说国王应进天堂,但又说他又杀了无数没有罪过的人,显然,他是罪大恶极的,前面说他无罪可进天堂只是反话而已,因此,虽未明说而国王之残暴可想而知。在《鸟语》《两头驴的东西》《金钱与正义》《种金子》等等作品中,都嘲讽了国王的腐败,有时甚至给以咒骂,大快人心。对于为非作歹的喀孜(宗教法官)、伯克(官名)、衣麻木(教士)、乡约(小官僚)等等压迫人民的统治者,阿凡提也给以无情的嘲笑和揭露,如《四骆驼货》《满脑子智慧》《上游寻尸》等等。《四骆驼货》说,商人有四骆驼货:一是残暴,是卖给县官的;一是奸诈,是卖给财主的;一是骄横,是卖给乡约的;一是阴险和贪贿,是卖给喀孜的。这也是巧妙的暗示。阿凡提说:"衣麻木有满脑子智慧——因为他从来没有用过他的智慧。"看,一句话把一个昏庸无知的教士形象刻画得淋漓尽致。乡约淹死了,阿凡提说:尸首一定在上游,为什么呢?因为"他为人总是向上爬"。这又一针见血地揭穿了这个小官僚的丑恶面目。对于财主,阿凡提不但进行讽刺,而且进行某种巧妙的反抗,例如《算鸡账》《锅生儿》等等。宗教迷信对于人民的麻醉是很大的,阿凡提常常在貌似最神圣的宗教面前表示不敬。《祈祷》一篇就很有特色:经文教员毛拉要阿凡提给他补皮袜子,说:"你缝一下,我给你好好地做个祷告。"阿凡提说:"今天没空,明天来吧。""不行,现在就缝,不然我给你做个坏祷告,怕你连这个门也出不去了。"阿凡提说:"如果你的祷告真这样灵的话,你就给你皮袜子先做个祈祷,叫它一辈子也不烂好啦。"

蒙古族巴拉根昌的故事反抗性更强,他可以"让王爷下轿",可以把牛头马面打得"不亦乐乎",把阎王爷打死,自己做阎王,连玉皇大帝对他也毫无办法。内蒙古大学芒·牧林教授编注的《巴拉根昌故事集成》(内蒙古人民出版社,1985年)是集大成的书,书中有许多生动有趣的故事,十分难得。藏族登巴叔叔(即阿古登巴)让农奴主学狗叫、吃屎、挨揍,最后被挤到雅鲁藏布江里淹死。我在西藏调查时,发现阿古登巴故事很多,记录了不少,已收入佟锦华、耿予方编的《阿古登巴的故事》(中央民族学院出版社,1989年)。此外,苗族的反江山、彝族的罗牧阿智、布依族的甲金、纳西族的阿一旦等等都是阿凡提式的机智人物。他们虽然地位卑下,都是普通的奴隶、农奴、穷喇嘛、长工等最下层的劳动人民,但是敢于蔑视和愚弄威严的大小统治者,表现出人民的天才和正义。他们机智、幽默,与统治者的贪婪、愚蠢,恰成鲜明对照。

当然,这些笑话也有自己的局限性,在今天需要批判地去看。对于阿凡提的复杂性格,将在下一部分作进一步的分析。

幽默笑话 民间笑话中,有一类是反映人民内部矛盾的,我们称之为"幽默笑话"。它和嘲讽笑话不同,不是进行无情的嘲笑,而是善意地批评人民自身的缺点,为了治病救人,启发智慧,因而是团结人民、教育人民的工具。

有一类幽默笑话是针对思想方法的缺点的。如讽刺思想片面的古笑话《长竿入城》[①]:一人因竿太长,竖横都进不了城,来了一人说:"折成两半,可入。"又来一人说:"从城墙上扔进城去更好。"他们就是不知竹竿还有一面很细。这个笑话纯属虚构,但我们在生活中常常会碰到这类事情,只看到一

---

① 邯郸淳:《笑林》,见鲁迅辑校《古小说钩沉》。此笑话现代仍传,最后一句是后加的。

面,忽略了另一面,不会立体思维,就会如此可笑。但这又是不奇怪的,人类认识事物总是从不全面逐渐到比较全面,从平面到立体,这个过程是复杂的、漫长的。

讽刺主观主义的如《医驼背》,用石板来压,人压直了,但也死了。这是好心办坏事,没摸清事物的本质和方法。讽刺自发幻想的如《孔相卖缸》:孔相很穷,以全部家当贩一缸到外地去卖,途中无钱住旅社,就宿在缸中,梦想卖了缸,再贩别的货,赚了钱买田当地主,放高利贷,还可随便踢打人,忽然一踢,缸滚了起来,滚到大石头上,碰得粉碎。此类型故事的异文甚多,在印度、希腊寓言中均有之。

不少幽默笑话是讽刺人民思想意识上的缺点的,这些缺点多与小私有者的地位有关系。如讽刺自私自利的《十个老头十壶酒》:十个老头约定每人带一壶酒来会餐,一人想反正自己带一壶水去谁也不会发现,结果人人如此,喝的全是白水,还"啧啧"称赞酒香酒好。又如《医脚》:一人脚上生疮,为减轻痛苦,即把墙打一洞,伸脚到邻家,说:"要痛让你家痛去吧。"这是嫁祸于人,损人利己了。讽刺吹牛的如现代笑话《只有一张嘴》:不少人在一起比家乡人个子大。一人说:"我乡人站起有屋顶高,最高了。"另一人说:"不,我乡人坐着就有屋顶高。"最后一人说:"我乡人最高,嘴一张就到屋顶。"人问他:"那么,他的脑袋放在哪儿呢?""他只有一张嘴。"只有一张会吹牛的嘴,这是把吹牛的人夸张到极度了,很耐人寻味,也很巧妙。讽刺不负责任的如《剪箭》:一人中箭,去找医生,医生把箭杆剪断即不管了,问之,乃曰:"肉里部分我不管,我是外科医生,只管外边,肉里是内科的事……"讽刺懒惰的如《懒妇》(《笑林广记》,我在扬州达德小学也曾听老师讲过这个笑话):一妇女特别懒,丈夫外出时,替她做好一块大饼套在头上,几天后回来一看她已死了,大饼还套在头上,只啃了口边的一点儿,原来她懒到这种程度:连伸手挪挪大饼也不肯。这种突出的夸张,使矛盾尖锐化,最后使人认识到懒惰不劳动即不能生存的道理。

阿凡提笑话中,有很多反映人民内部矛盾的,如《给外套吃》讽刺势利者:阿凡提一天去赴宴,因衣服不好,被人赶了出来,他换上好衣服再去,就被待为上宾。吃饭时,他自己不吃,却把很多好菜往衣服上倒,人怪之,答曰:"你们不是请我吃饭,而是请衣服吃饭,所以我要给衣服吃……"对于"只认衣服不认人"的势利眼,这是绝妙的讽刺。

《打油》讽刺思想片面:阿凡提一次去打油,碗装不下,他即异想天开,把碗翻过来说:"装在碗底里。"回家时他老婆问他怎么只打了这么一点油,他把碗再翻回来说:"这边还有哩。"连碗底一点油也洒光了。在这里,阿凡提聪明过分,就干傻事了。真理超出一步即成谬误,阿凡提看到碗底下可以盛油,但没想到如果倒过来则整碗的油都要洒光。这种为小失大的情形,我们在生活中不是也常常会碰到吗?

《是非》则是讽刺那种缺乏原则的烂好人的:两人相争,不可开交,来请阿凡提评理。一人说自己有理,阿凡提说:"对,你很有道理。"另一人也把自己的理由说了一遍,阿凡提说:"你也很有道理。"他老婆听到了,责问:怎么两个人都有理呢?阿凡提沉默一下,回答说:"对,对啊,你说的也很有道理。"事物确实是复杂的,从各种角度可以讲出各种道理来,但真理在一定条件下只有一个。如果说谁都有理,则没有真理了,也就失去了原则,成了"烂好人"。

《捞月亮》是讽刺主观主义的:阿凡提看到井里的月亮影子,以为月亮掉在井底了,就千方百计地打捞,用力过猛,绳断,他也仰跌一跤,忽然看到月亮正在天上,大为高兴:"好,总算被我捞上来了。"阿凡提心是好的,但却是杞人忧天,还自以为是,十分可笑。

在这些故事里,阿凡提自己成了被讽刺的人物。是否与前述的性格有矛盾呢?其实,并不矛盾。在这里,阿凡提思想方法上出现了一些毛病,却并非政治立场上的错误,不会损毁阿凡提的形象,而会使他更加平易近人,令人感到亲切。他干了傻事,心还是好的。他有时是大智若愚,有时是聪明过分,有时则是故意装傻,以"归谬法"现身说法地讽刺一些不良思想与作风。这些故事说明,他是在群众之中而不是凌驾于群众之上,有缺点也可以进行批评与自我批评。这类阿凡提故事对人民还是有教益的。

诙谐笑话 人民生活中是少不了娱乐性的笑话的,除了以上两类讽喻性和教育意义很明显的笑话外,还有一类看似荒诞的笑话,思想内容不明朗,似乎只是为了娱乐,开开玩笑,使大家尽情地发笑以得到休息,但也可以启发新奇的想象力,同时也表现了人民健康的美学趣味和一定的思想内容,可以叫作诙谐笑话。过去受极"左"思潮的影响,常常否定这类笑话,认为它们"无聊",这是不对的。只要人民爱听,就应该有它存在的价值。

巴拉根昌的一篇笑话即是一个例子,整个故事就是一个完全幻想出来的主要是逗笑的故事:巴拉根昌见到农民,大家要他讲新闻,他就说了夏天的事——他骑了瘦马去打柴,忽然马不走了,原来斧头落下砍断了马腿,没法,砍了一根树棍儿绑上当腿,走走又不走了,原来树棍已生根长成一棵笔直的大树,直冲天上。他想,上天玩玩也不坏,就顺着树干往上爬,爬了九九八十一天,爬到天上,真好玩,到处游山逛景,不觉天已黑,肚饿想回家,一看马又走了,树也没了,下不了地,回不了家,忽然想到天上有佛爷,就去找他。走过去看到几个佛爷正在捉虱子呢,求他们给点饭吃,他们不理,求急了,才说:"你没看到我们也饿得面黄肌瘦吗?现在进香上供的人少了,我们肚子也吃不饱。"他就想:这天堂幸福还是让佛爷们享吧,就顺着一个冰铃铛滑下来。谁知离地不远,抱着冰柱上不上,下不下,一看地上在打场,稻草满天飞,就抓住一点,搓成绳子,拴好往下滑,到离地还有三天路程时,一阵大风把草绳刮断,他就摔下地来,只听"啪哧"一声,全身陷入地底,只露个脑袋。这样过了一冬,和小红花说说笑笑,忽然来一只饿狼,咬住他耳朵,他疼得要命,有了股劲,就猛力一跳,跳了出来,抓住狼尾巴,狠命一摔,把狼摔死了,带回家。媳妇饭刚做好,也顾不上说话就大吃大喝吃掉一锅,嘴一擦就来了。大伙听他一说,乐得哈哈大笑,夸他真是说笑的能手,他说:"我说笑能叫大伙儿干活高兴,要老财们听到我说笑啊,准会吓得直哆嗦。"这些笑话,表现了巴拉根昌想象力的丰富,语言诙谐,思想开朗,在玩笑中仍然使人感到"天堂"不可爱,人间可爱。"王爷的牛羊最多,巴拉根昌的智慧最多。"这种充满喜剧情节的艺术创作,表现了巨大的想象力和创作才能,是很有特色的。

阿凡提故事中的诙谐笑话更多。不少机智的对答,虽然没有情节,仍然令人发笑。如《月问》,问他新月亮出来时,老月亮到哪儿去了?他说:"胡大(即上帝)把它切碎做成星星啦。"又问:太阳好还是月亮好?答曰:"当然月亮好。太阳可有可无,阴天它不出来,大伙还是看得见。月亮要是不出来,走路就只好摸黑了。"又有人问阿凡提:"我吞下个活老鼠怎么办?""好办,你再吞个活猫下去嘛。"又有人问:"路上人们为什么不朝一个方向走?"阿凡提也有自己独特的解释,他说:"如果人们全往一个方向走,那地不就要踏翻过来了?"这都是无意义的诙谐玩笑,轻松愉快,令人耳目一新。还有的是有意开的玩笑,如《搔头》,说阿凡提睡觉时头痒,但却搔别人的头,问之,乃曰:"屋里黑,我看不见,搔错了。"等等。这些笑话以逗笑为主,但玩味起来,也有一定讽喻性。

阿凡提笑话的流传　阿凡提的笑话可能由传说发展而来。他的故乡何在？至今未有定论，有说在新疆的，有说在土耳其或其他国家的。有些学者认为他原是土耳其人，原名"纳斯尔丁"，是一个历史人物，传说是13世纪人。帖木儿率蒙古骑兵征服土耳其时，到处烧杀，只有阿凡提的故乡得以幸免，据说就是因为帖木儿听说阿凡提诙谐机智，不可轻侮。现存的不少笑话是记载阿凡提和帖木儿的对话的。阿凡提生在一个伊斯兰教士家中，自己也做过伊斯兰教的学者。传说他有一次讲道，问大家："我今天给大家讲的道，大家知不知道？"大家说："不知道。"他不讲就走了，说："不知道我讲了有什么用。"第二次又问大家知不知道，大家只有回答："知道。"他又不讲而走，说："既然已经知道了，还要我讲什么。"第三次又来问了，大家已经商量好，一半人说知道，一半人说不知道，看看阿凡提怎么办。阿凡提不慌不忙地说："正好，知道的人给不知道的人讲讲吧！"又走了。这笑话即是土耳其出版的阿凡提笑话集中的第一个笑话。

关于阿凡提的笑话流传很广，西到地中海沿岸国家，意大利文艺复兴时代著名的短篇小说作家薄伽丘的《十日谈》中就有一些同阿凡提故事类似的故事[①]。这些故事在中亚细亚各国，在我国新疆的维吾尔、哈萨克等民族中也广泛流传（在哈萨克叫"古嘉纳斯尔"，在维吾尔叫"阿凡提"，意即"老师"）。在流传中，虽然阿凡提仍然是一个喜剧性很强的诙谐人物，但已变成了人民正义的化身、一个农民和手工业者。他常常骑着毛驴到处打抱不平，对反动统治者进行嘲讽和斗争。他的人民性和斗争性都比过去大大加强了。《十个石榴的问题》说一个学者有十个难题不能解决，就去请教阿凡提，走了很远的路，找了来，阿凡提正在耕地，学者不认识他，问他阿凡提住在哪儿。当阿凡提知道学者有十个难题，就想听听。学者很看不起他，想道："反正说也没用，这乡下佬，能知道啥？"但又想考考他，就提了一个问题，阿凡提说："不能白答，要有代价。"正好学者带了十个石榴，本想作为见面礼送阿凡提的，就答应答对了给一个石榴。结果十个问题全解答了，十个石榴也给光了。学者临时又产生一个新问题想问，阿凡提说："不行，没有石榴我不回答。"学者只好不问，路上他终于悟了出来：是啊，这问题已有了

[①] 参见戈宝权：《霍加·纳斯列丁和他的笑话》，见段宝林编《笑之研究——阿凡提故事评论集》，新疆人民出版社，1988年。

很好的解答:"一个普通的乡下佬有时要比一个老待在城里的学者强。"

阿凡提是人民正义的化身,是人民智慧的化身,是一个人民英雄。他是平易近人、和蔼可亲的,是勇于斗争并且善于斗争的,这是性格的主要方面。但阿凡提的性格也有自己的弱点,这是历史条件和社会条件所决定的。在阿凡提身上,还有着不少小私有者的思想感情,如《借驴》所表现出的自私。驴子明明在家,他对借驴子的人说:驴已出去了。正好此时驴子在家大吼一声,出了他的洋相,他却毫不在意地反问:"你是相信人的话还是相信驴子的话?"有些笑话还表现了阿凡提的一些流氓无产者的弱点,他有时顺手牵羊,占小便宜,但和盗窃还是不同的。他牵了无主的羊,人家问他花了多少钱,他回答:"这要问丢羊的人。"并不讳言这是捡来的。他是很豁达憨厚的,卖牛时,把牛的缺点全都说出来,当然没人买了。牛贩子看他老卖不出去,就替他卖,尽说好的,夸说这牛一天下十五碗奶子,肚里还怀着小牛犊……阿凡提一听,连忙抢过缰绳把牛牵回了家,说:"原来这牛有这么好,我干嘛还卖它,不卖了。"他和卖嘴的商贩是格格不入的。他非常幽默乐观,从不发火,即使丢了毛驴,还要开开玩笑,说:"万幸,万幸,要感谢胡大。"人怪之,他却说:"幸亏我当时没骑在驴身上,要不然,不连我也丢了?"家里空无所有,小偷进来光顾一次,空手而出,阿凡提反把他叫回来,对他说:"麻烦您把门带好,要不然再来个人白忙半天,我实在过意不去。"一次理发,他的头被拉破好多口子,流了血,理发师就用棉花贴上,半边头上贴满棉花,他也没发火,反而说"得了,得了,这半边种了棉花,那半边我还要种黄麻哩",不理了。这是多么可爱的性格。

当然,在阶级斗争很复杂的条件下,反动阶级也在千方百计地抵消阿凡提故事的影响,除禁止外,就是伪造,对阿凡提进行咒骂。如《靠自己的本领》中骂阿凡提学狗子叼人家手里的肉,还说:"我这也是靠自己的本领弄肉吃啊……不信你去问狗子。"《话说当年》中阿凡提成为一个吹牛者,伯克成了胜利者,这显然是把二者颠倒过来了。《魔鬼的话》中也是如此,这本是讽刺讲经的毛拉或衣麻木的,但却变成讽刺阿凡提的了。阿凡提成了被人嘲笑的教士,这是和人民心目中的阿凡提水火不容的。这显然是一种伪造,是一种污蔑,人民是不会承认的。

总之,传统民间笑话流传很广,在人民生活中有重要作用。它是对敌斗争的锐利匕首,一针见血,短小精悍;又是团结人民、教育人民的一剂良药,有时虽苦,却很见效;同时它还是人民娱乐的良好工具,健康的笑是人民不可缺少的。但过去的笑话集中,也有不少庸俗、低级的笑话,有些是由小市民和无聊文人创作的,还有不少是由御用文人编出来供统治阶级消遣的。对于传统民间笑话,要有分析、有鉴别,应当看到它的精华,但也不能忽视它的糟粕。

民间笑话的艺术和喜剧美学的创新 笑话短小精悍,结构紧凑,往往在一个故事中运用巨大的艺术夸张和想象,使矛盾发展到最尖锐的地步,然后得到突然的解决,造成强烈的喜剧效果。如在《锅生儿》中,当阿凡提说到"大锅得产后风死了"时,高利贷者的丑态也就原形毕露了,十分可笑。

值得注意的是,民间笑话中,除了单纯加以讽刺的反面喜剧人物以外,还有正面的喜剧人物,这是和传统美学中所说"喜剧人物"的概念很不一样的。传统的美学认为只有反面人物、渺小的正面人物或带有荒诞性的正面人物(如匹克威克和唐·吉诃德)才是喜剧性格的人物。亚里士多德说:"喜剧所摹仿的是比一般人较差的人物。'较差'并不是通常所说的'坏'(或'恶'),而是丑的一种形式。"(朱光潜《谈美书简》引)车尔尼雪夫斯基说"丑乃是滑稽的根源和本质"[①],西方古典美学家只是把滑稽看成崇高的反面,车尔尼雪夫斯基扩大了滑稽的概念,他说:"滑稽地渺小和滑稽地愚蠢或糊涂当然是崇高的反面;但是滑稽地畸形和滑稽地丑陋却是美的反面,而不是崇高的反面。"[②]总之,古典美学一般都认为:喜剧人物只能是被讽刺的对象,是崇高的反面和美的反面,只能是反面人物,而不能是正面人物。但在劳动人民的创作中,情况有很大不同,民间笑话中的许多机智人物如阿凡提、巴拉根昌,乃至长工故事、巧女故事中的正面主人翁,他们是笑话中被讽刺的反面人物的对立面,都是正面的喜剧人物。从这些人物身上,可以看出主要地并不是滑稽地愚蠢和滑稽地丑陋,而是相反,是滑稽地机智和诙谐,它既不是崇高的反面,也不是美的反面,而是相反。在人民心目中,在笑话故事中,他们是美的,是崇高的、可敬可爱的人物。

几千年来,人们对亚里士多德的喜剧概念没有提出过原则性的批评,他说喜剧是"关于丑的模仿"。一般说来这当然是对的,然而这古老的鞋子穿

---

① 〔俄〕车尔尼雪夫斯基:《美学论文选》,第111页,人民文学出版社,1957年。
② 〔俄〕车尔尼雪夫斯基:《生活与美学》,第34页,人民文学出版社,1957年。

在劳动人民的大脚上,已经非常挤脚了。民间笑话中的喜剧人物,突破了古老的喜剧概念。这是值得重视的。1984年我的论文《论民间笑话的美学价值》在国际民间叙事研究学会挪威卑尔根会议上发表,引起学会主席劳里·杭科等许多学者的重视,被认为是一个重要的新见解,从而引发他们对"西方中心论"的质疑。杭科教授说:"我们西方学者往往认为西方美学范畴是普遍适用的,民俗学者在这个问题上要多动脑筋才行。"在1989年匈牙利召开的下一次大会上,讨论的中心议题即是从美学与文学角度研究民间叙事。而此前芬兰学派主要从事历史地理研究(源流研究)。

劳动人民的文学创作丰富多彩,过去没有得到充分的发掘和研究,从中可以看出过去的美学与文学理论是有很大局限的。① 这一点已引起西方学者的重视,美国加州圣地亚哥大学教授、著名比较文学学者叶维廉在北京大学讲学时即指出:西方文艺理论有两大缺陷:一是对东方文学了解太少,一是对民间文学重视不够。从阿凡提笑话,我们也可以看出民间文学具有重要的美学价值、科学价值。在社会主义时代,我们应该对一切文艺成果(特别是劳动人民自己的文艺)进行理论概括,创造更加科学的文艺美学。

第五节 民间寓言

民间寓言是民间哲理故事,常在讲话或写作中被作为比喻引用。毛泽东在文章中就常常引用寓言来巧妙地说明复杂的政治、哲学问题(如《叶公好龙》《愚公移山》《农夫和蛇》等等)。但寓言和一般的比喻不同,它是一个独立的故事,是用故事的形式进行类比的。寓言一般不长,往往通过故事说明哲理。它思想深刻、形象生动,兼有故事的生动性和谚语的哲理性,是深入浅出的说理工具,同时也是对生产劳动和社会斗争经验教训的高度艺术概括,有较强的教育意义和艺术欣赏价值,很耐人回味。有的民间寓言已流传了几千年,仍具有艺术的生命力。

中国寓言的历史发展 先秦时代(前6世纪—前3世纪)是我国寓言

---

① 参见段宝林:《试论民间笑话的美学价值和结构方式》,《北京大学学报》1984年第2期,已收入《笑之研究——阿凡提故事评论集》一书。此文曾在世界民间叙事研究学会第八次大会上发表,受到学会会长杭科教授高度评价,参见段宝林《笑话——人间的喜剧艺术》(北京大学出版社,1991年)一书小引。

文学最发达的时代。当时的知识分子(即所谓"士")和劳动人民有着较密切的联系,在说理散文和历史散文中,运用大量民间寓言来说明各家学说。《庄子》《韩非子》《吕氏春秋》《战国策》都是保存先秦寓言较多的书。在当时百家争鸣的论辩中,寓言发挥了巨大的威力。许多寓言通过口头和书面形式不断流传,趋于成熟。先秦寓言的情况是复杂的:不少寓言是反映劳动题材的(如《拔苗助长》《守株待兔》等等),且流传很广,有时在许多书中都记有某一寓言的不同异文,可见它们最初是劳动人民的集体创作;但也有一些寓言可能是作家自己的创作;有的民间创作经过文人的记录和引用,已发生了巨大的变化,引用者对寓言作出自己的解释,或多或少地偏离了它的原意。如对《庖丁解牛》的引用即是一例。庄子引用时,作为他唯心主义"以无厚入有间"哲理的例证,说刀锋是"无厚"的,宣扬他唯心的"神形分离论";而《管子》则在《制分》篇中用"屠牛坦一朝解九牛"来说明用兵要乘虚而入的道理;《吕氏春秋·精通》篇又用它和伯乐相马的寓言共同说明精神专一的必要;到汉代《淮南子》一书中则把屠牛坦和庖丁分成了二人,放在一起并列叙述:"屠牛坦,一朝解九牛而刃可以剃毛;庖丁,用刀十九年而如新剖硎。"贾谊《治安策》中则说屠牛坦不是一朝解九牛而是"解十二牛而芒刃不钝"云云。这些记载无论在情节上还是在解释上都发生了变化。

很大一部分先秦寓言变为成语,寓意一般比较固定,但有时也产生歧义。如《朝三暮四》见于《庄子》《列子》等书,本来可能是讽刺统治阶级玩弄手腕"换汤不换药"欺骗人民的故事。说有一喂养猴子的人,为了节约,想少喂一些食,就对群猴说:"现在主人经济不宽裕,你们吃橡实,早上三颗,晚上四颗,够了吧?"猴子大为不满。他又说:"好,改变一下,这样给你们橡实,早上四颗,晚上三颗,够了吧?"猴子伏地而喜。"朝三暮四"与"朝四暮三"本来都一样,但一颠倒就产生了不同效果,《列子》说这就像"圣人以智笼群愚"。原是作为先进的统治经验来推广的,但今天看来正好揭穿了封建统治者愚弄人民的伪善面目。而此寓言现已不传,成语"朝三暮四"一般已照字面理解为对缺乏恒心的形容,内容与寓言全不一样了。

先秦以后,在汉代《说苑》《新序》《淮南子》《论衡》,魏代《笑林》,宋以来的笔记小说如《艾子杂说》《齐东野语》《夷坚志》以及明代通俗文学如《笑赞》《雅谑》《古今谈概》(《笑史》)、《笑府》等书中,都有一些寓言的记载,但整体说来质量、数量和影响都不如先秦寓言。这可能和文人日益脱离群众有关。文人记载的寓言,著名者如唐代柳宗元所记的《三戒》,这是他从湖南乡人那儿听来的,包括《临江之麋》《黔之驴》《永某氏之鼠》三则寓言,其中"黔驴技穷"已成为广泛流传的成语。

寓言和故事的其他体裁有密切联系,有的传说、笑话、童话等可以转化为寓言,如"不怕鬼的故事",今天即可当作寓言看,用以说明"在彻底的辩证唯物主义者、真正的革命者看来,世界上什么都不可怕"[①]。用鬼来象征一切看来可怕其实并不可怕的事物——纸老虎,包括一切貌似强大的反动派和一切工作中的困难、失败等等,通过故事说明:谁要是害怕人民的敌人和革命过程中的困难,就和怕鬼一样可笑。

寓言的哲理性与阶级性　寓言的哲理性很强,不少寓言是表现朴素的唯物辩证的思想方法的,讽刺了唯心主义和形而上学的思想。如《拔苗助长》(《孟子》)讽刺主观主义急性病,想麦苗长得快些,把它人为地拔高了,结果适得其反,苗枯了。讽刺形而上学的如《矛盾》(《韩非子》),由于把矛和盾的功能夸张到绝对的程度,就不能自圆其说而自相矛盾了。《刻舟求剑》(《吕氏春秋》)则讽刺了用固定的眼光看问题,看不到事物发展变化的机械论者。《买椟还珠》(《韩非子》)讽刺形式主义,只图漂亮的空盒子反而失去了宝珠。《丑女效颦》讽刺机械模仿。《郑人买履》中郑人只相信鞋样儿不相信自己的脚,这和迷信书本的教条主义是类同的。这类故事《韩非子》中较多,现今对于哲学普及工作仍有不小的价值。

有些寓言是表现道德哲理的,如《鹬蚌相争》(《战国策》)说明和平团结的重要,《割肉相啖》(《吕氏春秋》)说明虚荣心的危害,《纪昌学射》(《列子》)说明虚心学习永不自满的必要。

寓言虽然多表现抽象的哲理,有的阶级性不强,但作为一种文学体裁,从总体上来看,它仍然是有一定阶级性的。民间寓言是劳动人民的文学,它表现了劳动人民的生活和思想情感。很多寓言是反映劳动斗争的经验的,如《佝偻者承蜩》《庖丁解牛》(均见《庄子》)说明巧干苦练就能创造奇迹;《匠石运斤》(《庄子》)说明劳动协作的重要;《惊弓之鸟》(《战国策》)概括了猎人的一项劳动经验,表彰了劳动人民的智慧;《轮扁》(《庄子》)则通过劳动者轮扁与齐桓公的对比,显示了卑贱者最聪明、高贵者最愚蠢的真理。

---

① 何其芳:《〈不怕鬼的故事〉序言》,见《不怕鬼的故事》,人民文学出版社,1961年。

这里所表现的劳动人民的阶级情感是可贵的。《愚公移山》(《列子》)通过愚公与智叟的对话,充分显示了劳动人民改造世界的坚强信念:只要齐心协作一致努力,世世代代干下去,大山能搬走,大海能填平。这种伟大的气魄和《精卫填海》有异曲同工之妙,但却比神话有了更大的现实具体性,在寓言中伟大的理想和气魄已经与实干精神结合起来,立足于现实劳动之上,说服力更强了。愚公所说:"虽我之死,有子存焉。子又生孙,孙又生子,子又有子,子又有孙,子子孙孙,无穷匮也。而山不加增,何苦而不平?"这就使河曲智叟无言对答。结尾说愚公精神感动了上帝,派人搬走太行、王屋二山,则反映了人民的愿望,同时也说明了当时的历史局限,在自然力面前,封建制度下个体的劳动者力量总是有限的。毛泽东在中国共产党第七次代表大会总结发言中对这一寓言加以新的解释,把帝国主义、封建主义比喻成两座大山,把人民比成上帝,这样就使这个古老的优秀寓言获得了新的生命。毛泽东《愚公移山》一文鼓舞了全国人民的斗争意志,在解放祖国和社会主义革命、社会主义建设事业中发挥了巨大的教育鼓舞作用。无数英雄人物正是在愚公精神鼓舞下,克服了一个个巨大的困难,取得伟大胜利的。

反映劳动斗争的故事,是劳动实践的产物,一般只有劳动人民才能创作出来。民间寓言概括了劳动人民在生产劳动和社会斗争中的经验教训,这是它的阶级性的重要标志。如《庄子》所引《神龟》,今天看来,它的主题在于说明对反动统治者绝不能抱有幻想,否则要吃大亏。这神龟虽然托梦给宋元君,求他救救自己,但恰恰就是这个君王为了占卜之用还是把它杀了,还在它的背壳上钻了七十二个洞,把它放在火上烤。这里融会了人民的血泪,说明对敌人抱有幻想是十分危险的。《中山狼》的故事深刻地说明对于敌人的狡猾求饶绝对不能心软,这也就是鲁迅所说的"痛打落水狗"的必要性。这是进行社会教育的良好教材。中山狼是敌人的形象,它残忍阴险,翻脸无情,挨打时可以装出一副可怜相,喘过气来就要张牙舞爪以怨报德,改不了吃人的本性。寓言通过老树、老牛代表劳动人民诉苦,反复申诉压迫者忘恩负义的特点。东郭先生轻信中山狼的甜言蜜语,上了大当,由于对狼抱有幻想,认识不到狼的吃人本性永远不会改变,险些葬身狼腹,亏得农民老大爷救了他的命。这个教训是深刻的。它不仅一般地讽刺忘恩负义的人,而且有具体的阶级内容,我们应还其本来面目。

寓言的创作过程与艺术特点 在艺术上,民间寓言的哲理性和故事性是和谐统一的。寓言创作过程基本有二：一是将生活中的故事加以提炼或夸张，突出其哲理性，集中反映某种哲理，如《拔苗助长》《鹬蚌相争》等等；一是根据谚语或一定的哲理，通过艺术想象构成一个故事。后者多为动物故事。优秀的动物寓言不但深刻地揭示了事物的本质，而且其人格化的细节、情节的发展都具有现实根据，曲折地反映了社会生活的本质真实，达到了故事性和真实性的高度统一。它并不是概念的图解，而是生活本质的艺术再现，其艺术夸张和幻想均令人信服。因此，优秀寓言的创作是不容易的。它要求构思巧妙、比喻确切、情节自然、语言生动，而这一切又要与深刻的哲理在一个小小的故事中和谐地统一起来。这就要求它的作者熟悉社会生活和人民的语言以及寓言的艺术思维特点。寓言的概括力太强了，似乎只有人民的集体力量才能自如地驾驭它，所以国内外最著名的寓言大多是民间创作。

寓言一般篇幅较短，情节单纯，描写的线条较粗，只要能把道理说清楚即可，这是由它的实用意义决定的。动物寓言较多，即因动物性格鲜明突出，不用多费口舌进行描绘，一出场即给人生动的印象，如虎代表凶猛、狐代表狡猾等等。动物寓言的拟人化，使故事生动有趣、引人入胜，其形象常常对比鲜明，并有一定夸张，使矛盾揭示得更深刻，哲理体现得更清楚。

第六节 传统民间童话

民间童话是流传于民间的儿童故事。它适合儿童的趣味，是对儿童进行教育的良好形式。我国无数优秀的传统民间童话经过长期流传，在思想和艺术上达到了很高水平，常常使人童年听了即终生难忘。和其他故事体裁相比，童话的显著特点是：1. 富于幻想，故又称"幻想故事"。列宁说过，童话里如没有神仙宝物，孩子们听起来是不起劲的。儿童富于幻想和好奇心而生活经验尚少，相信神仙魔法是真实的。2. 内容单纯明白，人物善恶分明，情节曲折起伏，引人入胜。3. 富于教育意义，通过幻想形式表现了人民淳朴的传统美德、创造精神和智慧，包容着各种生活经验和斗争经验。童话常常是祖母和母亲讲的，孩子们也互相讲，在现代科学知识日益普及以后，大量幻想性较强的民间传说、故事转化成了童话。

传统民间童话的内容与分类 第一，动物故事。动物故事以动物为主体,多用以解释动物的形状、特点。如《狐狸、猴子、兔子和马》①通过一个故事说明猴子很聪明,它善于动脑筋,想得脑门上尽是皱纹;狐狸好吃,利令智昏想吃马屁股肉而被马拖得满身黄一块灰一块的;兔子看热闹把嘴笑豁了;而猴子被胜利冲昏头脑从树上摔了下来,把屁股跌得通红通红。《老虎拜师傅》说明虎向猫学习却忘恩负义想吃了猫,而终于没学会爬树的本领。《大雁》说明为什么大雁飞时成"一"字形和"人"字形(因为"一"只雁不小心,全家亲骨肉都被"人"打死了)。这些想当然的解释当然并不科学,但它们介绍了动物的某种特性,贯串了一定的思想内容,对于发展儿童的智力是有好处的。

另一类动物故事则多有拟人的特点,通过动物的事反映人类的社会矛盾。如《兔子报仇》中兔子在强敌面前毫不畏缩而以巧计致狮子于死命,它利用狮子骄横、愚蠢的特点把狮子引到井边,对它说:"看!这井里的兽王比你威武。"狮子看到自己的影子以为是新来的强敌,于是猛扑过去,葬身井底。这类故事带有一定的寓言性,但与寓言不同:它的哲理性不像寓言那么强,而对于动物形象的刻画则更加具体细致。内蒙古汉族《老荞胡》、吉林《虎、鹿、兔、狐狸》等都写以弱胜强,它们的情节更复杂,语言更具有个性。和童话的细致描写不同,寓言为了集中说明哲理,常常略去许多形象描绘。

第二,精灵故事。动物成了精,有了人形,但其动物的本性未变,如《狼外婆》的故事,老狼变成慈祥的外婆骗吃小孩,终于露出狼尾,引起孩子们的警惕,被用计摔死。此故事在各地多有流传,但不一定叫狼外婆,有些地方叫老虎外婆或老变婆、熊家婆、猩猩外婆、野人外婆、秋虎老妈妈、老妖婆……②这类妖精故事,教育孩子们要勇敢机智,善于识破狡猾敌人的伪装并进行胜利的斗争。

有些精灵则是美好的,如青蛙骑手、蛇郎、龙王三公主、天鹅仙女、田螺姑娘等等,这些人物是人民理想的化身。青蛙骑手有了神力,他面对强大的压迫者,一笑而使皇宫震撼,摇摇欲坠;一哭而使洪水滔天,冲毁头人的城堡。这种正义的神奇威力正是劳动人民自信心的表现。

---

① 见《中国民间故事选》第一册,人民文学出版社,1958年。
② 参见段宝林:《狼外婆故事的比较研究初探》,《民间文学论坛》1982年创刊号。

第三，魔法故事。此类故事中有一个宝贝起决定性的作用。宝贝是有选择性的，它是劳动的产物或是对好人好事的报答，常常即是劳动工具本身。所以如果不是表面地看问题而是从本质上去看，可以说故事中的宝贝并不否定劳动，而是相反，是歌颂劳动和劳动产品的；它也并不宣扬不劳而获的幻想，而是教育儿童辛勤劳动的。在民间童话中，宝贝往往要靠劳动、斗争、行善才能得到，好人才得好报；宝贝到了不劳而获的坏人手中，不但不能提供幸福，反而会使他受到惩罚。所以有人说民间童话中的宝贝宣扬了不劳而获的空想，这是不对的，没有看到宝贝与劳动的密切关系。内蒙古的《报仇棒》①故事很有代表性：幸福树和幸福筐在勤劳的穷人伊和胡楚手中，可以出产金银和白面，可是到了财主手中则尽出癞蛤蟆，爬得财主家到处都是。最后穷人得到报仇棒把财主打死。义和团故事《渔童》中的金鱼盆可产金豆子，在中国渔翁手中就是宝贝，被外国传教士抢去之后，渔童的钓鱼竿就成了战斗的武器，把教士的鼻子也给钩起来了。

　　福建的《窖山取宝》和广西壮族的《一幅壮锦》属于历尽艰辛寻找宝物的故事，鼓励儿童艰苦奋斗追寻自己的理想，为人民的幸福献身。在《窖山取宝》中，哥哥、弟弟都违背了禁忌，不顾主要目标找水，为金银而忘了人民的幸福，回头弯身拾金子时，金光射入眼中就都变成了石块；只有三妹，相信劳动能创造一切，不贪图个人的财宝，一心要为大伙儿找回幸福水，不怕刀山火海，勇往直前，越过险峻的贪心岭，在深山的荆棘丛中开辟出一条小道，终于到达目的地找到了幸福水，救活了哥哥和其他许多贪心的人，把风井、雨井、旱井三口魔井变成了幸福的甜水井。而在《一幅壮锦》中，壮锦本是劳动创造的奇迹，老奶奶苦织三年才织好，眼泪滴出落在锦上，织成清清的小河，血滴在上面，就织成了红红的太阳。因为太美了，被东方太阳山的仙女要去。三个儿子去寻找，老大、老二都害怕经过火山、大海，途中得到一盒金子，就丢下母亲不管而到大城市享福去了；只有老三不要金子，骑上大石马穿过火山、大海，忍受熊熊烈火的炙痛和冰山巨浪的冲击终于到了太阳山，取回壮锦。锦上的山水田园忽然全都变成了现实，而且多了一个红衣仙女，成为他的妻子。而老大、老二金子用完，成了乞丐。故事中美丑分明、善恶分明，两种不同的思想产生两种不同的结果，富于教育意义。

---

① 作家扎拉嘎胡记，见《中国民间故事选》第一册，人民文学出版社，1958年。

第四，人物童话。以现实人物为中心，但仍穿插了很多幻想和夸张的成分。如《强盗的母亲》中的母亲，从小娇纵孩子小偷小摸，孩子长大成为强盗，被判处死刑，刑前要吃母奶而将奶头咬下，以示报复。此情节带有很大的虚构成分。这个故事我小时候也听母亲说过，但在《伊索寓言》中不是咬奶头而是咬耳朵，有细节的差异。古代《李寄斩蛇》(《搜神记》)的故事，描述了儿童英雄为民除害的动人事迹。《十兄弟》(又名《水推长城》)、《六兄弟》(朝鲜族)等故事，形象地表现了人民集体力量的伟大，说明了团结斗争的必要性。十兄弟各有特长，顺风耳、千里眼、有气力、钢脑袋、铁骨尸、长腿、大脑袋、大脚、大嘴、大眼，秦始皇怎么也害不死他们。十兄弟象征着人民集体无敌的力量，最后老十大眼一流眼泪，发了大水，把长城也冲垮了。许多人物童话说儿童自己的故事，读来亲切易懂；有的带有寓言性，富于教育意味。《灰姑娘》故事在几十个国家流行，是有名的人物童话。

童话的艺术特色 第一，童话中浪漫主义占优势，但浪漫主义的幻想仍需要有一定的现实根据，要合乎"童话的逻辑"。童话中最常用的艺术手法是幻想和拟人化。拟人化手法的表现形式有三：一是以动物拟人，一是以精灵拟人，一是以神魔拟人。

以动物的形象拟人，利用动物的自然属性特点(外形、习性)来表现某种人物性格的特点。如聪明的小白兔、机智的老山羊等常常代表旧社会被压迫的受苦人，狡猾的狐狸、凶恶的虎狼等常常代表社会上的恶人及其爪牙。但因故事主题和动物特性比较复杂，有时一种动物也可有不同的性格，如老虎、狮子有时也可成为英雄。这些动物有思想，能说话，但仍有动物的特点，只是这种动物的习性是作为艺术形式而存在的，所表现的主要内容还是社会生活。这些动物间的关系，有时反映了尖锐的社会矛盾和阶级斗争，有时也反映了人民内部的思想矛盾。当然，这种反映是曲折的，各地可能有差异，不能简单化地认为某种动物和某种人物有固定的联系。

以精灵的形象拟人，突出地表现各种人物的性格。动物成精，脱离了动物的外形，变为人形。如狼外婆、天鹅仙女、龙王公主、田螺姑娘、青蛙骑手、桃花姑娘等等，从外形到内心都和原来的动物或植物有密切的联系，但已发生了一定的变化。在这种变化中常常体现了人民的美丑观念和社会理想，表现了人民的爱憎感情。这种幻想有时还深刻地表现了社会的矛盾和斗争。例如，民间童话中有一种精灵，原来的外形很丑陋，甚至很可怕，但变化之后则成为美的化身,不但外形美,而且内心也非常善良。如蛇郎是一个非常勤劳英俊的青年。田螺姑娘是异常美丽能干的少女,她暗中为穷哥儿们做好事,热爱穷苦的劳动者。青蛙骑手则威力无穷,为穷苦人解了气。他是一个英俊的少年,青衣青马,仍带有青蛙原来的色彩,但却长得十分健壮而标致,不但骑术精良,而且火枪百发百中,使人们惊叹。在这样的动物精灵形象身上,动物本身的丑陋特性被扬弃了。这种由丑变美的艺术幻想,有着很深刻的生活辩证法作为基础,它很真实地反映了阶级压迫下劳动人民的悲惨命运和美好的理想。在旧社会,劳动人民创造了宫殿,得到的却是破烂的茅屋;创造了财富,得到的却是穷困;创造了人世间的美,得到的却是畸形和丑陋。而美丽的装饰则被统治阶级所霸占,成了他们的专有之物。在那样的社会条件下,外形美和精神美常常是存在着矛盾的:劳动人民生活穷苦,不能用华美的衣着和首饰来打扮自己,外形似乎是丑陋的,但他们的精神世界却是最美好的。这种带有很大普遍性的社会矛盾,在童话中,就通过青蛙骑手、田螺姑娘、蛇郎等等精灵的艺术形象表现出来,它们教育儿童不要从表面看人,要看到劳动人民心灵的美。这种形象所表现的思想,是异常深刻动人的。

民间童话中神魔的形象常常是狂暴的自然力和社会中恶势力的象征。山神、雷神、水怪、蟒王等等魔怪,保持着凶恶的外形和可怕的魔力,继承了神话中的某些形象特点,但社会性更强了。如《找姑鸟》中的山大王就像恶霸。《黑马张三哥》(土族)中的九头妖怪也是一个喝人血、吃人肉的剥削者。1960 年我们在西藏调查民间文学时,人们就把童话中的魔王直截了当地说成"三大领主",正说明了这种形象的社会寓意。虽然魔怪凶恶异常,但它们总有一个弱点,在英雄面前必然遭到灭亡的命运。这就是童话所表现的人民的审美判断。

第二,童话人物的性格是非常鲜明的,常常运用夸张和对比手法来加以突出。如《十兄弟》故事对十兄弟各人特长的夸张达于极点,美的仙女、丑的魔王,都是人间难找的,真是天上有地下无,美者极美,丑者极丑,给人深刻的印象。又如取宝故事中老大、老二的贪心、胆小,与老三的勇敢无畏、坚贞不屈、大公无私的对照非常鲜明。蛇郎故事中对三姊妹的性格刻画也是如此,小妹妹勤劳善良而且外表也很美,姐姐则好吃懒做、阴险毒辣且面貌丑陋。结局也特别鲜明,好人得好报,坏人受惩罚,立竿见影。故事常常通过极度夸张的美和丑的形象来使人判别人物的善恶。

第三，童话的语言富于音乐美。它节奏鲜明，韵律性较强，不少对话是用韵文歌谣来表达的。这些韵文常常非常凝练，在故事中重复出现。如土族的《黑马张三哥》中黑马进山找兄弟去，见到大石块，射了一箭，把石头射翻了，底下一个人说："喂，往上走的往上走，往下走的往下走，哪位大哥射翻了我的房子，想干什么呀？"黑马说："我不往上走，也不往下走，我要请你出来结拜个兄弟呢。"这时石头底下出来了一个又高又大的人，说："我当哥哥，还是当弟弟？"黑马说："你是石头底下出来的，就叫石头大哥吧！"后来黑马遇到大松树，射了一箭，松树倒了，树底下又出来一个又高又大的汉子，对话与前一段一样，这就是木头二哥。又如蛇郎故事中妹妹变了鹦哥骂姐姐的话也是如此：

奸奸奸，拿我的镜子照狗脸；
丑丑丑，拿我的梳子梳狗头。

这种语言的节奏和重复，常常和故事情节的重复出现联系起来，如不少童话故事中的主人公常常是碰到三次考验或做了三件好事等等，一般称为"三叠式"；同类的事出现几次，描写的语言常常是重复的，这重复可以加深听者的印象，减轻说故事人的负担，同时这重复的情节和语言也令人百听不厌，精练深刻而富于诗意。这种节奏性表现了民间童话结构上的回环之美，与民歌的复沓近似。

传统民间童话的艺术价值　传统民间童话经过人民长期的艺术琢磨，具有很高的艺术魅力，是劳动人民智慧的艺术结晶。高尔基在《〈阿拉伯故事集〉序言》中说："人们不仅仅是靠视觉和触觉而认识新事物的，他们还依靠叙述这些事物的故事来认识事物"，"我确信，熟悉民间故事……对于初学写作的青年作家是极为有益的。大多数青年作家都只是顺从地、无条件地服从现实，用诗和散文给现实拍照，他们枯燥无味地、干巴巴地用冰冷的语言写作，然而时代却要求激情、火热与讥讽……民间故事却能有助于大大地发展作家的幻想，使他充分地认识到虚构对于艺术的意义，而更重要的，还是丰富他的贫乏的词汇……"[①]民间故事、童话、笑话等等对历代重要作

[①]　〔苏〕高尔基：《论民间故事——〈一千零一夜〉俄译本序》，《光明日报》1962年2月20日。

家的创作产生了不小的影响,如高尔基最早所受的文学教育,即是听老人讲民间童话故事;普希金十分珍视他奶娘讲的故事,认为故事的民间语言艺术可弥补他所受的"可诅咒的"贵族教育的缺陷。民间童话幻想故事对小说、戏曲乃至曲艺创作的影响都是很大的。

第七节　社会主义新故事

新故事的产生和发展　民间故事是社会生活的反映,是上层建筑的一部分,它是一定要随着经济基础的发展而发展的。1949年以后,各地都出现了一些反映社会主义新人新事新风尚的传说、故事,虽然最初由于对这一新生事物认识不够,搜集不多,其影响还不大,但是新故事是存在的,它们不但在人民群众中流传,而且在书刊上也有一些记载,如《新观察》杂志即有"生活小故事"专栏,常登载各地的好人好事。1958年后出版的民间故事集如《修禹庙》《金凤》等书中也记录了一些新故事。这些故事有的完全是真人真事,有的却已有一定程度的故事化。如《中国民间故事选》第一册所载《三兄弟》,其形式即是类似传统民间故事的,然而内容却反映了广大劳动人民对毛泽东的热爱,反映了新社会劳动光荣的新风尚。1958年在上海郊区等地除了进行赛诗会外,还进行过赛故事会的活动,收到了良好效果。然而,新故事活动形成一个声势浩大的运动,则是从1963年初才开始的。

　　1962年底上海市文化局和团市委联合举办了一期故事员训练班,提高农村故事员的水平,传授了《血泪斑斑的罪证》等新故事。在上海郊区农村中新故事活动逐渐普及,出现了许多新的故事员。后来在工厂、里弄也推广了故事会的活动,报刊上出现了大量介绍新故事的文章,还出版了《故事会》(1963)、《讲故事》等刊物和许多新故事单行本。于是,新故事活动就在全国范围内推广开来,各省区和解放军中都出现了不少故事员,举行故事会,开讲新故事。"文化大革命"中,不少故事员被作为"文艺黑线干将"受到批斗,新故事活动遭到了挫折,但群众同情故事员,甚至浙江还发生了群众拿鸡蛋去慰问挨斗的故事员的事。"四人帮"对新故事活动的破坏,还表现在妄图利用新故事为他们篡党夺权制造舆论(上海的《故事会》也改名为《革命故事会》)。但群众不买他们的账,当时报刊上连篇累牍地印了不少这类所谓"文化大革命"的"革命故事",而群众既不爱说,也不爱听,在私下里却讲述着周恩来和其他老一辈无产阶级革命家的传说故事以及嘲讽林彪、"四人帮"及其爪牙的各种笑话。

"四人帮"垮台之后,新故事活动重新受到欢迎,以前私下讲的故事公开讲了。《故事会》也重新复刊了,因为注意刊登有故事性的新人新事,并且特别注意民间故事的传统特点,注意故事的口头艺术特色,所以特别受广大人民群众欢迎,印数不断增加,开始主要登传统故事,由几千份到几万份,后来大大增加新故事,于是从十几万份又增为几十万、几百万份,最多时每期竟达到七百多万份。由于故事刊物受到欢迎,全国各地又雨后春笋一般出现了二三十家故事刊物,如《山西民间文学》《笑话大王》《中外故事》(山西)、《上海故事》《故事大王》(上海)、《楚风》(湖南)、《南风》(贵州)、《天南》(广东)、《山茶》(云南)、《三月三》(广西)、《故事林》(福建)、《故事家》(河南)、《山海经》(浙江)、《新聊斋》(山东)、《民间故事》(吉林)、《民间故事选刊》(河北)等等,又有了故事报纸《故事报》(辽宁)、《采风报》(上海)、《乡土报》(江苏)、《经典故事》(浙江)、《邦锦梅朵》(西藏)等等。到1990年代后期,一些日报、晚报也推出了"故事专栏",如全国发行量最大的上海《新民晚报》用整版的篇幅办"新故事专栏",受到读者欢迎,其中有不少好作品,还精选了两本《新民故事》1999年在文汇出版社出版。此外,"新故事选"也出版了不少,还有"法制故事""纪实故事""爱心故事""婚恋故事""校园故事"(《北大段子》)等专集。除报刊外,新故事还在茶馆、工人文化宫、田间地头和广播电台讲述,有专门的故事员和艺人讲。后来,又在影视节目中改编演出新故事。北京电视台、辽宁电视台、江西电视台等等都有专门的故事节目,如王刚、金飞等名演员大讲新传奇故事,十分吸引人,愈讲愈起劲。许多大家关心的事件、传说、大案要案等都在电视故事栏目中讲述,收视率越来越高。现在又出现了网络故事、网络笑话、手机笑话故事等。新故事的创作和演出已成为人民文化生活中的一项重要内容。新故事活动使民间故事在现代社会中大大焕发了青春,这种故事欣欣向荣的事实证明"人民文化提高了,故事已走向衰亡"的论调显然是不正确的,故事仍然有巨大的艺术生命力。

新故事的内容 新故事是社会主义时代出现的新的民间创作,与时事结合较紧。在社会主义教育运动中,曾出现根据《夺印》《箭杆河边》《丰收之后》等影视剧改编的新故事,还有反映农村社会矛盾斗争的故事如《两双鞋子》《一把镰刀》等等。今天看来,这些作品对当时的社会斗争情况的反映是不够全面的,没有充分表现社会主义制度对人的改造所发挥的巨大威力,有的地方对阶级力量对比的描写不切合实际,把阶级斗争简单化了,显然有极"左"思潮的影响。

　　反映旧社会阶级压迫、"忆苦思甜"的新故事有一定的教育作用。如《血泪斑斑的罪证》《一个包身工的故事》《母女会》等都以强烈的阶级感情真实地记载了在"三座大山"压迫下的劳动人民的血泪仇恨,激发了人民的阶级觉悟。新故事还反映了劳动人民进行自我思想教育的动人情景。《一只鸡》《红色宣传员》《返工记》①等所反映的人民内部矛盾和斗争闪耀着共产主义思想的光辉,揭示了移风易俗的斗争过程,要清洗剥削压迫丑恶思想的影响,树立新的社会风尚是不易的。《一只鸡》中的老贫农热爱集体、大公无私的高尚品格深深感动了自私自利的"引线头",她看到人家一心为公,自己还放鸡出来吃集体粮食,太不像话了,才改正了缺点。这是社会主义思想的胜利。

　　革命历史故事(如经过改编的《红灯记》《芦荡火种》《红岩》《烈火金刚》等等)为群众所喜爱。军队故事也很受欢迎,《三比零》《李科长再难炊事班》②等新故事反映了人民解放军高度的阶级觉悟和英勇顽强的战斗精神。《李科长再难炊事班》虽然描写的是一场演习,但其内容紧张曲折,生动感人,实在令人难忘。在训练中,老后勤战士李科长给炊事班出了许多难题,考核他们的硬功夫,终于把这个"和平饭店"很快变成了一个在任何条件下都过硬的"火线食堂":刮风下雨天在野外做饭,蒸馒头半道上转移阵地,还要按原来菜单做菜,临时给病号做面条……全都难不住他们,他们不但能做饭还能很好地战斗,军事技术也过硬。这个故事用生动鲜明的形象语言充分表现了解放军的光荣传统和战士们生龙活虎般的训练生活。

　　反映社会主义生产劳动的作品也很多,对于工农业、商业、交通运输业等各行各业的先进人物、先进事迹,新故事都能及时生动地予以反映。反映农业生产的如《大寨人的故事》③、《芒种养马》④等,反映工业生产的如《万

---

①　见《故事会》第6、2、14期。
②　见《故事会》第12期。
③　见《故事会》第15期。
④　见《故事会》第13期。

吨水压机的故事》①、《三请周文增》《凌雪梅》②等等。这些故事反映了我国社会主义建设的蓬勃景象,热情歌颂了党的自力更生、奋发图强的方针所取得的胜利,歌颂了毛泽东思想武装起来的中国劳动人民崇高的共产主义风格。《三请周文增》生动地反映了铁路工人"比学赶帮超"运动中的新人新事。周文增是一个火车司机,著名的节煤烧火能手。先进机车305号车司机长柴国兴为了解决节煤问题,要找周文增"取经",第一次找到一个"周师傅",但不是周文增而是周亮,虽然如此,柴国兴还是学到不少先进经验。第二次又去找周文增,半道上见一辆擦得油光发亮的686号机车,不觉看得入迷,这时这台车的司机忽然叫他,向他请教一些难题,两个人共同研究,柴国兴就跳到地沟的水里检查起机车来,等找到毛病车又要开了,又没能找到周文增。第三次找到了,原来即是686号车的司机。这个故事充分表现了工人阶级的广阔胸襟,他们对工作精益求精,虚心学习,同时又乐于助人,共同前进。

反映科学试验的新故事如《两个稻穗头》《革新迷》《种子迷》以及关于上海工人出身的电光源专家蔡祖泉的故事等,表现了我国劳动人民的巨大创造力量。

新故事广泛地反映了各方面的新人新事新风尚,工农兵常常举行"故事会"讲说本单位的好人好事。这种新故事及时表扬了不断产生的新事物,人们称之为"说不完的故事"。此外,关于白求恩、雷锋、焦裕禄等人的故事也感人至深。在"文化大革命"中,出现了周恩来等老一辈无产阶级革命家同林彪、"四人帮"斗争的新传说,还有"四人帮"不学无术、倒行逆施的许多新笑话,如《龙大爷巧骂四人帮》(《民间文学》1977年第10期,杨小青讲述)、《三月犁牛》(汛河记)等。由于"四人帮"败坏了党的作风,讽刺"走后门"、特殊化的笑话也应运而生。

改革开放以来,新故事更加活跃,上海工人文化宫每周举行新故事会,由著名故事员黄宣林等人讲述,辽宁和浙江也都有大家特别喜欢的"故事大王"。不少新故事在民间流传,如《三百元的故事》《母亲的故事》等都用传统手法讲新的善恶报应故事,在口头和书面广为流传(详见祁连休主编

---

① 见《故事会》第14期。
② 见《新故事集》。

《建国以来新故事选》及《故事会》等刊物)。

新故事的创作方式 新故事是一种崭新的文艺形式,既像传统民间故事,又像传统说书(评话),也像小说、单口相声等,它仍在发展过程中,尚未完全定型。新故事是一种崭新的口头文学,也是一种崭新的书面文学,是二者新的结合。它的创作方式和旧故事不同,不是纯口头文学;和小说也不同,不是纯书面文学。大致可归纳为以下三种方式:

第一,工农兵群众和故事员(或评话艺人)根据真人真事、新人新事新风尚创作的新故事。先在口头创作、口头讲述,经过反复加工修改,记录下来,再经过一定整理,然后印刷出版。如《母女会》《一只鸡》《说嘴媒人》等就是这一类作品。这种创作方式和传统民间故事的口头创作方式相似,但又与书面记录整理结合起来,因而有很多好处:首先,新人新事、真人真事能迅速得到反映,先进经验、先进思想及时得到传播,群众听到自己熟悉的人物也感到非常亲切。其次,因为在口头创作,不识字的故事员和群众都可以参与,如一位双目失明的老农民也用这种方式创作了不少新故事。再次,因为在口头创作、讲述、流传,所以是不固定的,可以不断进行修改,精益求精。其质量可以得到不断提高,思想会更深刻,形象会更鲜明,语言会更丰富,发扬了口头文学的优势。因此,这种创作方式既便于推广又便于提高,是很重要的一种方式。

第二,故事员根据戏剧、电影、小说、通讯报道等文艺形式的作品改编而成的新故事,如从电影《李双双》、小说《红岩》以及从家史改编的《血泪斑斑的罪证》等等。这类"说书"故事在新故事活动初期较多,后来比重大大减少。但是,随着文艺创作的发展,新故事需要的增加,为了解决人多书少的矛盾,这种说书改编的故事还是非常需要的。这种改编可以由农村知识青年由书面改写,也可以由文化不高的农民故事员看了戏剧、电影之后或听了朗读之后在口头加以改编。如《南海长城》的改编者沈留生就是一位不识字的老贫农,他看了戏之后即将剧中故事说给群众听,逐渐丰富成为新故事,后由知识青年记录下来整理出版。当然,这种改编也需要和有文化的人结合进行才能编得更好。而一般书面的改编则要经过口头讲述的考验,然后才能成为一个较成熟的新民间故事。进入21世纪以后,许多电视台开辟了"传奇故事"等专栏,由主持人和编辑共同编故事在电视台讲述,如辽宁台的"王刚讲故事"、江西台的"金飞说故事"等等。

第三，故事员或作家直接在书面创作的故事，如《三请周文增》《过客》《两个稻穗头》等。书面创作可以帮助记忆，然后在讲述中不断修改、提高，因此，这种书面创作和写小说不同，它是书面和口头相结合的。有的书面创作的"故事"，未掌握故事形式的特点，缺乏故事口头艺术的特色，名曰故事，实际上还是小说，一定要经过口头讲述之后才能成为真正的故事，在流传中有的还可能被淘汰。要成为新民间故事是不容易的。

1958年以来，新故事的创作已有五十年历史，出现了许多优秀的新故事作品和故事刊物，也出现了许多新故事作者。他们在口头或书面创作故事，尤以书面创作为多，如流传开来即成了新民间故事，如未能流传则成了通俗小说，但仍属新故事范畴。如今又出现了许多网络故事、手机笑话，说明新故事越来越红火了。

由于新故事作者掌握了传统故事的艺术特点，他们本人往往也是故事员或讲故事的能手，所以写出的故事就容易为群众接受，经过长期的写作锻炼，培养出了一个写作队伍。各地故事刊物能蓬勃发展，和这些作者的创作有很大关系。有的作者既会写又会说，成为"故事大王"，如上海的黄宣林、浙江的吴永昶、抚顺的张功升等人，都是非常杰出的故事作者和故事讲述家。有的作家和演员"回到故事"，也加入到故事创作行列。

总之，这三种方式都有一个共同的特点，就是口头创作和书面创作相结合。不管是先讲后记的，还是先写后讲的，都要边讲边改，不断提高。其创作过程，也就是流传过程。这种创作方式，和传统的口头创作相似，便于集中群众的智慧，不断提高故事质量。经过广泛流传的新故事就成了新的民间文学，从中会出现思想、艺术上乘的佳作。

新故事的艺术特点 和流传了千百年的传统故事相比，新故事的历史不长，许多故事还在流传的过程之中，尚不成熟。但群众喜爱的新故事也不少。这些优秀的新民间故事在流传过程中不断修改提高，一般具有如下特点：

第一，鲜明突出的人物形象。新故事往往通过自己特有的艺术手法把人物说活了，比较注意人物刻画，这是新故事的重要特点。在人物出场时，常有人物形象的扼要介绍，如同戏曲中人物亮相一般，一开始就给观众留下一个清楚的印象。如《两个稻穗头》中讲到主人公张又谷时，首先用粗笔勾勒了他的外貌：五十多岁，四方脸黑里泛红，花白胡子蓬蓬松松……进而描写他手上老茧很多,赤脚或穿草鞋……这就把一个老农民朴实可亲的形象显现在观众眼前了。这还不够,他还有自己的特点:是育种能手、土专家,太阳快落了还在田间独自兜来兜去盯着田里的稻穗……这些概括的介绍使人一开始就对张又谷产生了突出的印象。

新故事刻画人物最重要的手法是在行动中通过故事情节的进展逐渐展开,完成人物形象的描写。张又谷的性格特点是通过两个稻穗头的情节更鲜明深入地表现在观众眼前的。他好容易选出了两个特大的良种稻穗头,像无价之宝似的珍藏起来,然而好事多磨,几经周折,五六百粒稻种只弄得剩下了六粒,而这六粒还被他心爱的大母鸡吃掉了,怎么办呢?他不假思索就杀了母鸡取出谷种,结果只剩下四粒未受损伤,他就在这四颗种子的基础上培育出了水稻良种……通过这些情节,不但显示出他是个种子迷,而且令人感动的是他公而忘私、闪耀着社会主义精神的新思想。通过对孙子忆苦更表现了他对旧社会的恨和对新社会的爱,阶级感情表现得很强烈。在刻画人物时,新故事没有孤立地作大段心理分析,但并非不表现人物的心理活动,而是通过某些细节描写或旁白来说明人物心理。张又谷因迷于选种而答非所问(把蚕豆种当成稻种)闹了笑话,即突出了其"迷"的特点。他把仅存的种子放在小瓶中和选民证放在一起,这个细节突出地表现了这位老农对种子的珍重之情。

新故事的作者有强烈的审美感情,善于抓住英雄人物最动人的事迹进行具体描绘,同时还善于把这些动人的事迹组织起来,通过情节的发展刻画出鲜明突出的英雄人物来。

第二,单纯曲折的故事情节。故事是口头文学,要人听得清楚明白,还要能抓住听众,使他们喜欢听,听得不想走。不然,就不能流传,当然也就不能起到应有的教育作用了。优秀的新故事的结构多是较单纯的,单线发展,一线到底,往往只写一件事情的曲折发展。但也有些故事(特别是长篇故事)为了内容的需要有双线或几根线(即两个或更多的事件)交错发展。但即使如此,也不能像有的小说(如《创业史》)似的一节完了,另一节可以突然另起一个新头,而是在两个情节之间有紧密的勾连,由一个情节自然地过渡到另一个情节。如《大寨人的故事》写支书在县里开会时下了暴雨,发生了特大灾荒,故事以支书的思想活动和回乡的过程为主线,一直说下去。其实,这时大队干部在暴雨中正领导群众和暴雨进行斗争呢,对于这一条线只是在后面通过支书的问话和他们的工作总结逐渐补述出来的。因此,虽然两条线交错情况复杂,但是听起来一点不乱;不但不乱,而且还能造成"悬念",使听众和支书都想尽快了解队上的情况。优秀的故事能做到结构单纯,清楚明白而不纷繁杂乱;故事不但表说清楚,还使人爱听,有波澜,起伏曲折而不平板,一环紧扣一环,紧紧抓住观众的心。

优秀的新故事一开始就能开门见山提出矛盾引起人们的注意,造成"悬念"。如《大秤砣的故事》一开始写游泳示范表演时,忽然一个人跳下海半天不浮上来还不断冒泡泡,后被人们救起,原来是不会游泳的山区战士以为游水和爬山差不多即冒失下水,结果成了"大秤砣"。于是就接着叙说"大秤砣"如何学会游泳的故事,使人对下面的情节产生了"悬念",想尽快知道,迫切要求听下去。每个故事都要有个中心情节,有个主要矛盾,矛盾的解决往往是故事的结束,这是一个大高潮。但是,生活中的矛盾斗争常常是很复杂很尖锐的,革命事业的发展、英雄人物的成长都是一个曲折的斗争过程,因此,大矛盾中常常包含着几个小矛盾,故事中有几个小高潮,斗争有几个反复。如《李科长再难炊事班》,这炊事班已经是"尖子"了,但是李科长一来就发现了毛病。炊事班经过苦练,终于改正了缺点。虽然李科长处处从难从严从实战出发,出了许多难以想象的难题来考炊事班,炊事员们在这种考验面前仍然能取得胜利。眼看炊事班似乎就要被难住了,但他们巧练苦钻,本领过硬,终于克服了一个又一个困难。这种一松一紧的结构很吸引人,听来煞是有趣。

"无巧不成书",有的新故事中常常出现"巧遇"。这也是从生活出发的,因为生活中也常常遇到巧事。"巧遇"可以引起人们的兴趣,造成强烈的艺术效果,然而它并不过分离奇,也没有形成"套子",弄巧成拙。因此,新故事中的"巧遇"出人意料,使人不易猜到,同时又合情合理,反映生活的本质。如《三请周文增》很自然地表现了工人阶级助人为乐、大公无私、虚心学习等等优秀品质。柴国兴为了向周文增请教烧开滦煤的经验,不怕麻烦登门求教,不巧第一次没有碰上,第二次遇到一台擦得溜光的机车,其司机向老柴求教,使老柴忙了半天又耽误了自己的事,第三次才正式见面,原来正是第二次见到的向老柴求教的火车司机。这个"巧遇",使人不易设想,但却突出地反映了周文增的谦虚,也突出地表现了柴师傅热情助人的风格,很有教育意义。这"三请"的结构方式,是传统故事中常用的"三叠式"

艺术手法。

新故事为了更好地起教育作用，故事情节既单纯又曲折，二者能很好地结合起来，这是辩证的统一。

第三，生动、丰富的群众口语。新故事主要是语言艺术，虽然有时也运用表演作为辅助手段，但主要还是依靠语言作为塑造形象的材料。新故事的语言和书面文学不完全一样，不能用文绉绉的知识分子的语言。优秀的新故事的语言和劳动人民日常说话的语言一致，许多新故事就像劳动人民拉家常，读起来亲切动人，听起来生动悦耳。有的故事员在讲述时还适当应用当地的方言土语，使群众更感亲切，更易接受。

新故事的语言是明白清楚平易近人的，同时也是生动有力丰富多彩的，因为群众的口语是最生动丰富的。毛泽东曾强调过这一点，他在谈到写文章学习语言的问题时说："第一，要向人民群众学习语言。人民的语汇是很丰富的，生动活泼的，表现实际生活的。"①新故事往往吸取并提炼了群众口语中最生动、最有表现力的东西，常常通过鲜明的形象来说明问题。如《一只鸡》中老饲养员对损公肥私的阿彩娘说："阿彩娘，你自己想想过去是啥出身！吃糠咽菜，千补百衲。共产党来了，翻了身，日子好过了，苦处忘得干干净净，你良心放到哪里去了？"这位老贫农的话的分量是很重的，只用了八个字就对过去穷苦人的生活作了鲜明的描绘——"吃糠咽菜，千补百衲"，这不正是千千万万贫下中农在旧社会的生活写照吗？批评阿彩娘"良心放到哪里去了"，形象性更深一层，良心本是看不见的东西，阿彩娘也是贫农出身，却不知爱惜社会主义集体经济，把贫雇农的"良心"丢到一边去了，忘本了，这就把抽象的东西说得很形象了。又如《两个稻穗头》中用"蛋瓮"来形容会生蛋的鸡，据作者说即是从一个农民老大娘口中学来的。人民口语中的许多比喻都生动有力，在新故事中用得不少。此外，民间歌谣、歇后语、谚语、俗语等等也常被新故事利用，起到画龙点睛的作用，如"好竹出好笋，好种好收成""戏在人唱，地在人种"等等。有些新故事还在头尾加上韵文，扼要说明主题思想，起"定场诗"或总结全篇的作用。这是古代说书人惯用的形式。一些评话说书演员参加新故事的创作和演出，对提高新故事质量很有好处。

---

① 毛泽东：《反对党八股》，《毛泽东选集》第3卷，第838页。

目前,新故事正在不断发展,不断提高,特点也在不断变化。但只有在传统故事基础上产生的新故事,才是最受群众欢迎的,才会得以广泛流传。在流传中,它在艺术上将更加成熟,更有力地表现新的内容,为广大群众所喜闻乐见。

新故事的社会作用　社会主义新故事是适应社会主义经济基础需要的,对社会主义事业有一定推动作用。新故事是口头的"新闻通讯",流传迅捷,电视台、广播中的新故事传播更快、更广。许多先进经验、先进人物通过新故事传之广远。好故事给人印象深刻,先进人物说什么、想什么、做什么,大家记得住,便于学习先进经验和成功的榜样。故事员讲新故事,不但教育了群众,自己的思想境界也得到了提高。

新故事大大丰富了群众的文化生活,使社会主义新文化在偏僻的农村也生根发芽了。新故事活动还推动了其他文化活动的开展:因为民校开讲新故事,社员学文化、看书读报的兴趣大大提高了,关心时事的空气浓厚了;甚至某些科学普及工作通过新故事活动也有所发展;中小学生阅读与开讲新故事,可以大大提高作文水平和表达能力。这是行之有效的经验。

新故事活动对于文学创作的发展也有深远的影响。现在,一支既会劳动又会说故事、编故事的新的文艺大军正在形成,口头文学和书面文学的联系更密切了,这对于消灭体力劳动和脑力劳动的差别,对于作家文学和民间文学的合流,都有着不可忽视的意义。我国古代的话本说书等艺术和作家的结合曾经产生过《三国》《水浒》这样的优秀作品,当然可以预料,在新故事活动的基础上,故事员、说书艺人与人民作家共同努力,不断提高自己的艺术素养和思想境界,在集中群众智慧、发扬创新精神的奋斗中,可能会出现许许多多反映新的时代社会主义伟大事业的艺术巨作。

第八节　故事家与故事村

故事家有两种,一种是采录故事较多、较好的文人采录家,一种是讲述故事很多、很好的民间讲述能手,俗称"故事篓子"等等,此处即以此民间故事讲述家为主,兼及故事采录家。

民间故事讲述家是很多的,早在1930年代刘大白就出过一本《故事的坛子》,记录了一位民间故事家的作品。后来1950年代,孙剑冰记录了内蒙古的山东人秦地女的故事,编入《天牛郎配夫妻》一书中。萧崇素在四川西部彝族、藏族地区发现了不少故事家,尤以黑尔甲为杰出,见《青蛙骑手》《奴隶与龙女》等书。董均伦、江源在山东也发现了一些故事能手,参见《聊斋权子》二册。在这些书中,他们对故事家的讲述风格等情况都有记述。1980年代我国在借鉴了俄、日等国研究故事家的先进经验之后,自觉地注意故事家的发现,并且用立体描写的科学方法深入研究故事家,有许多新的成果,引起了国内外学者的重视。1986年《民间文学》上刊登的关于故事家描写研究的文章就赢得日本著名故事学大师关敬吾的赞许,认为不少成果已超过日本。他是针对中国故事学会专家们在两次专题会议上关于故事家调查的论文说的。立体描写研究的新方法成果卓著,受到重视。

我们把故事家作为艺术家来记录和研究,不仅尽量全部记录他们的故事,而且研究他们的生平与故事艺术讲述传承过程和生态环境,写出他们的传记,出版他们的专集,成果甚多。如民间故事采集家裴永镇1983年在上海文艺出版社出版的《朝鲜族民间故事讲述家金德顺故事集》内有故事73个,附另33个故事的提要,裴永镇还写了《金德顺和她所讲的故事》,介绍金德顺的生平:她生于1900年,当过童养媳,逃荒到不少地方,成为会讲二百多个故事的故事家,讲述生动感人,富有艺术感染力。1985年辽宁又出版了《故事王张功升》一书,对故事员创作与讲述新故事的过程作了具体记述。

在1984年启动《中国民间故事集成》的宏大工程后,各省在民间故事普查中特别注意故事家和故事村的发现,又有不少惊人的收获。湖北省发现了能讲五百多个故事的刘德培老人,他不但会讲传统故事,还会即兴编讲新笑话。卓有成就的采录家王作栋跟随刘德培调查多年,了解许多故事的创作、讲述过程,他所编的《新笑府》一书,收录刘德培的笑话200篇,又附录280篇的内容提要,还写了传记《刘德培印象》和《刘德培生平活动编年纪要》(上海文艺出版社,1989年)。

全国各地发现的故事家(由50个故事升级为100个故事才算故事家)在1990年代已达一百多人,出版了不少故事家的专集,如重庆的《魏显德故事集》(1991年),山东的《四老人故事集》(1986年),新疆的《艾沙术笑话集》(1985年),辽宁的《满族三老人故事集》(1984年)、《谭振山故事集》(1988年)等。许多故事家可以说几百个故事,重庆的魏显德兄弟甚至能说超过一千个。

在故事普查的过程中,发现了一些故事家集中的地方,这就是故事村,还有故事镇。最著名的是河北省藁城县北楼乡的耿村,这个村共一千一百五十多人,故事家就有93人,河北省民间文艺家协会和石家庄市文联派人进行了八次深入的调查,记录故事数千则,后编选了《耿村民间故事集》,全集收入故事1380篇(1990年),后来又记录了许多,印成总集四巨册。

耿村地处交通要道,明代以来,集市贸易、商旅来往甚多,其地是"小村大集",人来人往都爱讲故事,所以就成了故事集散之所。石家庄市文联主席袁学骏曾作过长期调查,著有《耿村民间文学论稿》,1989年由中国民间文艺出版社出版。耿村的故事家群体男女老少都有,各有自己的特色,有的是农村中的妇女、农民,有的走过码头,带回许多外地的故事。1991年,在耿村召开国际学术研讨会,有中国、日本、韩国、德国的六十多位学者参加,对此故事村进行了零距离考察,给予很高的评价。耿村还接待过美国"民间大使"故事代表团团员数十人,其中包括许多儿童故事讲述者和爱好者。

另一个著名的故事村是湖北丹江口市神农架武当山深山密林中的伍家沟村,人口八百九十多,其中会讲故事、唱民歌的共有85人。这里非常闭塞,保存了许多比较古朴的民间故事,因地近武当山道教圣地,也有不少道教故事。当地一位民间文艺家李征庸经多年深入调查、采录,编成了《伍家沟村民间故事集》二册(1989、1996年),收录故事四百多篇,集中介绍了八位优秀故事家(1989、1996年)。此处现已成为一个民间文学教学基地,北京大学中文系民间文学实习队多次到此调查。

重庆市巴县的走马镇是一个著名的故事村镇,二十多个村共有人口两万一千三百多人,从1987年到1995年当地文化馆站和西南师范大学(今西南大学)中文系的民间文艺家彭维金等人经过多次深入的民间文学调查,发现"故事篓子"三百多人,其中会讲100个故事以上的故事家三十多人,魏显德兄弟竟能讲超过1000个故事。此镇引起联合国教科文组织重视,1996年12月,专门组织人员前往走马镇进行考察。魏显德、魏显发兄弟所在的工农村故事最集中,此地靠近长江北岸,是重庆通往成都的交通要道,过往行人带来各地故事,在客栈(旅社)、茶馆、码头、集市中,人们在交往、休闲时,爱讲天南海北的故事,大人、小孩都学会了讲故事,有歌曰:

　　垛子山下一匹坡,坡脚是个故事窝,
　　大人细人都能讲故事,男人女人都能唱山歌。

由以上故事村可以看出,故事是"长腿"的,它需要不断交流、积累,在交通要道、商业繁盛之处,故事家更多。这种故事家集中的生态环境,值得我们深入探寻。

第四章
民间歌谣

第一节 民间歌谣的形式和体制

民歌与民谣 歌谣是人民口头创作的短篇韵文作品。可以唱的一般称为歌,只说不唱的叫谣。但歌和谣的概念在历史上是比较复杂的。上古以合乐与否来划分歌谣。《诗经·魏风·园有桃》:"心之忧矣,我歌且谣。"《毛传》注曰:"曲合乐曰歌,徒歌曰谣。"合乐就是有乐器伴奏,徒歌就是无伴奏的歌曲。原来民歌都是徒歌,后来才配上乐器伴奏,徒歌反被称作"谣"了。直到清代《古谣谚》的编者杜文澜仍用此说,在"凡例"中写道:"谣与歌相对,则有徒歌合乐之分,而歌字究系总名,凡单言之,则徒歌亦为歌。"他认为谣也是歌,是徒歌。宋代郭茂倩所编《乐府诗集》将乐歌和谣辞分为两类。乐歌是可唱的,"谣辞"集中在87—89三卷之内,在内容与形式上有显著特点。但《韩诗章句》有另外的说明,似较科学:"有章曲曰歌,无章曲曰谣。"① 这就是说:歌是唱的,有章曲(曲调)的,而谣无曲调是只说不唱的。看来民谣的这种特点从汉代开始即已逐渐被人们认识到。例如,《后汉书》中称谣为"风谣"(《羊续传》)、"谣言"(《蔡邕传》),《晋书》则称为"民谣",《南史》称为"百姓谣",《旧唐书目录》称为"谣辞"。谣可与谚并称"谣谚",都是只说不唱的顺口溜。"谣"具有什么特点呢? 可从内容和形式两方面看,特点很鲜明。

"谣"具有强烈的政治讽喻性质,在先秦时代即已被人们重视。《国

---

① 《初学记》卷一五引《韩诗章句》。

语·周语》:"风听胪言于市,辨妖祥于谣。"《后汉书·羊续传》记载了民间风谣对于察补时政的作用:"羊续为南阳太守,当入郡界,乃赢服间行,侍童子一人,观历县邑,采问风谣。"采问风谣成了了解政情的一种重要办法,说明当时采记风谣是先秦国风传统的直接发展和继续。从《古谣谚》中收入的大量古代民谣可以看出,它们虽然比较短小,但战斗性很强。例如汉末童谣:

　　直如弦,死道边。
　　曲如钩,反封侯。①

一针见血地揭露了当时政治黑暗的现实情况。正直的人,悲惨地死去,甚至死在路旁无人收尸;而曲意求荣、浑水摸鱼的坏蛋,反而得到优待和重用。这充分表现了人民对黑暗政治的不满,对比鲜明,义愤填膺。现代民谣一直继承这一传统,各种重大的社会矛盾和历史事件差不多在民谣中都有强烈的反映。讽刺军阀、国民党反动军队的民谣就非常多,例如:

　　中央军一到,只有三不要:
　　石磨,石滚,石槽。　　　　（苏北）

采用传统民谣冷嘲热讽的高度技巧,只用三言两语,就把反动军队到处抢掠祸害人民的丑态作了入木三分的深刻讽刺。

　　民谣反映重大政治题材,异常迅速。现代小快板、顺口溜、练子嘴以及中华人民共和国成立前矿工中流传的"怪话"皆属此类。儿童口齿伶俐,善于模仿,是民谣的传播媒介。成年人为了扩大影响常常编了童谣教孩子说,民谣很快风传开来,反动统治者对此毫无办法。在古代有时甚至把民谣看成"天籁"加以崇拜,在史书《五行传》中认为是天上的荧惑星(即火星)下凡,化为爱穿红衣的童儿,传播民谣。故民谣为"天意",可预卜时事。当然,对"伪造童谣"者残酷镇压的事也很多。

　　在形式上,民谣和谚语一样,都只说不唱,节奏鲜明有力,韵律自由,但都琅琅上口,好记好说。有人把唱的民歌当作民谣,或把某一种只唱不说的民歌(如刘三姐民歌)说成是"歌谣",都是一种基本概念的混乱,按现代科学性来严格要求,应属常识性错误。文化部"非遗"名录中的"刘三姐歌谣"

---

① 见《续汉书》所引汉顺帝末京都童谣。

的提法是不通的,因为它只有歌而无谣。

民歌与民谣不同,多抒发主观感情,通过悠扬的乐曲,来歌唱生活的痛苦和快乐,如各种民间颂歌、苦歌、情歌、劳动歌等等。不像民谣带有较大的客观描述性质,民歌抒情性强,有抑扬高下的优美旋律,常常运用衬字调剂节奏,而句法则一般比较整齐。这点和民谣也有一定差别。当然,这些差别只是相对的、大略的。所以歌与谣常常并称。但歌谣是一个总称,一般不能指称具体作品。在特殊情况下,有些歌可变为谣,有些谣也可以配上曲调。但为了充分认识民歌和民谣的特点,发挥它们的特长,在研究中对歌和谣加以科学的区分,仍然是必要的。

民歌和音乐有着密切的联系,古今都是如此。音乐部分叫曲调,文学部分叫词或辞,但一般人常常将民歌歌词的文字部分仍旧称为民歌。我国新诗中有一种"民歌体",似乎专指口语的七言诗。其实这样划分是很不科学的,因为民歌的体裁并不那样简单。各地民歌的曲调有很大差异,歌词结构也各不相同。南方山歌固然以七言四句为主,但北方小调就不尽是整齐的七言,而甘青花儿、内蒙古爬山调、陕北信天游等更不那么整齐了。[①] 现将我国民歌的几种主要体裁分别介绍如下:

山歌　这是我国南方各省对民歌的统称,流传于西南、中南、江南等广大地区。山歌的名称唐代就已产生,白居易《琵琶行》有"岂无山歌与村笛"之句,李益亦有诗曰"山歌闻竹枝",可见竹枝词也是山歌的一种。刘禹锡说湖南武陵峒溪的竹枝词演唱时"卒章激讦如吴声",和江南子夜歌等吴歌相似。明代冯梦龙收集了江南民歌二百多首,编为十卷,总名之曰《山歌》。卷一至卷六是四句头山歌208首,卷七至卷十则为长歌杂体,有的和弹词、散曲相近。冯梦龙所记山歌多七言,但常常杂有九言或十一言的,差不多首首都有衬字,无变化的整齐的七言山歌很少,例如《月上》:

约郎约到月上时,(那了)月上(子)山头弗见渠,
(咦弗知)奴处山低月上(得)早,(咦弗知)郎处山高月上(得)迟。

此山歌只有第一句是七言,其他三句都有衬字,括号中的衬字并不是可有可

[①] 关于民歌的体制和格律,参见北京大学出版社出版的《民间诗律》(段宝林、过伟编,1987年)、《中外民间诗律》(段宝林、过伟、刘琦主编,1991年)、《古今民间诗律》(段宝林、过伟、刘琦主编,1999年)等书,其中介绍了中国56个民族、汉族各大方言区及二十多个其他国家的数百种民歌体式。

无的,没有它就唱不起来,就不成其为山歌,这是值得注意的。江南还有一种"乱山歌",句子更长、更自由,最长的句子可以嵌上垛句达几十个字甚至一百多个字,吴歌长诗《五姑娘》等即是用"乱山歌"的形式编唱的。

　　山歌的内容随着历史的发展而变化。第二次国内革命战争时期,江西、湖南、安徽、福建等老根据地的红色歌谣大多是用山歌形式创作的,出现了许多优秀的作品。中华人民共和国成立以来,新山歌的创作也非常丰富,如上海山歌:

　　　　千年古树披红装,鸡窝飞出金凤凰,
　　　　革命打开万重锁,解放巧手几亿双。

有些地方山歌亦有五句一首的,如描写抗旱的四川民歌:

　　　　一人唱歌歌声小,一人车水水不多;
　　　　千万水车辘辘转,车来长江与黄河,
　　　　满山秧苗笑呵呵。

本来四句已经完结,再加上一句,把情感再加以强烈抒发,在山歌中是别具一格的。五句山歌在湖北、河南等地较多,称为"五句子"。湖北崇阳民间长诗《钟九闹漕》(又名《抗粮传》)即用五句子山歌来叙事,如描写清朝衙役的暴掠:

　　　　完粮凭他一句言,余外还要烟酒钱,
　　　　见十加一还嫌少,秤平斗满又要添,
　　　　天理良心放一边。

　　山歌有对唱、和唱的,但独唱者居多。对答性的山歌一般称为"盘歌"。盘,即盘问之意。南方各地,多有赛歌的风俗,互相盘古问今以决胜负。"歌仙"刘三姐与白鹤秀才赛歌的故事,生动地说明了山歌对唱的艺术魅力。相传刘三姐是唐中宗时人,与白鹤秀才(一说唐代诗人罗隐)登桂林七星岩对歌,七日七夜不分胜负,二人都变成了石头。盘歌对唱开始时先唱"歌头"(引歌)。"歌头"有长自己志气灭对方威风的,如:

　　　　你的山歌没有我的多,我的山歌牛毛多,
　　　　唱了三年三个月,还没有唱完一只牛耳朵。　　(湖南)

这是表示自己歌多。还有表示谦虚和羞涩的,如:

　　　　山歌好唱口难开,樱桃好吃树难栽,
　　　　白米饭好吃田难种,鲜鱼汤好吃网难扳。　　（苏南）

唱了歌头,再进行盘问。盘问内容有对花、对事、对历史人物等等,如果回答不出就算输了。常常两乡或两区各推出优秀歌手进行对歌,输了歌全乡人都不光彩;有时对胜负有所争执,甚至会动起武来。山歌对唱时,常常围得人山人海,盛况空前。

爬山歌　又称爬山调、山曲,流传于今内蒙古西部的汉族人民中。两句一首,每个乐句八拍,第二句的旋律常常和第一句相似,所以音乐单纯而精练。在具体配词歌唱时,曲调的高低、快慢、强弱、情绪等等根据词意作灵活的变化,可以巧妙地传达各种复杂细致的感情。歌词基本上以七字句为基础,多有变化,且句中有衬字、衬句。由于每首只有两句,为表达较多内容,常常把很多首联成一气。例如河套童养媳梁杏花用爬山歌歌唱自己痛苦的身世:

　　　　十岁上死了我亲生的娘,
　　　　好比七月天落了霜。

　　　　十三上童养在他家的家,
　　　　麻绳绳捆住马鞭鞭打。

　　　　麻绳绳捆住马鞭鞭打,
　　　　打死打活没人拉。

　　　　野鹊鹊飞在红柳林,
　　　　有人生养无人疼。……

内蒙古韩燕如是搜集爬山歌最有成就的一位,受曾亲自到他家乡调查民歌、方言的北大教授刘半农影响,从 1934 年开始不断深入群众以歌引歌,搜集到一万多首新旧爬山歌,已由人民文学出版社出版《爬山歌选》三集,后来又不断再版。

爬山歌在山西北部叫山曲。形式和爬山歌相同,内容则多反映山西人民的生活,如著名河曲民歌《走西口》就包括了很多首描述中华人民共和国成立前晋北人民无法生活被迫跑口外的痛苦生活的山曲。这首民歌是当地

人人会唱的:

> 提起咱们走西口(或"提起哥哥走西口"),
> 由不住泪蛋蛋往外流。

《走西口》民歌描写了人们在口外流浪的各种经历和饱受财主欺凌、无衣无食的悲惨遭遇。他们到处打零工、揽长工、扳船、背煤、掏甘草、放羊……受苦无穷:

> 前山后山去打短,少吃没穿有谁管。
>
> 一季子营生期工满,挣下工钱不够拿盘缠。

由于痛苦生活的折磨,走西口的人常常病死他乡,因此离家临别时就很难预料能否再见。《走西口》民歌是中华人民共和国成立前河曲人民的血泪史,是今天进行忆苦思甜教育的活教材。内蒙古的爬山歌也可能是走西口的山西、陕北人带过去的。

信天游 流传于陕北,又称"顺天游""山曲儿"。形式和爬山调相近,也是两句一首,在七言的基础上歌词较多变化,但衬字较少;曲调高亢自由,语言音乐性较强,多用叠音词和比兴手法,如:

> 青线线那个蓝线线蓝格英英的彩,
> 生下了一个蓝花花实实的爱死人。

一段中连用了五个叠音词。中华人民共和国成立前信天游多唱恋歌、苦歌。抗战期间陕北成为抗日中心,在共产党的领导下,陕北人民得到了翻身解放,信天游的内容发生了巨大的变化。在旧社会,人民唱道:

> 信天游,不断头,
> 断了头,穷人就没法解忧愁。

他们的劳动生活中离不开信天游。诗人李季对此颇有体会,他写道:

> 我将永远不会忘记,当我背着背包,悄然的跟在骑驴赶骡的脚户们的队列之后,傍着一眼望不到头的长城,行走在黄沙连天的运盐道上,拉开尖细拖长的声调,他们时高时低地唱着"信天游"那轻快明朗的调子,真会使你忘记了你是在走路,有时,它竟会使你觉得自己简直变成了一只飞鸟……另外,在那些晴朗的日子里,你隐身在一丛深绿的沙柳

背后,听着那些一边掏着野菜,一边唱着的农村妇女们的纵情歌唱;或者,你悄悄地站在农家小屋的窗口外边,听着那些盘坐在炕上,手中做着针线的妇女们的独唱,或对唱,这时,她们大多是用信天游的调子,哀怨缠绵地编唱对自己爱人的思念。只有在这时候,你才会知道,记载成文字的"信天游",它是已经失去了多少倍的光彩了。①

而新的信天游则具有全新的气势。李季说他听到歌唱革命的信天游时,被它们"气吞山河的气魄"感动得入迷了:

  这歌声把高山,把大地都震动了。②

下面即是他搜集的陕北三边的新信天游:

  一杆红旗半空中飘,领兵的元帅是朱毛。

  一人一马一杆枪,咱们红军势力壮。

  革命势力大无边,红旗一展天下都红遍。

这是激动人心的战歌。李季共搜集了三千多首信天游,他深入群众真正学到了信天游的真谛,这才可能成功地运用信天游的形式创作了著名的长诗《王贵与李香香》。当时他还只是绥德地区二十多岁的青年区乡干部。当时延安鲁迅艺术学院师生也搜集了许多信天游,分别编选在《陕甘宁老根据地民歌选》(吕骥等编)、《陕北民歌选》(何其芳等编)和《信天游选》(严辰编)等书中,1950年代在北京出版。

  花儿 又称"少年",流传于甘肃、青海、宁夏、新疆等西北高原的汉族、回族、东乡族、撒拉族、保安族和土族等会说汉语的少数民族地区。花儿是一种"野曲",不能在家中唱,据说因它多唱情歌之故。花儿有很多对歌,常常拦路问答。农民在田间干活时,人人会唱,花儿遍地都是,像漫山遍野的野花,所以"花儿"这名字不但言其优美,也言其广传。每年夏天,甘肃莲花山等地有花儿会,各地歌手打着伞一路唱上山去,常常日夜对唱,愈唱愈有劲,即兴创作的才能令人惊异。例如1957年乐都瞿县寺花儿会上产生了这样优美的花儿:

---

① 李季:《我是怎样学习民歌的》,《文艺报》第1卷第6期,第8页。
② 同上。

>麦浪翻滚六月天,向日葵栽满地边,
>今年的麦子大丰产,社员们笑容满面。①

　　花儿一般每首四句,但曲调只有两句,三四句重复一二句的曲调。花儿曲调高亢粗犷而又悠扬优美,句式多种多样,有八言,有七言,还有九至十一言的,一、三句字数一样,二、四句字数一样,但一、二句字数不一定一样,如:

>尕妹妹学下文化了,笔尖儿会说话了。

这是八言加七言。花儿常常是单字尾与双字尾穿插安排,句式活泼多变。花儿的曲调很多,常以地方命名,如撒拉令、保安令、河州令、土族令、东峡令、互助令等等;也有以句中的衬词命名者,如"白牡丹令""大眼睛令"等等。"令"就是曲的意思,与词的"小令"的意思相似。

　　花儿的比兴手法是很突出的,常常是前两句比兴,后两句抒情。这种结构也与古代的词相类似。花儿常以自然景物或历史人物起兴、作比,有浓烈的地方色彩,如:

>武山的大米兰州的瓜,疼不过老子爱不过妈,
>亲不过咱们的共产党,好不过人民当了家。②

以历史人物起兴的如:

>武家坡挑菜的王三姐,鸿雁儿捎书信哩,
>前半夜想你没瞌睡,后半夜我哭的哩。③

　　这种粗犷的情歌是别具一格的。花儿不仅善于表现一般生活内容,而且还能迅速地反映社会的巨大变化。如合作化初期一首出色的新花儿反映了社会主义的优越性:

>八棱子碌碡满场转,尕马拉出个汗哩!
>合作化的好处你来看,红麦子赛鸡蛋哩!　　(甘肃)

　　总之,花儿的艺术表现力是很强的,它的地方色彩和民族风味很浓,是我国民歌花圃中的一个重要品种。

---

① 季成家等搜集整理:《青海山歌》,第17页,甘肃人民出版社,1958年。
② 见《甘肃歌谣》,人民文学出版社,1960年。
③ 见纪叶编:《青海民歌选》,人民文学出版社,1954年;作家出版社,1958年。

民间小调　　南北各省的民歌除山歌、爬山歌、信天游、花儿外,还有各种小调,如"绣荷包""小放牛""四季歌""秧歌调"等都是流传很广的。各地还有自己家乡的小调,如山东的"沂蒙山小调",甘肃的"刮地风",安徽的"凤阳花鼓",江苏的"茉莉花""泗州调""孟姜女"等等。

民间小调曲式比较自由多样,有点像词或曲,句式灵活多变但仍以五、七言为主,且多有衬字,如《绣荷包》:

> 初一到十五,十五(的)月儿高,
> (那)春风摆动(杨呀)杨柳梢……　（山西）

这是五七言间杂,和山歌是不一样的。

民间小调不少是古代流传下来的。明清时代民间小曲即已在中原各地盛行。明沈德符《顾曲杂言》:"元人小令行于燕赵,后浸淫日盛,自宣正至成弘后,中原又行'锁南枝''傍妆台''山坡羊'之属……以后又有'耍孩儿''驻云飞''醉太平'之曲……嘉、隆间乃兴'闹五更''寄生草''罗江怨'……'桐城歌''银绞丝'之属,自两淮以至江南,渐与词曲相远……比年以来又有'打枣竿''挂枝儿'二曲,其腔调约略相似,则不问南北,不问男女,不问老幼良贱,人人习之,亦人人喜听之,以至刊布成帙,举世传诵,沁人心腑,其谱不知从何来,真可骇叹。"其优美动人,流传广泛,令人惊异。又乾隆年间李斗《扬州画舫录》记载当时扬州小曲盛行,内有"满江红""马头调""劈破玉"等曲。这些古曲在现代南方民歌和各地的民间说唱(如单弦、弹词)、地方戏中都有保存。

民间小调南北方都有多种,其中有劳动歌、苦歌,还有情歌、嘲歌等等,内容丰富复杂,风格各异,不能一一列举。①

少数民族民歌　　各民族都有自己独特风格的民歌。如蒙古草原长调民歌悠扬宽广,一唱三叹;维吾尔民歌热情奔放,像哈密瓜一般香甜迷人;藏族民歌婉转动人,有一定的格式。"谐"流传于西藏农业区,是整齐的六言四句体,如一首最流行的"仓央嘉措情歌"(第一首):

> 在那东方山顶,升起皎洁月亮,
> 年青姑娘的面容,浮现在我心上。

---

① 　各省的《民间歌曲集成》《民间歌谣集成》中都收录了许多小调民歌,可参阅。

原文每句均六个音节。"谐"的同一首歌,有时有两种唱法,伴舞唱的叫"觉谐",节奏较快;而清唱的则叫"江谐",旋律性较强。"拉夜"体民歌流传于甘青康藏等地的广大牧区,一般每首三段,句法自由。第一、二段是比喻,第三段才是本意。1950 年代流传的这首优秀的拉夜是有代表性的:

  金瓶似的小山呀,山上虽然没有寺,
  美丽的景色已够我留恋。

  镜面似的西海呀,水中虽然没有龙,
  碧绿的湖水已够我喜欢。

  北京城里的毛主席,虽然没有见到你,
  你给我的幸福却永在我身边。

三段反复咏叹,比喻恰切,和谐生动,富有浓烈的抒情意味。

  西南苗、壮、侗、彝、白、纳西等少数民族民歌多为整齐的五、七言,多押韵或押调,也有的不押韵。而傣族、瑶族以及四川彝族等民歌则多为自由体。

  至于少数民族民歌的押韵方式,各民族因语言不同而有多种体式。一般押尾韵,但也有押头韵的如蒙古族民歌(因蒙语重音在第一音节),有押腰韵的,如侗歌七言在第四音节押韵,还有押"首尾连环韵"的,如壮族民歌中的"欢"体民歌:

  只有黄尾鸟,早晚站木梢,
  春天不筑巢,到冬怎么过。……

第一句句尾和第二句句头押连环韵,第三、四句之间也是如此。壮族勒脚歌多押腰脚韵,第一句句尾同第二句的第四音节押韵,七言四句三段式,有严格的诗律。许多民歌是同时押头韵、尾韵或腰韵的。

  此外,各民族还有几百种民歌形式,无法详细列举。总之,我国民歌的体裁是多种多样的,一般人以为"民歌体"专指七言四句的形式,这是一种误解,把民歌体裁简单化了。① 我们需要对民歌的形式深入调查研究,学习

---

  ① 参见段宝林:《论民间歌谣的体式与诗律》,《民间文学论坛》1987 年第 2 期;又见《民间诗律》一书。

民间歌谣的多种形式,促进新诗创作的百花齐放。可以学山歌体,也可以学信天游体、花儿体、拉夜体,当然,也可以学傣族民歌的自由体等等,重要的绝不是模仿民歌的形式,而要巧妙灵活地运用民歌的艺术形式创造新体,来反映今天的生活,有继承又有创新,有学习又有提高,在民歌的基础上,才能创造出各种各样人民喜闻乐见的新诗来。

第二节　民间歌谣的思想内容

民间歌谣是异常浩瀚的人民口头韵文创作,它品种极多,非常全面而深刻地反映了劳动人民生产斗争和社会斗争以及日常生活的情况,生动而具体地表现了人民群众的思想与愿望。它与时俱进,随着生活的发展而迅速发展,是流传在人民口头的重要社会历史资料,也是人民的心声、社会的明镜,弥足珍贵。但是,对民歌的学习并不容易,要真正理解一首民歌,需要"整套地学"。怎样"整套地学"呢?学习民歌卓有成就的诗人李季《我是怎样学习民歌的》一文中有一段重要的话:

> 对民歌的学习,要整套地学。要从民歌产生的年代和社会环境、当时人们的思想感情,要从当地的风俗习惯、语言特点,甚至当地的历史事故等,都要加以全盘的研究,这样你才能算得上真正的了解了一首民歌。……没有对民歌的全面研究,你将永远不会了解民歌的。

现将古代歌谣、现代传统歌谣、现代革命歌谣、新民歌等主要内容分别加以介绍。

古代歌谣　我国古代歌谣异常丰富,远在两三千年前即已产生许多优秀作品。古代歌谣多保存在《诗经》《乐府诗集》《古谣谚》等等总集中。有生动活泼的劳动歌,如《诗经》中的《芣苢》,生动地描述了采野菜的种种动作。《吴越春秋》所载《弹歌》虽只有二言四句,却描述了"断竹,续竹;飞土,逐肉"这一制弓打猎的过程,可能是原始社会渔猎生活的反映,为最古的歌谣之一。在1980年代民歌普查中,苏州市张家港地区曾发现《弹歌》的遗存,已收入《中国歌谣集成》之中。

古代诉苦歌谣是流传未断的。如《诗经》中的《七月》就很像后代的长工歌,具体描述了奴隶一年中的劳动生活。《黄鸟》《伐檀》《硕鼠》等等所表现的人民对阶级剥削和压迫的悲愤和控诉是很强烈的。"不稼不穑,胡取禾三百亿兮?"这种责问是多么深刻。宋代民歌《月子弯弯照几州》鲜明地表现了南宋初年民间离乱之苦以及"几家欢乐几家愁"的不平。明代《富春谣》不仅揭露了"鱼肥卖我子,茶香破我家"的尖锐的阶级矛盾,而且还指出这是"官府拷掠无完肤"的结果。

　　古代民歌中最有意义的是反映当时农民起义的歌谣。汉代《东方为王匡、廉丹语》一首将赤眉起义军和官兵太师王匡、更始将军廉丹作了对比:

　　　　宁逢赤眉,不逢太师,太师尚可,更始杀我。①

在人民心目中,赤眉起义军比官兵要好得多,而更始皇帝则更坏,使人民没有活路。可见一般人民的政治态度。隋末《大业长白山谣》战斗性更强,它是山东王薄农民起义军所唱的战歌:

　　　　长白山头知世郎,纯着红罗绵背裆,
　　　　横稍侵天半,轮刀耀日光。
　　　　上山吃獐鹿,下山吃牛羊,
　　　　忽闻官军至,提刀向前荡。
　　　　譬如辽东死,斩头何所伤。②

据《资治通鉴·隋纪》:"邹平民王薄,拥众据长白山……自称知世郎。"此歌是义军的自画像,充满豪迈的英雄气概。他们的形象多么威武,穿着红罗绵背裆,高举长矛,挥舞大刀,纵马飞驰,刀光剑影在日光下闪耀。他们勇敢地和官兵战斗,毫不把敌人放在眼里;其英勇无畏的气概,真足以感天地泣鬼神。为什么如此勇敢不怕死呢?因为被征兵征辽东也是死,不如去和官军拼了。从来都是"官逼民反",此谣亦表现了这一情景。

　　宋代农民起义的歌谣"风高放火,月黑杀人,无粮同饿,得肉均分"③,反映了义军阶级友爱和战斗的情景。他们被迫起义,对万恶的官僚军阀地主豪强决不留情。元末一首江苏松江歌谣反映了红巾军的巨大声势:

　　　　满城都是火,官府四散躲,

---

① 原载《汉书》。
② 据《郭氏六语》。
③ 《京本通俗小说·冯玉梅团圆》。

> 城里无一人,红军府上坐。①

官府见了义军四散躲藏,城中一个也找不到了,多么狼狈。明末北方童谣:

> 吃他娘,穿他娘,开了大门迎闯王,
> 闯王来时不纳粮。②

充分表现了人民群众对李闯王起义军的欢迎盛况。"迎闯王,不纳粮"实际上是起义的纲领,作为鲜明的政治口号深入人心,大大帮助了起义军的发展。此外,《古今拾遗》卷四引《广东新语》中一首瑶族民歌,是记载明万历年间两广瑶族人民起义军战斗情况的:

> 官有万兵,我有万山;
> 兵来我去,兵去我还。

这种宝贵的游击战术是人民群众的斗争创造,通过起义歌谣的形式保存下来了。"官有万兵,我有万山",开展山地游击战,坚持斗争,其针锋相对、不屈不挠的战斗精神是非常可贵的,表现了人民对斗争的必胜信念。近代历次农民起义中,都流传着许多歌谣,反映了人民的革命斗争。如"杀了元鼋蛋,我们好吃饭"是义和团战士们反抗卖国贼袁世凯的歌谣。河北的一首义和团歌谣,充分表现了中国人民面对凶恶的敌人,绝不屈服的反帝反封建的决心:

> 还我江山还我权,刀山火海爷敢钻,
> 那怕皇上服了外,不杀洋人誓不完。③

这些起义歌谣义正词严、生动感人,具有极高的历史价值和艺术价值,是我国文学史上光辉灿烂的明珠,是人民斗争的火焰在文学上闪烁出的耀眼的火花;只有战斗中的人民才能创造出来,一般文人绝对写不出来,这是用血与火书写的文学,直接推动了历史的前进。这些起义歌谣构成了我国民间文学优秀的战斗传统,它填补了文学史上的重要空白,是值得大书特书的。

此外,古代歌谣中还有大量优美的情歌,如《诗经·国风》中的《静女》

---

① 原载陶宗仪:《辍耕录》。
② 计六奇:《明季北略》。
③ 《中国歌谣资料》卷一,作家出版社,1959年。

《汉广》《蒹葭》《木瓜》《狡童》等等都是清新可喜、朴素健康的恋歌，生动地表现了青年男女的纯真感情。一些情歌多少反映了当时的社会情况，具有一定进步意义和认识价值。南北朝乐府中的《折杨柳枝歌》《子夜歌》《读曲歌》《西洲曲》等等都是优美动人的情歌。明清民歌中亦有不少出色的情歌，如《泥人》《月上》《高高山上一树槐》等等。古代儿歌、童谣亦颇丰富，清代杜文澜编的《古谣谚》和当代赵景深、车锡伦编的《古代儿歌资料》中记载很多。明代的《张打铁、李打铁》，清代的《有个大姐年十七》《小白菜》《金轱辘棒》等等至今仍在民间流传，具有悠久的艺术生命。

现代传统歌谣　主要指半封建半殖民地社会中经长期流传保存在人民口头的现代歌谣，内容异常丰富，按题材可分为劳动歌、诉苦歌、讽刺歌（嘲歌）、情歌、仪式歌、儿歌童谣等等。现分别论述如下。

第一，劳动歌。劳动人民在劳动中是少不了唱歌的，但劳动中所唱的歌不一定全是劳动歌。劳动歌主要指以劳动生活为题材的作品，如秧歌、田歌、车水歌、船歌、樵歌、采茶歌、渔歌、赶马调、牧歌、猎歌、夯歌（么号子等）以及其他劳动号子等等。

劳动歌表现了劳动人民对于自己所从事的劳动事业的热爱，虽然他们往往是在皮鞭下劳动，但劳动本身还是可爱的。如蒙古牧歌：

蓝蓝的天空飘着（那）白云，白云的下边盖着雪白的羊群。

羊群好像斑斑的白银，撒在草原上多么爱煞人。

这里用诗的语言歌唱了牧区可爱的景色，是对劳动环境和劳动对象的歌颂。爱草原、爱羊群、爱蓝天、爱白云，实际上也就是爱自己的劳动。又如江苏兴化的一首车水歌：

上了龙车我开声，得罪众位老先生，
上车好比龙戏水，下车好比虎翻身。
龙车好比斗马台，不是英雄不上来，
宁教少年短命死，莫教老来不如人。

这是1933年搜集的一首劳动歌，它表现了旧社会农民在劳动中的英雄气概。劳动人民是世界的创造者，劳动创造一切。他们虽然在旧社会还不能完全自觉地认识到这个真理，但却是体验到了劳动的乐趣的。"上车好比龙戏水，下车好比虎翻身",这是多么雄壮的气概啊！在劳动中他们歌唱协作：

> 你也勤来我也勤,二人同心土变金,
> 你要行船我发水,你要下雨我铺云。 （江苏）

很多劳动歌反映了劳动人民被压迫的痛苦生活,如湖北夯歌号子：

> 嘿呀嗬,嘿呀嗬,日出呀,东南呀,满天霞呀,
> 嘿呀嗬,嘿呀嗬,穷人那个么眼中似针扎呀,
> 嘿呀嗬,嘿呀嗬,太阳晒滚血哦,火烧心头要爆炸嗬。

他们在烈日下,饿着肚子干活,肚里饿得发烧,这种痛苦不是一般的劳动的苦,而是剥削、压迫的苦。对于不劳而获巧取豪夺的地主老财,农民通过民歌巧妙地进行咒骂：

> 五六月里闲人少,那有黄狗路上摇,
> 不是我黄秧缠在手,拉住你尾巴甩过桥。

第二,诉苦歌谣。这是现代传统歌谣中社会内容最丰富的一类。它全面地、集中地表现了劳动人民在残酷的阶级压迫下的悲惨生活,具体地、有力地表现了劳动人民对剥削压迫的不平和抗议。这些在书面史料中是极少见的。以下按其内容将农民苦歌、工人苦歌和妇女儿童苦歌的特点分别作一扼要的介绍。

农民苦歌包括佃农、雇农、自耕农等的诉苦歌,集中反映了农民所受的各种剥削,如这首苏北民歌：

> 穷人头上三把刀：
> 租子重,利钱高,
> 苛捐杂税多如毛。
> 穷人眼前三条路：
> 逃荒、上吊、坐监牢。

把农民所受的地租、高利贷和反动政府的各种捐税差役等剥削和民不聊生的困境作了极简练、生动的描述。这些情况是旧社会普遍存在的,很典型的。当时的农民正是:"数数稻穗千千万,丢下镰刀就讨饭。"因为"一石租子交的八斗三""借一斗来还斗半,八斗九年三十石",农民看到："地主算盘

响,佃户眼泪淌。"有的苦歌表现了农民初步的阶级觉醒,认识到地主剥削的罪恶并进行了有力的揭露：

>地主的斗张着口,穷人血汗往里流,
>阎家凶恶如狼虎,吃尽了穷人不吐骨。　　(山西)

长工歌谣所表现的社会矛盾更加尖锐。长工们是农村的无产阶级,他们为地主干活受尽欺凌。"受的是牛马苦,吃的是猪狗饭"(陕北),这首民歌集中反映了长工的生活情况。长工歌常用"十二月歌"的形式,一个月一个月地唱一年中农民的苦,最后唱到十二月,他们一年苦到头,收入却非常微薄可怜,常常是苦一辈子孤凄地死去,连婚姻也无法解决。正如这首内蒙古爬山歌所唱：

>当了一辈子长工两手空,临死落了个断了根。

长工歌常常用四季歌、十二月歌的形式,分春夏秋冬四季来唱,或分十二段一个月一个月地唱。最后有时会流露出长工强烈的不满和反抗情绪：

>腊月长工腊月中,喊一声老板娘子不要凶,
>走你大门一把锁,走你后门一把火,
>再过三天来望望,要你跟我长工一般穷。　　(江苏)

腊月就是十二月,长工忍受不了,有的发誓不再做下去,有的像这首歌唱的一样,要进行报复。当然,不一定真的去放火,不过是发泄自己的怒气而已。

工人苦歌和长工歌的反抗情绪是一致的。"要吃煤窑饭,拿那命来换",就是来自农村的矿工们所创作的。他们在帝国主义、封建把头和资产阶级的三重压迫下,生活的痛苦是难以想象的。

>到了千金寨,衣帽都得卖,
>新的换旧的,旧的换麻袋。

千金寨是过去抚顺煤矿的名字。当时的矿井简直是一个人间地狱,许多苦歌全面而具体地描述了这些惨不忍睹的情形。在矿井里"瓦斯熏来臭水泡,要命一着是塌窑"。井下安全通风设备极差,矿井又低又矮,矿工用镐头刨煤,用背篓背煤,直不起身来只能爬着走,正是"吃阳间的饭,干阴间的活,四块石头夹着一块肉,不死也够受"(门头沟矿)。矿工劳动是"脑袋掖

在裤带上",生命毫无保障。这首北京西郊门头沟民谣对矿工的劳动情况作了细致的描写:

> 镐头尖来镐头圆,手把镐把泪涟涟。
> 镐头问我哭的啥?黄连苦味在心间。
> 四壁乌黑难吐气,满嘴泥浆血未干,
> 左爬右跪煤上滚,血汗齐流在胸前。
> 背筐拉斗千斤重,一步一步向阴间。
> 地狱宽宽路更长,何时爬到鬼门关?
> ……

中华人民共和国成立前的矿井,真像地狱一样。"吃的阳间饭,干的阴间活,今天还活着,明天不敢说"(抚顺),就是对这种劳动情况的概括描述,矿工们在黑暗中受苦的惨状是今天难以想象的。有些民歌流露了一些低沉的调子,这是矿工在有组织的斗争之前的情况,只有共产党给工人指出了解放的光明大道,使矿工组织起来进行斗争。

矿井下面像阴间地狱一般,井上的生活如何呢?"墩死成了大肉馅儿,上来吃口混合面儿。"这阳间的饭就是口混合面儿,混合面就是用麸皮、橡子、黑豆以及其他代食品混合而成的面,很难吃而少营养。矿工的生活情况在下面这首门头沟民谣中有具体描写:

> 穿的破麻袋,吃的豆饼块,
> 头凉盖蓑衣,脚冷灶灰埋。
> 枕着大砖头,铺的破席头,
> 死了拉到山里头,狗来啃骨头。

工人被折磨得体弱多病,常常还没有咽气就被拉出去喂狗:

> 工房里面病人多,一领席子卷一个,
> 不管咽气不咽气,连死带活一起拖。　　(辽宁朝阳)

这些惨状是触目惊心的。把头为了吃空名额,反而希望矿工多死。真正能从矿井活着出来的人寥寥无几。旧社会工人的人权如何,于此可见一斑。

矿工苦歌一针见血地揭露了阶级社会重重压迫的残酷:

> 矿长吃人肉,把头喝人血,

> 爪牙啃骨头,工人把命丢。　（北京门头沟）

工人对于吃他们肉喝他们血的剥削者、压迫者有着不共戴天的仇恨,在反动政权压迫之下,用磨洋工、罢工等各种形式进行反抗。在反抗斗争中充分显示了工人阶级彻底的革命性:

> 身上的衣裳,肚里的干粮,
> 坐下一块,倒下一铺,
> 站起来就走,黑爷爷不干了。

在其他行业的工人中也有不少苦歌流传。他们和矿工的悲惨命运是完全一样的。

> 肚里饿,肩上沉,累得死去又还魂,
> 一天工资二三分。

这是中华人民共和国成立前铁路工人的情形。"累得死去又还魂",对饿着肚子干活的情形作了极生动的传神描写。

纺织女工和童工(包括包身工)所受的人身污辱和压迫,在《恨抄身》中得到了深刻的反映:

> 春季里来暖烘烘,挤挤轧轧栏杆中,
> 六点等起头,等到抄到已敲七点钟。
> 夏季里来赛蒸笼,伸手摸我头当中,
> 怪我头发生的多,还要多摸几分钟。　（江苏南通）

抄身制度是帝国主义资本家蔑视工人人权,对中国工人的人格污辱。当时中国工人工时之长、工资之低、工作条件之坏都是世界上少有的,女工们被折磨得不像人样:

> 姑娘进厂像朵花,姑娘出厂像鬼样。　（上海）

工人苦歌是对于帝国主义、封建势力和资本主义压迫制度的控诉书,是进行历史教育的良好教材。

妇女,特别是劳动妇女,在封建家长制的压迫下过着奴隶般的生活,她们整天劳累不得温饱,还要挨打受骂饱受精神折磨,用泪水编成了许多动人的苦歌:

> 叫鸡公,尾巴长,做人媳妇真正难,
> 早早起来要问安,走进厨房泪没干,
> 厨房有冬瓜,问公婆煮还是蒸?
> 公公说要煮,婆婆说要蒸,
> 蒸蒸煮煮不中公婆意,拍起桌椅骂几声,
> 三朝打断两根夹木棍,四朝打烂九条裙。　　（湖南衡山）

这首妇女苦歌是有普遍代表性的,在广东、陕西、北京等地都有类似的异文。妇女们常常是非常勤劳聪明的,但劳动果实自己不能享受:

> 我家媳妇会擀面,拿起擀面杖一大片,
> 拿起刀,赛如线,搁在锅里团团转,盛在碗里莲花瓣。
> 公一碗,婆一碗,两个小姑儿两半碗,案板底下藏一碗。
> 猫儿过来舐舐碗,狗儿过来砸了碗,耗子过来锯上碗,
> 吓得媳妇直瞪眼。
> 媳妇媳妇儿在那儿睡?在炉坑睡。
> 铺什么?铺羊皮。盖什么?盖狗皮。枕什么?枕棒槌。
> 公公拿着一摞砖,婆婆拿着一杆鞭,打得媳妇儿一溜烟。

她们的生活更是牛马不如的:

> 白昼担水过百担,黑夜磨面二更半,
> 只换牛,不换我,热身子冷炕睡不着,
> 才睡着,忽听公婆又骂我。　　（陕西）

妇女在旧社会不被当作人看待,她们的婚姻由别人包办,常常被当成货物卖来卖去:

> 爸妈的心最狠,将我换来一斗酒,
> 再美的酒总有喝完的时候,
> 却叫我受一辈子苦。　（昌都、巴塘藏族）

婚姻由父母包办,这不完全是因为父母心狠,而是封建制度使然。在汉族虽然没有用女儿换酒的,但却多变相的买卖婚姻,为了财礼、权势,常常让女儿嫁给老汉、浪子、赌徒等等,使她受害终生。她们在婚前"不知丈夫是好丑,不知跛脚是眼瞎"。有些地区盛行早婚,造成妇女的痛苦:

> 廿岁大姐十岁郎，夜夜困觉抱上床，
> 说他夫来年太小，说他儿来不喊娘，
> 等到郎大姐已老，等到花开叶已黄。　（浙江余姚）

一旦死了丈夫，生活就更难过了：

> 年青寡妇命里苦，无儿无女是绝户，
> 红事没有她的份，白事不让她到屋。　（安徽）

这种精神上的折磨在鲁迅小说《祝福》中有动人的描绘，寡妇到处受人歧视抬不起头。

妇女苦歌对封建婚姻表现了极大的不满，这种不满常常通过对媒人的咒骂表现出来：

> 路又远，水又深，跳起脚来骂媒人，
> 媒人的肉水漂漂，媒人的骨头当柴烧，
> 媒人的脑壳做粪瓢，媒人的牙齿钉棺材，
> 媒人的舌头做令牌，媒人的肠子做裤腰带。　（湖北黄陂）

当然，媒人只是封建包办婚姻的中间人，对媒人的咒骂应看作是对残酷的封建婚姻制度的咒骂。

此外，妇女苦歌中还有控诉拉壮丁、乌拉差役等迫使家破人亡的。如蒙古族民歌《茹丽斯得玛》①，通过久别的新婚夫妻一次巧遇时的问答，控诉了军阀混战造成妻离子散的惨剧：新夫被反动政府从婚礼中抓走，几年后沦为乞丐逃亡回来。

有些苦歌唱"小脚一双，眼泪一缸"，是描述封建时代妇女裹小脚的惨状的。"眼泪一缸"是一点不假的，往往女孩子在五六岁就要缠上裹脚布裹小脚，把脚骨折断，走起路来痛苦不堪，还美其名曰"三寸金莲"。这是当时一般妇女都要遭受的野蛮折磨。

妇女苦歌打下了深深的时代烙印，是进行今昔对比的好教材。如今妇女在共产党的领导下翻身解放了，走出了人间地狱，真正成了中华人民共和国的公民，得到了平等的权利。恩格斯说：社会的文明程度，可以用妇女解

---

① 见阜新蒙族自治县文化馆编：《乌银姗丹》，春风文艺出版社，1963年。

放的程度作为标志。妇女苦歌的社会意义是不容忽视的。

除以上工人、农民和妇女苦歌外,还有表现旧社会劳苦大众的衣食住行和所受压迫的一些苦歌,如"穷人饿得肠打结""穿的好比旧渔网",他们的屋子"三间房子没柱梁",一无所有:

> 高山即使变成酥油,也是贵族们享受,
> 大河就是流着奶子,我们也喝不上一口。　（西藏）

这不只是西藏农奴制压迫下人民的命运,而且也是早期野蛮资本主义压迫下赤贫的工人和封建剥削下的长工等贫苦农民的共同命运。"断头粮,生死债,妻子儿女都得卖。"(贵州)穷人在旧社会真是:

> 活不起,养不起,病不起,死不起。　（山东）

对于奴隶说来,什么都是奴隶主的,"惟有歌声才是自己的"。旧社会人民的痛苦生活在今天是难以想象的,在世界上也是少有的。这些苦歌,是广大劳动人民世世代代用血泪凝成的宝贵史料,对认识旧社会有很高的文献价值,值得我们珍视。这首彝族民歌说得好:

> 忘记了昨天的歌,编不起今天的歌,
> 记住往年的苦难,创造今天的幸福生活。

第三,讽刺歌谣。传统讽刺歌谣在民谣中较多。政治讽刺歌谣的矛头主要针对压迫人民的帝国主义、反动军阀和官僚政府。差不多所有重大事件在民谣中都有深刻、尖锐而又迅速的反映。这是时事、历史歌谣。

清朝同治八年(1869)出版的《粤氛纪事》中记载了一首鸦片战争时人民讽刺清朝政府琦善投降卖国的民谣:"百姓怕官,官怕洋鬼。"后来三元里人民抗英起义,这首民谣又加上了一句"洋鬼怕百姓",成了一首"连环歌谣",首尾连环,"百姓怕——官怕——洋鬼怕——百姓怕……"非常有趣而又巧趣、深刻。

义和团起义前,在河北农村中就普遍流传着帝国主义传教士用金钱收买教徒的民谣:

> 为什么我奉的教？为了三块北洋造。
> 天主我登主,鸡飞了,鸡飞了。

"北洋造"就是银圆,后三句是天主教经文的开头两句,"吃教"的农民听起来就像"鸡飞了",用以讽刺这种引诱人信奉天主教的名堂。有的民谣还加上这样的句子:"为什么在教?为了五块北洋造。三块买小米,两块买山药,吃完了再和神甫要,神甫不给咱就反教。"江苏泰县有讽刺教堂的民谣:

> 到耶稣堂,家破人亡,
> 先卖橱柜,后卖大床。

一针见血地揭示了帝国主义利用宗教进行掠夺侵略的强盗本质。英法联军野蛮地抢掠北京、火烧圆明园的事实中国人永远不会忘记。

当中外反动派污蔑太平军(长毛)杀人放火时,民间流传开这样的民谣:

> 长毛杀人千千万,不抢穷人一颗粮。①

有力地揭破了敌人的谣言,说明了事实真相。"不抢穷人一颗粮",正是人民对太平军阶级本质的认识;太平军杀的不是穷人而是封建官僚、地方恶霸,也就清楚得很了。

讽刺军阀和反动军队的民谣很多,如"中央军三不要"道出了他们到处抢劫勒索的罪行;有的民谣更通过简练的语言揭破了他们伪善的假面具:

> 军队不要钱——嫌少,不拉伕——嫌老,
> 不住民房——嫌小,不怕死——先跑。　　(江苏)

这首民谣见于1933年出版的《江苏民歌集》,在解放战争时期加上了"中央军,说得好!"的前言,更切合当时的情况了。②

四川歌谣《军阀梳子梳》修改古代传统讽刺民谣讽刺了国民党的整个官僚体系:

> 军阀梳子梳,豪绅篦子篦,
> 甲长排头刀子剃,收款委员来剥皮。　　(四川)

这种层层剥削实在是把几千年的罪恶集于一身的国民党统治的重要特点。"这年头,真要命,肥了国民党,瘦了老百姓",就是必然的结果了。本来在

---

① 见《光明日报》1959年12月19日。
② 见白得易编:《苏北民谣》,上海文化出版社,1955年。

抗日战争中沦陷区人民是盼望中央军打回来的,但抗战胜利后国民党的"劫收",把"敌产"甚至某些民产都抢入官僚个人腰包,这种贪污腐败使广大人民认清了他们的真面目,说:"想中央,盼中央,中央来了一扫光(或"中央来了更遭殃")。"对于国民党伪选"总统"的反民主本质,民谣讽刺道:

  讲民主,讲民主,官儿像猫民像鼠。

"民主了,民主了,爹爹替你作主了!有饭先让老总吃,百姓暂请吃稻草。"反动政权就是吃人肉喝人血的野兽,当时乱抓壮丁、"民国万税"苛捐杂税极多,通货膨胀物价飞涨,"上午能买一石米,下午只买一石灰",弄得民不聊生,困苦不堪,掠夺者们却大谈"民主""人权",他们的所谓"民主选举"完全是骗人的鬼把戏,他们自封"爹爹",处处"为民作主",归根结底是为了骑在人民头上更凶狠地压迫人民。请看:

  养了儿子是老蒋的,喂了猪牛是队长的,
  有乖婆娘是乡长的,积了钱是保长的。　　(湖南辰溪)

讽刺歌谣中还有讽刺坏财主的,对于刻薄财主,人民用夸张手法进行嘲笑:

  大户人家吃顿饭,
  前门关,后门关,
  只有窗户不曾关,
  苍蝇衔去一颗米,一直赶到太阳山,
  不是桥神菩萨来拦路,险些要到鬼门关。　　(苏北盐城)

刻薄财主的吝啬在剥削和苛待佃户、长工时表现尤为突出,所以民谣的这些夸张描写是有很深的现实根源的,在本质上是非常真实的。

  此外,还有些讽歌讽刺人民内部的一些缺点,如讽刺懒汉的:

  大肚汉,能吃不能干,
  挑着两个猪尿泡,累得一身汗,
  有心想歇歇,害怕回家赶不上饭。

这是北京通县麦庄公社老农徐志中口述的一首民谣,讽刺了好吃懒做的二流子。下面这首《喜鹊歌》讽刺了只有决心没有行动、得过且过的人:

  太阳落,冻死我,等到天明做个窝。

> 太阳出来暖和和,得过且过,得过且过。

这里用鸟语的口吻把懒汉的懒惰劲儿刻画得淋漓尽致。

第四,情歌。这是传统民歌中数量相当大的部分,艺术上也很成熟。不少情歌是古代流传下来的。如客家情歌:"浑水过河唔知深,唔知阿哥么样心,东边日出西边雨,道是无晴又有晴。"以"晴"谐"情",表现恋爱的矛盾心理,这在唐代诗人刘禹锡学习民歌所写的"竹枝词"中即有。明代冯梦龙《山歌》、清代《粤歌》等民歌集中有的情歌至今也仍在人民口头流传。

民间情歌通过对劳动人民淳朴爱情的歌唱,表达了他们对幸福生活的向往,表现了爱情的坚贞和对封建婚姻的反抗。很多情歌是和劳动密切结合的,如《绣荷包》即是妇女刺绣时唱的,通过绣出的各种图案歌唱了自己的理想和愿望。《五哥放羊》则用许多动人的细节,生动地刻画了一对劳动青年间真挚的爱情:

> 九月里,秋风凉,五哥(哪)放羊没有衣裳,
> 小妹妹有件(哎)小(来)袄袄,
> 改(来)一改领(那个)口你里边儿穿上。　　(内蒙古)

封建制度的黑暗统治扼杀了无数青年男女的美好爱情,不少民歌表现了他们的坚决反抗:

> 一盘链子九十九,哥拴颈子妹拴手,
> 哪怕官家王法大,出了衙门手拉手。　　(云南)

在反抗时,妇女往往表现得比男子更加大胆、热烈、一往情深。如《兰花花》中,她虽嫁给了老财,但死也不肯屈服,对丈夫骂道:

> 你要死,你早早死,前晌里死来后晌兰花花走。

在"信天游"里,不少情歌生动地刻画了劳动妇女的可爱形象:

> 清水水玻璃隔着窗子照,
> 满口口白牙对着哥哥笑。

> 你妈妈骂你不成材,露水地里穿红鞋。

她们的形象愈是美好,遭遇愈是悲惨,人们对旧社会的憎恨就愈加深沉。这

是我们今天看传统情歌时的一个重要体会。

第五,仪式歌。包括祭祀歌、酒歌、哭嫁歌、喜歌、贺词、迎送词和挽歌、哭丧调等。它是民间传统仪式中所唱的民歌,主要内容是表达人民对美好生活的向往、对乡土和祖先的赞颂、对亲友的纯真感情以及对痛苦生活的哭诉等等。如台湾彰化高山族阿猴社祭祖时唱的"颂祖歌":"我们好祖先,乃是英雄汉,所向无敌手,哪个敢抗争"[1],是赞颂祖先战功武德的。

哭嫁歌在汉族与不少少数民族中都很普遍,往往婚前几天新娘就和女友们一起唱哭嫁歌,哭自己的身世,哭少女生活的结束,包含着对少女生活的依恋和对社会中出嫁妇女痛苦生活的控诉。花轿来时,新娘要唱歌谢爹娘,告诫弟妹,上轿要谢哥嫂,最后谢媒人,实际是骂媒,曲调由慢到快,感情越来越激愤:"你媒人是贪用媒礼贪吃酒,拿我姑娘垫刀头。你要用洋钱白纸包,要寻铜钱白纸烧……"(上海奉贤)这些民歌多是短篇的,但把整个仪式中的民歌联在一起就成了抒情长歌。哈萨克族在婚礼上由民间艺人阿肯唱祝福歌《贝达莎尔》(意即《挑面纱歌》),蒙、藏以及汉族在结婚时都要说祝辞(嘏词)和吉利话,无非是百年好合、早生贵子、多福多寿之类,有的也有封建的"五子登科"等思想在内。又如《挑蒙头歌》:"弓箭好比一条龙,挑开新人蒙头红,红绒蒙头使箭挑,儿又聪明女又灵。"这里可能反映了古老的抢婚遗俗。

很多丧歌挽歌和迎送歌曲都是因人而异、因时而异的即兴创作,歌手们表现了高度的即兴创作才能。许多少数民族在生活中时时刻刻都离不开民歌,正如一首哈萨克民歌所唱:"当你降生的时候,用歌唱打开世界的门户;当你死去的时候,歌唱伴你走进坟墓。"侗族、傈僳族招魂歌使人想起屈原的《招魂》,它是巫师在祭祀仪式上唱的。巫师高挂招魂幡唱歌为病重昏迷的病人招魂:

××啊,你快点儿回家来,
××啊,你快回到亲人的身边,
你的父母在吞声低泣,
你的妻子正涕泪涟涟。
……

---

[1] 见李献璋编著:《台湾民间文学集》,台湾新文学社,1946年。

>暴雨要来了！不要躲在森林里,雷火会把你烧死,
>狂风刮起了！不要藏在石缝中,老虎会把你吃掉！　　（傈僳族）

很多仪式歌是古代留传下来的,反映了旧社会的风俗人情。当然其中也有的沾染了封建思想和小市民意识,在新时代必须发生推陈出新的变化,否则就会被淘汰而失传。随着社会主义新风俗的形成,新的仪式歌也在创造之中。如藏民在欢迎解放军的仪式上唱的新歌：

>从东方出来了,出来了,数不清的星星出来了,
>你们可别落到西方去,就在天空中留下来。
>从东方来到了,来到了,人民解放军来到了,
>你们可别到别处去,就在我们村子里留下来。①

又如青海回族酒歌：

>斟上这十二杯酒,高高地举过头,
>这一杯美酒敬给我的众朋友——众朋友！
>战马长啸催我就要走,可爱的家乡全靠你们守,
>胜利归来我们再喝团圆的酒。

这首酒歌(《宴席曲》)用传统形式表现了新的内容,表现了回族人民参军之前的惜别之情。这是传统酒歌的推陈出新。

第六,儿歌、童谣。它们是儿童口中流传的歌谣,数量很多。旧社会不少儿歌表现了孤儿、牧童、童工等儿童的生活痛苦,具有一定社会历史意义。如《小白菜》在各地普遍流传,异文很多,反映了晚娘虐待前妻孩子的社会情况：

>小白菜呀点点黄啊,三岁四岁死了娘啊,
>死了亲娘不好过啊,就怕爹爹娶后娘啊,
>娶了后娘三年整啊,生个弟弟比我强啊,
>弟弟吃面我吃糠啊,弟弟吃肉我喝汤啊,
>端起碗来泪汪汪啊,想亲娘啊想亲娘啊,
>亲娘想我一阵风啊,我想亲娘在梦中啊,

---

① 见《民间文学》1961年9月号。

>　　高高山上打高台啊,后娘死了下葬来啊,
>　　亲娘坟上长棵谷啊,过来过去都想哭啊,
>　　后娘坟上一棵花啊,过来过去都想骂啊。　　(江苏沛县)

旧社会为了争夺财产继承权,把前妻之子看成仇人加以虐待是常见的社会现象,反映了旧社会中人与人之间的冷酷关系。如今在社会主义大家庭中到处温暖如春,再读这首儿歌,更增加了对旧社会的憎恨。反映童工生活的苦歌如:"苦茨花来苦茨根,小小童工挨皮鞭,皮炸肉开血淋淋,哪个看见不心酸。"(云南个旧)牧童苦歌如:

>　　放羊过山坡,青草儿多又多,
>　　主人家吃烙饼,我吃糠窝窝。　　(山西壶关)

孩子们饿着肚子干活,放牛不敢早回来:"放牛孩子真吃亏,头戴草笠背蓑衣,转得早来东家骂,转得晚来肚又饥。"(江西)

　　童养媳小的一般只七八岁左右,却担负着沉重的家务劳动,天不亮就要起床,半夜才休息,还要挨打受骂。她们普遍睡眠不足,产生了一首广泛流传的关于瞌睡的儿歌:

>　　瞌睡沉,瞌睡沉,瞌睡来了压死人,
>　　但愿公婆早早死,让我小媳妇一觉睡到大天明。　　(安徽)

这首儿歌还有异文如"瞌睡金,瞌睡银,瞌睡来了不留情……""瞌睡神,瞌睡神,瞌睡来了不由人……"前者反映了瞌睡的宝贵,后者描述了整天打瞌睡不由自主的情形,似乎是有神在主使的,这当然是幼稚的幻想。一个孩子最大的愿望就是好好睡一觉,在今天真令人难以想象,但这却是旧社会童养媳的普遍遭遇。

　　很多童谣是语言游戏,是儿童作为游戏顺口编说的,没有多少思想内容,只是重在音节连贯、和谐,但其幻想丰富、幽默天真,却使人终生难忘。著名儿童作家冰心在九十多岁临终之前,还念着她童年学会的一些北京儿歌,如:

>　　金轱辘棒,银轱辘棒,
>　　爷爷打板儿奶奶唱,一唱唱到大天亮,
>　　养活了孩子没处放,一放放到锅台上,

嗞儿嗞儿地喝米汤。　　　　　　　（北京）

在有的游戏童谣中也贯串了一些淳朴的道德教育和知识教育,如接字歌可以教孩子数数目,教他们事物名称,发展他们的想象力,扩大他们的生活领域:

　　张打铁,李打铁,打把剪刀送姐姐,
　　姐姐留我歇,我不歇,我要回去学打铁。
　　打铁一,苏州羊毛好做笔;打铁两,两个娃娃拍巴掌;
　　打铁三,三两银子换布衫;打铁四,四口花针好挑刺;
　　打铁五,五个粽子过端午;打铁六,六月不见禾早熟;
　　打铁七,七个果子甜蜜蜜;打铁八,八个娃娃爬宝塔;
　　打铁九,后花园里好饮酒;打铁十,十个癞子戴斗笠;
　　打铁十一年,赚个破铜钱;娘要打酒吃,仔要还船钱。（湖南）

这是清代夏曾佑编《庄谐选录》中所记的一首《湘中童谣》,据说是明代传下来的,张打铁喻张献忠,李打铁喻李自成云云。这当然不一定可靠,但这首童谣反映了热爱劳动的思想情感,同时对儿童进行了知识教育,是清新可喜的。还有一种类似的"联珠格"儿歌,在语言的游戏中有时具有政治思想:

　　小白板儿,钻上个眼儿,中国造的洋烟卷儿,
　　洋烟卷儿,真是香,中国造的匣子枪……

中间可以任意加上新的内容,只要押韵就行,最后唱到:

　　大钢刀,真正快,中国造的武装带,
　　武装带,盛枪子儿,叭格叭格打鬼子儿。（山东）

有些儿歌是大人编给孩子唱的,鬼子就是指烧杀抢掠、侵略中国的帝国主义强盗,有东洋鬼子和西洋鬼子。又如抗战时北京童谣:"抽汉奸,打汉奸,棒子面,涨一千。"这些童谣有较强的政治性。1943年晋绥军区《战斗报》上刊有两篇《敌占区民谣》,编者按语说:"好好把这两个歌谣记下来,队伍到敌占区活动的时候,就把它教给敌占区的小孩子。"其中一首是《日本鬼子回不了家》:

　　××城墙高又高,太阳旗子城头飘,

>　　旗下有棵酸枣树,日本鬼子树上吊。
>　　上吊为什么?想家回不了。
>　　打仗没打头,不是南调是北调,
>　　早晚都是死,不如来上吊。
>　　士兵上了吊,军官哈哈笑,
>　　哈哈笑,笑哈哈,日本鬼子回不了家。①

儿童游戏歌中有一类"颠倒歌",似乎没有什么意义,但如果我们把它和一切是非公理都颠倒了的旧社会联系起来看,则可以隐约体会到其讽刺性,如:

>　　石榴树,结樱桃,杨柳树,结辣椒,
>　　吹的鼓,打的号,抬的大车拉的轿,
>　　木头沉了底,石头水上漂,
>　　小鸡叼了个老鹰,老鼠捉了个大咪猫。
>　　你说好笑不好笑。……

这是好笑的幽默的童谣,把它和《不平歌》对照来读读吧,在旧社会,劳动者得不到劳动成果,一切都是颠倒的:

>　　泥瓦匠,住草房,纺织娘,没衣裳,
>　　卖盐的老婆喝淡汤,
>　　种田的,吃米糠,磨面的,吃瓜秧,炒菜的,光闻香,
>　　卖鞋婆子赤脚走,抬棺材的死在大路旁。

这首苦歌在人民文学出版社出版的《安徽歌谣》《辽宁歌谣》《福建歌谣》中,在江苏、山东等地都有不同的异文,流传很广。解放战争时期有人编了《古怪歌》来讽刺蒋介石黑暗统治区尖锐的阶级矛盾和残酷的反动统治,就是运用的"颠倒歌"的传统形式。我们再看一首:"月亮白光光,贼来偷酱缸,聋子听见忙起床,哑巴高声叫出房,跛子追上去,瞎子也帮忙,一把抓住头发,看看是个和尚。"这不是可以看作颠倒黑白的反动统治者的写照吗?!在解放战争时期,儿歌中也有直接骂蒋介石的:

---

① 《战斗报》(晋绥抗日根据地)1943年1月15日。

> 蒋光头,没理由,一脚踢上五层楼,
> 跌翻落来变成油。　　　　　　（广东）

这是孩子们跳皮筋时唱的。儿童天真烂漫,口齿伶俐,虽然许多儿歌是着重于音节美的戏谑之作,是语言游戏,但他们受成人政治思想的影响,也有不少儿歌反映了一定的社会内容。在抗美援朝时期,有首童谣流传很广:

> 一二三四五,上山打老虎,
> 老虎不吃人,专吃杜鲁门。

杜鲁门是美国总统,是侵略朝鲜的坏人,儿童认为他应被老虎吃掉。在"文化大革命"中又流传这样的童谣:孩子们对站着,互相瞪着,摆成架子做游戏,反复念的词儿是——

> 我们都是木头人,不许说话不许动,
> 看谁先做好学生。（异文:"看谁立场最坚定"）

看谁先动,先动的就输了。当时在"四人帮"压迫下,随时可以被打成"反革命",所以人们"不能乱说乱动",孩子们也学会了这一套。儿歌童谣是非常敏锐地反映时代特点的。

第七,绕口令。绕口令又称急口令、拗口令,是一种语音拗口的民谣,属游戏歌谣一类。它把语音相近而易混的词语编在一起,要求说得很快,进行比赛和表演,虽然拗口,但很有趣,可以作为训练口齿敏捷和正确发音的工具,对演员、播音员训练口齿基本功,对推广普通话和幼儿教育（作为儿童娱乐、游戏与训练口齿伶俐的形式）都有不小的实用价值。

绕口令对训练发音敏捷、准确,很有用处。如:

> 吃葡萄的不吐葡萄皮,不吃葡萄的倒吐葡萄皮。

虽然只有两句,但重复多次,要求说得又快又准确,可以熟练地将唇音"p"和前舌音"t"的发音自然地连贯起来,确是不大容易,需要经常反复地锻炼。

如果"n""l"两个声母分不清楚,可以练习下面这一首:

> 新脑筋,老脑筋,老脑筋可以学成新脑筋,
> 新脑筋不学习就要变成老脑筋。

因"老""脑"二字的声母,一是"l",一是"n",二者相连,矛盾突出了,要求

分得很清楚,是否带鼻音,不能有丝毫含糊。

如果声调分辨不清楚,则可以练习下面这首绕口令:

> 门外有四辆四轮大马车,你拉那两辆就拉那两辆。

其中"拉"与"那"、"两"与"辆",都是音同而声调不同的,二者连读,就容易分清楚,反复多次快念,可以大大加强对声调的分辨与发音能力。

一般说来,绕口令多为语言游戏,大多没有什么深刻的意义。但有的绕口令,特别是1949年以后所出现的绕口令则有了一些思想内容,反映了一定的社会生活情况。如下面这首反映了农村互助合作的情形:

> 胡家庄里十五户,十五户组织互助组,
> 互助组有个胡老五,领导互助组不含糊,
> 十五户户户来互助,胡户帮吴户,吴户助胡户,
> 估一估胡户打粮打的多,还是吴户打粮打的多。

还有反映社会主义建设新面貌的:

> 从前有个张家湾,村前有座山,
> 从前有个李家湾,村后有个滩。
> 从张家湾到李家湾,要绕过高高低低的山,
> 要走过坑坑洼洼的滩;
> 从李家湾到张家湾,要走过坑坑洼洼的滩,
> 要绕过高高低低的山。
> 人民团结力量大,打通了山,填平了滩,
> 张家湾,李家湾,李家湾,张家湾,来来往往不困难。

这首绕口令,利用"山"和"滩"这两个叠韵词,利用对偶与反复咏叹的手法,对人民公社改造大自然的斗争情况作了生动的描写,给人以深刻的印象。

绕口令的结构方式有对偶式和一贯式两种。对偶式两句对偶,平行叠进,如:

> 东洞庭,西洞庭,洞庭山上一根藤,藤条头上挂铜铃。
> 风吹藤动铜铃响,风停藤定铜铃静。

一贯式一气呵成,环环紧扣,句句深入,如:

> 墙上一根钉,钉上挂条绳,绳下吊个瓶,瓶下放盏灯,灯下有只盆。
> 掉下墙上钉,脱掉钉上绳,滑落绳下瓶,打碎瓶下灯,砸破灯下盆。
> 瓶打灯,灯打盆,盆骂灯,灯骂瓶,
> 瓶骂绳,绳骂钉,钉怪绳,绳怪瓶,瓶怪灯,灯怪盆,
> 叮叮当当当当叮,乒乒乓乓乓乓乒!

绕口令的语音要求音韵铿锵而又拗口,语句对偶整齐而又有变化,这是矛盾的统一。愈是双声叠韵相近的词靠在一起,愈是拗口。它的风格常常是诙谐而活泼的,节奏感较强,富有音乐效果。

红色歌谣 这是共产党领导下的工农革命斗争中产生的歌谣。从共产党成立之日起,工农群众的革命斗争就有了正确的方向,他们的歌谣创作也发生了根本的变化。因为科学的共产主义理想照亮了斗争的道路,大大加强了歌谣中的革命浪漫主义光彩。1923年"二七"斗争中长辛店铁路工人唱出了这样惊天动地的歌:

> 红旗一举千里明,铁锤一举山河动,
> 只要我们团结紧哪,冲破乌云满天红。

党的红旗展现出解放的光明大道,工人阶级充分意识到自己的伟大力量,因而充满了胜利的信心。这首歌谣的乐观主义基调是过去从未有过的,它闪耀着科学共产主义的理想光辉。

觉悟了的工人阶级,表现出最大的革命坚定性,在斗争中宁死不屈,这种可贵的阶级本质在红色歌谣中有动人的表现。京汉铁路工人"二七"罢工时期《中国青年》季刊(1923年第2期)上登载的一首民歌即是一例:

> 军阀手中铁,工人颈上血,
> 头可断,肢可裂,奋斗的精神不可灭,
> 穷苦的兄弟们,快起来团结。

在军阀武装镇压的屠刀面前,工人兄弟们更加团结,坚持斗争到底。

在上海,1927年武装起义时,工人们唱出了这样豪迈的歌谣:

> 天不怕,地不怕,哪管铁链子下面淌血花。
> 拼着一个死,敢把皇帝拉下马。
> 杀人不过头落地,砍掉脑袋只有碗大个疤。

>老虎凳,绞刑架,我伲咬紧钢牙,
>阴沟里石头翻了身,革命的种子发了芽。
>折下骨,当武器,不胜利,不放下。

工人阶级在党的教育下组织起来,认识到团结斗争的威力。他们长期受帝国主义、封建势力和资本家的多重剥削,生活困难达于极点,所以斗争最坚决,"折下骨,当武器,不胜利,不放下",这种斗争精神和"天不怕,地不怕"的英雄气概是可以惊天地泣鬼神的。

第二次国内革命战争时期,在党所领导的各个革命根据地产生了无数革命歌谣,这是红色歌谣的主体(这些民歌已被诗人肖三编入《革命民歌集》①),反映了十年土地革命、建立红军和苏区时期的革命斗争,表现了大革命失败后阶级斗争的尖锐,红军、赤卫队的艰苦奋战和英雄气概,热情歌颂了毛泽东思想和人民救星共产党。

在红色歌谣中颂歌大量出现,歌颂党、红军和毛泽东的歌谣很有时代特色。例如井冈山歌谣:

>井冈山头连青天,汪洋大海不见边,
>比起恩人毛委员,高山嫌低海嫌浅。

这首毛泽东颂歌用自然景物比喻毛泽东领导人民翻身解放的伟大恩情,充分表现了人民对革命领袖的无限爱戴。湘鄂西根据地有一首歌谣在来凤山等地唱得很响亮,后来国民党当局用尽各种残酷手段加以禁止,但在深山里还是听得到这些歌声:

>吃菜要吃白菜心,当兵就要当红军,
>穷人跟着共产党,黑夜有了北斗星。

这首淳朴的颂歌里,包含着人民对红军、对党的多少深情!在抗日战争时期,第二句变为"当兵要当新四军"或"当兵要当八路军"等等,在广大地区风传。

红军的战歌是最有特色的作品。无数战斗歌谣描写了他们英勇奋战的动人情景。

>红军走上井冈山,革命有了立脚点,

---

① 见肖三编:《革命民歌集》,中国青年出版社,1959年。

>　　地是根,枪是胆,有地有枪胆包天。　（江西）

这首歌谣充分表现了毛泽东所主张的武装斗争战略策略,以农村包围城市,首先建立农村根据地这一方针的正确性。"有地有枪胆包天"这种斗争的胆略不是凭空而来,而是战无不胜的马克思列宁主义思想与中国革命结合以后所必然产生的。其中闪耀着毛泽东思想的光辉,照亮了中国革命的道路。

《老子本姓天》这首杰出的红色歌谣,流传于湖南、江西、湖北等省的洪湖、湘鄂赣以及其他革命根据地。它充分表现了红军、赤卫队等革命健儿们无比强大的战斗威力和高度的无产阶级革命自觉。当时,虽然白色恐怖的腥风血雨弥漫着全中国,几十万革命志士惨遭杀戮,但是,"中国共产党和中国人民并没有被吓倒,被征服,被杀绝。他们从地下爬起来,揩干净身上的血迹,掩埋好同伴的尸首,他们又继续战斗了"①。红军战士们有了党的正确领导,意识到自己肩负着的伟大历史使命,就唱出了这首惊天动地的歌谣:

>　　老子本姓天,家住洪湖边,有人来捉我,除非是神仙。
>　　有人当红军,是不是穷生,穷生你就来,富豪滚一边。
>　　枪口对枪口,刀尖对刀尖,有我就无你,你死我见天。

"老子本姓天",这威震千古的诗句像晴天霹雳,把一个顶天立地的巨人形象耸立在人们面前。这是革命战士的集体形象,天是巨大的、光明的、不朽的,"姓天",是说明自己代表着伟大的真理,相信革命斗争一定能得到胜利,表现了集体主义思想的威力。"有我就无你,你死我见天",这种决死斗争的描述是英雄们斩钉截铁的誓言。"有人来捉我,除非是神仙",这种描写也反映了红军游击战术的巧妙,红军战士常常神出鬼没地打击敌人,以少胜多不断壮大,不仅说明了战斗的乐观主义信心,而且也反映了当时具体的战斗情景。此歌在江西有异文曰:

>　　老子本姓天,家住六山尖,白天没一个,晚上有八千。

这就更具体了。在洪湖还有这样的异文:

---

① 毛泽东:《论联合政府》,《毛泽东选集》第3卷,第1036页。

> 老子本姓天,住在洪湖边,有人来问我,红军是神仙,
> 吃的菱角米,扛的红缨枪,芦林是我房,船板是我床,
> 脚踩千层浪,头顶大太阳。

把战斗生活的豪迈气概和乐观主义描写得更生动、更清楚。斗争是艰苦的,但愈是艰苦愈是乐观,虽然"吃的菱角米,扛的红缨枪",住在芦苇丛中,睡在船板上,但"头顶大太阳"进行着胜利的斗争。红色战歌是尖锐的阶级斗争的产物,包含着深刻的历史内容,值得我们重视。

不止战士歌谣充满英雄气概,即是一般的男女革命群众也唱出了豪迈的战歌。闽粤赣根据地著名歌手良妹还记得敌人要杀她时她所想起的红色歌谣:

> 日头出来须叉叉,我是革命第一家,
> 生也生在红旗上,死也死在红旗下。①

红色歌谣中有不少反映军民关系的歌谣,如湘鄂西这首山歌联唱具体描述了人民欢迎红军队伍的情景:

> 听说过红军,全家忙不赢,一夜到天明,个个喜盈盈。
> 爷爷忙剥麻,又搓碎布筋,忙着打草鞋,好送我红军。
> 婆婆忙烧火,热锅滚开水,同志好烫脚,行军不疲累。
> 妈妈忙推磨,推磨打豆腐,豆腐黄黄煎,吃饱好赶路。
> 嫂嫂忙做鞋,鞋底密层层,红军哥穿了,打垮白匪军。
> 姐姐忙点灯,高灯照得明,红军哥摸路,莫叫刺划疼。
> 妹妹忙叫我,快快把柴拖,烧壶新鲜茶,好敬红军哥。
> 哥哥打前站,先就来送信,全家缠住他,问的问不尽。
> ……

红军离开时许多送别歌曲如《十送红军》《送郎投红军》等反映了军民的鱼水深情,都是充满诗情画意、激动人心的。红色歌谣中情歌和儿歌也发生了巨大的变化,如陕南红色山歌表现了革命理想对爱情的影响:

> 青布袋儿绣花花,一颗红星上面扎。

---

① 见《民间文学》1964年1月号。

> 有了红星心里亮,等死等活要嫁他。

在离别时的叮咛是:

> 行军时,莫掉队,火线上,莫后退,
> 放哨时,切莫丢盹打瞌睡,
> 要是叫敌人捉住了,钢刀下面不落泪。　(陕南)

这种对革命的忠贞是感人肺腑的。再看儿歌:

> 红缨枪,杆杆长,妹妹跟我去站岗,
> 妹妹年小爱瞌睡,批评一顿哭一场。

又如:

> 盒子炮,红穗穗,插在腰里杀白匪,
> 杀尽白匪分田地,人人叫我红小鬼。　(陕南)

这都是战斗的产物,是对革命的儿童战斗生活的生动描述。红色歌谣鼓舞了人民的革命斗志,长期保存在人民口头,不少歌手因唱红色歌谣被敌人杀死,绝大多数红色歌谣都是在1949年后记录下来的,这些都说明它的巨大生命力。

抗日歌谣是苏区红色歌谣的继续和发展,战斗歌谣是它的主体,全面地反映了党所领导下的各个抗日根据地军民的英勇反帝斗争。其中以陕北、山西、河北、山东、江苏以及东北抗日联军中歌谣最丰富。

《东方红》像一面巨大的红旗从陕北传开来,用雄伟壮丽的艺术形象歌颂了各族人民的领袖毛泽东,感谢他英明地领导全国人民坚决进行抗日斗争,使中国免于被灭亡的命运。"东方红"的形象是有深刻的象征意义的,它象征着几千年旧社会的漫漫长夜的结束和中华人民共和国曙光的显现。中国人民在共产党毛泽东领导下,正在以翻天覆地的气概,由悲惨的被压迫的奴隶成为中华人民共和国的主人,"东方红"起兴的形象深入人心,后来传遍全中国乃至全世界。当然"救星"这个比喻也有一定的局限性,这是旧的俗语名词,如果过分崇拜个人,就会产生个人迷信;而如把毛泽东看成共产党的代表,认识到共产党是人民的救星,则完全合情合理,许多人也正是如此理解的。

> 东方红,太阳升,中国出了个毛泽东。
> 他为人民谋生存,他是人民大救星。

这首民歌原是陕北老贫农李有源所作,原名《移民歌》①,共有九段,现变为三段,内容也有变动。其曲调原为《探家调》,是写恋情的,原词是:"骑白马,挎洋枪,三哥哥吃了八路军的粮。有心回家看姑娘,打日本顾不上。"但利用这个曲调反映新内容后,整个歌曲的情调、风格都发生了很大的变化。这一事实充分说明了民歌"推陈出新"的适应能力是多么大,同时也表现了人民群众伟大的改造力量。

长白山抗日歌谣反映了东北抗日联军战士和广大人民在"九·一八"事变以后与日本侵略者打游击战的生动情景:

> 鬼子汽车要进山,道旁埋下手榴弹,
> 汽车开过来,轰隆一声冒黑烟,
> 鬼子血肉半空飞,汽车轱辘朝了天。

在山西不少地方,流传着这样的民歌:

> 八路军来了烧开水,鬼子来了埋上地雷。

后来各地展开了地雷战、地道战配合各种形式的游击战争,大大打击了日本侵略者的气焰:

> 交通大沟像蛛网,这庄通到那庄上,
> 神出鬼没伏击战,打得鬼子喊爹娘。 (战士歌谣)

此外,还有不少反映平型关大战、狼牙山五壮士以及其他英雄事迹的民歌,反映二五减租、大生产运动等斗争情况的民歌。仅用《探家调》的旋律配的新词在陕北即有《移民歌》《骑白马》等等②,表现了根据地人民新的精神面貌。

解放战争歌谣产生于全国胜利的前夕,充分反映了革命力量的壮大,反映了一日千里的胜利形势。《筛豆子》描写国民党反动军队虽然是"美国枪,美国炮,美式军装美国帽",但被我解放大军打得南北乱窜,"北满打破

---

① 见何其芳、张松如编:《陕北民歌选》,上海文艺出版社,1962年。
② 同上。

他的头,南满又打他的腰,让他来回跑几趟,一筐豆子筛完了"。《千里跃进大别山》《打得好》等充分反映了我军运动战的威力和"蒋军兵败如山倒"的形势。渡江战役中产生了这样的民歌:

> 千里雷声万里闪,一道命令往下传,
> 命令传到长江边,百万大军下江南。

战士们对敌人充满了憎恨和蔑视。"胡蛮胡蛮不中用,一趟游行两头空",反映了胡宗南在陕北战场疲于奔命、处处挨打的情况,这是毛主席"蘑菇战术"的胜利。战士们见困难就上,新一军是蒋军王牌,全部美式武器最新装备,在解放军中则传诵着这样的民歌:"吃菜要吃白菜心,打仗专打新一军。"虽然没有军舰而靠许许多多木船渡江,但解放军还是勇往直前,唱着"小小木船不多长,机枪架在船头上",横渡长江天险解放了南京、上海,解放了全中国。战士们在欢庆胜利的同时也尽情嘲笑内战祸首蒋介石:

> 运输队长蒋介石,工作热情又积极,
> 一天到晚出主意,送给咱们好武器。
>
> 排成队伍一二一,一齐送到解放区,
> 陈诚负责办手续,实报实销白崇禧。
>
> 你有美国大老板,给你枪炮和金钱,
> 甘作儿子不要脸,出卖民族罪滔天。
>
> 收下武器再讲理,问你民主提不提,
> 如果你再耍赖皮,人民对你不客气。 (战士歌谣)

在解放战争中,人民歌唱土改、翻身和解放,创作了许多优秀作品。下面这首推陈出新的民歌是1948年山西省阳泉纺织女工的创作,用朴素的民间语言真挚地表现了解放的欢乐和喜悦:

> 大柳树,开了花,太阳照进众人家,
> 毛主席就是红太阳,照得咱工人家里格外亮。
>
> 煤和铁,沉又沉,阎锡山在,它压死人。
> 共产党,解放军,领导众人翻了身;
> 铁还重,煤还沉,爸爸总说省了劲。

> 我问爸爸为什么？爸爸说：
> "你上工，我刨炭，你妈妈在家做热饭，
> 有吃有穿省了心，干活就觉不费劲！"
>
> 秤一斤，是十六两，我心不忘共产党；
> 十六两，是一斤，我心忘不了解放军。

这首歌谣多有情致，多么朴素动人，对于劳动人民说来，解放战争胜利前后正是两个天下。最后用斤两来起兴，十分深刻，看上去似乎没有意义，只是为了谐音，实际上是表现了人民对党的热爱像"十六两是一斤"那样，无可怀疑，天经地义，前后呼应，十分和谐。当时用十六两制，和今天的十两制不同，反映了当时的时代历史。

总之，红色革命歌谣具有鲜明的无产阶级立场和高度的政治自觉，它们鼓舞人民直接去进行革命斗争，在无数困难面前表现出大无畏的革命英雄主义气概，为中国革命的胜利立下了汗马功劳。从它们所反映的思想内容和所起的巨大战斗作用来看，这些红色歌谣应该得到最崇高的评价。这是人民用血与火写成的斗争的史诗，在中国文学史和世界无产阶级文学史上都是红光闪耀的崭新的一页，是值得我们引以为豪的。红色歌谣是我国歌谣发展史上的一个飞跃，它们使歌谣和伟大的人民革命事业联系起来，成为革命斗争的有力武器。这是伟大的斗争中所创造的伟大的文学，不经历伟大的斗争，不是英雄的人民，是无法创造出这样气贯长虹的红色歌谣来的。

新民歌 这是中华人民共和国成立以来民间歌谣的总称。

红色歌谣的战斗传统在中华人民共和国成立后得到了巨大的发展。在各种群众性的革命运动中，都有许多新民歌创作出来，作为宣传的尖兵和战斗的"武器"，反映了各个革命运动中人民群众的精神面貌。

中华人民共和国成立初期维吾尔族人民唱道：

> 把天下的树都变成笔，把天下的海水都变成墨，
> 即使天下的人都会写字，也写不完共产党和毛主席的恩情。

中华人民共和国成立后的幸福生活、人民思想的进步和战斗胜利的欢乐，都是和党分不开的。党是太阳，是一切光明的源泉，颂歌中很多民歌通过各自不同的艺术构思用太阳作比来歌颂党和毛泽东。说毛泽东是"红太阳""不落的太阳"，这实际上不只是对个人的歌颂，而是把毛泽东作为中国共产党

的代表加以歌颂,实际上就是党的颂歌。

在各个革命运动中,歌手们都用民歌的形式进行战斗。在消灭封建剥削制度以解放农村生产力的土地改革运动中,福建上杭山歌手唱道:

不分姓氏不分家,天下穷人是一家,
贫雇中农要认清,地主是我们大冤家。

广东五华县农民女歌手陈二妈受到党的教育,在斗争中唱起了新歌:

我是长工陈二妈,我同地主做身家(即做帮工),
先前以为他养我,今天才知我养他。

在党的领导下进行斗争,"千年土地回了家","农民大翻身,古树开红花"。这些山歌用朴素的语言对使农民成为土地主人的伟大的土地改革作了动人的描写。

对于婚姻法,民歌中也有强烈的反映。如内蒙古《爬山调》:

婚姻法的光线照四方,枯井里照进了太阳光。
十八层地狱底下伸出了头,妇女们从此得自由。
听说颁布了婚姻法,不想死来我又想活。
寡妇离了婆家门,红蛋蛋的脸脸变年青。
毛主席救了我寡妇的命,死鬼又要变活人。

反映剿灭土匪、抗美援朝和镇压反革命的也很多,如:

抗美援朝保家乡,主席领导好主张,
后方镇压反革命,前方活捉美国狼。　(福建)

歌手们深刻地认识到敌我矛盾不可调和:

你不打蛇蛇咬人,你不斩棘刺脚心;
匪特间谍是豺狼,你不镇压会害人。　(广东)

对于农业合作化运动的优越性,新民歌中有不少动人的描写:

一人一条心,穷断骨头筋,
三人一条心,黄土变成金。　(陕西)

> 人入社,精神爽;
> 地入社,变了样;
> 牲口入社长得壮。 （上海）

因此,他们说:

> 金碗银碗,抵不过合作化饭碗,
> 金桥银桥,抵不过合作化大道。 （陕西留坝）

1957年以后,国民经济的社会主义改造胜利完成了,党的"八大"又作出了大力发展社会主义生产力的正确决策,社会主义建设的高潮逐步出现。在工农业特别是兴修水利等农业建设高潮中,在民间文学的传统基础上,广大人民创造了无数优秀的新民歌,在中国文学史上写下了新的一页。

这些民歌是中华人民共和国成立以来民歌艺术成就的集中表现,它们是社会主义的"新国风"。在《红旗歌谣》"编者的话"中,郭沫若、周扬对这些新民歌作了这样的评价:

> 新民歌是劳动群众的自由创作,他们的真实情感的抒写。"诗言志,歌永言。"这些新民歌正是表达了我国劳动人民要与天公比高,要向地球开战的壮志雄心。他们唾弃一切妨碍他们前进的旧传统、旧习惯。诗歌和劳动在社会主义、共产主义新思想的基础上重新结合起来,正是在这个意义上,新民歌可以说是群众共产主义文艺的萌芽。这是社会主义新时代的新国风。这是作了自己命运的主人的中国人民的欢乐之歌,勇敢之歌。他们歌颂祖国,歌颂自己的党和领袖;他们歌唱新生活,歌唱劳动和斗争中的英雄主义,歌唱他们对于更美好的未来的向往。这种新民歌同旧时代的民歌比较,具有迥然不同的新内容和新风格,在它们面前,连诗三百篇也要显得逊色了。

由于"大跃进"中严重的主观主义急躁冒进的浮夸风,给国家造成很大损失,有人就因此把新民歌也全盘否定了。我们认为这种看法是想当然的、简单化的。如果仔细了解一下新民歌运动的发展过程,就会把好坏民歌、真假民歌区别开来。好的民歌是在兴修水利的工地上产生的,它们充分反映了人民大众要求改变一穷二白落后面貌、过好日子的纯真热情和革命干劲,是符合艺术规律的。后来的一些民歌受了浮夸风的影响,往往是强迫命令的产物,是不好的,应该分析批判,但不应好坏不分一概而论。以上概括地指出了新民歌的几个最重要的特点。下面我们通过一些具体作品来看看新民歌的特色。

新民歌是在工农业建设高潮中产生的。劳动是它压倒一切的主题,但其基调则仍是革命和斗争。因为这种劳动不是为了个人,而是闪耀着革命理想光辉的社会主义劳动,是真正解放了的劳动。这种劳动是为人类最伟大、最崇高的共产主义(实际是共富主义)理想早日实现而斗争的具体行动,因此,它充满革命的激情,充满美好的诗情画意。例如上海工人新民歌《烟囱》就是一个杰出的代表。本来烟囱光秃秃的似乎没有什么诗意,但是在中华人民共和国工人心目中,它却叫人爱得入迷,看这首民歌多有情致:

> 高高伸向白云边,青烟缕缕飘蓝天。
> 哪棵大树有你高?哪根天竹有你甜?
>
> 你是一只铁手臂,高呼口号举上天;
> 你是一枝大毛笔,描画祖国好春天。①

这种神奇的艺术想象多么贴切、多么动人,只有亲身参加社会主义劳动的人才可能对工厂、对社会主义劳动有这样深厚的感情。在工人的心目中,这高耸入云的烟囱是一只铁臂,呼出工人发自内心的革命口号,它不是在吐烟,而是在描绘祖国美好春天的图画。工人通过这种艺术构思,把平凡的劳动和建设祖国的美好理想联系起来了。在这里,劳动诗化了,诗歌也劳动化了。劳动总是和美密切联系在一起的,一切美好的事物都是劳动所创造的,因此劳动美应该成为艺术的主要反映对象。只有在社会主义和劳动人民自己的文艺创作中,才能真正地把劳动放在中心的地位。

新民歌充分表现了社会主义改造之后我国劳动人民的精神面貌,这就是毛主席所说的"成了主人了"的中国人民那种"精神振奋、斗志昂扬、意气风发"的英雄气概。这种英雄气概突出地反映在巨人形象中。巨人形象是新民歌中成批出现的崭新的艺术形象。陕西歌谣《我来了》集中反映了劳动人民排山倒海的革命气势:

---

① 见《红旗歌谣》,第273页,红旗杂志社,1960年2版。以下引用《红旗歌谣》,均出自此版本,不另注。

> 天上没有玉皇,地上没有龙王,
> 我就是玉皇,我就是龙王,
> 喝令三山五岭开道:我来了。

这个"我"是一个多么雄伟的艺术形象,在他面前鬼神退位、山河听话,这是在党的领导之下组织起来了的中国人民的集体形象。当然,新民歌没有停在这里,除了这种概括的描写之外,还有更多具体的巨人形象。例如描写兴修水利的农民筐子挑得满满,像"一头挑着一座山";抗旱的集体农民利用水渠水坝征服自然,"端起巢湖当水瓢","哪方干旱哪方浇"。在《我是一个装卸工》里,我们还看到了"左手搬来上海市,右手送走重庆城","太阳装了千千万,月亮卸了万万千"这样雄伟壮丽的工人形象。在有些新民歌中,巨人形象是集体与个人的辩证统一,有很强的现实性。如"东方白,月儿落,车轮滚动地抖索,长鞭甩碎空中雾,一车粪肥一车歌",把一个送粪农民自豪劳动的形象生动地描绘出来了。又如:

> 铁镢头,二斤半,一挖挖到水晶殿,
> 龙王见了直打颤,就作揖,就许愿:
> "缴水,缴水,我照办。"

诗里的农民所用的铁镢头只有二斤半,这个细节描写是毫无夸张的。这只是一个普通的社员,但因他是集体的一分子,而集体威力是巨大的,所以能挖到龙王的水晶宫,使龙王下跪求饶,服服帖帖地缴出水来。

这些巨人歌谣的成批出现,标志着我国劳动人民社会主义精神的空前高涨,他们对社会主义制度的巨大优越性和集体力量的伟大有深切的体会。1957年冬和1958年春,亿万人民几个月兴修水利的成果超过以往千百年,在社会主义建设中他们创造了奇迹。巨人形象正是这种情况在艺术上的反映。这些歌谣充满了革命浪漫主义色彩,但却是根植于现实的深厚土壤之中的,是革命现实主义和革命浪漫主义的结合。周扬说:

> (新民歌)作者们的想象力像脱缰之马一样地自由驰骋。他们神往于更加美好的未来生活。他们根据自己的革命经验和劳动经验,相信世界是可以改造的。他们正凭自己的双手在从事着这个改造世界的巨大工作。……他们敢于幻想,并且能够用自己的双手把幻想变成现

实。这就是民歌中革命的现实主义和革命的浪漫主义结合的根源。①

新民歌是劳动人民汗水的结晶,是干出来的,是和社会主义劳动紧密联系在一起的。

新民歌反映了我国社会主义新时代的新风尚,它们是社会主义的风俗画。情歌同社会主义劳动发生联系而产生了新的光彩:

> 哥挑担子快如飞,妹在后面紧紧追,
> 就是飞进白云里,也要拼命追上你。

这是何等豪迈的妇女形象,男女青年为建设祖国而奋发劳动的精神风貌跃然而出。

> 老头对老头,挖泥喊加油,
> 引来老鹰停翅飞,乐得柳树直点头。②　（江苏灌云）

这首江苏民歌生动地表现了人民群众的革命干劲,在人民劳动汗水的浇灌之下,山河的面貌改变了:

> 荒山穿起花衣裳,变成一个美姑娘,
> 白云看见不想走,整天缭绕在身旁。

这是人民绿化荒山的新景致。在社会主义制度下,劳动成了光荣豪迈的事业,新的风俗、新的精神面貌在民歌中有突出表现。

新民歌真实地表现了人们在劳动过程中的新的关系。传统的家庭关系已经不能限制妇女的感情了,她们爱家,更爱社、爱集体的生产劳动:

> 久不见娘心想娘,回家见娘也平常,
> 睡到夜里心里急,明日社里要挑塘。　（安徽）

这种心理活动是多么微妙,又多么崇高,是社会主义集体主义思想的表现。《收徒弟》这首歌谣反映了新社会的干群关系:

> 做了一辈子工,想都没敢想,

---

① 周扬:《新民歌开拓了诗歌的新道路》,《红旗》1958年创刊号,第35页。
② 《老头对老头》,《红旗歌谣》,第155页。

　　　　收了个徒弟是厂长。① （山东青岛）

干部学技术,和工人一起劳动,这是社会主义的新特点,是与旧社会厂长和工人的关系截然不同的,抚今忆昔,百感交集,通过老工人的口,道出了深刻的社会变革。这是对"两参一改三结合"的"鞍钢宪法"的歌颂。

　　新民歌中的颂歌歌唱党和毛泽东的领导,歌唱社会主义的优越性。这种歌颂不是空的,往往体现为对社会主义各种建设新成果的歌颂:

　　　　从前种地人背铁,腰弯腿酸不敢歇,
　　　　如今种地铁背人,坐上机器如驾云。　（山东）

许多歌颂毛泽东的歌谣,通过生动的艺术想象,表现了人民的愿望,朴素感人,凝聚着广大人民对党的深厚感情:

　　　　一对喜烛结红花,毛主席几时来我家,
　　　　看看我们红日子,说说心里翻身话。② （江西）

不少颂歌表现了广大人民坚决跟党走社会主义道路的坚强决心,如"向日葵朝着太阳转,人民跟着共产党走"③等等。

　　但是,"大跃进"时期,党的领导由于缺乏经验等原因,也出现了严重错误。特别是1958年下半年以后,浮夸风、共产风、瞎指挥风等等给社会主义建设和人民生活带来了不小的损失。这些问题,也反映在新民歌中。如"人有多大胆,地有多大产"之类的浮夸口号,在一些民歌中时有出现。还有一些完全脱离劳动实践故作惊人之语的随意空叫,如"我们吹口气,滚滚江河让路"之类,曾被姚文元、徐景贤称为"革命现实主义与革命浪漫主义相结合的佳作",其实是同艺术的合理夸张格格不入的。合理的艺术夸张真实地反映了劳动的特点和现实的本质,表现了人民群众的思想感情,而那些随意的浮夸只是主观主义的空话罢了,人民群众对此是不传的。此外,在新民歌运动中也出现过一些强迫命令现象,规定写诗的指标,要求人人写诗、脱产写诗,大搞形式主义,当然完全脱离了民间文学发展的客观规律,这种拔苗助长的做法只能给民歌创作带来损失。当时虽然出现了许多诗歌,

---

　　① 《收徒弟》,《红旗歌谣》,第286页。
　　② 《一对喜烛结红花》,《红旗歌谣》,第13页。
　　③ 《好不过人民当了家》,《红旗歌谣》,第16页。

但不少是应付事的凑数的东西,既没有流传,自然也不能算是民歌。当然,这些错误的出现并不能全盘否定前期新民歌创作的艺术成就。

我们认为,在群众中广为传诵的新民歌是民歌在社会主义时代的新发展。它们表现了广大劳动人民社会主义的思想觉悟,表现了可贵的集体主义精神和共产主义风格,表现了广大劳动者的主人公思想,反映了社会主义劳动的美——共产主义理想和实干精神紧密结合所迸发出的耀眼火花,在今天,仍有一定的教育意义和艺术价值。这是新生事物,是有强大生命力的。

在1960年代,新民歌创作仍在曲折地发展。大庆油田的荒原上,铁人王进喜在战天斗地的劳动中唱出了这样惊天动地的歌:

  石油工人一声吼,地球也要抖三抖,
  石油工人干劲大,天大困难也不怕!

这样豪壮的歌谣突出地表现了大庆工人的革命精神,是新民歌的进一步的发展。它有巨大的艺术夸张,但这种艺术夸张同浮夸是不一样的。它不是空泛地故作惊人之语,而是同石油工人的劳动紧密联系着的。它一方面真实地表现了大庆人改天换地的决心和战斗的威力,另一方面也具体描绘了钻探工人劳动的情景。当时,他们为粉碎对我国的石油封锁,满怀豪情壮志走上钻台,手握刹把,大吼一声"开钻",于是钻头就以雷霆万钧之势向地球深处钻进,那钻机的转动与轰鸣真是把大地也给震动了,这不是地球在我们英雄的中国工人面前发抖了吗?这种艺术夸张同石油工人的劳动结合得如此紧密,甚至使人感到这不是夸张而是写实。它是现实主义的,又是浪漫主义的,是二者的结合。农村新民歌也出现了一些新的创作,如安徽民歌:

  铁肩挑走秃山头,河流顺着银锹走,
  移山造海改天地,双手织成丰收图。

这样气壮山河的作品在艺术上更成熟了。在学雷锋的活动中,产生了这样的歌谣:

  几番加油又拨灯,苦读马列学雷锋,
  革命真理烈火明,炼出革命螺丝钉。 (河北)

"螺丝钉"是一个比喻,是说任何人都是整个社会不可缺少的一部分,一部机器如果缺少一个螺丝钉就可能整个停止运作,说明其虽小却非常重要、不可或缺,并不是否定个人的创造性、主动性。事实上雷锋自己就是最有主动性、创造性的人。而马列主义与教条主义的根本不同也就在这里,教条主义是没有创造性地照搬教条,而马列主义的本质正是最有创造性的科学。

此外,在部队还有《雷锋和我一班岗》等作品,反映部队在学雷锋之后出现的千千万万英雄人物和先进人物。

在"文化大革命"中,由于"四人帮"的禁止和迫害,歌谣创作被当成"四旧"而遭受了严重挫折。但是,"防民之口,甚于防川",人民群众仍然用歌谣描画了林彪以及"四人帮"的丑恶嘴脸,十分深刻而生动。如极其深刻的讽刺歌谣"万岁不离口,语录不离手,当面说好话,背后下毒手",已载入周恩来所作的党的"十大"政治报告中。又如1976年清明前后在天安门广场出现的许多革命歌谣,表现了对"四人帮"的强烈义愤和对周恩来的沉痛悼念。

"天安门歌谣"是天安门诗歌中流传最广的一部分,"有口皆碑传万代",这是一种到处风传的"口碑文学"。

"天安门歌谣"以深厚的革命感情悼念周恩来,言简意赅,令人难忘。如《人民的总理人民爱》这一首歌谣,非常深刻地揭示了总理和人民之间的血肉联系:

  人民的总理人民爱,人民的总理爱人民;
  总理和人民同甘苦,人民和总理心连心。

"人民的总理人民爱",是因为"人民的总理爱人民"。这些诗句都包含着极其丰富的内容,引起无限联想,使我们想到周总理几十年如一日艰苦奋斗为人民谋幸福,始终战斗在第一线,他最了解人民,最热爱人民,是人民的好总理、人民的知心人。"总理和人民同甘苦,人民和总理心连心",这正是周恩来之所以伟大、之所以受到广大人民崇敬与爱戴的最重要的原因。歌谣运用了民间歌谣传统艺术手法——句式上的回环,巧妙地变换词序,将周恩来之所以伟大的本质特征反复咏叹,尽情歌唱,使人对周恩来热爱人民、与人民同甘苦、同人民心连心的伟大品质留下了很深的印象。这种"画龙点睛"的典型化手法,善于从周恩来的多种崇高品质中选取最本质、最有特征性的东西进行集中歌颂,正是短小精悍的歌谣之所以具有如此高度的艺术概括力的源泉所在。它音韵响亮,好记好听,传之久远,令人难忘。

"天安门歌谣"还以民间文学的传统艺术手法,以鲜明有力的口头语言,表现了广大人民对万恶的"四人帮"的刻骨仇恨。如《黄浦江上有座桥》:

　　黄浦江上有座桥,江桥腐朽已动摇,
　　江桥摇,请示周总理,是拆还是烧?

通过"江桥摇"的谐音,巧妙地把江青、张春桥、姚文元这些阴谋家都点了名,揭示了他们腐朽的反动本质,并请示周恩来的英灵,"是拆还是烧?"这是多么大快人心!多么鲜明!在当时"四人帮"横行的恐怖气氛下,能写出这样的句子,要有多大的勇气!这首歌谣运用谐音双关的传统手法,发扬了歌谣尖锐泼辣的战斗传统,具有极大的威力,使"四人帮"胆战心惊、暴跳如雷又无可奈何。这些歌谣是在中国天空震响的革命春雷,预示着胡作非为的"四人帮"彻底灭亡的命运,喊出了亿万人民心底的呼声。

1978年10月三中全会以来,在邓小平理论指导下,充分调动了广大人民的积极性、主动性,改革开放取得了很大的胜利,在由贫困奔小康的社会主义建设过程中,也出现了许多生动活泼的新民间歌谣。如歌颂家庭联产承包责任制、发动群众解放生产力的歌谣:

　　不用催来不用叫,一个比一个起得早。
　　旺旺实实干得好,乏了还能睡午觉。
　　不磨洋工不用熬,自由收工没有靠。
　　咱不哄地,地不哄咱,产量一年比一年高。
　　除了公粮咱全拿了,再不看人家眼低眉高。
　　吃自己的血汗,真有味道。

农民有了自主权,实行经济民主,极大地调动了生产积极性。这首歌谣是我们1983年在山东梁山县记录下来的(孙文彩教授记录),反映了农民的心情。过去在人民公社体制下,农民集体劳动,没有自主权,一切都听命于各级领导,不能发挥积极性、主动性,加上干部多吃多占、搞不正之风、瞎指挥,农民生活很苦,一个工分只几角甚至几分钱,产量低,许多地方温饱都成问题。为什么?就是由于不能发挥社员的劳动积极性,民谣曰:

> 出工人等人,干活人看人,收工人撵人,
> 分东西人哄人,生活太气人。　　　　（辽宁）

有民谣生动地描写出"生活太气人"的情形:

> 惹下书记"政治犯",惹下队长重活干,
> 惹下会计秋后算,惹下保管秤锤砸脚面,
> 惹下出纳使钱把脸看,惹下记工员做大难。（陕西）

社会主义在经济上的特点是共同富裕,所以社会主义实际上是共富主义。社会主义在政治上的特点是人民群众当家做主,也就是民主。"一长制"既违背了人民当家做主的根本原则,违反了宪法,实际上它本身就是一种政治上的腐败,又使经济腐败大行其道,产生了一些贪赃枉法的官员,其人数虽少,但影响很大,对此民谣中有及时、深刻而尖锐的反映,如:"见钱就抓,不管啥法,坑了他人,肥了自家。""'公仆'当官倒,只想捞钞票,如不整治好,'主人'怎得了。"对一些干部的不正之风,歌谣也有生动的反映,如:

> 酒宴席上撑肚皮,遇到问题垂眼皮,
> 汇报工作吹牛皮,选举时候抓头皮。　（浙江）

在改革开放初期,对干部的民主监督、民主选举还没有落实,所以一些人行贿受贿、买官卖官,影响很坏,民谣提出:

> 种子要好不要赖,干部要选不要派,
> 派的干部难合意,选的干部人人爱,
> 田地听了都喝彩。　　　　　　　　（安徽）

这是对民主的呼唤。如今实行基层民主,农村已普选村干部,落实了民主法制。哪里民主不落实,土皇帝当家,哪里就问题成堆。民谣曰:"有的当民王,有的要民主,领导说只差一点,群众说天地悬殊。"(四川)好坏大不一样,有的工厂兴旺发达,有的工厂虽破产亏损,但厂长却富得流油,"穷庙富方丈",就是这个道理,化公为私,使国有资产流失,就完全违背了社会主义的原则。如果民主制度健全,这些弊端是完全可以避免的。由于实行经济民主,农民有了生产自主权,农业生产数十年来已提高很多倍,加上工业改革,全国工农业生产总值增量惊人。由于有了生产、经营自主权,就可以根据人民实际需要来生产,真正落实为人民服务,这是经济民主的胜利。

如今新民歌作为新长征道路上的"望远镜"和"照妖镜",在为祖国的社会主义现代化而进行改革开放的伟大斗争中,鼓舞广大人民扫除障碍奋勇前进。它是人民心上的花朵、社会进步的足音,将始终伴随着人民前进的步伐高歌猛进。如今许多民谣也在互联网、手机上流传,有美有刺,有喜有乐,迅速反映时事,与口传歌谣交相辉映。我们相信,在社会主义阳光照耀下,民间歌谣这个万花园里,将出现各种题材、各种形式的新作,使民间歌谣的优良传统得到进一步的发扬,成为我国社会主义诗歌创作不可替代的一个重要组成部分。

第三节 民间歌谣的艺术特点

民间歌谣作为劳动人民的口头诗歌创作,是直接抒发人民思想感情的语言艺术,具有与作家、诗人创作不同的鲜明的民间艺术特色。虽然许多歌谣还比较粗糙,但其代表作则非常精美,成为文学史上的经典,为历代杰出诗人所学习。其艺术特点是值得深入研究的。现从艺术创作方法与艺术结构、语言技巧等方面作一概述。

在创作方法上,古代民歌多是现实主义的,和劳动生活有着密切的联系,即所谓"劳者歌其事,饥者歌其食"。虽然在某些情歌、赞歌、讽歌中有些浪漫主义成分,但旧民歌总的倾向是属于现实主义范畴的。在红色歌谣中,开始有了革命浪漫主义的因素,闪烁着革命理想的光彩。而在社会主义时期所产生的新民歌中,革命浪漫主义则占了空前重要的地位。如《稻堆》:

> 稻堆堆得圆又圆,社员堆稻上了天,
> 撕片白云擦擦汗,凑近太阳抽袋烟。[①]　　（安徽）

诗中现实的稻堆与想象中的自然境界浑然一体,充满浪漫主义气息。又如"铁锹头,二斤半,一挖挖到水晶殿,龙王见了直打颤,就作揖就许愿,缴水缴水我照办",以及这首:

> 水在歌,人在笑,
> 水在渠中跑,人在堤上跳。

[①] 《稻堆》,《红旗歌谣》,第218页。

>   敲锣鼓,放鞭炮,
>   咱们把龙王擒来了。　　　　（北京）

其中想象特别丰富,富于神话色彩,同时也深刻地反映了现实的本质——兴修水利比敬龙王求雨更有用,许多水库、水渠战胜了旱灾。这种艺术想象是由社会现实所决定的。在旧社会人民生活痛苦,理想比较渺茫,而建立了社会主义制度以后,从前的梦想不断成为现实,现实中充满理想,理想不断实现,反映在歌谣创作上就是新民歌中革命现实主义和革命浪漫主义的结合。民歌与生活的联系常常是较直接的,因此,这种精神首先在新民歌中表现出来。新民歌充满了革命的热烈的激情和大胆的幻想、夸张,表现了理想与现实的辩证结合,鼓舞人民为美好的共产主义理想更好地劳动和斗争。

在艺术结构方面,民歌民谣既是单纯的又是灵活多样的。一般民歌是短小精悍的,不少只有四句,有的两句一首,但在艺术上也相当完整,有独立的思想和形象。为了反映更多的内容,民歌有多段体,可以叙事,可以表现种种复杂的生活。《陕北民歌选》中不少叙事民歌即是由多段体民歌组成的。还有一种多段复沓形式如"国风"中的不少民歌和藏族拉夜、壮族勒脚歌,通过词语反复使感情步步加深。"四季歌""五更调""八段景""十二月歌"等结构形式,按自然界的次序一段段地唱下来,使民歌结构在多样中趋于单纯。这些形式适应人民生活的传统习惯,易于为人们掌握。

民歌的描写是高度集中而概括的,往往几句歌谣就能表现一个深刻的思想和一个生动的艺术形象。赋比兴的手法是远古流传下来的极富于艺术表现力的传统手法。

赋,即是白描。民歌中的赋多选取生活中最典型的事物,加以艺术的概括和描写,朴素自然,毫不雕琢。有时是概括的叙述,如《月儿弯弯照九州》中对"几家欢乐几家愁"的阶级不平和离乱之苦的描述,又如鄂豫皖红色歌谣"小小黄安,人人称赞,铜锣一响,四十八万,男将打仗,女将送饭"等等对革命气势的概括描述;有时是细节的描写,如《大业长白山谣》对农民起义军"长稍侵天半,轮刀耀日光"、《有个大姐年十七》中对小两口抬水"一头高来一头低"的细节描写都是生动细致的;有时用心理的刻画,如《约郎约到月上时》细致地描绘了等待情人时的焦急心理——"也不知奴处山低月上得早,也不知郎处山高月上得迟";有时用生动的对话,如《高高山上一树槐》中母女的对答——"娘问女儿望什么,我望槐花几时开";有时用反话,如讽刺歌谣《不要钱——嫌少》及某些颠倒歌;有时用夸张,如讽刺歌谣《大户人家吃顿饭》和情歌中描写相思之苦的诗句"前半夜想你吹不熄灯,后半夜想你翻不过身",以及巨人歌谣"一头担着一座山"等等;也有时用排列和对偶,如"穷人天天瘦,财主天天肉",《农民头上三把刀》《不平谣》等等。这些描写虽然没有什么华丽的辞藻但却清新动人,准确有力地反映了现实,表达了劳动人民深刻的爱憎感情,发人深省。

比兴手法是民歌最常用的形象化手法,几千年来一直为我国诗歌所广泛运用。据大苗山的歌手们说:"没有比喻就没有山歌,山歌唱得好,就要比喻打得好。山歌好比孔雀,比喻好比孔雀的羽毛。孔雀没有羽毛就不美丽,也不能高飞天宫。"民歌中比喻的形式非常丰富,几乎各种形式都有。有明喻,如爬山歌"穷人好比山坡羊,躲过虎来躲不过狼"。而更多的则是隐比(即暗喻),如新民歌《烟囱》:"你是一支铁手臂,高呼口号举上天,你是一支大毛笔,描画祖国好春天。"又如红色歌谣《老子本姓天》用"姓"来打比喻,是很有特色的。民歌中有排比,用一系列的比喻来形容某一事物和思想,如这首广西的山歌:

   糯米好吃田难种,樱桃好吃树难栽,
   糍粑好吃难推磨,山歌好唱口难开。

这里用几个比喻印证说明最后一句话的意思,比喻得很透彻。民歌还有自己所特有的反比,是一般诗歌不常用的,如藏族新民歌:

   在那东方山顶,升起金色的太阳,
   这不是金色的太阳,是毛主席的光芒。

这种比喻更曲折更巧妙,通过一个否定(这是修辞上的否定),使比喻的意义更被强调得引人注意。民歌的比喻多用人民最熟悉的事物,比喻得贴切而生动、新颖而巧妙,只有对生活、劳动和斗争最熟悉的人民群众,才能大量地创造出来。

比兴手法和比喻不易分开,但也有独特之处。朱熹在《诗经集注》中说:"兴者,先言他物以引起所咏之词也。"(《关雎》篇注)它用兴辞以引起后面的诗句,一般只有感情上的关联而不一定有逻辑上的必然联系。因此刘勰在《文心雕龙·比兴》篇中说:"比显而兴隐。"无论在古代还是现代民歌中,比兴手法都是广泛应用的,是我国歌谣擅长的诗化艺术手法。它一般是通过人们熟悉的自然景物，把人引入民歌的意境，使人触景生情，受到艺术的感染。如《东方红》首先用"东方红，太阳升"的句子，用浓郁的彩笔勾画出一幅红日东升满天红霞的壮丽图画，然后在此背景上展开主题，衬托出"中国出了个毛泽东"的隆重语句来，它的艺术力量是非凡的，真是"以少少许胜多多许"，其意境与修辞作用只可意会不可言传，充分发挥了诗歌的艺术想象力，运用了诗歌语言跳跃性的特长。在信天游、爬山歌和花儿等民歌中，比兴手法运用极多。如："千里的雷声万里的闪，红旗一展天下都红遍。"（信天游）又如花儿：

> 武山的大米兰州的瓜，疼不过老子爱不过妈，
> 亲不过咱们的共产党，好不过人民当了家。

就是用自然景物来起兴，引入政治主题，异常亲切自然。这里的兴有"兼比"的作用。

民间歌手在即兴对歌时，见什么唱什么，头一句要编得快，常常借助于起兴手法。对歌时也经常用习惯的套句起兴，如"太阳一出满天红""月儿弯弯照九州""豌豆开花角对角""隔河看见姐穿蓝"等等。有时兴辞只是为了引起下文，只讲音节和谐，如义和团歌谣"吃面不搁酱，炮打交民巷"。在儿歌中起兴很多，如"小白菜，地里黄，三岁两岁死了娘""花喜鹊，尾巴长，娶了媳妇忘了娘"等等。还有用数字来起兴的，如"一二三四五，上山打老虎"等等。

民间歌谣的艺术手法是极其丰富的，除赋比兴外，还有拟人化、对偶、谐音、双关以及摹声、迭音等等手法。

民歌的句法在整齐中有变化，在变化中有规律，变而不乱，整齐而不呆板。傈僳民歌的对句是最有特色的，多用对句重复，每一思想都用两个形象反复表现，如：

> 从前也有过太阳，过去也有过月亮，
> 但是有太阳不热，有月亮不亮。
> 现在新的太阳出来了，新的月亮出来了，
> 照亮了各民族地区，也照亮了我们傈僳族。

这里两两相对，特别富有诗味。

拟人化的歌谣如古代的禽言诗——《诗经》中的《鸱鸮》。现代民歌中

亦有,如:

> 麦子熟,呜呜哭,我问麦子哭什么,
> 它说:"上得场进不得屋。"　　　　（苏北）

这里麦子都哭了,农民的苦痛当然更甚。通过麦子的哭,表现了农民"一年辛苦又落空"的心情。正因为农民对自己辛辛苦苦得到的劳动果实——麦子有着极深的感情,所以能非常自然地把它想象成有感情的人,巧妙地运用拟人化手法来诉苦。

因为民间歌谣在口头流传,因此谐音双关的情况常常出现,具有含蓄的美。如客家情歌"东边日出西边雨,道是无晴却有晴",以"晴"谐"情"。在《子夜歌》中,常以"丝"谐"思"、以"莲"谐"恋"、以"藕"谐"偶"。在《读曲歌》中有这样的句子:"湖燥芙蓉委,莲汝藕欲死。"如果只从字面上看难以理解,其实,这里的"芙蓉"是指"夫容","莲"谐"恋"、"藕"则谐"我",原意是"湖燥夫容委,恋汝我欲死",就比较容易理解了。

在讽刺歌谣中,谐音双关的含蓄蕴藏着对反动统治阶级的蔑视和憎恨,是一种巧妙的表达方式。如袁世凯称帝时,北京流传"大总统,洪宪年,正月十五卖汤圆",这"汤圆"的"圆"就是谐的"袁"。解放战争时期山西流行"打烂盐钵子,捣碎酱罐子"的歌谣,以"盐钵子"谐阎锡山,以"酱罐子"代蒋介石,体现了人民打倒阎锡山、蒋介石反动统治的决心。这和宋代人民讽刺童贯、蔡京的歌谣"打破了桶、泼了菜,就是人间好世界",以"桶"谐"童"、以"菜"代"蔡"的谐音法有异曲同工之妙。

歌谣的体式与诗律是非常丰富的,过去所谓的"民歌体只是七言四句体"的流行观念是完全错误的,我们最新的研究成果说明:中国56个民族的民歌体式不下数百种,加上外国的就更多了。光是押韵的方式就有头韵、腰韵、尾韵(脚韵)、首尾连环韵、腰脚韵等许多种,《辞海》《现汉语词典》及《文学概论》等权威著作中关于"押韵"的定义也被突破了。[①] 歌谣作为口语文学,其音乐性极强,诗律上的押调、对仗、句式、章法都十分多样,值得诗人学习。

歌谣的艺术表现手法举不胜举,可以说在民间歌谣中集中了人民语言

---

① 参见段宝林:《比较诗律学刍议》,见《中外民间诗律》,第2—10页,北京大学出版社,1991年。

艺术的精华。优秀的民间歌谣富于地方色彩,是民族化大众化的白话新诗歌,既优美动人音韵铿锵,又深入浅出通俗易懂,是精工琢磨过的耀眼明珠。

我们要普及新诗,首先要学习歌谣,民间歌谣是诗歌普及与提高的重要基础。诗人要深入群众做劳动人民的学生,才可能写出人民喜闻乐见的好诗来。历史上卓有成就的杰出诗人总是善于向民歌学习的,天才的"慧眼识金"的气度与"沙里淘金"的毅力,使他们掌握了民歌艺术的精华并加以大胆创新,抒发自己的进步思想,写出了惊天地泣鬼神的好诗,从而也提高了民歌的地位。屈原学习民歌改写《九歌》,发展了楚辞的诗体;曹植学习汉乐府民歌,普及了五言诗,他的诗现留传74首,其中拟乐府体竟达51首。曹植是自觉向民众学习的,在《与杨德祖书》中,他说:"街谈巷说,必有可采,击辕之歌,有应风雅,匹夫之思,未易轻弃也。"李白的拟乐府诗共达二百多首,他学过各种乐府体裁,而且还和民间歌手建立了深厚的友谊,对民间艺术抱有深厚的感情。他在《秋浦歌》中生动地描写了安徽冶炼工人的劳动合唱和采菱妇女的清丽歌声。历史上的诗歌高潮差不多都是与学习民歌分不开的。不止中国如此,外国也是这样。欧洲19世纪浪漫主义诗歌高潮中拜伦、雪莱以及歌德、海涅、贝郎瑞、普希金、裴多菲、密茨凯维支等诗人都是很注意学习民歌的,当时甚至掀起了一个学习和搜集民歌的热潮。我国现代有成就的诗人李季、阮章竞、贺敬之等也都从民间歌谣中得到了丰富的营养。毛泽东指出新诗要在民歌和古典诗歌的基础上发展[①],这是总结了历史经验提出的重要主张,为我国新诗发展指出了一条正确的道路。我们要继承古典诗人学习民歌的传统,虚心向民歌学习,并加以提高和改进,充分发挥艺术创造力,创作出崭新的、群众喜爱的诗歌来。

如今一些写诗的人因不了解民歌而看不起民歌,结果自我欣赏自说自话写出来的诗,人们看不懂,起不到艺术交流的作用。轻视民歌的贵族化诗论打着"现代化"的招牌,影响很大,造成了整个诗歌艺术的衰落。如今新诗很少人喜欢,"写诗的人比读诗的人多"。许多人转向了旧诗,旧诗复兴是好事,但新诗衰弱、没人读却是令人痛心的。成功和失败的事实发人深省:中外诗歌史上杰出诗人的民歌情结,已形成了一个艺术规律——雅俗结合律。事实说明,历史上伟大诗人的创作和诗歌高潮的形成,都同学习民歌

[①] 臧克家:《精炼、大体整齐、押韵——学诗断想》,《红旗》杂志1961年第21—22期,第44页。

有关,一切重要的艺术手法和诗体如三言诗、四言诗、五言诗、七言诗、词、曲、白话新诗、希腊六音步英雄体、十四行诗等等,都是从活在人民口头的民间歌谣中首先创造出来的,凡是伟大的诗人都认真学习、借鉴过民歌,这是中外文学史上的客观规律。我们要发展新诗,也一定要好好学习民歌才行,这也是不以人的主观意志为转移的艺术规律。①

  为了建设新诗,北京大学出版社相继出版了《民间诗律》《中外民间诗律》《古今民间诗律》,用科学的方法把中国全部56个民族的主要民间诗歌体式与格律都举例作了介绍,其中包括汉族各大方言区的各种民间诗律,此外还有二十多个国家,包括印度史诗、荷马史诗、德国和英国古歌、意大利但丁等运用的民间诗律,以及俄罗斯、阿拉伯、缅甸、日本等国的民间诗律。中国少数民族90%没有文字,所以他们的诗歌都在口头传唱,研究难度颇大,我们得到全国各民族和外国一百多位语言学家、诗歌研究者、民歌研究者的热情帮助,经过十五年(1984—1999)的艰苦努力才编辑出版完成。这三本巨作的出版,不仅使诗律的研究进入一个新的时代,而且必将受到诗人的重视,对新诗创作产生深远的影响。只要自觉地掌握诗歌写作的艺术规律,真正向人民艺术学习,在传统的基础上创新,站在巨人肩上,一定能创造出人民喜闻乐见的优秀新诗来。

---

① 参见段宝林:《论文艺上的雅俗结合律》,《光明日报》1987年12月15日。

第五章
民间谚语、谜语、歇后语、对联与诗钟

第一节　民间谚语

谚语的概念　谚语是哲理性、科学性较强的短谣,有一定的文学性。它往往不独立存在,而在人们讲话时被引用,但它有完整的结构和思想,是一种短小的韵文作品。谚语是人民的生活教科书,每个人差不多都可以说几十条出来。

我国谚语非常丰富,远在两三千年前,谚语已被人记载下来。《尚书》《左传》等先秦古籍中常常引用的"古谚""俗谚""鄙语""古语"等等,即是古代谚语。如相传尧时的谚语"日出而作,日入而息",《易经》中的"失之毫厘,差以千里",《左传》中的"虽鞭之长,不及马腹",《韩非子》中的"远水不救近火"等等,都是流传久远的谚语。清代杜文澜收集古书中的民谣、谚语成《古谣谚》巨辑,凡一百卷。

对于谚语的概念,《左传》解释为"谚,俗言也",把它和俗语等同了;《国语·越语韦注》则曰"谚,俗之善谣也",把它作为善谣,虽已进了一步,但仍不全面。谣谚虽然都是只说不唱的韵文,都比较短小,但也有不同,谚语哲理性强,多教训,篇幅更短,往往不成篇章,只是三言两语夹在说话之中,作为语言材料运用,实用性更强。谚语和俗语也有一定共同之处,它们都是日常言谈中引用的语言材料,短小而生动,但谚语不等于俗语,俗语的句法不一定完整,一般没有独立的主题思想,如"脸红脖子粗""背黑锅"等等,而谚语则有完整的句法和思想、形象。谚语有哲理性,还有阶级性,这是俗语所没有的。鲁迅说:"粗略的一想,谚语固然好像一时代一国民的意思的结晶,但其实,却不过是一部分的人们的意思。现在就以'各人自扫门前雪,莫管他家瓦上霜'来做例子吧,这乃是被压迫者们的格言,教人要奉公,纳税,输捐,安分,不可怠慢,不可不平,尤其是不要管闲事;而压迫者是不算在内的","某一种人,一定只有这某一种人的思想和眼光,不能越出他本阶级之外。……谣谚并非全国民的意思,就为了这缘故"。① 显然,不少反映社会政治内容的谚语是有一定的阶级性的,在这一点上它们和一般的俗语不同。但反映自然科学方面的谚语则不一定有阶级性,对谚语的阶级性要具体分析。

谚语通过简练生动的语言,形象地总结了劳动人民的生产经验、生活知识和道德教训。但谚语和一般格言又有所不同,它是民间的格言,是人民群众的集体口头创作,表达了广大人民的思想感情,不但有深刻的哲理,而且有鲜明的形象,通过形象来表现生活的哲理;而一般格言则包括许多上层阶级的名人的话,《抱朴子》有言曰"格言不吐庸人之口",格言乃是某个作家、哲人、政治领袖……的箴言。

当然,谚语同俗语(俚语)、民谣、格言的区别并不是绝对的,而是部分和全体的辩证统一。谚语是民谣的一部分,是哲理性、科学性较强的短谣;是俗语的一部分,是表现一定思想内容的俗语;是格言的一部分,是劳动人民创作的格言。此四者是互相联系并可以相互转化的,如杜甫的诗句"人生七十古来稀"已成谚语。但为了科学研究的准确起见,四者的区别仍然要分清,否则就会得出完全错误的结论。如认为谚语等于俗语,从而得出谚语没有阶级性的结论,或者相反,得出俗语有阶级性的结论,这是完全不正确的。有的谚语选集和论文把谚语和格言混为一谈,都和对谚语的概念、范围认识不清有关。

谚语的思想内容 列宁说过:谚语以惊人的准确性,道出了事物十分复杂的本质。鲁迅说:成语和死古典不同,多是现世相的神髓(这成语主要是指民间谚语)。可见,谚语的内容非常丰富深刻,它总结了人民的生活哲理,反映了现实的各个方面,是指导劳动人民进行社会斗争和生产斗争的重要教本。政治谚语反映了尖锐的社会矛盾;劳动谚语总结了生产的经验;道德谚语反映了人民传统的道德观念;科学谚语是口头的科技教材。现按其

---

① 鲁迅:《南腔北调集·谚语》,《鲁迅全集》第4卷,第414—415页。

内容分述如下。

第一，政治谚语。传统政治谚语是千百年来劳动人民社会斗争经验的血泪结晶，常常一针见血地深刻揭示出阶级矛盾和压迫。如"千金不死，百金不刑"(《尉缭子》引谚)，"千金之子，不死于市"(《史记》引)，与1949年前的"八字衙门朝南开，有理无钱莫进来"等等，尖锐地揭露了反动政权的阶级本质。"大鱼吃小鱼，小鱼吃虾，虾吃烂泥"，反映了反动统治下层层压榨的残酷统治。在阶级压迫下，劳动人民没有政治地位，生活痛苦不堪，谚语也作了鲜明的描述："一铺一盖，两条麻袋；一棉一单，两条破衫"；"种田的好苦，吃了年饭望端午"；"半年糠菜半年粮，卖儿卖女度饥荒"。人民看出自己的敌人是残酷的剥削者，一针见血地揭示了他们的凶恶本质，如"蝎子尾巴马蜂针，最毒不过财主心"(河北)，"喇嘛爱死尸，贵族爱钱财"(藏族)。人民深刻地表达了他们对"谁养活谁"的认识："没有泥腿，饿死油嘴"；"三年清知府，十万雪花银"；"农民不耕地，饿死帝王君"；"穷人的汗，富人的饭"。这不是鲜明有力地把那些不劳而食的剥削者的本质揭示得清清楚楚了吗？其中渗透着人民的自豪感和对剥削者的怨恨。这些谚语对于提高劳动人民的阶级觉悟是有好处的。

谚语集中了阶级斗争的经验，教导人民对阶级敌人不能有任何幻想，如"穷攀富，没有裤"，"坐轿不知抬轿苦，饱汉不知饿汉饥"。阶级矛盾是绝对的，因此劳动人民要捍卫自身的利益，必须进行有理、有利、有节的斗争，"针尖对针尖，麦芒对麦芒"，在原则上不能退让。必要时，拿起武器"造反"，"官逼民反，不得不反"，这是完全正义的。劳动人民知道"死里能挣得出活来，活里能等得出死来"，必须勇敢斗争，"天不怕，地不怕，碰上猛虎打三架"，"拼着一个死，皇帝老子拉下马"。人民相信自己团结力量的无敌，"土帮土成墙，穷帮穷成王"，"众心成城，众口铄金"(《国语》)。"千人所指，无病而死"(《汉书》)，人民坚信反对人民的人是没有好下场的。在斗争中人民对于反动阶级的凶恶本质有深刻认识，斗争不妥协、不半途而废，要"打落水狗"，谚曰："狗改不了吃屎"，"救了落水狗，回转头来咬一口"，"纵虎归山，必有后患"，"放虎容易捉虎难"。宋代农民起义领袖宋江受招安造成了起义失败，谚语也有总结这一惨痛教训的："宋江戴纱帽，梁山活倒灶。"为了自己做官把革命出卖了，谚语深刻地批判了这种投降变节行为。人民知道，斗争是曲折的，暂时的失败并不会使他们灰心失望，相反地，他们始终相信,真理一定会取得最后胜利。谚语坚定地宣告:"天狗吃不了日头","山高挡不住太阳","纸包不住火"。这些谚语鼓舞人民不屈不挠地坚持斗争。谚语总结的历史经验是很深刻的,如"风正天心顺,官清民自安"。

在革命斗争中,人民群众常用传统谚语来表现自己的思想。如晋西北抗日根据地拥政爱民时,战士们对老乡说"亲生子不忘父母恩",老乡们说"吃水汉忘不了淘井人"。同时,许多新谚语也不断被创造出来。抗日战争时期在延安流传着"好铁要打钉,好人要当兵""三年八路军,生铁变成金"的谚语,这是"点铁成金",使我们记起旧社会流行的谚语"好人不当兵,好铁不打钉"。因为军队的性质变了,八路军是党领导的人民子弟兵,青年参军后,提高了阶级觉悟,成为坚强的革命战士,这不是"生铁变成金"吗?当时人人为抗战辛勤奋斗,常说"有一分热,发一分光"。晋西北根据地变工互助运动中产生了新谚语:"耕得多,种得快,变工互助真不赖"。[①]中华人民共和国成立后,流行着不少新谚语,如"团结就是力量","爹亲娘亲,不如共产党亲","千好万好,不如合作社好","大河有水小河宽,大河无水小河干"等等。

新谚语是新时代人民斗争经验的结晶。在生活和工作中,他们意识到"千条万条,党的领导头一条","上梁不正下梁歪,中梁不正倒下来","主将无能,累死三军",要求加强和改善党的领导。他们认为又红又专才能取得成绩,"手巧心儿红,马到就成功"。新谚语特别强调同心同德团结一致的必要性:"三人同心,黄土变金","力量从团结来,智慧从劳动来,行动从思想来,荣誉从集体来"。这是上海工人的谚语,被雷锋抄在日记本上,成为他的座右铭。正因为有了党的领导、群众路线,再大的困难也不在话下,"困难像弹簧,看你强不强,你强它就弱,你弱它就强","鬼怪爱欺软骨头,钢铁汉子鬼见愁","懦夫把困难看成沉重的包袱,勇士把困难化为前进的阶梯",充分反映了敢想敢干的风格。武汉先进工人马学礼提出"见困难就上,见荣誉就让"的口号,发扬了共产主义的正气,后来不断发展,又加上了两句"见先进就学,见后进就帮",变成了"比学赶帮争上游"的格言,成为全国人民的行动口号。"为善最乐""助人为乐"正是中国传统美德,也是雷锋

---

① 见《抗战日报》1944年2月。

精神的表现,已成为千千万万人的心音,"一朵花香不是春,万紫千红才是春",要通过市场经济的机制积极传授并推广先进经验,这和封建主义的保守、嫉妒、互相拆台是毫无共同之处的。"任务越紧越有劲,越是紧张越愉快",反映了社会主义制度下工农兵群众的革命干劲。

列宁说:

> 人们看到他们的父母怎样在地主和资本家的压迫下生活,亲自受到那些反抗剥削者的人所受到的痛苦,看到为了保持已经取得的成果而继续斗争要经受多么大的牺牲,看到地主和资本家都是如何凶恶的敌人——这种环境就把他们培养成了共产主义者。①

广大工农兵群众认识到阶级教育的重要性,他们说"不忘阶级苦,永记血泪仇",决心"翻身不忘本,走路不回头"。青年们也认识到"不懂得剥削就不懂得革命","喝过黄连水,才知井水甜"。因此,要实现千百万人民向往已久的理想,就要坚持走社会主义道路,为祖国的社会主义现代化而艰苦奋斗。

第二,经济谚语。对于自力更生建设社会主义,谚语也有不少很好的说明:"自己动手,丰衣足食",这是毛泽东在1942年大生产运动中的题词,已到处流传。"改天换地英雄汉,双手就是万宝山",劳动人民是相信自己的创造力量的。在科学技术上也是这样:"集各家之长,走自己的路。"吸取国内外一切先进经验,创造自己的一套。我们多快好省地建成了大庆油田,生产出了万吨水压机、原子弹、氢弹、洲际导弹、宇宙飞船,就是自力更生方针的胜利。

社会主义只搞计划经济不能充分调动群众的主动性和生产积极性,市场经济则可以通过商品交换自动调节生产,满足人民的各种需要。关于市场经济的谚语是不少的。

由于受"左"倾思想的影响,一些人认为"无商不奸",于是搞"假冒伪劣"甚至进行欺诈,只顾利润,不顾服务,结果可想而知。但是在民间谚语中却总结了人们多年经营的诀窍,讲究"服务第一、顾客第一、质量第一",事实说明,只有服务得好,才能有利润,这是水到渠成的事。"以信求存,以

---

① 〔苏〕列宁:《青年团的任务》,《列宁全集》第31卷,第261—262页,人民出版社,1958年。

义取利",这样才能站住脚并不断扩大经营。"信誉是企业的生命",只要货好,顾客一定多。谚语说"酒香不怕巷子深","店有喜人货,不用多吆喝","嘴强不如货硬";相反,如果搞欺诈,"广告虚夸,等于自杀",质量不稳定,往往砸了自己的牌子。当然,广告还是需要的,谚曰"一分广告十分利","广告一登,死物逢生",该做广告还是要做,但一定要"货真价实,童叟无欺"。"公平交易"是市场经济的要求,等价交换,"以义取利",才会取得双赢而有利于生产,所以一定要有竞争,"价廉物美"才能立于不败之地,"商场如战场,优胜劣败没商量"。"落后就要被淘汰",被市场淘汰,实际就是被群众所淘汰。

一切从市场需要出发,实际即是从群众需要出发,因为群众是市场的主体。商品经济的特点即是:生产不是为了自己消费而是为了别人消费,所以要时刻注意市场,"人无我有,人有我优,人优我变","不断创新,不断前进"。在商业活动中,以人为本,服务第一,谚语曰"百挑不厌,百问不烦;顾客感动,自会掏钱","不笑不开口","笑口常开,顾客自来","和气生财",这就是长期以来经商成功的诀窍。1950年代的谚语"公私兼顾,劳资两利",就是今天所说的"双赢",在处理民营企业的生产关系时非常重要,具有纲领性。

很多谚语成为人们常说的"生意经",在经营活动中成为胜败的重要因素,所以人们说:"不懂生意经,买卖做不通","生财有道,待客有礼","经商欺生,自断财路","信誉是企业的生命","保质保量,以义取利","秤平斗满,顾客心暖","要开良心店,莫赚昧心钱","人无信不立,店无信不兴","信息灵通,生意兴隆","谁有信息谁先发(一说"谁有专利谁先发")","不怕不卖钱,单怕货不全","人好不怕贬,货好不怕选","人无笑脸别开店","想客所想,投客所好","一分生意,十分情意"。市场经济讲究商业道德、合法经营,服务好了自然会赚钱,心理上也会得到安慰。这些谚语是多年经验的总结,对发展市场经济、提高人民生活有好处,对经营者当然更加有利。

第三,劳动谚语。劳动谚语表现了劳动的经验、教训,也关系到生命哲学及人生观。"不图名,不图利,不怕苦,不怕死,一心一意为人民","工作没大小,志气有高低,不比享受好,要比贡献多","比享受,使人意志消沉;比贡献,使人发奋图强",这就是崇高的共产主义风格,是资本主义的市侩庸人无法想象的。共产党人"心红人胆大",想尽一切办法完成任务:"需要干啥就干啥,不打折扣不掺假","生产有指标,为人民服务没有指标"。他们想的是什么?"站在家门口,看到天安门","心怀祖国,放眼世界"。有识之士觉悟到自私自利个人主义的可耻:"活着为人民,生命值千金;活着为个人,不如一根针。是金还是针,行动作结论。"无私就能无畏,可以战胜一切困难。他们说:"山高挡不住愚公,困难吓不倒英雄","困难常常有,千万别低头。迎着困难走,困难化水流"。他们掌握了毛泽东的"矛盾论",即革命的辩证法,认识到矛盾可以转化,穷可变富,弱可变强,"不怕生在穷地方,就怕没有穷志气"。在改天换地的脱贫斗争中,他们表现出了大无畏的英雄气概,"英雄面前无困难,困难面前出英雄"。

有了巨大的成绩,是不能自满的,要用"一分为二"的观点武装思想。新谚语提出:"成绩只能说明过去,不说明未来","一分荣誉,十分责任;一点成绩,百倍虚心"。这样,才能不断取得新的更大的成绩。"越是困难越鼓劲,越是顺利越小心;越是紧张越沉着,越有成绩越虚心",这是不断前进的辩证法。

此外,新谚语还总结了其他多方面的经验教训,反映出广大劳动人民掌握了社会主义思想以后所产生的巨大变化,这是一个新的时代——劳动人民精神解放的时代,由必然王国不断进入自由王国的时代,同时也是哲学从哲学家的书斋里解放出来的新时代。新谚语反映了劳动人民的新思想、新风尚。这是谚语的革命发展,值得我们重视。

关于劳动和学习的谚语很多。谚语赞美劳动,认为它是一切财富的源泉:"地是刮金板,人勤地不懒";教导人要勤劳,要巧干:"大匠手里无废物","艺高人胆大"。在劳动中要有火热的心也要有冷静的头脑,"心要热,头要冷",绝对不能自满,因为"山外有山,天外有天","强中自有强中手,能人背后有能人"。要一辈子虚心学习,"做到老,学到老","路无尽头,学无止境",要认真学、反复学,因为"熟能生巧"。"众人是圣人","三人行必有我师",要向民众学习。一知半解、自以为是是很可笑的:"看人挑担不吃力,自己挑担步步歇";要少而精:"贪多嚼不烂","宁吃鲜桃一口,不吃烂杏一筐","一手难抓两条鱼"。在劳动和学习中,只要努力钻研,什么困难都能够克服:"没有爬不过去的高山","只要功夫深,铁杵磨成针"。列宁说过

"谁怕用功夫,谁就无法找到真理"①,也是这个意思。很多谚语总结了劳动的经验,常常达到很高的哲理高度,具有朴素的唯物辩证思想,如"不经一事,不长一智","眼过千遍,不如手过一遍","近水知鱼性,靠山识鸟音","实践出真知"等,准确生动地说明了实践的极端重要性。"打蛇打七寸""牵牛要牵牛鼻子"等谚语说明集中力量抓主要矛盾的必要性。"聪明还被聪明误""人怕虎,虎怕人""有用的石头,不会嫌重的"等说明矛盾转化的辩证关系。"赶早不赶晚""时间不等人"等说明抓紧时间的重要。这是成功的秘诀。

第四,道德谚语。道德谚语表现了人民为人处事、待人接物中的高尚品质和道德情操。他们虽穷,但有骨气,"人穷志不穷"。他们相信真理,埋头苦干,"天不言自高,地不言自厚",反对夸夸其谈。对缺点是不能隐瞒的,"有错不认错,还是想犯错"。对于那些打肿了脸充胖子的人,谚语说"自称好,烂稻草",这是多么深刻的话。凡是自吹自擂的人,总是骄傲自满、故步自封,"一瓶子不响,半瓶子咣当","骄兵必败"。毛泽东说"要想真正学到一点东西,必须从不自满开始",骄傲自满是人民所看不起的。"要吃甜水自己挑","抬头求人不如自己求土","种瓜得瓜,种豆得豆",人民从不抱侥幸心理,而总是把理想和踏实的劳动结合起来,失败了也不埋怨。"贪小便宜吃大亏","不图便宜不上当","小时偷针,长大偷金",投机取巧贪图小便宜是会吃大亏的,而"老实人总是不会吃亏的"(毛泽东)。"善有善报,恶有恶报",是客观规律。"有理走遍天下,无理寸步难行","身正不怕影斜,真金不怕火炼",要投身到烈火中去经受考验,"烈火出金刚"。

勤俭朴素是人民的传统美德,在谚语中有很多深刻的阐述,如"只可比种田,不可比过年","勤劳苦做般般有,好吃懒做件件无","三日早起抵一工","细水长流,吃穿不愁","一天省一把,十年买匹马";为人要忠厚,"人要忠心,火要空心","浇花浇根,交友交心";要团结互助,"一个好汉三个帮,一排篱笆三个桩";交友要慎重,"跟好人,学好人,跟着老虎学咬人"。封建社会中流行着反映封建思想的谚语,如"娶来的媳妇买来的马,随我骑来随我打",这是封建思想统治的后果。但是,劳动人民另有一套完全不同的道德标准,他们说:"好狗不咬鸡,好汉不打妻。"这是民主思想的反映。

---

① 〔苏〕列宁:《几个争论问题》,《列宁全集》第19卷,第136页。

在劳动人民眼中反动政客是最虚伪的,他们"好话说尽,坏事做尽","满嘴的仁义道德,一肚子男盗女娼",这是对封建道德的一针见血的批判。

反映社会生活的谚语,不可避免地要打上时代和阶级的烙印。民间谚语主要是反映劳动人民崇高美德的,但也有一些反映了反动统治阶级的思想影响和小私有者的落后观念,如:"人家骑马我骑驴,比上不足,比下有余",反映了小私有者自满自足的苟安中庸思想;"胳膊拧不过大腿",这是一方面的事实,但并不是绝对的,如果以为压迫永远不可改变则是不觉悟的表现,当人民集体的威力还没有发挥出来,还只是单个儿受着压迫时,他们有时会被强大的反动势力所吓住,说出"各人自扫门前雪,莫管他人瓦上霜"这样的话来,这就未免太自私了;"鸡多不生蛋,人多没有好饭",反映了从事小生产的农民的散漫性;"女子无才便是德""男做女工,到老不中",这是封建道德的反映;"在家不行善,出门大风灌"虽教人向善,但有迷信思想;而"命里穷,拾到金子变成铜;命里富,拾到纸头变成布""两耳扇风,买地的祖宗",则是反动的宿命论宣传,是为剥削阶级辩护的。少数民族也有不少反映落后的迷信观念的谚语,如彝族:"女人犁地死丈夫,男人背水死老婆,庄稼用人粪瞎眼睛。"这些迷信思想曾大大束缚了人民劳动的积极性,妨碍生产的发展。1949 年后,在事实面前,经过激烈的思想斗争,这些迷信破产了,女子参加了生产,庄稼也用了人粪,丈夫没死,庄稼反长得更壮了,这些谚语当然也就消失了。

第五,科学谚语。科学谚语包括农谚、气象谚语、地理谚语、卫生谚语等,是人民口头的科学技术教材。在《田家五行志》《齐民要术》《农政全书》等古籍中,记载了不少古代的科学谚语。

农谚起于农业生产,也许在远古即已产生。今浙江的谚语"大树之下无丰草,大块之间无美苗",说明阳光、水分等养料对农作物的重要性,在汉代桓宽《盐铁论》中即有(但"大树"原为"茂林",见《轻重》第十四)。在整个农作物的生产过程中,各种经验都有农谚来反映。关于播种的如"清明前后,种瓜点豆";而播种失时,就要减产,"十月种油,不够老婆搽头","夏至栽茄子,累死老爷子"。关于插秧的,如"会插不会插,看你两只脚","秧好半年稻"。关于农作物特点的,如"晒不死的棉花,干不死的南瓜","淹不死的白菜,旱不死的葱"。关于田间管理的,如"三耕三耘田,耷糠变白米","夏至棉花根际草,胜如毒蛇咬"。关于收割的,如"割麦如救火","夏至不起蒜,必定散了瓣","抢秋抢秋,不收就丢","九成熟十成收,十成熟,九成收",非常辩证,是长期经验的总结。关于冬耕的,如"冬天把田翻,害虫命归天","冬耕深一寸,春天省堆粪","冬耕深一寸,害虫无处存"等等。关于下肥的,如"做买卖比本钱,务地比粪土","庄稼一枝花,全靠粪当家"。关于灌溉的,如"有钱难买五月旱,六月连阴吃饱饭"。关于天气对农作物影响的,如"六月不热,五谷不结","入冬小麦三床被(指下雪多),来年枕着馒头睡","瑞雪兆丰年","春雨贵如油"等等。

因各地气候条件不同,农谚有较大的地域性,如关于种麦的时间南北即有很大差异:黄河以北一般是"白露早,寒露迟,秋分种麦正当时";浙江就迟一两个节令,是"寒露早,立冬迟,霜降前后正当时"或"立冬正当时";而福建则更晚了,是"小雪种麦正当时"。因之对于外地的农谚,不能机械搬用,在搜集农谚时,应特别注明流传地区,以免贻误。

气象谚语是农谚的一部分,是农民、渔民、樵夫、牧民等看天经验的艺术概括。宋代诗人梅尧臣在诗中即引用过谚语"日没胭脂红,无雨也有风",这是说西边有大水珠的积雨云,映出像胭脂一般的红色,是阴雨天的预兆。又如"早霞不出门,晚霞走千里","云往东,一场空;云往南,水满潭;云往西,披蓑衣;云往北,好晒谷",反映了我国天气变化的规律。除看云识天气以外,还有看其他事物辨别阴晴规律的,如"燕子钻天蛇盘道,水缸穿裙子山戴帽",这也是下雨的预兆。

地理谚语形象地概括了地方的山川物产特点,反映了地方的风俗习惯,如非常流行的"东北有三宝:人参貂皮乌拉草","东北有三怪:窗户纸糊在外,养个孩子吊起来,十七八的大姑娘叼个大烟袋"。这当然是过去的情况了。又如"过得牯牛,舟子白头",牯牛是长江中浅滩,水浅礁多,难以通过,此谚用夸张笔法指出了它的地理特点。

卫生谚语总结了生活中保持健康的传统经验,是人民长期以来养生之道的结晶,不无科学道理。如长寿要诀:"少吃多动","饭后百步走,睡觉不蒙头,活到九十九","不怕人老,就怕心老"。思想情绪对于人的健康是非常重要的:"笑一笑,少一少","心宽体胖"。饮食也很重要,有些蔬菜水果是对人有益的,有的容易使人生病,如"枇杷上市医生忙,萝卜上市医生回家乡"等等,看来吃些萝卜对人是有益的。

总之,民间谚语的内容是非常广泛的,而思想又非常深刻,"水滴积多盛满盆,谚语积多成学问"。高尔基说:"最大的智慧在于字句的简洁,谚语和歌谣总是简短的,而其中包含的智慧和感情足够写出整整几部书来。"①这个评价是一点儿不过分的。

谚语的艺术特点 谚语是最短小的文学作品,但内容却很丰富,它的语言是高度精练的。"谚语是语言中的盐",是高度浓缩了的。高尔基说:"一个作家必须知道这种材料,它能教他学会像把手指握成拳头一样去压缩语言。"②谚语用三言两语就概括出一个真理,斩钉截铁,掷地作金石声。它不只有结论,而且有"证明",虽然只是形象的类比,但也非常有说服力,含蓄而隽永,耐人寻味。

谚语深刻的哲理性和鲜明的形象性达到了高度的统一。它深入浅出,运用了高度的语言技巧。在谚语中,各种重要的修辞手法都得到了极大的发展。比喻是最常用的。谚语中用得最多的是隐喻(如"敌人是只狼,长着黑心肠")、借代(如"宁交双脚跳,不交迷迷笑",以表情代指某种人)。拟人化手法也常用,如"人勤地不懒","母大儿肥",这是关于选种的农谚。夸张手法对于强调真理的本质有重要作用,如"春雨贵如油","地是刮金板"等等,这又是比喻,是夸张和比喻的同时运用,谚语中常常如此。语言的对偶在谚语中运用很多:"活到老,学到老",这是正对;"不喝黄连水,不知蜜糖甜","不走高山,不知平地",这是反对。此外,谚语中还常用回环句法(又称"反射"),如"船帮水,水帮船","人薄土,土薄人"等等,突出地表现了事物之间的内部联系,加深了人们的印象。

谚语结构严密,矛盾对立鲜明。每个谚语都包含着一个矛盾,常常是现象和本质的矛盾,透过现象揭示本质,使人得到一种智慧的美感,因突然得到了真理而惊喜。如"没有肮脏的工作,只有肮脏的思想",这是多么深刻地道出了社会主义社会劳动的特点:一切工作都是光荣的。通过技术革新,可以改善劳动条件。"十成熟九成收,九成熟十成收",看来是矛盾的,而事实如此。

谚语的音乐性较强,一般是押韵、顺口的,平仄协调,句法对偶整齐,音

---

① 〔苏〕高尔基:《给彼得格勒大剧院剧组的信》,《高尔基文学书简》(下),第13页,人民文学出版社,1965年。

② 〔苏〕高尔基:《谈谈我怎样学习写作》,《论文学》,第191页,人民文学出版社,1979年。

韵谐和,简短有力。如"种瓜得瓜,种豆得豆",这两句不但句法一样,而且第一音节(种)同音,句内又有迭音(瓜、豆都迭);又如"英雄面前没困难,困难面前出英雄","难者不会,会者不难",这是颠倒句法,而句型不变,还运用了"联珠格"(两个"会"字首尾勾连);再如"聪明一世,糊涂一时",这里是双字尾,都同韵,第三音节还同音。这种用法还强调了句法的重复,突出其对比意义。可以看出,谚语的音韵是和它的思想内容紧密相联的。

总之,谚语是精美的哲理小诗、科学小诗,是精工琢磨过的耀眼明珠、高度浓缩过的"语中之盐",集中了民众的智慧,其天才的思想和高超的语言艺术是值得认真学习的。

第二节　民间谜语

谜语是含蓄的咏物性的短谣,可分为谜面和谜底两个组成部分。谜面是供人猜的,如"麻屋子,红帐子,里面睡个白胖子",这是谜语的主要部分;谜底是谜面所暗示的要人猜的事物本身。上面这个谜语的谜底就是"花生"。又如"木公鸡,啄白米,啄来啄去啄不起"是谜面,其谜底是"舂米"。

民间谜语是人民智慧的一种特殊表现。高尔基曾经说过:"人民的智慧用一个谜语的形式极其确切地说明了语言的意义:'不是蜜,却可以粘住一切东西,这是什么呢?'"①谜语常常以惊人的准确性既含蓄又生动地把事物的特性表现出来。在外国如此,在中国也是如此。

谜语的历史　谜语起源很古,我国商周时代即已有了原始谜语的记录。如商末周初的卜筮书《周易》爻辞中有这样的短谣:"女承筐,无实;士刲羊,无血。"(姑娘拿着筐子,却没有重量;小伙子用刀割羊,却不见出血。)这实际上是一个很好的谜语,它运用了传统谜语最常用的手法"矛盾法",将剪羊毛的劳动情况作了生动的描述。尽管在记录中它还只有谜面,没有谜底,当时的猜谜活动情况究竟如何,尚无具体记载,但这个谜面已相当完整,同后代的谜语没有什么大的区别了。有些古代咏物的短诗,如"黄歌断竹"(即《弹歌》)为二言民谣,周作人认为也可算一首谜语,则更原始了。

到东周时代,在社交辞令中有关于"隐语""廋辞"的记载,如《左传》宣

---

① 〔苏〕高尔基:《论剧本》,《论文学》,第57页,人民文学出版社,1965年。

公十二年记萧大夫还无社向楚大夫求救时关于"麦曲"等的对答,《国语·晋语五》关于"秦客廋辞于朝,卿大夫不知也"的记录。但那只是一种修辞上的手法,还不是谜语。《荀子·赋篇》是以隐语的手法写成的咏物小赋,很像谜语,从中可以看到一些类似谜语的成分,如其中的"箴赋"里即有这样的句子:

> 无知无巧,善治衣裳。不盗不窃,穿窬而行。

这是用"矛盾法"描述了缝衣针的特点,可能是荀子所记的民间谜语。

汉代的"射覆语",是对事物形状特点的描述,类似今之谜语,但它不是作为"谜面"而是作为答案即"谜底"说出来的。如《汉书·东方朔传》记曰:"上(武帝)尝使诸家射覆,置守宫盂下,射之皆不能中……朔自赞曰:'臣尝受《易》,请射之!'乃别蓍布卦而对曰:'臣以为龙又无角,谓之为蛇又有足,跂跂脉脉善缘壁,是非守宫即蜥蜴。'上曰'善!'"这种射覆活动,有占卜的成分,但已是一种猜物的游戏了。《汉书》作者说:"朔之诙谐,逢占射覆,其事浮浅,行于众庶,童儿牧竖,莫不炫耀,而后世好事者因取奇言怪语,附着之朔。"可见汉代这种活动已在普通老百姓甚至儿童之中相当流行了。关于东方朔的故事传说则已有了群众的加工、增益的成分。在《太平广记》中有关于他同郭舍人斗谜的记载,但从《汉书》的记载来看,隐语的成分还是比较大的。《汉书·艺文志》中记有"䜅语十八篇",颜师古在注中引刘向《别录》曰:"䜅书者,疑其言以相问,对者以意虑思之,可以无不喻。"这似乎说隐书即是谜语,但无具体情况的记述。从《汉书》所记之隐语活动看,它还不是给人猜的谜语,而只是一种含蓄的辞令,是一种修辞手法的应用而已。《续汉书·五行志》记载了汉末关于董卓的童谣:"千里草,何青青,十日卜,不得生。"这里运用了字谜的离合手法,进行讽刺,但它还不是完整的字谜,至多是处在隐语与字谜之间的一种过渡。在《世说新语》中,记载了一个关于曹娥碑背后所刻字谜的故事,曹操与杨修看到碑后有"黄绢幼妇,外孙齑臼"八个大字(传说为蔡邕所作)即猜之为"绝妙好辞"四字。这是很典型的猜谜活动,但当时还没有"谜语"的名称。直到刘宋时代,诗人鲍照作"字谜三首",才开始出现"谜"字(东汉许慎《说文解字》中的"谜,隐语也",是后人加入的)。鲍照的字谜已收入他的诗集,可见还是颇受重视的。

梁代文艺批评大家刘勰的《文心雕龙·谐䜅》篇是最早系统论述谜语

的文艺理论著述。它列举了春秋以来隐语的发展情况,说到了隐语在古代的讽刺劝诫作用,但认为到东方朔则"谬辞诋戏,无益规补"了。又说:"自魏代以来,颇非俳优,而君子嘲隐,化为谜语。"刘勰认为谜语是由嘲隐转化而来,转化的时间是魏代,可能魏代的猜谜活动比较盛行,前述魏武帝曹操猜字谜的事即其一例。此外,刘勰还说:"荀卿蚕赋,已兆其体,至魏文陈思,约而秘之,高贵乡公,博举品物,虽有小巧,用乖远大。"可见当时的物谜也是不少的。荀子"蚕赋"的情况同"箴赋"相似,而魏文、陈思等人的谜语如何呢?范文澜《文心雕龙注》曰:"皆无可考。"我们在《太平广记》中见到一条关于他们制谜的记载:"魏文帝尝与陈思王植同辇出游。逢见两牛在墙间斗。一牛不如,坠井而死。诏令赋死牛诗,不得道是牛,亦不得云是井,不得言其斗,不得言其死。走马百步,令成四十言,步尽不成,加斩刑。子建策马而驰,既揽笔赋曰:'两肉齐道行,头上戴横骨。行至凼土头,峥起相唐突。二敌不俱刚,一肉卧土窟。非是力不如,盛意不得泄。'……"①这则传说记述了一个事谜的创作过程,也可以说是一首含蓄的纪事诗,这显然同谜语的创作相合。虽没有猜谜的情况,但也有讽刺,用二牛相斗隐刺魏文帝兄弟相残,所以仍带有隐语的性质。可惜的是只此一条,还不一定信实,所以对他们的谜语如何"约而秘之",如何咏物纪事,还不能有全面的了解。从这首小诗看,它所记述的事件是相当复杂的,而运用的手法也是相当曲折的。

南北朝时期猜谜活动有进一步的发展。据《魏书》卷二一记载,北魏咸阳王拓跋禧因谋反事泄,仓皇出逃,"自洪池东南走,僮仆不过数人,左右从禧者,唯兼防阁尹龙虎。禧忧迫不知所为,谓龙虎曰:'吾愦愦不能堪,试作一谜,当思解之,以释毒闷。'龙龙欷忆曰:'眠则俱眠,起则俱起,贪如豺狼,赃不入己。'都不有心于规刺也。禧亦不以为讽己,因解之曰:'此是眼也。'而龙虎谓之是箸"。从这段记载可以看出,当时在北方,谜语已相当流行,甚至鲜卑贵族也喜爱猜谜,在大难临头的情况下,还念念不忘谜语,用以转移注意力,达到解闷舒心的目的。而隐语的讽谏传统也仍有影响,因拓跋禧性贪,所以人们便认为龙虎是以谜语讽刺他的。这一记载很具体地告诉我们这种猜谜活动的全部过程,显然与后代的谜语无异。这是一次非常典型

---

① 见《世说》,《太平广记》卷一七三。

的猜谜活动。类似的谜语直到现在还在流传。

唐代关于谜语活动的记载不多,在唐无名氏所编《雕玉集》中记载了一个孔子的弟子颜回以隐语向路上的妇人借梳子的故事。这个故事可能是唐代民间流传的关于运用谜语情况的传说:"路妇,不知何处人也,孔子游行见之,头戴象牙栉。谓诸弟子曰:'谁能得之?'颜渊曰:'回能得之。'即往至妇人前,跪而曰:'吾有徘徊之山,百草生其上,有枝而无叶,万兽集其里,故从夫人借罗网而捕之。'妇女即取栉与之。颜渊曰:'夫人不问由委,乃取栉与回,何也?'妇人答曰:'徘徊之山者,是君头也。百草生其上,有枝而无叶者,是君发也。百兽集其里者,是君虱也。借网捕之者,是吾栉也。以是故取栉与君,何怪之有!'颜渊默然而退。孔子闻之曰:'妇人智尚尔,况于学士乎!'"这段记载说明颜渊为隐语之捷才,也说明妇人理解力之敏捷,这实际是猜谜,孔子说这是"妇人智"的表现,说明通过猜谜活动是可以测验与锻炼人的智力的。唐代传奇中,也有关于字谜应用的情况记述,但关于猜谜活动则缺乏记载。

到了宋代,可以看到猜谜活动已成为非常普及的市井游戏了,并且还出现了写在花灯上的灯谜。周密《武林旧事》记杭州在南宋时"有以绢灯翦(即剪)写诗词,时寓讥笑,及画人物,藏头隐语,及旧京浑语,戏弄行人"①,虽然仍叫隐语,并且同说笑话在一起搞,仍是"谐隐"的传统,但实际已是一种灯谜。明代田汝成《西湖游览志余》卷二五记载杭州元宵灯谜情况:"杭人元夕,多以谜为猜灯,任人商略。永乐初,钱塘杨景言,以善谜名。"可见在明初已有了善于治谜的艺人,像钱塘人杨景言已相当出名。明代阮大铖的传奇剧《春灯谜》更详细描写了当时灯谜活动的情况。冯梦龙编了《黄山谜》专集,收入许多谜语作品,在许多明清笔记、小说之中也有不少关于谜语的资料,足见当时猜谜活动在民间流传之广。近代以来,书坊出版了许许多多谜语集,百年来不下数百种。在民主革命中,革命者也运用谜语于通俗宣传,如在第一次国内革命战争末期,蒋介石叛变革命后,共产党员夏明翰在湖南曾以这样的字谜反映革命人民的思想:

> 一车只装一斤,好个草包将军,
> 两个小孩相助,又请三个大人。　　(打四字)

---

① 见《东京梦华录》,第372页,中华书局,1956年。

这是运用传统字谜的"离合法"所构成的"斩蒋示众"四字。第二次国内革命战争时期,红一军团政治部主任张际春常在《战士报》上登载谜语以活跃部队生活,进行宣传鼓动。在抗日战争中,陕甘宁边区的《边区群众报》上也曾登载谜语。据主编柯蓝说,1944年8月以后的一年中,报社即收到新旧谜语五百多个,有的旧谜略加修改或另编新谜可以配合当时的运动。如抗旱打井时,就登"井"谜:

  地下一块镜,照得见人影,
  打烂合得拢,天旱救人命。

这对群众提高打井劳动的兴致是有好处的。一些字谜还可以帮助群众识字,如:

  一个大人,带四个小人,
  站在十字路口等人。

从字形的离合上,使人很快地记住并认清了"伞"这个字,很受群众欢迎。中华人民共和国成立以后,谜语活动进一步发展,还出现了不少新谜语,如"像牛比牛好,干活满地跑,人累它不累,回家不吃草",这是随着社会生活的发展而出现的新事物——农业机械拖拉机。在联欢会、游园会上,在报刊上,谜语常常出现。猜谜活动在幼儿教育中很受重视,对于成人也是一种健康的娱乐。因此,在今后一定会得到新的发展。

  谜语的内容和分类 谜语按内容可分为物谜、事谜和字谜三大类。劳动人民过去不掌握文化,字谜不多,他们的谜语多为物谜和事谜。谜语对劳动工具、产品和各种日常生活中常常接触的事物作了精巧的描写、咏叹与赞美。如:

  小铁狗,把路走,走一走,咬一口。 (剪刀)

  一个娃娃真俊俏,衣服穿了七八套,
  怀中藏有珍珠宝,头上戴有红缨帽。 (玉米)

这是物谜,是关于劳动工具和劳动产品的。事谜如:

  石头层层不见山,短短路程走不完,
  雷声轰轰不下雨,大雪飘飘不觉寒。 (推磨)

通过富有诗意的描写,引起人们美好的想象,把推磨的劳动描写得很有情趣,耐人寻味。

谜语也有反映劳动人民痛苦生活的,如"吃阳间饭,干阴间活"(矿工),又如:

> 一个娃,穿红袄,衙门口里去洗澡,
> 回来不回来?骨头回来,肉不回来。　(枣儿)

这个谜语将枣儿的命运拟人化,用以暗指人民群众受封建衙门剥削压迫的惨况。

有些谜语有一定影射,如:

> 黑船装白米,送进衙门里,
> 衙门八字开,空船转回来。　(瓜子)

这是用比喻手法讽刺旧社会衙门的搜刮和掠夺。

> 兄弟七八个,抱着桅杆坐,
> 一时分了家,衣服都扯破。　(蒜头)

这里运用拟人手法描写蒜头的形状,但却深刻地影射了旧社会私有制下的弟兄关系,是人民对社会生活所作的深刻的艺术反映。又如:

> 在娘家青枝绿叶,到婆家面黄肌瘦,
> 不提起倒也罢了,一提起泪洒江河。　(竹篙)

这首短谣不正是旧社会妇女命运的生动写照吗?在封建家长制的统治下,妇女出嫁以后就成为家庭奴隶,受到旧礼教的压迫和摧残,生活痛苦不堪。但这不是妇女苦歌,而是运用拟人手法创造的一则谜语,十分巧妙地体现了撑船的竹篙的特点。

有的谜语还表现了某些反抗的情绪,如:

> 两耳尖尖嘴更长,青钢一片口中藏,
> 世间多少不平事,请得它来尽扫光。　(刨子)

另有异文为:

> 两个翅膀一个牙,不会飞来只会爬,
> 生来爱管不平事,口吐千层一朵花。

这个谜语对木匠推刨的劳动作了出色的赞美,"生来爱管不平事"这是有象征寓意的。

还有更带政治性的如:

  上山息息索索,下山捣乱江河,
  文武百官捉我不到,皇帝老儿可奈我何?! (风)

这个"风"谜,用拟人手法表现了农民起义军进行反抗斗争的生动情景,字里行间浸透了对农民反抗的赞美和对文武百官、皇帝老儿的蔑视。

  当然,大量的谜语还是通过描述事物特征锻炼人们的思考、提供各种知识的,但也不能否认,有的谜语寓教育于娱乐之中,也表现了一定的社会内容。谜语对于启迪儿童智慧、增长儿童知识具有重要作用,它可以发展儿童的思考力和想象力,同时,还可以起到潜移默化的艺术陶冶作用,培养孩子们热爱劳动和劳动产品的思想感情。

  劳动人民的谜语和统治阶级的谜语的风格是不同的,统治阶级文人嫌它"粗俗",如《红楼梦》第二十二回比赛灯谜时,贾环的俗一点,就被元妃退了回来,"众人看了,一发大笑"。文人多用字谜、书谜,讲究用词文雅,言之有据。灯谜是写在灯上的,多为文人创作的字谜,后又发展出许多"谜格"来,技巧性加强了,有的比较烦琐,但删繁就简仍能普及并引起年青人的极大兴趣。最近中国灯谜协会的一些年青人(不少北大、清华的研究生)热心于在全球互联网上猜灯谜,向全球化方向发展了。端木蕻良在《灯谜趣话》(中州古籍出版社,1984年)序中说:"灯谜最好的,我想应该注意到:一要通俗,二要自然,三要生活化,第四,还应体现智慧和情操。"他举了个例子,是他小时候听到的"农民编的灯谜":

  南天门挂镜子,手里扣麻雀,跛子踢皮球,半夜去解手。
        (打三国人名或古人名:赵云、张飞、庞涓、刘备)

他说此灯谜有幽默感,但不是太贴切。而甲子年(1984)春节的灯谜"镜子里面一个人,打一字",谜底是"入"字,则"运思极巧"。随着人民文化水平的提高,灯谜已大大普及,发展为群众性的民间艺术。有的虽较文雅,但一些书谜经过民间流传也变得适合人民群众的口味了,如:

  万岁皇帝去偷牛,文武百官爬墙头,

> 公公背着儿媳妇跑,儿子打破爹爹的头。

这谜底是"君不君,臣不臣,父不父,子不子"。从谜面看,运用"会意"法,确实表现了对"三纲五常"这一最高封建道德思想的嘲弄,语言风格也不像文人谜了。

灯谜多为识字的文人所创作和享用,但也吸收了许多民间谜语的技巧,虽然在体裁上又有了许多新的发展,其中通俗的作品仍然在民间流传,可以列入民间文学之中。

灯谜又称"灯虎""文虎",这是一个比喻,把猜谜语说成是"射虎"以喻其难。灯谜中出现了许多不是韵文的谜面,从一个字的到十个字以上的都有,此外还有"花色灯谜"——无字谜、彩字谜、哑谜、外文谜、数字谜、印章谜、画谜、棋谜、实物谜、拼音谜、邮票谜、声像谜、故事谜、影视谜等等。用这些"花色"做谜面,以谜目提示,只要找到"谜眼",顺藤摸瓜,即可猜出谜底。如"无字谜"为一张白纸,谜目为"打一成语",谜底为"一纸空文";"打一《西游记》人名"则为"悟空"等。

制谜者过去往往从通俗读物中取谜面或谜底,如《三字经》《千字文》《神童诗》《千家诗》《唐诗三百首》《古文观止》及"四书"等等。一些文士作诗时好用僻典,但制谜时则用俗面俗底,如黄庭坚等人。制谜又叫"为虎谋面""与虎谋皮",巧心苦思,创作出精巧的灯谜。为了提示,又有谜格,说明制谜方法,便于猜谜。常用的有明代扬州马苍山的《广陵十八格》,民国年间已发展为三四百种谜格,但最常用的也不过十多个。如"卷帘格",以倒读扣合谜面。"峨眉"打一成语,谜底为"名山大川",倒读为"川大山名",即很巧妙。如此曲折的思考,可锻炼人的想象力。又如"秋千格"也是谜底倒读的谜格,但谜底限定用两个字,与卷帘格不同。如谜面"六出祁山,九伐中原"用三国典故"打唐代人名一",谜底是"魏征"("征魏"倒读为魏征,扣合谜面。这是简化字新谜)。此外常用的还有"徐妃格"(以谜底字的一半扣合谜面)、"求凰格"(用对仗加字扣合谜面)、"燕尾格""降腰格""上楼格""下楼格""掉头格""掉尾格"等等用移字、拆字,"白头格""夹雪格""粉底格""梨花格"则用谐音法。白头的"白"即谐音白字,谜底第一个字同音相谐;夹雪格为中间一字同音相谐;粉底格要求谜底最后一字为同音白字。如"走读"(打哲学名词一),谜底为"形而上学"第一字由"行而上学"的"行"变来,这是白头格。而"梨花格"则谜底每个字全用谐音白字,如"速写"(打职业称谓一)由"快记"谐为"会计"。如此等等。

民间谜语的艺术特征 民间谜语多为咏物性的短谣,能启发思考,优秀的民间谜语是非常引人入胜的。这些优秀的民间谜语,一般具有构思巧妙、比喻确切、结构严密、语言生动、音韵和谐、风格刚健清新等特点。如:

> 站着没头,蹲着有头,
> 背在前头,肚在后头。 (小腿肚)

谜语很含蓄,引人深思,耐人寻味,但仍然要突出地描述事物的特征,使人通过谜面能联想到该事物本身;既要提供准确的线索,却又不能明白地说,而要耍些花招,使人误入迷途。《文心雕龙·谐讔》篇早已指出过谜语的这种特点:"谜也者,回互其辞,使昏迷也","辞欲隐而显"。民间谜语常常能巧妙地将显与隐的矛盾组织在一个整体之中,其结构手法相当丰富,择其大者略述如下:

第一,矛盾法。把事物特征的矛盾之处突现出来,使人迷惑不解,进行伪装。如:

> 一粒谷,撒满屋。 (油灯)

油灯的火焰很小,像"一粒谷",但它的光却照得很大,可以"撒满屋",一大一小是矛盾的,又是统一的,都是灯的特点。这矛盾双方统一得很巧妙。又如:

> 小时四条腿,长大两条腿,老了三条腿。 (人)

一件东西,有不同数目的腿,这不是矛盾的吗?但它又是统一的,小时在地上爬来爬去,是四条腿;长大了,能直立走路,是两条腿;老了,用根拐杖,这不是三条腿吗?这是人。腿的数目是随年龄而异的。

谜语常常运用事物一般和特殊的矛盾制造歧义,进行伪装,如:

> 洗得吃不得,吃得洗不得。 (水)

能洗的东西,一般是固体的。谜语先把人引向固体之物,造成人的错觉,使人用一般事物的规律来对待特殊事物。其实这不是固体的,而是水。这就出人意料,令人"难以想象"了。

还有把几个事物连在一起的"连环谜",如:

> 胖子无肉,瘦子淌油,
> 天上飞的长乳,地下爬的无头。
>
> （灯笼、蜡烛、蝙蝠、蟹）

这种矛盾法是谜语最常用的"回互其辞"的艺术手法。

第二,比喻法。这也是常用的,如:

> 青橄榄,两头尖,当中一个活神仙。　（眼睛）

这里用暗喻和借代手法描述眼睛的特点,眼睛不是很像橄榄吗?眼珠瞳仁不是一个"活神仙"吗?这是对眼睛的一幅生动的素描,比喻贴切而传神。

第三,拟人法。把生物和无生物拟人化,生趣盎然,使人迷惑于人与物之间。如:

> 一个胖大汉,头上两把扇,走一走,扇一扇。　（猪）

这是人吗?不是,是猪。

第四,谐音法。利用同音词进行迷惑,如:

> 四面四堵墙,当中一根梁,
> 一宅分两院,关猪不关羊。　（算盘）

这里首先描述算盘的形状,最后说"关猪不关羊"是用"猪"来谐算盘珠的"珠"。

第五,谜语还常利用同一个词的多义性来制造歧义,此法又称歧义法。如:

> 看得有节,摸得无节,两头冷,中间热。　（历书）

这里把节气的节和枝节的节混同起来,使人不易猜出这是记载一年四季的"历书"。

总之,一般说来,谜语虽然是语言游戏,但它锻炼智力,发展人的想象力,饶有兴趣,有一定的思想内容和教育意义,语言生动灵巧而又含蓄隽永,是令人喜爱的。灯谜是谜语的发展,可自己制谜,不断创新,是很吸引人的智力游戏。

第三节 歇后语

歇后语又叫"俏皮话",是民间俗语的一种,是一种形象化的含蓄的语言形式,有一定的文学性。它作为一种语言材料,往往不能独立成篇,只能在一定语言环境下单独使用,因此有人认为它不能算是完整的文学作品。谚语也往往是作为语言材料在说话中引用的,所以歇后语有些地方近似谚语。有的歇后语即是从谚语发展而来,如"千里送鹅毛——礼轻人意重"等等。台湾学者朱介凡等也把它归入谚语之中[①]。这是一种广义的谚语概念。

一个歇后语可分前后两个部分,前半为形容语,多用形象的比喻表达一定的意义,是喻体,类似谜语的谜面;后半为本意的解释,是本体,类似谜语的谜底。但它又和谜底不同,可以省略,成为"歇后",但也可与前半形容语同时说出;而谜底则不能同谜面同时说出,否则就不成谜语了。歇后语前后两部分互相依存,有固定联系,如"老鼠过街——人人喊打"前后联系起来,生动有力,妙趣横生,确是劳动人民画龙点睛地表达思想感情的好形式。这种民间的语言艺术是人民智慧的一种创造。因为大家对此两部分的联系非常熟悉,所以在讲话时往往只说前半句,后半句心照不宣,十分含蓄;也有时先说前半句,歇一会儿再说后半句,也十分幽默风趣。

劳动人民对生活中的具体事物有深切的感受,能紧紧抓住事物的特征,驰骋想象,以生动活泼的民间语言,以民间口头文学所惯用的比喻、拟人、夸张、谐音等多种艺术手法,非常精练地以歇后语的形式,把思想感情巧妙地表达出来。不少歇后语有浓厚的感情色彩,刻画了"现世相的神髓",具有一定的社会意义和思想价值。如"棺材里伸手——死要钱"画出了旧社会那些官僚、地主、奸商、地痞拼命搜刮民脂民膏的丑恶形象;又如"老虎戴念珠——假慈悲","黄鼠狼给鸡拜年——没安好心",嘲讽敌人的两面派嘴脸,揭露甚为深刻;"小和尚念经——有口无心"则形象地反映了那些口头上会说一套大道理,实际上并不理解、并不真正照办的情况,是一种恰当的比喻。毛泽东在整风报告《反对党八股》中曾用歇后语"懒婆娘的裹脚——

---

① 参见朱介凡编:《中华谚语志》(1—11卷),台湾商务印书馆,1989年。

又臭又长"来讽刺那些党八股的文章,真是再恰当不过了。

歇后语多用形象性的比喻来说明问题,其喻体多同人民日常生活、生产有关,有以人事为比的,如"竹篮打水——一场空";有以事物的形状为比的,如"快刀切豆腐——两面光";有以动物拟人为比的,如"王八吃西瓜——连滚带爬";也有以神话、传说和故事中的人物为比的,如"张果老骑驴——倒着走","猪八戒照镜子——里外不是人","姜太公钓鱼——愿者上钩"等等。许多比喻非常确切、生动,有的是对事物特点所作的准确的现实描绘,有的则加以大胆的想象虚构,配合拟人、夸张等手法,形象十分鲜明,惟妙惟肖,令人难忘。

作为一种口头语言艺术,歇后语有时也运用谐音双关的手法,如"旗杆上扎鸡毛——好大的掸子",实际是说"好大的胆子",以"掸"谐"胆";又如"隔窗吹喇叭——鸣声在外",以"鸣"谐"名",同音假借。随着社会的前进,一些新的歇后语也在不断地创造出来,有的则是在原有的基础上发展的,如"飞机上吹喇叭——响得高",以"响"谐"想","飞机上弹琴——高调",等等。

歇后语因为构思巧妙,想象奇特,夸张生动,语言诙谐风趣,常常表现了强烈的幽默感,给言语对话增添了很多趣味,被人们称为"独特的东方幽默"。茅盾认为它也是一种语言游戏。

歇后语中也有一部分过时、落后的,如"小碗吃饭——靠天(添)","生在讨饭路上——命里苦"等有宿命色彩;"聋子听话——傻瞪眼","瞎子打瞌睡——不显眼"等嘲笑生理缺陷;此外还有一些黄色、庸俗、格调不高的,需要进行挑选甄别和改造提高。

总之,歇后语是我国具有民间文学特色的俗语之一,与谚语关系密切,运用得好,可以使语言通俗明快、生动活泼、含蓄幽默、饶有风趣并有一定的讽喻性,常常发人深省,给人留下深刻印象。在民间故事、传说以及日常言谈和许多文学作品中,歇后语有很大的修辞价值,受到广大人民的喜爱。

第四节 对联与诗钟

对联俗称"对子",又叫"楹联",是中国汉字民俗文化的一种重要形式,形式上是书面的,与书法关系密切,但联语"对对子"也在口头流传,与口头文学也有密切的关系。由于对联作为一种有特色的中国传统民俗的重要性,我们在民间文学中应该把它包容进来,它也应该属于民间文学的一个组成部分。所以,民间文学的范围应该大于口头文学。

对联把生活艺术化了,使生活充满诗情画意,在民间生活中非常重要,过去家家大门上要贴门联,因在春节时用红纸书写之后贴上,所以又叫"春联";有的贴在柱子上,叫"楹联";结婚时贴的对联叫"喜联";过生日做寿用的对联叫"寿联";做丧事时为哀悼与赞颂而写的对联叫"挽联"。在风景名胜之处和大街上的商店里也都有楹联、门联。所以我们在城乡处处都可以见到对联。

对联的内容是非常丰富的,有的还有政治讽刺作用,所以在封建专制时代,写对联也会惹事,甚至会被杀头,如清初王夫之不与朝廷合作,写对联:

清风有意难留我;明月无心自照人。

当时清王朝初建,尚须笼络汉族文人为他们服务,所以没有把他怎么样。但到政权巩固以后,就现出杀机了,有人写了类似的对联:

明月有情常照我;清风无事乱翻书。

明月有情反顾我;清风无意不留人。

此二人均被杀头,乃至满门抄斩。于此可见对联也有不小的社会作用,不可忽视。

对联的双句结构及其基本要求 对联是用毛笔书写汉字构成的两个长的条幅,两边必须字数相同、词语平仄对仗,形成上下相对的两联,故称对联。在两联的上方门额上,有时有一"横批"(又称"横额"),二至四字,点明主题。

对联要求语句意思完整,通过上下联使人明白主要的完整的思想内容。每联的字数一般在四字至一二十个字之间。例如常见的春联:

书到用时方恨少;事非经过不知难。

通过对仗反复叙述实践和知识的关系,给人以很深的印象。上联讲书本知识与实践的关系,说实践远比书本知识丰富得多,到实际运用时就觉得不够用了,所以还要更多地学习;下联讲实践之后才知事情之难。这是非常深刻的生活哲理、经验之说,实际上也是一首谚语。由此可见,对联和谚语关系密切,这是书面化的谚语,是在口头文学的基础上的书面作品,实际上是口头和书面结合的、两栖的。这副对联我少年时代家中房门口就贴着,所以印象很深。对联可以使谚语得到独立的传播,产生更大更远的影响。而一些好的对联也可以变为谚语,流传于人们口头。

对联的结构最大的特点是对偶(对仗)。上下联相对应的对偶词语要求字数相等、词性相同,名词对名词、动词对动词、形容词对形容词、虚词对虚词;还要求句子结构也相同,主语对主语、谓语对谓语、宾语对宾语、定语对定语、状语对状语、补语对补语;上下两联的对仗在语音上要求变化、不单调,一句之内平仄相间,两联之间平仄相对,和律诗中的平仄节奏相同,也有一定的灵活性,"一三五不论,二四六分明",因第二、四、六个字是句中停顿长音(或重音)所在,所以不能含糊,要按律句的格律要求,即"平平仄仄平仄仄,仄仄平平仄平平"。上联句尾用仄声,下联句尾用平声;其他字的平仄可以变换,有一定灵活性,只要两句之间平仄相对,一句之内平仄相间,不单调重复即可。

对联的内容也要求对偶关联,一般是上下联的意思相对相反,也可以相近相同。不过也有特例或例外,如有一种"无情对",两联意思完全风马牛不相及,既不相反,又不相同,根本上是无关的两类,这是一种谐趣、幽默的游戏对联,如"五月黄梅天,三星白兰地"。还有一种"流水对",两联不是平列的而是前后意思连贯的,这也是一种特例,如:

少壮不经勤学苦;老来方悔读书迟。

如上下联分别来看,意思不完整,要两句串联衔接才能如行云流水,语意连贯。

对联的分类 对联是一种实用的民间文学,按其实用功能和使用场合,大致可以分为如下几类:

第一,春联。这是春节时家家户户门上要贴的对联。春节是中国最大的节日,关系到下一年的生活与健康,所以春联的内容要求吉祥,一般用红纸来写,但少数有丧事的人家则用黄纸(第一个春节)或蓝纸(第二个春节)书写,以表达哀思尽孝,第三年则"脱孝"仍用红纸书写了。一般三十晚上之前在大门、内门各处都贴上春联。

春联往往以福寿的祝愿为主题,祝贺来年风调雨顺、生活幸福、安康长

寿,如通行的春联:

> 天增岁月人增寿;春满乾坤福满门。

春节是一年的开始,人们期望有一个新的转变,使生活更好,进入一个新的境界:"一元复始;万象更新。""花开富贵;竹报平安。"在我的故乡扬州城乡,每到春节,家家户户都贴上红彤彤的春联,一片喜气洋洋。过去往往是自家或请人书写的,各家各户都不一样,很有特色。如今有了印制的新春联,有的写得较好,但如家家都一样,千篇一律,就没有什么兴味,所以很多人家还是自己书写有个性的春联,各有特点,诗意、书法皆美,情趣盎然。

第二,居室联。这是居住院落、宅第、房舍中的对联。一般用红纸写的,每年换一次,就是春联;但也有的带有一定永久性,是用油漆书写在门上、堂屋的木板上的,一般为红底黑字;写在长条木板上的对联又叫"联牌"(见《红楼梦》第十七回);有的面对街巷口的墙的下部有一石块,上写"泰山石敢当",这是辟邪之物,在它的两旁可能也有对联:

> 五行通天地;八卦定乾坤。

居室联一般写家庭特点,有喜庆色彩和发扬优良传统的意味,如:"向阳门第春常在;积善人家庆有余。""忠厚传家久;诗书继世长。""知足常乐;能忍自安。""物华天宝;人杰地灵。"这些是大门的门联。房间卧室也有对联,比大门联小得多,用细长条红纸贴在门两旁,其内容常有哲理教训意义。我从小就从这些门联上记住了不少谚语、格言,如:

> 世事通明皆学问;人情练达即文章。

> 事能知足心常乐;人到无求品自高。

在书房、客厅常有对联挂在中堂神像或国画两边,如:"书山有路勤为径;学海无涯苦作舟。""松风煮茗;竹雨谈诗。"徐文长绍兴"青藤书屋"家中的对联很有个性和幽默感:

> 两间东倒西歪屋;一个南腔北调人。

冰心老人的书桌上方,有一副林则徐撰写的对联,在冰心纪念馆中可以见到,在现代文学馆也有:

> 海纳百川,有容乃大;壁立千仞,无欲则刚。

在竹园中有对联以竹喻人格修养,也有教育意义,颇为巧妙:"刚出土时便有节;到凌云处总虚心。"

在帝王的居室也有对联,如故宫大门无对联但居所乾清宫则有:

惟以一人治天下;岂为天下奉一人。

这符合封建帝王的心理,虽是专制独裁的君主,自己一人统治天下,但是并不要天下人全供养他,有些为天下辛劳求福的意思。这是清代前期康乾盛世时所写。

晚清大臣左宗棠在家未仕之前的对联写他的报国之志与读书之乐:

身无半亩心忧天下;读破万卷神交古人。

在一些居室联中,写出了传统的道德观念:"家贫出孝子;乱世出忠臣。""忠臣"又写为"忠良",这是长期通用的,反映了深刻的生活经验和辩证法思想,所以富有悠久的生命力。

一些文人的居室联,大多有自己的个性特点。如郑板桥做过两任县令,因为民求利而得罪官僚豪绅,乃弃官为民,在扬州以卖字画为生,成为"扬州八怪"的代表画家。他的居室不大,但却特别雅致,其联曰:

室雅何须大;花香不在多。

这是一种生活经验,也是一种精神境界,富有哲理性,道尽了大与小、多与少的辩证法。

有不少对联是"自题""自勉"的,近于座右铭。如黄庭坚《自题》:

认半句错,省千般累;忍一息怒,保百年身。

有如"制怒"的格言,对处理好人际关系有益。黄庭坚这么有个性的"拗相公"是有自知之明的,此联要求自己不固执己见,不发火以省心健体。清末权臣李鸿章代表腐朽的清廷签订了许多丧权辱国的不平等条约,是被很多人骂为卖国贼的,但他实在是迫不得已,有自己的苦衷,在骂声中他的心态如何呢?走进他的书斋可见其"自慰"一联:

受尽天下百官气;养就心中一段春。

他能"自慰",安慰自己,在受气之时,保持心情的平和,达到心理平衡。其实,在洋务运动中,他对中国的工业建设、武器现代化还是作出了不小贡献的。

此外，还有关于如何做人的："最爱聪明藏浑厚；每于退让见英雄。""吃得苦中苦；方为人上人。"这些都是"自励"的对联，流行较广。中国人讲究"藏锋不露""韬光养晦"，虽然目光锐利，但聪明之中深藏浑厚，能屈能伸，照顾对方的情绪，有谦谦君子之风，"每于退让见英雄"，这是非常辩证、深刻的，与那些浅薄的小人不可同日而语。中国知识分子受儒家、道家影响，讲"中庸"，讲"以退为进"，就是坚持和为贵，这对于密切人际关系是很有好处的，对于我们当今建设和谐社会、和平世界也很有好处，是一种成熟的表现。对联中有君子、小人相对的：

　　君子坦荡荡；小人长戚戚。

人都是有缺点的，有些人很虚荣，为了"面子"而掩饰缺点，实行鸵鸟政策，甚至对批评者记恨在心，打击报复无所不用其极，这就是"常戚戚"的小人，他实际上是保护了自己的缺点，必然不断受到人们的谴责而戚戚不安。司马迁说"君子之过，如日月之蚀"，孔子说"吾日三省吾身"，每天要反省自己的缺点，还不止一次地反省。谚语说："有错不认错，还是想犯错"，"自称好，烂稻草"，"不怕有错，就怕不改"。而改错先要认错，所以认错实在是人格完善之需，是不断进步的阶梯。"君子坦荡荡""闻过则喜"，才是大丈夫为人之道。即使有一些不实的批评也不怕，"身正不怕影子斜"，很自信，相信真理必然胜利，"天不言自高，地不言自厚"。这是唯物的、辩证的做人之道。"人要忠心，火要空心"，要有"忠恕之道"，绝不做自欺欺人的小人。这是知识分子的清高和骨气，与那些浮夸说假话的官僚是不同的，虽屡受打击，乃至贬官流放，但正直无私，永远令人尊敬。顾颉刚难忘童年时在苏州店铺门口见到的对联：

　　能受天磨是好汉；不遭人忌是庸才。

这些都是自勉、自觉的对联，充满了对磨难打击与妒忌等阴暗心理的蔑视，是精神坚强、人格健全的心态。蒲松龄屡试不就，怒而放弃科举仕途，转而发愤写作，在书斋的铜镇尺上刻对联自励：

　　有志者，事竟成，破釜沉舟，百二秦关终属楚；
　　苦心人，天不负，卧薪尝胆，三千越甲可吞吴。

上联用谚语、成语及项羽起义的典故，下联则改造谚语和勾践复国的成语，表现了自己的决心。果然他记录民间故事,创作短篇小说,坚持不懈,终于写成经典名著《聊斋志异》。

梅兰芳的座右铭写出了他的表演艺术理念:

> 看我非我,我看我,我也非我;
> 装谁像谁,谁装谁,谁就像谁。

这是一副联珠格(顶真格)的对联。

北京大学张伯坚为京师大学堂(即北京大学前身)拟写的对联是:

> 学者当以天下国家为己任;我能拔尔抑塞磊落之奇才。

张伯坚曾任光绪皇帝的侍读,提倡变法图强,1898年戊戌变法失败后,因举荐康有为而获罪,受革职留任处分,1902—1904年任京师大学堂管学大臣(即校长)。他一心要办好北大,想聘"德望俱备,品学兼优"的吴汝纶为学堂总教习(相当于教务长),开始吴不愿出任,他竟登门跪请,穿着大礼服在吴面前长跪不起,直到吴答应为止,一时传为佳话。于此可见其爱才心切,真正是"尊重知识、尊重人才"的校长。此上联中,他把北大师生教与学的目的说得非常明晰——学者当以天下国家为己任;下联则针对正直之士常受压抑的历史经验与现实之情,决心要提拔重用被压抑的"磊落之奇才"。这是北大的优秀传统之一,也是中国大学的优秀传统之一,值得我们发扬光大。

无独有偶,北京大学俱乐部亦有蔡元培校长在1919年初书写的一副对联:

> 贫贱何妨,只要把物与民胞安排下去;
> 精神能固,却须从冰天雪地磨炼过来。

这是1919年1月12日北大国史编纂处张蔚西、童亦韩、邓文如等人为商议建立"学余俱乐部"事,约请蔡校长到什刹海赏雪,他们在大雪之中,乘冰橇从冰上驶入湖中畅游,"头面衣履俱染,六出(雪)花意甚张,归而撰此联,将悬诸部屋,以志胜游。杭县叶瀚撰句,绍兴蔡元培书"。蔡元培是前清进士、翰林,又曾留学德国多年,1917年回国任北大校长,厉行彻底改革,开辟了北大的一个新时代。他提倡学术自由、兼容并包、民主领导,实行国际上通行的"教授治校",大大发挥了教职员工与学生的积极性,真正发扬了"国家兴亡,匹夫有责"的主人公精神。上联所述为,贫贱之人也是国家主人翁,要把国家兴亡的大事与亿万同胞一齐安排好。宋哲人张载《西铭》:"民吾同胞,物与吾也。"当时国家外侮内困,需重新安排,三个月之后五四运动的春雷更震响了这种精神,由此才能冲破旧中国的重重黑幕;下联说明要经过冰天雪地的磨炼才能真正强固这种爱国精神。五四运动由北大领头,与蔡校长的领导以及无数爱国师生的奋斗分不开,绝不是偶然的。这种立志改革、坚决实行的北大精神,是今天也很必需的吧。

陶行知是留学美国的教育家,他从事教育革新,提倡实践教育,主张"教育为众""爱满天下",在赠友人的一联中说:"以教人者教己;在劳力上劳心。"1927年,他在南京郊区为农民办晓庄学校,在礼堂的对联中突出了这种全新的教育思想:

和马牛羊鸡犬豕做朋友;对稻粱菽麦黍稷下功夫。

现在的年轻人可能会感到眼花缭乱,但如果读过《三字经》就会知道,"马牛羊鸡犬豕""稻粱菽麦黍稷"正是《三字经》中的句子,此联说明这位洋博士还是重视中国传统的启蒙教学课本的,同时,又真正联系实际,使这些知识不停留在书本上。这就不是培养像孔乙己那样烂死无用的迂夫子,而要培育出建设中华人民共和国的劳动者。抗日战争开始以后,淮安的一些小学生组织了一个"新安小学",他们在战乱中流亡,边学习,边演戏、唱歌宣传抗日,走遍了大半个中国,成为"新安旅行团"。陶行知的教育思想在此得到贯彻,他特别高兴,为他们题写一联:

捧着一颗心来;不带半根草去。

这是他自己心境的流露,也是对新安旅行团小朋友们爱国热心的写照,鼓励他们无私无畏,在国难当头的时刻,不顾一切困难去开辟新路,献身祖国。

居室对联使居住的环境充满文化彩色,把诗意之美带到日常生活中来,大大提高了人们的生活质量。优美的书法、对称的双联不仅有形式美,也有内容之美,这就把人们的日常起居,由物质生活提高到精神生活的优美境界,使之闪耀着精神美的光芒。

第三,礼俗联。在人生礼俗——婚丧嫁娶、生日庆寿及人际交往中,常常运用对联表示庆祝或哀悼等强烈的感情,这也是对联经常发挥的实用价值。

寿联,是祝寿庆生日的对联。一般小生日不做寿,到大生日才做寿,在过去"人生七十古来稀"的时代,一般三十以上才能做寿,请客送礼,大肆庆祝。如今长寿老人大为增多,年过百岁也不稀奇了,所以一般七八十岁才会做寿。寿联是庆寿的贺礼之一,是高雅的贺礼,要写出寿星的特点与赞颂之词。

1940年12月6日,中央大学教授马寅初因抨击四大家族搜刮民脂民膏、搞经济垄断发国难财而遭秘密逮捕。1941年五月初九是他的六十寿辰,为营救马寅初出狱,陪都重庆各界于三月三十日提前在重庆大学礼堂举行祝寿典礼"遥祝马寅初六十寿辰大会"。中共代表周恩来、董必武、邓颖超联名送寿联:

> 桃李增华,坐帐无鹤;琴书作伴,支床有龟。

上联说马寅初的演说使许多学人觉醒,可惜鹤寿遐龄的寿星不在现场;下联表示广大人民坚决支持马老的正义斗争。

1953年毛泽东六十大寿,徐悲鸿贺一寿联:

> 言论文章,放之四海皆准;功勋伟业,长与日月同光。

徐悲鸿是蜚声世界的大画家,此联表现了他在解放初期对战胜了帝国主义侵略、迎来中国新生的中国共产党和马列主义领导的钦敬和信任,很有时代特色。

通用的寿联大家都很熟悉了:

> 寿比南山松不老;福如东海水长流。

此对联有异文,可以颠倒一下次序,包括三字尾的词序:

> 福如东海长流水;寿比南山不老松。

对比一下,还是第一副把"寿"放在前面,更符合寿联的需要。

喜联,是庆贺结婚大喜的对联,又叫"婚联",在婚礼上挂贴于喜堂或大门上。一般为庆贺百年好合、花好月圆,如:

> 邀得空中比翼鸟;来看枝上并头莲。

又如:

> 志同道合;花好月圆。

看两个革命伴侣;成一对恩爱夫妻。

强调"志同道合"是未来幸福生活的基础,确实非常重要,这对青年择偶是有启发性的,不然若生活目的、追求不同,将会有无尽的矛盾与苦恼,如徐悲鸿与蒋碧薇之间的悲剧。

梁思成于抗战期间下乡调查时,在四川民间发现了一副新喜联:

握手互行平等礼;齐心同唱自由歌。

这是新旧合璧的喜联,横批是"爱的精诚",似乎不伦不类,却有时代特色,是一副不错的民间新婚联。

挽联,是办丧事时在灵堂、追悼会上悬挂的对联,用以表示对逝者的怀念与赞颂,一般在会后即焚化,但也有子孙或单位留作纪念的。通用的挽联如:

音容宛在;浩气长存。

英名垂千古;丹心照汗青。

奋斗为人民,精神不死;立功昭日月,青史长存。

章太炎挽康有为:

国之将亡必有;老而不死是为。

这是坚持民主共和的章太炎给沦为保皇党的康有为所写的一副很特别的挽联,不是赞颂而是盖棺论定,有对他晚节不保的尖锐谴责,句尾二字"有为"嵌入亡者名字。

1931年"一二·九"学生运动中,十二月十六日学生受军警血腥镇压,北大再生社《挽一二一六死难烈士》联曰:

凶手审凶手,凶手自问自答,无耻;
同胞哭同胞,同胞流血流泪,伤心。

1936年10月鲁迅病逝于上海,美国记者斯诺与姚克合写一挽联致悼:

译著尚未成书,惊闻陨星,中国何人领呐喊;
先生已经作古,痛忆旧雨,文坛从此感彷徨。

当时他们正在翻译鲁迅的小说,尚未完成而鲁迅已逝,特别悲怆。"旧雨",

老友也。《呐喊》《彷徨》均鲁迅名作,嵌入联中,语义双关,令人更感亲切、巧妙、恰当。

1946年4月8日回延安途中,叶挺将军飞机失事牺牲,老友叶剑英元帅作挽联曰:

　　三十年戎幕同胞,六载别离成永诀;
　　五千里云天在望,一腔热血为招魂。

闻一多被国民党特务杀害后,其追悼会上的挽联流传很广:

　　一个人倒下去,千万人站起来;
　　千万人站起来,一个人倒下去。

烈士鲜血,唤醒了千万人走向革命,这是反动派没有料到的,但事实如此,武力镇压民主独裁专制的暴行,加速了反动统治的灭亡。得民者昌,失民者亡,从来如此,人们喊着"向着法西斯蒂开火,让一切不民主的制度死亡",迎来民主自由幸福的中华人民共和国。

1948年8月朱自清病逝,当时他贫病交迫,宁肯饿死,不领美国救济粮,表现了中国知识分子伟大的气节。朱先生的好学生、民盟战友吴征镒(植物学大师,2007年国家科技最高奖获得者)为老师献上挽联:

　　使贪夫廉,使懦夫立;
　　求经师易,求人师难。

1949年4月1日南京反动军警向反饥饿、反内战、反迫害的学生游行队伍开枪,打死学生二人,伤更多。中央大学学生会为死难学生开追悼会,会场上有一幅没有文字纯用标点的对联:

　　？　　　??　　　???
　　！　　　!!　　　!!!

一连三个问号,一个比一个大,一个比一个多,质问国民党为什么杀害青年学生?下联惊叹号也是如此,更有力地说明国民党垂死挣扎,末日已到。果然,不到一个月,4月23日,解放大军就解放了南京,把红旗插进伪总统府,宣告国民党独裁政府的灭亡。

盖叫天是著名京剧演员,人称"活武松",其表演动作干脆利落,双目炯

炯,特别英武,直到老年仍不减壮年风采,但不幸老年丧子,于是作一挽联,颇有特色:

  黄梅未落青梅落;白发人送黑发人。

但凡老人,都希望青年人健康成长,青出于蓝,然而事与愿违,子女不幸早逝,特别令人伤悲。

  2008年北京作家浩然病逝,他的追悼会上出现这样的对联:

  喜鹊登枝杏花雨,金光大道艳阳天;
  乐土活泉已圆梦,浩然正气为苍生。

这里用了他许多作品的名称,表现了对他的怀念与赞扬。《喜鹊登枝》是他的成名作,《杏花雨》《金光大道》《艳阳天》《乐土》《活泉》《圆梦》《苍生》也都是他的小说的题目,最后一句"浩然正气与苍生",点明了他的为人,这浩然的名字也是语义双关的,甚为确当。

  据《刘氏族谱》记载,刘邦祖父的墓碑上有对联曰:

  朝朝竹扫地;夜夜月点灯。

这倒是永久性的丧联。家谱是一代代留下来的,此联有可能真的,但也不一定。

  第四,商业联。商店的对联是宣传自己商品和商店历史、经营特长的好形式,类似广告。因此,商人往往不惜花重金请文人书写对联和匾额。在一年之始,商家特别图吉利,所以也用红红火火的春联表示自己的美好心愿。最流行的一副是开放性的,反映了商业的特点:

  生意兴隆通四海;财源茂盛达三江。

还有:"八方进宝;四面来财。""金银满地;福寿齐天。"等等。

  有的对联反映了行业特点,如:"权衡凭正直;轻重在公平。"(秤杆店)"虚心成大器;劲节见奇材。"(竹器店)"劝君更进一杯酒;与尔同销万苦愁。""酒能成事酒能败事;水可载舟亦要覆舟。""沽酒客来风亦醉;卖花人去路还香。"(酒楼)"舞台小天地;天地大舞台。"(戏院)"无酒安能邀月饮;有钱最好食云吞。"(馄饨店,广东话"云吞"即馄饨)"车站未敲钟,请君小坐片时,说什么图利求名,且用些点心去;蒸笼才揭盖,就此饱餐一顿,若不是价廉物美,有谁肯掉头来。"(上海北站餐厅)"虽为毫末技艺;却是顶上空夫。"(理发店)"发于声如雷如电;成为气至大至刚。"(花炮店)"生铁成钢凭锻炼;千锤万击自坚贞。"(铁匠铺)"有材皆中选;适用乃相宜。"(家具店)"妙手调和一江春水;能工巧染五色祥云。"(洗染店)"剪凤裁龙,激情荡漾三江水;飞针走线,巧艺温暖万人心。""金剪裁成丹凤舞;银针引出采鸾飞。"(缝纫店)"男添庄重女添俏;夏透凉风冬御寒。""大小随意着;深浅入时新。"(服装店)"胸中存灼见;眼底辨秋毫。"(眼镜店)"刻刻催人须警省;声声唤汝惜光阴。"(钟表店)"举杯邀明月;和神舞春风。""闻香请止步;知味且停车。""学得易牙烹饪技;聊表孟尝饱客心。"(餐厅)"喜迎春夏秋冬客;善待东西南北人。""客来则喜;宾至如归。""共对一樽酒;相看万里人。"(旅馆)"车窗似锦屏,涌入诗情画意;公路如玉带,牵来万水千山。"(车站)"千里春风劳驿使;三秋芳讯托邮人。""平安劳远报;消息喜常通。"(邮局)"喜当月老牵红线;乐作红娘搭鹊桥。"(婚姻介绍所)"春满柜台,五光十色;货盈橱架,万紫千红。"(百货店)"货无大小皆添备;物虽零星不嫌烦。"(杂货店)"笔架山高虹气美;砚池水满墨花香。"(文具店)"藏古今学术;聚天地精华。""欲知千古事;须读五车书。"(书店)"弦中参妙理;管里寄幽情。"(乐器店)"扬子江心水;黄山顶上茶。"(茶叶店)"春风桃李;秋雨芭蕉。"(花店)

另如:

> 但愿世间人无病;
> 何愁架上药生尘。　　(药店)
>
> 炮制虽繁,必不敢省人工;
> 品味虽贵,必不敢减物力。　　(同仁堂)

北京前门外大栅栏老字号药店同仁堂,是蜚声海内外几百年的老店,此联道出了它能够兴旺发达、长久受欢迎的原因。他们坚持按药方配药,许多贵重的药材也不减分毫;坚持按操作规程制药,"不敢省人工",这就使他们的药品质量上乘,能保证疗效,药到病除。这两副药店联还表现了高度的商业道德,这也是老字号得以长久兴旺的原因,他们绝不是把自己赚钱放在第一位,不是希望人多生病,自己好发财,而是希望人们健康少病,甚至"架上药生尘"卖不出去,也心安理得。这同时下某些片面追求"利润第一"的经济理论大异其趣。好的服务，价廉物美，才能招引顾客，受到欢迎；利润第一，假冒伪劣、偷工减料，绝不会成为名牌，名牌都是"货真价实"的。诚信第一，服务第一，才是企业兴旺发达之道，这也正是商业对联的主要思想。

  商业联也有个变化过程，传说清光绪年间北京一家生意兴隆的剃发店装修门面，请一文人写一副对联："磨砺以须，问天下头颅有几？及锋而试，看老夫手段如何？"写得有气势，书法也佳，但门庭冷落；一猜是对联出了毛病，谁愿意来"挨刀"呢，于是又请人新写一联："相逢尽是弹冠客；此去应无搔首人。"挂起后，门庭若市，顾客盈门。于此可见对联内容一定要切合顾客心理，才有利于经营。升官发财、弹冠相庆是人们向往的；而搔首弄姿、灰头土脸则是人们不乐意的。

  又如洋河大曲酒厂原有的是传统的对联：

    酒味冲天，飞鸟闻香化凤；
    糟粕落地，游鱼得味成龙。

为了适应新的时代，改为这样的句子：

    酒味冲天，香飘五洲四海；
    糟粕落地，肥猪万户千村。

其实这两副对联各有特色，可以并存。

  第五，机关学校联。官府衙门和学校之中，文人较多，厅堂等处多有对联，其内容与政治观念与学习风气相关。如：

    求通民情；愿闻己过。（王阳明上任时联）

这是很明智、虚心爱民的。又如："爱民若子；执法如山。"（县衙联）台湾于右任老人赠蒋经国联："计利当计天下利；求名应求万世名。"

  新的"机关联"提出了"一身正气，两袖清风"的清廉原则，是新时代的清官提出来的：

    讲原则克己奉公，一身正气；
    做公仆鞠躬尽瘁，两袖清风。

"两袖清风"就是清廉之风、清官之风，是人民永远需要的"北斗星"，绝不会成为"昨日星辰"。

> 与群众同甘苦,不搞特殊化;
> 为人民谋幸福,甘当孺子牛。

在抗战时期,毛泽东曾把鲁迅诗句"横眉冷对千夫指,俯首甘为孺子牛"作为革命者的座右铭,这也是一首很好的对联,符合革命斗争时代的需要;如今仍没有过时,因为仍然有破坏人民利益的敌对分子与反华的帝国主义走卒,对他们是不能不"横眉冷对"的,但现在已经主要进行经济建设,以经济建设为中心,故而这首新的对联更符合当前需要,清廉平等,不搞特殊化,不脱离群众,与群众同甘共苦,才能真正为人民谋幸福,做人民的"孺子牛"。还有:"贯彻群众路线;发扬民主作风。""实事求是不浮夸;深入群众要经常。"这类对联明确地抓住了领导工作最重要的原则,是多年正反经验的总结,弥足珍贵。"文化大革命"为什么犯那么大错误,就是由于领导人脱离实际、脱离群众,以"一长制"破坏了民主集中制,所以邓小平1978年在"三中全会"前夕总结历史经验,提出了"没有民主就没有社会主义"的口号,确是非常深刻的。1958年的"大跃进"之所以造成偌大的破坏,就是由于浮夸风虚报产量。"文革"及历次政治运动中的许许多多冤假错案,都是由于违背了"实事求是"原则而造成的。而要了解真实情况,就要深入群众进行调查研究。所以邓小平总结正反两方面成功与失败的经验教训,明确指出,马列主义最重要的原理就是两条:一条是实事求是,一条是群众路线,这是战无不胜的思想保证、政治保证。这些对联虽然直露一些,文学性不太强,但实用性却是很强的,应该成为领导干部乃至一切干部的行动准则而牢记在心。对联贴在那里,时时起提示作用,当然是很好的一种形式。

"学校联"的历史也不短了,明代东林党太学生首领顾宪成在无锡东林书院所题的对联流传甚广:

> 风声雨声读书声,声声入耳;
> 家事国事天下事,事事关心。

这是"国家兴亡,匹夫有责"的中国士人传统思想,鼓舞着东林党反对当时黑暗统治的可歌可泣的斗争。此联反映了这些爱国志士的内心世界,写得也颇有文采,却非常口语化,丝毫不难懂。

吴敬梓有对联:

> 读书好,耕田好,学好便好;

> 创业难,守成难,知难不难。

"五四"时期,北京大学图书馆馆长、经济系教授李大钊是中国共产党的缔造者之一,他给友人的"赠联"写出了他的内心世界,也写出了他自己的抱负和行动:

> 铁肩担道义;妙手著文章。

李大钊 1927 年被军阀张作霖杀害,他用自己的生命实践了这副对联,令人怀念景仰。20 世纪 60 年代,在一次书法展览中,我看到北大中文系系主任杨晦书写过这副对联,杨先生是亲历过"五四"时期的,几十年后仍抄写此联,这一不朽的对联将永远流传下去,成为正直的中国知识分子的座右铭。

"三光日月星;四诗风雅颂。"传说是苏东坡与辽国使者临场对出的对联,在学校中也有流传。

"为 X. Y. Z. 送了君命;叫 W. F. S. 依靠何人。"旧社会一位教代数的教员贫病而死,一英语教师作此联相挽。上联的 XYZ 是数学符号,而下联的 WFS 则是妻子(Wife)、父亲(Father)和儿子(Son)的缩写,这里把英文字母也写入联语了。1947 年 6 月 1 日武汉大学发生"六一"惨案,反动军警包围学校逮捕进步师生,枪杀学生三人。在追悼会上出现了更新颖的对联,没有一个汉字,只用了两个标点符号,却表现了极其丰富的内容,其对联艺术之高,几达于极致。这两个标点符号是:

> ?
> !

第一个问号,意思是反动派倒行逆施,看你还能猖狂到几时?也有人理解为:为什么在堂堂大学之中,却出现这样残暴的屠杀,究竟是什么人主使的?……第二个惊叹号,表示如此严重的反人民事件多么令人愤慨,这是反动分子的又一条罪行,血债要用血来偿,专制独裁的反动政权一定灭亡!

1984 年北大中文系和人民大学新闻系师生为"文革"中被林彪"四人帮"及其爪牙迫害致死的林昭同学开追悼会,在众多的挽联中也有一副是用标点符号写成的,当时曾引起人们的深思和震动。此联也是用的这两个标点符号,但上下联的位置颠倒了:

！

？

当时人们的理解各种各样,但大致总离不开对林昭烈士因反对"四人帮"和错误的"文化大革命"而被枪毙表示愤慨与惋惜,对她坚持原则不屈不挠的斗争坚定性表示无限崇敬……这就是上联的惊叹号震动人心的地方。下联的问号更加引人深思,在人民当家做主的社会主义时代,为什么还会出现这样是非颠倒的冤假错案?为什么坚持真理进行思想斗争要被捕杀?民主何在?法制何在?人道何在?今后如何切实避免此类悲剧的重演……许多相关的问题引人深思。真是"此时无声胜有声",不参加追悼会是难以体会此联所引起的种种感兴和联想的。

这两首标点符号的对联,是在特定的时代、特定的文化空间中产生的,应属于特例,而非常态对联。我们不能不钦佩作者想象力的丰富和构思的巧妙,但实在难以重复、模仿。

学校中的师生关系也是许多对联的主题,如1990年林庚教授八十大寿,白化文作一对联祝寿:

> 海国高名,盛唐气象;诗坛上寿,少年精神。

林庚先生教第二段中国文学史,从魏晋到五代,以唐诗为重点,他特别强调唐诗所描写的"盛唐气象",这是中国古典诗歌的顶峰、高潮,而"少年精神"正是一切好诗的特色,著名诗人的著名诗篇都充满了少年精神。"盛唐气象""少年精神"是林先生在深入研究中的新的发现、新的理论创造,他曾经对我说过,他一辈子都在研究盛唐气象,提倡并实行少年精神,这不只是对每一个个人重要,个人需要少年精神,整个国家也需要少年精神。于此可见林先生是以国家大事为己任的。现在改革开放,国家繁荣昌盛、充满活力,他是很欣慰的。他活到九十六岁,是高寿的诗人,为创建中国现代格律诗而坚持了几十年,此联确能概括他的一生。

2009年北大中文系新年晚会上,师生同乐,第三个节目是我演唱在西藏采风时学会的西藏民歌《天上的白云》和进步音乐家冼星海写的《路是我们开》,引起了轰动。这首歌是我中学时代在扬州中学学会的,几十年来一直鼓舞我不断创新,为建设美好的新世界而努力。唱完之后,学生会送给我一个极为珍贵的礼物——一副他们新写的对联,是一副寿联,祝贺我任教五

十周年和七十五岁生日。打开精美的卷轴,就看到用雄浑的隶书所写的如下联语:

> 跋山涉水,三万里觅民间瑰宝;
> 风雨兼程,五十年育不老桃林。

我与学生的关系是非常密切的,年年参加学生的合唱比赛,曾获得"感动中文系人物"大奖,多年来带领本科生与研究生到水泊梁山、扬州市、长白山、大兴安岭鄂伦春旗、新疆天山南北、云南泸沽湖、大理、楚雄、瑞丽、西双版纳、海南岛五指山、广西大瑶山等地采风实习,并曾出国开会、考察、领奖达于五大洲32个国家,这些情况学生们是了解的,于是写出了"三万里觅民间瑰宝",将我跋山涉水的辛劳、风雨兼程的苦心、任教五十年的成就作了精练生动的艺术概括,更妙的是还将名字嵌入对联,为神来之笔。此联显示了对联这种艺术形式在学校中的无穷魅力和新的艺术生命力。

校园对联的文化内涵是最丰富的,不乏学术大师之作。我在王力先生的客厅里见过梁启超给他写的对联,梁先生是王力在清华研究院读书时的导师,后来又在清华同事,此联表现了师生之谊:

> 人在画桥西冷香飞上诗句;
> 酒醒明月下梦魂欲渡苍茫。

还有鼓励潜心向学的,如:"学海无边,不必望洋兴叹;潜行到底,自可得宝探珠。""书山有路终须上,学海无涯苦作舟。"

一些赠联和自励对联也是机关、学校中流行的。如陈云的对联:

> 名利淡如水;责任重如山。
>
> (异文:"规矩重如山",或"法制重如山"。)

革命家曾山是吉安人,吉安古称庐陵,出过欧阳修、文天祥、解缙等大文人。曾山的哥哥曾延1920年代在上海大学入党前,曾在家写联:"有理尽管胆大;无私何妨心雄。"学成回乡后办"觉群社",写有一副对联:"说一般人想说而不敢说的话;做大齐家想作而不敢做的事。"后来他在九江《国民日报》首先发表了郭沫若在"四·一二"政变后写的檄文《请看今日之蒋介石》,又参加南昌起义,1928年3月在赣州被捕牺牲。

毛泽东在延安整顿"三风"(反对主观主义以整顿学风、反对宗派主义以整顿党风、反对"党八股"以整顿文风）报告中讲：

> 墙上芦苇,头重脚轻根底浅;
> 山间竹笋,嘴尖皮厚腹中空。　（《改造我们的学习》,1942）

这是反对教条主义者的文风"党八股"的。毛泽东还作过一副对联："打到奴隶思想;埋葬教条主义。"因为教条主义是假马列,而真马列是活的,是有创造性的。另一副反教条空话的新对联,横批是"套有何用"：

> 你也开会,我也开会,层层都开会,怎样抓落实?
> 我发通知,你发通知,级级发通知,谁去干实事?

另有鼓励求实创新的对联：

> 上求实,下求实,大家都求实,仍愁不实?
> 你创新,我创新,人人都创新,自然出新。

周恩来赠王朴联,写出了革命者的气势,登高望远,放眼世界：

> 浮舟沧海;立马昆仑。

第六,时事联。对联短小精干,便于及时反映现实中的新人新事,于是出现了不少"时事对联",其宣传作用是很大的。

清初有讽降清官员的对联曰："一二三四五六七;孝悌忠信礼义廉。"上联意为"亡八",在古戏曲中为"亡爸"即"亡父",是骂人的话。下联意为"无耻",孟子曰"无父无君,是禽兽也",骂得很凶。又如1900年八国联军侵入北京,"庚子条约"规定东交民巷为"使馆区",一位当地的老住户即贴出一副门联："望洋兴叹;与鬼为邻。""洋"指洋人,"鬼"则指洋鬼子——在北京杀人放火打家劫舍的帝国主义者。这是一副很及时的讽联,表现了北京人当时的愤慨和无奈。

清光绪年间大臣李鸿章是合肥人,他签订了许多卖国条约,割地赔款使中国受极大损失;光绪的老师翁同龢是江苏常熟人,也被认为是荒废之人。于是有对联讽此二人曰："宰相合肥天下瘦;司农常熟世间荒。"在上联中以"肥"与"瘦"对比,下联中以"熟"与"荒"对比,突出了清末乱世人民之苦难。

西太后慈禧不顾列强入侵,国破民贫,用许多银子为自己做六十大寿,

有对联曰:"万寿无疆,普天同庆;一筹莫展,割地求和。"她七十岁生日时,章太炎写一联痛斥:

  今日到南苑,明日到北海,何日再到古长安?叹黎民膏血全枯,只为一人庆有;

  五十割琉球,六十割台湾,而今又割东三省,痛赤县邦圻盖蹙,每逢万寿疆无。

辛亥革命前,徐特立演讲时断指书联:

  驱除鞑虏;恢复中华。

这是同盟会的政纲,为孙中山所拟。

民国初年有个土地庙贴出这样一联:

  男女平权,公说公有理,婆说婆有理;
  阴阳合历,你过你的年,我过我的年。

这反映了当时一些人对辛亥革命的不理解,对男女平权、阴阳合历都表示不认同。

1916年反袁世凯称帝的英雄蔡锷将军病死,他钟爱的名妓小凤仙送挽联表心迹:"不幸周郎竟短命;早知李靖是英雄。"

1925年3月,孙中山病危,在遗嘱中写了一副对联,成为流行口号:

  革命尚未成功;同志仍须努力。

发出了继续革命、振兴中华的号召。

1928年底,红军在井冈山下莲花县喜迎新春,朱德写一春联:

  红军中官兵伕衣着薪饷一样;
  白军里将校尉饮食起居不同。

红四军与彭德怀平江起义部队会师,陈毅写一新对联:

  在新城,演新戏,欢迎新同志,迎接新胜利;
  除旧貌,破旧习,打倒旧军阀,摧毁旧世界。

在抗日战争中,徐悲鸿逃难到了澳门,给友人写一赠联,表现了当时国破家亡而壮志不减的豪兴:

直上中天摘星斗;欲倾东海洗乾坤。①

在抗日战争时期泰州成为沦陷区,一文人写一副春联:"民生有患多硕鼠;倭寇无端惹睡狮。"汉奸政府狗腿子看到之后,说他"破坏中日亲善",谩骂"皇军",即把他抓走,迫害致死。

日本鬼子轰炸时,人们躲进防空洞,洞口有对联:"见机而作;落土为安。"横额为:"死而后已。"机是飞机,土是防空洞在泥土之下。当时人们的生命毫无保障,被炸死者不计其数。

1945年8月抗战胜利时,出现很巧妙的对联:

中国捷克日本;南京重庆成都。

用双关谐音表示中国打败日本,由重庆还都南京的重大历史事件。

由于国民党官僚腐败,苛捐杂税多如牛毛,人民生活极端贫困,于是有人写对联讽刺:

民国万税;天下太贫。

念起来似乎是:"民国万岁;天下太平。"利用谐音双关,把"岁"变为"税","平"变为"贫",更符合当时的情况。

重庆的土地庙曾有一副讽联,很有特色:

夫人莫要抹口红,谨防特务打主意;
老爹不可刮胡子,免得保长抓壮丁。

1947年上海发生"五·二〇"惨案,国民党军警杀害进步学生。交大学生罢课,而国民党却搞了一个"正义大同盟"宣传"反罢课,要复课",于是进步学生布置一个灵台,点上蜡烛,写了一副对联:

号称正义,伤天害理,算得上狼心狗肺;
不愿做人,自愿做狗,都只为几个臭钱。

横幅是"遗臭万年"。

中华人民共和国成立后,出现了一些新对联:"听毛主席话;跟共产党走。""翻身不忘共产党;幸福全靠毛主席。"表现了对翻身解放的感激心情,

---

① 见《澳门》杂志1998年第6期,第77页。

说明党的威信很高。但多为口号式,艺术上不是太成熟。

1955年秋甘肃宕昌县群众唱戏还愿,被乡干部制止,引起公愤,群众与其争执,殴打并绑了一些干部,于是法院以"利用迷信煽动群众篡夺政权"的罪名,判四个乡民为现行反革命,要执行死刑。最高法院院长董必武到兰州视察,提出要调查清楚,弄清事实,不能混淆两类矛盾,写了一副对联:

  提高警惕,肃清一切特务分子;
  防止偏差,不要冤枉一个好人。

根据这个对联指示,对此案进行了重新调查与审理,把原判死刑的四个乡民改判为无罪教育释放,避免了一起错案。当地干部和百姓说:"董老一副对联救下了四条人命。"此联后来也成为一个政策口号。

1960年代毛泽东诗词的一些律句成为对联:"春风杨柳万千条;六亿神州尽舜尧。""为有牺牲多壮志;敢教日月换新天。""独有英雄驱虎豹;更无豪杰怕熊罴。"到"文革"前后又有了:"七亿人民七亿兵;万里江山万里营。""打倒帝修反;全球一遍红。"(或"扫除封资修"之类)

"文革"初期出现了一幅著名的红卫兵对联,引起争议:

  老子英雄儿好汉;老子反动儿混蛋。

这是"红五类"(工人、贫农、下中农、革命干部、革命军人)子弟所写,他们以英雄好汉自居,宣传血统论,把"黑五类"(地主、富农、反革命、坏分子、右派)的子弟都骂成混蛋,这完全违背共产党"重在表现"的子女政策,但是却流行一时,到处张贴。

红卫兵到处"除四旧",砸文物。当他们来到广东佛山祖庙要打砸抢"破四旧"时,和尚们见机不对,连忙商议,贴上一副对联:"破除迷信,佛地天堂,全是统治阶级骗人;保护文物,石雕木刻,皆属劳动人民创作。"横批是"并不矛盾"。如此挡住了打砸抢,保全了祖庙。这是对联起了好作用。

改革开放以后,又有了:"责任田中凭虎跃;承包山上任龙腾。""财星高照生意兴;贵客常临利路通。"横批也出现了"恭喜发财"等拜年祝福的老话。

1998年陕西周原古火星爷庙戏台边出现了这样的新春联:

  火烧世上贪官污吏害群之马;

星映人间绿竹红楼小康之家。

此外还有:"白雪迎春,东风送暖;红旗引路,战鼓催春。""勤俭人家先致富;向阳花木早逢春。"

第七,风景联。风景联指在名山大川、名胜古迹、公园别墅、寺庙道观等风景区的亭台楼阁、门廊厅堂等处的对联。

风景是一种自然美,是非常吸引人的,但是只作为名胜还不够,风景名胜的自然环境经过人类加工,就大大增加了它的文化含量,使它的品位大为提高,从而美上加美,成为令人难忘的胜地。

风景对联以诗句写自然风光,深为人爱,更使优美的风景永记游人心中,如:

四面荷花三面柳;一城山色半城湖。 (济南大明湖)

却讶鸟飞于地上;自惊人语半天中。 (唐褚遂良题刻大雁塔)

桃花飞绿水(李白);野竹上青霄(杜甫)。 (扬州瘦西湖桂花厅)

院含白塔五亭湖光美景;门对蜀冈翠嶂山色风姿。

(扬州瘦西湖公园后门)

对联是对风景名胜自然美的发现,带有一定主观想象的色彩,但因抓住了风景的某种形象特色,得到游人共鸣,从而提高了人们的审美水准。如南京莫愁湖亭联:

清风明月本无价;近水远山皆有情。

在凉亭上还有带人情味的对联:

劳心苦,劳力苦,苦中作乐,且到这凉亭坐坐;
为衣忙,为食忙,忙里偷闲,暂把那笑话谈谈。

一些风景名胜与历史事件相关,对联使人联想到历史,更增加了游人的感兴。如成都武侯祠联:

能攻心则反侧自消,从古知兵非好战;
不审势即宽严皆误,后来治蜀要深思。 (清人赵藩)

此联深刻总结了孔明治蜀经验,写出了文武、正反、宽严、和战等辩证法,受到普遍赞美。毛泽东、陈毅等人到此浏览后都很欣赏。又如扬州平山堂联：

  山色湖光归一览；欧公坡老峙千秋。　（汪国祯撰，武中奇书）

平山堂是瘦西湖蜀冈顶上大明寺中的一景，原为欧阳修任扬州太守时所修，他在此邀集文人聚会，因与江南焦山等山平齐，故曰"平山堂"。后苏东坡在扬州做官时也常在此堂雅集。对联写出了在平山堂远眺江南诸山、近观瘦西湖绿水的景色，也写出了宋代文豪"欧公坡老"在此活动的历史。

  数点梅花亡国泪；二分明月故臣心。　（扬州梅花岭史公祠联）

  骑鹤楼头难忘十日；梅花岭畔共仰千秋。　（史公祠联，郭沫若题）

唐人有"腰缠十万贯，骑鹤到扬州"之句，明末宰相史可法坚守扬州，失守后清军曾在扬州屠城十日，为有名的"扬州十日"。史可法为扬州人民所景仰，葬在扬州瘦西湖边的梅花岭上，并建有史公祠。对联写出了这段悲壮的历史。"天下三分明月夜，二分无赖在扬州"，二分明月为扬州的代表，在此成了忠烈的象征。

  德侔天地；道贯古今。　（曲阜孔庙联）

这是对孔子伟大人格的很好的描写。有些风景对联使人想到历史上有关它的诗文，如岳阳楼联：

  风物正凄然，望渺渺潇湘，万水千山皆赴我；
  江湖常独立，念悠悠天地，先忧后乐更何人。　（杨度）

这是杨度对范仲淹《岳阳楼记》中"先天下之忧而忧，后天下之乐而乐"名句的生发，他曾为袁世凯称帝效力，但后来幡然悔悟参加中国共产党，为革命立了不少功劳。

最有名的风景联是杭州西湖边岳庙中的对联：

  青山有幸埋忠骨；白铁无辜铸佞臣。　（岳坟联，淞江女史）

在岳飞坟前，跪着卖国奸臣、以"莫须有"的罪名害死岳飞的秦桧夫妇的铁像，此联对得非常巧妙，忠奸人品对比鲜明，令人震撼。于是有姓秦的人又添一联写其深刻感受："人从宋后羞名桧；我到坟前愧姓秦。"于此可见对联的艺术感染力之大，教育价值之高。

许多名山风景区为宗教圣地，是信徒修炼的好地方。许多寺庙、道观的对联在风景联中占重要地位。庐山是人文气息很深的风景区,有佛道建筑不少,道教为中国本土宗教,但佛教后来居上,许多道观为佛教所占,此事在对联中也有表现:

> 天下名山僧占多,也该留一二奇峰栖吾道友;
> 此间好语佛说尽,谁识得五千妙论出我先师。
>
> （庐山简寂观联,李渔）

如今佛教寺庙遍地多有,但道教名山不多,只有张天师的江西龙虎山、成都青城山等。

"青城天下幽,峨眉天下秀",青城山非常幽静,为天师道祖山,以"神仙都会"闻名,道教文化深厚。深山之中有遇仙岩,岩后有山阴亭,有一联写其山景:"苔深不雨山常湿;林静无风暑自消。"①

峨眉山也有道教仙迹。道家称之为"第七洞天"。山中有"吕仙祠",为明代所建。祠中有"纯阳殿",塑有吕纯阳立、坐、卧三种姿态的塑像,枋上有联曰:

> 稳睡为何因,遍游天下,未得缘人说妙道;
> 醉眼无别事,厌闻世况,掀起记卷乐长生。

道教以"清静无为便是仙"求得心灵超脱,清心寡欲,长生不老即是神仙。

佛寺对联最有名的是弥勒佛的"笑联"。本来,在印度弥勒佛是端庄慈严的,唐代所雕四川乐山大佛就是原初的印度弥勒佛形象。但是到五代以后,弥勒佛的形象开始了中国化的变形,人们说,唐末布袋和尚就是弥勒佛化身,于是弥勒就变成了今天这样肥胖憨笑的可爱形象。乐山凌云寺在乐山大佛旁边的凌云山栖霞峰上,风景绝美,苏东坡亟想"载酒时作凌云游"。凌云寺为唐代所建,明清重建,其弥勒佛已是笑佛,对联也以佛笑为主题:

> 笑古笑今笑东笑西笑南笑北笑来笑去笑自己原来无知无识;
> 观事观物观天观地观日观月观上观下观他人总是有高有低。

表现了一种虚心自省的现实态度,喜剧性并不强。而到处流行的却是这样

---

① 参见段宝林、江溶主编:《中国山水文化大观》,第738页,北京大学出版社,1995年。

一首对联：

> 大肚能容,容天下难容之事；
> 开口便笑,笑世上可笑之人。
>
> （北京潭柘寺、广州六榕寺等弥勒佛联）

这一笑哈哈乐呵呵的弥勒形象,配上这副对联,更加贴切地表现了乐观超脱凡尘的大度宽容,是一种佛教普度众生和禅宗修心向佛的态度,对和谐人际关系或有好处,对调谐心态也有益处。佛教思想是非常灵活圆通的,它教人向善,适应性颇强,大乘小乘、禅宗密宗,各有所长,古佛寺有联曰：

> 有意烧香何必远朝南海；诚心拜佛此方即是西天。

在峨眉山最高峰金顶之上有一金殿,其灶房中有一联：

> 一粒米中藏世界；半边锅里煮乾坤。

佛教以小见大、能屈能伸的辩证思维的圆通,于此亦可见一斑。又如：

> 乾坤浮一镜；日月跳双丸。　（昆明睡山达摩洞联）

昆明滇池边有巨大睡佛之山,以大佛之眼观天地宇宙,与凡人不同,此联想象力甚为丰伟。

重庆三峡丰都鬼城突出了善恶有报的因果报应思想,鬼城中的阴曹地府鬼门关后有澄心亭,其联曰：

> 造孽作恶刑律面前不易过；行善积德黄泉路上心不惊。

十八层地狱中种种刑罚过去在各地城隍庙中也有许多塑像,如上刀山、下油锅、割舌头之类,俨如封建时代官府酷刑,这里为了增大威胁力,更有过之而无不及,增加了许多幻想成分。

过去我们对因果报应一概否定为"封建迷信",当然死后的报应确是虚无缥缈难以确证的,但"现世报"却反映了一种社会的普遍规律,谚语曰："善恶到头终有报,只分来早与来迟。""善有善报,恶有恶报；不是不报,时候未到；时候一到,一切皆报。"这是符合现实的,有一定科学性。你看,凡是行善做好事的人,都会受到人们的尊敬与报答,中国人讲"滴水之恩,当以涌泉相报",这是常态；而一些忘恩负义、恩将仇报的小人,是众人所不齿的,在社会上无立足之地。那些行凶作恶做坏事的人,如违法乱纪、贪污腐败坏害国家与人民的罪犯,也迟早会身败名裂,没有好下场的。"要得人不知,除非己莫为。"宗教教人行善,仙佛之眼明亮如镜,阎王森罗殿刑律如山,看似迷信,但却反映了一定的客观规律——因果律,群众的眼睛是雪亮的,群众就是神佛,众人就是圣人,坏人想瞒天过海是难以做到的。所以许多罪犯在入狱后、在刑场上幡然悔悟,但为时已晚。事实反复说明,因果律客观存在,是很有道理的。对教人行善的宗教和宗教对联,我们要以宽容大度的科学态度加以理解,为了建设和谐社会,调动一切积极因素,这对人民是有利的。

姜女庙是山海关附近的一个重要景点,是人民为祭祀孟姜女而建的。其中有些对联很有特色,表现了人们对历史人物的评价和对长城景色的观感。文天祥为姜女庙写了这样的对联:

秦皇安在哉,万里长城筑怨;姜女未亡也,千秋片石铭贞。

秦始皇修长城在国防建设上是做了一件伟业,但作为一个暴君,他对民工非常残酷,致使孟姜女的丈夫万喜良葬身工地埋入长城之中,孟姜女万里寻夫,哭倒长城八万里,表现了人民反抗暴君的伟大力量。秦始皇虽修筑长城做了一件好事,但又引起人民怨恨,这是一个历史的悲剧,引人深思。而孟姜女为爱情而坚贞不屈的精神则千秋万代永存。

风景对联在风景区的亭台楼阁、殿堂厅榭等建筑物之中,有的还处于摩崖石刻之上,是具有长久性甚至永久性的,一般用油漆写刻在长条形木板上。木柱上的楹联木板往往为弧形抱柱而设。上下联的位置按视者书写的习惯,竖行由右往左,上联在观者右首,下联则在左边。

风景联的字数一般为五、七言或十言(四六),但字数是开放的、自由的,由四、五言到十言、廿言等均可,最长的文人长联每联可达百字左右,上下联共一二百字。如每联多于十字,往往排列两行,两联的四行字安排可以是"门"字形的,从外侧开头,内侧字数较少,以保持对称。这样下联就要由左往右写了。当然,也可以有各种排列方法,但保持两联的对称则是根本原则。

文人对联字数较多,内容多写景、感兴、咏史、抒怀,如清代昆明大观楼长联为当地失意文人孙髯(? —1774)所写,他自号"蛟台老人",人称"孙胡子"。孙氏所写大观楼长联共180字,每联90字,抒写了滇池周边景色与对云南历史的感怀：

> 五百里滇池，奔来眼底。披襟举觥,喜茫茫空阔无边！看东骧神骏，西翥灵仪，北走蜿蜒，南翔缟素。高人韵士，何妨选胜登临，趁蟹屿螺洲，梳裹就风鬟雾鬓；更苹天苇地，点缀些翠羽丹霞。莫辜负：四围香稻，万顷晴沙，九夏芙蓉，三春杨柳。

这是上联，共 90 字，如一首写景诗，对大观楼所见风景作了诗意的描绘：从滇池写起，然后写到周边遥望可见的金马山、碧鸡山、隗山（长虫山）和鹤山；又写眼前所见湖中岛屿、周围的苇萍花树和农田。这是一幅立体的风景画，如摄影机横扫过一个个风景点，令人应接不暇，虽长却不单调沉闷，而使人自然产生美的感受。下联咏史：

> 数千年往事，注到心头，把酒凌虚，叹滚滚英雄谁在？想汉习楼船，唐标铁柱，宋挥玉斧，元跨革囊。伟烈丰功，费尽移山心力。尽珠帘画栋，卷不及暮雨朝云；便断碣残碑，都付与苍烟落照。只赢得：几杵疏钟，半江渔火，两行秋雁，一枕清霜。

他是一个布衣、落魄文人，年少时因考官搜身，认为是"以盗贼待士也，吾不能受辱"，掉头而去，从此不再参加考试。晚年生活凄苦，在圆通寺咒鲛台附近卖卜为生。他对历史上的封建王侯是不满的："叹滚滚英雄谁在？""便断碣残碑，都付与苍烟落照。"不免凄凉无望。此长联在封建时代经受了不止一次考验，写成后曾轰动一时，由名士陆树堂书写刊刻，挂于大观楼前。咸丰七年（1857）毁于兵灾，九年后重修，光绪十四年（1888）由名士赵藩重写，保存至今。清人赞之曰："铁板铜琶麈鞑声，髯翁才气剧纵横，楼头一百八十字，黄鹤题留万古名。"（吴仰贤）刘润之《滇南楹联丛钞》跋评之为："大气磅礴，光跃宇宙，海内长联，应推第一。"可见此"海内第一长联"不只因字数多而已。道光年间阮元在昆明任云贵总督，对此联的思想倾向有意见，将"断碣残碑"改为"薜碣苔碑"等等，推出去之后引起不满，时人讥之曰："软（阮元）烟袋（芸台）不通，韭菜萝卜葱，擅改古人对，笑煞孙髯翁。"（《滇中琐记》）待阮元调走，又把孙髯的长联原作换了回来。

后人屡屡想超过此长联，清代江津人钟云舫到成都与豪强打官司败诉入狱，开释后游薛涛故地附近的锦江边望江楼，写一长联共 212 字，比昆明长联还多 32 个字，虽气势与才情均略逊一筹，而字句活泼，更近口

语,可备一格:

> 几层楼独撑东面峰,统近水遥山,供张画谱。聚葱岭雪,散白河烟,烘丹景霞,染青衣物。时而诗人吊古,时而猛士筹边。只可怜花蕊飘零,早埋了春闺宝镜。枇杷寂寞,空留着绿墅香坟。对此茫茫,百端外集。笑憨蝴蝶,总贪迷醉梦乡中。试从绝顶高呼:问问问,这半江月,谁家之物。

这是上联,写历史上成都人物如诸葛亮、杜甫、薛涛等等。下联写后代政局:

> 千年事屡换西川局,尽鸿篇巨制,装演英雄。跃岗上龙,殒坡前凤,卧关下虎,鸣井底蛙。忽然铁马金戈,忽然银笙玉笛。倒不若长歌矩赋,抛撒些闲恨闲愁。曲槛回栏,消受得好风好雨。嗟余麽麽,四海无归。跳死猢狲,终落在乾坤套里。且向危楼俯首:看看看,那一块云,是我的天。

政局不稳,民生凋敝,抒发自己的牢骚不满。在旧社会,这倒是有代表性的,能引起共鸣。不过写景咏史都过泛,概因外地人对成都史地不熟之故。

这些对联虽然为文人之作、文人之思,但文不古奥,意与民同,可引起市民与游人共鸣,所以受到欢迎,能经受住历史考验,长久地挂在景点。这些实用文学也符合民俗的趋美律,可能越变越美。

对联应属文学之一种,既有文人文学,也有民间文学,但文学史从来不载,这引起了程千帆的不满,他在《关于对联》一文中说:

> 对联是我国文学中一种源远流长、兼有普及提高之长的,为人民大众所喜闻乐见的样式。它本应该在文学史当中占有一席之地,但不知为什么,却被我们的文学史家们一致同意将它开除了。这恐怕也是文艺界应当平反的错案之一。(1981年"五一"劳动节于广西南宁)

程先生的"不知为什么",我们可略作臆度。我想可能是由于对联是一种实用文学,虽与诗词、格言、谚语相关,但大多太短小,从而不入大雅之堂,不被看作文学。这和旧时代把民间文学、俗文学(包括小说戏曲)不当作文学情况是一样的。其实并非"开除出文学",而是尚未发现它的重要文学价值,所以未吸收进文学的大花园中来。我们应该解放思想,打破旧框框,把对联纳入文学史和民间文学、文人文学之中。我在编《蔡元培文集》的"语言文学新闻学卷"时,就把对联收入其中了,有的蔡元培选集、全集也包含他的对联,不过未写入文学史而已。当然还是因为对联未被作为文学一体,是认识上的问题。如今我们把"对联"一节写入书中,作为民间文学和文人俗文学的一个部分,当是一种新的文学观上的突破吧!

对联的历史发展 对联是最有中国特色的文化产品,它体现了中国人的世界观和汉字的特点,其萌芽甚古。我们知道,对联的特点是对称,中国人是最讲究对称的。远古的彩陶纹饰与建筑设计、《易经》的阴阳八卦,都以人体耳、目、手、足之对称为式,远古的歌谣中已萌发一些对句,如:刘勰《文心雕龙》所说的"黄歌断竹"——黄帝时代的劳动歌谣"断竹,续竹;飞土,逐肉",以及相传尧时的歌谣"日出而作,日入而息",都是对句。此类对句在中国两千多年前的《诗经》中更多,有的写得颇有诗意,如:

昔我往矣,杨柳依依;今我来思,雨雪霏霏。

又如中国第一部记言的古史《尚书》中的:

满招损;谦受益。 (《大禹谟》)

孔子所说的:

学而不思则罔;思而不学则殆。 (《论语》)

《韩非子》中的:

事在四方;要在中央。 (《扬权》篇)

这些远古的对句,实际上已是比较成形的联语,只是作为格言、谚语、歌谣流行,尚未独立书写为对联而已。

对联的产生与民俗生活密切相关,"桃之夭夭,灼灼其华",桃花盛开如火,是很美的,桃树的皮光滑而红殷如渗血之状,古人以为是有生命神力之神木。《山海经》记曰:

沧海之中,有度朔之山,上有大桃木,其蟠三千里,其枝间东北曰鬼门,万鬼所出入也。上有二神人,一曰神荼,一曰郁垒,主阅领万鬼。恶害之鬼,执以苇索而以饲(喂)虎。于是黄帝乃立礼,以时驱之,立大桃人,门户画神荼郁垒与虎,悬苇索以御。 (王充《论衡·订鬼》篇引)

这里说海中大桃木枝间有鬼门,有二神人以苇索抓恶鬼喂虎,所以黄帝就规定立大桃人，门户上画神荼、郁垒，即为门神。这是门神的起源。《战国策·齐策》又记桃人（桃梗）与土偶人谈话之事；汉代除夕以桃木小人立于门口以辟邪，又有以桃板画此二门神像或写二门神名以代木偶人者。这就是"桃符"。一直传下来，宋代陈元靓《岁时广记》引《皇朝岁时杂记》曰："桃符之制，以薄木板长二三尺大四五寸，上画神像狻猊之属，下书左郁垒，右神荼，或写春词，或书祝祷语，岁旦则更之。王介甫（安石）云：'总把新桃换旧符'，东坡诗云：'退闲拟学以桃符'。"这就是春联，苏东坡也要学习的。

对联与诗词曲赋有密切的关系，诗词曲赋中早已有许多对偶的联语。如屈原《楚辞》："鱼鳞屋兮龙堂；紫贝阙兮珠宫。"（《九歌·河伯》）"朝饮木兰之坠露兮；夕餐秋菊之落英。"（《离骚》）"黄钟毁弃；瓦釜雷鸣。"（《九章·卜居》）又如荀子《赋篇》："非丝非帛，文理成章；非日非月，为天下明。生者以寿，死者以葬；城郭以固，三军以强。"（《礼赋》）"生于山阜；处于堂室。无知无巧，善治衣裳；不盗不窃，穿窬而行。"（《针赋》）

汉赋中，对句更多了。如汉初枚乘名赋《七发》：

皓齿蛾眉，命曰伐性之斧；甘脆肥浓，命曰腐肠之药。

这里已是四六言对偶，后成为骈文形式广泛使用。又如司马相如、班固之赋："奏陶唐氏之舞；听葛天氏之歌。千人唱；万人和。山陵为之震动；川谷为之荡波。"（司马相如《上林赋》）"周以龙兴，秦以虎视⋯⋯竹林果园，芳草甘木⋯⋯"（班固《西都赋》）

魏晋以后，对仗句在辞赋中运用更多、更密，如曹植《洛神赋》："翩若惊鸿，婉若游龙。荣曜秋菊，华茂春松。⋯⋯远而望之，皎若太阳升朝霞；迫而察之，灼若芙蕖（荷花）出绿波。⋯⋯冯夷鸣鼓，女娲清歌。"又如陆机《文赋》以对句述主要论点，更易于流传："遵四时以叹逝，瞻万物而思纷。悲落叶于劲秋，喜柔条于芳春。心懔懔以怀霜，志眇眇而临云。⋯⋯收百世之阙文，采千载之遗韵。⋯⋯观古今于须臾，抚四海于一瞬。"

对于这些对句联语特多的赋文，古人称之为"俳赋"，俳即排偶之意。元代祝尧《古赋体辨》曾指出这种对偶化的发展趋势："至晋陆士衡（机）辈《文赋》等作，已用俳体。流至潘岳，首尾绝排。迨沈休文（约）等出，四声八病起，而俳体又入于律矣。徐（陵）、庾（信）继出，又复隔句对联，以为骈四俪六;簇事对偶,以为博物洽闻……"①到唐宋科举考试要求考生做律赋,既要俳偶,又要限韵数,讲平仄,还限定字数,宋代更以赋取士,所以中唐以后出现许多律赋,多用骈俪对偶,又多用四言六言,故又称"骈文""四六文"。柳宗元《乞巧文》说"骈四俪六,锦心绣口",而李商隐则把自己的骈文集叫《樊南四六》。

宋代的官府文书——章、表、制、诰等等,仍与六朝以来的传统衔接,都用四六文体,且要求更严。关于骈文的著作也叫《四六话》(王铚,"话"有故事记录讲说之义)、《四六谈尘》(谢伋)等。

这些骈文对偶的技巧,为对联的发展提供了条件。但对联与七律诗的关系更密切,其平仄规律完全与律诗的要求一致。律诗共八句,两句一联为四联,除首联与尾联外,中间两联都要求对仗(所谓仗,是仪仗之意,大官的仪仗都是两两对称的,故称对仗)。这种对句联语正是与对联完全一致的,只是诗中的联语多照顾上下文的需要,不一定能单独成为对联。

除八句的律诗外,还有一种"长律",可以长到二三百韵,除首尾两联不对仗外,中间所有的诗句都要对偶,所以对偶的要求更高了。杜甫赠哥舒翰的《投赠哥舒开府二十韵》中,对偶联句就有十八韵,也就是十八联,所咏皆与哥舒翰有关,如:"日月低秦树,乾坤统汉宫。胡人愁逐北,宛马又从东。……"

对联的产生虽与律诗有密切关系,但从对偶修辞的起源看,还是从民间来的。褚斌杰《中国古代文体概论》指出:

> 古谣民谚,是流传在古代民间的通俗短小的文体。这些口耳相传的民谣谚语,在表达意愿或记述某些社会经验时,就习惯于采用联类而及、易于记诵、短小整炼的排比、对偶形式。②

他举出了先秦古籍中所记的古代谣谚,如《礼记·郊特牲》中的《伊耆氏蜡辞》:"土反其宅,水归其壑。"《左传》中记舆人赞子产改革的民谣:"我有子弟,子产诲之;我有田畴,子产殖之。"《战国策》中记苏秦在韩国游说时引的俗谚:"宁为鸡口,无为牛后。"《国语》中州鸠对周景王时引的谚语:"众心成城,众口铄金。"又单襄公引的谚语:"兽恶其网,民怨其上。"《国语》是记言的史书,所以记口头文学较多。《后汉书》记汉末民谣:"直如弦,死道边;曲

---

① 参见褚斌杰:《中国古代文体概论》,第88页,北京大学出版社,1990年。
② 同上书,第147页。

如钩,反封侯。"《文心雕龙》有一篇专写对偶的《丽辞》篇,认为对偶如手足四肢之对偶一样,是自然形成的:

> 造化赋形,支体必双;神理为用,事不孤立。
> 夫心生文辞,运裁百虑;高下相须,自然成对。

民间口头文学正是自然形成的创作。谣谚对于对联的形成作用最大。这是古今一致的。现代许多对联也是谚语。

当然,对联与民俗关系密切,有许多以对联进行的游戏已深入人民生活,如"对对子游戏"、酒令、诗钟、征联等等活动。《墨庄漫录》记苏东坡在黄州曾为人戏题桃符门联曰:"门大要容千骑入;堂深不觉百男欢。"《宋代楹联辑要》记蜀主孟昶降宋后为官,其花园中的"百花潭"上有兵部尚书王瑶题的两句诗:"十字水中分岛屿;数重花外见楼台。"宋代把春联叫"春帖子",是用纸写的。

过去总认为春联起于五代后蜀之主孟昶,说他在降宋的前一年于除夕让学士写桃符吉语,但都不满意,乃自题两句:"新年纳余庆;佳节号长春。"这是《宋史》"五行志"及"蜀世家"的正史记载,被人们认同成为定论。但近代也有人发现一些疑点,怀疑此二句可能是孟昶降宋后所制谶语,因为"新年"之后正好他降宋为官了,这不是"纳余庆"吗?而宋太祖派到成都蜀国受降的人,名为吕余庆,这不是又与对联吻合了吗?此外,还有些书记载此二语是他的大臣辛寅逊所写(《谈苑》)。《古今诗话》又说最早的宫门桃符对联是孟昶的儿子孟喆所写的两句吉语:"天垂余庆;地接长春。"《洛中记异录》则说这是孟昶为儿子府第大门所写,但第二句有所不同,不是"地接长春"而是"圣祚长春"。① 这些不同说法反映了人们很关心对联的起源,传说纷纭。不过这些说法从科学性来考察尚有欠缺,因为对联早在汉代即有了——当然,这是初期的对联,比较简单,但确已是完整的对联,符合对联的基本要求,是应该承认的——就是汉代人们春节时在桃木板上书写的"郁垒""神荼"两个门神的名字,名词对名词,平仄也是相对的。这种桃符对联直到宋代才普及开来,人们到新年时"总把新桃换旧符",但有的桃符上可能画的是门神,不一定写对联。不过对联的创作和使用却有所推广与

---

① 参见余德泉:《对联纵横谈》,第6—7页,上海古籍出版社,1985年。

发展,宋代上元张灯,有了灯会门联。相传南宋贾似道镇扬州时,曾有人在元宵节写了一首"灯门联":

  天下三分明月夜;扬州十里小红楼。

宋代还出现了寿联、挽联,这就不是写在桃木上,而是写在纸上的了。说书人在话本小说中也常常运用联语,如《京本通俗小说》中的:"平生不做皱眉事;世上应无切齿人。"(《碾玉观音》)"闹钟始觉山藏寺;傍岸方知水隔村。"(《志诚张主管》)到章回小说中,每回的标题也都用对联的形式。这些对联就不只是口述的,而是写在说书预告上,张贴于书场门外墙上。这就说明对联不仅流传在王公大臣之间,而且也已流入市井之内。

  元代大书法家赵孟頫为元世祖书写了几幅宫门对联,如:"日月光天德;山河壮帝居。"(应门)"九天阊阖开宫殿;万国衣冠拜冕旒。"(大殿)阊阖为天门,指宫殿之大门,万国衣冠指代各国使节及侨民如意大利的威尼斯人马可·波罗等人。这反映了当时的盛况。他还为扬州的迎月楼题写一联:"春风阆苑三千客;明月扬州第一楼。"这说明对联已进入园林与日常生活之中。

  直到明代,对联才广泛普及,这与朱元璋有关。传说朱元璋定都南京之后,"除夕传旨,公卿士庶家门上须加春联一副"(《簪云楼杂说》)。他还"微服出行"检查执行情况,走到一条小巷之中,见一家门上还无对联,即上前询问,原来这是一个阉猪人的家,主人下乡刚回,还未请到人写对联。朱元璋乃亲笔题了一副对联:

  双手劈开生死地;一刀割断是非根。

这倒十分切合此阉猪人的职业特点,是一副很好的"专业联"。《金陵琐事》又记朱元璋还曾联兴大发,写了一些对联赐给大臣们,如赠大将徐达的两联:"始余起兵于濠上,先崇捧日之心;逮兹定鼎于江南,遂作擎天之柱。""破虏平蛮,功贯古今第一;出将入相,才兼文武双全。"《列朝诗集》又记朱元璋赐翰林学士陶安的一联:

  国朝谋略无双士;翰院文章第一家。

朱元璋是讨饭出身自学成才,能写成这样,实在难得。当然,也可能有文人代笔或润色之处。不管如何,作为一国之主,能重视对联文化,加以推广普及,不论动机如何,总是应该肯定的。从宋代开始以至明清,对联文化兴旺发达,全面开花,出现了许多名联和一些记录与研究对联的"联话"等著作,如宋代周守忠文集中的《姝联》、钱德范的《玉堂巧对》、朱熹全集中的《联语》;明代杨慎状元的《谢华启秀》《群书丽句》被认为是最早的对联专著;清代梁章矩、梁恭辰父子的《楹联丛话》及"续话""三话""四话""剩话"五种,还有《巧对录》及其续录、补录等三种,记述许多联语、联话故事等等史料,是对生活中的实用文学对联的一种立体描写记录,很有参考价值。此外还有许多联话、杂记,不一一列举。

1984年在北京成立了中国楹联学会,出版《对联》杂志与《中国对联报》,中国的对联文学及其研究、推广进入历史上前所未有的高潮,出版了几百种有关对联的著作,其中包括很厚的工具书,如《对联大全》等等。书法家们又重印了1928年中华书局出版的《楹联墨迹大观》等等。许许多多诗人与书法家参与到对联的创作、书写与研究活动之中,引发了群众性的"对联热"。

对联的游戏 对联本身有许多语言修辞技巧,通过使用这些技巧,可以进行"对对子"比赛,从而形成一些语言文字的游戏。对联游戏是对脑子的锻炼,也是对修辞能力的锻炼,所以引起了许多人的重视和喜爱。明冯梦龙的话本小说集《醒世恒言》中有一篇《苏小妹三难新郎》记述了几个对对子的趣事,他们是用对对子来测验对方的智力的。先是秦观与苏小妹见面时,化装成一个庙中道人,用对句形式之一联向苏小妹发问:"小姐有福有寿,愿发慈悲?"苏小妹应声回答:"道人何德何能,敢求布施?"秦少游于是又说:"愿小姐身如药树,百病不生。"苏小妹又说:"随道人口吐莲花,半文无舍。"秦少游跟到轿前又问:"小娘子一天欢喜,如何撒手宝山?"苏小妹随口又答:"风道人悠地贪痴,那得随身金穴?"秦少游转身对小妹说:"风道人得对小娘子,万千之幸。"这一番对话,实际上是一出对联游戏,测出苏小妹对答如流、应答得体,秦少游非常满意,此番见面相亲之后,急欲成婚。直到他金榜题名结婚之时,在进洞房之前,苏小妹却要出三个难题让新郎回答,第一、二个都是字谜,而第三题、最后一关却是一个对联,她出了上联要秦观对下句:

  背门推出窗前月

秦观想对得精巧一些，反复思考，不得其词，至三更天进不得洞房，实在着急。苏东坡在一旁见他口中念着此句上联低头漫步打圈，即欲助他一臂之力，但又不能直说，损他的面子，于是看到庭院中有一荷花缸，即以一小石子投入花缸之中，秦观见了，思路大开，写出下联：

　　　　投石冲开水中天

交上第三道试卷，才进得洞房。这当然是小说家的虚构，但反映了民间对对子出难题的情况。

　　苏东坡在民间文名很大，有不少关于他的传说，其中一个说辽国使者出了一联——"三光日月星"给他对，他立即对出"四诗风雅颂"。此时雷雨大作，他一想又对出了"一阵风雷雨"。接着又对出两联，一是"两朝兄弟邦"，一是"四德元亨利"。辽使佩服之极。由此可见，对联可以是多解的。

　　1982年12月24日在纪念北大《歌谣》周刊六十周年暨北大民俗学会成立大会上，吴组缃教授提及三年困难时期全国文联组织代表团到内蒙古参观，他同车者为梁思成、华罗庚等人。吴先生讲了安徽的文字游戏征对：

　　　　二火为炎，不是食盐之盐，既不是食盐之盐，为何加水即淡？
　　　　二日为昌，不是娼妓之娼，既不是娼妓之娼，为何于口就唱？

他们想了半天，又对出一个：

　　　　二土为圭，不是乌龟之龟，既不是乌龟之龟，为何一卜成卦？

梁思成对此很感兴趣，但坐了三天三夜火车，他和华罗庚等日夜苦思苦想也没能想出第四个，于是深感民间智慧确是博大精深。吴先生还说作为一个中文系的学生，平仄对仗都不行，不会对对子，就说明没有汉语的基本功。过去私塾蒙馆都用对对子来训练学生的语文能力，如《声律启蒙撮要》"云对雨，雪对风，晚照对晴空"等等，是从小就背诵的。鲁迅在三味书屋也学过对对子，《从百草园到三味书屋》就写到这件事，说家乡的一个知识分子和农民对对子，本来他想嘲弄一下这个农民，说："秋风乍起，毛林尽是光棍。"农民却把他奚落了一阵，对曰："春水初泛，书家一片下流。"于此可见劳动人民的智慧。

　　许多对对子的上联要求苛刻，比较难对，于是出现不少巧对的故事，表现了胜者的才学和机敏。传说有个秀才，误被官府逮捕，大喊冤枉，县官在堂上审判时说:"我出个对子,你若对得,就放了你;若对不出,死罪无疑。"秀才吓出一身冷汗,好在从小学过对对子,忙叫县官出题。县官即给出上联:"投水屈原真是屈。"句内两字重复,重复的字语义不全同,屈是姓,又表示冤屈,双关,很难对下联。秀才不去想屈原冤屈而死,只想下联如何对得上,忽然急中生智,随口说出:"杀人曾子又何曾。""曾参杀人"是个典故,他没有杀人,但大家传说他杀人,话传到他母亲耳中,有三个人都这么说,连他母亲也相信了,说明谣言之害,曾子实在冤枉。此联很切题,而且"曾"作为姓与"曾经"的曾也是语义双关,完全符合要求,于是县官就把秀才放了。

类似的巧对故事还有1930年代范长江巧对《大公报》征联的事,此联甚难,对了五六年才对出来。上联是:"阎锡山,过无锡,登锡山,锡山无锡。"一口气重复五个"锡"字,又与阎锡山的名字双关,相当难对。范长江是《大公报》记者,又采访过阎锡山,所以对此联印象颇深,但一直未能对出。直到1942年,范长江到达苏皖解放区,在靠近扬州的安徽天长县,与新四军二师师长罗炳辉畅谈长江边抗日的时事,突然想到《大公报》的征联,说"有了,有了"。大家莫名其妙,经他解释,说出了下联:"范长江,到天长,望长江,长江天长。"字对字,人名对人名,地名对地名,重复五个字,语义双关,均对得很妥帖,众曰:"巧对,巧对。"此联实在很难对,这一联从词意上对得很工巧,但平仄的对仗尚欠些火候。

"人名对"是比较难的,但巧对也不少。有一次中国科学代表团出国访问,在飞机上华罗庚提议大家对对子玩,钱三强、赵九章等人都表示同意。华罗庚先出了上联:"三强韩赵魏。"这里有两个典故,"三强"是人名——钱三强,"韩赵魏"则是战国七雄中的国名,中国历史名词。下联也要求有人名,有历史名词,语义还要通顺。大家想了好久,对不出来,华罗庚胸有成竹,亲自出马说出了下联:"九章勾股弦。"不但平仄谐调,而且"九章"是人名——赵九章,同时又是古代数学名著《九章算术》的书名,联着下面"勾股弦",中国古代数学的几何术语,实在对得神妙。

还有个经过四十年才对出来的"人名对"的故事。梁启超1912年冬自日本归,见历史学家夏曾佑(穗卿)正在看《春秋左传》,就想出一联要他对,这一上联有他的名字:"冬蛰庵中,夏穗卿研究春秋传。"其中不仅有人名,而且还有冬、夏、春、秋四季的名词,确实很难对。夏曾佑找了蔡元培、许寿裳、黄侃、钱玄同、黄炎培、罗瘿公等征求下联,都难以对出。三十九年之后,

1951年冬,郭沫若在寓所邀友人聚会,有周扬、夏衍、田汉、黄炎培、楚图南、南汉宸、白杨、张瑞芳等人。南汉宸说:"田老大(指田汉)拉我们到东华门外去看梅兰芳彩排《红娘》,果然精彩绝伦。"言者无心,听者有意,过了一会儿,黄炎培突然一跃而起说:"我得之矣,我得之矣!"乃对曰:"东华门外,南汉宸欣赏北西厢。"这"南汉宸"对"夏穗卿",人名对人名,"东南北西"对"冬夏春秋",四方对四季,也很工整。黄炎培很得意地向大家讲了此联背景,说:"当年我对不出,如今无意中对出来了,除我一人尚在,其他朋友均已作古。"①真是"踏破铁鞋无觅处,得来全不费功夫",对联游戏也出现了这种境界。这些大学者们和老百姓一样,也喜欢玩对联这种游戏,说明它确是雅俗共赏的一种民间文艺。

茅盾与郭沫若之间也有过这样的文字游戏。1962年秋,茅盾到广东佛山民间艺术研究社参观剪纸艺术,看到郭沫若去年在此的题诗,十分欣赏:

凭将秋色千张纸,夺取乾坤万象春。
神似人灵神已废,而今百姓尽为神。

主人请茅盾也题词留念,他提笔写下一联:

剪纸斗彩,秋色迷人。

下面留了一块空白,大家不解,他说:"这,日后自有妙用。"不久,郭沫若再来参观,见到这个题词,笑着说"这要考难题了",原来茅盾写的只是上联,留下空白,要郭沫若来对下联。不过大诗人郭沫若从小就有很好的对对子功底,很快就在空白处补上了下联:

作字题诗,春风满座。

"春风"对"秋色",很好,同时指良师益友的教导,以此表示对茅盾的谢意。对对子是一种友好的文字游戏,是可以加深友情的。

巧联难对,主要是上联设出了许多机关,词语的重复、语义的双关等等,要求较严,如:

南通州,北通州,南北通州通南北;
东当铺,西当铺,东西当铺当东西。

---

① 《一联求偶40年,无意之中对出来》,《团结报》1997年10月1日。

又如：

  烟锁池塘柳；炮镇海城楼。

这是广东虎门的一副对联，妙就妙在要在每个汉字的偏旁上找出"五行"名词"金木水火土"，上下联都要一致才行，确实很难。

  还有个数字妙联。传说有个书生因路远迟到，考官让他加做一副对联，要求上联写进从一到十十个数字，下联则以从十到一来对好。考生对曰：

  一叶孤舟，坐二三个骚客，用了四桨五帆，经六滩七湾，历尽八颠九簸，可叹十分迟缓；

  十载寒窗，进九八家书院，抛却七情六欲，读五经四书，考了三番两次，今天一定要中。

此联不但符合考官要求，而且还写出了迟到的原因和自己的决心，考官不禁拍案叫绝，将他列为榜首。对对子不但可考学识而且可看捷才，是考官所重视的。过去考生都要做骈文，每一句都要对，实在是比较难的。

  过去对联讲究含蓄不露，尽量避免浅露，有的对联就耐人寻思、令人费解，如一旦解开，则有恍然大悟之感，如：

  海水朝，朝朝朝，朝朝朝落；浮云长，长长长，长长长消。

这是山海关姜女庙的一副奇联，一口气用了七个同形字，难以理解，它使用了汉字的音义又读特点，"朝"可以是阳平的朝阳的朝，也可联想到潮水的潮，它还可以是读阴平的朝霞、朝阳的"朝"，所以这副对联的意思还是清楚的：

  海水朝（涨潮），朝朝（天天早晨）朝，朝朝（潮）朝落；

  浮云长（涨，生长），长长（常常）长，长长（涨）长消。

  还有一副对联是北大中文系学生1965年搞"四清"时在昌平大庄科村发现的：

  二三四五；六七八九。

纯为数字，是什么意思呢？原来是使用了谐音法，表示缺一（谐衣）少十（食），这是农民表示生活困难的，当时被说成是"地富反坏攻击大好形势"。此对联还有横批"南北"，也用同样的去掉头尾的方法，表示"缺东少西"或

"缺少东西"。相传这是北宋宰相吕蒙正在贫困时的自况,充满智慧,物资短缺时期在不少地方流行。还有异文"一二三五;六七八九",缺四谐"事",缺十谐"实",表示"缺少事实",反映搞逼供信冤案。这是一个发展。

一些对联故事富有戏剧性,是对联使用中的笑话。

传说东晋大书法家王羲之的字很值钱,他写的春联刚贴上就被人悄悄揭走。他先写了一副:"春风春雨春色;新年新岁新景。"后又写一副:"莺啼北里;燕语南郊。"皆被书法爱好者在糨糊未干时揭走。他只好又写一副,让儿子先贴上半截:"福无双至;祸不单行。"这样没人偷了。等元旦早晨,他补贴上下半截,成了这样的联语:"福无双至今朝至;祸不单行昨夜行。"

还有个笑话被安在许多诙谐才子头上,说是有一富户花重金求才子写一寿联,为母亲祝寿,他即写了一副送上:"堂上老娘不是人;生了儿子是个贼。"引起轩然大波,人们纷纷责备他无理骂人,他不慌不忙地加上了下半联,成了这样:

  堂上老娘不是人,伊是王母下凡尘;
  生了儿子是个贼,偷来蟠桃献母亲。

"不是人"是神仙,当然更好,偷蟠桃孝敬老母,使之长寿,又是孝子,大家一看就乐了,都说巧妙。

这些都属文学游戏之列,概称"文字游戏"。

诗钟与酒令 **诗钟**是一种文学游戏,也就是规模较大、要求更严的对对子比赛。

诗钟比赛要求在一定时间内完成对联一副,对联要求与律诗中间两联的平仄一致,还有附加嵌字等要求。过去常用点香来计算时间,燃一支香约一二十分钟时间,用一根线系一铜钱在线香上,燃到系线之后,线断开使铜钱落在一铜盘之中,击响如钟,作为停笔信号,故此游戏名曰"诗钟"。

诗钟起于清嘉庆年间的广东、福建。钱塘人施鸿保在闽做幕府多年,咸丰八年(1858)所写《闽杂记》中记录了福州诗社的诗钟50首,有"分咏体"和"嵌字体"两种。后被闽梁章钜父子收入《巧对续录》之中。当时还没有用诗钟的名称,只作为对仗活动的成果而已。据王鹤龄研究,现存诗钟的最早作品是陈寿祺(恭甫)的一首:"亭馆春深花睡足,池塘烟重柳眠之"("足·

之"，七唱），此题规定嵌字"足、之"于上下联的第七字句尾。①

诗钟有许多特殊要求，形成各种诗钟体格，最流行的有两种：嵌字体与分咏体。现介绍如下。

第一，嵌字体。出题时要求把平仄没有对偶关系的两个字，嵌入上下联的同一位置，如上述陈寿祺的"足·之"。因诗钟多为七言，要求把嵌字放在句首的称为"一唱"，放在第二字称"二唱"，上述陈寿祺的"七唱"，即是要求放在句尾的了。如林则徐有"陈·人，一唱"："陈迹浑如牛转磨，人情几见鸟衔环。"又如郁达夫的"有·无，二唱"："岂有文章惊海内，断无富贵逼人来。"用了杜甫和龚自珍的诗句进行集句，这是1936年他被福建的诗社邀请参加诗钟比赛时，第一个交卷的名作，受到阅卷人（考官）极高的评价。由此可知，诗钟的对句可以是自己编创，也可以利用前人的诗句。

"一唱"时又常用"凤顶格"的美称；"二唱"叫"燕颔格"；"三唱"为"鸢肩格"；"四唱"为"蜂腰格"，第四字正在七言中间如蜂腰一般；"五唱"叫"鹤膝格"；"六唱"为"凫胫格"，胫为小腿；"七唱"则是"雁足格"。此嵌字格被看成"正格"，运用最广。

另有把二字嵌在不同部位的，如"蝉联格"要求把字嵌入上联末尾与下联句首，形成"联珠"，其实应叫"联珠格"才恰当。

还有嵌三个字的"鸿爪""鼎峙""三字尾"等格；四字以上的叫"碎锦""碎流"；而五个字的则特称"五杂俎"。几个字没有连贯意义的，叫"碎流格"，有连贯意义的叫"碎锦格"。

第二，分咏体。这是第二种诗钟体式，要求上下联分别咏出绝不相干的两个主题，并且不能再用题目中的字入联。如《扳不倒·钱》一联：

此老平生最倔强；乃兄无处不流通。

这是比较难写的。有的题目把两个不协调的名词放在一起，显得很幽默，甚至有强烈的反抗性，如有的诗钟社作过"天子·兽""官·狗"等题。

诗钟的文学渊源很古，也是对偶的起源。我们在谈《对联》时已述及，文人的类似游戏在一千多年前已经存在，如晋人《顾恺之传》中记载他与桓玄等人在一起比赛作诗做"危语"："盲人骑瞎马，夜半临深池。"即是联语游

---

① 参见吴同瑞、王文宝、段宝林编：《中国俗文学概论》，第314页，北京大学出版社，1997年。

戏。汉代的《连珠文》、鲍照的嵌字《建除诗》也是类似的对偶游戏之作。不过诗钟更进了一步而已。

徐珂《清稗类抄》记福建塾师教幼童对对子，先是出上句，让孩子对出下句；进一步就"作碎"，教孩子作嵌字的对联。还记载了如何出题、限时、评卷、发奖的情况，与诗钟作法很相似。再进一步又有"改诗"，就是要求根据给出的两个字，把两首古人的诗分别改写凝缩成上下联，要求每个字都来自原诗，自己不加一字。这与诗钟被称为"折枝"有密切关系，"折枝"也就是拆改古诗之意。有的即是"集句"。

诗钟游戏如何进行？在文人集会时由一人负责阅卷，为考官，出题，大家比赛，胜者有奖。乾隆时即已有对对子的游戏，徐铁孙（太守）《怀古田舍诗》(1850)自注中记述了广州云妙观联社的活动情况：

> 乾隆年间每到岁末文人齐集于观中，抓阄选定一人为阅卷，由他出上句，到会者每人投银六钱，然后参赛，由评卷人空出名次，评出的前几名分银为奖。然后换一评卷者，再来比赛……

诗注中说："今此风沿及（广州）城内外及南海、顺德诸乡，拓而大之，每语投银一星，聚集千人。"由此可见，文人对对子比赛规模之大，有的已达千人，而且还有奖金。这种对对子比赛，出的题目再加上一些限制即是诗钟了。

酒令是饮酒时进行的一种文化比赛、娱乐游戏。"行酒令"时抽"酒筹"，按上面写的题目作诗、对对子或猜谜语、说绕口令等，此题即是"酒令"。由美女当"明府""录事"（实即"令官"）负责行令和执罚，这在唐代即已存在，牛僧孺的传奇小说《刘讽》曾有记载。令官负责传令、组织比赛。如果酒令的题目是对对子，出了上联，就要求对出下联，对不出就罚酒。欧阳修在扬州做太守时，曾在平山堂宴客，从瘦西湖中采来荷花，大家"击鼓传花"，鼓停时，花在谁手中，谁就要按酒令要求对诗或饮酒。

由此可知，诗钟、酒令，都与对联游戏相关，是对对子游戏的不同形式，主要是流传于口头的文学形式，但与文人诗词关系密切，是一种雅俗共赏的俗文学。

对联的集体性与知识产权　对联是实用文学，可以通用，许多作品是不署名的，应属于集体创作。

《红楼梦》第十七回《大观园试才题对额》记述了对联的集体创作情况，为迎接贾妃元春回家省亲而新建大观园，园中各景点必须要有对联。贾政说："偌大景致，若干亭榭，无字标题，也觉寥落无趣，任有花柳山水，也断不能生色。"众清客忙说："极是！"并说："各处匾额对联断不可少，亦断不可定名。"为什么不能定名？因为还要讨论、商议，"暂且做个匾联悬了，待贵妃游幸时再请定名"。于是贾政领着众人在各景点先题，"若妥当便用，不妥时，然后请贾雨村再拟"。众人说，不必等贾雨村，"我们大家看了公拟。各举其长，优则存之，劣则删之"。贾政说："此论极是！"于是开始在各景点"公拟"，一人先拟出，大家议论、修改、择定。在公拟过程中，一些联语提出之后，就会引来各种议论，如"甚好""妙极"或"粗陋不妥""陋俗""板腐""陈旧""过露""太落实了"、不够含蓄雅致等等。由此可见，要写出妥帖适用的对联，实在不易，所以贾政等人才说："这匾额对联，倒是一件难事。"为了克服困难，大家来"公拟"——进行集体创作就是一个解决的办法。在这种情况下，大家凑出的对联即属集体创作之一。

一般集体创作总是一人先创作出来，在互相传抄的过程中必然变异，在流传中大家来改，在变异中集中了集体的智慧，这种情况在对联的创作中是经常发生的。许多通用的对联可以完全用现成的作品，这当然更属集体创作。所以过去对联的使用没有知识产权的问题，似乎是公有的。有的是"集古诗句"，更无知识产权问题。

不过在许多特殊场合，对联往往是个人临时创作的，应是个人独创，所以有知识产权。但因为是赠送、实用的作品，也无稿酬。但近来在市场经济条件下，出现了一些礼仪公司，代人拟写对联，除书法有润笔费外，创作也是收费的。有人认为民间文学是集体创作，所以没有知识产权，其实不对。民间文学是集体创作，但在演唱、讲述、使用时，却是由歌手、故事家或书写创作者的个人来体现的，在集体创作成果的基础上，必有个人创作的成分，或多或少是有知识产权的，在使用时应给予适当报酬，这是应该的、合理的。有些对联完全是个人创作，则不能列入民间文学之中，其个人的知识产权更清楚，如在报刊或网上发表，当然也应当给予报酬。

在民间文学中，集体性是通过个性表现出来的，集体性与个性辩证统一，绝不能否定个性。这是民间文学的基本原理，否定个性存在是不科学的、完全错误的。过去有少数人持此理论，主要是想当然的推论，早已被现实所否定，已是过时的错误理论了。

国外的中国对联　对联是汉字的艺术,广受欢迎,所以流传到国外,凡是有华人居住的地方(如中国城、唐人街)和属汉字文化圈的国家(如日本、韩国、越南等),往往都有中国汉字的对联在流传。

如悉尼中国城,就有不止一处对联。在南端的牌楼匾额上,写的是"通德履信",两旁的对联是:

德业维新万国衣冠行大道;信孚卓著中华文化贯全球。

牌楼内面匾额为"继往开来",对联是:

继往上国文章,维护自由正义;
开来大同世界,发扬民主精神。

在街北又有高大牌楼,横匾上写的是"四海一家",对联为:

四海种族,同仁修睦,合群为兄弟;
一家金兰,结义精神,博受贯澳中。

内里一面也有,横额为"澳中友善",对联是:

澳陆风光,物阜民康,邦交友善;
中原气象,德门义路,揖让成风。

悉尼是澳大利亚第一大都会,有不少华人会馆,一般都有汉字对联,使华人到此有回家的感觉,对远离故国者而言特别亲切。如福建会馆对联:

雨后青山满郭,登楼常作故园看;
春来绿叶成村,对景忽生归棹想。

浙江会馆对联:

会馆喜相逢,同上顶楼观落日;
乡关杳何处,却寻峰岳望归云。

广东会馆对联:

桃林香近;梅岭春先。

广西会馆对联:

风景不殊江左右;湖山还忆桂东西。

这些对联不仅表现了华侨华人爱我中华的思乡之情,更表现了"龙的传人"协和万邦的伟大气魄,弘扬了中华文化,有利于各国人民团结合作,共建和谐美好世界。

第六章
民间长诗

民间长诗是人民口头流传的长篇诗歌创作,在民间歌谣、传说故事和民间谚语等形式的基础上发展而成。民间长诗包括抒情长诗和叙事长诗两大类。其篇幅较长,一般在千行以上,最长的有百万多行的。现将这两类长诗的情况,作一简要的叙述。

第一节 民间抒情长诗

民间抒情长诗抒发了劳动人民深厚的感情,常常是在生活中感情强烈时所唱。旧时代抒情长诗以悲歌为多,如土家族《哭嫁歌》,纳西族《游悲》,彝族《我的幺表妹》《妈妈的女儿》,撒尼人《逃到甜蜜的地方》,傈僳族《逃婚调》《生产调》《重逢调》,白族《串枝莲》,布依族《月亮歌》,壮族长篇《嘹歌》,哈萨克族《婚礼歌》等等。

土家族哭嫁歌由多段歌曲组成,内容主要是诉苦:"铁打心肠的爹啊,铜打心肠的娘啊,你逼着活人,跳进死人坑……"诉说婚姻不自由和未来的苦难生活,对于封建婚姻制度是有力的控诉。此歌在婚前由家中或邻居妇女陪新娘唱几天,感情深沉悲恸。《妈妈的女儿》也属于哭嫁歌,但篇幅更长,一气呵成,诉说"妈妈的女儿"的苦难,委婉动人:

> 妈妈的女儿哟!泪水长长地流……
> 想坐不想起来,起来也不想走,
> 可是啊,不走是不行了。

> 妈妈的女儿哟!血已换成酒喝,

> 肉已换成肉吃,骨已换成钱用,
> 女儿不走也得走了!

纳西族的抒情长歌《游悲》是青年男女在殉情之前唱的。在残酷的封建压迫下,婚姻不能自主,纳西族青年男女为了反抗强制的婚姻,常常有集体自杀的事件发生,他们爬到雪山顶上跳崖或受冻挨饿而死。《游悲》是非常凄惨悲哀的,通过回忆的形式,常常先诉说活不下去的原因,决心去死:

> 我悲哀地坐在树下,树木流泪落叶纷纷;
> 我悲伤地走到河边,河水痛哭,呜呜咽咽;
> 我悲哀地坐在石上,石头难过,冷冷清清;
> 这么大的世界啊,哪里可以安生?

然后,描述如何到丽江四方街去买死后要用的各种东西,描写到玉龙山沿途的艰苦历程,最后通过美好幻想抒写"玉龙第三国"的幸福生活:

> 四面玉笙响,声音好悠扬,
> 玉龙第三国,真是个好地方。
> 这里有斑虎,斑虎做乘骑,
> 骑着驯善的虎呵,在地上自由地奔驰。
> 这边有白鹿,白鹿做耕牛,
> 相好人们架着它,去耕自由的土地。

长诗对于吃人的封建制度进行了强有力的控诉。用死来进行反抗,在当时没有出路的情况下是可以理解的,然而却是消极的。

《我的幺表妹》[①]是四川大凉山彝族的爱情悲剧长诗,彝语叫"阿惹妞",已发展成一种歌调。在演唱中可以即兴加上自己的创作,以便更深切地抒发衷情。它在彝族地区流传极广,一般人都会唱,常根据抒情的需要唱其中的片段,有时也唱全首。平时多在野外劳动或行路时唱,不能男女对唱,也不能在长辈面前唱。长诗的艺术性极强,用诗意浓烈的生动语言形象强烈地控诉了旧社会买卖婚姻制度的黑暗。长诗通过男主人公的回忆,用充满激情的诗的语言,刻画了一个美丽善良勤劳能干的劳动妇女的可爱形

---

① 参见四川民间文艺研究会编,冯元蔚等记译:《大凉山彝族民间长诗选》,四川人民出版社,1960年。另有译本《我的幺表妹》(且萨乌牛译),民族出版社,2003年。

象。她"美妙的声音,像月琴弹奏的曲调;明晃晃的眼睛,像晶莹的水珠";"表妹周身亮堂堂,像菜花一样一片金黄。我的幺表妹呀,穿好衣和孬衣都合身……表妹跳起舞哟,百褶裙儿翻波浪。天上仙鹤最美丽,地上表妹最漂亮"。不但外形美丽,更可贵的是她热爱劳动,心灵手巧:

> 表妹煮的饭,像山顶的白雪;
> 表妹舀的水,像蜂桶的蜜汁;
> 表妹做的荞饼,比砂糖更甜;
> 表妹推的燕麦炒面,比菜花还香;
> 表妹绣的花,蝴蝶也会飞来;
> 表妹织的围裙,像空中的云彩;
> 表妹养的小猪,三夜就成大肥猪;
> 表妹喂的小鸡,三夜就成大阉鸡;
> 表妹打燕麦时,连枷像岩鹰翻滚;
> 表妹割荞时,镰刀像黄莺飞翔。

长诗运用自然界与劳动中最美的形象来形容幺表妹,同时,通过追忆描述他们的爱情,使读者深入长诗的意境:

> 我和我的幺表妹,
> 两张嘴说一样的话,两双手做一样的事,
> 看东西的时候,四只眼睛在一起,
> 听东西的时候,四只耳朵在一起,
> 我和我的幺表妹,
> 眼睛望着眼睛,就知道心里想着什么;
> 手儿拉着手儿,就明白要去到哪里。
> ……

长诗把相思之情写得淋漓尽致,诗意浓烈,朴素自然,心理刻画深刻、动人。但是,再也看不到幺表妹了,她被卖给了财主,"双脚不沾地,被拖着走了,披散着头发,被卖给人了"。然而她宁死不屈,无比坚强:

> 有钱的人,用金碗盛饭给表妹吃,
> 表妹把金碗甩下地;

> 有钱的人,拿锦绣披毡给表妹披,
> 表妹把披毡全撕碎。

结果"九根麻秆粗的绳子,套紧了表妹的双手;九条牛一般大的土坑,埋住了表妹的身子;我苦命的幺表妹啊,死也不嫁有钱人",她终于被财主害死了。这悲剧是深刻的、强烈的,因为幺表妹是那样可爱的人,她的爱情是那样坚贞的啊。幺表妹的形象愈是美好,他们的爱情愈是深厚,旧社会扼杀美好事物的吃人本性也就愈加令人憎恨。幺表妹的形象,是彝族劳动妇女的化身,她的悲剧命运体现了彝族人民的血泪仇。千百年来人民心中蕴蓄起的强烈激情,通过长诗像火山一般地喷射出来,像一股熊熊的烈火,要焚毁旧社会的黑暗王国。

哈萨克族《婚礼歌》由多首婚歌组成,歌唱姑娘远嫁的怨恨、痛苦和对家庭、故土的留恋。过去流行买卖婚:"骑在马上的女儿,像被出卖的牛羊"。她的感情很复杂:

> 父亲为我披星戴月,母亲为我日夜操劳,
> 我像只孤单的马驹儿,离开亲人远走他乡。
> 雪花飘落寂静无声,阿妈为我煞费苦心,
> 在家我是最美丽的孔雀,到人家就成了倒霉的乌鸦。

此外,还有些爱情抒情长诗,如纳西族《相会调》,通过男女对唱的形式,用寓言笔法,表现坚贞、美好的理想爱情,曲折地反映了社会情况。傈僳族长诗《重逢调》《逃婚调》《生产调》等"含曲花偶",也是通过对唱各自抒情的优秀抒情长诗,用具有民族特色的对句,反复抒发自己强烈的感情,充满诗意,令人感动。"含曲花偶"意为"找旧情人的歌",通过回忆来抒情,可见其感情是多么浓烈了。长诗反映劳动人民在劳动中建立起来的美好爱情,表现了劳动人民的理想,反映了一定的阶级矛盾。《重逢调》通过久别重逢的一对爱人,哭诉别后骇人听闻的悲惨遭遇,对中华人民共和国成立前少数民族非人的生活作了淋漓尽致的描写。这是对野蛮的、反动的、黑暗的旧制度的有力控诉。《逃婚调》描写一对青年男女经过长途跋涉,逃脱了包办的婚姻,到远地成家立业的艰苦而快乐的劳动过程:

> 阿玛娜我啊,
> 我要不休息地种地,我要不睡觉地织布,

>把一坝一坝荒草,变成一坝一坝粮食,
>把一堆一堆蒿枝,变成一堆一堆布。

长诗不但歌颂了爱情与劳动,而且歌颂了各族劳动人民间的亲密友谊,没有汉族、怒族等各族人民的互助,是盖不起房子、架不起饭锅来的。长诗说:"汉族人个个都是咱们的朋友,怒族人个个都是咱们的知心;遇到汉族人要说汉话,遇到怒族人要说怒话……"《生产调》也是一首劳动爱情长诗。它是非常独特的寓言长诗,诗句多有双关的意义:表面上描写的是寻地、开荒、割草、播种,其实说的是男女间爱情的成长;描写铺路、修桥、砍树,其实说的是婚姻的阻碍和斗争;最后描写收获、吃酒、喝蜜,其实是在说爱情已经成熟,得到了幸福。劳动和爱情密切结合在一起,这是劳动人民爱情的特色。

广西西部山区田东、平果等县流行歌圩对唱,由即兴短篇发展为专题长篇抒情民歌,有专门的调子,每段结尾常唱"嘹嘹"的拖腔,故称"嘹歌"。全套共七首长歌——《三月歌》《日歌》《夜歌》《入寨歌》《离婚歌》《建房歌》《散歌》,共一万六千多行,已出版。早在1961年,著名壮族诗人黄勇刹(歌剧《刘三姐》执笔人)记录的《唱离乱》两千多行,已在《广西文艺》发表,后收入《中国民间长诗选》第二集①。

中华人民共和国成立以后,民间抒情长诗的基调发生了根本的变化。各民族歌手、艺人创作了不少赞歌来歌唱新生活,赞美党的领导和社会主义。蒙古族老艺人毛一罕用"好力宝"的赞歌形式创作了好几十首新的赞歌,其中以《铁牤牛》影响最大。这篇好力宝较长,数百行,通篇歌唱"铁牤牛"(火车)初到草原所引起的巨大反响。它着重强调火车给草原人民带来的新生活。火车运来的各种货物都得到热烈的赞扬,从通红的苹果、花布到马拉打草机,都是给人民带来幸福的新事物,引起了人民无比的欣喜。"从人民首都北京城,欢跃而来的铁牤牛",跑得快、装得多,到哪儿都受人欢迎。艺人用生动的形象描绘了火车初进草原的情景:

>正在吃草的马群,欢腾地挺鬃又翘尾,
>跟随着铁牛在狂奔,抖动着耳朵注视它。

>牧马的青少年,手握着直直的套马杆,

---

① 《中国民间长诗选》,上海文艺出版社,1980年。

> 放开骏马全力去追赶,然后扯住嚼子站下看。

长诗对"铁牤牛"的歌颂,也就是对新社会的歌颂。长诗深刻地看到了这件新鲜事物的历史意义:

> 使社会主义的曙光,普照草原的铁牤牛,
> 把恩人毛泽东的慈爱,带给我们的铁牤牛。

这是多么可爱的"铁牤牛"啊。长诗通过无数生动新颖的艺术形象,歌颂同一个新事物,头头是道,丰富多彩,充分发挥了抒情长歌的艺术魅力,得到广大人民的热烈赞赏。毛一罕是游吟艺人,在旧社会被称为"拉马尾的乞丐",翻身后激情歌唱新的生活与快乐。

傣族老歌手康朗英和康朗甩也分别创作了一些抒情长诗,歌唱中华人民共和国成立后的新的生活和斗争。《流沙河之歌》是康朗英运用传统"赞哈调"的形式所创作的抒情长诗,记述了在流沙河上兴建水库的艰巨斗争过程,充分表现了各族人民在共产党领导下改造大自然的雄伟气概。流沙河是一条有名的"魔鬼的河流",千百年来危害无穷,人民只有对着它流泪;但是有了党的领导,"我们傣族人民,像椰子树一样站立起来了;我们边疆的生活,像甘蔗一样甜蜜起来了"。千万人的水利大军来自各地区、各民族,他们打破了对鬼神的迷信,团结一致向自然开战:

> 把彼朋旭烧死了,
> 它不会再吃我们的鸡了,它不会再吃我们的酒了,
> 鬼神统治傣族人民的时代过去了,任何鬼神都挡不住我们前进。

彼朋旭是一块拦路的大石头,据说是女魔鬼的化身,年年都要对它敬酒膜拜,这魔鬼的权威终于在炸药的轰鸣中随石块一起垮台了。人民日夜苦战热火朝天,终于建成了拦河大坝,把这"魔鬼的河流"改造成为"幸福的河流"。长诗用鲜丽的色彩描绘了这新的神奇的美景:

> 绿水倒映四周的群山,云彩在水里洗澡,
> 夜晚星星在水里一闪一闪,早晨云雀画眉百灵鸟都来唱歌,
> 大森林的公主——美丽的孔雀,也常在水面上飞舞。
> 山顶上的金鹿野熊小兔,忘了寻食,呆呆地望着水库,
> 它们在互相询问:"过去这里到处是荆棘茅草,

过去这里遍地是毛虫蚂蟥,哪里来的这绿蓝绿蓝的湖啊,
　　莫非是我们认错了地方?"

长诗用饱满的政治热情,描写兴修水利的成果,同时也生动地歌颂了民族团结。第七章关于泼水节各族青年联欢的场面是热情洋溢的。傣族、爱尼族青年男女彼此对唱,互相把洁净的水泼在对方身上。他们的劳动热情很高,这种情绪通过男女对唱山歌表现出来,小伙子唱道:

　　姑娘呀姑娘,
　　朝霞还没爬上椰子树,你们就出现在水库,
　　你们挑土来回奔跑,真像蝴蝶在花丛中飞舞,
　　你们上下堤坝,跟老鹰叼小鸡一样迅速。

姑娘红着脸,心里真快活;男女在一起劳动,"像七月的蝉整天唱歌"。长诗描写了劳动竞赛的热烈情景,把社会主义建设热气腾腾的气象充分显示了出来,这是具有历史意义的令人难忘的日子。

　　《傣家人之歌》是康朗甩在国庆十周年前夕创作的。全诗一千多行,分几支歌歌唱傣家人命运的变化。诗人忆苦思甜,用史诗的笔调描述了中华人民共和国成立以来重大的革命斗争:"我要歌唱我们的民族,怎样从地狱跨进天堂。"长诗是由七支歌组成的,其中还穿插了一些人物的活动。"森林的黎明"揭露了毒蛇一般的压迫者日夜掠夺百姓的牛马金钱,到处是一片凄惨景象。中华人民共和国成立了,诗人用绚丽的色彩描绘这天翻地覆的巨大变化:

　　北京升起了红太阳,彩云缭绕在菩提树上,
　　白象走出了森林,凤凰飞来晒翅膀,
　　千瓣莲花在大地上开放。
　　……

长诗记述了自治州人民政府的成立,描述了斗争地主诉苦大会的动人场面,人民成了"土地的主人",建立了新的工业,瀑布旁修了水电站,第一炉钢水照亮了森林,修起了大水库,一片光明未来的远景展现在人民眼前。最后"赶摆",用欢庆十年大庆的盛大集会结束了这篇宏伟的赞歌。姑娘们跳起了吉祥的孔雀舞:

你看！社长岩桑端起酒碗,对着那翩翩起舞的孔雀放声歌唱:
开屏的孔雀啊,
请你在圣洁的澜沧江里,把你绚烂的羽毛洗净,
带着廿五万颗傣家人的心,展开你的翅膀飞向北京。
孔雀啊,飞吧,飞吧,
带着我们丰收的双季稻,
带着西双版纳最香的糯金花,
带着傣家人的第一炉钢,
带着傣家人结在蓝天的椰子果,
带着彩霞染过的大菠萝,
……
飞到北京,飞到天安门,把我们傣家人的祝福,
告诉我们敬爱的党,告诉我们敬爱的恩人。

长诗充满了政治激情,回忆了中华人民共和国成立十年来傣族人民的巨大变化。这些傣族抒情长诗语言绚丽优美,形象多彩多姿,情深意切,十分感人,可以说是优美动人的史诗性作品。

第二节 民间叙事长诗

民间叙事长诗分民间史诗和民间故事诗两大类,在我国各民族都有,而以少数民族最为丰富。汉族古代的叙事诗早有记载,如《诗经》中有小型史诗《生民》《公刘》和短篇"弃妇诗"《氓》《谷风》等。在乐府民歌中也有不少小叙事诗如《孤儿行》《妇病行》《陌上桑》《十五从军征》《上山采蘼芜》等,在小叙事诗的基础上产生了古代文学史上最杰出的长篇叙事诗《孔雀东南飞》和《木兰辞》。从思想内容、人物性格和语言技巧上看,它们都已相当成熟,虽然都经过文人的润色加工,但仍保有民歌的基本特色。唐代民间小赋如《燕子赋》《韩朋赋》和许多变文说唱文学,体现了叙事诗新的发展动向。后来叙事诗沿着说唱曲艺的方向得到很大发展,如董解元《西厢记诸宫调》和其他许多富有诗意的鼓词、弹词等等都是古代的民间叙事诗。此外,还有些山歌体长诗,如湖北流传的《钟九闹漕》是描写清末农民起义故事的,又名《抗粮传》,曲折地表现了官逼民反的斗争过程,反映了尖锐的阶级矛盾。

《崇阳双合莲》也是湖北的山歌体长篇叙事诗,内容主要是描写爱情婚姻悲剧。1923年前后,在安源煤矿的矿工中,流传着一首反映工人运动的山歌体长诗《劳工记》,虽然文字尚较粗糙,但记述了党的领袖刘少奇、李立三等人深入工人群众领导工人斗争的情形,不失为有历史意义的作品。湖北神农架流传的《黑暗传》则是一首神话史诗。

最近十多年来,在江苏南部一带发现了一大批民间叙事诗,不但有爱情叙事诗如《五姑娘》等,还有反映社会政治主题的叙事诗《孟姜女》和明代英雄史诗《华抱山》。这就进一步打破了"汉族无民间长诗"或"汉族无史诗"的成见。①

各兄弟民族叙事诗数量很多很多,成就较高,千百年来,在民间流传很广,每当喜庆节日或晚间乘凉时,人们就围着老歌手、艺人,听唱这些优美动人的诗篇。少数民族民间叙事诗蕴藏极为丰富,仅云南一省从1958年以来即记录了六十多首各种类型的长诗,最近又有大量发现,据说仅傣族的阿銮叙事诗(按佛本生故事来编唱)即有500首。现已搜集整理发表的叙事长诗,按题材可分为史诗和爱情婚姻长诗两大类。

史诗 史诗是反映历史题材的长篇叙事诗,也是人民口头的历史课本,分神话史诗和英雄史诗两类。史诗中以远古的神话为题材的,是神话史诗,如《苗族古歌》《亚努王》(苗族)、《阿细的先基》《梅葛》《勒俄特衣》(彝族)、《创世记》(纳西族)、《密洛陀》(瑶族)、《布洛陀》《布伯》(壮族)等等。神话史诗往往是在祭祀天神、祖先的祭典上演唱的,具有神圣性,保存得比较完好,像《苗族古歌》,共有十多部、五六千行之多。这些史诗是在神话的基础上发展起来的韵文作品,更容易唱诵保存,其内容比散文神话更有系统,也更加完整。神话史诗作品是作为历史进行传授的,"打根上唱起",歌唱世界的开辟、人类的诞生,包含着丰富的远古神话故事,是珍贵的历史文献;同时,也是优美的文学作品,往往通过美好的天真的浪漫主义幻想,反映了人民理解、战胜大自然的进取精神及其对理想的热烈追求和现实的社会生活,富于教育意义。

史诗中以英雄人物的斗争故事为主要题材的,是英雄史诗。英雄史诗

---

① 参见姜彬主编:《江南十大民间叙事诗》,上海文艺出版社,1989年;华祖荣等唱,朱海容搜集整理:《华抱山》,江苏文艺出版社,1997、1999、2006年。

描述民族英雄和起义英雄的光辉业绩,形象雄伟,感情强烈,表现了人民的英雄主义气概。它虽然仍带有不少神话色彩,但主人公已是人,是英雄,而不是神,所以现实性比神话史诗要强,一般以现实的民族矛盾为中心。如《格萨尔王传》(藏族)、《格斯尔传》《江格尔》(蒙古族)、《玛纳斯》(柯尔克孜族)、《戈阿楼》(彝族)等史诗反映了民族的战争和部族的统一;近现代史诗《嘎达梅林》(蒙古族)、《张秀眉史歌》(苗族)、《罗华先》(布依族)、《姜映芳之歌》(侗族)、《中法战争之歌》(壮族)、《白鹰》(塔吉克族)、《玛玛克—召波克》(柯尔克孜族)、《高大魁伟的英雄额斯木》(哈萨克)、《薄坤绰》(达斡尔族)、《歌唱英雄白彦虎》(回族)、《陶克陶乎》(蒙古族)、《华抱山》《钟九闹漕》(汉族)等史诗则同时描写尖锐的阶级矛盾和民族矛盾。傣族史诗《兰嘎西贺》则是由印度的《罗摩衍那》改编创作的。

现以《格萨尔王传》为例,来说明英雄史诗的主要特色。

《格萨尔王传》这部史诗,在广大的藏族居住区——西藏、青海、四川康区、云南以及甘肃南部等地流行,家喻户晓,很受欢迎。"每个藏人口头,都有一部格萨尔故事",这一谚语并无夸张。这部史诗不只在藏民中流传,而且流传到蒙古族以及其他周边民族,流传到蒙古族的即为《格斯尔传》(据说在数百年前即已传入蒙古,有蒙文版本多种,老艺人琶杰所唱《英雄格斯尔可汗》已记录下来并译成汉文出版)。藏族《格萨尔王传》可能萌发于一千多年前,而正式形成则在 11 世纪以后,是一部说唱体的史诗,经过长期流传,篇幅极长,有多种版本,去同存异,至今已知有 120 卷以上、一百多万行、两千多万字,是全世界最长的一首长诗。自 18 世纪以来,中外学者就开始搜集和研究这部长诗,至今已有法文、英文、俄文、德文、拉丁文、印度文、日文和蒙文译本(当然,是长诗的部分译文)。中华人民共和国成立以来,特别是 1958 年以来,在青海省委宣传部领导下,大专院校师生和广大文教干部进行了较广泛的搜集,取得了喜人的巨大成果。据《民间文学》1962 年第 4 期报道,青海省民间文艺研究会当时已搜集到各种不同的木刻本、手抄本和口头记录稿共约二千五百多万字,还在进一步深入调查,并组织专家进行翻译和研究。可惜由于对民间文学的特点缺少认识,对艺人的口述记录等方面未予重视。1962 年上海文艺出版社出版了《霍岭大战》上部的汉文译本。但在林彪、"四人帮"为害的十年中,长诗被诬蔑为"毒草",致使许多宝贵资料惨遭损失,参与长诗搜集、翻译与研究的人受到批斗、迫害。直到

1979年才彻底平反,并重新组织力量,将长诗作为国家重点抢救的民间文学遗产进行搜集。

1960年代的搜集主要偏重于木刻本和手抄本。1983年在青海召开史诗学术讨论会期间,举办了《格萨尔》史诗讲习班。我在会上作了关于民间文学口头性特点的报告。此后即全力以赴重点发现并记录史诗艺人(钟恳)的口头作品,有些老艺人如西藏的扎巴老人,会唱三四十部,已记录了二十多部,但未能记完老人即去世。其他许多钟恳会唱的部数更多,正在记录之中。口述本比书面木刻本、手抄本要更为丰富、生动,已用藏文和汉文陆续出版,精校本也在进行之中。

《格萨尔王传》故事叙述格萨尔大王一生的丰功伟绩。他是天帝最心爱的儿子,因恶魔在人间为害,自愿下凡拯救人民,成为"黑头人类的君长"。格萨尔降生时非常贫苦,叔父晁同(又译为超同)害死了他的父亲,霸占了他家的财物,还千方百计迫害他们母子。他降生后,晁司要害死他,把他扔进河中,埋在土里,摔到山下……但他生命力特强,总是得救,不但没受伤害反而锻炼得更加结实了。他当时名叫"交惹",意思是"穷小子"。从小生活很苦,靠自己挖野菜、掏地老鼠、打野牛维持生活,后来成为牧童,给贵族干活。十五岁时,参加了争夺王位的赛马比赛,他的瘦马始而落后,继而急起直追,超过了晁同和其他骑手,遥遥领先,获得了"世界雄狮格萨尔王"的称号,成为岭国元首。同时他还娶了岭国最美丽、最聪明的姑娘珠牡。

于是,开始了大王一系列的征战。先是北方魔王入侵,格萨尔远征北方。正在他长期征战远离家乡时,西方霍尔乘虚而入,引发了一场残酷紧张惊心动魄的大血战,这就是人们最爱听的著名的一部——《霍岭大战》。大战的导火线据说是霍尔王要抢珠牡为妻。战争开始时国内众英雄誓死保卫祖国,打了不少胜仗,正要把霍尔赶出国境时,晁同里通外国叛变投敌,致使格萨尔的兄长甲察等众英雄纷纷战死,敌军占领了岭国,珠牡被劫,晁同成了国王。格萨尔闻讯而回,率领人民赶走了敌军,并直捣霍尔都城,杀了霍尔王,征服霍尔,救回珠牡。在战争中格萨尔身先士卒勇猛机智,他神力过人,常常单枪匹马深入敌阵,打得敌人落花流水,发挥了神奇的威力。但对于霍尔人民,他却秋毫无犯,甚至把投降认罪的霍尔大臣、将军也释放并加以重用。他以德服人,深得人心,雄才大略,令人敬佩。此后,格萨尔又为了"保卫盐海",打杀了江国入侵者萨当王,又打败了前来侵犯的闷国、大食财国、雪山水晶国以及朱孤等国,最后他闯进了阴曹地府,反抗阎王,救出十八层地狱中的十八亿亡魂。在完成了拯救人民的大业之后,格萨尔安排了后事,重新回到天国。

格萨尔王是一位极其高大神奇的英雄形象,是藏族人民理想中勇敢、力量和智慧的化身。他在磨难中成长,练就了钢筋铁骨、虎胆龙心,无往而不胜。他能文能武,始终和人民在一起,以拯救人民为己任,是人民自己的英雄。他所进行的战争都是正义的,都是为了卫国保家保卫人民。他曾对部下说:"不要去侵犯别人,但如果有人来侵犯你,绝不能后退。"他是神话中的英雄,是天帝的儿子,可以有神力变幻,但同时也是一个非常现实的人物。他出身贫苦,是一个"交惹"。开始征战时在强大的魔王面前,他也曾产生过畏难情绪,但正当他信心不足时,他的战马开口了:"交惹啊交惹,不要害怕,难道你忘了那些受苦受难的黑头人类了吗?"于是他又鼓起勇气,克服重重困难征服了魔王。在这些浪漫主义的描写里,包含着深刻的现实社会内容,马儿的话不正是人民的心里话吗?这种手法不过是心理描写的神话化罢了。格萨尔从北方归来变成叫花子去会见晁同所进行的严词斥责,倾泻了人民群众对祖国叛徒的刻骨仇恨。他与母亲久别重逢的动人场面,洋溢着浓厚的劳动人民的生活气息。据王沂暖研究①,藏族的历史文献都肯定格萨尔大王是一个历史人物,但究竟是何时的人物则说法不一:有的说他是松赞干布的同时代人,则在唐太宗时代(公元7世纪);有的记载说他是15世纪的人,与前一说法相差七八百年之久;一般研究者以为格萨尔可能就是《宋书·吐蕃传》中所述出身贫贱的国王唃斯啰(998—1066),是11世纪的人物。但是,长诗中的格萨尔已是一个经过艺术加工的典型人物形象,同历史人物大不一样了。这部宏伟的史诗在格萨尔形象塑造中,充分体现了民间文学积极浪漫主义和现实主义相结合的创作方法的威力。他既是高大雄伟的,又是平易近人的。在他身上,超人的幻想成分和生动的现实成分异常和谐地统一为一个整体,这是人民的语言所塑造的一个金光闪闪的英雄雕像。格萨尔和人民之间是有阶级矛盾的,但长诗对此未予重视,这一方面是因为长诗把他当民族英雄来塑造,主要强调民族矛盾的方面,另一方面可能也因为长诗产生于部落中阶级分化还不太明显的时代。当然,民间文

---

① 参见《〈格萨尔王传〉中的格萨尔》,《西北民族学院学报》1979年第1期。

学体现人民的理想和愿望,人民把格萨尔大王作为深受喜爱的英雄来歌颂,也是完全可以理解的。

　　此外,长诗还塑造了其他一些人物:珠牡是一个美丽的藏族劳动妇女的形象,她美丽、善良而又勇敢机智,在放牧时与格萨尔相识,不嫁大食财国的诺尔王而选定穷孩子"交惹",表现了她的正直善良,她的心是在穷人一边的,对荣华富贵是轻视的。送格萨尔去北征时她面对别离感情用事乃至破口大骂,但当格萨尔走后她处理国家大事却稳重沉着。在敌人面前她坚贞不屈又足智多谋,一面派人去叫格萨尔回国,一面采取拖延战术愚弄敌人。她在外表和内心两方面都是美丽可爱的。晁同则是一个叛徒的形象,他贪生怕死,诡计多端,为了个人权势不惜里通外国卖国求荣。长诗在他身上集中了与人民为敌的叛徒的特征。这个形象和汉族的秦桧差不多,受到人们一致的咒骂。1959年西藏上层反动分子发动叛乱后,藏族人民和解放军一起镇压叛乱,把叛乱分子叫作"晁同",说平定叛乱是"再斩晁同"。长诗中的其他人物也都栩栩如生,如岭国的大将们都各有特点,每人的长相、语言、盔甲武器乃至战马都各不相同,而妖魔鬼怪也富有人间气息,具有现实的象征意义。格萨尔的哥哥甲察,和他异母同父,"甲"意为汉族,他的母亲是汉人,但他却是格萨尔最亲密最忠实的战友、兄弟,最受信任的大臣,勇敢忠诚,最后为国牺牲。史诗中只有一部例外,不是征服外族而是团结合作的,这就是云南记录的《甲岭》,唱格萨尔大王为汉族皇帝除掉妖后的故事。于此可见,在藏族广大人民心目之中,汉藏情谊是多么深厚、悠久。

　　《格萨尔王传》和其他英雄史诗一样,以民族矛盾为中心,反映了民族统一的强烈愿望,表现了爱国主义的激情,但因所反映的社会生活是有阶级矛盾的,长期在封建农奴制社会中流传,因而不可避免地要涉及广泛的阶级压迫,反映了人民对剥削阶级的不满和反抗。格萨尔来自穷苦人中,他是为拯救穷苦人而来到人世间的,是人民理想的英雄。叛徒晁同则是一个与人民为敌的叛徒。长诗对统治者格萨尔是有一定理想化的,这需要根据当时历史情况加以分析研究。长诗对阶级压迫也有正面描写,如《英雄降生之部》中有唱词直接揭露统治者的罪恶:

　　　　戴金冠的上师,黑眼睛直往钱袋里瞧,
　　　　从平民的哭声里,捞到的金银堆成山。

我们知道,藏族农奴制社会是政教合一的社会,僧侣就是最高统治者,是最大的农奴主,其中有些人残酷地剥削广大的农奴。这里所唱的就是对他们这种伪善面目的深刻揭露,站在人民立场,一针见血地揭示了尖锐的阶级矛盾。某些史诗研究者强调民族史诗的"全民族性",并将它和人民性、阶级性对立起来,这是错误的。虽然民族矛盾是中心,但民族问题实际上仍是阶级问题,劳动人民创作和传唱的史诗中人民性仍是主要的、基本的,因而不可能是超阶级的。如此才可以解释为什么此史诗受过宗教农奴主的禁止和迫害。当然,有的版本受宗教迷信影响较大,是红教喇嘛后加的,所以也需要进行适当清理。

这部长诗的语言是韵散相间的说唱体,人物对话多为唱词,用宣叙调来抒发人物的感情,常常极富诗意。如这样赞美珠牡的美,说她:

眼睛灵活如蝶飞,双眸黑亮像墨珠,
眉儿弯弯似远山,牙齿晶莹如白玉。
……
冬天她比阳光暖,夏天她比柳荫凉,
遍身犹如莲花散芳香,蜜蜂粉蝶成群绕身旁。
一块黄金能值百匹马,一串珍珠能值百头羊,
她前行一步可值千匹马,她后退一步可值万头羊。

这与"倾国倾城"之喻异曲同工而又别具一格,可惜汉译中常常用古代"变文"的文体来翻译这些诗句,风格上不够明朗自然,如果用现代民歌语言来翻译,可能会更加富有情趣吧。

蒙古族史诗《江格尔》流传于新疆地区,共有七十多部、十多万行,近年来也受到社会重视,进行了重点抢救,记录了许多江格尔奇(演唱《江格尔》史诗的艺人歌手)的口传作品,1988年出版了胡尔查的新译本[①],共有十五章,描写部落盟主江格尔可汗为保卫北方的天堂宝木巴圣地乐土的众多征战。江格尔领导洪古尔等英雄们南征北战,消灭众多"蟒古斯"(魔王),使四十二个部落臣服,共同建设没有贫困和死亡、只有永恒青春和幸福的宝木巴理想乐土。

---

① 《江格尔》,胡尔查译,新疆人民出版社,1988年。

《格萨尔》《江格尔》和《玛纳斯》合称中国"三大史诗",在国际上有很大影响。

《玛纳斯》是新疆柯尔克孜族的英雄史诗,至今仍有不少歌手艺人专门演唱这部史诗,群众称他们为"玛纳斯奇"。史诗结构宏伟,共有八部,叙说柯尔克孜民族的形成与玛纳斯祖孙八代的英雄业绩。史诗内容非常丰富。第一部由叙述柯尔克孜族的起源开头,然后唱英雄的诞生,相当神奇,他一手握着奶油,一手握着血块,预示着将给人们带来富裕、幸福的生活,并且勇武异常,将战胜一切敌人。他很快成长,五六岁就进山放牧,十一岁率领大军打败了来犯的卡尔玛克人,又打败独眼巨人,率四十勇士东征,终于打到敌人京城登上昆吾尔的宝座。但他乐而忘返最后竟遭敌暗害而死,他的儿孙七代继承他的事业,不断与卡尔玛克等敌人进行艰苦的斗争。如此演唱八部,每部都以一代英雄的名字命名。全部作品要几个月才唱得完,包容了各种神话、传说、民歌、谚语等等民间文学素材,反映了柯尔克孜族的历史、地理、人情风俗等社会内容,富于浪漫主义传奇色彩,语言丰富优美而有较强的艺术表现力,塑造了鲜明的人物形象。这是一部伟大的史诗,已被作为重点项目进行"抢救",会唱八部的老艺人居素甫·玛玛依被请到乌鲁木齐与北京进行记录,现已记录完毕。柯文本已出齐,正在翻译、研究。《新疆民间文学》发表了片断汉译。第一、二部汉译文也已出版[①]。"玛纳斯奇"朱素甫·玛玛依的传记已出版[②],这是史诗研究立体化的一个新突破。

《嘎达梅林》是蒙古族现代史诗,记述了嘎达梅林起义反对王爷、军阀的壮烈斗争故事。这是一个真实的历史传说。1920年代,蒙古王爷勾结奉系军阀张作霖在草原进行残酷统治,无穷无尽的差役、捐税和公开的抢劫迫使人民无以为生。嘎达梅林原为王爷的小军官("嘎达"是老儿子、最小的儿子,"梅林"是武官名),他同情百姓,仗义执言向王爷和奉天省府请愿,结果被安上"反抗王爷"的罪名撤职查办,并被关进死牢。他的妻子牡丹聚众劫狱救出了嘎达,于是他进行武装起义,英勇奋战、坚持斗争,终因寡不敌众弹尽粮绝、壮烈牺牲,起义遭到失败。

[①] 居素甫·玛玛依唱,刘发俊、朱玛拉依、尚锡静翻译、整理:《玛纳斯》,新疆人民出版社,1991、1994年。

[②] 阿地力、托汗:《居素甫·玛玛依评传》,内蒙古大学出版社,2002年。

长诗结构严密,一个高潮接着一个高潮,通过许多情节生动地刻画了嘎达梅林和牡丹的英雄性格。嘎达的思想发展过程是很有教育意义的。他开始想通过请愿告状来说服统治者发善心,结果被关进死牢,差点丢了脑袋。后来认清了阶级敌人的反动本质,英勇顽强进行斗争,对这些"九辈子仇人"绝不妥协,最后寡不敌众在叛徒告密后遭到失败,仍然单枪匹马坚持战斗,结果连人带马被卷入滚滚的辽河。牡丹是勇敢剽悍的蒙古妇女形象,她在决定劫狱起义之后,首先枪杀了自己的女儿天吉良,虽然开枪后即难过得晕倒,但为了人民活命,为了不受拖累,她毅然杀了女儿,然后又巧妙地混进大牢救出丈夫,组织了起义。她可以双手开枪,战斗中英勇顽强。人民热爱长诗中的英雄,把许多优秀的品质集中在他们的身上,至今赞颂嘎达梅林起义的歌声仍在蒙古草原广泛传扬。在汉族地区,人们也喜欢传唱《嘎达梅林》的歌曲:

> 南方飞来的大鸿雁啊,不落长江不呀不起飞,
> 要说造反的嘎达梅林,是为了蒙古人民的土地。

> 天上的鸿雁从北往南飞,是为了追求太阳的温暖,
> 反抗王爷的嘎达梅林,是为了蒙古人民的利益。

婚姻爱情长诗 以婚姻爱情为题材的长诗是很多的,多通过爱情的矛盾斗争来反映社会阶级矛盾。每首约二三千行,唱一个爱情故事,所以这类民间叙事长诗实际上是一种"故事诗"。

这类长诗的主人公常常是封建婚姻悲剧中的牺牲者,然而他们大多对黑暗制度进行不屈的斗争,用自己的言行控诉了社会的黑暗和买卖婚姻制度的罪恶。恩格斯说:"直到中世纪末期,在绝大多数场合,婚姻的缔结仍然和最初一样,不是由当事人自己决定的事情。""决定这个问题的绝对不是他个人的意愿,而是家庭的利益。"[①]因此,在封建社会中婚姻悲剧是非常普遍的现象。婚姻悲剧长诗常常在各民族中家喻户晓、流传很广,其中最著名者有《阿诗玛》(彝族撒尼人)、《娥并与桑洛》《召树屯》(傣族)、《马五哥与尕豆妹》(回族)、《黄黛琛》(裕固族)、《库勒木尔扎》(柯尔克孜)、《两棵

---

① 〔德〕恩格斯:《家庭、私有制和国家的起源》,《马克思恩格斯全集》第21卷,第92页,人民出版社,1965年。

白桦》（鄂温克族）、《萨里哈与萨曼》（哈萨克族）、《帕塔姆汗》（维吾尔族）、《珠郎娘美》（侗族）、《逃婚姑娘》（哈尼族）、《蜂腊灯》（拉祜族）以及汉族的《崇阳双合莲》（湖北）、《五姑娘》《赵圣关》（吴歌）等等。这些长诗通过爱情婚姻悲剧控诉了封建社会的黑暗制度，具有深刻的社会意义。

《娥并与桑洛》是一个现实的悲剧，在傣族人民中像汉族的梁祝故事一样流行。故事描写小伙子桑洛在一次赶集时爱上了劳动姑娘娥并，订婚而回。桑母是一个非常势利的老太婆，嫌娥并家贫，不允成婚，桑洛无可奈何。后娥并由女伴陪去桑洛家中，终被桑母害死，桑洛见之也自杀身亡。通过这一悲剧，长诗强烈地控诉了封建统治下婚姻不自由的痛苦和阶级压迫的罪恶，塑造了几个鲜明生动的人物形象。娥并是傣族劳动妇女的典型，她善良、美丽而温柔，热爱劳动，能歌善舞，最后被害惨死，令人无限同情。桑洛虽然有些优柔寡断，但他始终是反对封建婚姻的，最后以死来进行反抗，在当时的社会条件下是迫不得已的。长诗对傣族青年的爱情生活进行了动人的描述，优美动人，有浓烈的抒情性，是傣族文学中的一颗明珠。

《阿诗玛》是反抗性更强的一部长诗。它流传于云南圭山彝族撒尼人中，几乎人人会唱，经过长期琢磨达到了艺术上的高度精美。在节日或婚礼晚会上，在各种群众场合，人们含着眼泪又带着欢笑歌唱《阿诗玛》，用自己的欢乐和悲哀、用自己的想象与生活来丰富它。

长诗以阿诗玛、阿黑兄妹反抗不合理的婚姻为线索，反映劳动人民对封建社会压迫的坚决反抗和斗争，表现了劳动人民的英雄气概。长诗成功地塑造了阿诗玛和阿黑的英雄形象，他们是撒尼劳动青年的化身，身上集中了劳动人民的优秀品质。撒尼姑娘说："我们个个都是阿诗玛！"撒尼青年说："我们个个都是阿黑！"

阿诗玛的性格是庄严美丽的。她没有一点奴颜媚骨，对上层阶级压迫者没有一点幻想，从始到终，她始终反对嫁给黑心财主热布巴拉的儿子阿支，充满了人民的朴素感情。她说：

  清水不愿和浑水在一起，我绝不嫁给热布巴拉家，
  绵羊不愿和豺狼作伙伴，我绝不嫁给热布巴拉家。

她爱的是穷人，即使在媒人的威逼下她也还是这么说：

  穷人知道穷人的苦，穷人爱听穷人的话，

> 穷人喜欢的是一样,受冻受饿我甘愿。

"不嫁就是不嫁,九十九个不嫁",这种鲜明的劳动人民的阶级感情表现得多么强烈。当财主派了大队人马前来抢亲时,她虽然被劫而去,一路上仍不停地咒骂黑心财主,这和财主对财产的无耻夸耀形成尖锐的对照。看阿诗玛对媒人海热的回答是多么斩钉截铁:

> 山又高,树又密,海热对着阿诗玛吹大气:
> "对面塘水亮晶晶,热布巴拉家在这里洗金银。"
> 阿诗玛说:
> "今后的事情我不知道,过去的事情我倒明了,
> 那是他家洗血手的池塘,你不用嘴尖舌巧。"

最后经过反复斗争,阿诗玛和阿黑终于取得了胜利,但在回家途中遇到岩神发的大水,"哥哥走在前,妹子过不去,妹子走在前,哥哥过不去"。这时,阿诗玛说:"不管,我们还是过去。"结果她被大水冲走了,为了摆脱被奴役的命运付出了生命的代价。岩神是社会保守黑暗势力的化身,反映了当时社会黑暗势力的强大,阿诗玛的悲剧不是偶然的。然而,就在牺牲之后,阿诗玛仍然坚强地说:

> 不怕,不怕,每天到吃饭,
> 你们一喊我,我就答应你。

她变成了回声,永远活在人民中间。在山叠山的圭山地区,回声是随处可闻的,人民用优美的艺术想象赋予了她永恒的生命。

阿诗玛坚决的反抗性是从何而来的呢?长诗用很多篇幅描写了她的成长过程。她是在劳动中生长、在人民中长大的,因此,对她的歌颂也就是对劳动美的歌颂。她"长到五个月,就会爬了,爬得像耙齿耙地一样……"这样一月一年地长大:

> 长到六七岁,就会坐在门槛上,
> 帮母亲绕麻线了,
> 长到七八岁,就会把网兜背在背上,
> 拿着镰刀挖苦菜去了。

长到十多岁,她成了劳动能手,和小伙伴们在大树下缝纫,一面做活,一面讲

知心话,小伙伴们个个夸奖阿诗玛:

  你绣出的花,比山茶还鲜艳,
  你赶的绵羊,白得像秋天的浮云。

劳动,是阿诗玛性格的主要特征,是她一切力量的源泉,也是她的美的源泉。她的勇敢和智慧都是在劳动中形成的,劳动是她一切特点的根源。

  阿黑的英雄形象是非常壮美的。长诗用传统英雄史诗的浪漫主义夸张手法,通过和财主的鲜明对比,刻画了这个高大的劳动英雄。他风雨天上山砍柴,在石子地里开荒,从小爱骑光背马,学得一手好箭法,百发百中,箭起鸟落;他还善于歌舞,唱起山歌来画眉也和鸣,吹起笛子来连奔跑的鹿也会驻足静听;他奋不顾身地营救阿诗玛,单枪匹马战胜了阴险狡猾的敌人。他对财主充满了蔑视,在和他们比赛山歌、砍树、撒细米等活动中遥遥领先,突出地显示了劳动的威力。然而,长诗并未停在这里,一波未平,一波又起,他和阿诗玛用口弦交谈识破了敌人的诡计,当狠心的财主热布巴拉放出三只家虎来吃他时,他在卧室里早已挽弓搭射,一箭一个,射死了老虎,又剥下虎皮。第二天早晨财主见老虎在楼梯上摇尾,以为阿黑已经完蛋,却不料阿黑一伸懒腰三只死虎滚下楼来,大快人心,表现了他无比强大的英雄气概。后来,财主屡次食言,阿黑一箭射到他家供祖宗的供桌上,使敌人胆寒。这个行动表现了他对传统最高权威的彻底反抗,是令人惊心动魄的。在阿黑身上,体现出劳动人民的智慧和勇敢,表现了劳动人民战胜大自然和社会黑暗势力的决心和勇气。他力大无穷,不屈不挠,不畏权贵,不受欺骗,坚持斗争,放射出人民正义的不灭光辉。

  虽然他们进行了决死的战斗,然而整个社会反动势力仍然是强大的,阿诗玛最后仍无法逃出岩神的掌心。阿诗玛的悲剧是社会悲剧的深刻反映。在封建社会中妇女解放和婚姻自由都是不可能的,只有在革命成功之后,在社会主义条件下,这一矛盾才能得到解决。如今,人民得到了解放,婚姻自由得到了法律的保障,过去悲痛的哭声已被欢乐的笑声所代替,但人们仍然爱唱《阿诗玛》,阿诗玛与阿黑的英雄形象永远鼓舞人民为幸福的未来而进行斗争,唤起人民对旧社会的无限憎恶和对新社会的无比热爱。人民怀念阿诗玛,在山野里,撒尼姑娘不住地唱:

  荞子一年熟一回,谷子一年收一回,

> 可爱的阿诗玛！怎么不见你回来。

这部长诗,融合了世世代代劳动人民的智慧和天才,它的单纯和朴素的美是令人赞叹不止的。自 1954 年译成汉文之后,《阿诗玛》受到了广泛的热烈的欢迎,如今已译为多种外文,成为世界文库中的珍宝。《阿诗玛》的电影、歌剧等也很受欢迎。

爱情政治长诗　傣族有一类故事诗,是描写爱情政治主题的。如《召树屯》《葫芦信》《松柏敏和嘎西娜》等,以爱情为引线,反映社会政治斗争的题材,表现了反抗暴政和向往贤君的思想。

爱情政治长诗的主人公多是国王、公主、王子,但他们同情人民疾苦,往往能牺牲自己拯救百姓,对残暴的君王进行坚决的斗争,反映了统治阶级内部的矛盾。《葫芦信》暴露了封建国王召棒麻的侵略阴谋,他为了吞并土地、财富,不惜刺杀自己的亲家,阴谋不逞,又公然对小国进行武装入侵。王子夫妇得到消息,即以葫芦装信,通知小国快点防备,终于打败了侵略者。暴君为了捕捉泄漏消息的人,野蛮拷打仆从,惨不忍睹,这时王子夫妇挺身而出主动承认,遭到暴君父亲的严刑拷打,双双被害而死。这个悲壮的故事歌颂了对暴君的斗争精神,表现了一定的爱国主义思想。《松柏敏和嘎西娜》则通过曲折的故事反映了一个惨痛的教训。松柏敏是一个比较"照顾百姓"的国王,因此,他的国家四季如春,"大地上的青草枯黄了,勐藏巴的青草还绿汪汪",人民生活较好。但是他的弟弟召刚发动了叛乱,争夺王位,松柏敏怕战争伤害人民,决定自动退位,百姓苦苦挽留,他也不听,出走后妻离子散饱受苦难,最后流浪到邻国成了国王。他的祖国的人民在暴君统治下,"在眼泪水里泡了十年"。为了拯救人民,应人民的请求,他终于打回家乡,赶走了暴君,人民用浸透了眼泪的包头铺在路上迎接他回返,他下轿后即沉痛地向人民请罪:

> 向你们告罪啊,我的乡亲,我不该独自到他乡流浪,
> 乡亲们,我的过失无法原谅,
> 残暴的召刚使你们家破人亡,见豺狼绝不能再讲忍让。

群众喜欢这首长诗,认为松柏敏那么悲惨最后还能逢凶化吉,好日子是一定能够到来的,表现了乐观主义的精神。这首长诗流传于西双版纳和德宏傣族自治州,在缅甸、泰国、越南等国傣族人民中也颇受欢迎。

《召树屯》是一部优美的爱情长诗,描写了召树屯王子和孔雀仙女的恋爱故事。他们成婚后,为了保卫祖国,召树屯离家远征,孔雀仙女被迫害而飞走。后召树屯历尽一切险阻,终于找到仙女,二人重回祖国成为理想的君王。长诗用奇丽的神话色彩,刻画了一个追求爱情不怕困难的人物形象,歌颂了他对爱情的忠贞、对理想追求的执着(召树屯的傣语译意是"坚强勇敢的王子")。傣族孔雀舞就是据此故事改编而成的。

　　这类爱情政治长诗都歌颂了理想的君王,对君王的贤明加以美化,在一定程度上是受了统治阶级思想的某些影响。这是一个历史的局限,这种局限可能和长诗的流传情况有关。这些长诗产生于中华人民共和国成立前,并且多由专业的歌手赞哈所传唱。当时他们受到头人的严密控制,常常跪着为头人唱这些诗篇。这就使他们不能直接表现出人民的革命情绪,而只能把愤怒倾射在暴君身上,并运用对比手法赞美"贤明的君王",往往美化了封建统治者。对这类爱情政治长诗我们必须给以适当的分析和必要的批判,但对它们的思想与艺术成就仍要实事求是地予以肯定。

第三节　民间长诗的艺术特色

　　我国民间长诗丰富多彩,大多人物生动、形象鲜明、语言清新、故事动听,富于诗情画意,充分显示了民间文学单纯朴素的美,具有强烈的艺术魅力。长诗集中了歌谣、故事、谚语等口头文学的艺术成果和创作经验,融会了人民群众的集体智慧,达到了很高的艺术水平。

　　长诗中浓郁的抒情和简练的叙事是和谐统一的。无论是抒情长诗还是叙事长诗,总是情景交融、情事合一的。在抒情中叙事,就使感情具体而深厚,达到更强烈的抒情效果。如:

> 我的幺表妹呀,
> 坐在火塘上方,下方明亮亮;
> 坐在火塘下方,上方亮堂堂;
> 站在山顶上,影子映在高山顶;
> 站在河对岸,照得这边明晃晃。
> 我的幺表妹呀,
> 像河底的黄石,一天要现三次;

> 像河边的白鹤,一天要飞三次;
> 像白天的太阳,阳光照在我心上,
> 像夜晚的月亮,月光洒在我身上。①

这段抒情对人物所处的环境、对"我"和幺表妹的密切关系作了形象的描述,运用夸张与映衬手法描画出幺表妹的可爱形象。后来通过回忆写出"我们"相识以来的事变,这是抒情,同时也是叙事。又如:

> 十三四岁的男奴隶喂猪,八九岁的女奴隶养鸡。
> 小男奴偷喝了猪食菜汤,每夜就锁在猪圈里;
> 小女奴偷吃了鸡食谷糠,每夜就锁在鸡窝里。
> 小奴隶彻夜高声哭叫,只有夜风和竹叶应和。②

女主角听了唱道:"石头缝里生出的蘑菇是毒菌,奴隶主长的都是毒蛇的心。"这样一唱一和,把对奴隶主的憎恨强烈地表现出来,抒情和叙事是密切结合的。这部长诗可以视为叙事长诗,但更应该说是一部抒情长诗。两人相互抒情,又有"剧诗"的对话成分,是以抒情为主的,诗中故事情节并不连贯也不明晰,所以不是叙事诗,而是抒情长诗。

高度精练是长诗突出的艺术特点。在长诗中叙事和描写紧密相联,情节的发展和人物性格的刻画密切结合在一起。叙事诗大多情节曲折,人物性格鲜明、突出,并常常运用浪漫主义的夸张描绘。例如长诗《阿诗玛》中对阿黑性格的描画,主要通过比赛和射虎等等紧张的事件来进行,就使他显得异常高大雄伟。这些事件的发展是曲折的,在人意料之中又出人意料之外。在长诗中通过形象的描绘来叙事的情况随处都可见到,不但大大节约了篇幅,使长诗语言高度精练,而且大大增强了诗情画意,使长诗语言斑斓如画。例如《召树屯》写王子追赶金鹿跑到湖边,见七位仙女在湖边沐浴后化为孔雀展翅飞走,他在湖边等待,看到:

> 月亮在湖里洗了七次脸,凤凰飞来饮了七次水,
> 召树屯在湖边等了七天七夜,

---

① 《我的幺表妹》,见《大凉山彝族民间长诗选》,第98页,四川人民出版社,1960年。
② 傈僳族民间长诗《重逢调》,见《逃婚调·重逢调·生产调》,第104页,云南人民出版社,1980年。

>那一天无风无云,蓝空里飞来七只孔雀,
>她们轻轻地落在湖边,又像花一样飘落到水面。

这里充分表现了长诗叙事的语言技巧,它不是枯燥无味地抽象地叙事,而是通过形象的描写来叙事,用月亮在湖里洗了七次脸来表示过了七天七夜……这是叙事也是描写。在这些描写和叙事中充满浓厚的感情,正是强烈的爱憎感情使长诗光彩焕发、激动人心。如描写阿诗玛与阿黑劳动:

>哥哥犁地朝前走,妹妹撒粪播种紧跟上,
>泥土翻两旁,好像野鸭拍翅膀。

这里蕴蓄着多么强烈的劳动喜悦啊。而对黑心财主的描写则完全不同:

>热布巴拉家,有势又有财,
>就是花开蜂不来,有蜜蜂不采。

语言不多,但字字力透纸背,充分表现了对剥削者的无比蔑视和憎恨之情。

长诗不少是说唱体的,富有音乐性,语言通俗晓畅而又优美动人。各民族又各有自己的特色。彝族长诗情深意浓,语言较整齐。傣族长诗形象优美、栩栩如生,诗句比较自由。傈僳族长诗多用对偶双句,反复咏叹,很有特色。傈僳族长诗多在节日之夜由男女进行对唱,常常可唱几天几夜。其对句的体例很有特色,两句意义是一样的,但形象、比喻不同,而两句相对,却比较整齐。如《重逢调》:

>水牛赤裸着灰色的身体,我也赤裸着灰色的背脊;
>水牛吃的是荞麦叶,我吃的是荞麦皮;
>水牛鼻子上比我多一条铁链,我比水牛腰上多一块麻片。
>每日在山腰梯田里,一起挨着主人的皮鞭。

经过翻译,句法格式基本保持了原样,这种双行句法是傈僳族民歌的特点。藏族、蒙古族长诗粗犷豪壮,有时夹杂说白,表现了草原民歌自由奔放的风格。

总之,民间长诗是一个伟大的文学艺术宝库,值得我们重视。但是,万恶的"四人帮"毁灭文化,特别仇恨民间文学,对民间长诗也像对其他民间文艺一样,扣上了种种吓人的大帽子。据了解,一些在搜集整理民间长诗中立过功的人以及很多演唱长诗深受群众欢迎的老艺人,遭受到残酷的迫害,费了千辛万苦搜集来的宝贵的长诗抄本、记录本、木刻本等等资料几乎全部散失,或付之一炬,或化为纸浆,遭到无法弥补的损失。《格萨尔王传》的搜集者、青海省民间文艺研究会的徐国琼等,在"四害"横行焚毁《格萨尔王传》时冒着风险才从火堆中抢救出一些珍贵的长诗资料。而《玛纳斯》史诗的记录资料整整一箱放在中国民间文艺研究会资料室,被"四人帮"控制的文化部随便处理掉了。大力搜集、整理、研究、推广各民族的优秀长诗,仍然是当务之急,这个工作做好了,不但会使祖国万紫千红的文艺园地大为增色,而且会丰富世界文学宝库。我国各族的民间长诗——这些光彩夺目的艺术明珠,必将成为举世瞩目的珍宝,在文学史上放射出灿烂的光辉。

经过多年的努力,民间长诗的调查研究和出版工作取得了很大的成绩。上海文艺出版社的《中国民间长诗选》已出了两本。"三大史诗"《格萨尔》《江格尔》《玛纳斯》的单行本、汉译本也陆续出版,关于"三大史诗"的讨论会和民间艺人的会演也进行了不止一次。这些伟大成绩在国际上也发生了极大的影响。"史诗在中国还活着",这一消息在芬兰的史诗国际学术讨论会上像原子弹爆炸一样引起了各国学者们的震惊,许多人向往中国,前来进行调查研究和学术交流。

由于民间文学知识还不普及,以及传统夜郎偏见的影响,虽然民间长诗已出版了不少,但大多数汉族学者对之还比较生疏,不太了解,甚至重弹"中国无史诗"的老调①,更谈不上欣赏与研究其伟大艺术内涵了。然而,金子总是要发光的。一些汉族学者的无知和偏见肯定是暂时的,他们的知识结构是会变化的。著名比较文学学者叶维廉教授已意识到缺少民间文学和东方文学的知识是文学研究的重要缺陷就是一例。如今吴歌长诗的艺术已引起学界重视,对各民族史诗的调查研究正不断深入。中国民间文艺家协会已把普查编印《中国民间长诗集成》列入抢救非物质文化遗产的规划,各省市正在调查编辑之中。

第四节　汉族民间长诗新发现

除《孔雀东南飞》《木兰辞》等叙事诗外,汉族似乎没有民间史诗与故事诗,这一成见如今已被打破。

---

① 参见袁行霈:《中国文学概论》,第13页,高等教育出版社,1991年。

早在1950年代,湖北省就出版了山歌体民间长诗《钟九闹漕》和《崇阳双合莲》。这是两部五句子山歌叙事长诗。据调查,此类山歌体长诗是很多的,仅1986年《湖北民间叙事长诗、唱本总目提要》第一集即收入136部长诗唱本提要,可见其蕴藏之丰富。①

　　《钟九闹漕》(又名《钱粮案》《抗粮传》)是反映清末湖北省崇阳县农民抗粮斗争的小型史诗。清代末年内外交困,为了偿还巨额战争赔款,清政府拼命搜刮民脂民膏,赋税大增,农民不堪重负,起而反抗,直至武装起义。长诗首先描写人民所受的残酷盘剥和痛苦,官家大斗进粮"见十加一还嫌少,秤平斗满又要添,天理良心放一边"。人民忍无可忍,终致官逼民反,发展到揭竿起义。钟九领导众英雄率领农民义军,直捣黑暗官府,"三军司令称元帅,五色旗幡插四方",虽然官府使用了钱色诱骗、收买分化、监禁屠杀等进行镇压和破坏,还是不能阻挡起义军的前进。当然,由于种种原因,起义归于失败。长诗描写了起义的全过程,塑造了一批起义英雄的形象,但对人物并未进行简单的描写,如起义军内部开始也有思想斗争,有人认为"官要民死民就死""世间只有忍为好";也有些好官如金县令是"为官清如水"的。这些都写出了生活的复杂性,如此揭露封建制度的腐朽黑暗就更加深刻。②

　　《华抱山》(一名《公道歌》)是明代吴歌史诗,以三部、两万行的篇幅,歌唱起义英雄华抱山三代人对封建压迫的反抗斗争。这是一首起义造反的长诗,不能公开大唱,只在华家子孙后代同族之中秘密传唱,往往在过年期间聚族而唱,以对祖宗的忠诚代代相传,一直传了三百多年,在流传中不断丰富,已成了华氏家族的传家之宝,传男不传女,秘不示人。在改革开放以后,吴歌长诗开始受到重视,《江南十大民间叙事诗》也出版了,无锡文化馆的朱海容在记录了《沈七哥》《小五姑娘》《薛六郎》等九首吴歌长诗后,即开始集中力量搜集这部卷帙浩繁的吴歌史诗《华抱山》。虽然1961年即已开始记录,但在"文化大革命"中被烧毁了。后来只好重新去找老歌手华祖荣等回忆、记录、整理、核对,在1997年出版了第一集,1999年出了第二集,2005年又完成第三集的记录整理,并使之出版问世。③

---

①　中国民间文艺研究会湖北分会编印:《湖北民间叙事长诗唱本总目提要》第一卷,1986年,武汉。
②　孙敬文等采录:《钟九闹漕》,湖北人民出版社,1957年。
③　朱海容记:《华抱山》,江苏文艺出版社,1997、1999、2006年三卷本。

太湖地区是华抱山起义的地方,也正是吴歌流行的核心地带,农民在田间地头、河上划船时特别爱唱山歌,所以用山歌编唱可歌可泣的起义斗争是很自然的事。长诗反映的是明末太湖边的农民起义,领袖华抱山(人称"小龙人")的出生具有神奇色彩,他武术功夫超人,力大可抱山,为打抱不平而率众起义,组成公道军,被称为"公道大王",在太湖边占吼山为王,遭御林军围剿。在起义斗争的描写中,长诗对太湖地区的风土人情和英雄人民的各个方面都作了生动的描绘。华祖龙、华抱山(小龙人,又称大龙)、华小龙、小小龙祖孙四代,不屈不挠,始终前仆后继进行反抗斗争,许多情节非常感人,催人泪下,具有很丰富的生活内容与强烈的艺术感染力,确是一部杰出的民间史诗。

"长诗反复渲染了起义农民心声中的一个亮点:

历来换官勿换印,只有公道换乾坤。

……

吴歌吴谣万万千,歌唱公道换新天。……

《华抱山》以劳动人民集体的艺术智慧,巧妙而凝练地概括了被压迫人民的生活斗争经验,鲜明而生动地显示出被压迫人民所感悟的历史真理。"[①]人民盼望翻身坐江山,把华抱山一家作为龙子龙孙加以描写,就是要取代腐朽的明王朝,取消那些压迫人民的苛政。"华家(夏)有龙子,代代传龙人"的造反精神贯串于整部史诗之中。当地东亭镇的"龙亭桥",为南北交通要道,即与史诗中许多故事有关,起义军的中心吼山有"龙峰",附近还有"龙头桥""龙颈桥""龙珠庙""龙须浜"等等,都表现了当地人民对起义胜利的信念。

长诗反映江南土风民俗甚多,如对庙会进香、高跷戏文、坐夜宣卷、坐堂拜唱、评弹说唱、山歌对唱、送葬祭典、神话想象、农家景物、谈情说爱、采莲放鹞、鱼米丰歉等等,都有生动的诗意歌咏。用农民语言,唱农民生活,原汁原味,虽不无粗粝之处,却表现了农民艺术的原创性,别有一番艺术风情。纯真的浪漫主义幻想和深厚的现实主义描述交相辉映,自然成趣。

长诗的语言技巧表现了民间诗歌的特质,抒情与叙事紧密相联,借景物

[①] 吴欢章:《论太湖民间英雄史诗〈华抱山〉的艺术智慧》,见《〈华抱山〉国际研讨会论文集》,第36页,时代文艺出版社,2003年。

抒发感情,又与比喻象征相结合,排比对话,淋漓尽致,反复咏唱真情侠义,理至情尽,催人泪下。用"乱山歌"的自由体,在七言基础上灵活变化,音律响亮,节奏自然,松紧适度。这种诗体很值得新诗借鉴,它的包容性非常巨大,描写各种社会生活都那么活泼自然,情景摇荡,曼丽单纯。这是太湖吴歌艺术的集中展示,也是两千年来吴声歌曲的继承和发展。

长诗的艺术感染力是很强的。上海文艺出版社民间文学室的元老、《故事会》的创始编辑和《江南十大民间叙事诗》(1989)一书的责任编辑钱舜娟(迅坚)说:"读完长达六千多行的《华抱山》我竟不住热泪滚滚,说不清是什么原因。也许是由于十二年四千三百八十余天的苦苦焦急等待,流下了酸涩之泪;也许是由于这部意义重大,足以打破'汉族无英雄歌''江南无英雄诗'等定论,足以补写进《中国文学史》,也无愧于进入世界文学宝库的《华抱山》如此美好,使我流下了欣喜之泪;也许是英雄华抱山最后为民牺牲的壮烈情景,使我义愤填膺,流下了悲愤之泪……迄今每次想到,我依然热泪盈盈。"①

也有人说《华抱山》只是叙事诗不是史诗,因为马克思说过,史诗只能产生在远古文明初期即所谓"英雄时代"——荷马时期。其实,这是一种误解,马克思说的是"当艺术生产一旦作为艺术生产出现,它们就不再能以那种在世界史上划时代的、古典的形式创造出来"②。荷马史诗是不自觉的艺术创作,当作家出现之后,就有了个人创作的史诗。马克思说:"《伊利亚特》能够同活字盘印刷机并存吗?""所以代替《伊利亚特》就出现了《亨利亚特》。"③《亨利亚特》是个人创作,已不是那种"古典的形式",这是对的。然而,在民间口头流传的史诗却仍然存在,所以仍然有史诗产生的"必要条件"。于是,中世纪出现了许多欧洲文学史上一致公认的民族史诗,如《尼伯龙根之歌》(德国)、《罗兰之歌》(法国)、《熙德之歌》(西班牙),还有北欧的民族史诗《卡列瓦拉》(芬兰)乃至埃达、萨迦史诗(冰岛)等等。虽然与荷马史诗的"古典形式"已有所不同,但仍有一定神话色彩,以重大历史为题材,所以仍然被公认为史诗。中国的《嘎达梅林》《张秀眉之歌》以及《华

---

① 《〈华抱山〉国际研讨会论文集》,第354页,时代文艺出版社,2003年。
② 段宝林编:《马恩列斯论民族文学》,第131页,中国民间文艺出版社,1990年。
③ 同上。

抱山》等英雄史诗同样如此,因中国少数民族中民间文学的传统,它们仍然可以在民间出现,这是顺理成章的事。①

改革开放以来,汉族还发现了神话史诗《黑暗传》,有口唱与书面唱本两种形式流传。《黑暗传》用山歌体唱天地开辟、洪水滔天等发展历史。从混沌初开、盘古开天辟地、女娲造人、三皇五帝等一直唱下来,全诗有一万多行,是民众口头传承的历史教材,虽文学性不强,却包容了许多神话传说材料和民众(主要是农民和下层知识分子)对历史的理解,对了解古时人民的历史观、世界观很有参考价值。

汉族的爱情婚姻长诗与少数民族的情况大致相似,以歌唱封建社会的婚姻悲剧为主。因汉族的封建统治更加严密,婚姻爱情悲剧也更加惨烈。这从湖北山歌长诗《崇阳双合莲》与吴歌长诗《五姑娘》中可见一斑。

《崇阳双合莲》(又名《双合莲》)是民间歌手据1849年发生的一件真人真事编唱而成。1954年由湖北人民出版社出版了宋祖立等人的记录整理本。

长诗记述了崇阳县女子郑秀英与落第秀才胡三保的恋爱悲剧。他们暗中相爱,以绣花的双合莲为信物,私订终身,这在中国传统封建制度下,是忤逆父母包办婚姻的极大罪行。因此在宗法制度下,族长发现后,视之为"辱门败户欺祖宗"的大逆不道之举,将郑秀英毒打,并卖出族门,她不堪凌辱,自杀身亡,胡三保也被打入牢中,被活活折磨而死。一位铁匠对此事十分不满,在打铁时以五句子山歌编唱此事,边编边唱,越编越多,"借山歌以泄愤",传唱开去,经众多歌手加工、修改、丰富,成为一首优美的爱情叙事诗。这首故事诗突出地控诉了封建制度的残暴,它迫害婚姻自由、扼杀人性。长诗的女主人公郑秀英,不顾父母已包办订婚,勇敢地与胡三保相爱,横遭毒打而至死不屈,"骨头打烂心不变,心中只想意中人"。这种为争取个人自由而进行斗争的坚定性,是非常感人的。她美好理想爱情的毁灭,使人无限同情,从而自然对封建制度充满了憎恨。

吴歌爱情长诗《五姑娘》②,流传于江浙以太湖为中心的吴语地区,长达

---

① 参见陈真:《吴歌英雄史诗〈华抱山〉与史诗理论的突破》,见《黄河文化论坛》,第68—75页,山西古籍出版社,2008年。
② 陆阿妹等口述,张舫澜、马汉民、卢群搜集整理:《五姑娘》,江苏人民出版社,1984年。

三千多行，以山歌唱五姑娘与长工徐阿天的爱情悲剧。此诗在一百多年前的同治年间即已在江南流传，并遭到当时的江苏巡抚丁日昌的严禁，被列入他查禁的"淫词小说"的名单之中，名曰"杨丘大山歌"。杨丘大即杨金大的异文，是五姑娘哥哥的名字。杨金大的妻子辣椒心是江南女地主的典型，她像对待长工一样压迫四姑娘和五姑娘，让她们干重活，吃住都和长工在一起。当五姑娘和长工陈阿天相爱后，她更加不满，把四姑娘卖到广东，又常常挑动杨金大毒打五姑娘。辣椒心仗势调戏长工徐阿天遭拒绝后，即赶走了他，并逼五姑娘到磨坊小屋自尽。正在五姑娘要上吊自杀时，四姑娘逃出虎口远路乞讨回来，救下了妹妹，并让她与徐阿天一齐逃往太湖中的小岛避难。等五姑娘逃走后，四姑娘自己却放一把火把小屋烧了，自己活活烧死，使兄嫂以为五姑娘已死，不再追究。三年后，五姑娘已在太湖中小岛安家，让徐阿天去接姐姐，徐阿天被杨金大以杀人放火罪送到官府关押，最后被折磨致死，五姑娘赶到苏州见到他已死，也投河自尽。

长诗《五姑娘》充满江南水乡气息，赞美了纯真的爱情，暴露了社会的黑暗，歌颂了舍己救人的四姑娘，表现了劳动人民的人性美。长诗用吴歌乱山歌的形式编唱，句式自由，在七言的基础上变化很大，有的叠句垛句长达一百多字。四姑娘劝说五姑娘和徐阿天逃走时唱道：

> 难勿着我一双姐妹都是交了磨苦运，
> 搁在磨盘上左磨右磨、千磨万磨、磨来磨去，
> 磨得我七分头里像鬼、三分头里像个人……

她让二人赶快逃到自由的地方去成亲，而自己决心反抗兄嫂：

> 哪怕阿哥阿嫂对我千般打，阿姐我皮肉受苦，
> 想着你二人成双成对，就会勿喊一声痛、勿说一声悔。

此诗太湖地区一般歌手都会唱，有的会唱一些抒情段落，如《五姑娘十二月花名》等，而老歌手则会唱两三千行，苏州陆阿妹在七十多岁时还唱出了三千五百多行（经过整理，发表时只剩下二千二百多行）。在1950年代，杭州文艺工作者还将《五姑娘》改编为戏剧演出。

民间叙事诗与曲艺关系密切，许多曲艺可作民间叙事诗看。如宋代的《董解元西厢记》以及用乐器伴奏演唱的史诗如蒙古族《格斯尔》等，均为曲艺，汉族的许多曲艺唱词，凡是诗意比较浓烈的，当然也是一种民间叙事诗，

这是毋庸置疑的。所以说"汉族没有民间叙事诗"显然是不符合事实的。随着对曲艺研究的深入，更多的民间叙事诗将会一部一部地被发掘出来。我们应该把现当代曲艺划归文学史研究的范围，曲艺文学应该成为文学史的一个组成部分。事实上，《三国》《水浒》《西游记》《金瓶梅》、"三言""二拍"等"说话"，都是说故事，"话"就是故事，就是小说。这些中国最伟大的小说，早已成为文学史上的重镇。这个历史的经验说明了研究曲艺对于当前中国文学史研究的重要性和必要性。早在唐代的变文中，即已产生了一些叙事诗、史诗式的作品，如美国加州大学伯克利分校就有学者把《伍子胥变文》作为史诗来研究。所以民间叙事诗与曲艺之间是有交叉的。我们不能只研究古代的说话小说而不屑于去研究活的曲艺说书、唱词。重视书本文学，而忽视活的口头文学，是陈旧的文学观念的一种突出表现。我们今天好好记录、研究民间艺人口头的说唱本文和相关演唱习俗、背景，将会更加深入地了解古典小说、曲本、戏曲的创作演出情景，使文学史的研究进入一个新的境界。

第七章
民间曲艺

第一节　我国曲艺概况

民间曲艺是人民口头说唱文学的总称,故又称"民间说唱""说唱艺术"。它是一种专业或半专业的民间文学,有专门的艺人进行表演。有专业艺人,是从小就学艺并进行演出的;也有半专业的艺人,是农民在农闲时到集市上进行演出的;在城市也有票友(如子弟书等)演出。

曲艺与书面文学有一定联系,所以有时又叫"说书",如"说评书""说大鼓书"等等。曲艺演出一般都有乐器伴奏,这是与歌谣、民间长诗等不同的地方。乐器有快板、梨花板、小鼓等打击乐器,也有三弦、二胡、马头琴、六弦琴、扬琴、月琴等等。

曲艺的种类很多,全国至少有三百多个地方曲种,有的曲种如快板、相声已发展为全国性的曲种。概括起来,曲艺可以分为两大类,即说的与唱的。说的又可分为评书(评话)、相声、快板、快书等几类;唱的则更多些,有鼓书(大鼓、鼓词等)、弹词、弦词、琴书、道情、时调、走唱等。曲艺的多种形式流传极广。周恩来1949年7月在第一次全国文艺工作者大会上说:"曲艺和劳动人民的关系最密切,它在民间流传了几百年,说明劳动人民喜欢它","曲艺是我们文艺队伍中不可短少的轻骑短刃兵……它的鼓舞作用还是很大的"。① 这确是经过调查研究而做出的正确结论。中国作家协会主席茅盾在第三次全国文艺工作者代表大会上的报告中,也对曲艺艺术的特

---

① 《曲艺》1979年第3期,第3页。

点作了一个简要的概述,他说:"曲艺是语言艺术,又是表演艺术。它有文学艺术的'尖兵'或'轻武器'的光荣称号,它也是最便于迅速反映现实的,有时甚至比散文、特写还快……曲艺本身也是个百花园,据现在的统计,可分十大类,二百多个曲种。……曲艺的海,阔大无边,有不少的珍珠、玛瑙、珊瑚,有待我们继续发掘。"[1]曲艺的道具、乐器都很简单,只要一块醒木、两块竹板,顶多也就要几件弦乐和一面小鼓,而相声更是只需要两张嘴即可,所以便于深入群众。这是有深厚群众基础的艺术形式。曲艺形式大致可分为十个大类,即评书、相声、快书快板、大鼓、弹词、渔鼓道情、琴书、牌子曲、时调小曲、走唱。前三类是说的,后七类是唱的。每类之中又各自包括许多曲种,据近年统计,全国共有各种曲艺形式三百多种,新的曲种(如湖北大鼓、天津快板、对口词等)还在不断出现;少数民族的多种曲艺形式也正在发展之中,尚未有精确统计。

曲艺和民歌、民谣不同,它一般有乐器伴奏,由专业或半专业艺人演唱,大多容量较大,篇幅较长。曲艺与戏剧也不相同,它是以叙述为主的,多用第三人称交代故事情节、刻画人物。有时虽有人物对话的表演,但常常一人可同时演两三个角色。如二人转(走唱)演员转过来是媳妇,转过去成了婆婆。而戏剧则一个演员只能演一个角色,主要通过表演和对话而不是通过叙述来表现主题。曲艺是语言艺术,也是表演艺术,但以语言艺术为本。

曲艺在我国有悠久的历史,自古有之。先秦的俳优已是说唱艺术的雏形。汉代的说书俑(四川成都出土)张口大笑击鼓说唱的形象非常逼真,说明在汉代曲艺艺术已相当成熟。佛教徒引进印度的说唱艺术来宣扬佛教,出现了用说唱描绘故事(变相)的变文。敦煌变文对后代说唱艺术有很大影响,由寺院传入民间,由宗教故事到世俗故事,民间说唱曲艺不断发展。早在唐代,说书艺术即已非常发达。据诗人元稹记载,唐代说《一枝花话》(即《李娃传》故事)的艺人可以连说五六小时,很吸引人。李商隐的《娇儿诗》描写小孩爱听"三国"故事,看后就学艺人的表演,"或学张飞胡,或学邓艾吃(口吃)"。中华人民共和国成立后发掘出四川说书俑,其击鼓说书之态异常生动,据说是东汉的陪葬物。如果这一资料可靠,则曲艺说唱艺术已有两千年左右的历史了。即使从唐代算起,也已有千年以上了。宋元以来,

---

[1] 《人民文学》1960年第8期,第12页。

民间曲艺得到巨大发展,极大地影响了作家文学的创作。虽然不少口头说书材料早已散佚不存,但从流传下来的话本、唱词及其他材料来看,从至今仍在各地艺人口中流传的传统节目来看,我国曲艺文学的遗产是极其丰富的。无数优秀的传统曲艺作品,反映了人民的生活和斗争,表达了他们的爱憎感情,长期受到亿万人民的热爱。这是主流。当然,由于曲艺艺人多在城镇活动,易受统治阶级控制而宣传封建道德和迷信思想,或由于艺人因谋生需要而迎合市民趣味等等原因,在曲艺节目中掺杂了不少封建的糟粕和庸俗、低级的东西。一些优秀作品也多少沾染了某些落后思想情趣乃至封建思想的因素,这是应该进行严肃的批判分析和改革的。为了使曲艺为人民服务,真正成为人民自己的文艺,敌后的抗日民主政府早在抗战中期即提出了改造旧说书、旧艺人的方针。陕北说书老艺人韩起祥就是一个杰出的榜样。他1940年到了延安,在党的教育下编唱新人新事,首先进行曲艺改革,成绩显著。毛泽东曾请他去说了改革后创作的新书《张玉兰参加选举会》等段子,赞扬他的书"说得好,语言丰富",并要他多多编唱工农兵,多多带徒弟。① 晋察冀老艺人王尊三在新曲艺创作与旧曲艺改造中也有不少贡献。鼓词《晋察冀的小姑娘》就是他编唱的优秀作品,和韩起祥的代表作《刘巧团圆》一起在民间长期得到流传。

中华人民共和国成立以后,党和政府十分重视曲艺艺术的健康发展,对曲艺作出了全面的分析和高度评价。中央人民政府政务院1951年5月在《关于戏曲改革的指示》中明确指出:

> 中国曲艺形式,如大鼓、说书等,简单而又富于表现力,极便于迅速反映现实,应当予以重视。②

曲艺是我国具有悠久历史传统的民间艺术之一,具有广泛的群众性和民族特色。曲艺艺人大都是文盲,他们出身贫苦,饱受压迫;听众也多是劳动人民。尽管某些曲种在城市受到封建阶级和资产阶级文化的影响,染上了不健康的东西,但是整个说来,曲艺来自民间,在民间生根,始终是广大劳动人民喜爱的民间艺术之一。在党的领导下,全国曲艺工作者开始组织起来,先后成立了"曲艺研究会"和"曲艺工作者协会",出版了《说说唱唱》《曲艺》

---

① 韩起祥:《深切怀念毛主席》,《曲艺》1979年第1期。
② 见《文艺方针政策学习资料》,第36—37页,吉林人民出版社,1961年。

等刊物和《曲艺研究丛书》数种。在1979年10月召开的第四次文代会期间又决定改名为"中国曲艺家协会"。据初步了解,全国有专业曲艺艺人五万多,业余曲艺爱好者上百万,听众和观众则以亿计,可见曲艺的影响之大。中华人民共和国成立后,广播电台大量广播曲艺节目,大大推动了曲艺艺术的发展,形成了我国曲艺发展历史上的最高潮。改革开放以来,曲艺在各地电视台演出,影响更大,相声已成为各种电视晚会中最受欢迎的节目。

中华人民共和国成立以来,在"推陈出新"方针的指导下,发掘、整理了许多优秀节目,如著名艺人王少堂的评话《武松》等四个"十回",陈士和的评书《聊斋》,山东快书《武松传》,侯宝林、郭启儒等人表演的相声,张寿臣、刘宝瑞的单口相声,康重华的扬州评话《三国》选段,马连登的评书《杨家将》,以及许多唱词底本等等都是中华人民共和国成立后记录或出版的。不少作家积极向传统曲艺学习,创作了新的曲艺文学作品,如杰出的小说家赵树理所写的评书《灵泉洞》,刘流所写的长篇评书《烈火金刚》,柯蓝和艺人合写的弹词《海上英雄》,老舍创作了许多相声,著名诗人李季运用鼓词形式创作了长篇叙事诗《杨高传》三部曲,这些作品中有不少已为艺人所掌握。此外,艺人们还把《三里湾》《林海雪原》《野火春风斗古城》《红日》《铁道游击队》《红岩》等长篇小说改编为评书,将新话剧、报告文学等改编为评话、唱词进行演出。同时,不少艺人还打破了过去艺人不能创作的迷信,积极创作了许许多多反映新人新事新思想的好作品,对于社会主义思想教育起了良好的作用。许多新的曲艺节目是由个人创作出来的,但艺人在演出时,必然会不断修改,不断丰富、精练,最后才基本写定。艺人在新的演出中还要根据现场情态加上"现挂"(即兴加词儿),这是口头艺术的特点。如快板艺人李润杰创作的快板书,如今已成集出版;韩起祥的《翻身记》是中华人民共和国成立后的新作,经过演出、加工,成为进行阶级教育的良好教材。中华人民共和国成立后"十七年"中,曲艺的成绩是很大的,但在"十年浩劫"中,不少优秀的艺人被迫害致死,绝大多数曲艺团体被解散,艺人大多改行,有的甚至被押解回乡。粉碎"四人帮"以后,逐步解决了这些问题,艺人大多归队,并以很快的速度创造了一大批揭露"四人帮"、歌唱"四个现代化"的新曲艺,发挥了很大的战斗作用。新曲艺层出不穷,刘兰芳的评书《岳飞传》是新编的,曾在国内120多个广播电台和电视台连续播放几十天,受到男女老少(包括不少大学教授)的喜爱。相声、小品更成为每年春节晚会不可或缺的精彩节目。北京市曲艺家协会的"曲艺进校园"活动,受到北大、清华等中外师生的欢迎。"中国曲艺节"已举办过多次,在国内外产生了很大影响。相声、评书等都是电视上天天都播的叫座节目,有的已走出国门在美国、加拿大、瑞典等地巡回演出,受到热烈欢迎。大型系列丛书《中国曲艺志》《曲艺音乐集成》(每省市一卷,每卷百万字左右)已经出版,这是全国各地文化工作者特别是曲艺工作者深入调查研究的伟大成果。

可惜《中国曲艺集成》至今尚未启动,据说"量太大,没法搞",在非物质文化遗产的保护轰轰烈烈开展时,眼看着老艺人口中的曲艺作品不断失传,这是人民艺术的极大损失。我们还要不断提出建议,提高文化部门官员的文化自觉,抓紧对老艺人口中作品的记录"抢救"工作,这是非常紧迫的任务。我们自己也可以去访问、记录,这也是一种很好的学习。

第二节 我国主要曲种简介

评书 又称评话、说书(在江南评弹中称为"说大书")。这种形式由一人登台表演讲说故事,只要一张书桌、一块醒木、一把扇子即可演出各种节目,唐代已有(如前述说《一枝花话》者即是),宋以后逐渐发达。话本即艺人的说书底本,后经作家加工成为小说。许多古典小说在历代说书艺人的口头流传,至今仍在演出。如《水浒传》在清初苏北说书艺人柳敬亭口中已有了不少新的创造。现代扬州评话老艺人王少堂一家几代对此又有新的发展,群众中流传着"看戏要看梅兰芳,听书要听王少堂"的谚语。他说书时感情强烈,表演有力,震撼人心,常使不少听众潸然泪下。他所说的《武松》《宋江》《石秀》《卢俊义》四个"十回",在中华人民共和国成立后已经记录下来,篇幅巨大,达三四百万字之多。但这一珍贵资料,却毁于"四人帮"的黑手之下。一代艺坛俊杰、七十多岁的王少堂老人被迫害致死,幸亏他生前已将全部《水浒》传授给了孙女王丽堂(她三四岁开始学艺,受过严格训练,早已熟记了全书内容和演出技艺),才使此书不致失传。评书实际上是艺人口头创作的小说。不要布景、道具,不要音乐伴奏,只靠一张嘴,把各种人物和故事说得栩栩如生,使观众流连忘返,实在是不简单的。评书的特点很鲜明:(1)故事性强,往往通过人物的言行、情节故事的矛盾冲突来交代环境、刻画人物,富有传奇色彩。评书中多紧张曲折的故事,是由它的演出环境所决定的。它要吸引人,要用口头语言更鲜明地描绘人物,不得不加强故事性。为了吸引听众,常常在每回最后留下一个悬念,这叫"卖关子"。这"关子"就是一个没有解开的矛盾,又称"扣子",是评书惯用的艺术手法。(2)篇幅一般较长。传统节目的内容多为讲史(如说二十四史演义、历史英雄传奇等),常常一部作品可说好几个月。当然,其中也有些作品很短小,如"入话"等开场时所说的笑话、故事即是。如今评话艺人开始演出新故事,篇幅适中,每篇可说一二小时。(3)人物众多、情节复杂,但结构单纯、眉目清楚。常用的结构形式是"搭线式结构",多用单线发展的情节线索,各线索之间的联系如接力棒一般,很少互相交叉的。如《水浒》中的英雄是一个个出场的,先说林冲的故事,然后再说鲁智深、武松……一个个人物的故事连下去,某些段落又有相对独立性(如"武松"故事主要集中在几回里)。这种结构形式便于听众接受。虽然各段落可以独立,但单线发展,勾连又很自然,整个结构还是完整的。(4)语言丰富,表演细致,人物性格鲜明突出,细节描写较多。艺人以第三人称的口吻叙述故事,用形象的语言描绘人物外形(人物出场时有"亮相"式的表白),通过描述故事的发展来刻画人物性格。其人物对话也很生动,艺人善于模仿各人腔调、口吻,突出人物个性特点。除表白、对白外,还有独白,对人物进行内心描写,描述人物细致的内心活动。总之,评话充分运用了语言的艺术表现能力,使人物与故事绘声绘色、神气活现,具有很大的艺术魅力,受到广大人民的热爱。

  试以扬州评话中的《武松》为例,来说明评书的艺术特点。这部评书主要取材于《水浒》原书的第二十三回至三十二回,但经过艺人长期加工已有了巨大的发展,从七八万字发展为如今的八十多万字了。老艺人王少堂祖孙几代说这部书,开始可说二三十天,而今可说六七十天。内容变化颇大,主要有如下几点:第一,评话《武松》中的人物更多了,但差不多每个人物都栩栩如生,连过场人物也不例外。如"武松打虎"一段中酒店小老板称银子时的报数、他与店小二争银子的矛盾,把一个市井商家的狡猾性格表现得淋漓尽致。而这个情节和整个打虎故事也是有着密切联系的,不是外加进去的。因为他们在争银子,没阻拦武松上山,致使他走远了也无人过问;同时,这一情节也衬托出武松酒醉、豪爽等等特点。第二,描写更细致具体,表现的内容更丰富了。如描写打虎时,对老虎作了大段描述,非常生动。首先渲染老虎的威力和饥饿,说它三天没吃东西了,地上跑的、树上跳的、水里游的甚至天上飞的全给它吃光了,具体讲它怎样吃水里、空中的动物,然后又引一首"虎赋"来描写虎的力量和威风。打虎时,又仔细交代"虎困"的架势、它的"三威"等等。这些刻画大大地反衬出武松打虎的不易,反衬出他"明知山有虎,偏向虎山行"并终于战胜了这猛虎的英雄气魄,同时也大大地增强了情节的紧张气氛。打虎的描写也更细致了,写武松决斗时的心理和整理衣带的动作,写老虎怎样两次扑空而武松又折断了哨棒。最后武松顺势揪住老虎的五花皮,赤手空拳打杀了这个猛兽,真是惊险异常。武松踢瞎了虎眼,踢断了虎尾骨……最后艺人还解释一通"虎死不落相"的情形,而在武松面前,老虎也"落相"了。故事松松紧紧,使听众忽忧忽喜,得到很大的艺术享受。武松打死老虎时,大家为他松了一口气,但他走了不久,又见到两只老虎,一黑一黄。这时武松已筋疲力尽,眼看凶多吉少,他毫不畏惧挺身向前,一看,原来是猎人的伪装。这种节外生枝比比皆是,使情节曲折、耐人寻味,富有戏剧性突转。第三,语言生动,巧用口语中的精华来塑造形象。如写武松吃了三碗"三碗不过冈"后,说:"酒虽好,吃的不过瘾,到嘴不到肚。"这句俗语夸张酒少,很生动。武松酒醉后,"脸和大红缎子一样……眼睛都定了光,舌头也添了滚边,说话也不灵便了"。这些语言都极富表现力,几句话就把武松酒醉的情状写得活灵活现了。老作家老舍看了王少堂的演出后非常感动,他说:"听到他的叙述马上就看到了形象","他口中没有一个废字浮词,直录下来就是好文章"。他和茅盾都尊称王少堂为"语言艺术大师"。

相声 这是喜剧性很强的曲艺形式。一般由两人对说,叫"对口相声",主角叫"逗哏",配角叫"捧哏"。也有一个人说的,叫"单春"(又叫"单口相声")。还有三人以上的,叫"群口相声",又叫"群活"。有一种化装相声,已近于滑稽戏。另有"相书",又称"隔壁戏",演员在布幕里面用口技模拟各种声音,表现生活,惟妙惟肖,有时甚至能表现人物故事,但它重于口技模仿表演,主要不是语言艺术。

我国相声有悠久的历史,六朝及唐代流行的参军戏可能就是古代的相声,二人对逗引人发笑,与今之相声相似。近代相声的起源还研究得不够,无书面资料可考。据老艺人回忆,说同治年间京戏丑角朱少文(艺名"穷不怕")是近代相声的创始者。他因"国丧"(皇帝死亡)而失业,不能演戏,即改说"单春",后收两个徒弟,一名"贫有本",一名"穷有根",逐渐形成对口相声,至今已百余年。中华人民共和国成立以来,相声不但流行于京、津等大城市,而且流传到了南方各地,著名艺人侯宝林等参加了中央人民广播电台说唱团,经常向全国广播,到各地巡回演出,如今相声已成为全国性的曲艺形式,不但在普通话地区流行,就是在吴语区上海、粤语区广东和闽语区福建、台湾也都经常演出,受到观众青睐。

传统相声适于讽刺,通过喜剧的对话揭露封建势力、帝国主义的倒行逆施。如《改行》描写封建帝王的"国丧"使人民遭到的痛苦,表现了人民对封建专制的不满。看这段对白:

乙:皇上死了与艺人有什么关系?

甲:国服哇。

乙:噢,断国孝?

甲:天下不准见红的,人人都得挂孝。男人不准剃头,女人不准穿红衣服,不准擦红粉,连头绳儿都得换蓝的。

乙:那干嘛呀?

甲:表示挂孝。

乙:嗬!

甲:那年头儿连卖菜的都受限制。

乙:卖菜受什么限制啊?

甲:卖油菜、白菜、扁豆、黄瓜,行;卖红萝卜不行。

乙:那有什么关系?

甲:红东西不准见。

乙:那是天然长的。

甲:你要卖也行啊,得做蓝套儿把它套起来。

乙:嗬!

甲:那年头儿吃辣椒就有青的。

乙:红的哪?

甲:见不着,谁家种了辣椒一看是红的,赶紧摘下来。

乙:怎么不卖呀?

甲:不够套儿钱!简直这么说吧,那年头儿连酒糟鼻子,赤红脸儿都不能出门儿。……

这一段相声的夸张很好笑,红辣椒要做上蓝套子,红酒糟鼻子也不能出门,"你要出来也行啊,把鼻子染蓝了"。这些荒唐事儿似乎叫人不敢相信,但在专制时代是完全有可能的,类似的不合理事件在封建社会中何止千万。因此,这种辛辣的讽刺是入木三分的,听了之后,就会引起对封建统治者的强烈仇恨。又如《关公战秦琼》表现了封建年代军阀官僚蛮横无理的专制和狭隘的封建地域观念之可笑。单口相声《连升三级》《珍珠翡翠白玉汤》等讽刺了封建王朝的黑暗腐朽面目。《抬杠铺》抓住封建圣哲仙人的弱点加以嘲笑,表现了人民的智慧。对于人民内部矛盾,相声也能恰如其分地进行讽刺,如《夜行记》出尽了不遵守交通规则的人的洋相,这种人贪图自己个人的一时方便不遵守交通规则,结果害了别人也害了自己;《妙语惊人》讽刺说话爱讲洋腔洋调的毛病;《买猴儿》塑造了"马马虎虎,大大咧咧"的马大哈这一典型,具有深刻的现实意义。这些讽刺是与人为善的,与对敌人的冷嘲不同。

"四人帮"诬蔑相声是"耍贫嘴",要搞"严肃的相声",实际上扼杀了相声。"四人帮"垮台后,出现了一大批优秀的新相声,如《帽子工厂》《特殊生活》《如此照相》《假大空》等,以强烈的喜剧性讽刺手法揭露了"四人帮"的反动本质,尽情嘲弄他们的丑态,像一把把锋利的尖刀直刺这伙人类蟊贼的心窝,发挥了巨大的威力。不少相声对于"四人帮"的流毒、一些不正之风也进行了适当的讽刺,破旧立新,为提倡社会主义新道德、新风尚开辟了道路,扫除了祖国社会主义现代化的各种思想障碍。

相声不但可以进行讽刺,而且还可以进行歌颂。当然,这是次要的。1958年以来,各地艺人创作了一些歌颂新人新事的相声。如《英雄小八路》描述了福建前线少年儿童生龙活虎般的精神面貌,他们在支援前线的斗争中发挥了不小的作用,表现了高度的热情,但由于年幼无知常常好心干出怪事来,如帮战士补袜子时,把袜底补到袜面上来等,惹得人哭笑不得。在这一动机与效果的矛盾之中,展开了一系列喜剧性的情节,刻画了一群"英雄小八路"的可爱形象。《昨天》是国庆十周年前夕发表的,通过今昔对比,表现了中华人民共和国成立以来翻天覆地的巨大变化,忆苦思甜,构思巧妙,有很深的思想意义和较高的艺术性。在旧社会饱受折磨,最后因丢了洋车而急疯了的大爷,中华人民共和国成立后在精神病院治好了,他不知已经解放,仍用老眼光看新事物,这种不协调引出了一系列喜剧故事,使人油然而

生对新社会的爱与对旧社会的恨:

> 甲:哎,打那边过来个红领巾,让我大爷给叫住了:"哎,小少爷!"
> 乙:啊?小少爷?
> 甲:"这是天安门吗?""老爷爷,是天安门!""这花园跟这大楼是外国人盖的?"
> 乙:啊?外国人盖的?
> 甲:小孩说:"老爷爷,这不是外国人盖的,是咱们自己盖的。""自己?""啊,是咱们大家的,也有你一份。""我哪儿有钱盖大楼呀!"
> 乙:嗨!
> 甲:小孩说:"你看,这是人民英雄纪念碑,这是人民代表开会的地方……""人民代表?""啊,就是咱们人民管理国家大事……"(捂小孩子嘴状)"莫谈国事!"
> 乙:还"莫谈国事"呢!
> 甲:小孩也乐了:"老爷爷,咱们应该懂得国家大事……""哎,快走吧、快走吧!"小孩行了个队礼,把我大爷吓了一跳,"再见!""要打人是怎么着?"

"莫谈国事"是使人心惊肉跳的,这句话正是他丢车时人们对他说的,使他刻骨铭心,深刻地反映了旧社会劳动人民被奴役的命运。天安门广场的大楼又正反映了中华人民共和国成立后所创造出的伟大的奇迹,红领巾的出现更起到了强烈的对比作用。总之,虽然它的喜剧性很强,但其主题却不是讽刺,而是歌颂新社会。《找舅舅》也是同一类型的作品,通过一个青年上包头找舅舅的事件进行今昔对比,生动地展现了包钢建设的伟大成就。这类相声都突出地表现了社会突飞猛进和人们思想认识的落后之间所产生的矛盾,集中地运用这种矛盾的不协调造成了强烈的喜剧效果。

此外,相声还可以进行知识教育,如《戏剧与方言》《戏剧杂谈》等作品生动地介绍了戏曲、各地方言的特点等等。

下面谈谈相声的艺术手法。相声主要依靠运用"包袱"制造喜剧效果。"包袱"是相声艺人的惯用术语,指相声中引人发笑的喜剧性矛盾。"包袱"的安排制作有这样几个阶段:首先是"铺包袱"——提出问题,安排矛盾;其次是"垫包袱"——往里装东西,对矛盾加以发展、强调,进行解释与补充以加深人们的印象；然后"系包袱"——在适当的时候，将包袱系起来，为最后"抖包袱"准备条件。"系"和"抖"是紧密相连的。在矛盾发展到最尖锐时，不知不觉地把包袱系起来，又突然抖开，一语道破，揭露矛盾的本质，使矛盾得到出人意料的解决，引起强烈的喜剧性效果。如1940年代初日伪统治下艺人常宝堃等人通过这种"包袱儿"反映物价飞涨的情况：

甲：现在是第四次强化治安了。

乙：强化治安是怎么回事？

甲：物价落钱，原来洋面五块钱一袋……

乙：现在呢？

甲：四块八啦！再过几天也许落到四块五，到了第五次强化治安就能落到两块钱一袋儿。

乙：能够吗？

甲：不过袋儿小点儿。

乙：四十斤一袋儿？

甲：到不了！

乙：三十斤一袋儿？

甲：不到！

乙：那么多大袋儿哪？

甲：也就跟牙粉袋儿似的。

开始时，不但没有控诉人民生活之苦，反而说物价落钱了，这不是怪事吗？这就铺开了"包袱"，形成了矛盾。然后再放进东西，说明怎么回事，"不过袋儿小点儿"，这就是问题的关键。相声讲究"铺平垫稳"，矛盾要交代清楚，合情合理，真实可信，为了垫稳，常常使用"三翻四抖"的手法进行渲染，以加深人们的印象，使反映的生活内容更加丰富充实。这里对于"小"的几次反复强调，就起到了这个作用。"那么多大袋儿？"这就把"包袱"渐渐系了起来，人们都迫切地想知道究竟是怎么一回事。一直到最后，包袱突然抖开，哦，原来是用牙粉袋儿装的。在这一瞬间引起了哄堂大笑，这是辛酸痛苦的笑，又是充满仇恨的笑，使人们深感敌人的凶残和人民的不幸。在一个相声中，可以有许许多多这样的"包袱"，但整个相声又常常有一个大"包袱"。这个大"包袱"包容了许多小"包袱"，大"包袱"的抖开会引起最多的笑声,形成高潮。《找舅舅》中许许多多的笑话表现了"逗哏"的老经验,这个人物为找舅舅,临走时带了风镜、风衣、手电筒、指南针、大水壶、小水碗,还有一大口袋菜包子。这些"装备"每一个都是一个小"包袱",当它们被解释时不断引起笑声。最后终于找到了舅舅。舅舅说:"我没给你写过信哪。"而他却是凭这封信上介绍的情况来找舅舅的。再一看,原来是"民国三十六年写的"。这样整个相声的主要矛盾便被解决了。

为了把许许多多、大大小小的"包袱"组织成一个整体,相声的结构有一定的规律(或章法)。开头叫"垫话",其作用是吸引观众的注意力,活跃情绪,提出主要矛盾,其中可以有即兴创作的成分。一般说一个"垫话"往往就是一个完整的小"包袱",这个"包袱"要与主题有关,并且还要抖响,为下面的表演开路。相声的主要部分叫"活儿"(或"正活儿"),其中可以包括许许多多小"包袱",环环相扣,层层深入,紧紧围绕表现主题思想的大"包袱"。如《帽子工厂》在"垫话"中即开门见山提出帽子问题,利用普通人头上戴的帽子和"四人帮"的"反革命"政治帽子二者之间的歧义,制造喜剧性矛盾,引入"正活儿"。在主要部分,通过各种艺术手法,介绍了"四人帮"帽子工厂的"货源"以及各式各样帽子的名称和种类,还通过现身说法的表演,使人看到"四人帮"是如何给老干部、部队指战员、工厂干部、工人扣上"反革命"帽子的,如开始的一段:

乙:她帽子再多也戴不到我头上。

甲:要想给你戴,你就跑不了!

乙:她用什么方法呢?

甲:咱们学学。

乙:"我跟随毛主席南征北战几十年,坚决听毛主席的话。"

甲:"你是民主革命派,也就是党内的走资派。"

乙:这帽子就飞来了!"我是新干部。"

甲:"新生的资产阶级分子。"

乙:"我不是领导。"

甲:"混进群众里边的坏人。"

乙:"你也没调查研究……"

甲:"攻击领导。"

乙:"你……"

甲:"谩骂首长。"

乙:"我不说话。"

甲:"暗中盘算。"

乙:"我把眼睛闭上。"

甲:"怀恨在心。"

乙:(无可奈何,做揣手动作)……

甲:"掏什么凶器?"

乙:我怎么也躲不开呀!

甲:全给你扣上了吧?

这一段通过"三翻四抖"的艺术手法,对"四人帮"罗织罪名,乱扣帽子,诬害好人的凶残面貌作了深刻的揭露和嘲弄。在抖开了"包袱"以后,为了进一步深入揭露"四人帮"的政治目的,接下去又加了几句:

乙:这是捏造啊。

甲:就是用捏造的方法。江老板为了当女皇,篡党夺权,竟敢给我们敬爱的周总理扣帽子,企图打倒一大批中央到地方的党政军负责同志。

乙:是啊,有这些革命老干部在,他们就实现不了野心。

甲:凡是毛主席提倡的,江青就想方设法扣上帽子。

这是对前一段的小结,也是为下一个"包袱"开辟道路,接下去就说江青如何反对毛主席指示,破坏生产的情况。通过一个个"包袱"加深主题,引入高潮。相声的结尾叫"收底",最好是大"包袱"的总解决,要引起最强烈的艺术效果。《帽子工厂》的"收底"是这样的:

甲:……党中央英明果断,一举粉碎了"四人帮"反党集团。

乙:消灭"四害",人心大快。

甲:这个江青连哭带闹:"你们这是迫害革命旗手。"

乙:还扣帽子哪!

甲:"天哪!我的武则天哪。"

乙:还想当女皇。

甲:她连蹦带跳,"叭"一下子……

乙:什么?

甲：假头套（假发）甩出去啦。（秃头）跟林彪一模一样。"帽子,帽子！"

乙：她找帽子。

甲：我们给她戴了一顶,不大不小正合适。

乙：什么帽子？

甲：资产阶级阴谋家、野心家！

这是矛盾的总解决,结尾结得很好,帽子戴到江青自己头上去了,这是出乎她的意料之外的,但又是必然的下场,大快人心！整个相声也达到了最高潮,一语点破了主题,引人深思,使人们很自然地哄笑出来,感到余味无穷。"包袱"的"底",字不宜多,要干净利落,一下子就抖得开,叫得响。

"包袱"并不是相声的唯一艺术手法,尽管语言艺术是根本,但除"包袱"的语言艺术技巧之外,还要靠相声演员的表演艺术技巧来引人发笑。相声的表演讲究"说学逗唱"。相声演员善于模仿,不管学什么都惟妙惟肖,并且常常夸张事物的特点,逗人发笑。如侯宝林能学唱各种戏曲、歌曲,京戏中的梅派、麒派他都学得很像,甚至袁雪芬的越剧、郭兰英的歌唱他也学得很像。又如《戏剧与方言》中学各地方言土语,《卖布头》中学叫卖的货声。还有学外语的,这并非真说外语,而是用外语腔调来说中文。如眼镜说"鼻子上边",帽子说"没奥子",又用没有声调的洋腔说什么"盘比碟子深,碗比盘深,缸最深,碟子最浅"等大实话式的"外语"。这就非常引人发笑。

相声中的各种语言修辞技巧也是异常丰富的。它集中了口语中喜剧成分的精华,大量运用生动的俗语、歇后语、谚语、顺口溜、绕口令等等制造"包袱"。如用"东方幽默"歇后语"嗑瓜子嗑出个臭虫来——什么仁（人）儿都有"（《拔牙》）逗人笑。谚语"无事生非"在《歪批三国》中成了考证张飞姥姥家姓的根据,成了"吴氏生飞"。相声中有一些套语,如"没听说过""多新鲜啦"等等,这是"捧哏"出"逗哏"洋相的话。"捧哏"对于"逗哏"是不可缺少的,在"一头沉"的相声中,他虽然只是帮"逗哏"系包袱,但如系不好,则达不到预期效果。相声中常运用"贯口"来制造喜剧性,"贯口"要求一口气快说一连串同类事物的名字或同一性质的事物,说得极快而引人发笑。如《卖布头》中的卖布人夸张他的白布好："它怎么那么白呀,它气死头场雪,不让二路霜,亚赛过复兴的洋白面哩吧,买到你老家里就做被里去吧,是经洗又经晒,经铺又经盖,经拉又经拽,是经蹬又经踹！"在各种修辞手法中,夸张是常用的。相声的夸张突出了事物的特点,是艺术的"放大镜"。

如《昨天》中描写国民党时期的涨价风:

  甲:这时候天也黑了,一想家里人还没吃饭哩。

  乙:先买点面吧!

  甲:找了个面铺,把车往边上一搁,把借的五万块钱拿出来,又拿出三斤面钱,进了面铺,"掌柜的,你给约三斤面!"掌柜的一看,"你穷疯啦?二斤面钱买三斤?""我那是三斤的钱哪。""涨价啦!"

  乙:嚯!涨得真快!那就买二斤吧。

  甲:"口袋哪?"口袋还没带出来,又到车厢里拿出两张纸,"给约二斤吧!""二斤?一斤!"

  乙:不是给的二斤钱吗?

  甲:"拿纸这功夫,又涨啦!"

  乙:又涨啦?

  甲:我大爷说:"怎么涨得这么快?""甭废话!买不买?不买还涨!"

这段描写对国民党反动统治下物价飞涨的情况作了集中的揭露,和"上午好买一石米,下午只买半担灰"的民谣有异曲同工之妙。当然,涨得再快也不一定都像相声里描写的那样,但相声中这种夸张却是更高意义上的真实,突出地表现了当时社会的本质特点。

  快书、快板 这是快说韵文进行表演的曲艺形式。

  山东**快书**源自山东西部农村,艺人手执梨花片(鸳鸯板)说唱武松故事,故在中华人民共和国成立前名曰"说武老二"。中华人民共和国成立后,先在解放军中流行,后又逐渐流传到东北、华北、华东、华中等地,才改名叫"山东快书",仍用山东土音但已有一定改变,外地人也可听懂。山东快书传统节目为《武松传》,中华人民共和国成立后题材扩大,及时反映新的生活内容,优秀作品如《一车高粱米》等。

  《武松传》充分发挥了山东快书的特长,用粗犷的语言说武松故事,较《水浒》原著有了提炼和发展。首先,它适应农民的需要,增加了反映农村阶级斗争的段子,如《东岳庙》《石家庄》等段子都是说狠揍恶霸财主的:《东岳庙》写武松在庙会上狠揍恶霸兄弟"李家五虎"的故事,情节完全是过去艺人的创造;《石家庄》则写武松扮新娘狠揍二大王方豹的故事。这可能由民间流传的《水浒》故事脱胎而来。其次,《武松传》多用夸张手法粗线条地

描绘人物,人物形象鲜明突出,适合韵文的特点。如快书通过李家"瞎小五"的眼看武松,描绘了武松的英雄形象:

> 只见他身高一丈二,
> 膀子扎开有力量,
> 脑袋瓜子赛柳斗,
> 两眼一瞪像铃铛,
> 巴掌一伸簸箕大,
> 手指头拔拔楞的棒槌长!

这是武松刚出场时的"亮相",多么高大雄伟,这种粗笔勾勒和评书"工笔细绘"的风格不同,是快书的形式所决定的。武松打虎的描写技巧也很突出、动人,画龙点睛,异常有力。这部快书语言生动丰富,运用了大量的成语、谚语,风格健壮幽默,深受劳动人民喜爱。

中华人民共和国成立后,描写志愿军斗争故事的新段子《一车高粱米》是广为流传的优秀作品。它说的是志愿军司机在朝鲜英勇机智,在复杂的情况下临危不惧,以一车高粱米换来了一车美国俘虏。这部作品塑造了鲜明的人物形象。司机大老郭和小张两人的性格有共同之处,他们都英勇顽强,对祖国无限忠诚,但老郭老练沉着,小张比较幼稚,在故事发展中这两个人的性格衬托得很有趣。敌机来时,小张要停车,老郭说停车要遭殃,反而加快了速度。汽车误入敌方又陷车以后,碰见敌车时,小张认为为国牺牲的机会已到,拿出手榴弹就要和敌人拼了,大老郭止住了他,沉着地观察情况,当敌人司机下车后,即带着小张一起摸上车去,轧死前来阻拦的司机,把敌车开了回来。这部作品内容真实而传奇,故事曲折,语言风趣,惹人喜爱,已成为经常演出的保留节目。

山东快书节奏较快,风格豪壮,适合演英雄故事,既紧张热烈又幽默风趣。演唱时首尾速度不同,一般开始时用"春云板"交代故事和人物,然后用"流水板"叙述故事发展,速度加快,最后则用"连珠板"的急速语句来描述矛盾尖锐时的人物行动,在高潮中结束全篇。节奏韵律灵活多变,有时插些说白,韵文多押阳韵,响亮悦耳,一般是每段一韵到底,很少换韵。

快板,一般又叫顺口溜、数来宝。用两块竹板伴奏,多为一人演出,但亦有两人演的对口快板,还有多人演出的"快板群"。用快板形式说故事,则成了快板书。数来宝在 1949 年前是沿门卖艺者常用的一种曲艺形式,被看作"讨饭家伙",受人歧视。后在革命军队中成为宣传鼓动和业余文化活动的重要形式,在行军作战时起了巨大鼓动作用。传统快板多为艺人顺口编唱的即兴创作,说些吉利话和讽刺小品。部队新快板则主要进行好人好事的表扬、对党的政策的宣传等等。解放战争时期,"快板大王"毕革飞的创作是一个代表。中华人民共和国成立后,专业艺人创作了不少说故事的快板段子(如《李润杰快板书》)。快板反映生活迅速,具有很强的战斗性。反映志愿军生活的《战士之家》,生动而全面地描绘了志愿军挖空大山创建坑道工事的艰苦卓绝的斗争,表现了英雄们克服千难万苦、创造奇迹的革命乐观主义思想,是中华人民共和国成立以来的优秀代表作品。

"不用剧场不用台,竹板一打唱起来",快板用两块竹板伴奏,非常简便,易于推广。快板语言和民歌七字句相似,常押"花韵"。"花韵"就是不一韵到底常换韵的押韵方式,换韵时,常用两个三字句接上,如《战士之家》:

  志愿军,真能干,个个都是铁打的汉,
  拿起枪来杀敌人,拿起镐锹能开山。
  志愿军,真正行,手又巧来心又灵,
  不管石头有多厚,也把它掏成大洋楼。

前四句一个韵脚,到第五句变成三字句,换了韵。这种换韵方式是快板所固有的传统用法。但也不一定都这样,要根据内容的需要来决定。

  鼓曲唱词 鼓曲唱词包括大鼓、渔鼓、坠子、琴书、时调小曲、牌子曲等等,这些曲种多有弦乐伴奏,但打击乐器小鼓和木板仍起重要伴奏作用。这些曲艺形式流传于各地,各有自己的地方特点,在音乐、语言、韵律等方面各不相同,分别以地名命名。如大鼓即有西河大鼓、乐亭大鼓、京韵大鼓、山东大鼓、奉调大鼓、青海大鼓等等多种。它们的共同特点一为唱故事,二是音乐性强,以唱为主,有的也间以说白。

大鼓古已有之。宋代大诗人陆游在《小舟游近村》一诗中曾经记述了当时农村大鼓演出的盛况:

  斜阳古柳赵家庄,负鼓盲翁正作场。
  身后是非谁管得,满村听唱蔡中郎。

全村人围着一位唱大鼓的盲艺人,听他演唱蔡中郎故事。这首诗是非常重要的文艺史料,说明大鼓原来即产生于农村,宋代已很流行。根据调查资料可以知道,大鼓是在民歌、民间故事的基础上逐渐形成的说唱艺术,是劳动人民的业余创作,后逐渐由盲艺人专业演唱。山东梨花大鼓据传原名"犁铧大鼓",是农民在田头休息时说唱的,用破碎了的犁铧片来伴奏。河北的西河大鼓在农村广泛流传,常在集市上演出,多唱短篇鼓词如《小姑贤》《打黄狼》等,也演历史题材的长篇鼓词《杨家将》《呼家将》等,但多为大书的片段(如《天门阵》《秦琼打擂》)。1900年左右进入天津等城市,才多说长篇大书如《三国演义》《水浒》《说唐》等等。河北河间一带的木板大鼓传入北京逐渐去掉河北土话,改用京音,即是京韵大鼓。京韵大鼓仍保持了原有的粗犷风格,以悲壮声调唱英雄故事。

古代鼓词与说书有关。鼓子词、话本都和说书鼓词有渊源关系。明末出版的《大唐秦王演义》就是一部话本故事,但内有不少十言唱文,与今大鼓唱词相同。它的内容是写唐太宗李世民和秦琼等英雄人物统一天下的故事。1967年在上海郊区出土了明代成化七年到十四年(1471—1478)北京永顺堂刻印的"说唱词话"11种,可能是元末的作品,其刻印时间比《大唐秦王词话》提前了二百多年,都是七言、十言唱本词话,实即大鼓书的唱本,包括《花关索传》、薛仁贵跨海征辽故事、石驸马传和包公审案故事等唱本和劝善书。

清初山东落魄文人贾凫西是最早使用"鼓词"这一名称的,他的《木皮散人鼓词》用唱词形式抒发自己的不平。据记载,他常常沿街演唱他所创作的这些作品,被人看成"老狂",而他怡然自得。著名小说家蒲松龄很重视俗文学创作,常写鼓词、小戏等通俗作品,如鼓儿词《东郭外传》等。归庄的《万古愁》以及更早的著名文人杨慎所写《历代史略十段锦词话》(后传到江南被易名为《廿一史弹词》,杨慎被人误认为弹词鼻祖)都是用鼓词形式演唱历史的巨作。这些都说明鼓词形式高度发展,已经影响到著名作家的创作。清代中叶,满族八旗子弟演唱大鼓也创作了不少作品,名曰"子弟书",演唱小说、杂剧等故事。最著名的作家有"东韵"子弟书代表人物罗松窗和稍晚的"西韵"子弟书作家韩小窗。杰出的长篇子弟书《露泪缘》(十三回),据说即是韩小窗的作品。它取材于《红楼梦》(主要依据第九十六至九十八共三回),提取了小说中的精华,充分表现了这一爱情悲剧的基本情绪,充满诗情画意,人物心理刻画尤为细致动人。

　　艺人演唱的作品有自己集体创作的,也有在作家鼓词的基础上加以改编的。一代代艺人口传心授不断修改,已与原词很不一样。在农村集市演唱的短篇鼓词常常略去说白,演唱大书中之精彩片断,形成了只唱不说的"大鼓"形式。京韵大鼓多演唱铁马金戈的英雄故事,西河大鼓多以农民生活为题材,而梅花大鼓则与子弟书有密切联系,有"十段梅花九段悲"之说。1949年以前,在大鼓节目中也有一些反映封建、迷信和市民低级趣味的作品。其后,各种大鼓都编出了很多新的段子,及时反映了新人新事与新的社会面貌,对于刘胡兰、董存瑞、黄继光、向秀丽、雷锋等英雄人物,都有热情的歌颂,生动地描述了他们的英雄事迹,表达了人民对他们的崇敬与仰慕。

　　大鼓是文学、音乐、表演三种因素结合而以文学为主的说唱艺术,鼓词是能唱的叙事诗,是一种优美的说唱诗,采取了民歌、故事、话本等材料并加以发展,有人物有故事,有抒情有叙事,生动活泼,通俗易懂。现在的段子一般每段二百行左右,唱十多分钟,集中说一个故事,人物不多,结构单纯。另有鼓词书帽(又称小段)是正书演出前用的短小作品,有的从民歌发展而来,但都有较完整的故事,单纯抒情的较少。鼓词语言丰富,描写集中生动,如《有个大姐年十七》(书帽)抓住小两口抬水的生动细节,展开了人物细节的描写,在"一头高来一头低"的摔跤中,把社会婚姻矛盾突出表现出来。小女婿的哭闹耍赖,是代表了封建社会家长制统治的权威的,他的专横实在令人哭笑不得;封建婚姻的受害者大姑娘的苦闷委屈也历历在目,深刻而又精练。请看,这段描写是民歌里所没有的:摔跤之后小女婿急骂起来,刚说要打媳妇,从旁边过来个拾粪的老头,这老头专爱说道理,一看打架就着急,说:

　　　　你这孩子太不懂理,再打你娘我不依。
　　　　小女婿一听不乐意,骂一声:"瞎眼的老东西,
　　　　别看我人小辈不小,我是她丈夫她是我的妻。"
　　　　老头摆手说:"我不信,不是你亲娘是后的。"
　　　　一句话倒说得大姐红了脸,不由得眼泪往下滴。

这些语言对话把人物神态刻画得栩栩如生,像民间年画单线平涂的白描手法,朴素而鲜明地勾勒出了性格的精髓,反映了社会矛盾的某些本质方面。

　　大鼓多七言和十言及其变体,在变化中有韵律,不少七言加上衬字和嵌

字就变成九言、十一言。衬字多为虚词,是为了唱得顺嘴;嵌字多为实字,是为了语意完整。十字攒一般是三三四的节奏,如《小姑贤》中恶婆婆折磨媳妇时唱:

　　锅里头——装满了——半锅凉水,
　　锅前头——你给我——去烙烙饼,
　　锅后头——你给我——去打饹嘎,
　　锅左边——你给我——去摊鸡蛋
　　锅右边——你给我——去炒豆芽,
　　锅这边——你给我——把扁食下,
　　锅那边——你给我——(去)扒拉疙瘩,
　　再馏上——两块面——老窝瓜,
　　就剩下——锅当间(的)——那一片,
　　你给我——漏(上一个眼的)合拉——(我还)不让(你)掺和(了)它。

这种三三四的节奏已流行了好几百年,明代鼓词即已采用这种格式。著名诗人李季的长篇叙事诗《杨高传》三部曲,也是运用这种七言间十言的形式创作的。有人说该诗语言不够流畅,是不了解这种曲艺唱词的韵律结构之故。如《五月端阳·书帽》中的唱词,是很流畅的:

　　说的是三边一青年,从老家到玉门故事一篇,
　　三边玉门不算远,可是他却走了三十多年。

当然,这种形式与一般新诗的句法颇有差别,因此,只读不唱是不能领略到它的韵味的。它的"四字尾"比较稳重有力,作为说唱文学的确很合适。

　　鼓词要能在口头演唱,一定要讲究平仄、韵辙。它的音乐性很强,往往两句一对,对偶整齐,一般单句以仄声结尾,双句以平声结尾。鼓词一般押脚韵,一韵到底,但也有的段子可换韵,叫"花辙"。押韵叫合辙,共分十三辙(即中东、江阳、人辰、言前、一七、灰堆、油求、梭波、发花、爷斜、怀来、姑苏、遥条等),艺人用口诀"东西南北坐,俏佳人扭捏出房来"或"月下一哨兵,镇守在山岗,多威武"等十三个字代表十三辙加以记诵。

　　弹词　这是南方的说唱曲艺形式,主要指以苏州为中心的吴语区内流传的弹词小书而言,以区别于"大书"——评话,二者合称为评弹,是江南曲

艺的主要形式。弹词一般以琵琶、三弦伴奏演唱较长的故事,有说有唱而以唱为主。传统作品多唱民间恋爱故事,最著名的如《白蛇传》(又名《义妖传》)、《珍珠塔》等,皆为长篇作品。

《白蛇传》是民间弹词艺人的集体创作,清道光年间曾印过弹词四大家之一陈遇乾的脚本,名为《陈氏珍本白蛇传》。这部弹词将以前话本小说中的封建毒素剔除不少,白蛇(素真)由一个可怕的蛇精变为美丽善良而又多情坚毅的女子,她为追求自由爱情出生入死反抗封建权威,表现了可贵的斗争精神。《白蛇传》在传唱过程中不断得到丰富,人物性格鲜明,心理描绘生动,唱词语言优美,是优秀的传统剧目。

《珍珠塔》也是古代流传下来的一部作品,清代艺人马如飞即以唱《珍珠塔》著名。这部作品描述贫苦书生方卿向姑母求助,却遇到羞辱,而表姐陈翠娥则对他异常同情,并私赠珍珠塔定情。后方卿中了状元化装为乞丐唱道情数落了姑母,并与翠娥团圆。作品揭露了封建社会中有钱人的势利冷酷,是才子佳人作品之佼佼者。其语言生动,巧用丰富多彩的民间口语,说表细致,对话有个性特点。

古代弹词作品数量很多,约二三百种,多为清代前期之作。弹词作者学习了民间形式却按照自己的需要进行创作:用普通话写的叫"国音弹词",有《安邦志》等三部历史巨作共六百七十四回;用苏州方言写的叫"吴音弹词",多写才子佳人的恋爱故事,离不了公子落难小姐受苦而终于大团圆的俗套,其中还掺杂了一些封建说教,也有些庸俗低级的描写穿插,是小市民意识和统治阶级思想的反映。弹词中有一些女作家的作品,最著名者如清乾隆年间陈端生所写《再生缘》,塑造了一个才华出众的女中俊杰孟丽君的形象。她逃避皇帝亲手包办的婚姻,女扮男装离家出走,最后中了状元,当上宰相,与父兄同朝做官。这是一个被文人理想化了的女性形象,在重男轻女的封建社会中还是有一定进步意义的。她以巧妙手法反抗了加之于她的封建压迫,揭露了官场黑暗,在斗争中突出地发挥了才能。她声东击西、移花接木,以毒攻毒,坚决战斗,应付自如,表现了高度的智慧和勇敢。然而,整个弹词还是以肯定封建道德和封建秩序为前提的,孟丽君的斗争手法也都在封建道德范围以内。她以爵禄名位反对男尊女卑,以贞操节烈对抗朝廷,以师道而不认丈夫,仗君威而不认父母,以孝悌来犯上作乱。这是时代和作家的思想局限使然。当时陈端生虽有一定民主要求,却缺乏先进的政治理想,只能以毒攻毒,在封建的礼教范围内打圈子。

弹词演出讲究说噱弹唱,表演性和音乐性甚强,但它仍然是以语言艺术为主的,依靠语言来塑造人物形象,特别长于心理描写。它说表细腻,人物性格的刻画、故事情节的交代、环境气氛的描述都以细腻见长,使人深入弓中境界如见其人如闻其声,情节发展扣人心弦。弹词常通过"咕白"来刻画人物心理,"咕白"就是艺人低声的独白,替人物思考,揭示人物的内心活动。这是弹词中运用很多的重要艺术手法。

"噱头"即滑稽、讽刺等笑料,它是弹词艺术中不可缺少的,俗云:"无噱不成书。"最好的是"肉里噱",是人物、故事本身的喜剧性造成的,或是说书人在旁白中点破的。艺人也常用插科打诨式的笑话进行社会讽刺,引起一阵阵的笑声,使书场气氛不沉闷枯燥,增加听众趣味,这叫"外插花"。弹词的音乐性强,唱词部分非常重要,常用七字句,受七言诗的影响较大,多押隔句韵,在演唱时常加上衬字。艺人在长期演唱过程中创造了好多曲调。弹词唱腔受民歌、戏曲影响,但已形成固定风格,曲调柔美,耐人寻味。在总的风格的基础上,著名的艺人有自己独特的演唱风格,形成了不少流派。著名的有俞调、马调,分别为清代艺人俞秀山、马如飞所创造,各有特点。后来又有蒋调(蒋月泉等)、丽调(徐丽仙)、徐调(徐云志)和沈调(沈俭安)、严调(严雪亭)等。弹词初起时单档居多,唱词多为叙事,用吟诵体宣叙调,旋律起伏不大;后来一般双档演出,男女艺人为了表现人物复杂的思想感情,曲调的抒情性大大加强,于是逐渐形成许多唱调流派。这些流派的调子和作品内容紧密相联,马调就是在演唱《珍珠塔》的过程中发展起来的,徐调与《三笑姻缘》有关,而蒋调则适合《玉蜻蜓》的需要。形成一定风格以后,又按各自特点加以发展。

中华人民共和国成立以后,弹词艺术有了巨大的发展。艺人和作家合作,创作了歌颂新人新事的许多作品,如《一定要把淮河修好》《海上英雄》《王孝和》《黄继光》等。传统弹词长篇最多,每部可说几个月,而新弹词则多为中篇。"弹词开篇"是只唱不说的定场诗词发展起来的一种短篇作品,善于抒情,常摘出长篇中的一段演出,但也有不少独立成篇的,清代马如飞《弹词小引》就是。中华人民共和国成立后,创作了很多新的"开篇",迅速地反映了新的生活。艺人们还把毛泽东诗词等作为"开篇"演唱,很受欢迎。如弹词"开篇"《蝶恋花》就是经受了时间考验的优秀作品。

除苏州弹词外,扬州弦词、浙江南词、广东木鱼书、闽南南音等等也是同类的曲艺形式,都是具有悠久历史和广大听众的优美艺术。这些优秀的说唱艺术珍品,在保护非物质文化遗产的活动中,也列入了国家级或省级非物质文化遗产名录,受到国家的保护。但老艺人的口头作品则尚未能全部记录下来,值得我们特别关注,否则随着这批老艺人的去世将永远失传。

第八章
民间小戏

第一节 我国民间小戏概况

民间戏曲是中国人民戏剧创作的总称,包括民间小戏和大本戏(主要是历史剧)。它是歌舞说做并用的综合性艺术,具有广泛的群众性。我国各地共有戏曲剧种四五百种,包括京剧、越剧、豫剧、评剧、各种梆子戏以及皮影、木偶戏等等。如果加上各地的秧歌剧、采茶戏、花鼓戏、傩戏、目连戏等地方小戏,则品种更多。广大人民在旧社会多为文盲,他们的社会道德传统教育和历史知识主要靠戏曲、曲艺及故事等等民间文学作品来代代传承,尤以戏曲影响最大。每年春节、元宵及其他喜庆节日,都要演出社戏作品,传统剧目成千上万,遗产非常丰富,长期在各地流传。民间戏曲中的优秀剧目融会了人民的道德伦理思想和情感,表现了他们的优秀品质和理想,表彰了对不合理的坏人坏事的坚决反抗精神和崇高的爱国主义思想,对于我国民族性格的形成起了重要的作用。民间戏曲吸取了民间歌舞、民间故事、曲艺说唱、杂技、武术的艺术成果,经过广大艺人的长期创造,具有高度的艺术表现力。然而不少大本戏是在统治阶级严密控制之下演出的,其中往往有一些封建意识的说教需要清理。我曾听中央党校前校长杨献珍在文联讲过一个他家乡的故事,说有一个女子抱着孩子回娘家看戏,孩子睡了不醒,锣响了,她赶紧抱起孩子就跑,在冬瓜地里被瓜藤绊了一跤,爬起来抱上孩子又跑。等看完戏才发现抱的是个冬瓜,到瓜地去找孩子,也没有找到,回家一看才发现孩子还在熟睡哩,原来她匆忙中抱的是个枕头。这故事也说明人们对戏剧演出是多么热爱,多么入迷。

民间小戏是劳动人民业余创作和表演的独幕剧，它是多幕大型戏曲的基础。各种地方戏以至京戏，都是在民间小戏的基础上发展起来的。如越剧六十年前还是浙江嵊县西乡的一种民间小戏，原来叫"的笃戏"，又叫"小歌戏"，是由民歌、曲艺等形式发展而来，民间"小歌佬"手拿"的笃板"沿门卖唱，后由二至三人将所唱的故事化装演出，又吸取了绍兴乱弹的优点，逐渐形成戏剧。评剧是在莲花落和东北蹦蹦歌舞的基础上发展起来的，故又称"落子""蹦蹦戏"。《小女婿》等就是它的传统剧目。楚剧原来即是湖北花鼓戏，直到大革命时期才由武汉革命政府命名为"楚剧"。它是在民间打花鼓、踩高跷、打莲湘、跑旱船等歌舞形式的基础上产生的。北方梆子戏源于说唱曲艺，打击乐器梆子在伴奏中占重要地位。京戏是在古代弋阳腔、西皮、二黄等地方戏曲的基础上发展起来的。弋阳腔中至今仍保存着许多劳动号子（特别是在高腔伴唱时）和民间采茶戏的成分；皮黄戏来自民间，多演英雄故事的短戏，似与讲史说书有密切的关系。

中国各地戏曲数量极多，情况复杂，不仅继承了民间小戏的传统，而且还与古代戏剧作家的创作有密切的联系，在民间文学中我们只讲民间小戏。民间戏曲中大戏的研究工作是戏剧家们的任务。

1951年中央人民政府政务院"关于戏曲改革工作的指示"说：

>　　地方戏，尤其是地方小戏，形式较简单活泼，容易反映现代生活，并且也容易为群众接受，应特别加以重视。①

指示要求各地"广泛收集、记录、刊行地方戏、民间小戏的新旧剧本，以供研究改进"。1949年以前，民间小戏的搜集不多，但《缀白裘》《定县秧歌选》等书中还是保存下了一些珍贵的小戏资料。其后，进行了全面的、大规模的收集、整理，1956年开始出版的各省"地方戏集成"中也包括民间小戏的剧本。

民间小戏在北方多称秧歌戏，在南方多称花鼓戏、采茶戏、花灯戏。在不少地方还流传着目连戏、傩戏和木偶戏、皮影戏。有的有专业或半专业艺人，群众也多在农闲时自编自演，进行娱乐，至今在各地人民群众中仍广泛流行。但随着老艺人的过世，许多小戏传统剧目正面临失传的危险，需要抓

---

① 见《文艺方针政策学习资料》，第36页。

紧抢救保护。

第二节　民间小戏的内容和艺术

民间小戏的传统剧目受统治阶级影响较少，多以劳动人民的日常生活、劳动和斗争为题材，历史剧极少，这是和大戏不同之处。反映旧社会阶级矛盾的小戏数量不少，如《走西口》（内蒙古、山西流传的二人台）、《凤阳花鼓》等反映了劳动人民流离失所的悲惨情状。山西梆子《打渔杀家》（原名《庆顶珠》）反映了农民起义英雄的斗争故事。反对封建婚姻、要求恋爱自由是小戏的重要主题，如楚剧《葛麻》、扬剧《挑女婿》等，尖刻地讽刺了家长包办婚姻的丑恶动机——他们为了取得政治上、经济上的好处不惜牺牲儿女一辈子的幸福。在封建礼教的严酷统治下，寡妇是不能改嫁的，尼姑自由恋爱则更是"伤风败俗"、不能允许的，然而在小戏中（如锡剧《双推磨》、流传很广的《王大娘补缸》《小尼姑下山》等）歌颂了那些勇敢地反对封建道德的人物，他们如愿以偿得到了美满的婚姻。反映劳动生活的剧目是民间小戏中数量最多的，最有名的如《小放牛》（在各地流传，遍于南北）、《打猪草》（黄梅戏）、《五哥放羊》（二人台）、《刘海砍樵》（湖南花鼓戏）等等，热情洋溢地歌唱了自己的劳动生活，同时也反映了劳动人民健康的爱情。有的小戏编演本村的真人真事，深受群众喜爱。有些小戏还通过讽刺喜剧的形式反映了家庭内部的矛盾，如《借罗衣》（庐剧）讽刺爱虚荣好浮华的思想，《小姑贤》讽刺了恶婆婆的专横，在讽刺中显示了劳动人民机智、朴素的品质和优秀的道德风貌。鲁迅对民间小戏有深刻的印象，他曾说绍兴小戏《武松打虎》可以与《伊索寓言》媲美，认为目连戏中无常鬼的形象十分动人，甚至文学家也不一定做得出来。直到晚年，他仍以深情在文章《女吊》等篇中多次回忆儿时观剧的情形，可见受其影响之深。

民间小戏有反映革命内容的，如土地革命时期的歌舞剧《欢送哥哥上前方》①，通过山歌对唱，表现了人民忠于革命勇于斗争的英雄气概。抗战时期，陕北等地进行秧歌改造，群众创作了许多反映抗日斗争和生产运动的新秧歌，如延安桥镇乡群众秧歌队集体创作的《货郎担》等，已印成专集，编

---

① 见江西《红色戏剧》，第134页，江西人民出版社，1960年。

入《中国人民文艺丛书》中。《兄妹开荒》则是艺术家向群众学习以后创作的新秧歌剧。1949年以来,各地出现了很多反映新生活的民间小戏,在全国会演中受到欢迎。如畲族《难为迎亲伯》写移风易俗的新人新事,山歌好听,语言风趣,得到好评。

民间小戏情节单纯、故事集中,人物不多,一般只有一旦一丑,故称为"对子戏"或"二小戏",也有的增加一人称"三小戏"。民间小戏中一般没有袍带人物,即使有官吏出现,也常常是讽刺对象,如《缀白裘》中之小喜剧《打面缸》,把都头、师爷、知县完全描写成被嘲弄的丑角。小戏中没有帝王将相、才子佳人,一般不用古装。民间小戏刻画了许许多多劳动人民的形象,他们热爱劳动、心灵手巧,同时常常幽默风趣、乐观开朗,敢于斗争并善于斗争,如葛麻、刘海、王大娘等等。因体裁的限制,人物的刻画有时比较简略,但却生动感人,给人以深刻的印象。

民间小戏风格诙谐,以小喜剧为主,无论是民间歌舞剧还是社会讽刺剧,都充满喜剧色彩。如《打面缸》近于闹剧,从头到尾都是令人捧腹大笑的。《葛麻》塑造了一个机智的长工形象,他帮助书生张大洪和财主马铎进行斗争,使马铎人财两空、丑态毕露。戏词嬉笑怒骂,大快人心,对于张大洪的迂腐,也作了一定的嘲笑。《小放牛》《打猪草》《五哥放羊》等剧的喜剧气氛也是很浓的。当然,也有些小悲剧,如《走西口》等等,但数量较少。

民间小戏语言丰富,多为通俗口语,富有表现力。对话的诙谐机智,是造成喜剧效果的重要因素,同时也是刻画人物性格的重要手段。如《葛麻》中的长工葛麻,满口都是谚语、成语和巧妙的对答。他要张大洪以告官威胁财主,张大洪却真的要上衙门去,于是葛麻连忙拦住这个书呆子,说:这是"磕膝头上画虎口——戳穿了就不灵",官家当然向着财主啦。他教张大洪对付财主的一席话也非常生动:

> 葛麻:少时他出来叫一声"张大洪",你答应"小婿在";他骂你"小奴才",你就说"岳父大人";他说:"从前开亲两家贫穷,如今我家发富,我女到你家岂不做了沟壑之鬼、贫贱之人?特命葛麻叫你前来,写下退婚文书,吾女好另从择配,你写是不写?"
>
> 张大洪:表兄,那我怎么答对呢?
>
> 葛麻:你说"小婿告辞了"。他问你"哪道而去?"你就说"我去到大市长

街,化几文铜钱,买一百纸钱,去到爹娘坟前,烧得一烧,叫得一叫,再把棺木撬开,爹娘答应儿写儿就写,不答应儿就写他不成",这样该推得干净吧。他一定会问你"哪有人死又复生?"

张大洪:那我怎么说?

葛麻:嗯,你就说"哪有定亲又退亲?"……

小戏的唱词与大戏不同,多为民歌小调,接近口语。如《走西口》的对唱:"走路走大路,你不要走小路,大路上人儿多,能给哥哥解忧愁。"这完全是晋绥民歌。《小放牛》中的盘歌,《打猪草》中的对花,也都是道地的民歌,曲调优美动听,词语生动活泼。

民间小戏常在广场或野台演出,布景道具非常简单。表现环境的方法有二:一是靠舞蹈动作象征虚拟创造环境,如开门关门、上山划船等等,二是靠唱词来交代环境,引起观众的艺术想象,可使观众眼前仿佛出现百花盛开的山野等各种景色。虽然舞台是空的,但演员满身都是戏,使人感到舞台很充实。这正是我国戏曲艺术的特点,说明民间小戏正是我国戏曲艺术的基础。

傩戏是由古代年终打鬼的傩舞发展而来,是一种戴面具的表演。傩戏的剧目唱腔与一般民间小戏相似,却更加原始。中国戏曲人物多画脸谱,可能就由傩戏发展而来,这说明了傩戏与大戏的历史联系。

第三节 木偶戏与皮影戏

木偶戏 木偶由古代殉葬的木俑演变而来。木俑不仅模仿人体,而且能活动,有机关可以跳跃,所以叫俑(踊)。俑有各种人物,有武士俑,还有幽默的侏儒俑。先秦古墓中出土了木俑。到汉代,傀儡(木偶)戏已作为百戏之一进行演出。《贾子新书》记汉代妇女二三十人化装歌舞为胡戏,吹箫鼓,"舞其偶人",这"偶人"即木偶也。《乐府杂录》更记傀儡子事,自昔传云起于汉高祖平城之围,陈平知围城匈奴冒顿之妻阏氏妒忌,即派人在城上舞木偶似真女人,终于使阏氏望见怕冒顿纳娶新妇而撤兵解围。唐杜佑《通典》:"歌舞戏有大面、拨头、踏摇娘、窟垒子(即傀儡子)等戏……作偶人以戏,善歌舞,本表乐也,汉末始用于嘉会。北齐后主高纬尤所好,高丽之国亦有之。今闾市盛行焉。"到三国时,已有了博士马钧做的用水做动力的

"水转百戏",可"令木人击鼓、吹箫、作山丘、使木人跳丸、掷剑、缘縆、倒立、出入自在、百官行署、舂磨斗鸡、变巧百端"(《三国志·魏明帝纪》裴注引《魏略》),这就是巧妙的"水傀儡"。

《列子·汤问》记周穆王西巡昆仑山之归途,西方献工人名偃师,可做傀儡,像真人,可歌舞,表演完了时,"唱者瞬其目而报王之左右侍妾。王大怒,立欲斩偃师。偃师大慑,立剖散唱者以示王,皆傅会革木漆白黑丹青之所为"。这里可能有夸张,但至少有木偶人之事是无疑的。《列子》可能是伪书,为晋人所造,即使如此,亦可见晋代木偶技巧之高,竟类似机器人之神态,甚至会眉目传情。

唐代傀儡戏盛行,到宋代更为发展,有多种傀儡:提线傀儡、杖头傀儡、肉傀儡、药发傀儡、水傀儡等等。前二种目前还很流行,水傀儡则在越南尚多。吴自牧《梦粱录》记杭州勾栏瓦市中的众多傀儡可演各种人物、故事:

> 凡傀儡敷衍烟粉、灵怪、铁骑、公案、史书、历代君臣将相故事话本,或讲史,或作杂剧,或如崖词。……其水傀儡者,有姚遇仙、赛宝哥、王吉、金时好等,弄得百怜百惜,兼之水百戏往来出入之势,规模舞走,鱼龙变化夺真,巧艺如神。

于此可见宋代木偶戏技艺之高,木偶演出竟能"弄得如真无二"。

提线木偶可能受印度影响,用线索操纵,口、眼、颈、腰与四肢皆可活动,更加灵活,可数人合演。而杖头木偶则以小木杖操纵动作,比较古老,常由一人演出,用扁担挑着小舞台、锣鼓乐器和木偶,一个人既操纵木偶,又以脚踏锣鼓乐器,走村串户,叫"扁担戏"。"肉傀儡"是以儿童扮演戏剧人物,如今日节日演出的"抬阁""飘色"之类。"药发傀儡"和"水傀儡"是以火药与水为动力引发动作,有点机器人的味道。后来又有"布袋木偶",以手指插入木偶头中进行操纵,在福建等地仍流行。清初长江下游已流行此类戏,李斗《扬州画舫录》记:"凤阳人蓄猴令其自为冠带演剧,谓之猴戏。又围布做房,支以一木,以五指运三寸傀儡。金鼓喧阗,词白则用叫颡子。均一人为之,谓之肩担戏。二者正月(扬州)城内极多。"

木偶戏多演小戏,似由民间故事改编,也有长篇历史戏之片断,如《三国》《西游》《杨家将》等,多用戏曲剧本而稍加变化。小戏生活气息浓厚,语言活泼幽默,情节富有夸张、幻想,深受儿童喜爱。德国大诗人歌德童年看木偶戏《浮士德》铭记终生,后专门写了长篇诗剧《浮士德》,可见木偶戏艺术魅力之大。又如有个杖头木偶《王小打虎》,说王小怕老婆,他老婆拧他耳朵,把他按在地上痛打之后,"为了回家不叫扭耳朵"他才上山去打柴,在山中遇见老虎,与老虎格斗,被老虎吃下肚,王小老婆找上山来,见他一双鞋,又见老虎正在闭目养神,就跑上去揪住虎耳猛扣,用手拉住王小的一双脚,把他从虎嘴里拉了出来,虎吓跑,王小却活着向她致谢施礼:"多谢老婆来救命,一齐回家吃糊糊。"这节目充满民间幻想与幽默,生活气息很浓。某年春节,北京东岳庙庙会上,还有吴桥老艺人表演他家传的布袋木偶(扁担戏),由扁担支撑着小舞台,一个人打锣演唱《王小打虎》,但结尾是王小虽被从虎口拉了出来,却已救不活了。邻居劝他老婆"别哭了,别哭了",还帮她擦眼泪。

木偶戏产生与形成较早,有专家认为戏曲的产生和发展曾受它影响,一些地方戏和京剧艺人供奉的祖师爷老郎神便是一个木傀儡。戏曲表演的程式、行动定型、台步等动作,都有傀儡戏的影子。俗文学家孙楷第认为古戏曲源于傀儡戏,是有一定道理的吧!

皮影戏 皮影戏又称"影戏",也是一种民间流传的小戏。它被世界电影史家推为电影之祖。皮影戏是世界上最早的影戏,当无疑问。它大约是由剪纸艺术发展而成的。今湖南、青海等地仍有"纸影",后用半透明的驴皮、羊皮、牛皮做原料,比剪纸更经久耐用。今北方皮影以唐山的"滦州影"为代表,以驴皮制作侧面人影,由一人操纵杖头进行演出,以灯光照射投影于银幕布上,观众在反面观看,其机理与电影全同,只是当时尚无电灯,如今均已用电灯或汽灯照皮影了。

皮影戏起于汉代,《汉书·李夫人传》记汉武帝思念已故的李夫人,有齐国方士在夜间于一帷帐中作法,武帝在另一处看到灯光下李夫人"偃坐而步"。《汉书·外戚列传》中又记武帝见影人后还留了这样的诗句:"是耶,非耶,立而望之,偏何姗姗其来迟。"《桓谭新论》《北堂书钞》等书也有类似记载。这可能用的是剪纸人影,还不是皮影戏。到宋代皮影戏已成"百戏伎艺"之一,有多种演出。《梦粱录》记汴京开封与杭州影戏曰:"更有弄影戏者,原汴京初以素纸雕簇,自后人巧工精,以羊皮雕形,用以彩色妆饰,不致损坏。杭州有贾四郎、王升、王润卿等,熟于摆布,立讲无差,其话本与讲史书者颇同,大抵真假相半。公忠者,雕以正貌;奸邪者,刻以丑形。盖亦寓褒贬于其间耳。"这里所说影戏的"话本"(其实是剧本)与讲史小说颇同,演出分忠奸正邪,与戏曲也一致。其艺术感染力相当强,甚至催人泪下。北宋张耒《玥道杂志》:

> 京师有富家子,少孤,专财,群无赖百方诱导之。而此子甚好看弄影戏,每弄至斩关羽,辄为之泣下,属弄者且缓之。

《武林旧事》记当时杭州(武林)有著名的皮影艺人三贾、三伏、李二娘(队戏)、黑妈妈等二十多人。宋代《百宝总珍》的"影戏"条曰:

> 大小影戏分数等,水晶羊毛五彩装;
> 自古史记十七代,注语之中仔细看。

在"注语"之中,说影戏剧目有自古以来的十八国故事,共用1200多个影人,可见规模之大。

明代皮影在唐山一带交通要道逐渐兴起,又流布到东三省、关内京津、河南、山西、陕西及西北各省,由陕西又南下四川,传入云贵粤闽,由海路传到越南、朝鲜、日本及西洋等国。印度早已有影戏搬演史诗《罗摩衍那》故事,传到南洋群岛印尼等国,其中的猴王安伽陀(Angada)为主要人物,我国皮影《西游记》中的孙悟空也很活跃,其间可能有文化交流的影响。

皮影戏的剧目、唱腔比木偶戏多,多为简化了的戏曲台本,随时有男子配唱,提着脖子挤出高声,很尖细高亢,用锣鼓在郊区演出,声音可传之很远。至今在唐山郊区,皮影唱段还很流行,已由影调唱腔发展为一种新的地方戏"乐亭影调戏",此外又传至外地,称"东北影调戏""山东影调戏"等等。

如今皮影及其剧本已引起民间收藏家的重视,民间旧影与旧抄本仍保存很多,需要及时抢救收集,不然又要流失。收集时应同时把演出及流传的背影情况作立体记录才好,除唱词、曲调外,也应记下它的艺人情况,其生平及师承与创新的情况,还要记录表演情况:剧目、技艺、观众、反映、实用效果等。

中华人民共和国成立以来,曾对傀儡戏进行整理,1955年4月举行了第一届木偶皮影戏观摩会演,演出了皮影戏《打面缸》《大名府》《水漫金山寺》及布袋傀儡《蒋干盗书》等等。中国木偶剧团还创作了儿童剧《小鸭》,受到孩子们的热烈欢迎。北京、扬州等地的木偶剧团也曾到国外交流。

第九章
民间文学的搜集、整理和编选、研究

第一节　历史概况

我国的民间文学搜集整理工作有悠久的历史、优良的传统和极为丰富的遗产,这在世界上是罕见的。远在两三千年前的周代即已有了自觉的民间文学搜集工作。据《礼记·王制》篇记载:"天子五年一巡守……命太师陈诗以观民风。"《汉书·艺文志》也说:"古有采诗之官,王者所以观风俗,知得失,自考正也。"由于政治上、音乐上的需要,周王朝派人到民间采风,记录民间歌谣,经过编选整理,集中保存在《诗经》总集中。《诗经》三百零五篇据说是从三千多首诗中选出来的,其中民歌占有很大比例,所谓"十五国风"绝大部分是民间歌谣。这种有组织的搜集,后来形成了一个传统,影响深远。秦汉时代专门设立了乐府机关,负责搜集民歌,不只在西汉,就是东汉也很注意采风,如今保存下汉代乐府诗共一百多首。当然,官府采风有很大局限性,对于反映阶级斗争的、革命的歌谣,常常采取排斥的态度,有的则作为反面材料。而在阶级斗争尖锐的条件下,就会废除采风制度,甚至对采风的人进行处罚,如明代按察金事韩邦奇因为搜集了一首浙江民歌《富春谣》,反映了"官府考掠"与人民疾苦,被"削籍",受到撤职处分。

古代的历史家、哲学家、阴阳家、地理家为了自己写作的需要而记录下不少谣谚、神话传说、寓言笑话、童话故事等民间文学作品,在"廿四史"以及许多野史笔记、各地方志、诸子百家、农医杂著之中保存了很多零散的民间文学资料,其中有不少真品。后人集成巨辑的,如《古谣谚》《太平广记》《山海经》《淮南子》《列子》《喻林》等等。古代诗人、作家采录的民间文学作品,有的已作了改编,如屈原的《九歌》《天问》,唐代的《竹枝词》《柳枝词》等。明清以后才出现一些民间文学的专集,如冯梦龙的《山歌》、吴淇的《粤风续九》、李调元的《粤风》、杨慎的《古今谚》、范寅的《越谚》等。在古代典籍中有不少珍贵的民间文学资料,具有很大的参考价值,值得重视。如在《搜神记》《酉阳杂俎》等书中,可以找到世界上关于毛衣女、灰姑娘、两兄弟等类型故事的最早记录。

当然,由于几千年来劳动人民处在悲惨的被奴役状态,民间文学受到迫害和鄙视,无数优秀的作品像风一样永远消失了。保存下来的只是极小的一部分(像唐代变文这种形式,如果不是 1899 年在敦煌石室发现了许多抄本,我们是无法了解其情况的),即使是侥幸保存下来的一部分作品,由于旧时代文人的立场和趣味等等局限,很可能已不是原来的样子了。正如鲁迅所说:

> 东晋到齐陈的《子夜歌》和《读曲歌》之类,唐朝的《竹枝词》和《柳枝词》之类,原都是无名氏的创作,经文人的采录和润色之后,留传下来的。这一润色,流传固然流传了,但可惜的是一定失去了许多本来面目。①

以科学方法搜集民间文学作品是从"五四"前后开始的。1918 年 2 月 1 日北大校长蔡元培发表《校长启事》②,北大教授刘半农、沈尹默、沈兼士、钱玄同、周作人等人发出《北京大学征集全国近世歌谣简章》,成立了"歌谣征集处",发动全校师生、全国各省官厅转嘱学校、教育团体、各报刊社广为搜集,并提出了忠实记录的要求:"歌辞文俗,一仍其真,不可加以润饰,俗语不可改为官话",还要求附记流传情况以及有关的历史、地理和风物的注释等等,这是我国以科学方法搜集歌谣的开始。后来由刘半农编选歌谣在《北京大学日刊》上逐日发表,又于 1920 年 12 月 19 日成立了"北京大学歌谣研究会",1922 年 12 月 17 日创立《歌谣》周刊,到 1925 年暑期为止,为期两年半,共出九十七期。在周刊上除选登各地歌谣外,还登载民间文学的研究文章。1923 年 5 月 24 日成立了"风俗调查会",民俗学和民间故事等内容逐渐增加。1925 年 10 月以后,《歌谣》周刊归入《北京大学研究所国学门

---

① 鲁迅:《门外文谈》,《鲁迅全集》第 6 卷,第 76 页。
② 《北京大学日刊》1918 年 2 月 1 日头版。

周刊》，共出二十四期，后又改为月刊，出八期，皆仍以民俗民间文学为主。此外，还印了《吴歌甲集》《孟姜女故事的歌曲》《看见她》等专集，但已编好的许多民歌集子如常惠编《北京歌谣》等等，虽已列入《歌谣》丛书，因在北洋军阀统治下经费缺乏而未能刊印。由于北大是五四新文化运动的中心，北大所发起的歌谣学运动是在"民主和科学"的进步思潮影响下发生的，因而无疑具有新文化革命的意义。我国最早的马克思主义者李大钊、"文化革命的旗手"鲁迅都参加了这个运动。李大钊亲自搜集歌谣并作了详细注释说明①，鲁迅也曾记录北京等地民歌，并亲自为《歌谣》周刊纪念增刊绘制封面。在北大《歌谣》周刊影响之下，北京《京报》《晨报》等副刊及各地报刊都注意发表民间文学作品，此后民间文学的出版工作就逐渐发展起来。1927年冬中山大学语言历史研究所"民俗学会"成立，先后出版《民间文艺》（1927年11月）、《民俗》（1928年3月）等专门刊物，发表了大量民间文学作品和论文。此外他们还开辟了"民俗陈列室"，举办了"民俗学讲习班"，出版《民俗丛书》（其中有杨成志、钟敬文译的《印欧民间故事形式表》，顾颉刚的《孟姜女故事研究》和《妙峰山》，钱南扬的《谜史》《祝英台故事集》以及谢云声编的《闽歌甲集》和《台湾情歌集》，白寿彝的《开封歌谣集》，叶德均的《淮安歌谣》，娄子匡的《绍兴歌谣》和《绍兴故事》，刘万章的《广州民间故事》《广州儿歌集》和《广州谜语》等）三十多种。此外，江绍原、钟敬文、娄子匡等在杭州也曾经成立"中国民俗学会"（1930年夏），出版《民俗》（《东南日报》副刊）、《民间》杂志等刊物。

也是在北大《歌谣》周刊的影响下，从事平民教育的孙伏园等人深入河北定县农村进行民间文学的搜集工作，在1930年代初记录出版了一部《定县秧歌选》。这是用了一年多的时间从一个不识字的老艺人刘洛便（农民）口中记录下来的河北民间小戏集。此外，他们同时还记录了大鼓二百多段，歌谣二百多首，谜语三百多则，歇后语三百多条，谚语六百多首，还有故事、笑话一百多个。孙伏园在《定县平民文学工作略说》一文中还提出了两种版本的出版办法，他说："我们对于民间文学的出版，分为两种办法：一种是供研究用的，那是越近于真实越好，无论思想陈腐而近于愚陋、言辞浓艳而至于淫秽，我们一概不避；一种供推广用的，那是含有教育的意义，民间采来

---

① 段宝林：《从李大钊同志搜集的民歌谈起》，《民间文学》1980年第5期。

的文学依旧放到民间去,不但在描绘技术及内容上会加一番注意,万不得已的时候,也不惜更加一番删改。"①他们从鼓词中选出五分之一思想上、艺术上较好的,有的略加整理,进行推广,受到了群众的普遍欢迎。

  1930年代以来,上海等地陆续出版了很多民间故事、歌谣、谚语等等选集(其中《江苏民歌集》五分册一巨册也是教育工作者集体搜集的)。在抗战初期,华北一些大学师生在向昆明撤退集体步行途中也曾在湘黔云贵沿路搜集民歌,出版了《西南采风录》。闻一多、朱自清都非常赞成此事,亲自为此书写了序言,盛赞歌谣对振奋民族精神的重要价值。后来闻一多更热心于民俗的研究,以民俗学的知识去分析《诗经》《楚辞》和神话,写出不少重要的专著。朱自清1929年在清华大学中文系开设"歌谣研究"的课程,后来出版的《中国歌谣》就是当时的讲义(可惜只有部分)。茅盾在1920年代也曾写过一些神话研究的专著。郑振铎在1938年出版了《中国俗文学史》,这是十多年积累的成果,包容了非常丰富的通俗文学资料,虽然他关于民间文学的概念还是不够科学的,对市民文学比较注意,而对故事、谚语等则未予搜罗。胡适也是很重视民间文学的,他的《白话文学史》和其他著作都对民间文学进行了研究和评论,在他主持下复刊的后期《歌谣》很重视歌谣的文学价值。在《复刊词》中,胡适写道:

  我以为歌谣搜集的最大目的是要替中国文学扩大范围、增添范本。我当然不看轻歌谣在民俗学和方言研究上的重要,但我总觉得这个文学的用途是最大的、最根本的。……我们的韵文史上,一切新的花样都是从民间来的……(国风、九歌、乐府民歌、民间词曲)这些都是文学史上划分时代的文学范本。

他还引了明代民歌《老天爷,你年纪大》说这首"革命歌谣"是很高明的"普罗文学",现在高喊"大众语"的新诗人,"必须投在民众歌谣的学堂里,细心静气的研究民歌作者怎样用漂亮朴素的语言来发表他们的革命情绪!"但因为环境的影响,在《歌谣》周刊第3卷第13期(即最后一期)上编者徐芳说:"表达民意的歌谣……以往我们曾得到关于这项的许多材料。可是,我们并没有在刊物上布露过,而且也很少的提到。"当然,在当时的政治条件

---

① 《艺风》1933年第1卷第9期。

下,许多时政歌谣不能发表,这是一个很大的时代和阶级的局限性,大大影响了民间文学搜集整理与研究工作的科学性和全面性。即使是一些在政治上比较倾向进步的知识分子,由于世界观的局限,也往往不能自觉地记录和研究真正反映社会真实情况和人民心理的作品。关于这种情况,钟敬文在中华人民共和国成立初期所写的一篇文章中也有清楚的说明。他说民间文学是反映阶级斗争思想的,"可是,在我们过去丰富的民间故事的记录中,极清晰地显现着这种阶级意识的并不多见(自然不是完全没有),这原因在哪里呢?主要就在于记录者有意排斥它,或不自觉地使它的意义含糊"。"有时候,他们也无意地记出了一些。可是由于认识的不清楚,而不能够把它固有的阶级意义充分显示出来。"①这种巨大的局限性在旧社会的知识分子中是非常普遍的。只有在学习过马列主义、毛泽东思想的基本原理之后,才能以先进的科学的世界观对待民间文学的搜集整理与研究工作,真正做到全面、忠实地科学记录。

中国共产党是真正代表劳动人民利益的无产阶级政党,所以对于民间文学是非常重视、科学地全面搜集的,认为它是人民生活和思想情况的生动反映。李大钊早在1918年成为马列主义者的过程中即已注意搜集民间谣谚,发表在《北京大学日刊》(1918年10月3—5日)和当时的小型刊物《新生活》上。毛泽东在广州农民运动讲习所时也曾亲自搜集民歌,他把白纸发给各地来的学员,让他们把各地流传的歌谣记录下来,作为了解社会情况和人民生活的重要材料。彭湃、夏明翰烈士在进行革命的群众运动的斗争中,也自觉地利用歌谣、谚语、谜语进行宣传,一方面搜集民间文学作品,另一方面以革命思想对它们进行改编。瞿秋白早在上海进行地下工作时,就注意调查群众中流行的民间文艺作品,并学习民间形式进行创作;他到了中央苏区以后主管文教工作,更提倡文艺工作者学习与搜集民间文学作品。在当时的一些报刊上,经常登载民间歌谣、故事等等,如红一军团的《战士报》就常常登载故事、谜语、山歌等,很受战士欢迎。1934年中央根据地出版的《青年实话丛书》中有《革命歌谣选集》,共收入当时流传的革命山歌65首,即是一个很好的例子。古田会议决议规定各部队政治部门有搜集歌谣了解

---

① 钟敬文:《表现被压迫阶级意识的民间故事》,《民间文艺谈薮》,第186—187页,湖南人民出版社,1981年。

社会情况的义务,当时的记录本有的是作为内部资料保存的、未能印出。可惜经过多年战乱,许多歌谣、故事的记录已经散佚不存了。从现有的红色歌谣看,书面资料中不少是由民间歌手、政工人员和文艺工作者改编和创作的,真正进行忠实记录的科学资料还不多。直到中华人民共和国成立以后,才陆续出版了一些红色歌谣集子,其中一些是根据书面材料,但大多是由口头记录下来的。

　　1939年3月5日延安鲁艺音乐系高级班同学在冼星海、吕骥等人指导下,成立了"民歌研究会",5月吕骥记录绥远民歌五十余首,《新音乐》刊物第3卷第1期、第4卷第3、4期分别刊登了陕北、绥远民歌研究的文章。1940年10月鲁艺"民歌研究会"改名为"中国民间音乐研究会",一直由吕骥任会长,骨干有王莘、安波、李焕之、马可、张鲁、向隅、关鹤童、刘炽、孟波等人。①

　　1942年5月延安文艺座谈会以后,广大文艺工作者明确了向工农兵学习、为工农兵服务的方向,开始自觉地、大规模地学习和搜集民间文艺作品。当时鲁艺"中国民间音乐研究会"决定对民歌进行系统的调查研究活动,记录民歌两千多首,并且提出精确地记录民歌歌词和曲谱,不能偏废,还要调查民间艺人的唱法与演奏技巧,记录有关的民间音乐传说故事、历史资料,并搜集民间艺人的手抄本等材料。1942年11月出版《民间音乐研究》第一期,1943年5月出版焕之编的《秧歌集》,1944年1月又出版《陕甘宁边区民歌第一集》,1945年11月出版《河北民歌集》等《民间音乐研究丛刊》共11种,多为油印。当时出版了《陕甘宁民歌第二集》(马可,1940)、《郿鄠道情集》(1945)、《河北民歌集》(孟波,1945)、《秧歌曲选》(1944)等,编好还未印的有《山西民歌》(张鲁编)、《江浙民歌》(孟波编)、《绥远民歌》(刘恒之)、《山东及东北民歌》(徐徐)、《河南民歌》(徐徐整理)等等。② 边区文协成立了"说书组"。在晋绥根据地更发动广大区村干部、小学教师搜集民间文学作品,由马烽等人编辑并在《晋绥大众报》上登载。后来又汇成故事专集出版如《水推长城》《天下第一家》《地主与长工》等。在解放战争中,曾经对部队中广泛流行的快板、歌谣等等加以记录出版。在晋察冀等地,土改

---

① 中国音乐研究会编:《民间音乐论文集》(第二辑),第127—133页,东北书店,1947年。
② 同上。

中的诉苦歌谣和颂歌也曾得到记录和印行,有的已编入《人民文艺丛书》中。

中华人民共和国成立以后,劳动人民翻身当了主人,民间文学也破天荒第一次得到国家的重视。在全国范围内,民间文学的搜集、出版与研究工作进入一个新的时期。1950年3月,成立了以郭沫若为理事长,老舍、钟敬文为副理事长的"中国民间文艺研究会",并先后出版了《民间文学集刊》《说说唱唱》《民间文学》等专门刊物,使民间文学工作得到了有组织的、蓬勃的发展。各地陆续搜集出版了不少民间文学的书刊,如《陕北民歌选》(何其芳、张松如编)、《信天游选》(严辰编)、《爬山歌选》(韩燕如编)、《中国民间故事选》(贾芝、孙剑冰编)、民间长诗《阿诗玛》《嘎达梅林》以及民间文学描写研究的重要成果《河曲民歌采访专集》等等。1958年由于党和毛泽东的倡导,形成了全国规模的采风运动。1958年7月在北京召开了第一次全国民间文学工作者代表大会,总结了中华人民共和国成立以来的经验,并且制定了民间文学工作的具体方针(即"十六字方针"):"全面搜集,重点整理,大力推广,加强研究。"

实践证明,这个方针是正确的、切实可行的。1958年以后,民间文学搜集、出版工作得到了突飞猛进的发展。《红旗歌谣》(郭沫若、周扬编)、《革命民歌集》(肖三编)、《新民歌三百首》(诗刊社编)、《义和团故事》(河北省民研会编)、《湖南民间故事》《苗族民间故事选》《云南各族民间故事选》以及扬州评话《武松》(王少堂口述,上、下卷)、《各省地方戏集成》《各省歌谣》以及《各省民间故事》丛书先后出版。到1966年为止,仅中国民间文艺研究会主编的各种民间文学丛书、单行本就出了六十多种,《民间文学》刊物出了一百多期。云南一省即搜集少数民族长诗六七十部,出版二十多部。贵州一省编印"民间文学资料"四十多本。对藏族史诗《格萨尔王传》、柯尔克孜族史诗《玛纳斯》等伟大作品也进行了重点搜集。在中华人民共和国成立后的十七年中,民间文学搜集工作动员之广、成绩之大,是史无前例的。

"文化大革命"期间,民间文学工作被迫中断十年之久,直到1976年10月以后才逐步恢复。1978年10月下旬在兰州召开的"少数民族文学教材编写暨学术讨论会"是民间文学界拨乱反正的一次全国性会议,根据主持人的安排我在西北民院礼堂作了《民间文学在文学史上的地位和作用》的大报告,引起强烈反响,吸引了不少人重视民间文学工作。大会通过新华社向国内外发表了"关于恢复和大力加强民间文学工作的呼吁书",成为改革开放以来民间文学工作的第一次誓师大会,为民间文学工作的大发展和"十套民间文艺集成"的编选等打下了一个较好的思想基础。一位内蒙古学者说:"我在'文革'中被打坏了脊梁骨,说我搞《嘎达梅林》是'内人党',使我决心不再搞民间文学了。听了这个报告,知道许多大作家都非常重视民间文学。既然民间文学这样重要,我今后要更好地去搞民间文学。"①1979年1月《民间文学》复刊,同年10月"中国民间文艺研究会"正式恢复。但是,由于"四人帮"的影响,对民间文学遗产的虚无主义粗暴否定、对民间文学作品教育作用的简单化理解,使不少人心有余悸,甚至还有些地方发生了禁歌事件。如甘肃民众要求参加新恢复的花儿会,遭干部阻止,发生争执,以至动武,民兵失手打死了人。

为了肃清林彪、"四人帮"的流毒,总结中华人民共和国成立以来民间文学工作的经验教训,使民间文学工作更好地适应我国社会主义现代化的需要,1979年11月第四次全国文代会期间召开了全国民间文学工作者第二次代表大会。会议制定了全国各民族民间文学工作十年规划,呼吁大力抢救民间文学遗产,强调坚持"忠实记录"的原则。贾芝在工作报告中说:"我们必须大声疾呼:坚决反对不忠实记录和乱改乱编的做法。"会议决定建立民间文学资料馆,加强民间文学资料的保管工作。会议还要求进一步发扬艺术民主,大力加强民间文学研究工作,建立中国的马克思主义民间文艺学。"中国民间文艺研究会"新任主席周扬在闭幕会上支持顾颉刚、容肇祖、钟敬文等六位老教授所提出的关于《建立民俗学及有关研究机构的倡议书》,并希望"中国民间文艺研究会"和《民间文学》刊物适当加强民俗学、民族学方面的内容。改革开放以来,民间文学工作又有了新的更大的发展,最主要的成就是"十套民间文艺集成"的编选和理论创新研究、立体描写研究的全面展开。

"十套民间文艺集成"最初是1978年由中国音乐家协会从延安来的吕骥、周巍峙等人发起的,原为五套音乐集成,即"民间歌曲集成""曲艺音乐集成""戏曲音乐集成""民间器乐曲集成""民间舞蹈音乐集成",最后一种后改为"民间舞蹈集成"。我曾作为特约编审参加了《民间歌曲集成》的工

---

① 陈真:《兰州会议的重要意义》,《西北民族研究》2000年第2期。

作,感到民间文学也需要搞集成,向当时主持中国民间文艺研究会工作的贾芝提出建议,得到了领导批准,于是决定编选《民间歌谣集成》《民间故事集成》《民间谚语集成》,1984年正式上马。① 后来又增加了《中国戏曲志》《中国曲艺志》两套志书,总称为"十套民间文艺集成"。

每套集成都是发动全国各地的文艺工作者在普查的基础上收集编选的,每县先印县卷本,然后再印专区及省、市卷本,每一省卷本约100万字,十套集成共有省卷三百多卷,约合三亿多字,至1999年全部出版。这是民间文艺的一个伟大抢救工程,受到了联合国的表彰和资助,被誉为"中国文化的万里长城"。

学术界有些人不理解调查、搜集也是研究,不承认调查采录成果(如调查报告)等是学术成果,这是不符合现代学术规范的。自然科学的实验报告、社会人文科学的调查报告,都是不可缺少的学术成果,而且是很重要的成果,是进一步研究的必要基础。故而民间文学调查搜集本身也是一种研究,在搜集作品的同时对有关民俗也作了记述,这是一种"描写研究"。我1981年写了《加强民间文学的描写研究》一文,姜彬认为"是振聋发聩的"。此文在广西、贵州、青海等地的民间文学刊物上发表后,引起巨大反响。1985年我的《论民间文学的立体性特征》一文,在《民间文学论坛》第5期发表,获"银河奖"。立体描写方法也被"民间文学三套集成办公室"采纳。这就使民间文学研究由平面发展到立体,更重视原生态的活体研究。文艺民俗学的研究已把民间文艺学与民俗学结合起来。民间文学与民俗学的调查研究成果层出不穷,上海和北京出版了民间文学的理论研究刊物《民间文学集刊》(后改为《民间文学季刊》)、《民间文学论坛》(后改为《民间文化》),此外《民族文学研究》、各民族学院学报、各地民族研究(如《广西民族研究》)及文化研究(如《黄河文化论坛》)等刊物亦发表了许多民间文学调查研究论著。

改革开放以来,民间文学研究成果远远超过以前。民间长诗《格萨尔》《江格尔》《玛纳斯》的调查研究被列入国家重点规划项目,发现了许多艺人的史诗作品,作了记录和描写研究。神话的研究也兴旺发达,袁珂出版了许多论著并提出了"广义神话"的理论。中原神话和广西盘古文化的调查发

---

① 段宝林:《从零砖散石到万里长城》,《光明日报》1998年4月9日。

现了许多至今仍活在民间的古代神话作品。民间诗律的研究更为突出,被朱介凡誉为"史无前例的壮举"。56个民族的几百种民间诗歌格律和体式,都得到了科学的描写研究,通过中外民间诗律的比较,突破了《辞海》《现代汉语词典》等权威工具书中关于"押韵"的概念,对"民歌体"的概念亦有很大的拓展。①《中国少数民族文学史丛书》的编写更是一个伟大的工程,为纠正把中国文学史只看成汉族文学史的错误创造了很好的条件。中国民间文学史的编写已有了初步成果②。外国民间文学的研究成果也不断翻译过来,国际学术交流日益增多。2001年8月进行的民间文学"山花奖"理论著作评奖共收到三百多本论著,这还是因为每人只能报一本,而有人已出版了多本(最多的有四五十本的)。改革开放以来民间文学的研究成果可以说是万紫千红、突飞猛进的。

改革开放的方针是民间文学事业前进的保证。1978年丁乃通回国向我们介绍国际学术动态,并介绍贾芝和我作为首批会员参加了国际民间叙事研究学会,学会总部在芬兰,每五年开一次世界大会。1984年我的文章《民间笑话的美学意义》批评了西方喜剧美学,引起学会主席劳里·杭科的重视。1989年后定为三年开一次大会,1992年在奥地利大会上决定后面多到东方国家开会。1995年在印度开大会,1996年在北京又开了专题会议。许多国外学者对中国的《民间故事集成》等"十套集成"非常钦佩。正是总结了包括中国经验在内的保护、采录民间文学的成果之后,才促成了联合国教科文组织的"非物质文化保护"工作,2001年开始评选"代表作",2003年又通过了决议。改革开放三十年来,中国翻译了上百本民间文学、民俗学和人类学的著作,大大开阔了我们的学术眼界,对我们的理论创新大有启发。我们的创新成果也开始介绍到国外,有的还获得国际大奖。但因为国外学者大多不懂中文,英译工作亟待加强。

可以预料,我国的民间文学工作在新长征的道路上,将朝着更加科学化、现代化的方向迈出更大的步子。

---

① 参见段宝林、过伟编:《民间诗律》,北京大学出版社,1987年;段宝林、过伟、刘琦主编:《中外民间诗律》,北京大学出版社,1991年;段宝林、过伟、刘琦主编:《古今民间诗律》,北京大学出版社,1999年;等等。

② 参见祁连休、程蔷主编:《中华民间文学史》,河北教育出版社,1999年。《中国文学通史》(中国社科院文学所总纂)也包含了民族民间文学的内容。

第二节　搜集整理民间文学作品的目的与任务

在进行民间文学搜集整理之前,必须首先明确其目的、意义。我以为下列五点是比较重要的:

第一,为党政领导部门和各门社会科学研究人员包括民俗学、历史学、社会学、哲学、文艺学研究工作者,提供第一手的原始材料。这是调查研究以及总结人民群众的社会斗争、生产劳动和文艺创作的经验所必不可少的宝贵资料,对于了解人民生活和人民的历史、对于指导社会的迅速发展都有巨大的现实意义。中国有采风的优良传统,从来都是非常重视这项工作的。

第二,调查搜集民间文学作品,经过适当的选择、整理,再推广到群众中去,可以使优秀的民间文学作品得到更广泛的传播,发挥更大的教育作用,有利于贯彻党的文艺方针,更有力地推动中国社会主义现代化的伟大事业。

第三,搜集和推广优秀的民间文学作品,使之影视化、书面化、网络化地传播,不仅可以活跃群众的文艺生活,而且可以进一步促进民间文学的健康发展,使一般民间创作的思想内容和艺术质量不断得到提高,使即将失传的传统作品获得新的生命,还可以作为文化学习的生动教材,有利于极大地提高我们民族的文化科学水平。

第四,书面化了的民间文学作品,便于全国广大文艺工作者更全面地向群众学习,这是实现文艺民族化、群众化所不可缺少的。作家、艺术家深入群众进行民间文学的搜集整理,是真正意义上的采风,不但可以从民间文艺中学到丰富的艺术经验、创作题材和技巧,而且更重要的还在于深入民众生活,密切与人民群众的思想感情。

第五,无数优秀民间文学作品得到出版,被译为各种外文,像无数奇珍异宝,大放光彩,将丰富世界文学宝库,也可以提高我国人民的民族自信心与自豪感,对国际文化交流作出巨大的贡献。

总之,民间文学的搜集整理和编选出版工作对于民间文学健康地发展,对于劳动人民知识化和文艺创作的民族化、群众化,对于理论研究乃至国际文化交流都会起到巨大的促进作用。它是文学战线上不可缺少的一个重要组成部分,是社会主义伟大事业不可缺少的一个环节。我们必须充分认识到它的巨大意义,才能坚定地、正确地贯彻"十六字方针",做好搜集整理工作。

为了完成上述任务,搜集整理者必须具备如下四个条件:(1)尊重民间文学的科学态度;(2)不怕困难深入群众的奋斗精神;(3)必要的科学、文化素养;(4)社会调查的基本经验,特别是对于民间文学的特点,要有足够的认识。这些条件并不是高不可攀的,只要努力完全可以做到。

第三节　民间文学搜集整理的基本原则

根据"十六字方针"的要求,我们认为在民间文学搜集整理工作中,应该贯彻"全面搜集""忠实记录"和"慎重整理""立体描写"这四大原则,尽量保持作品的原生态。

全面搜集　"全面搜集"是非常重要的基本原则,要求搜集的作品在时代上包括当代、现代、近代乃至古代流传下来的作品;在地区上从南到北、各个民族都覆盖;在内容上从革命的、进步的到落后的乃至某些反动的伪造品都要全面搜集,以利研究;在体裁上从长诗、戏曲到谚语、谜诨,不分长短,只要是群众中流传的,都要进行搜集。不但如此,而且对某一种作品的各种不同的说法(异文)也要进行记录。总之,凡是口传的民间文学作品,都要全面搜集、认真记录,绝不能自作主张任意取舍。

只有这样才能保证全面继承劳动人民的优秀文学遗产,全面了解民间文学的情况,特别是了解民间文学的发展和斗争情况。

当然,搜集要全面,又要有计划、有重点。目前应首先搜集如下作品(顺带搜集其他作品):

1. 当前的新作品和富于教育意义的作品:新民歌、新故事以及红色歌谣、革命传说故事,近代、古代的革命作品和反映劳动斗争的作品。

2. 著名的优秀的传统作品,特别是史诗、传说和其他长篇诗歌以及当地最有特色的文学作品,这些是重要的文学遗产。

3. 老歌手、老艺人和老年人口头的作品。这些作品常常是集体智慧的结晶,是即将失传的,必须赶快"抢救"。如白族打歌,只有六七十岁的老人才会唱,即将"人亡歌歇"。义和团故事大多数是从老人口中搜集的,姚福才、董耀等老人在其故事被记录后不久即去世。天津评话老艺人陈士和的《聊斋》共一百多万字,只记下二三十万字他就去世了,造成了无法弥补的损失。内蒙古长诗《鹿》,一位老艺人可唱几天几夜,可惜已去世,再也无法记全了。扎巴老人的《格萨尔》史诗,共有三十多部,只记下二十四部他就去世了,损失很大。

4. 其他重要作品,特别是过去搜集较少的作品。

为了真正做到全面搜集,有两种偏向在工作中应该防止。一是认为只有传统作品才有"艺术性",才值得搜集,而新产生的作品是粗糙的、没有艺术价值的。这是不符合事实的。传统作品经过集体加工,固然精美,但也并非全是艺术性很高的;新产生的革命的作品也并不全都是粗糙的。即兴创作、推陈出新是民间文学的特点,新民歌有许多水平很高的作品,这是《红旗歌谣》等新民歌集中的优秀作品所证明了的。如果我们不注意及时搜集新作品,以后就难以再"捕风捉影"了。另一种偏向是认为要"厚今薄古",只看到传统作品中有时代局限的一面,就认为全是糟粕,不值得搜集,这是完全错误的。绝不能因为作品有一点思想局限就抛弃,这或许正是需要仔细研究的重点所在。

我们强调全面搜集,并不是要把记录下的材料全部原封不动地广为传播,而是把这些材料先印成资料本,供研究与整理之参考,存入民间文学的档案资料库。至于大量出版的本子,则要经过选择和整理,重点推广优秀的作品。

因此,在全面搜集的基础上进行重点整理,这就是我们的工作方针;同时出版两种版本:(1)供研究的科学版本——资料本,(2)供推广用的文学读物——整理本,这就是我们的具体做法。经多年实践证实,"两种版本"的做法是很好的,必须坚持。实际上韩国、日本和西方各国也大多是这么做的。

忠实记录 "忠实记录"是搜集工作最起码、最基本的要求,是一切工作的基础。

不忠实的记录,鱼目混珠,对科学研究和文学欣赏都是有害的。我们必须以对人民高度负责的态度,认真、严肃地对待记录工作,不使千百万群众的集体创作失去本来面目。

要忠实记录,最好用录音机或速记。如用汉字记录,则困难很多。在这种情况下,如何贯彻忠实记录的原则呢?根据一些人的经验,我们认为最低限度要做到如下这种程度:

1. 韵文作品(如民歌、长诗、谚语、谜语、曲艺唱词、戏曲剧本等等)要一字不动地记录下来,不能在记录时擅自改动、增删。如果是唱的,最好记下曲谱。

2. 散文作品(如民间故事、评书等等)应尽可能按原来的语言风格进行记录。如不逐字记录而改述则已非原貌,只剩下骨架了。若当时实在不能全部记下,至少要把作品的主要内容和基本格调完整地保存下来。当时记录,可以略记一般的事件交代,用缩写、记号来记,记下人名、地名、重要情节和最有特色的语言,特别是最形象地表现某种思想和性格的语言。如形容人爱财,有的说"见钱眼红",有的说"钱眼里看人",有的则说"把小钱看得有磨盘大哩""头尖得可以从钱眼里钻进去""有钱能使鬼推磨"等等。

此外,要保持语言原有的民间艺术风格还要注意以下各点:

1. 记下当地最有特色的词、生动的方言土语。如河北省"地主"叫"财主","二流子"叫"花里虎",记录时改成"地主""懒汉"就不生动、不忠实了。

2. 记下民间文学所特有的传统用语、修辞手法。如套语(习惯性固定词组)"去了三天三夜""过了七天七夜""一溜火光上了西南"等等。又如对话、韵文的段落重复,反复咏叹的富有音乐性和概括性的较固定的词句,如果嫌啰嗦而删去,就会破坏作品的完整性。当然,在当时可以做省略记号,以后再补记出来。

3. 记下当地流行的谚语、歇后语和成语、外号。如"打破砂锅问到底"(成语),"山外有山、人外有人"(谚语),"小葱拌豆腐——一青二白"(歇后语)等。

4. 记下讲述者个人所特有的生动语言。如习惯的口头禅、语气、表情、手势,这些都是整理时所必需的重要资料。

5. 保持语言的民族风格,还要记下特有的名称、风俗习惯、美学趣味,不能随便修改。如藏族以白青稞为美,认为白月亮比红太阳美。

6. 保持语言的时代特色。如义和团起义的"光绪廿六年"不要改成"1900 年",政策、报告、干部等新名词不要随便用到古代作品中代替原有的词。但有时讲述人自己用了新名词,即使用得不确切也应照样记下来,在当时当地也许还用得相当巧妙呢;若确实用得不妥可以等以后整理时再改。

7. 记下情节外的评语、哲理性的结语等等。

总之，凡是生动的、新鲜的、具有特色的口头语言都应该尽量忠实地抢记下来。最怕的是用"学生腔"来记录，把生动的故事变成干巴巴的几条筋。那样就使作品完全失去了艺术光彩，失去了艺术生命。可惜的是这样的记录过去是不少的。中华人民共和国成立前的民间故事记录——民间故事的出版物，常常如此。周作人在当时有一段话反映了这种情况，他说："近年来中国研究民俗的风气渐渐发达，特别是在南方一带，搜集歌谣童记录风俗的书出来的很不少了，可是在方法上大抵还是缺少讲究。集录歌谣的因为是韵语的关系，不能随便改写，还得保留原来的形状，若是散文故事，那就很有了问题，减缩还要算是好的，拉长即是文饰之一种了。民间传述故事的时候往往因了说者的性质与爱好，一篇故事也略有变化的地方，不过那是自然变化，有如建筑刻石之为气候风雨所影响，是无可奈何的事。若是收集笔录的人不能够如实的记述，却凭了自己的才气去加以修饰，既失了科学的精严，又未能达到文艺的独创，那么岂不是改剜古碑的勾当，反是很可惜的么。"①有些故事，由于记录者脱离群众或不尊重群众而随意编写，不仅语言干巴，而且还出现了后娘给孩子"吃面包"的怪事②。我们常常看到一些知识分子自以为高明，认为民间的风格"不美"，于是就按照自己的美学趣味随便进行加工，以致把民间故事弄得面目全非。这是画蛇添足、弄巧成拙。中华人民共和国成立后，由于文艺工作者能深入群众，在搜集工作中和群众打成一片，使得忠实记录的程度有了很大提高；但由于不少搜集者缺少民间文学的基本知识，工作时仍有"以意为之"的情况。一些人甚至只记录一个故事梗概，任意增补。还有人对"记录、整理"和"创作、改编"的原则区别分辨不清，缺乏忠实记录的自觉，把整理当成了创作改编。要纠正这些偏向，首先要增强群众意识，尊重群众的创作，同时要对民间文学知识有所了解。

还有人贪图方便，只拣自己需要的东西记，这样记下的材料有很大的主观性、片面性，因个人识别能力有限，很可能漏了重要的东西。正确的态度是：即使听到了不健康的东西，也应原封不动地如实记下。

1957年民间文学进行讨论时，有人把搜集调查和鸣放混为一谈说："糟

---

① 周作人：《听耳草纸》，《夜读抄》，第81页，北新书局，1934年。
② 见《民间神话全集》，广益书局，1933年。

粕的东西不应该让它鸣和放!"凡是国王与公主、魔怪和神仙等等在故事中出现,有人就弃而不问、任意删改,这是与"全面搜集"的方针不相符的,也是和"忠实记录,慎重整理"的原则不相容的。还有人把科学性和艺术性对立起来,反对忠实记录的原则,说它是"教条主义的有害东西"、是什么"学院派",理由是"因为所有的搜集者,都有自己的着重点,要求一个搜集者,既着眼文学,又着眼历史学,还需着眼语言学、民族学、宗教、哲学……等等,这是根本不可能的,一个人是不能够熟悉这么多种科学的……"①因此主张当时不记,回来根据主题、情节、生动语言和艺术风格进行整理。其实,这是对科学性的误解。只要是忠实的记录,即使是作家记录的也可以作为科学资料,像希腊神话、史诗、《诗经·国风》等文学佳作,都已成为历史、哲学研究的重要史料;而格林兄弟从语言学角度记录下来的故事,后来却成了世界著名的文学作品。捻军故事的搜集者谭继安的体会是很说明问题的,他说:"忠实记录是搜集者的首要职责。农民的口头语言多是言简意深、爱憎分明、朴实生动的。只要能使讲述者从容不迫、畅所欲言地说出内心的话,每一句都是铿锵有力的。如我访问六十七岁老人铃怀时,他这样讲:张老乐节半个子、扫帚眉、哼一声能听二里路……几句话就把张老乐这个英雄人物说得活灵活现,栩栩如生。他讲到叛徒苗沛林火烧赵旗屯时,恨得咬牙切齿,把手中的拐棍摔得啪啪响。"如果不把群众生动的语言忠实地记录下来,不仅谈不上科学性,对艺术性而言也是很大的损失。由此可见科学性与艺术性并不矛盾,也不需要搜集者熟悉许多门科学,只要忠实记录即可。当然,正如赫尔岑所说:"要把嘴里讲的话,生动活泼地传达出来是很难的。记下的故事,不免要损失很多。"②

要保存民间文学的本来面貌(即"原生态"),最好用录音机当场录音,如今已逐步普及。但有时在不能速记或录音的情况下,要尽量做到:(1)当面记录;(2)反复核对。

当面做记录也有困难。讲述者可能精神紧张、害怕,以致不敢多讲,三言两语交代完情节了事,这样语言当然就不生动了。其实只要做好说服动员工作,或者和老乡处熟了,是可以避免这种情况的。1959年春天搜集义

---

① 《也谈民间文学的搜集整理》,《民间文学》1959年8月。
② 〔俄〕赫尔岑:《偷东西的喜鹊》,《外国短篇小说》下册,第83页,上海文艺出版社,1980年。

和团故事时,老乡知道了我们的目的和工作的意义,不但尽情地说,而且看到我们没有做记录时,还主动对我们说:"你们这当儿不记,回去记不住,怎么编书呢?"我们还采取了一些灵活做法:一人听他讲,一人在他背后记,就不至于分散他的注意力。安徽蒙城文联搜集捻军故事,采取第一遍听,第二遍记,第三遍核对、补充,第四遍念给讲述者听的办法,这是很理想的。"井淘三遍吃水甜",他如果兴致高,讲了几遍,可以越讲越丰富,对于会讲故事的人应多采取这种办法;但如果时间不够或他情绪厌烦,则效果也就受到影响。

讲述者对于生人有顾虑的,或在晚上、田头这些特殊情况下,只好采取回来补记的办法,这就需要特别专心地听,掌握他的语言风格,不断回忆,趁热打铁,及早记下。但即使如此,也常常容易用自己的个人风格代替了原有的风格,或者写得很干巴、语言老一套。所以,尽可能当面记录是非常必要的。

另外,无论是歌谣还是故事,记录当时还要了解作品流传的立体文化空间和讲唱背景以及讲唱者的情况,否则就不完整。这些应该逐项记录、立体描写的重要事项包括:

1. 记录地点(省、县、区、村或公社、生产队名称)。
2. 记录时间(年、月、日)。
3. 歌手、艺人的材料(口述者个人情况:姓名、年龄、籍贯、职业、文化程度、家庭成分、个人经历、生活水平及个人性格特点、绰号等)。
4. 歌手、艺人的家谱(祖父母、父母、兄弟等有没有会唱会说的)。
5. 这作品是从哪儿学来的?自己加工大不大?(如果有条件的话,还要了解一下:这作品是什么时间开始出现的?流传地区有多大?起了什么作用?它是在什么情况下创作出来的?)
6. 他会演唱、表演的全部作品名单(注明体裁)。
7. 演唱的风度:姿势、面部表情、语气以及速度(把他作为一个艺术家来描述)。
8. 观众、听众的反映、评语,包括听众的成分(青年、老年、妇女、儿童还是其他),肯定的和否定的评价等(这些最好能记进正文中去,放在括号里,如笑、大笑、鼓掌、欢呼或"可惜""好"等等)。

以上各项最好尽可能填写完全,至少对于重要的歌手要全部填写(或编入"小传")。歌手、艺人是民间的语言艺术大师,是人民智慧的集中体现者,要了解作品源流和文学发展,以上情况的调查是极其重要的。

此外,还要注明两项:

1. 记录者姓名、职业。

2. 当面记录还是后来追记的?有无录音?

慎重整理　原始记录往往是庞杂的,抄写誊清之后,要集中、分类归档,最好印成资料本,才可妥为保存,以作为研究或整理的基础资料。但是资料本并不能作为向群众普遍推广的文学读物。这就需要进一步进行慎重整理,去粗取精,去伪存真,恢复劳动人民创作的本来面目,然后再大量印行。

有人说,既然是劳动人民的创作,一字不动地出版就行了,为什么还要整理?这是一种抱残守缺的观点。

为什么要进行整理?增删什么?概括说来有如下几点:

1. 民间文学虽然是劳动人民中流传的文学,但它常常掺杂了统治阶级长期宣扬的思想,有的则表现了封建社会中小生产者的阶级和时代局限。因此,那些表现低级趣味、庸俗色情、贪图小利,嘲笑劳动人民乃至宣扬封建道德、正统观念的落后思想,在大量印行作为文学读物时都必须加以剔除。

2. 民间文学是广大劳动人民的集体创作,但常常是通过个人来表演的。各人的才华不同,有的记忆不全,有的讲不生动,只有少数极有天才的人才能较完整地表达出集体创作的艺术成果,但也不能完全体现集体的最高成就。根据对比研究,结果是:用来比较的各种记录异文的总和永远比个别记录本更为完整。在个别人的表演中,常常是漏掉一些、强调另外一些,不是缺头就是缺尾,甚至丢掉了主要的东西。各种异文不同,甚至每一个人说几遍也各有不同。为了恢复集体创作的本来面目,必须对照各种异文,研究各种讲法,取长补短,整理出一个完整的本子,如此才更加忠实于作为集体创作的民间文学本身。

3. 把口头的民间文学记录下来成为书面文学,需要作一些技术上的加工:口语丰富、生动,但也常常间杂粗糙之处,不够精练,有些方言土语或不合文法之处需要进行规范化。当然,生动的方言要保存(可加注),绝不能用知识分子的语言去改写,要保存原作的语言特色(具体要求已见前述)。说故事的人在一定的文化空间之中,常常略去当时当地人所共知的东西,而这些对一般读者却是生疏的,所以需要补充上去(如当地的环境、典故、人名、地名),有些需要放在注解里,有些要编入正文。

4. 讲唱表演时有许多生动的手势、表情、语气、动作等等没有用语言来表达,却是充分表现整个故事内容所必需的。为了"传神",使读者得到身历其境听故事的艺术效果,必须作必要的艺术加工。例如说故事时手一抬、足一蹬、眼一挤……说一声"就这么给他一下子","这么"究竟是怎么样,别人难以知道,这就要在整理时将当时的表演情状具体描绘出来,否则读者无法了解。

由此可见,民间文学的整理工作是完全必要的,其中也包含一些立体描写的内容。要整理得好,就要有必要的思想艺术修养和严谨的科学态度。要善于鉴别真伪,在研究的基础上发扬原始记录中的精华,删去一些一般化的东西和过时的、不健康的成分。但这种整理应该特别慎重,对增删必须仔细斟酌,并作必要的说明。整理工作是口头文学书面化时一种特殊的定稿过程,也是一种复杂的精神劳动。它的目的只是为了更好地保持活的民间文学作品的本来面貌,因此一定不能改动口头作品特有的叙述方式和艺术风貌,更不能随意改变它的主题、人物、情节和语言,不能加入个人的东西。如果任用自己的语言风格去编写,就会把民间文学的原生态弄得面目全非,失去光彩,成为一个腔调、一种风格,甚至搞成洋腔洋调或古腔古调。当然,改编也是需要的,但不能和整理混为一谈,必须在出版时注明。改编的作品,实际上已经成为个人的再创作了,它是不能代替民间文学的整理本的。我们的直接任务不是改编创作而是整理,所以一定要有个界限,绝不能把整理和改编混为一谈。而过去确有人把改编作为整理,如把《王贵与李香香》也作为整理,这就混淆了民间文学与作家创作的界限。

怎样的整理才是"慎重"的?我们以为对于民间文学作品,有两种主要的整理方法可以使用:一是"单一式",即在各种异文大致相同的情况下,以一种最佳的记录为主,用其他本子的优点来补充它,使作品更加完整,恢复其本来的最完美的面貌。二是"综合式",在各种异文都比较零碎,有的甚至互相矛盾的情况下,就需要深入调查研究各种异文,进一步明确作品的主题思想和人物形象,找出作品的基本情节和结构,把零散的各个部分组织成一个整体。这种整理方法是较难掌握的,弄不好就变成了"再创作"。关键在于是否忠实于原有的作品,是否主观地加进自己的东西。如果慎重地在原始记录的基础上进行综合,并不随意加入主观的成分,这样的整理加工还是必要的。在一般情况下,都采用"单一式"的整理方法;但在少数特殊情况下,"综合式"的整理也是必需的。

我们认为整理工作中的一种主要偏向还是粗暴地改变作品的主题思想和人物形象,有的甚至把重要情节也改动了。如在整理刘三姐传说时,为了突出阶级斗争,把想害死刘三姐的哥哥改为地主,就违背了慎重整理的原则。还有人随意改动传统作品的时代特点和地方特点,将古人现代化,破坏了民间语言的诗意。有人将不同地区的同一主题的作品生拼硬凑,使作品失去了地方特色。这些都有损作品的原貌,是不符合"慎重整理"的原则的。

应该说明的是关于"整理"这个词的意义,在中华人民共和国成立后是有一个逐步明确的发展过程的。开始时把改编、再创作也算作整理,认为《王贵与李香香》《白毛女》《百鸟衣》这样的创作也是"整理"。后来经过工作中的不断摸索、探讨,特别是经过1956年以来关于民间文学搜集整理问题的讨论,对"整理"的理解逐渐取得了一致的意见。贾芝在《谈各民族民间文学搜集整理问题》一文中明确谈到了整理同改编、创作的区别,他说:"整理是要求把人民的作品按照它的本来面目拿出来;改编是把人民的作品,按照改编者的意图拿出来;创作是利用民间题材作为作者的作品拿出来。"[①]正是由于将改编作为整理,造成了一些混乱。如今要贯彻"慎重整理"的原则,必须进一步明确整理与改编、创作的原则区别,划清它们之间的严格界限。可以看到"忠实记录,慎重整理"的好作品逐渐多起来了,但要真正贯彻"十六字方针",还会遇到各种思想障碍。我们不能抱残守缺、一字不动,也不能画蛇添足、削足适履,更不能鱼目混珠、胡编乱改,那样会使人对民间文学作品产生不正确的印象,对于继承民间文学优秀传统十分不利。

我们必须坚决贯彻"忠实记录,慎重整理"的原则,要有探海取珠的精神,不怕麻烦,拭去宝珠上的灰尘,使它发出夺目的光彩,要有裱画匠一样的巧手,还民间的艺术以本来面目。这个任务是艰巨的,却是光荣的,应该成为我们的努力方向。只要我们真正树立起尊重劳动人民的观点,提高马列主义科学水平和民间文学修养,同时深入了解群众生活、风俗习惯,掌握群

---

① 见《民间文学论集》,第169页,作家出版社,1963年。

众的语言,搜集丰富的资料(异文),进行长期的努力,是一定能够把这项工作做好的。

立体描写 立体描写的工作方法,是改革开放以来吸取国内外民间文学理论研究成果而提出的科学方法,其基本原则已为"民间文学三套集成"办公室所编的"调查手册"所吸取,取得了初步成就。2001年10月1日钟敬文教授曾对我说,"立体性理论"和"立体描写"方法是合理的,关于"水中之鱼"和"鱼干儿""画上之鱼"的比喻也是很好的。这主要是因为民间文学是"立体文学",是活在民间生活中的。① 和文人作家的书面文学只是作为语言艺术的"平面性"不同,它是立体的。其"立体性"表现已在第一章第四节中作了专门的分析。这里要着重说明的是这种"活的文学"的原生态、立体性就像"水中之鱼"一样,在记录时要保持它的生态原貌,必须对它进行立体描写,保存它"水中之鱼"的立体性,而不能使它成了"鱼干儿"或平面的"画上之鱼"。

如何进行立体描写呢?

总的说来,是要全面地按六维立体思维的要求去观察和具体记录民间文学,把它本身的立体性保存下来。

立体思维的立体是六维的。首先是长、宽、高三维静止的立体,要求从各个不同的角度去观察事物的各个侧面,再加上时间一维,就成四维的活动的立体。民间文学就是一种活的立体文学,它与平面的作家文学(纯文学,单一的语言艺术)不同。作家文学一般只有最后一稿代表整个作品,而民间文学作品则一定要有所有异文的总和才能代表作品的全体,每个异文只能代表它的一个侧面。过去只记一种说法即以为可代表它的全体了,其实是不对的。所以我们在记录民间文学作品时:

1. 一定要尽可能记录它的所有不同的说法(异文),否则即是残缺不全的平面记录。

2. 要记下民间文学原生态的综合性、表演性特征,如民歌的音乐、舞蹈(用什么调子唱的?或只说不唱的?配什么舞蹈?或没有歌舞的?),故事讲说的手势、表情,几个人一起演出、如何演出等等。有的可用括号插入文

---

① 参见段宝林:《民间文学的立体性特征》,《民间文学论坛》1985年第5期。又见段宝林:《立体文学论》,(台北)文津出版社,1997年;(北京)高等教育出版社,2007年。

中,有的可作为按语或附记放在作品的前面或后面。

3. 要记下作品是如何即兴创作的。见到了什么,于是就反馈唱出了什么,或者在对唱时向对方挑战或回答对方而应战的文本与情况。

4. 民间文学是实用文学,该作品是为什么实用目的,又是如何创作或演唱的?它对劳动生产、社会活动、民俗仪式、文化事业有什么用处(功能)?起到了什么作用?群众有什么反映和评论?等等,都需要具体记录下来。

5. 除四维外,还有立体性的第五维——事物多层次的内部空间即其内部规律——本质是什么。记述作品社会本质和艺术本质,这是深入研究才能解决的,但在搜集整理时适当指出它的科学价值(最好指明它对哪门科学研究有什么价值)即可,不必深入。

6. 第六维是外部环境一维,记述作品是在什么场合、文化空间演出的,观众或听众的成分、自然与社会生态环境以及历史背景等等。

如此全面的立体描写就会使民间文学的原生态活动形态再现出来,我们看到的就是鲜活的"水中之鱼",而不是"鱼干儿""鱼画"之类变形之物了。这种立体记录是科学研究的重要基础,对整理出好的"文学版本"也会有不小的参考价值,会使整理本更丰富、更完善。

第四节 调查搜集的具体办法与文化自觉

我国人多地广、历史悠久,各民族民间文学非常丰富,"全面搜集"的任务是十分艰巨的。因此,需要发动群众,实行"两条腿走路"的办法,进行民间文学普查:一方面充分发挥专家和专业调查队的作用;另一方面依靠长期生活在民间的知识分子就近进行调查搜集。这两方面都不能偏废。我们要广为普及民间文学知识,组织好社会力量;同时在条件许可时,组织专业调查队,进行较大规模的搜集。这里着重谈谈调查队的工作,个人搜集时亦可参考。

准备工作 思想准备:首先要端正态度,深刻认识调查搜集的重要意义。如果认为"民间故事老一套,没听头",采录者听时不起劲儿,讲故事的人也不会讲得起劲儿了。如果是抱着猎奇的态度或游山玩水、找创作素材等个人打算去工作,必然会不务正业,脱离集体。如果没有耐心或过早地断定"这儿民间故事不丰富",不肯深入地进行挖掘,好故事也会埋没了。有人以为民间文学都是成型的,对零碎的传说故事不注意搜集,这也会造成遗漏,损失宝贵的资料。

业务学习:掌握民间文学的基本知识、记录整理的基本技巧和群众工作的基本方法(详细内容已见前)。

组织准备:先要摸清大致情况,选出重点。然后订出计划,组织力量,分头进行搜集。

注意事项 一定要依靠当地党政组织,发动一切可能发动的力量,特别是发动当地文化干部、教师、青少年学生、文娱积极分子协助工作。

利用一切可以利用的形式:

1. 开故事会、赛歌晚会是"大网捕鱼"的好办法,人数可多可少,关键是先培养好几个歌手、艺人,在会上带头。只要有人带头(最好是年长的有威信的),说唱起来就没个完。

2. 个别访问。工作中要注意:(1)找好对象。如对象没找好,有时人们会把你带到私塾先生家去,那就不会有收获了。如不预先了解好歌手、艺人,临时到处问人,人家以为你是来"调查案子"的,没有人会把好歌手、艺人介绍给你。(2)讲清意义,打消顾虑。对于民间文学,群众中有许多误解;有的歌手、艺人在"文化大革命"中挨过批斗甚至残酷迫害,也有各种顾虑。如不首先搞好说服动员简直没法展开工作;如果思想工作做得透,会得到极大的方便。

群众中的顾虑和误解基本上可以归纳为如下几点:

第一,轻视民间文学。调查中常常会听到这些议论:"山歌那玩意儿,二流子才唱哩,俺不会","鬼怪迷信老封建,谁还说那个","新社会还唱旧歌,要被人家笑话死了"。这些都是因不了解民间文学的价值而轻视之。

第二,害臊、认生。特别是唱情歌,最好是男女分开。另外,能以歌引歌,"吹箫引凤",就更好。

第三,怕影响生产。"谁见天没事坐在炕头上说笑话呢?"一般不应影响生产和中心任务,硬拉人来记录,不然他"人在屋里心在地里",讲不好。应体贴这种困难,多利用休息时间,逢群众上工时适当进行整理材料和访问退休老人的工作。

第四,革命传说的讲述者往往是亲身参加过起义斗争的。义和团、捻军等起义者,在过去是"犯王法"的,他们被看成"捻匪""大马子"(即土匪)或

"拳匪""乱民",因杀财主、"二毛子"结下冤仇,怕报复,顾虑不少,很多人都不敢讲,就是讲了也常常吞吞吐吐,不敢多说。这就需要充分说明农民斗争的正义性,引起他们的自豪感,再讲一些生动的事迹提供线索抛砖引玉,反复动员,最后他们往往会热情地讲个没完。1959年,我们在河北武清城关敬老院搜集义和团故事时就是如此,老人们总是先说"那时光闹庚子还小哩,不记事",或者说自己"跟着大伙跑,不去不行说你没种"。一次几个老大娘坐在一起,一老大娘说义和团不好,因为她姑姑是叫义和团砍了的"二毛子"("二毛子"是信天主教的教徒,被看成"洋毛子""洋鬼子"的人而受到冲击),别的老大娘也不敢说了,讲清意义后才肯讲。

此外,还有其他种种思想顾虑。总之,要首先了解讲述者的家庭情况,对症下药,正面解释打破顾虑。

最重要的一条经验是实行五同:"同吃、同住、同劳动、同娱乐、同商量。"搞好群众关系,几乎所有介绍搜集调查经验的文章都会强调这一点。

青海文联在四川搜集调查《格萨尔王传》时,在一个地方最初访问了十多个人,都说不知道这个作品,后来互相熟悉了,访问了许多人,没有一个不知道《格萨尔王传》的。

著名的故事搜集家董均伦、江源有一次去找一个会说故事的女干部,她还是积极分子哩,连忙说"我不会不会",脸都急红了。后来却讲了不少,又是龙王三女儿,又是狐狸白果仙的。问她当初怎么急着说不会,她说:"当时还以为你是来考察我的思想的啦!"

故事家张士杰有一次听说×村有个"笑话篓子"(即特别会说故事的人),骑车去了,碰了个钉子,人家说:"你是个先生呀,我们大老粗哪会讲什么故事呀,再说活儿正忙,没空。"有一天在路上又见着这个老大爷了,他正赶着一群小猪,猪崽多,乱跑,张士杰帮他赶,老人很感动,一定留他吃饭、过夜,那晚一直讲了多半夜。谈到上次来访的事,他直爽地说:"哈哈,我那时看你外表,觉着跟我们是两路人。再说,还是我那句老话——谁没事见天坐在炕头上说笑话呢。"这是很重要的经验,说明深入群众的必要。

相处时间长了,处熟了,平时了解到不少歌手、艺人线索,搜集起来要容易得多。北京大学中文系58级同学曾在门头沟煤矿半工半读半年,最后搜集民歌时就又快又好,工人们主动帮助,他们说:"你们帮我们干活,我们帮你们想'怪话'(工人对旧民谣的称呼)。"给同学们讲了许多矿工民谣,后在

《民间文学》发表。

有时任务紧,只能进行短期的访问,也可以做到"一见如故",关键还是要帮群众劳动,热情请教、耐心说服,不要简单化、单刀直入,一开口就要人家唱。可以先谈一般生活问题,激发他的阶级感情,自然地谈到过去的生活、创作。有的歌手唱苦歌常常会难过得哭起来,这时也不要着急,下次再接下去,或先换个题目唱。有些地方山歌即指情歌(如青海花儿、湖南等地的山歌),可不能随便要人对你唱山歌,那样会撞木钟的。

总之,调查搜集工作绝不只是一种技术工作,而是一项复杂的思想工作、群众工作,要求我们有高度的热情,尊重劳动人民,千方百计地接近他们,利用一切机会,力求尽可能多地发掘出人民口头的伟大文学宝藏。特别是对老歌手、名艺人,一定不能放松,要想尽一切办法,直到挖尽他所有的作品为止。

在调查搜集工作中,还要一面调查一面宣传,广泛发动群众,推动民间文学的发展。利用广播宣传当地民歌,群众听了感到亲切,"喇叭筒子也唱这歌,咱也唱"。遇到开会表演节目,千万别放过机会,上去唱几段当地山歌,扩大民歌影响。如果有条件,还可以培养一批歌手、艺人进行会演。嘉定在采风时组织八十岁的老歌手上台演出,群众非常欢迎。结合扫盲,到处贴民歌,造成气氛,也可以引出不少歌来;出墙报、小报,使群众创作有发表的机会,可以鼓励他们推陈出新的创作热情。

调查搜集的具体做法,归纳起来也是十六个字:"依靠组织,发动群众,见缝插针,寻根问底。"

资料的集中、分类保存　不管是民歌还是故事,都需要抄写一遍,最好用规定的稿纸进行誊清,集中保管。要有登记制度,按体裁分类编号登记。最好在当地抄写出来,以免有弄不清的问题造成资料的浪费(成为无用的废品)。最后进行总结,写出调查报告,编印资料本,同时选出好作品编成选集普及推广,正式出版。如有条件则可组织采风展览会、汇报演出会,在群众中留下良好的印象。

对调查记录的作品,一定要在誊清后归档,分类保管,收藏在图书馆、资料馆中,绝不能任其散失而前功尽弃。

第五节　民间文学作品的编选

民间文学工作方针中有一条是"大力推广",要求在"全面搜集,重点整理"的基础上"大力推广"。

因为民间文学浩如烟海,数量极多,质量不一,往往沙金混杂,十分零散,需要我们下一番去粗取精的功夫,对优秀作品加以编选,否则,作为出版物无法得到推广。

民间文学出版物有两种版本:一为科学版本——资料汇编;一为文学读物——作品选集。

科学版本　编辑科学版本比较简单,只要将原始记录(包括各种异文)加以编排,反映出某一地区或某一歌手、某一作品的本来面貌就可以了。但要编得好,也要对作品内容或形式特点加以全面的衡量,务使眉目清楚,便于查阅、研究。科学版本学术价值的高低,要看作品是否重要,记录是否忠实、全面,同时还要看立体描写、注释说明、调查报告(或序言、后记)是否真实、具体、详尽,目录索引是否周详。好的科学版本对社会科学各门学科的研究、对民间文学作品的整理,都是很有价值的。

文学读物　文学读物的编选就比较复杂一些。一般是编辑作品的选集单行本,但报刊编辑人员在日常工作中也常常碰到民间文学作品的编选问题。这就要求有艺术鉴赏力,把优秀的富有民间特色的作品选出来。

民间文学作品的选集一般有总集和专集二种。总集是将全国或某一民族、某一地区的民间文学作品集中在一起,编辑成册。如《中国歌谣选》《中国民间故事选》等是全国性的选集;《四川歌谣》《藏族民间故事选》等是某一民族或省区的选集;《古谣谚》《历代笑话集》等是古代民间文学某种体裁作品的总集;《台湾民间文学集》则是包括民歌、故事等各种体裁的民间文学总集。专集是关于某一专门题材或专人的作品选集。如《阿凡提的故事》《鲁班的故事》等是关于专人的选集;《桂林山水传说》《西湖民间故事》《红旗歌谣》《义和团故事》《义和团歌谣》等则是关于某一专门题材的选集。

编选文学读物,要从大量的作品中选取最优秀、最有代表性的作品,这是一种非常繁重而复杂的工作。它要求编选者有"沙中识金"的眼力,善于准确地鉴别作品的真伪、美丑,善于按照思想性与艺术性统一的标准精选作品;还要求编选者广泛搜集材料,有"沙里淘金"的毅力,不怕麻烦,反复比较,不是根据主观的爱好,而是根据客观的标准,全面地选取最有代表性的精品。《红旗歌谣》是从亿万首新民歌的记录稿中精选出来的,全国各地许多文艺工作者和干部、群众参加了编选工作,先层层推荐上来,再由中国民间文艺研究会精选并集中编排,由郭沫若、周扬圈定,然后又印了内部征求意见本,广泛征求意见之后再加增删和适当的编辑加工,最后定稿印行。今天看来,其中许多作品是好的;但也有一些作品并不好,所以新版又作了若干增删,比原版有所改进。《中国歌谣选》是中国民间文艺研究会根据郭沫若的意见,首先广泛搜集材料,组织北大、民间文艺研究会不少人,从古今中外的出版物中初选出大量歌谣作品,按时代和内容的先后编印了《中国歌谣资料》十余册,然后,又把初选稿印成四卷内部征求意见本,直到1978年才最后选定,由上海文艺出版社出版,前后历时近二十年。民间故事的编选工作也是相当繁重的,据董均伦、江源说,编选《沂蒙山地区的故事》是经过一个沙里淘金的过程的,他们在沂蒙山区听了好几百个民间故事,其中有好、有坏,有的残缺不全、少头缺尾,只好弃置不用,最后从几百个故事中只选出了二十几个。经过这样的精选,在思想和艺术的质量上才可以达到较高的水平。

编排与加工 作品选出之后,如何编排也是颇费斟酌的。不能胡乱地将作品杂凑在一起,而要适当分类,或按时间顺序,或按内容、形式特点,将作品编排成一个整体,以便于阅读与查检。

各地民间文学的报纸、刊物很多,对推广民间文学优秀作品、活跃人民文艺生活起到了十分重要的作用,不可轻视。但要推广得好也并不容易,要使作品受人喜爱,就要在优选和编排上下功夫。报刊编辑在编选民间文学作品时,也要注意原生态的民间文学才受欢迎。我们有时也看到一些报刊发表民间文学作品时未能鉴别真伪美丑,精选出具有民间风格的优秀作品,反而以一些缺乏口头文学特点的东西杂凑;有的作品未注明流传地区和流传情况,有的则任意加工修改。这些都是不能令人满意的,主要原因是编辑人员对民间文学的特点缺乏了解,有的则是出于对"赶任务"的简单化配合。

在编选工作中,对民间文学作品一般不应进行修改。在必要时也可以适当加工,但这种编辑加工同整理一样,要非常慎重,在调查研究的基础上、在确有把握的情况下进行。我们看到,传统的作品经过长期流传大多已经定型,一般可以不动;而一些新的作品,还在流传变异的过程中,编辑时如果加工得好,是可以点铁成金的。如《天津民歌选》的编者将《主席走遍全国》中的"黄河摇尾唱喏",改为"唱歌",一字之差,不仅音韵更加和谐,而且思想、意境也更加优美动人。《我来了》的最后两句,据说是陕西某报刊编辑加上的,这也是一个成功的例子。作为文学读物,在群众中还要经受考验,如为广大群众接受并在口头流传,就说明编选工作确实起到了提高民间文学作品的作用。当然,这种加工要有个限度,与整理一样,只能小改小动,不能大加大改,否则即成了改编,使作品失去本来的民间文学原貌了。最近在阳光卫视看到记者对蒙古长调老歌手哈扎布的采访,哈扎布是1956年出国演唱获得金奖的优秀歌手,他说蒙古民歌有草原气息,记录整理一定要保留草原气息而"不能把绿草改成了大肥肉",说得很好。

第六节 民间文学的研究工作

民间文学具有很高的科学价值,需要作深入的研究,才能使它的光彩焕发出来。早在1958年,"十六字"方针就提出了"加强研究"的任务,如今有了"十套民间文艺集成",资料更加丰富了,研究的任务当然也就更加艰巨而迫切了。

多角度研究 民间文学是人民口头的语言艺术,它生动地、具体地、全面地、广泛地反映了人民的生活和思想,也曲折而具体地反映了社会面貌,因此,对民间文学的研究需要从各种不同的角度来进行。可以从政治上来研究民间文学所反映的阶级斗争情况,也可以从哲学上来研究民间文学所表现的人民群众的世界观;可以从语言学的角度来研究民间文学的语言特点、变化规律,也可以从民俗学的角度来研究民间文学中所反映的风俗习惯、民间信仰;可以从历史学的角度来研究民间文学所反映的社会历史情况,也可以从文学的角度来研究民间文学的艺术特点和发展规律……还可以从其他许多学科的不同角度(如心理学、哲学、宗教学、教育学、法学、经济学、民俗学、美学乃至某些自然科学等等)对民间文学资料进行研究。过去我们只从文学的角度进行研究,这是必要的,也是一种中国特色,从《歌谣》周刊开始就是如此的;但不能只从文学的角度研究,要看到各种角度的局限。国外的某些民间文学研究者常常把民间文学纳入民俗学之中,主要从社会学的角度进行研究,往往忽视它的艺术特点。一些民俗学者只把民间文学看成是一种"历史残留物",有的甚至不承认它们是文学作品,对其艺术价值估价甚低。不能忽视民俗学研究著作的重要价值,但我们认为民间文学作为一种文学现象,首先应从文学的角度进行研究,这才是真正意义上的民间文艺学;否则,只从民俗学、历史学、社会学的角度进行研究,就不免喧宾夺主了。不错,民间文艺学与民俗学关系密切,要互相贯通才能研究得更好,但不能互相取代,这是我们应该明确的。日本一些专家认为中国民间文学研究重视文艺角度,值得学习。我们不能妄自菲薄而丢了特长,人民是需要我们深入发掘民间文学的文艺价值的。

民间文艺学是一般文艺学的一个组成部分。文艺学有三个基本部门,即文艺理论、文学史和文艺批评。民间文艺学同一般文艺学有共同之处,但也有自己的特点。如果不掌握这些特点,就会使研究工作处于一般化的水平,不能深入,更不能真正解决问题。

描写研究 如何掌握民间文艺学的特点呢?据个人浅见,似乎可以从语言学的研究得到一定的启发。这一方面是因为民间文学与语言学关系比较密切,不少语言学家从事民间文学的记录和研究工作,取得了显著的成绩(如民间文学研究开山大师德国格林兄弟,以及研究方言学、语音学的语言学家赵元任、李方桂等记录民歌故事的成绩是举世公认的);另一方面也是因为语言学在社会科学的研究方法上科学性较强,常常是其他学科研究方法的前导,其科学研究方法足资借鉴,如结构主义就是由索绪尔的语言学开创的。

现在我们就来看看语言学研究的情况。语言学有三个基本领域:描写语言学、历史语言学、比较语言学。描写语言学是对一个时代的一种语言作横断面的研究,如对现代汉语(或其一个方言)的特点作全面的、科学的描写;历史语言学是对一种语言的历史发展进行纵的研究,如对汉语史的研究,着重探讨汉语的历史发展规律;比较语言学则是对几种语言进行对比,发现其异同,从中可以看到同一语系、语族的各种语言相互之间的亲属关系,同样可以发现语言的历史发展规律,了解各种语言的特点。这三种研究都很重要,但作为基础研究的则是描写语言学。只有描写语言学对语言进行了准确的、全面的调查与研究之后,才有可能进行历史研究和比较研究。

所以语言学家都非常重视描写语言学这个不可或缺的基础。

同样,在文艺学中文艺理论和文学史的研究也离不开对具体作家作品的分析,离不开文艺批评,而文艺批评实际上也是一种描写研究。然而,民间文艺学的描写研究不能只局限于文艺批评。它以活在人民口头的语言艺术为研究对象,很像语言学中对活的语言的记录研究,所以它的描写研究的范围更广,也更为重要;否则,不"捕风"而无法"捉影",所谓研究云云,只是缺乏基础的空中楼阁。民间文艺学的描写研究要充分注意到民间文学的口头性、实用性、流传变异性和传统性以及同社会生活密切联系等等特点。总而言之一句话,民间文学是活的文学,具有立体性,因此更需要加强描写研究,用立体描写方法将它的全面情况准确地记述描写下来,以作为进一步深入研究的基础。

照理说,民间文艺学的描写研究是它的第一道工序,是有巨大的必要性和迫切性的。遗憾的是,这一点尚未引起人们应有的重视。由于不少人不了解描写研究也是一种独立的重要的研究,以至很少有自觉的、完整的描写研究的成果问世。当然不是说我们完全没有描写研究,描写研究也有一些成果,但它们多是自发地而不是自觉地进行的,往往夹杂在评论文章的字里行间,所以很不全面,更谈不到深入,只能使人对各种民间文学现象得到一些零零碎碎的而不是完整的印象。我们作了许多民间文学的调查,了解到许多情况,但是往往只是为了搜集作品,调查不全面,调查的成果未提高到科学研究的高度,未及时作为描写研究的成绩公之于众,以至别人不能利用,只好干瞪着眼看它们躺在那些笔记本或档案袋里睡大觉。这种情况亟须改变,现在是切实加强民间文艺学的描写研究的时候了。

如何进行描写研究呢?

首先,在调查搜集民间文学作品时,要有严格的科学态度,才能搞好立体描写。就是说,要把搜集整理工作提高到科学研究的高度。这就要求对民间文学作品全面收集,并进行一字不动的忠实记录,保持作品的本来面貌;还要全面记述各种不同的异文和作品的流传情况(包括流传的时代和区域,创作者与演唱者的基本情况,作品如何产生、如何演变、如何传授、如何演唱、如何影响人民生活和社会发展等等有趣的情况);也要记述与作品有关的地理、历史情况、风俗习惯、宗教信仰;此外,还要交代清楚搜集整理的情况。这些情况的记录保存了作品的原生态,是进一步研究的重要根据,即使对于单纯的文学作品整理,也是非常有用的参考。要准确地记述下这些情况,绝不是轻而易举的事,没有脚踏实地的深入的调查研究,没有严谨的科学态度,没有必要的文化科学素养,是绝对做不好的。早在1964年胡乔木即已提出这一问题,他当时尖锐地指出:搜集民间文学作品不记有关的民俗资料,后人看了作品就不能全面深入地了解它,也像我们今天看《诗经》一样了。这样的记录当然是不符合科学要求的。他说:"研究民间文学离不开民俗资料,过去北大《歌谣》比较注意民俗资料,现在则不注意……"当时《民间文学》也加编者按发表了我的专文,呼吁加强对民间文学作品的注释说明。① 然而情况并未得到显著改变。这就说明,要进行描写研究确实并非易事。我们先要改变轻视乃至忽视描写研究的错误思想,提高对描写研究的认识,同时还要深入调查才行。李大钊在《北京大学日刊》上发表的家乡歌谣,首首都有民俗注释。于道泉在1920年代对西藏仓央嘉措情歌进行了细致的调查和描写研究,他请赵元任用国际音标从口头记音,然后将藏文原文、汉语直译、汉语意译同国际音标"四对照"进行排列,还根据调查对作品的有关情况进行了考释,这种科学版本至今仍有重要参考价值,可以作为我们进一步研究的良好出发点。何其芳、张松如在《陕北民歌选》的编选工作中也对不少民歌进行了详细的注释说明,如对《东方红》的创作情况和流传情况记述得尤为详细。我们要发扬这些优良传统,把描写研究提高到应有的高度,希望在不久的将来有更多立体描写的科学版本问世。

其次,除了对作品进行描写研究外,还要对某个地区或某种民间文艺活动、某些歌手和艺人等情况进行描写研究,在深入调查研究的基础上写出科学的调查报告、传记和民间文学志。

当然,调查报告不只是对现象的描写,在描写的基础上可以进行一定的理论探讨,因本质存在于现象之中,二者是辩证统一的,所以调查报告也具有一定理论性。毛泽东的《湖南农民运动考察报告》就是一个很好的例证。可是不少人看不到这一点,认为民间文学的调查报告没有什么学术价值,这就对描写研究太隔膜了。事实上,调查报告常常具有很高的科学价值,像语言学中的描写语言学就是一个独立的科学部门,方言调查报告等等受到很大的重视。就是自然科学中的物理、化学的实验报告以及动物志学、植物志

---

① 段宝林:《重视歌谣的注释说明》,《民间文学》1964年第3期。

学以至社会科学中的民俗志学、民族志学,其实都是一种描写研究,也是一种调查报告。时至今日,科学界谁也不否认它们的重要学术价值,为什么我们对民间文学调查报告就不加重视呢?如果各地(如一个省或一个县)都有了自己的民间文学志,民间文学普查的任务不就完成了吗?这对于我们的科学研究不是一个牢靠的基础吗?!

民间文学志的编写是不容易的,如没有田野作业是绝对写不出来的。可喜的是江苏省社科院的周正良已组织江苏省民间文学工作者写成了《江苏省民间文学志》。这是一个重大的研究成果,在中国民间文学研究的历史上具有划时代的意义。民间文学的描写研究,对原生态民间文学进行活态研究,特别是用六维的立体思维先进科学方法对民间文学进行具体的生动的描写记录和分析,就使民间文学研究由平面转向立体,由固态转向活态,这是一个很大的进步,是先进的文化自觉的一个表现。

调查报告、民间文学志是描写研究的重要成果。只有积累了大量丰富的调查报告、民间文学志,才有可能对我国民间文学的特点和发展规律作全面深入的研究。一个人不可能对各地民间文学情况都亲自进行调查,也不可能不间断地时时进行调查,只有运用描写研究的新的成果,才有可能掌握民间文学的全面情况。因此,经常交流调查研究(即描写研究)的成果是非常必要的。描写研究的成果很重要,它本身即是一种研究,那种持"分工论",认为研究与调查应该分工,调查者的描写研究只能为别人提供资料的看法是不全面的。

歌手、故事家、民间艺人的传记,是更深入的描写研究成果,要经过系统的调查,了解他们的生平、学艺与创作、演出的经历,他们对作品的认识过程、创作经验等内容。这对了解民间文学的作品和历史甚为重要。要选择有代表性的人物,把他们作为艺术家来写。如写《玛纳斯》艺人的《居素甫·玛玛依许传》(阿地力、托汗)、《故事王张功升》(李凡、许修良)、《民间诗神——格萨尔艺人研究》(杨恩洪)等书就很好,可惜还太少,还不够详细。

再次,对民间文学的评论,也是一种描写研究。当然,不是说所有的评论都已达到了描写研究的水平。一些感想式的空论,显然不能算是描写研究。只有在对民间文学作品进行科学分析的基础上,准确而又深刻地将民间文学的特征描述出来,加以实事求是的评论,才是描写研究。因此,我们要尽量避免那种人云亦云的评论,把评论提高到科学研究的水平上来。有人认为评论文章不算研究,这显然是降低了对评论工作的要求。好的评论应是科学研究的重要成果,科学性是很强的。

由此可见,对民间文学的描写研究,主要就是以科学的态度和方法,全面、深入、细致地进行民间文学的搜集、记录、调查与评论工作,这是进一步深入研究的重要基础,同时也是一种重要的研究工作。我们应该看到民间文学的原始记录、科学版本、调查报告、民间文学志和好的评论文章,都是重要的科研成果,不能抹杀或忽视它们的学术价值。否则,以为只有历史的考证或理论的研究才算研究,描写研究就不算是研究,就把科研看得太窄了,实际上也就堵死了科研深入的通路。没有牢固的基础,任何高楼大厦都只是空中楼阁而已。

历史研究 民间文学的历史研究,对于认识和掌握民间文学的发展规律是非常重要的。可以对整个民间文学的发展历史进行研究,写出《民间文学史》等著作,可以对历史上的民间文学作品进行断代的研究,也可以对某种民间文学体裁或重要作品进行系统的历史研究。如顾颉刚对孟姜女故事的发生发展和演变情况进行了历史的考察与研究,就取得了很好的成绩。此外,对文学史上作家与民间文学相互关系进行研究,对《三国演义》《水浒传》《西游记》《聊斋志异》《西厢记》等作品流传创作过程进行纵的历史研究,也是重要的课题,有的已取得了可喜的成果。如李福清的博士论文《三国演义和民间文学传统》就被评论为他最好的著作,而他是多产的俄罗斯科学院院士。但由于一些研究者缺乏民间文学的基本素养,研究的深度与广度受到了很大的限制。又由于历史上劳动人民处于被压迫的地位,民间文学受到迫害和破坏,对民间文学作品的记录和研究都非常差,因此,要进行历史研究困难很大。尽管如此,我国丰富的历史文献中还是保存了大量的民间文学资料,民间文学的历史研究还是大有可为的。由于资料的零散和混乱,需要从资料工作做起,然后进行系统的研究,理出民间文学发展的线索,掌握民间文学的历史发展规律。如今已出版的几本《中华民间文学简史》《中国民间故事史》《中国两千年故事史》等,都只是作品评论的汇集,离真正深入全面的历史科学研究还有很大的距离。当然,它们的参考价值还是应该肯定的,能写成这样已经很不容易了。

比较研究 民间文学的比较研究也是非常重要的。事物的特点都是相比较而存在的，通过比较可以发现各种异文的演变规律、作品的流传路线，了解各族人民的文化交往，了解民间文学同社会生活的关系，了解作品的民族特色和地方特点，对古今作品的比较研究还可以发现民间文学的传统特征和时代特色。在文学研究中，外国有"比较文学派"，他们的第一批研究成果就是从对民间文学的比较研究中获得的。他们又把这种研究方法运用于对作家文学的研究，成为一种学派。这种学派有很大的片面性，他们把文学作品仅仅看成历史上老作品的简单传承，认为"整个比较研究的目的，是在于刻划出经过路线"①。比较神话学派甚至认为一切文学作品都是古代神话的因袭和模仿，这就忽视了文艺的现实根源，因此，他们的比较研究有很大的局限性。但是，他们的一些研究成果，特别是比较研究的方法，我们是可以批判地利用的。我们不否认对故事情节进行比较的意义，但绝不能局限于对情节的比较，而应对作品丰富的思想内容与艺术形式两个方面同时进行分析和比较研究，以探讨民间文学发展变异的规律，掌握各民族、各地区民间文学作品的异同和独特之处。这些都是理论研究的重要基础。

民间文学的比较研究非常重要，正如季羡林所说：比较文学学科即是由民间文学的比较研究开始的。季羡林针对中印故事的比较研究写过一些很好的文章②。1985 年中国比较文学学会成立后，民间文学比较研究有了一个较大的发展，刘守华、阎云翔和其他一些人对民间故事、中印神话等的比较和各民族民间诗律、史诗等作品的比较，都取得了新的成果。

民间文艺学理论体系的建设　　最后，在对民间文学进行描写研究、历史研究和比较研究的基础上，要进行民间文艺学的理论概括，得出种种规律性的结论，建立我国完整的民间文艺学理论体系。这是一个艰巨而复杂的任务。可堪告慰的是经过改革开放三十多年的努力，我们已取得许多先进成果，有的成果还已获得了世界大奖，如今更是已经有了我们自己完整的理论体系。

进行民间文学的理论研究，首先要有马克思列宁主义科学思想的指导。在对待马克思主义的态度上要防止两种偏向，一种是虚无主义，一种是

---

　　① 参见〔法〕提格亨，戴望舒译：《比较文学论》，商务印书馆，1931 年。
　　② 参见段宝林：《季羡林先生与民间文学》，《季羡林与二十世纪中国学术》，北京大学出版社，2001 年。

教条主义,此二者往往有密切的联系。由于苏联与东欧社会主义国家的解体,一些人以为马列主义不灵了,从而产生了否定马列主义的虚无主义思潮。这是出于对马列主义的误解与歪曲。马列主义的基本原理是唯物辩证法和历史唯物论,也就是实事求是和群众路线,这是放之四海而皆准的。苏联、东欧模式在许多重大问题上违背了这两条真理,所以他们的失败绝不是马列主义的失败,正相反,更加深刻地显示了违背马列主义的后果,证明了深刻掌握马列主义根本原理的必要。马列主义绝不是教条主义,虚无主义者把马列主义当成了教条主义,这是一种误解和歪曲。教条主义从概念和固有条文出发,脱离实际,脱离群众,必然失败。在研究工作中也是如此,我们应该特别注意划清马列主义和教条主义的界限,力戒教条主义。

马克思主义的理论指导主要是以马列主义的立场、观点、方法去分析研究民间文学问题,而不是用他们的片言只语代替我们的研究结论。诚然,马克思主义经典理论家们都非常重视民间文学,并且对不少民间文学现象和民间文学作品发表过很精辟的见解,这些都是极可宝贵的。但是,他们毕竟无暇对民间文学进行专门的全面研究,他们的一些意见常常是附带的、片断的、有所为而发的,不免受到当时种种条件的限制。我们应好好理解其精神实质,作为我们研究的出发点和指南,却不能躺在这些结论上睡大觉。我们要好好学习和研究他们关于民间文学的论述,写出专题论文。但是,这种论文不能只限于解释他们的观点(当然,正确地、全面地理解其精神实质也并非易事),更重要的是联系当时的历史情况和民间文学的实际,学习他们的立场、观点、方法来分析和解决民间文艺学中的问题,指导我们的民间文学工作沿着正确的道路前进。民间文学是非常丰富而复杂的,是不断发展着的。民间文学理论体系一定要反映民间文学的实际,一定要符合民间文学的特点,因此,它只能是对民间文学的大量实际材料进行全面的而不是片面的科学分析和综合研究的结果,不能是一套先验的、空洞的东西。实践是检验真理的唯一标准。我们需要运用唯物辩证法去研究民间文学的历史和现状,从中找出固有的而不是主观臆造的规律。这是走不得捷径的,需要进行大量的、艰苦的探索和研究。正如列宁所指出的,谁怕费功夫,谁就不能找到真理。

马克思主义的特点就在于,它不只是解释世界,更要掌握客观规律来改造世界。这规律是客观存在的而不是主观臆造的。这就需要在全面调查的基础上掌握大量第一手的原始材料,进行分析归纳,得出新的理论来。要之,为了建立具有中国特点的马克思主义的民间文艺学理论体系,我们要进行大量的调查和研究,首先是科学的描写研究;还要进行系统的历史研究和全面的比较研究,对民间文学的基本原理(如民间文学发生、发展的一般规律,民间文学思想内容和艺术形式的基本特征,民间文学与社会生活的关系,民间文学与作家文学的关系,民间文学的口头性、集体性、流传变异性、传统性与立体性等等基本范畴),对民间文学的各种体裁,对民间文艺学史和民间文艺学方法论(包括调查搜集整理编选与研究等方面)分别进行专题的理论研究,建立我们的歌谣学、故事学(包括神话学、童话学等等)、长诗学(包括史诗学)、谚语学、曲艺学……这样,我们就有了民间文艺学的总论和分论。在深入研究民间文学的内部和外部联系的基础上,我们才能建立一个完整的民间文艺学科学体系。这是任何人也否定不了的。

改革开放三十多年来,民间文学的研究工作取得了极大的成就,我们在民间文学本体论上关于"立体性"的创新理论,在价值论上对"雅俗结合律"的发现,在方法论上提出的"立体描写"新方法,都是从实际出发又大大促进了民间文学繁荣昌盛的理论新成果。我们的理论工作的巨大成绩不仅表现在民间文艺学理论体系的建立和成百上千的研究著作的出版上,而且表现在我国整个民间文艺事业的繁荣兴旺上,这些实践成果充分证明了我们的马列主义理论成果的正确性,这和在洋教条指导下的某些文艺部门的衰退形成鲜明对照。我们的民间文艺普查已经为研究提供了极好的条件,"十套民间文艺集成"和"中华民俗大典"几百卷巨帙的存在就是古今中外前所未有的伟大成果,在世界上也是先进的。

当然,民间文艺学是一门年轻的科学,只能由浅入深,一步步踏踏实实地前进。在理论探索的过程中,会出现种种不同的看法,甚至会出现种种谬误,这是不奇怪的。西方的许多学派如精神分析学派、结构主义学派等研究取得了不少成果,值得吸取、借鉴,但以一种理论去生搬硬套的教条主义方法则是不科学的、不可取的。当然,我们还是要尽可能多地了解国外的研究动态和经验教训。只要我们充分解放思想,发扬学术民主和艺术民主,坚持实践是检验真理的唯一标准,并善于吸收国际上的先进经验和研究成果,通过实事求是的辛勤探讨和自由争鸣,一定能一步步接近客观的真理,以我们丰富的研究成果促进民间文学的健康发展,为活跃人民的文化生活,为极大地提高我们民族的科学文化水平,为加强国际文化交流,作出我们应有的贡献。有马列主义、毛泽东思想的指导,有中国民间文艺家协会及其各地分支组织的力量的支持,经过坚持不懈的共同努力,我国的民间文艺学一定能得到巨大的发展而不断走在世界的前列!

拓展书目

总论书目

陈岗龙、张玉安等:《东方民间文学概论》(四册),昆仑出版社,2006年。

段宝林编:《马恩列斯论民族文学》,中国民间文艺出版社,1990年。

段宝林:《非物质文化遗产精要》,中国社会出版社,2008年。

段宝林:《立体文学论》,高等教育出版社,2007年。

段宝林主编:《民间文学词典》,河北教育出版社,1988年。

段宝林主编:《民间文学教程》,高等教育出版社,2006年。

段宝林主编:《中国民间文艺学》,文化艺术出版社,1987、2006年。

冯骥才主编,白庚胜、杨宪金副主编:《守望民间》(中国民间文化抢救工程),西苑出版社,2002年。

高校民间文学教材编写组编:《民间文学作品选》,上海文艺出版社,1980年。

胡适:《白话文学史》,新月书店,1928年。

黄勇刹:《采风的脚印》,中国民间文艺出版社,1983年。

季羡林:《比较文学与民间文学》,北京大学出版社,1991年。

贾芝:《民间文学论集》,作家出版社,1963年。

李惠芳:《民间文学的艺术美》,武汉大学出版社,1986年。

刘亚虎:《中华民族文学关系史》,人民文学出版社,1997年。

娄子匡、朱介凡:《五十年来的中国俗文学》,(台北)正中书局,1963年。

马学良、梁庭望、李云忠主编:《中国少数民族文学比较研究》,中央民族大学出版社,1997年。

〔美〕布鲁范德著,李扬译:《美国民俗学》,汕头大学出版社,1993年。

〔美〕邓迪斯编,陈建宪、陈海斌译:《世界民俗学》,上海文艺出版社,1990年。

乔晓光主编:《交流与协作》,西苑出版社,2003年。

〔苏〕梭柯洛夫著,连树声、崔立滨译:《什么是口头文学》,作家出版社,1959年。
谭达先:《民间文学散论》,广东人民出版社,1959年。
王甲辉、过伟主编:《台湾民间文学》,上海文艺出版社,2005年。
文化部民族民间文艺发展中心编:《中国非物质文化遗产保护研究》(上下),北京师范大学出版社,2007年。
吴同瑞、王文宝、段宝林编:《中国俗文学概论》,北京大学出版社,1994年。
吴同瑞、王文宝、段宝林编:《中国俗文学七十年》,北京大学出版社,1997年。
向云驹:《人类口头和非物质遗产》,宁夏人民教育出版社,2004年。
张紫晨:《民间文艺学原理》,花山文艺出版社,1991年。
郑振铎:《中国俗文学史》,商务印书馆,1938年。
《中国民间文学论文选》(上中下),上海文艺出版社,1980年。
中国民间文艺研究会编:《苏联民间文学论文集》,作家出版社,1958年。
钟敬文编:《民间文艺新论集》,北京师范大学出版部,1951年。
《钟敬文民间文学论集》(上下),上海文艺出版社,1982、1986年。
周扬、艾青、萧三等:《民间艺术与艺人》,东北书店,1947年。
朱自清:《论雅俗共赏》,三联书店,1983年。

民间故事书目

陈蒲青:《中国古代寓言史》,湖北教育出版社,1983年。
陈维礼、郭俊峰主编:《中国历代笑话集成》(1—6卷),时代文艺出版社,1996年。
丁乃通编著,郑建威、段宝林等译:《中国民间故事类型索引》,中国民间文艺出版社,1986年;华中师范大学出版社,2008年。
丁乃通:《中西叙事文学比较研究》,华中师范大学出版社,1994年。
董均伦、江源记:《聊斋权子》,中国民间文艺出版社,1982年。
董均伦、江源记:《聊斋权子续集》,中国民间文艺出版社,1987年。
段宝林编著:《笑之研究——阿凡提故事评论集》,新疆人民出版社,1988年。
段宝林、江溶主编:《山水中国》(各省卷),北京大学出版社,2004—2017年。
段宝林、江溶主编:《中国山水文化大观》,北京大学出版社,1997年。
段宝林、梁力生主编:《中国龙文化与龙舞艺术研讨会论文集》,重庆出版社,2000年。
段宝林:《笑话——人间的喜剧艺术》,北京大学出版社,1992年。
〔俄〕阿法纳西耶夫编选,沈志宏、方子汉译:《俄罗斯童话》,上海文艺出版社,1991年。
〔俄〕李福清:《从神话到鬼话》,(台中)晨星出版社,1998年。

〔俄〕李福清:《三国演义与民间文学传统》,上海古籍出版社,1997年。
〔俄〕李福清著,马昌仪编译:《中国神话故事论集》,中国民间文艺出版社,1988年。
〔俄〕普罗普著,贾放译:《故事形态学》,中华书局,2006年。
〔俄〕普罗普著,贾放译:《神奇故事的历史根源》,中华书局,2006年。
戈宝权主编:《阿凡提的故事》,中国民间文艺出版社,1981年。
公木:《先秦寓言概论》,齐鲁书社,1984年。
顾颉刚:《孟姜女故事研究集》,上海古籍出版社,1984年。
过伟:《中国女神》,上海文艺出版社,2004年。
过伟:《中国女神》,上海文艺出版社,2004年。
河北省民间文艺研究会编:《义和团故事》,人民文学出版社,1960年。
黄宝生、郭良鋆、蒋忠新译:《故事海选》(印度古典故事),人民文学出版社,2001年。
季羡林译:《五卷书》(印度古典寓言),人民文学出版社,1964年。
贾芝、孙剑冰编:《中国民间故事选》(二册),人民文学出版社,1958年。
金受申整理:《北京的传说》,通俗文艺出版社,1957年。
李凡、徐修良:《故事王张功升》,辽宁人民出版社,1985年。
李星华记录整理:《白族民间故事传说集》,中国民间文艺出版社,1982年。
刘守华:《民间故事比较研究》,中国民间文艺出版社,1986年。
刘守华:《中国民间故事史》,湖北教育出版社,1999年。
鲁迅辑:《古小说钩沉》,人民文学出版社,1963年。
马昌仪编:《中国神话学论文选萃》,中国广播电视出版社,1995年。
马林诺夫斯基著,李安宅译:《巫术科学宗教与神话》,中国民间文艺出版社,1986年。
芒·牧林编注:《巴拉根昌故事集成》,内蒙古人民出版社,1985年。
茅盾:《神话研究》,百花文艺出版社,1981年。
〔美〕斯蒂·汤普森著,郑海等译:《世界民间故事分类学》,上海文艺出版社,1991年。
〔美〕司蒂斯·汤普逊编选,刘宪之译:《世界童话故事精选百篇》,北京出版社,1988年。
彭维金、李子硕主编:《魏显德民间故事集》,重庆出版社,1991年。
祁连休编:《少数民族机智人物故事选》,上海文艺出版社,1978年。
祁连休:《中国民间故事史》(上中下),河北教育出版社,2015年。
潜明兹:《中国神话学》,上海人民出版社,2008年。
上海文艺出版社编辑出版:《中国动物故事集》,1962年。
孙剑冰重述:《天牛郎配夫妻》,上海文艺出版社,1985年。
孙敬修:《我的故事——孙敬修回忆录》,四川少年儿童出版社,1989年。

覃乃昌等：《盘古国与盘古神话》，民族出版社，2007年。

谭达先：《中国二千年民间故事史》，甘肃人民出版社，2001年。

陶阳、年钟秀：《中国创世神话》，上海人民出版社，1989年。

佟锦华、耿予方编：《阿古登巴的故事》，中央民族学院出版社，1989年。

王利器等：《历代笑话集续编》，春风文艺出版社，1985年。

王利器辑录：《历代笑话集》，古典文学出版社，1956年。

王秋桂编：《中国民间传说论集》，(台北)联经出版公司，1980年。

王孝廉：《中国的神话世界》，作家出版社，1991年。

王一奇编：《中国文人传说故事》，中国民间文艺出版社，1982年。

魏以新译：《格林童话全集》，人民文学出版社，1959年。

闻一多：《神话与诗》，上海古籍出版社，1956年。

吴朗西译：《伊索寓言》，四川人民出版社，1979年。

萧崇素整理：《青蛙骑手》，重庆出版社，1956年。

叶舒宪：《千面女神》，上海社会科学出版社，2004年。

〔意〕卡尔维诺采录编选，刘宪之译：《意大利童话》，上海文艺出版社，1985年。

袁珂：《中国神话传说词典》，上海辞书出版社，1985年。

袁珂：《中国神话传说》(上下)，中国民间文艺出版社，1984年。

袁珂：《中国神话史》，上海文艺出版社，1988年。

袁学骏、李保祥主编：《耿村民间文化大观》(上下)，北京图书馆出版社，1999年。

袁学骏、刘寒主编：《耿村一千零一夜》(1—6卷)，花山文艺出版社，2006年。

张其卓、董明整理：《满族三老人故事集》，春风文艺出版社，1984年。

张振犁、程健君合编：《中原神话专题资料》，河南民间文艺家协会，1987年。

中国民间文艺研究会研究部编：《中国民间传说论文集》，中国民间文艺出版社，1986年。

周正良编：《狼外婆》，江苏人民出版社，1955年。

民间歌谣书目

安波、许直编：《内蒙东部地区民歌选》，新文艺出版社，1952年。

安旗：《论诗与民歌》，作家出版社，1959年。

北京大学瞿秋白文学社、中国民间文艺研究会编：《中国歌谣资料》(三册)，作家出版社，1959年。

程英编：《中国近代反帝反封建歌谣选》，中华书局，1962年。

董作宾：《看见她》，北京大学歌谣研究会，1924年。

杜文澜编:《古谣谚》,中华书局,1958年。
段宝林编注:《当代讽刺歌谣》,辽宁人民出版社,1993年。
段宝林、过伟编:《民间诗律》,北京大学出版社,1987年。
段宝林、过伟、刘琦主编:《中外民间诗律》,北京大学出版社,1991年。
段宝林、过伟、刘琦主编:《古今民间诗律》,北京大学出版社,1999年。
〔法〕格拉奈著,张铭远译:《中国古代的祭礼与歌谣》,上海文艺出版社,1989年。
高福民、金煦主编:《中国吴歌论坛》,古吴轩出版社,2005年。
顾颉刚:《吴歌甲集》,北京大学歌谣研究会,1926年。
关德栋编:《新疆民歌民谭集》,北新书局,1950年。
郭沫若、周扬编:《红旗歌谣》,人民文学出版社,1959年。
韩燕如编:《爬山歌选》(三集),人民文学出版社,1953—1958年。
何其芳、公木编:《陕北民歌选》,新文艺出版社,1952年。
何中孚编:《民谣集》,泰东书局,1922年。
胡怀琛:《中国民歌研究》,商务印书馆,1925年。
黄勇刹:《歌海漫记》,广西人民出版社,1981年。
蓝怀昌、李荣贞:《瑶族歌堂诗论述》,广西人民出版社,1988年。
李雄飞:《河州花儿与陕北信天游文化内涵的比较研究》,民族出版社,2003年。
林宗礼、钟小柏编:《江苏歌谣集》,江苏省立教育学院,1933年。
刘经菴编:《歌谣与妇女》,商务印书馆,1925年。
刘瑞明注:《冯梦龙民歌集三种注解》,中华书局,2006年。
刘兆吉编:《西南采风录》,商务印书馆,1946年。
潘其旭:《壮族歌圩研究》,广西人民出版社,1989年。
任半塘:《唐声诗》(上下),上海古籍出版社,1982年。
沙鸥:《学习新民歌》,北京出版社,1959年。
商壁:《粤风考释》,广西民族出版社,1985年。
《诗经研究论文集》,人民文学出版社编印,1959年。
孙作云:《诗经与周代社会研究》,中华书局,1966年。
覃乃昌等:《壮族嘹歌研究》,广西民族出版社,2005年。
谭达先:《中国婚嫁仪式歌谣研究》,台湾商务印书馆,1990年。
天鹰:《1958年中国民歌运动》,上海文艺出版社,1959年。
天鹰:《论歌谣手法及其体例》,上海文化生活出版社,1954年。
天鹰:《论吴歌及其他》,上海文艺出版社,1985年。
田间:《新国风赞》,百花文艺出版社,1959年。

王松:《傣族诗歌发展初探》,中国民间文艺出版社,1983年。
王文宝搜集:《北京民间儿歌选》,浙江人民出版社,1982年。
王运熙:《六朝乐府与民歌》,古典文学出版社,1957年。
魏泉鸣:《中国花儿学史纲》,甘肃人民出版社,2005年。
吴超编:《中国绕口令》,上海文艺出版社,2001年。
吴超:《中国民歌》,浙江教育出版社,1989年。
萧涤非:《汉魏六朝乐府文学史》,中华文化服务社,1944年。
萧三编:《革命民歌集》,中国青年出版社,1959年。
晓星、简其华等:《河曲民歌采访专集》,音乐出版社,1956年。
徐华龙:《中国歌谣心理学》,新疆人民出版社,1990年。
薛汕编:《北京的歌谣》,北京出版社,1958年。
杨慎编:《风雅逸篇 古今风谣 古今谚》,古典文学出版社,1958年。
〔意〕威达尔编:《北京儿歌》,平旦出版社,1896年。
赵晓阳编:《旧京歌谣》(中英对照),北京图书馆出版社,2006年。
赵元任记音,于道泉注译:《第六代达赖喇嘛仓央嘉措情歌》,中央研究院,1931年。
中国民间文艺研究会编:《民歌与诗风》,作家出版社,1958年。
中国民间文艺研究会编:《民歌作者谈民歌创作》,作家出版社,1958年。
中国民间文艺研究会编:《向民歌学习》,作家出版社,1958年。
周中明、吴小林、陈肖人主编:《中国历代民歌鉴赏词典》,广西教育出版社,1993年。
朱介凡:《中国歌谣论》,(台北)新兴书局。
朱天民编:《各省童谣集》,商务印书馆,1923年。
朱自清:《诗言志辨》,北京古籍出版社,1956年。
朱自清:《中国歌谣》,作家出版社,1957年。

谚语、谜语、歇后语、对联书目

北京大学中文系资料室编:《歇后语大全》(四卷),中国民间文艺出版社,1987年。
曹自立:《英语谚语概述》,商务印书馆,1983年。
陈光尧:《谜语研究》,商务印书馆,1930年。
陈滋源:《中华灯谜研究》,江苏科技出版社,1986年。
成志伟主编:《中华谚语精华丛书》(四册),中国社会出版社,2008年。
谷向阳、刘大品:《对联入门》,中华书局,2007年。
郭绍虞:《谚语的研究》,商务印书馆,1925年。
兰州艺术学院55级民间文学小组编:《中国谚语资料》(三册),上海文艺出版社,

1961年。
《老乞大谚解·朴通事谚解》,(台北)联经出版公司,1978年。
李耀宗等辑:《中国少数民族谚语选》,四川民族出版社,1985年。
李义山等著,曲彦斌编:《杂纂七种》,上海古籍出版社,1988年。
梁章矩:《楹联丛话》,商务印书馆,1935年。
马清文编:《古典小说谚语实用词典》,长征出版社,1998年。
彭友元等:《对联趣话》,湖北人民出版社,1981年。
钱南扬:《谜史》,中山大学民俗学会,1928年。
钱毅编:《庄稼话》,黄河出版社,1947年。
曲彦斌:《民俗语言学》,辽宁教育出版社,2004年。
任聘辑:《艺人谚语大观》,花山文艺出版社,1987年。
史襄哉编:《中华谚海》,中华书局,1935年。
陶汇章:《谚语文论》,吉林文史出版社,2005年。
王常在编:《谚语手册》,中国青年出版社,1982年。
王仿:《谜语之谜》,上海文艺出版社,1987年。
王仿:《中国谜语大全》,上海文艺出版社,1982年。
王仿:《中国谜语、谚语、歇后语》,浙江教育出版社,1989年。
温端正:《谚语》,商务印书馆,1985年。
余德泉:《对联纵横谈》,上海古籍出版社,1985年。
周渊龙、赵梦昭:《古今长联辑注》,湖南大学出版社,1986年。
朱介凡编:《中国谚语志》(11卷),台北商务印书馆,1989年。
朱介凡:《中国谚语论》,(台北)新兴书局,1964年。
朱雨尊编:《民间谚语全集》,世界书局,1935年。

民间长诗书目

阿地力、托汗:《居素甫·玛玛依传》,内蒙古大学出版社,2002年。
安柯钦夫编:《中国少数民族三大英雄史诗论稿》,敦煌文艺出版社,1991年。
〔冰岛〕萨迦注,候焕闳译:《尼亚尔传说》,上海译文出版社,1983年。
陈贵培、王松等翻译、整理:《召树屯》,作家出版社,1958年。
陈清漳等整理:《嘎达梅林》,上海文艺出版社,1979年。
楚雄调查队采录:《梅葛》(彝族史诗),人民文学出版社,1960年。
德宏调查队:《娥并与桑洛》,云南人民出版社,1978年。
〔德〕施劳德记,李克郁译:《土族格赛尔》,青海人民出版社,1994年。

〔法〕石泰安著,耿昇译:《西藏史诗与说唱艺人的研究》,西藏人民出版社,1994年。

冯元蔚等译,四川省民间文艺研究会编:《大凉山彝族长诗选》,四川人民出版社,1960年。

冯元蔚译:《我的么表妹》,四川民族出版社,1960年。

甘谷整理:《尕豆妹》(回族故事诗),陕西人民出版社,1957年。

戈尔干主编:《祭天古歌》(纳西族古歌),中国民间文艺出版社,1988年。

《格斯尔传》(北京版、卫拉特版、青海版、巴林版资料),内蒙古格斯尔办公室印,1985年。

耿世民译:《乌古斯可汗的传说》,新疆人民出版社,1982年。

光未然:《阿细的先鸡》,(昆明)北门出版社,1945年;人民文学出版社,1953年。

《哈萨克族民间叙事长诗选》,新疆人民出版社编印,1985年。

荷马著,傅东华译:《伊利亚特》,商务印书馆,1932年。

贺继红主编:《柯尔克孜民间文学精品选》,中国文联出版社,2003年。

红河调查队采录:《阿细的先基》,云南人民出版社,1960年。

胡尔查译:《江格尔》,新疆人民出版社,1988年。

黄铁、杨智勇、刘绮、公刘整理:《阿诗玛》,人民文学出版社,1955年。

黄勇刹等翻译、整理:《马骨胡之歌》(广西壮族勒脚长歌),中国民间文艺出版社,1984年。

霍应人译:《沙逊的大卫》(亚美尼亚史诗),人民文学出版社,1959年。

季羡林、刘安武编:《印度两大史诗评论汇编》,中国社会科学出版社,1984年。

季羡林:《罗摩衍那初探》,外国文学出版社,1979年。

季羡林译:《罗摩衍那》(六卷),人民文学出版社,1980—1984年。

降边嘉措:《格萨尔初探》,青海人民出版社,1985年。

降边嘉措:《格萨尔》论,内蒙古大学出版社,1999年。

金克木编选:《摩诃婆罗多插话选》(上下),人民文学出版社,1987年。

居素甫·玛玛依唱,刘发俊、朱玛拉依、尚锡静翻译、整理:《玛纳斯》(第一部),新疆人民出版社,1991、1992年。

蓝怀昌等采录:《密洛陀》(瑶族创世古歌),中国民间文艺出版社,1988年。

蓝克、杨辉智整理:《遮帕麻和遮米麻》(阿昌族史诗),云南人民出版社,1981年。

郎樱:《玛纳斯》论,内蒙古大学出版社,1999年。

李树江主编:《回族叙事诗集》,宁夏人民出版社,1988年。

李缵绪编:《阿诗玛》(原始资料集),中国民间文艺出版社,1986年。

力兴平等翻译、整理:《兰嘎西贺》,云南人民出版社,1981年。

丽江调查队采录:《创世纪》(纳西族古歌),云南人民出版社,1978年。
刘发俊译:《帕尔哈德和西琳》,上海文艺出版社,1962年。
刘辉豪整理:《牡帕密帕》(拉祜族史诗),云南人民出版社,1979年。
刘亚虎:《南方史诗论》,内蒙古大学出版社,1999年。
陆阿妹等口述,张舫澜等整理:《五姑娘》(吴歌故事诗),江苏人民出版社,1984年。
罗念生、王焕生译:《伊利亚特》,人民文学出版社,1997年。
罗世泽、时逢春录:《木姐珠与安斗珠》(羌族史诗),四川民族出版社,1983年。
马名超等采录:《伊玛堪》,黑龙江人民出版社,1997年。
马学良、今旦译注:《苗族史诗》,中国民间文艺出版社,1983年。
〔美〕洛德著,尹虎彬译:《故事的歌手》,中华书局,2004年。
孟慧英:《萨满英雄之歌——伊玛堪研究》,社科文献出版社,1998年。
孟淑珍译:《英雄格柏欠》(鄂伦春长诗),北方文艺出版社,1993年。
《摩诃婆罗多》(卷一),中国社会科学出版社,1994年。
琶杰唱,其木德道尔吉整理,安柯钦夫译:《英雄格斯尔可汗》,作家出版社,1959年。
潘定智等编:《苗族古歌》,贵族人民出版社,1997年。
彭勃、彭继宽译释:《摆手歌》(土家族古歌),岳麓书社,1988年。
钱舜娟:《江南民间叙事诗及故事》,上海文艺出版社,1997年。
潜明兹:《史诗探幽》,中国民间文艺出版社,1986年。
且萨乌牛译:《我的么表妹》,民族出版社,1979年。
青海民族文艺研究会编:《霍岭大战》(上下),青海人民出版社,1984年。
仁钦·道尔吉:《〈江格尔〉论》,内蒙古大学出版社,1994年。
色道尔吉译:《江格尔》,人民文学出版社,1983年。
莎红等译:《布伯》,中国民间文艺出版社,1989年。
上海民间文学调查组采录:《哭出嫁》,上海文艺出版社,1962年。
石宗仁译:《中国苗族古歌》,天津古籍出版社,1991年。
《松迪亚塔》(非洲黑人史诗),人民文学出版社,1962年。
宋祖立等采录:《崇阳双合莲》,湖北人民出版社,1954年。
〔苏〕涅克留多夫:《蒙古人民的英雄史诗》,内蒙古大学出版社,1991年。
孙敬文等采录:《钟九闹漕》,湖北人民出版社,1957年。
孙用译:《卡勒瓦拉》(芬兰史诗),人民文学出版社,1981年。
塔塔乃唱,金英译:《英雄阿尔卡勒克》,新疆人民出版社,1981年。
覃乃昌主编:《布洛陀寻踪》,广西民族出版社,2004年。
《逃婚调·重逢调·生产调》(傈僳族抒情长诗),云南人民出版社编印,1980年。

天鹰主编:《江南十大民间叙事诗》,上海文艺出版社,1989年。

田兵主编:《苗族古歌》,贵族人民出版社,1979年。

王德才等唱、译:《幽骚》(云南壮族长诗),云南人民出版社,1984年。

王焕生译:《奥德赛》,人民文学出版社,1997年。

王沂皎、何天慧译:《格萨尔王传》(花岭诞生之部),甘肃人民出版社,1985年。

王沂暖、华甲译:《格萨尔王传》(贵德分章本),甘肃人民出版社,1989年。

王沂暖译:《格萨尔王传》(降伏妖魔之部),甘肃人民出版社,1980年。

韦弦等译:《南赡部洲雄狮大王传》(29章抄本),内蒙古人民出版社,1993年。

魏荒弩译:《伊戈尔远征记》,人民文学出版社,1983年。

无锡市文联编:《〈华抱山〉国际研讨会论文集》,时代文艺出版社,2003年。

武汉大学中文系记:《哭嫁歌》(土家族抒情长歌),上海文艺出版社,1959年。

西双版纳调查队:《葫芦信》,云南人民出版社,1959年。

萧甘牛、覃桂清整理:《哈迈》,作家出版社,1958年。

徐嘉瑞整理:《相会调》(纳西族抒情长歌),云南人民出版社,1979年。

燕宝、苗丁记译:《张秀眉歌》(苗族史诗),贵州民族出版社,1987年。

岩林译:《金湖之神》(傣族阿銮故事诗六部),中国民间文艺出版社,1981年。

杨恩洪:《民间诗神——格萨尔艺人研究》,中国藏学出版社,1995年。

杨亮才、李缵绪选编:《白族民间叙事诗集》,中国民间文艺出版社,1984年。

杨宪益译:《奥德修纪》,上海译文出版社,1982年。

杨宪益译:《罗兰之歌》,上海译文出版社,1981年。

《英雄格斯尔可汗》(古本),人民文学出版社,1984年。

张鸿年译:《列王记选》,人民文学出版社,1994年。

张声震主编:《布洛陀经诗译注》(壮族创世古歌),广西人民出版社,1991年。

赵秉理编:《格萨尔学集成》(五卷),甘肃民族出版社,1990、1994、1998年。

赵官禄等:《哈尼族长诗集》,中国民间出版社,1989年。

赵金平译:《熙德之歌》,上海译文出版社,1982年。

赵乐甡译:《吉尔伽美什》(巴比伦史诗),译林出版社,1999年。

郑土有:《吴歌叙事山歌演唱传统研究》,上海辞书出版社,2005年。

《中国民间长诗选》(二册),上海文艺出版社编印,1980年。

朱海容记:《华抱山》(三册),江苏文艺出版社,1997、1999、2006年。

曲艺说唱书目

安柯钦夫等译:《毛一罕好来宝选集》,作家出版社,1959年。

鲍震培：《清代女作家弹词小说论稿》，天津社会科学出版社，2006年。
《毕革飞快板诗选》，作家出版社，1964年。
《陈汝衡曲艺文选》，中国曲艺出版社，1985年。
陈汝衡：《说书史话》，作家出版社，1958年。
陈竹曦等整理：《福州评话选》，中国曲艺出版社，1987年。
《传统相声汇集》（六卷），沈阳文联刘英男等编印，1980年。
〔丹〕易德波：《扬州评话探讨》，人民文学出版社，2006年。
董解元著，凌景埏校注：《西厢记诸宫调》，人民文学出版社，1962年。
杜颖陶编：《董永、沉香合集》，上海出版公司，1955年。
杜颖陶、俞芸编：《岳飞故事戏曲说唱集》，古典文学出版社，1957年。
段平整理：《河西宝卷》，兰州大学出版社，1988年。
傅惜华编：《白蛇传集》，上海出版公司，1955年。
傅惜华编：《西厢记说唱集》，上海出版公司，1995年。
傅惜华：《子弟书总目》，古典文学出版社，1957年。
高元均唱，马立元记：《山东快书武松传》，作家出版社，1957年。
高元均等：《快板快书研究》，作家出版社，1960年。
《高元均山东快书选》，人民文学出版社，1980年。
《鼓词汇集》（六册），沈阳市文联编印，1957年。
关德栋、李万鹏编：《聊斋志异说唱集》，上海古籍出版社，1983年。
关德栋、周中明编：《子弟丛书抄》（上下），上海古籍出版社，1984年。
关德栋、周中明：《贾凫西木皮词校注》，齐鲁书社，1982年。
韩起祥唱，高敏夫记：《刘巧团圆》，东北书店，1947年。
洪式良：《柳敬亭评传》，古典文学出版社，1957年。
侯宝林、薛宝琨、汪景寿、李万鹏：《相声溯源》，人民文学出版社，1982年。
侯宝林、薛宝琨、汪景寿、李万鹏：《相声艺术论集》，黑龙江人民出版社，1981年。
《侯宝林自传》，黑龙江人民出版社，1982年。
胡孟祥：《韩起祥评传》，中国民间文艺出版社，1989年。
姜昆、戴宏森主编：《中国曲艺概论》，人民文学出版社，2005年。
姜昆、倪钟之主编：《中国曲艺通史》，人民文学出版社，2005年。
蒋敬生：《传奇大书艺术》，河南戏曲工作室，1983年。
金名：《相声史杂谈》，福建人民出版社，1984年。
老舍：《鼓书艺人》，人民文学出版社，1980年。
《老舍曲艺文选》，中国曲艺出版社，1982年。

李家瑞：《北平俗曲略》，中央研究院史语所，1933年。

李世瑜：《宝卷综录》，中华书局，1961年。

刘半农、李家瑞编：《中国俗曲总目稿》，中央研究院史语所，1932年。

刘兰芳、王印权：《岳飞传》（上下），春风文艺出版社，1981年。

刘烈茂、郭精锐等：《车王府曲本选》，中山大学出版社。

刘司昌、汪景寿：《山东快书概论》，黑龙江人民出版社，1989年。

刘学智、刘洪滨：《数来宝的艺术技巧》，中国曲艺出版社，1981年。

刘祖法记：《侯宝林谈相声》，黑龙江人民出版社，1983年。

路工编：《梁祝故事说唱集》，上海出版公司，1955年。

路工编：《孟姜女万里寻夫集》，上海出版公司，1955年。

罗杨：《新曲艺文稿》，中国曲艺出版社，1985年。

倪钟之编：《刘文亨和他的相声》，中国文联出版社，2000年。

倪钟之：《曲艺民俗与民俗曲艺》，百花文艺出版社，1993年。

倪钟之：《中国民俗通志》（演艺志），山东教育出版社，2005年。

倪钟之：《中国曲艺史》，春风文艺出版社，1991年。

《曲艺特征论》，中国曲艺出版社编辑出版，1989年。

任二北：《敦煌曲初探》，上海文艺联合出版社，1954年。

任二北：《敦煌曲校录》，上海文艺联合出版社，1955年。

上海艺术研究所编：《中国戏曲曲艺词典》，上海辞书出版社，1981年。

《孙来奎鼓词选》，百花文艺出版社，1960年。

《陶钝曲艺文选》，中国曲艺出版社，1985年。

天津市曲艺团编：《李润杰快板书选》，百花文艺出版社，1963年。

汪景寿：《高元均和他的山东快书》，北方文艺出版社，1985年。

汪景寿：《说唱——乡土艺术的奇葩》，北京大学出版社，1994年。

汪景寿、藤田香：《相声艺术论》，北京大学出版社，1992年。

汪景寿、曾惠杰：《马季传》，北京大学出版社，1995年。

汪景寿：《中国曲艺艺术论》，北京大学出版社，1994年。

《王朝闻曲艺文选》，中国曲艺出版社，1986年。

王秋桂编：《李家瑞先生通俗文学论文集》，台北，学生书局，1982年。

王少堂口述，孙佳讯等整理：《武松》，江苏人民出版社，1989年。

王尊三等著，沈彭年执笔：《鼓曲研究》，作家出版社，1959年。

王尊山等：《晋察冀的小姑娘》，新华书店，1949年。

韦人、韦明铧：《扬州曲艺史话》，中国曲艺出版社，1985年。

夏史选:《弹词开篇集》,上海文化出版社,1958年。
叙春口述,五澄等整理:《皮五辣子》,(清风闸),中国曲艺出版社,1985年。
薛宝琨、鲍震培:《中国说唱艺术史论》,花山文艺出版社,1990年。
薛宝琨:《侯宝林和他的相声艺术》,黑龙江人民出版社,1983年。
薛宝琨:《骆玉笙和他的京韵大鼓》,黑龙江人民出版社,1984年。
薛宝琨:《中国的曲艺》,人民出版社,1985年。
薛宝琨:《中国的相声》,人民出版社,1985年。
薛汕:《书曲教记》,书目文献出版社,1985年。
《扬州评话选》(二册),上海文艺出版社,1962年。
扬州曲艺志编委会编纂:《扬州曲艺志》,江苏文艺出版社,1993年。
扬州市文联编:《扬州清曲选》,江苏人民出版社,1957年。
《扬州说书选》(二册),中国曲艺出版社,1981年。
杨公骥:《唐代民歌考释及变文考论》,吉林人民出版社,1962年。
杨立德唱,刘礼记:《杨派山东快书武松传》,山东人民出版社,1982年。
《姚振生曲艺文集》,中国文史出版社,2005年。
叶德均:《宋元明讲唱文学》,古典文学出版社,1957年。
尤红主编:《中国靖江宝卷》(上下),江苏文艺出版社,2007年。
张长弓:《鼓子曲言》,正中书局,1948年。
张长弓:《河南坠子书》,三联书店,1951年。
赵景深:《曲艺丛谈》,中国曲艺出版社,1982年。
《赵树理曲艺文选》,中国曲艺出版社,1983年。
周绍良、白化文编:《敦煌变文集》(上下),上海古籍出版社,1982年。
周绍良、白化文编:《敦煌变文论文集》(上下),上海古籍出版社,1982年。

民间戏曲书目

阿英:《晚清戏曲小说史》,中华书局,1959年。
北婴等编:《曲海总目提要》(上中下、补编),人民文学出版社,1959年。
崔永平:《怎样演皮影戏》,中国戏剧出版社,1987年。
丁言昭:《中国木偶史》,学林出版社,1991年。
杜书瀛:《论李渔的戏剧美学》,中国社会科学出版社,1982年。
段宝林等:《〈白毛女〉七十年》,上海人民出版社,2015年。
《二人转传统作品选》,春风文艺出版社编印,1983年。
哈华:《论秧歌》,华东人民出版社,1953年。

《滑稽戏选》,上海文艺出版社,1982年。

黄艺冈:《从秧歌到地方戏》,中华书局,1951年。

耒新夏等:《谈史说戏》,北京戏剧出版社,1987年。

黎方:《论云南少数民族戏剧》,文化艺术出版社,1990年。

李景汉等编:《定县秧歌选》(三册),中华平民教育促进会,1933年。

李微编:《秧歌选》,春风文艺出版社,1981年。

李微:《东北二人转史》,长春出版社,1990年。

李啸仓:《宋元技艺杂考》,上杂出版社,1953年。

李岳南:《民间戏曲歌谣散记》,上海出版公司,1954年。

廖奔:《宋元戏曲文物与民俗》,文化艺术出版社,1989年。

林庆照等编注:《福建戏史录》,福建人民出版社,1983年。

马少波:《戏曲艺术论集》,中国戏剧出版社,1982年。

内蒙古文化局:《二人台剧本选集》,内蒙古人民出版社,1980年。

内蒙古文化局:《二人台资料汇编》,内蒙古人民出版社,1961年。

上海曲艺家协会编:《传统独脚戏选集》,中国曲艺出版社,1985年。

石锡铭:《陇西秧歌大观》,(台北)亚洲联合报业出版社,2003年。

孙楷第:《傀儡戏考原》,上杂出版社,1952年。

谭达先:《中国民间戏剧研究》,香港商务印书馆,1981年;台湾商务印书馆,1988年。

汪志勇:《谈俗说戏》,(台北)文史哲出版社,1991年。

王季思:《王国维戏曲论文集》,中国戏剧出版社,1984年。

王季思:《玉轮轩曲论新编》,中国戏剧出版社,1983年。

王肯记:《二人转史料》,吉林戏曲研究室,1980年。

王尧译注:《藏剧故事集》,中国戏剧出版社,1963年。

王兆一、王肯:《二人转史论》,时代文艺出版社,1999、2002年。

王兆一整理:《美在关东》(二人转回忆),长春市政协,1998年。

吴国钦:《中国戏曲史漫话》,上海文艺出版社,1980年。

徐嘉瑞:《云南农村戏曲史》,浙江教育出版社,1958年。

杨天厚、林丽宽:《金门民间戏曲》,(台北)稻田出版公司,2001年。

《云南戏曲曲艺概况》,云南人民出版社,1980年。

曾永义:《中国古典戏剧论集》,(台北)联经出版公司,1975年。

张庚编:《秧歌剧选集》(三集),东北书店,1947年。

张庚、郭汉城主编:《中国戏曲通史》(上中下),中国戏剧出版社,1984年。

张庚:《戏曲艺术论》,中国戏剧出版社,1980年。

张紫晨编:《中国民间小戏选》,上海文艺出版社,1982年。
张紫晨:《中国民间小戏》,浙江教育出版社,1989年。
赵景深:《中国戏曲丛谈》,齐鲁书社,1986年。
中国戏剧家协会主编:《中国地方戏集成》,中国戏剧出版社,1959年。
周扬等:《论秧歌》,华北新华书店,1944年。
周贻白:《中国戏曲发展史纲要》,上海古籍出版社,1979年。

民间文学工具书

段宝林、祁连休主编:《民间文学词典》,河北教育出版社,1988年。
姜彬主编:《中国民间文学大词典》,上海文艺出版社,1992年。

第三版后记

《中国民间文学概要》本是一部讲义,1960年代曾三次油印,在教学中不断有所修改。1980年初修订,出版后受到许多师友的鼓励和读者的喜爱,意大利巴勒莫人类学国际中心主任瑞果里教授提议此书参加"彼得奖"的评选,结果获得大奖。国内外许多大学用为教材,使它不断再版,多次加印,累计近10万册,这是我始料未及的。我想这主要是由于我国丰富多彩的民间文学具有强大的吸引力吧。我的这本小书所介绍的,同民间文学的汪洋大海比较起来只不过是沧海一粟而已。可能是由于在行文上比较注意简明扼要以事实说话,艺术分析上力图生动具体,并大胆提出一些新的见解,不少读者认为此书看了有启发,论点和论据结合较好,在教学与搜集整理工作中比较实用。

1985年增订再版,除改正错字外,对一些过时的观点作了删改,并尽可能将最新研究成果概括进去。如对民间文学的立体性特点,新加了一节进行专门分析。在书中写进一些新的内容,对活跃思想可能会有所补益,期望引起讨论。如今立体性特征已得到国内外专家们的认同和引用,认为这是"民间文学基本理论研究的新的突破,对民间文学的研究具有理论价值和实践意义"。此次又作了一些增补。今年中秋我去友谊医院看望钟敬文教授,谈起此事,又得到他的首肯,他说这个概括"是合理的",用"水中之鱼"来比喻民间文学的立体性也很恰当。

此次增订出第三版着重增加了十多年来新的研究成果,如方法论上的"立体描写",故事学中的 A. T. 分类索引,三大史诗的全面研究成果,灯谜、广义神话、当代新歌谣以及"十套民间文艺集成"的搜集编选情况等等,此外,在文字上也作了进一步的推敲和删改,以体现精益求精、与时俱进的追求。然而民间文学博大而深邃,我对它的认识还非常不够,书中的问题仍然是不少的,敬请读者诸君不吝赐教,为建设具有中国特色的马克思主义的民间文艺学而共同努力。

段宝林
2001年10月于北京大学中关园

第四版后记

《中国民间文学概要》出版以后,曾受到我尊敬的季羡林、乐黛云等先生的鼓励。季先生说:"谁说没有好书呢,这就是一本好书。"乐黛云先生当时正在美国进修,专门写文章对此书作了评介。我也常常收到同行教授和读者的来信和鼓励,国内许多大专院校中文系和日本东京外国语大学、美国俄亥俄州立大学中文系等校也都以此书作为教材。

最使我感动的是常州读者汪一方 2007 年 10 月 3 日的来信,他在信中说反复看这本书是一种很好的艺术欣赏:

> 拜读《中国民间文学概要》,就如"从山阴道上行,山川自相映发,使人应接不暇",沏一杯淡茶,书卷在手,时有闻道解惑、豁然开朗的好心情。……读您的作品,则顿觉心清神爽、教益匪浅。近日重品,遥想您举重若轻的丰采,虽不能至,心向往之,不禁妄生冒昧之念,托付鸿雁,奉上尊著,恭请题辞,以感谢您所赐那一片可贵的清心天地。

又说:

> 我原是学中文系的,却阴差阳错,从事了专业技术管理工作,与文学艺术有些风马牛不相及,只是平日没有烟酒之嗜,未能忘情于文,业余读一二会心著作。在这浮躁成风之世,能读到您的作品,真是一种享受。

这说明本书还是有自身鲜明的文学特色的,也充分证明了中国民间文学的巨大吸引力。

民间文学是文学的根基,民间文学课程内容本应是中文系学生必备的基本知识,应列入一切本科、专科中文系学生的必修课。可惜如今尚有很多中文系未开民间文学课，这对学生文学知识的全面培养和非物质文化遗产保护工作的进展都非常不利。由于缺少民间文学基本知识而在非物质文化遗产保护工作中出现的错误不胜枚举，如文化部第一批保护名录中的"刘三姐歌谣"等提法，即有常识性错误。如果学过此课，此类错误当可避免。

本书在2002年第三版出版后，每年加印甚多，至2008年6月已加印14次，说明它很受欢迎。本着精益求精的精神，与时俱进，此次修订除在文字与提法上又作了进一步的删改之外，着重增加了五年来民间文艺学的新进展、新成果，如关于文艺的"雅俗结合律""第三资料库"以及生活文化的新理论，这是民间文艺价值论的创新理论；在故事学部分，增加了一节"故事家与故事村"，这是民间故事集成普查中的新发现；在民间长诗学部分，增加了一节"汉族民间长诗"，这是一个新的突破，过去一般人都认为汉族没有民间长诗，特别是没有史诗，经过长期的调查与研究，湖北与江苏、浙江、上海的民间文艺家发现了不少用山歌编唱的民间叙事诗，不仅有民间故事诗，而且有民间史诗；在戏剧部分加了一节"木偶戏与皮影戏"，在谚语部分加了一节"对联"，这是对民间文学内容的新开拓。

2003年联合国教科文组织发布了《保护非物质文化遗产公约》，所谓"非物质文化遗产"也就是日本、韩国的"无形文化财"。按公约的规定，其保护内容主要是濒危的民间文化、民俗文化，其中第一项就是"口头传说和表述"，实际上就是民间文学（口头文学）。本书中也增加了关于非物质文化遗产理论的一些内容。

在行文上，仍然坚持实事求是、清新明快、深入浅出的健康文风，而不搞土洋教条主义的那一套脱离实际、故弄玄虚、装腔作势、晦涩难懂的空头大论，以免误人子弟。

为了有利于同学们在学习民间文学课程以后更进一步的学习与研究，特增设"拓展书目"，列出最切用的和经典性的参考书。

虽然尽了最大努力，但因种种条件限制，问题和缺点一定不少，还望读者诸君不吝赐教，继续给我以宝贵的支持和帮助。

段宝林
2008年12月31日于北京大学中关园

第五版后记

2009年至今已经八年多,为了精益求精,现在郑重推出《中国民间文学概要》第五版。

在第四版序中,对非遗的基本知识,对人类学、民俗学的区别与合流,对六维立体思维的科学方法,都作了简要的说明。

在第五版中,为了更加精练,在增补了许多新的内容之外,又对一些陈旧的内容尽可能作了删削,总字数由42万字缩减为36万字。

创新是我们的重要原则,本书就是不断创新的产物,在基本理论与作品分论上都有自己独特的创新,如民间文学的立体性特征与立体描写方法,民间文学的三大价值,最早的神话不是创世神话而是图腾神话,新闻传说、社会主义新故事、广义故事、民间笑话的美学价值,民间抒情长诗、神话史诗、民间故事诗等概念的提出,都是对民间文学基础理论的创新。本书的许多创新已经受到国内外的好评,成为共识,美国俄亥俄州立大学著名汉学家马克·本德尔教授曾在日本的英文刊物上写专文推介《中国民间文学概要》(第四版)和《中国民间文艺学》教材[①]。台湾民间文学教学的重要基地——文化大学著名学者陈劲榛教授写了两篇长文[②],专门分析"立体性"理论创新,认为是民间文学界主要的理论突破之一,予以很高的评价。北京大学外国语学院著名学者张玉安教授还把《中国民间文学概要》作为自己"受影响最大的五本书"之三列出,可见本书是有相当价值的。本书曾获意大利人类学大奖,当不是偶然的。

---

① 日本英文刊物《亚洲人类学》第67卷第1期,2008年。
② 台湾《民间文学研究》年刊,东华大学民间文学研究所,2012年9月。

教条主义是文科的流行病,力戒空洞文风,本书中对理论都以事实来论证。我像蜜蜂采集花粉一样,精选了大量经典性的民间文学作品来说明问题,这同时也是对民间文学经典的艺术鉴赏,所以才能引起读者极大的阅读兴趣。创新的理论与对民间文学经典创新的分析,是最吸引人的。听说有读者反复看这本书,说是"很大的艺术享受",我是最高兴的,这也是我努力追求的目标。

民间文学与文人作家文学是文学的两大体系,各有特色,缺一不可。如今有的大学尚未开设民间文学课,是非常不应该的。

高尔基说:"不了解民间文学的作家是蹩脚的作家。"那么,不了解民间文学的学者,当然更是蹩脚的学者了:一条腿走路还不蹩脚吗?

文人文学只有两三千年历史,而民间口头文学的历史则有几万年。"自有人类即有诗",这诗只能是"不识字的诗人"的口头作品——民间文学。民间文学是作家文学的祖先、导师和奶娘,不断予文学以新鲜的营养,影响极大。如果不懂民间文学,怎么能了解人类文学的历史呢?无根的浮萍是立不住的。诗人公刘说:"一切诗歌的源头正是记录人民生活的民歌;鄙薄民歌,犹如不认娘亲,不仅有害于艺术,有悖于逻辑,有违于历史,且有背于道德。"又说:"民歌是一股活水,能灌溉诗人的心灵,能濡润诗人的笔锋。"①

"不了解民间文学,就不可能真正了解人民。"就是因为民间文学表现了人民大众的世界观和思想感情,而且表现得非常生动、深刻。因此,民间文学实际上也应该成为全体文科学生的必修课,成为所有热爱人民的青年人的必修课。"非遗"(非物质文化遗产)进课堂是国家"非遗法"的规定("非遗"的五项内容中,第一项就是"民间口头传统",也就是民间文学),我们都应该认真执行。不理解就不可能贯彻执行。所以,好好学习民间文学,是当务之急,希望本书对大家有用。还望读者诸君多多批评指正,听到批评,不断精益求精,也是令人高兴的事。

俄罗斯科学院院士李福清曾在台湾清华等校讲授中国民间文学课,发现台湾的一些专家教授因不懂民间文学而常闹笑话。其实在大陆又何尝不是如此?这是可悲的。因此,虽然我已年过八十,仍愿辛劳不息,为民族精

---

① 段宝林、过纬、刘琦主编:《古今民间诗律》,北京大学出版社,1999年。

神的传承而奋力拼搏。相信青年读者们会体察我这份心意,更多地了解民间文学。

段宝林
2017 年 8 月 8 日于五道口嘉园